Los santos salvajes

NATALIA MONJE

LOS SANTOS SALVAJES

ESPASA

© Natalia Monje, 2023
© por el mapa, Calderón Studio®
© Editorial Planeta, S.A., 2023
Espasa, sello editorial de Editorial Planeta, S.A.
Avda. Diagonal, 662-664
08034 Barcelona

Primera edición: octubre de 2023

Preimpresión: MT Color & Diseño, S. L.

Depósito legal: 15.361-2023
ISBN: 978-84-670-6980-8

La lectura abre horizontes, iguala oportunidades y construye una sociedad mejor. La propiedad intelectual es clave en la creación de contenidos culturales porque sostiene el ecosistema de quienes escriben y de nuestras librerías. Al comprar este libro estarás contribuyendo a mantener dicho ecosistema vivo y en crecimiento.
En **Grupo Planeta** agradecemos que nos ayudes a apoyar así la autonomía creativa de autoras y autores para que puedan seguir desempeñando su labor. Dirígete a CEDRO (Centro Español de Derechos Reprográficos) si necesitas fotocopiar o escanear algún fragmento de esta obra. Puedes contactar con CEDRO a través de la web www.conlicencia.com o por teléfono en el 91 702 19 70 / 93 272 04 47.

Espasa, en su deseo de mejorar sus publicaciones, agradecerá cualquier sugerencia que los lectores hagan al departamento editorial por correo electrónico: sugerencias@espasa.es

www.espasa.com
www.planetadelibros.com

Impresión: Rodesa, S. A.
Impreso en España / *Printed in Spain*

El papel utilizado para la impresión de este libro está calificado como **papel ecológico** y procede de bosques gestionados de manera **sostenible.**

Para María del Carmen y Mark

Thus men forgot that All deities reside in the human breast.

WILLIAM BLAKE

Los idiomas nos hacen, y nosotros hemos de deshacerlos.

RAMÓN MARÍA DEL VALLE-INCLÁN

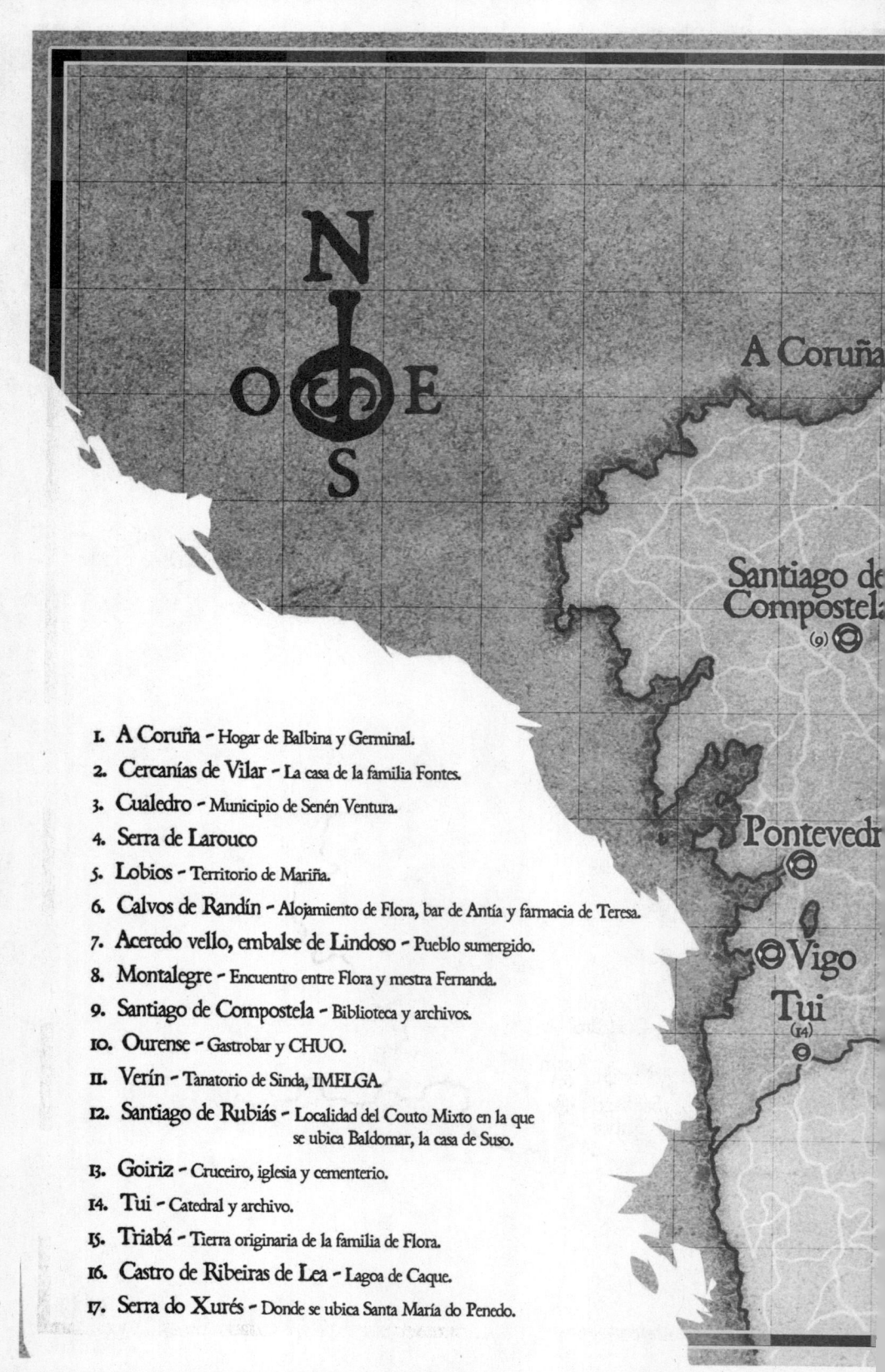

1. **A Coruña** – Hogar de Balbina y Germinal.
2. **Cercanías de Vilar** – La casa de la familia Fontes.
3. **Cualedro** – Municipio de Senén Ventura.
4. **Serra de Larouco**
5. **Lobios** – Territorio de Mariña.
6. **Calvos de Randín** – Alojamiento de Flora, bar de Antía y farmacia de Teresa.
7. **Aceredo vello, embalse de Lindoso** – Pueblo sumergido.
8. **Montalegre** – Encuentro entre Flora y mestra Fernanda.
9. **Santiago de Compostela** – Biblioteca y archivos.
10. **Ourense** – Gastrobar y CHUO.
11. **Verín** – Tanatorio de Sinda, IMELGA.
12. **Santiago de Rubiás** – Localidad del Couto Mixto en la que se ubica Baldomar, la casa de Suso.
13. **Goiriz** – Cruceiro, iglesia y cementerio.
14. **Tui** – Catedral y archivo.
15. **Triabá** – Tierra originaria de la familia de Flora.
16. **Castro de Ribeiras de Lea** – Lagoa de Caque.
17. **Serra do Xurés** – Donde se ubica Santa María do Penedo.

A Coruña, mayo

Ni siquiera está seguro de saber cómo volver a casa. Sería más sencillo si no se empeñase en ir por caminos entre descampados, en seguir el trazo del oleoducto que atraviesa la ciudad bajo la tierra, marcado con pivotes de rayas negras y amarillas, en internarse en los túneles del ferrocarril. Sería más sencillo si regresase recorriendo las calles, si pudiese preguntar a la gente: sabe usted por dónde. O, mejor aún, si no tuviese que salir esta mañana del Hospital Marítimo de Oza, sin más certezas que una bolsa de plástico con ropa de otro.

Se ha acostumbrado a la que ha sido su habitación durante el último mes. Grande, aséptica, con un ventanal que ocupa toda la pared y encuadra una vista fresca de la ría. La segunda cama permaneció vacía todo el tiempo, y Germinal se sentaba allí durante horas para ver a los locos del kitesurf volando sobre el mar de Santa Cristina, veleros que cruzan hacia Ferrol y Mugardos, a los chavales del club de piragüismo subiendo río arriba por el curso del Mero, las gaviotas suspendidas en las corrientes de aire, y abajo, en los jardines del sanatorio, los universitarios que se reúnen y se separan, fuman, se recuestan en la hierba, la carpeta como almohada, miran el móvil, comen un bocadillo.

Mientras él seguía esa representación que todos los días cambiaba en pequeños detalles, pero no en lo esencial, el resto de los internos —había dieciséis cuando Germinal entró, algunos salieron y otros llegaron— dormían o deambulaban rebotando de un extremo al otro del pasillo, turnándose para mirar a través de un punto minúsculo abierto en la puerta de cristal opaco, esperando y haciendo más larga la espera por los familiares que venían con ropa limpia, unos auriculares, tabaco escondido que casualmente olvidaban junto a un mechero en el cuarto de baño, donde no había cámaras. A él no le molesta el ojo digital que le observa todo el día, fijo en una esquina de la habitación. Se pregunta qué verá de noche, cuando duerme, si lo captará aullando o saltando en sus pesadillas que no recuerda. El resto de los internos lo único que hacían era esperar: esperaban por las visitas, y cuando llegaba la madre, los hermanos, todo era recriminarles, por qué me encierras aquí, vete, no quiero volver a verte. Esperaban la comida, y cuando les ponían el plato delante todo eran quejas, porque otra vez lentejas y qué asco de puré, se lo va a comer tu puto perro, si es que quieres matarlo. Esperaban el día en que se les permitiese por fin salir un rato de la unidad de salud mental y dar un breve paseo por el jardín, y cuando llegaba ese día, corrían a esconderse detrás de los eucaliptos más grandes para que los estudiantes no los mirasen o para fumar sin ser vistos. Esperaban, pero él no esperaba nada. Cuando consiguió que el enfermero Pallas le devolviese sus gafas de cristales naranja, al tercer día de internamiento, ya nada le preocupó. A Germinal no le importa vivir encerrado, pero ahora tiene que salir.

Esta mañana le explicaron su diagnóstico, se lo repitieron varias veces, y él se sentía tan ansioso ante la idea del camino de vuelta a casa que no se enteró de nada. Mientras la psiquiatra hablaba, empezó a trazar el trayecto. Nunca antes ha estado en esa zona de la ciudad, pero la conoce, la ha visto desde arriba. Su idea de Coruña se ha construido desde las fotos que toman los satélites, no a pie de calle, por eso sabe que la vía del tren a Ferrol pasa muy cerca del Hospital Marítimo de Oza, que da un rodeo grande, que cerca de la avenida del Pasaje, junto a un concesionario de coches, se internará en un túnel y que saldrá un par de kilómetros más adelante, cerca de un colegio. Germinal sabe que podrá seguir caminando junto a los raíles sin cruzarse con nadie, que entrará en otro túnel bajo la avenida de Alfonso Molina, atravesará el campus de Elviña y, justo después, en la zona rural de Mesoiro, tomará la vía de la derecha, la vía muerta, y luego saltará por los descampados hasta llegar al polígono industrial. Entonces ya casi estaría en los bloques del Birloque, los edificios que desde el aire se veían como aspas irregulares. En casa.

—Y el lunes, a las nueve, nos vemos en el hospital de día.

Esas palabras lo introdujeron de vuelta en el despacho de la doctora, que lo miraba fijamente, como se mira a las personas que no se enteran de nada, como si le pudiese insertar su explicación dentro de esa cabeza que Germinal siente ahora rellena de puré de patata muy caliente.

—¿Cómo? ¿Tengo que volver aquí?

—Abajo, junto al faro. Es una ayuda para que puedas ir recuperando capacidades. ¿Entiendes que hay deterioro cognitivo?

—Vale.

—Vale qué.

—Vale que el lunes a las nueve nos vemos en el hospital de día, abajo, junto al faro.

—Llevas el alta con el diagnóstico y el tratamiento. Léelo ahora con calma y me preguntas todo lo que no entiendas.

Germinal cogió los papeles que le tendía la doctora, diez o doce hojas grapadas, arrastró la vista por encima de las letras impresas, frases llenas de palabras que nunca antes había visto o escuchado, síndrome de Capgras, Frégoli, Cotard, algunas marcadas con un rotulador fluorescente. Lo entiendo, dijo. Le dolía tanto la cabeza.

La psiquiatra siguió hablando, Germinal pensaba en su casa. Raparse el cráneo, afeitarse, meterse en la habitación de la bisabuela, envolverse en su bata verde esmeralda.

—Te llamarán del CHUAC con una cita para repetir la tomografía, ¿entiendes?

—Entiendo.

—¿Todo?

—Todo —dijo, y metió los papeles, arrugándolos, en la bolsa de supermercado donde llevaba los calzoncillos, dos camisetas, un lío de calcetines sucios, un cómic de la Patrulla X.

Toda esa ropa era del hijo del enfermero Pallas, porque él entró sin nada, según le contaron. Mi hijo tiene dieciséis, pero es grandote, así como yo, y como tú eres tan menudito, para tener veintitrés eres menudito, decía el enfermero. Dicho así, menudito, hasta sonaba bien. Cuando era pequeño, al vestirlo, con ese cuerpo tan raro, tan ancho de pecho, tan largo de brazos, tan grande de manos, tan corto de piernas, tan estrecho de caderas, la bisa Balbina le decía, qué *malfeitiño* eres, ay, qué *malfeitiño* estás. Porque es feo, tan feo que se giran para mirarlo. Tan feo que a los siete años, paseando por Santa Cristina de la mano de la bisa en la noche de San Juan, pasaron por delante de dos pinches que pelaban patatas en el patio de un restaurante. Al verlo a él, se quedaron quietos. ¿Come mondas?, le preguntó uno a la bisa, señalando a Germinal con el mentón. Es feo, lo sabe bien, feo pero cariñoso.

No pensaba ir al hospital de día, no pensaba volver a salir de casa más que para resolver lo que tuviese que explicarle con el entierro de la bisabuela, que nadie en Oza pudo decirle qué se había hecho, si ya estaba enterrada y dónde, o si seguía en un depósito y dónde, sólo el enfermero le dice, al apretarle fuerte la mano antes de abrir la puerta de la unidad de salud mental, los demás pacientes agolpados en corro en torno a Germinal: ahora despídete bien de tu bisabuela, háblale, le dices adiós y empiezas una nueva vida. Ánimo, chaval, que lo más difícil ya está hecho.

No. Lo más difícil es esto que está haciendo ahora, salir por la puerta del Hospital Marítimo de Oza, que reúne enfermos mentales y cuidados paliativos, salir sólo con una bolsa de supermercado en la mano y las llaves de casa en el bolsillo del pantalón del hijo adolescente del enfermero Pallas. Salir y ofrecer su piel pálida para que la hiera el sol de la primavera, sentir cómo el aire levanta sus capas protectoras, lo hace visible a todos. Salir y no haber recorrido el camino de vuelta nunca antes, regresar al Birloque atravesando la ciudad sin que se fijen en él, sin mirar a la gente, sin parecer demasiado raro, sin que lo sigan, le lancen piedras o le cuelguen cencerros en los pies al pasar por delante del comedor universitario y de las facultades. Ve a los estudiantes en la cafetería, en la biblioteca, pegando carteles de una fiesta pre exámenes, chavales de su edad más o menos, una vida espantosa marcada por fechas límite, una tras otra. Su vida, en cambio, es lisa y constante. En ella solamente hay dos hitos: el día en que dejó de ir al instituto, a los trece años, y el día en que murió la bisa, hace dos meses.

Las vías del tren entran en el túnel de Casablanca, un agujero negro que se traga el calor seco de esa primavera que le ha caído sobre la piel como una manta eléctrica. Ahí siente alivio. Germinal adhiere su cuerpo a la pared húmeda y fresca. «Tu tren ya no para en mi estación», le dice un mensaje escrito en el muro con letras blancas, a brocha gorda, que parecen vibrar. Necesita un momento de reposo para terminar de borrar las caras de los estudiantes, que vuelven a su mente repetidas igual que se repetían las olas en la ría cuando pasaba un barco a motor. Mira la bóveda de piedra, mira los guijarros de las vías, se mira los tatuajes en el antebrazo izquierdo. No recuerda cómo, metido en el remolino que se abrió cuando murió la bisabuela, se le ocurrió una cosa así. En Oza le explicaron que se los había hecho él mismo, probablemente con un punzón o un compás y tinta de bolígrafo. Que traía los brazos y los muslos infectados, que los trazos se veían amarillos, tridimensionales, una caligrafía de pus y tejido inflamado. Ahora las líneas ya están negras, emborronadas y temblorosas, hechas punto a punto, símbolos construidos con letras deformadas y mezcladas que no es capaz de descifrar, cómo los proyectó, cómo fue capaz de ejecutarlos. Nunca había pensado en tatuarse, le repugna la idea de las agujas en la piel. Tampoco había estado nunca ingresado en un hospital. No sabe dónde nació, pero imagina que no en una cama blanca, quizás sobre la tierra, quizás en una cueva parecida a ese túnel, por eso se siente reconfortado. Lo único que le anima a salir del agujero es la posibilidad de llegar pronto a casa y encontrar allí algo que le ayude a comprender qué hizo entre el 21 de marzo, ese fue el día que murió la bisa, y el 23 de abril, cuando ingresó en urgencias y de ahí lo trasladaron directamente al Hospital Marítimo de Oza, en pleno, según le contaron después, episodio psicótico. No entendía nada de la explicación ilógica que su doctora se empeñaba en repetirle cada día. No quería intentar entenderla, porque no la creía. Le habían borrado la memoria a base de Tranxilium, Risperidona, Deprax. Quién sabe cómo se las arregló para no herir a nadie en un entorno tan descontrolado. Los primeros tres días, sin sus gafas de cristales anaranjados, ni siquiera quiso abrir los ojos.

Cuando murió la bisa, al principio Germinal se quedó como si no hubiese ocurrido, luego paralizado, no sabía qué hacer sin ella, ella siempre había estado. Luego se encaminó por senderos que se pierden dentro de su cerebro de paredes demasiado estrechas y techo demasiado bajo. Y él, que toda la vida creyó que estaba preparado, desde que era pequeño, pues ya en su primer recuerdo Balbina parecía tener quinientos años. En realidad, ahora se daba cuenta, entonces no debía pasar de los setenta y tantos.

Germinal sube al noveno piso de la Torre 1 de la primera fase del polígono del Birloque, bloques de viviendas de protección oficial en un vecindario separado del núcleo urbano por una carretera de seis carriles. Abre la puerta pensando en entrar y dejarla cerrada durante todo el tiempo que pueda, como ha hecho en los últimos años. Abre y cierra, dos vueltas a la llave, pero él se queda fuera. Lo que ha atisbado en la penumbra domina su mano y todo su cuerpo. Tonto, sólo es un colchón. Un colchón, sí, levantado como una pared en medio del pasillo, cortando el paso. Manchado de negro, quizás con la misma tinta de sus tatuajes. Fue la policía quien llamó a la ambulancia que te llevó a urgencias, le habían explicado en Oza, pero quién llamó a la policía que llamó a la ambulancia y por qué, de eso no le hablaron. Al abrir de nuevo notó el olor que faltaba. El olor de la bisa se estaba yendo de la casa, apenas quedaba un rastro que debía proceder de las prendas de su armario, debajo de varias capas de peste a cosas podridas, a agua estancada, un olor extraño que no era el de siempre, quizás es suyo, que ya no es el suyo porque ahora huele a medicamento, a comedor comunitario, a química correctora, a pupilas demasiado abiertas, a hospital psiquiátrico. Qué ganas de sacarse esa ropa asquerosa del hijo de Pallas y darse un baño, por fin un baño, y cubrir de aceites su piel reseca. Lo peor de aquel tiempo en Oza fue tener que estar siempre vestido, primero el pijama del Sergas, después el chándal. Germinal querría vivir desnudo. Su pellejo demasiado duro, demasiado delicado, sufre con los tejidos y acaba agrietándose. Esos días no puede ni moverse. Un muchacho fuerte, capaz de subir paredes con la potencia de sus dedos, derribado por su propia piel.

Al entrar en la sala y ver el sofá, Germinal recuerda como grabado en el aire su cuerpo encogido de centenaria, bisa Balbina. Aquella noche, él preparaba las tortillas francesas rellenas de espárragos para la cena, o sea que fue un miércoles, batía los huevos, aún sobre la encimera está el cuenco de cristal lleno de pegotes y hongos, la bisa miraba la tele, su bata verde esmeralda, una mancha de café en el borde de la manga, junto al agujerito deshilachado, la imagen es tan nítida. En las noticias hablaban sobre la sequía, él abrió una lata de puntas de espárragos y los puso a escurrir en el fregadero, una voz de hombre: «Hace un mes era una maravilla, había tan poca agua que cogíamos las truchas a cubos, pero ahora ya no queda nada», Germinal se asomó a la ventana para abrir la válvula de la bombona y encendió el fuego con el mechero largo, permanece colgado de un gancho en la pared justo donde lo había dejado.

La presentadora explicaba que la actualidad sobre la falta de lluvia en Galicia tenía alcance internacional, «la BBC informa estos días sobre el pueblo viejo de Aceredo, que acaba de emerger después de muchos años al secarse el embalse de Lindoso», la bisa soltó un gruñido. Aun estando de espaldas, él percibió que no le salió por la boca, que le salió del pecho, de lo más hondo, un ruido ronco que antes de verlo él supo que era el ruido que hace la muerte dentro del cuerpo de los que ya han vivido más de lo que les toca; bisiña, le dijo, la sartén ahí estaba todavía, quemada, la pared ennegrecida, alguien había cerrado el gas, y Balbina se quedó pasmada con las luces de la tele moviéndosele en la cara.

¿Y qué hiciste entonces?, le preguntó la doctora, le preguntó el enfermero, le preguntaron los pacientes en el hospital. Y él no se acordaba de nada. Me habéis borrado la memoria.

Pasa por la puerta abierta del dormitorio de la bisa y sin querer mirar ve un lío de limones pasmados y hojas secas de laurel encima de la cama, las persianas bajadas. Tiró la ropa en el pasillo antes de entrar al baño. Evita encontrarse con los frascos volcados dentro del lavabo, los perfumes, las cremas, la pasta de dientes. En el fondo de la bañera, trazados con una de las barras de labios rosa clarito de la bisa, hay símbolos, iguales o similares a los que Germinal lleva en su cuerpo: reconoce las letras, agrupadas unas dentro de otras hasta formar una figura, como un insecto de muchas patas. Dos círculos medio superpuestos, atravesados por una línea. Al ver esas marcas, se cubre el cuerpo con una toalla, una tenaza de pudor y miedo por los labios de la bisa, su barra rosa de plástico aplastada contra las baldosas del suelo, los signos que no entiende. Qué otros secretos guardan las habitaciones de su casa, la idea de horrorizarse abriendo una tras otra las tres puertas que aún no ha tocado le urge a salir de allí, a correr y regresar al hospital y pedirle a la doctora, por favor, deja que me quede, vuelve borrarme la memoria, porque esos recuerdos que tiene él no los puede soportar.

La sensación de huida es nueva para él, que solamente cuatro veces ha llegado a salir de esa casa en los últimos diez años. Una, la primera, ni consiguió cerrar el portal. Por su propio bien, porque un enjambre de ciclistas le pasó zumbando tan cerca que un pie fuera y le hubiesen arrancado la nariz. Diecisiete meses después volvió a intentarlo, llevaba varios días viendo a una perra preñada famélica rondando la carretera, y se le ocurrió que podrían darse buena compañía: él, la bisa y los perritos. A un paso de la puerta pensó que no tenía ningún derecho a hacer de aquellos animales unos presos, a cambio sólo de amor y comida. Que para vivir así, como vivía él, era mejor que muriesen debajo de un camión de la refinería. Una vez llegó mucho más lejos. Subió al primer autobús vacío que pasó por su calle, en dirección a la playa: llevaba ya más de tres años sin ver el mar. Se quedó de pie junto a la salida, en alerta, sosteniendo el control de sus sensaciones aun cuando un par de personas montaron en la siguiente parada y fueron a sentarse al fondo, cerca de él. El sudor le fundía las manos con la barra, pero nadie podía captarlo, el entorno era neutro, si no despegaba los ojos del suelo, todo iría bien. Diez paradas antes de llegar a la Dársena, comenzaba a creer que esta vez lo lograría: durante unos segundos se abstrajo de allí y anticipó una cerveza en la escollera del dique de abrigo, como si fuese la única del mundo. Todavía embotellada, la chapa mordiendo la boca, el gas sometido. Podría ser la última. Usaría los colmillos para abrirla. «Los dientes no son para eso», habría dicho la bisa. No, y tampoco la cebada es para esto. Magia.

Faltaban trescientos metros para alcanzar su objetivo cuando subió al bus una maraña de chicos y chicas en chanclas. Su piel fosforescía bajo los tatuajes de los tobillos, radiaciones absorbidas durante varios días de exposición a sangría con licor de mora. Enseguida lo percibió. El aire saturado, los vapores, una copa de brandy caldeada por demasiadas manos, ¿soy yo el que huele tan mal? Apesto como una gallina olvidada en una caja, y todos se están dando cuenta. Sin levantar la cabeza, se husmeó la ropa, se echó el aliento en las manos, aireó el sobaco. No era eso. El olor estaba dentro de él. Lo captaba desde algún lugar muy profundo en su cerebro, por debajo de todas las capas que conocía, y traía un recuerdo, una bomba, un terror. Un salir corriendo y llorar chocando con la gente, un taxi mudo y una puerta cerrada.

Todo esto había sido al principio, los primeros cuatro años de encierro, cuando aún le quedaban residuos de relaciones y costumbres que se le representaban con la apariencia de nudos aflojándose: si se soltaban, él se disolvería en el olvido del mundo. Ahora ya no las echa de menos.

Germinal está limpiando el pintalabios del fondo de la bañera, mal, con agua y trapo extendiendo más que eliminando la pintura, cuando tocan tres veces en la puerta. No al timbre. En la puerta. ¿Quién hace eso? Los golpes suenan convencidos, saben que estoy dentro. ¿Quién, si nunca hubo visitas? Seguro que han oído la cisterna, la cerradura, el grifo, su respiración de mamut asmático. Vuelven a llamar, vecino, dice una voz de hombre, y Germinal no se mueve, permanece al acecho con el estruendo de su propio corazón bombeando, seguro que lo están oyendo, porque el ruido le estalla entre las costillas y resuena amplificado por las piernas y el cráneo, rebota con eco desde la pared por encima de los toques y las pisadas del extraño que pasea describiendo círculos en el rellano. Tiene que abrir.

—Hola, vecino, ¡bienvenido a casa!, ¿todo bien?

Es un hombre del todo olvidable, y además Germinal recuerda no haberlo visto nunca.

—Soy Andrés, el presi.

Por su expresión, parecería que Germinal procede de un planeta en el que no existe el habla, y quizás tampoco el sonido.

—De la comunidad.

Germinal mira la caja de cartón que reposa en el suelo, junto a los pies de Andrés, calzados con zapatillas de casa.

—Sí, hombre. El del noveno F. ¿Cómo te llamas? Balbina nunca me dijo tu nombre, y como tampoco está en el buzón... Lo siento mucho, todos apreciábamos a tu abuela.

—Bisabuela.

—Te traigo algunas cosas, imagino que las necesitarás.

Andrés levanta la caja del suelo y se la ofrece. Al aceptarla, Ger piensa en desviar las manos, dejar caer el paquete, clavarle las uñas en el corazón, fuera de aquí, tú no conocías a la bisa, nadie conocía a la bisa, pero lo toma envolviéndolo con los brazos. Desde el interior sale un olor a productos de limpieza y desinfectante, la cara de sorpresa del chico, cómo sabe que los necesito, anima a Andrés a interrumpirle antes de que haya empezado a hablar.

—Son productos industriales, buenísimos. Esto no lo hay en ninguna casa. Los usamos en mi almacén, por eso algunos están abiertos. Ten cuidado y no los mezcles.

Germinal piensa en mezclarle a él la garganta con las tripas.

—Con todo lo que están diciendo en los periódicos, pensé que te harían falta. Me imagino que nadie se ha ocupado de eso. ¿Tienes más familia?

—¿Qué de los periódicos?

A Germinal, cuando siente una amenaza, le salen las palabras como piedras que se lanzan.

—Yo nunca les hablé de vosotros. Sólo puedo decir cosas buenas. Me acuerdo de lo que hiciste durante la pandemia. A algunos vecinos les pareció mal, lo tomaron como una broma un poco siniestra. Porque fuiste tú, ¿verdad?

El confinamiento había sorprendido a Germinal en una posición de ventaja. Veía al mundo entero atravesar una por una todas las fases que él había transitado en el pasado, y en ese país de tuertos, él, que llevaba ciego tanto tiempo, era un rey visionario que en lugar de guardarse las palabras del oráculo decidía escribirlas a máquina sobre cuartillas amarillentas intercaladas con papel carbón, y las repartía por debajo de las puertas de todo el bloque. Madruga. Dúchate, aunque luego te vuelvas a poner el pijama. Ten consciencia de qué día es hoy. Sigue una dieta proteica. Compra velas, pilas y esas cosas antiguas. Pregunta a tus abuelos qué harían ellos. Las cebollas, patatas y ajos, encárgalas en saco, directas del almacén de la señora Montañesa. Haz todo lo que las prisas nunca te permitieron hacer. Adopta a una araña. Mira cómo crece cada día el musgo en el tendal. Observa la vida de los otros en la ventana del patio de luces, mientras hacen la cena. Contempla el desgaste de la madera en el suelo y el avance de la negrura entre los azulejos. Registra la vida de tu casa. Córtate las uñas. Vuelve a usar la bañera. El agua, muy caliente. Sumerge la cabeza y escucha a los vecinos de abajo hablar como si estuviesen ahí dentro, junto a ti. Pésate. Haz pilates de pared. Eran las cosas que a él le habían ayudado a organizarse una rutina funcional.

    Germinal cierra la puerta casi rozando la nariz del vecino. Está empezando a marearse, el olor de los productos desinfectantes, el aspecto horrible de las habitaciones, el colchón en la pared. Recorre el pasillo hasta el fondo y en la sala encendió la tele. Enseguida encuentra un canal en el que una voz audaz, femenina, anuncia: «... Y tenemos novedades sobre la casa de los horrores».

Parte I

El calor
Finales de septiembre-octubre

1

Vilar, Calvos de Randín

—Qué tienes que decirle tú a mi madre.

El tipo es una lámina de pellejo seco, con ese cuerpo no se puede ser audaz más que con la boca, espera Flora, porque lleva una hoz en la mano, reposada junto a la pierna, pero quiere que se vea que esa herramienta no está ahí para segar hierba.

La vieja detrás de él, que venía atravesando la huerta a paso arrastrado, se detiene, deja salir de entre las encías un *deixa, ho*, y reorienta su atención hacia las gallinas que chillan a su espalda. Han conseguido volcar el cubo del maíz al suelo y sobre los granos esparcidos en el cemento del patio hierve una avalancha de picos, alas, uñas.

Flora no se mueve. Su cuerpo canijo clavado en el suelo. Sus rizos castaños paralizados, sin necesidad de una gota de laca. Su piel oscurecida, moteada por la agresividad de un verano perpetuo, se estrecha para contener el temblor más leve. Sus ojos grandes achicados, tensionados, no puede permitirse parpadear. Durante el trabajo de campo, cualquier antropóloga se encuentra con malas palabras. Amenazas veladas o evidentes. Ella sabe manejarse, sabe desviar la atención, sabe negociar. Lo ha hecho durante los últimos quince años, de Brasil a Mozambique, rastreando los sistemas de creencias de las tribus nómadas y las nuevas formas culturales que emergen bajo la superficie, en los arrabales superpoblados de las megalópolis. Y ahora, delante de este tipo, sólo se le ocurre inclinar la cabeza como un cachorrito abandonado y tenderle el papel arrugado que lleva en la mano: la fotografía que la ha traído tan lejos de todo lo que conoce, hasta esta finca aislada en la serra do Larouco, más allá de Randín, más allá de los últimos penedos que desde la carretera le parecieron el fin del horizonte, en un lugar que ni ella sabe si es Portugal o es España. La mandíbula del tipo responde con un chasquido que hace callar a los pájaros, fruto de un entrenamiento regular en masticación de huesos de mastodonte.

Ya se lo había avisado Suso, su *fixer* en A Limia. Si tú te vas a Afganistán o a Tijuana a grabar un documental, necesitas a alguien autóctono que conozca cómo se mueve la vida, que te presente a las personas indicadas, que te planifique un itinerario seguro. Pues cuando te vienes a la montaña de Ourense a rastrear los fósiles de un ritual enterrado que conectaba el tiempo, la naturaleza y el ser humano, lo mismo. Te buscas a un *fixer*. Y si es un periodista, mucho mejor. Nadie tiene más ojos, orejas, pies y hasta hocicos que un buen periodista local con ganas de prosperar y con la misión sentida de que sus historias deben ser conocidas más allá de su profundo valle. Y así es Suso. Treinta y un años cumplidos el verano pasado y acaba de montar el primer medio digital de esa zona fronteriza, *O Tempo da Raia*. No te hagas ilusiones con esa familia, le dijo ya la primera vez que se encontraron, sentados en una escalera de piedra en el atrio de la iglesia de Santiago de Rubiás. Son raros. Son difíciles. Son de otra pasta. Hace siglos que no tratan con nadie. No vas a localizar la casa, está fuera de la carretera. Si subes hasta allí, mejor voy contigo. A ver, Suso. Un reportero metedizo con el hocico más largo que un hurón y conocido en dos leguas a la redonda no es la mejor persona para abrir camino con gente desconfiada.

Flora tenía otro plan: usar su mejunje de acentos para hacerse pasar por la típica extranjera extraviada, explotar la voluntad de auxilio que ella supone a todo habitante de las aldeas y desde ahí ir prendiendo alfileres, hilvanar la conversación, asegurar los puntos. Entonces le pareció una idea infalible. Le ha funcionado casi siempre, de Brasil a Mozambique. Pero cómo se habla con personas como esta. Levanta la mano muy despacio, mostrando la fotografía impresa en blanco y negro.

Quería enseñarle algo, dice. Es evidente que el tipo no puede verlo. El sol bajo de finales de septiembre le entra directo en los ojos.

—Larga de aquí. —Los nudillos se le ponen blancos alrededor del mango de la hoz, como si el hueso quisiera salir a saludarla.

Ya se lo había dicho Suso, si anda por ahí el hijo de Selvita, olvídate. Deja que te acompañe, que cuando yo era crío, ese hombre aún tenía trato con mi padre. Hasta venía a casa y ayudaba a organizar las cuadrillas para la vendimia, entonces teníamos viñas allá, en Monterrei. No era fácil, los trabajadores eran gente desunida, desconocida, una mezcolanza de mochileros, peregrinos, inmigrantes y chavales pobres de otros pueblos, algunos exyonquis, otros todavía enganchados, algunos chiquitos locos de Toén. El tipo ese, no recuerdo el nombre, con su rostro ajeno a las emociones y dos o tres monosílabos entre los dientes resolvía la campaña entera, las constantes bajas, que cada día se iban dos o tres o seis. Siempre fue seco, hosco, pero luego se volvió hostil, poco antes de morir su mujer, Gloria. Quizás ella estaba enferma y eso le cambió. Dentro de los hogares, el sufrimiento extendido de los males crónicos, de los días terminales que no acaban de terminar, eso pulveriza hasta las piedras. El tipo ese se replegó a su finca y allí se quedó, con su madre, Selvita, que él hijos nunca tuvo. Cuidan un puñado de vacas enclenques, algunas gallinas, y si va al pueblo, no habla con nadie. Hace mucho tiempo que esa gente no deja entrar a nadie allí. A la anciana Selvita ya ni se la ve, como no tengas suerte y salga a sachar la huerta. Hasta es posible que haya muerto.

—Tú te hubieras enterado de eso.

—El tipo ese sería capaz de haberla enterrado en la *leira*. Por apego filial, no en plan siniestro.

—Pues yo voy a ir.

—Prepáralo bien. Llévales un detalle, algo de comida quizás. Lo agradecerán. En esa casa siempre parece que nada se da bien. Si plantan patata, les sale cicuta.

No podía ser tan difícil, pensaba entonces Flora. Hay un abracadabra para cada persona, eso es seguro. Si se encuentra el argumento correcto, la puerta se abre. Muchas veces ha tenido que convencer a los que no quieren hablar, *los del candado en la boca*. Son los menos, pero siempre hay alguno: los que odian las preguntas, los que desprecian su propia sabiduría, que me dejes en paz, que yo no quiero nada de eso, que qué te voy a contar yo, que no sé de nada, que yo a esta edad ya no voy a andar por ahí, que no me grabes, que ya soy viuda, que mis nietos dicen que no, que no me irás a hacer una foto, eh. Incluso esos, si logras encender el fósforo mágico capaz de prenderles en la memoria un recuerdo emocionante o hermoso, acaban enredándose en la trampa: se acuerda usted de esos juegos que había antes, que ya no existen, que todo se pierde, que están los críos todo el día dale que dale a la maquinita. Cómo se ayudaban los vecinos, no como ahora, que cada uno anda a su aire. ¿Y aquella escuelita del pueblo? Niños y niñas separadas, sólo aprendí las cuatro reglas y ya me sacaron, tenía que trabajar que aquí ya se empezaba de muy crío, *eu pa o outro día que nacín xa fun cas vacas,* con nueve años empecé a comprar becerros. Me vendían los puchos porque sabían que era formal, y trato hecho. Mi padre era feriante, y con cinco años ya iba con él *pra* feira, después *pa* escuela. Andábamos a las cabras, cuarenta llegué a tener. Y aún les pongo leche de cabra a mis nietos desde el principio. Un médico le dijo a la madre que estaba loca, dándole leche de cabra a los chicos, hombre, vamos a comparar eso con lo que viene de afuera, que eso no es más que polvo y agua. ¿Y qué edad tiene usted, caballero? Ochenta años cumplí ayer. Ya está dentro, ahora, con mucho cuidado, hay que recoger todos los hilos y cerrar la red.

Pero cómo se hace con alguien como esta gente. Alguien con una hoz en la mano y una intención siniestra entre los dientes. Flora sola en una finca aislada al final de un camino de tierra con hierba muerta, pisoteada, que parte de una carretera comarcal por la que nadie pasa, porque sólo conduce al páramo, a la montaña arisca y a las antiguas sendas del contrabando que ya no son necesarias. El vecino más cercano está a varios kilómetros, separado por la sequedad del paisaje que cruje como una tostada. Al final iban a tener razón todos menos ella: su hermano Salvador cuando le decía que no viniese a Galicia, que esta gente era salvaje. Su *fixer* Suso cuando la advertía de que no iba a conseguir nada de la familia Fontes.

Regresar a casa de tu madre cuando rebasas los cuarenta es un magnífico impulso al emprendimiento, sobre todo si no os lleváis bien y vuelves porque la alternativa es vivir de la beneficencia, piensa Flora. Su caída fue tan rápida que ni le dio tiempo a despeinar sus rizos: de liderar investigaciones sobre la cosmogonía de los makonde a quedarse fuera de todo, llamada a mamá, las puertas abiertas de su hogar familiar en Albergaría dos Fusos. Allí fue donde perdió la esperanza y empezó a considerar la idea de quedarse para siempre en la aldea de los abuelos portugueses, aceptar el trabajo en la fábrica de aceite de su hermano, cortar todos los cabos que todavía la unían a su identidad anterior: Londres, la antropología, la investigación en el terreno. Sólo cuando estuvo dispuesta a renunciar apareció la oportunidad. La encontró leyendo el *Diario do Sul* en la taberna de Albergaría: cinco museos etnográficos de España y Portugal acababan de conseguir financiación europea para emprender un proyecto de divulgación sobre las mascaradas transfronterizas ibéricas, probablemente la última posibilidad que tendría Flora para volver a hacer lo único que sabe hacer desde un extremo lo más alejado posible de todo lo que ha hecho hasta el momento. Justo lo que buscaba. Tendría que remover, presionar y persuadir para conseguir entrar en ese proyecto, algo complicado para ella, que en los últimos veinte años se había desconectado de la tierra de su madre. Y entonces, se acordó de aquella fotografía, que siempre le había resultado extraña.

A veces parecería que las imágenes tomadas al azar puedan capturar claves decisivas para el porvenir. Cuando la encontró, muchos años antes, abriendo cajas para desechar las cosas de su padre, no le dio demasiada importancia. Una foto en blanco y negro, antigua, a grano grueso, tomada dentro del juego violento de una celebración rural. En primer plano, un hombre enmascarado corre dejando un borrón de cencerros y pellejo de animal. Lo han retratado a velocidad lenta, en pleno salto, y la mitad de su cuerpo y de la máscara de madera que le cubre el rostro salen fuera del cuadro, un brazo extendido, un pie en el aire. Parece un antepasado tosco del *cigarrón*, coronado con una estela larga de cintas. Detrás de él, en medio de un camino embarrado bordeado de casas de piedra, otros personajes avanzan hacia la cámara, manchas escuetas vestidas de *Entroido*, que agitan sus mazos, o quizás son tenazas, en las manos. Al moverse, levantan en el aire a tres gallinas asustadas. A la derecha, camuflada casi por completo en la oscuridad de una puerta partida, una niña observa al enmascarado con terror y fijeza. A Flora le recuerda a aquellas espantosas imágenes de ella y su hermano con los payasos del circo, llorando, porque le daban miedo.

Tras la fotografía, escritos a pluma en una caligrafía apresurada que Flora no reconocía, los datos: «Randín, 1949». Le extrañó el lugar, porque su familia procedía por una parte de Terra Chá y por otra del Alentejo, aunque ella no se reconociese en ninguna de esas referencias, y no porque nacer en Londres solape las identidades de los hijos de los emigrantes, más bien le añade una nueva salsa al mejunje, sino porque su atención, desde que pudo elegir qué le interesa, la han capturado otras expresiones culturales: brillo de espejitos, collares de semillas que se agitan, y por debajo, todo el mundo oculto de las creencias y la superstición. Entonces Flora había devuelto el documento a su caja de cartón: tenía otros proyectos, viajes, investigaciones sobre el candomblé y la kimbanda. Ahora es su asidero. Muchos antropólogos antes que ella han estudiado las mascaradas de invierno en Galicia, pero eso que se ve en su fotografía no lo ha estudiado nadie. Es una mascarada perdida, quizás un *Entroido*, y parece diferente a todas las que hay a ambos lados de la Raia. Fue esta imagen, junto a sus habilidades para la exageración, lo que le abrió un hueco en el proyecto de los museos transfronterizos, una oportunidad para reconducir su trayectoria después de haberla estrellado contra un suelo de aristas muy afiladas.

Lleva dos semanas recorriendo la Raia Seca de este a oeste, y vuelta. Ha visitado a los *cigarróns*, a los *peliqueiros*, los *carantoños*, los *follateiros*, los *boteiros*, los *troteiros*, las pantallas, los *felos*, las *mázcaras*, los caretos. Ha hablado con todos. El problema es que en A Limia nadie recuerda la celebración que aparece en su foto.

Removió los archivos con los cementerios, molestó a unos y a otros, dejó copias de la imagen en todos los ayuntamientos, preguntó a los médicos rurales, a los pescaderos itinerantes, a los *feirantes*, y no paró hasta que encontró a la niña de la foto. Se llamaba Selvita Fontes, entonces una pequeña espabilada, hoy rondando los noventa, una mujer con una habilidad legendaria: tenía una memoria extraordinaria para los cuentos e historias. Seguro que ella recordaba la mascarada perdida. Flora ha logrado sacar a la luz la rama dorada, a base de preguntar, acosar, tocar teclas, seducir y rastrear. Selvita, la de los Fontes, es el gran descubrimiento.

Y es inaccesible, según le decían todos.

Ahora, delante del tipo de la hoz, todas sus estrategias y expectativas se apartan para abrir paso a aquella frase sarcástica que tanto repetía su padre, cocinero de barco mercante:

—Los Luido sólo sabemos hacer una cosa. Pero la hacemos mejor que nadie, Floriña.

—¿Cocinar?

—No, *muller*, ¡fracasar!

Y su carcajada poderosa ocupaba todo el espacio durante un momento, antes de ahogarse en los estertores de unos pulmones con más peso en alquitrán que en tejido orgánico.

Flora estaba tan convencida de que su método funcionaría con Selvita que no había tomado ninguna precaución. Dejó el coche abajo, en el arranque del camino, subió repasando su puesta en escena, las preguntas escalonadas para emanar un clima de escucha, cordialidad, participación, por este orden. Entre los peñascos de la serra do Larouco, la casa de los Fontes, forrada en un cemento que parecía llevar muchos años sin pintar, se ha contagiado de ese tono que de lejos parece gris y de cerca es el resultado de un fondo blanco moteado por los desconchados, el cuarteado, las humedades, algún círculo expansivo de cosas vivas y la roña en general. Un añadido a dos aguas con el ladrillo a la vista, puerta de aluminio, ventanas de madera con rejas oxidadas. Incluso en la planta de arriba. Sí que son desconfiados.

El plástico del timbre estaba negro y derretido, como si le hubiesen acercado un mechero encendido. Al pulsarlo, se liberó un coro de campanillas, pero dentro no pareció moverse nada. Tras las barras de la puerta, tras el cristal, tras la cortinilla de ganchillo, la oscuridad muda como una piedra. Pero tienen que estar, Suso dice que siempre están. Rodeó entonces la finca, alambrada con malla de acero verde. Terreno útil, nada de césped, rosales ni fuentecitas. Quizás no tuviesen suerte, pero lo intentaban de todas las formas en las que se puede trabajar un espacio de ese tamaño.

En una esquina hay tres colmenas de aspecto triste. Un invernadero bajo y despellejado. Algunas vides intentan ascender por la valla. La tierra está removida y mezclada con desechos de cosecha, dándole al huerto un aspecto caótico que, sin embargo, debe tener algún sentido. La impresión de labor desesperanzada que emitían los brotes impregnaba también el patio trasero, una explanada de cemento donde dormitaban dos mastines inmensos, delgadísimos. Son perros territoriales, hostiles con los extraños. Siempre que Flora los ha encontrado en sus recorridos en busca de fuentes orales, salían al camino y marcaban su autoridad: yo estaba aquí antes. Pero estos dos, si no los hubiese visto sacudirse para espantar las moscas, Flora habría pensado que estaban muertos, que eran momias, sacos de huesos, hechos de la misma materia astillada que la mesa sin una pata sobre la que una damajuana mediada de vino esperaba la hora de su petrificación.

Primero encontró los cobertizos y después a la vieja. Su ropa y su piel parduzcas se mimetizaban con las paredes grises en las que brillaban líquenes amarillos. No era fácil distinguir su silueta, pero cuando logró recortarla, Flora ya no pudo dejar de verla. Apoyada en dos varas, con la espalda arqueada como un cartabón, la anciana manejaba un cubo del que sacaba maíz a puñados para echarlo a cuatro gallinas que andaban, picoteaban y cagaban alrededor de sus zapatillas ortopédicas. Dejaba un bastón contra el muro, lanzaba un puñado de cereal, arrastraba el cubo unos centímetros. Recuperaba el bastón, avanzaba dos pasos y vuelta a empezar. El mecanismo tenía tantas interferencias que daban ganas de arrancarle el cubo de las manos y hacerle tragar el pienso. Tenía que ser Selvita.

Chegar e encher, pensó Flora, esa expresión que usaba su padre cuando algo le salía bien a la primera, contradiciendo el destino fracasado de los Luido.

—¿Selvita? —le gritó desde fuera del cercado. Los dos perros, sin mover siquiera una oreja, comenzaron a soltar un gruñido largo, profundo, ronco. Sonaban igual que sonaría Tom Waits ladrando desde el fondo de una tumba. La anciana levantó la cabeza y sonrió. Se limpió las manos en el mandil y activó la maniobra de acercamiento, con ese paso dramático, bastón, paso, bastón, que le daba cierta solemnidad. Flora le vio las piernas al aire, ribeteadas con una maraña de varices y arañas vasculares. ¿Qué edad tendría? Si la fecha de la fotografía era correcta, no podía llegar a los noventa años, pero parecía la bisabuela de la diosa que parió la tierra.

—¡A buen sitio vienes, nena! Ney, Sou, *calade, ho* —ordenó a los perros—. ¿Qué *que's*?

—Selvita, creo que no me conoce, pero me han hablado mucho de usted. Me han dicho que es la persona que sabe más historias de las fiestas de antes. De los *entroidos* y las máscaras.

La anciana se rio.

—*Deus* bendito, más sabía antes. Ahora ya todo eso no le interesa a nadie...

«¿Ves, Suso?, así lo consigue una experta», piensa Flora, relamiéndose de autocomplacencia.

—¿Que no? Yo vengo desde muy lejos para hablar con usted. Estoy estudiando aquellas celebraciones que se hacían por aquí en invierno, con los cencerros y las máscaras de madera. Mire esta foto. Le va a sorprender. —Flora sacó de su carpeta la imagen en blanco y negro impresa en un folio y aprovechó el momento para encender con disimulo la grabadora del móvil que llevaba colgando en el cuello, pidiendo perdón mentalmente a Evans-Pritchard, a Malinowski, a Julio Caro Baroja y a todos sus maestros de antropología, que desde las montañas la miraban con desaprobación. Incluso con desprecio.

Selvita, que avanzaba lenta, decidida, se congeló a unos cinco metros de la verja como si hubiese detectado un peligro, una trampa, un explosivo bajo su pie. Una voz, agrietada y ronca, se estampó contra la espalda de Flora, un derrumbe causado por el grito de un gigante: Tú qué tienes que molestar a mi madre. Flora se giró y lo vio ahí delante, se le había acercado por fuera del cercado sin hacer el menor ruido. Un hombre con cara de muchos enemigos y de pocas diversiones, un ogro, el tipo ese sobre el que Suso le había advertido, el hijo de Selvita que todos decían que era un aventado, un agresivo y un desarraigado, aunque había nacido en esta misma casa en la serra do Larouco.

«Aquí todos están famélicos», piensa.

El hombre vestía un mono de trabajo muy viejo y descolorido.

«Parece la funda de un esqueleto».

—*Mamá, vai pa dentro* —dice.

«Y en la mano lleva una hoz».

—Qué tienes que decirle tú a mi madre. Larga de aquí. —El tipo vuelve a encararse, ahora un poco más cerca.

—Sólo quería enseñarle esto. —Flora agita el papel en su mano. Esa imagen tan hermosa e inocente estimularía la curiosidad de cualquier bestia, está convencida. Los ritos amansan a las fieras.

—*Cajonacona* —estalla el tipo. Y avanza otros dos o tres pasos hacia ella. Agita su muñeca junto a la pierna, haciendo tremblequear la hoz.

El teléfono de Flora empieza a sonar, muy alto.

«No te aguanto más, u-u, eres muy aburrido, no me llames jamás».

El tono que identifica las llamadas de su hermano Salva.

—Larga de aquí, que te reviento.

«No te aguanto más, no te aguanto más».

El tipo levanta el brazo muy despacio, el sol destella en la hoja, demasiado limpia y brillante para esa mano mugrienta, para ese cuerpo destartalado, para esa finca que se derrumba colonizada por el óxido, el calcio y el liquen.

—¿*Tasorda* o qué?

«No te aguanto, no te aguanto, no te aguanto más».

Y Flora, que es una tía canija pero *arroutada*, agacha las orejitas, cierra el pico y achanta. Se recoge dando pasos hacia atrás sin dejar de mirar la mano del tipo y, al llegar al camino, le da la espalda por mera chulería, porque bajando despacio y con la frente alta una corriente punzante le recorre el espinazo, como un presagio: un berreo, un empujón, un filo que la atraviesa. Cuando alcanza la carretera se gira y ve al tipo todavía allí, la vista fija en ella, ¿puede arrojarse una hoz como se arroja un cuchillo, como un hacha? Flora cree que no. Extiende sus manos alrededor de la boca para amplificar la voz, grita «*mariconsón*» impostando un acento cubano, se mete en el coche y sale volando de allí convencida de no volver nunca más.

Pero volvió.

2

Cualedro

A los Servicios Sociales del Ayuntamiento de Cualedro les empieza a encajar la metáfora de la olla a presión puesta al fuego con la tapa mal ajustada. Al que vive del campo, o le han subido los costes de los piensos o le han bajado los pagos de la leche. O le han crecido las plagas o le han menguado las cosechas. Piensa en cuántos mayores están manteniendo a la familia entera con pensión de ganadero. Un desastre. Que la pobreza en el rural es otra cosa, que nadie va a morirse de hambre, que la solidaridad entre vecinos y blablá, pero ya le vale también.

Anda que no he visto yo a la Carcañana pedir restos en la carnicería para los perros, y ni perros tiene, que era para cocinarlos con arroz y alimentar a los críos, rosma Senén Ventura, trabajador social, media vida en ese pueblo acompañando, consolando hacia afuera algunas veces, juzgando para sus adentros otras. Está satisfecho: en contra de lo que se suele creer sobre los de su especie, él no ha quitado la custodia de un solo hijo. Quizás porque quedan muy pocos niños en la Galicia interior, y a los que hay los tienen envueltos entre algodones de azúcar rosa, que los están idiotizando, mamá quiero *pitisuís*, toma *pitisuís*, mi tesoro. En cambio, ha conseguido enviar ayuda a domicilio a más de cien mayores de los que nadie se quería hacer cargo, ha tramitado miles de RISGAS, por no hablar de todos los cortes de luz que nunca llegaron a producirse porque él, con sus mañas negociadoras, con esas manitas pequeñas que tiene, que una mujer despiadada describió una vez como manitas de facineroso, con esas mismas manitas escribió un informe social tan impecable que hasta hubiese licuado el pedazo de basalto que el conde de Fenosa llevaba incrustado en el hueco del corazón.

Por eso, cuando la chica, la nueva, joder, la sustituta, que acaba de salir de la facultad, que no tiene ni idea, que es educadora y no trabajadora social, entra por la oficina, sostiene la puerta y hace pasar a un anciano enroscado en una silla de ruedas, la piel áspera de liquen, la barba formando una masa estilo Ajax, estropajo jabonoso; los cuatro pelos blancos de la cabeza apañaditos en dos trenzas largas, como Willie Nelson; las manos de oso, armadas con unas uñas capaces de abrir una lata de un zarpazo y de transmitir el tétanos a las sardinas en escabeche que lleve dentro; los huesos morenos envueltos en un mejunje de tejidos groseros, desgarrados, bajo los que se adivina una bata de hospital; resumiendo, cuando entra esa persona a la que él, con todos sus esfuerzos de décadas, nunca ha conseguido atraer al buen camino de la institucionalización, le parece imposible, le parece indignante y le parece que ahí hay algo raro. Algo que le quieren quitar.

La intercepto, la humillo públicamente por pasarse de lista, Tamara, me cago en la hostia de tu primera comunión, que eres educadora, esto tienes que saberlo. Rescato a este hombre antes de que se nos escape, le calco el diagnóstico y de paso me entero de cómo lo han liado para venir hasta aquí, ¡y en silla de ruedas! Va a ver esta. Eso piensa Senén Ventura, pero al decirlo, su lengua se enrosca sin él quererlo.

—Tamariña, marcho a por cafés. Coge mi despacho y después me cuentas.

Ventu tiene estas cosas. Para algunos es un pedazo de *molete* blandito, caliente, untado con demasiada mantequilla —él preferiría que lo describiesen como un blinis con caviar—. Para otros, es un acojonado con el fondo de una fosa de purines y la cara de un pedicurista franquiciado. Ni él mismo tiene muy claro cuál de sus varios egos le ha toreado aquí.

Al rato, Tamara sale del despacho casi sin aliento, como si acabase de ganar la apuesta de vamos a ver quién aguanta más sin respirar. Arrastra consigo la peste acre del ermitaño, hasta parece que se le haya pegado ese color de piel indeterminado, una especie de hongo infeccioso que va colonizando su tez traslúcida, sus mofletes rojos. Espero que haya abierto la ventana.

—Ventu, no encuentro la ficha de este hombre, ¿dónde está empadronado?

—En el censo de Floridablanca, Tamariña.

—Y eso, ¿en qué archivo está? ¿En el del sótano?

—Rapaza, esas no son tus funciones.

La chica sabe que, si quiere empezar con buen pie en ese trabajo, tiene que ganarse al viejo *repunantiño*: es el momento de desenfundar sus armas de conciliación masiva. Un secreto revelado por la psicóloga de la ONG donde hizo las prácticas hace unos meses: esto sólo lo sabemos quienes trabajamos con la mente, no, con el bienestar mental, le había dicho. Un mantra mágico que acerca las voluntades, diluye la desconfianza. Lo ha probado con sus amigas. Es más efectivo que una faja de mercadillo.

—Lo entiendo, Ventu.

—Un error en la acogida y le puedes desgraciar la vida a alguien, ¿sabes?

—Lo sé, te entiendo.

—La primera entrevista es el momento más importante de cualquier intervención social.

—De verdad que te entiendo.

El abracadabra, reiterado, surtió su efecto: Ventu primero arrugó la vista y estiró el cuello para observarla desde arriba. Luego empezó a negar con la cabeza. Y al final graznó:

—Pues si lo sabes, si lo entiendes y lo sigues haciendo, es que eres negligente. O parva.

—Entiendo tu malestar.

—Venga, dame esos apuntes de primero de la ESO a los que llamas expediente y ya puedes salir al recreo.

La chica se pone roja desde el dorso de las manos hasta el extremo de las cejas. Odia que se le note el efecto de las pullas que le lanzan. Ojalá su piel, tan sensible, pudiera simular que se vuelve de acero, como hace ella misma en sus adentros. Por lo demás, con ese temple interior podría ser la tatarabuela de la teniente Ripley.

—¿Qué hago con el señor? ¿Te parece bien si lo llevo al comedor?

«Esas sí que son tus funciones, chica».

Ventu cree en el poder reformador de las reprimendas en público. Sobre todo, con la gente joven, como Tamara: entusiasta, recién iniciada, aún está a tiempo de perdonar y mejorar. Los viejos como él siempre tienen respuestas para todo, se niegan a cambiar, no se arredran y aun así se guardan el rencor en una bolsita muy apretada dentro de la papada. Cuanto más papada, más rencor. Él mismo lleva una de esas bolsas; en realidad, todo un saco ceñido que a veces le oprime la garganta, pero intenta que no se le salga. Por estética, más que por ética.

Ventu entra en su despacho. La ventana, sí, está abierta, y en una vista rápida no percibe otros cambios en sus dominios: el ordenador, en suspensión. Los pósits de colores, alineados delante del teclado. Los pañuelitos de llorar que asoman de la caja, sin marcas sucias de dedos. Siete, ocho, nueve caramelos en el platito, bien. Los rotuladores fosforescentes, encima del cuaderno, en diagonal, en el orden correcto: amarillo, naranja, verde. En el bote de los lápices nota el hueco de un boli, el rojo de Cárnicas Caamaño, *cajo no demo*, el que mejor escribe. Uno de los dos asientos para visitantes ha sido apartado para hacer sitio a la silla de ruedas. Ordenado es el que no desordena, murmura Ventu, y levanta el informe, una hoja manuscrita por ambas caras y encabezada con el escudo del ayuntamiento de Cualedro, la cabra montesa sobre las ondas del río, para rociar la mesa con espray desinfectante y pasar un paño blanco. Un perfilador de labios color rosa se ha colado entre el respaldo; Tamara, ¿te parece que mi despacho es el camerino de una cabaretera? ¿Entonces por qué me lo llenas de pinturitas de mona? Esto no es serio, va a decirle. Piensa en echarlo a la papelera, pero se lo guarda en el bolsillo: así la reprimenda tendrá más efecto cuando se lo entregue. Se sienta. Y encima me ha dejado la silla caliente.

La letra de Tamara es redondita, regordeta, parece acuñada más que trazada a pulso, de tan iguales que son los caracteres, y, un detalle que a Ventu siempre le revela si está ante una persona absurda, sobre las íes no deja un punto rápido, sino que pierde el tiempo en dibujar un redondelito perfectamente centrado, un globito, achatado por los polos, el planeta de las palurdas. Antes de leer el contenido, Ventu ya sabe que está delante del producto de una mente básica, impetuosa, con ciertas posibilidades de ser moldeada.

- Nº HISTORIAL:
- NOMBRE: «O Ermitaño» (apodo).
- FECHA DE NACIMIENTO: no se sabe.
- SEXO: V.
- NACIONALIDAD: parece de aquí.
- LUGAR DE RESIDENCIA: Pena da Muller, S/N (Serra do Larouco).
- TIPO DE VIVIENDA: chabola.
- RÉGIMEN DE TENENCIA: *okupa?*
- SITUACIÓN SENTIMENTAL: vive solo.
- PERSONAS A CARGO: 0
- TELÉFONO: no tiene.
- EMAIL: no usa.
- TIPO Y NÚMERO DE DOCUMENTO: no se acuerda.
- ¿RECIBE ALGUNA PRESTACIÓN EN LA ACTUALIDAD?: no consta.

- Factor de exclusión: tercera edad, evaluar falta de recursos y problemas asociados. Evaluar salud física y mental.

Tremendo trabajo de investigación, Tamara. ¿Por qué no te han llamado todavía para dirigir el *New York Times*?

El ermitaño se llama Armindo. Hace ya muchos años, Ventu rebuscó entre las inscripciones de nacimiento y encontró los datos completos: Armindo Custodio Vázquez Lobelle, nacido en la chabola de la Pena da Muller, el 17 de octubre de 1946, hijo de Armindo Vázquez Novoa y de Josefa Custodia Lobelle Ferreiro. Hacia los lados y hacia adelante, parecía que esa familia no había logrado desarrollar sus ramas: era un matrimonio de hijos únicos que había producido un hijo único al que no se le conoce descendencia. Hacia atrás, Ventu solamente había conseguido remontarse a la generación anterior, y ya era un milagro que se conservasen los archivos, entre incendios, saqueos, expurgos. De nuevo, los abuelos del Ermitaño —Felipa Custodia y Ramón, Estrella y Venancio Custodio— eran todos hijos únicos.

Armindo siempre ha vivido en esa especie de barracón de madera y mampostería adosado a un gran bolo de granito, en las cumbres del Larouco, a los pies de la Pena da Muller. La pobreza, antes, no era cosa de dinero, porque moneda no tenía nadie. Era la falta de un trozo de suelo, de piedra para levantar muros, de animales. Los antepasados de Armindo no fueron dueños de nada. Se subieron a ese monte que nadie quería, capturaron unas cabras, algún potro salvaje. Se ahorraron una pared de cuatro apoyando la casa contra la roca. Imagino que también da estabilidad, que ahí no tocó arquitecto ninguno, que los peñascos salen a flor de tierra y no sé yo cómo iban a meterle cimientos a eso, que el viento, más que soplar, cepilla los árboles hasta inclinarlos, allá arriba, en la cumbre.

Doscientas veces ha subido Ventu para ver si Armindo sigue vivo, para hablar con Armindo, para intentar que Armindo acepte siquiera conocer los recursos que le ofrece el ayuntamiento, de los que Ventu está tan orgulloso, pues él mismo ha construido todo el sistema de Servicios Sociales casi desde cero. Que acepte al menos unas mantas del ropero. Nada. Cada una de esas doscientas visitas está recogida en una ficha de intervención —fecha, acciones realizadas, resultado—, dentro de una carpetilla de cartón, en el cajón con cerradura donde Ventu guarda los casos difíciles y desesperados. Que esta se pone a hacer lo que ya está hecho, y así nos va, que estoy rodeado de imbéciles, que cómo va a ser hoy la fecha de primera acogida, Tamara, bonita.

En el pueblo siempre se le llamó o Ermitaño: un tipo de pocas palabras y menos ropa todavía. Un animal libre de la serra do Larouco. Ventu recuerda haberlo visto desde el coche, un mes de febrero de los de antes, descalzo, caminando por el arcén con ese andar de *ánima soila*, cubierto nada más que por los agujeros de sus andrajos. Ventu frenó, se apeó y en los veinte metros que los separaban estuvo a punto de desnucarse cuatro veces: una capa invisible de hielo, delgadísima, forraba la carretera, y ni sus botas agarre máximo aislamiento total eran capaces de anclarlo al suelo. Dos días después, le subió unos tenis y unos polares de colores chillones que él nunca se había atrevido a usar, porque al final esa barriga no había bajado, más bien al contrario. Armindo no quiso aceptarlos, pero igual él se los había dejado en una bolsa de supermercado, atada a la puerta de la casa, junto con una tarjeta con su número de teléfono, veinte euros y una botella de anís mediada, a ver si le pillaba el gusto, se le acababa pronto y le daba la tentación de bajar a Cualedro a por más. «Porque seguro que le da a la bebida, como todos los naturalistas». A los pocos días, unos senderistas de Vigo llegaron a la tasca del pueblo descojonándose porque en esa montaña de locos los paisanos vestían a las cabras con prendas deportivas fluorescentes. Ventu quiso entenderle la lógica, que así el Ermitaño podía verlas de lejos, que ya debía andar escaso de visión. «O quizás se trata de que las vean los conductores, yo qué sé».

La ficha de Tamara se cierra con unas líneas en el apartado de observaciones: «Lo encontré en la fecha de acogida indicada deambulando por la estrada de San Millao, preguntando por un teléfono. Casi no puede andar. Se le hace acompañamiento al centro de salud, donde le atienden de urgencia. Diagnóstico de esguince en ambos tobillos. Anemia, hipertensión».

Ni siquiera bajó Armindo cuando se le quemó la cabaña, hará diez años, que hacía fuego ahí dentro para calentarse un poco y se le fue de las manos, las llamas subieron a una viga, se deslizaron a toda la estructura y se desplomó parte del tejado. A los tres o cuatro días la noticia llegó a la oficina de Servicios Sociales. Había llovido, entonces aún llovía, y Ventu se encontró con el Ermitaño empapado, tembleando, acurrucado entre tablas de madera y tejas, cubierto de cenizas.

Parecía un polluelo que hubiese caído desde el huevo a las brasas, sin pasar por la sartén. Ni siquiera entonces aceptó que lo moviesen de allí, y no hubo manera de conseguirlo, o quizás es que Ventu tampoco hizo la llamada ni tocó el botón que hubiese puesto en marcha el engranaje judicial, por eso la carpetilla estaba bajo llave. Su concejala, un barrilete rosa chillón espolvoreado de azúcar glas, no se iba a molestar en subir a ver el percal, y él le dijo que las cosas no estaban tan mal. Ardieron unas maderas, ya está todo limpio, yo no le veo más problema. Es un tipo raro, pero autosuficiente. Y, sí, después del incendio reconstruyó todo eso con placas de uralita, maderos, hasta lonas: de cabaña pasó a chabola.

Ventu subía, las fechas de las fichas eran cada vez menos espaciadas, y dejaba ropa, calzado, latas de fabada. Si las comió o se las dio a las cabras, cualquier cosa podía ser. Supongo que estos últimos meses se le han hecho muy difíciles. Los lobos, muertos de hambre, acechan a los animales. Hasta los jabalíes empiezan a atacar a las ovejas. El agua escasea, pero hasta hoy nada había conseguido extraer a Armindo de su vida libre en la cumbre. Él es la espina que Ventu lleva clavada entre la uña y la carne de su trayectoria. Poca cosa, que mucho más adentro le duele un *fouciño* oxidado bien hundido en los intestinos, pero no es el momento de pensar en eso.

Y ahora lo tiene ahí, en una silla de ruedas, delante de un plato de caldo de nabizas, en el comedor del centro de día. Manejable, que no puede salir corriendo. En zapatillas, que no te aguanta unos zapatos, y además tampoco le caben en ese pie, no quiero yo verle las uñas. Y no dice nada. Nada más que: «*Devolvédeme. Devolvédeme alá*».

3

Serra do Larouco, Calvos de Randín

Cuando se despertó esa mañana en su apartamento alquilado cerca de la carretera general de Calvos de Randín, justo detrás del bar La Parada, Flora no sabía que iba a estar a punto de morir como mueren los imbéciles, por una sucesión de decisiones absurdas, tomadas *sen xeito*. Eso le era muy propio: lo de las decisiones absurdas, no lo de morir. Mira que eres lista, le decían, pero en lo importante, en el desarrollo de las cosas básicas para la vida, se las arregla para anudar opciones que, aun sin ser descabelladas tomadas una a una, encadenadas unas tras otras resultaban en desastres completos que le estallaban en la cara y a veces desintegraban a todos los presentes con su onda expansiva.

Como aquel 27 de octubre, a los trece años, cuando se le ocurrió culminar su exigencia de cambio de escuela —quería ir al colegio español de Portobello— con un portazo en la cocina donde su madre, inclinada sobre la tabla de planchar, le acababa de decir que *you must be joking*. Se marchó de casa furiosa y creyó que nunca iba a parar de llorar y de correr, pero eso cansa mucho y ya en el puente de Golborne Road se derrumbó sobre la barandilla, pensando en dejarse caer sólo para que ella sufriese el resto de su vida, culpable, asesina. Se pasó una hora escupiendo a los trenes que pasaban allá abajo y después, muerta de sed, se tomó un refresco en el George's. Era sábado, y el ambiente del mercado en Portobello la absorbió.

Cuando regresó a casa ya anochecía y el drama se había afianzado: su portazo había encajado la puerta de la habitación, esas viejas puertas desvencijadas. Su madre la llamó a gritos, nadie había en casa. Llegó la hora de irse a trabajar en la casa de mister Clegg, y Margarida seguía encerrada. Tal y como estaba, con zapatillas y bata, la mujer sacó su cuerpo por la ventana, evaluando las posibilidades: vivían en la entreplanta y sólo era un pequeño salto hasta apoyar los pies en el tendal de los vecinos del bajo. Así lo hizo, pero las barras de metal, tan oxidadas, cedieron bajo su peso y un lío de piernas, hierros y ropa recién lavada cayó a la dura acera de Trellick Tower. Al llegar Flora,

Margarida se lamentaba, tumbada en el sofá, con el pie derecho vendado. Como todas las madres de sus amigos, la de Flora trabajaba limpiando casas sin contrato. Al día siguiente, mister Clegg ya la había sustituido por su amiga Filipa. Dijo que era algo momentáneo, hasta que se recuperase, pero cuando pudo volver a andar, lo sentimos mucho, Margarida, *dear*, pero cómo vamos a echar ahora a Filipa, que es tan cariño, que ella no tiene la culpa de nada. Y durante todos esos meses, que el dinero no llegaba, el padre de Flora tomó la decisión de dejar el restaurante italiano en Bloomsbury y aceptar otra vez el puesto de cocinero de barco, en un mercante. Fue así como, aburrido en el puerto de Road Town mientras se reparaba una hélice, pescó en aguas del mar Caribe el mero estriado que, una vez limpio y cocinado al espeto, le causó la ciguatera. No pienses en eso, Flora.

Los accidentes proliferan a su alrededor y es muy habitual que salpique la sangre. Suya o de otros, debe ser por eso que ya no se le acerca mucho la gente. Las revoluciones ocurren por acumulación. O no es ese el motivo por el que ahora mismo está donde está, investigando temas que no le interesan en un lugar remoto lleno de galifrikis, por una cadena de errores.

Esa mañana, Flora aún no sabía que iba a estar a punto de morir. Si lo hubiera sabido, habría desayunado. Pero no lo hizo, y por eso ahora se encuentra atrapada en uno de esos ciclos de malas decisiones que sentencian una vida entera.

Salió demasiado tarde de Calvos, cogió carretera rumbo a Portugal, ya comerás algo por el camino, y después vio pasar los kilómetros sin un triste mesón, una estación de servicio, ya no digamos una parrillada. Aunque, claro, personas, por aquí, pocas o ninguna. Alguna granja, difícil de saber si hay vida dentro; algún erizo clavado al asfalto; alguna parodia de parada de autobús, marquesinas de fibra con las fauces abiertas y dentro un par de sillas de cocina, unos cojines de terciopelo ámbar, una mesita, bajo el nombre de una empresa que ya no existe: Banco Pastor, Caixa Galicia. Esto lo han montado porque no tienen bar.

El día ya empezó mal, con un telefonazo del señor Freitas, director del Museu Ibérico da Máscara e do Traje, su jefe, después de seis o siete rondas fallidas de despertador. Quiere saber cómo va el proyecto.

Quiere saber si ha encontrado a los informantes clave, si están vivos y si se prestan a hablar. Si a pesar de la demencia conservan la memoria de aquella vieja mascarada perdida que Flora le ha prometido recuperar. Quiere saber si se van a dejar entrevistar, si dan juego delante de una cámara, si aún saben pronunciar los nombres de los personajes y si pueden explicar lo que representan, si conservan los trajes antiguos y las pieles de zorro, si han aparecido las máscaras olvidadas en algún baúl, libres de carcoma. Si están dispuestos a hacer una donación al *museu*. Y hoy no hay buenas noticias para el señor Freitas. Nadie recuerda aquella extraña celebración que logró sobrevivir a más de una década de Dictadura, algo bien extraño. No había nadie más que Selvita. El tiempo pasa, los testimonios desaparecen, quedan sólo las fotos y algunas voces a las que ya no se puede preguntar.

Esa mañana, todo el trabajo de las últimas semanas parecía el *stuffing* decepcionante de un pollo asado demasiado grande. La mascarada perdida se escapaba, el tiempo mitológico, las edades de la vida representadas en el eterno retorno, las fases con sus tránsitos, crisis y ritos. Las pasiones colectivas, el orden dramático que organiza el año, todo lo que la fotografía representaba, uno de los últimos secretos del *entroido* transfronterizo quería permanecer oculto. Así que no, hoy no hay buenas noticias para el señor Freitas. Y para Flora lo que hay es un jarro de agua fría con limón y vinagre vertido sobre sus esperanzas en carne viva: si eso de Randín no sale, ven al museo y nos ayudas a transcribir las grabaciones del equipo, que Luiz está sobrepasado, dijo el señor Freitas.

¿Cómo que «al museo»? ¿Cómo que «transcribir grabaciones»? ¿Desde cuándo mi trabajo consiste en estar sentada en un despacho tecleando lo que otros registran? *You whoreson cullionly barber-monger!* Necio incompetente, corazón de mantequilla, ¿vas a firmar el fin de nuestro acuerdo con esa manos porcinas, que siempre te huelen a culo? ¡Oprobio del vientre pesado de tu madre! ¡Engendro aborrecido de los riñones de tu padre! ¡Andrajo del honor! Así le habría contestado Flora a su jefe en sus viejos tiempos. Pero ha cambiado, *está cambiando*. Y por eso afrontaba este tortazo de la fortuna de forma constructiva y con autocontrol: se frotó el teléfono contra la chaqueta buscando un efecto de sonido —interferencias, batería baja, poca cobertura, esas cosas que ya no suceden—, colgó la llamada y apagó. Necesitaba tiempo para pensar en lo que iba a hacer.

En un momento de su adolescencia, en un espacio tan propicio para el folklore como era el cúmulo de no-lugares entre Portobello y Trellick Tower, Flora le puso nombre a la emoción que la hacía ser una chavala solitaria que arrastraba un abrigo largo de señora victoriana, barriendo las calles del British Museum a los jardines del Horniman y de allí a los pasillos del Hunterian, atestados de frascos que contenían seres deformes en salmuera: quiero ser antropóloga. Y de ahí no hubo quien la moviese. Una idea loca, una carrera que no sirve para nada, una pequeña decepción para sus profesores, un jeroglífico para unos padres que se dejaron los nudillos frotando sartenes en los barcos mercantes y abrillantando el latón de los pomos a las puertas de las grandes oficinas. Una desagradecida. En lugar de ser dentista. Abogada de divorcios. Fisioterapeuta. Pulga de buitre de fondo de inversiones. Antropóloga, peor todavía, folklorista, que sus padres no sabían ni lo que era, daba igual, Flora iba a la universidad, era la primera de la familia, y no hubo ni el pestañeo de un reproche. Y eso que lo que de verdad deseaban es que fuese cirujana, si no, ¿por qué la llevaba su padre al Hunterian Museum a ver bebés de dos cabezas conservados en formol? Tampoco entendieron cuando dedicó el trabajo de fin de grado a la cultura del techno y para eso tuvo que pasarse dos meses en Berlín, de club en club, pero la apoyaron igual. Y ella que cree que tiene mala suerte. Que por eso los trabajos no le duran. Que por eso los amigos se le escapan y las oportunidades huyen para cobijarse en brazos más amables.

Pero esta es la racha. La racha definitiva. Seguro que puedes convencer a Freitas. Tiene que haber algún rastro, un traje dentro de un baúl olvidado en algún desván, unas anotaciones en el libro de misa, sólo necesitas quince días más.

O quizás no haya ninguna racha. Al final, las cosas son siempre como son, como han sido siempre. Los hijos de los friegasuelos prosperan a costa de los huesos de sus padres, y aun cuando le echan todo el empeño, nunca les dura el triunfo. Será que su empeño es a medias, más barato, siempre entre el miedo a arriesgar lo que no pueden perder y la necesidad de demostrar más que nadie.

Pero esta es la racha definitiva.

O no. Lo fue por un momento, pero ahora ya sólo puede aspirar a completar su tarea de forma correcta, sin destellos. Eficaz, eficiente, grisienta. Cumplir con lo mínimo esperado. A punto de tocar la oportunidad, se le escurrió entre sus dedos de chorizo. A transcribir entrevistas, Flora.

Hace ya tres días desde el incidente de la hoz, y no ha dejado de pensar en cómo acercarse de nuevo a los Fontes. ¿Y si les escribo una nota con una buena explicación? ¿Y si les ofrezco dinero? ¿Y si le prendo fuego al corral? Sólo esa mañana, la mañana en que estuvo a punto de morir, justo después de hablar con el señor Freitas, cargada con un furor que le aclaraba las ideas, Flora recordó el consejo de Suso: «Prepáralo bien, llévales un detalle, algo de comida quizás».

Los Hermanos Grimm gratificaban a algunos de sus informantes con unos pantalones usados a cambio de cada historia. Flora pensó que al carácter sinuoso de los Fontes seguro que les iba bien una empanada, que son como cajas secretas, que nunca se sabe qué llevan dentro. Bonito, bacalao, bacalao con pasas, carne, *zorza*, zamburiñas, *millo* con berberechos, *liscos*. Estaba dispuesta a apestar su coche con ese olor a cebolla guisada que no soporta, que no saldría en semanas. ¿Cuál huele más?, preguntó, y se estuvo riendo un buen rato con la dependienta de la panadería a cuenta de esta pregunta, lo importante no es que *cheire* mucho, es que *cheire* bien, decía la chica, pero Flora necesitaba un aroma intenso para su propósito.

Al final se decidió por una bica mantecada de Castro Caldelas, cuyo aroma dulce se filtraba con delicadeza a través del envoltorio: al respirarlo se notaban los granitos de azúcar crujiendo entre los dientes. Ese Fontes era un tipo suspicaz. Una empanada, pensó, podía interpretarse como lo que era: una tentación fácil para esa pobre gente de aspecto famélico, ¿por qué les salen tan raquíticas las verduras?, ¿no tienen animales?, ¿cómo están todos tan delgados?, hasta los perros. Una bica es otra cosa, un detalle afectuoso, una disculpa por las molestias causadas. Nada más. Si no le arrojaba la hoz, le animaría a probar un trocito, y eso lo cambiaría todo: venga pico de azúcar, que recarga la amabilidad y diluye los recelos del mundo. Hasta un simple caramelo es capaz de cambiar el curso de una conversación.

Así que se presentaría allí, con un palo escondido en la espalda, enganchado en la cinturilla del pantalón, por si acaso. Con los bolsillos llenos de piedras. Con una bandeja de pastelería en las manos. Llamaría a la puerta, le pondría la bica de Castro Caldelas al tipo ese muerto de hambre justo debajo de la nariz y le diría «Vengo en son de paz» o «Como muestra de amistad». Mejor tutearle. Mejor aún mencionar su nombre de pila, ¿cómo se llama? Tengo que fijarme en el buzón. Y a ver qué pasaba. ¿A quién no le ablanda una bica mantecada?

Y cuando llegó a los dominios de los Fontes esa mañana en que aún no sabía que iba a estar a punto de morir, el mundo le pareció más amable y luminoso y menos raro, porque la furgoneta blanca del loco de la hoz faltaba de su sitio. Había dejado un hueco en el aire. En el suelo sólo quedaban cuatro rectángulos marcados con una costra de tierra, hojas secas y paja.

Flora salió del coche y recorrió la pista dando traspiés con los ojos cerrados, que las avispas ya la habían detectado y zumbaban recorridos de ida y vuelta entre sus orejas y la bandeja: el papel del envoltorio se había pegado a la cubierta del pastel, ese calor tan insolente derretía el azúcar y lo mezclaba con la manteca de vaca, emulsionando un jugo que es droga dura para las velutinas. Una pura indecencia.

Llamó al timbre. Llamó a gritos a Selvita. Llamó a los perros, a las gallinas. Llamó a todos los difuntos de los Fontes. Y esta vez, unas cortinas se abrieron allá arriba, en la ventana central del primer piso, y un rostro que no había visto antes pegó la frente al cristal, dos ojos saltones se le echaron encima en picado. Esto sí que no lo esperaba. Era una cría, y parecía asustada. Y también famélica, como todos estos. ¿Por qué Suso no le había hablado de una niña? Quizás no estaba tan bien informado como él creía. Sólo hacía un par de años desde que había regresado de Madrid para fundar su periódico digital, y aun en lo inmóvil que parece la vida en estas montañas, el cambio siempre sucede por debajo de la capa visible de las apariencias. Flora hizo gestos exagerados, animando a la chavala a abrir la ventana, pero ella no reaccionó. Si hay algún poder capaz de hacer que esta *pasmona* espabile, avise a la vieja Selvita y abra la puerta, pensó, es el de la bica de Castro Caldelas.

Probablemente, el mundo se divida en dos tipos de personas: las que desgarran los envoltorios como los quebrantahuesos despellejan a las liebres muertas, y la gente decente. Flora es de las primeras, y el resultado con la bica fue un desastre pringoso de migas y papel. Funcionó: la chica no le quitaba el ojo de encima. Flora clavó los dedos en el bizcocho y arrancó un trozo. Lo alzó al cielo como el corazón del último sacrificio azteca. El sol recibió la ofrenda centelleando en cada granito de azúcar y untando destellos irisados sobre la manteca. El milagro estaba cerca. La chica desapareció del cuadrito de la ventana.

Flora esperaba que la puerta se abriese. Se limpió los dedos en el pantalón. Pasaron dos o tres minutos. Metió una mano en el bolsillo. Rodeó la piedra con el puño. Esta gente es peligrosa. A ver si le va a abrir el loco Fontes.

—¿Por qué lleva un palo en el culo? —La cría apareció por detrás, sigilosa, como había hecho hace unos días el ogro de la hoz. Pero de cerca no es tan cría. ¿Y por dónde ha salido?—. ¿Eso es para nosotros, señora?

«Señora tu puta madre», pensó Flora, y dijo: «¿Y tu mamá, bonita?», Por qué le hablaba así, si no era una niña, eso no lo sabía. Le salía. Flora es una canija, pero esa chica a su lado era un chihuahua perdido en un aeropuerto, tan menuda, tan inquieta, con ese mandilón demasiado grande y su voz demasiado chillona. Sólo al verle de cerca la cara, pálida y huesuda, percibió Flora la edad concreta de sus rasgos: quizás tenía veinte o veinticinco años.

—¿Sabes la iglesia de Goiriz? —respondió la chica.

—¿Goiriz?

—Goiriz, Vilalba. Allí está mi mamá. Manzana dos, hilera cuarta, hueco veintiuno.

—¿Eso es un nicho?

—La encuentra sin fallo. Yo también tengo sitio allí.

—¿Y Selvita? ¿Está en casa?

—Esa también la va a palmar.

—¿Cómo? ¿Le ha pasado algo?

—No, mujer. Le dio un ataque, nada más. Anda en el médico ese que le levanta el refajo.

—¿Y tú eres...?

—Un trozo de eso y se lo digo.

—Te lo doy entero si me ayudas en una cosa.

Por su expresión y su cuerpo, ya acercaba las manos y la boca se abría, la chica parecía dispuesta a escuchar una oferta. Así se ablandan las durezas. Pasen y vean, señores, un nuevo triunfo de Flora Luido, la antropóloga del azúcar glas. Un toque de su pastiche mágico y abre puertas donde había paredes. Es un portento, es infalible, es irresistible, es. Oye, pero toma, ¿no querías de esto? La chica se ha despegado de la prestidigitación que Flora ejecutaba con los aromas de la bica, atraída por el estruendo de un tractor que se aproximaba por la comarcal, un bicho magnífico, enorme, de un verde reluciente, orgulloso como el emperador de los escarabajos en el país de las pulgas. El vehículo ocupaba todo el ancho de la carretera y se detuvo justo donde arrancaba el camino que conduce hasta la puerta de los Fontes. Una acción que desató dos reacciones automáticas: una, la joven salió corriendo en dirección al tractor. Dos, Flora saltó dentro del matorral que bordea el camino: la posibilidad de que el conductor de ese mastodonte sea el ogro de la hoz, ¿era él el padre de la chica?, le da más miedo del que está dispuesta a reconocerse. Qué estúpida ha sido dejando el coche allá abajo, ahora le han cerrado la salida. Si la situación se afila, tendrá que escapar a pie. Y su pie no es de esos que corren, brincan o hacen cosas ágiles.

Metida en la maraña de maleza, Flora no podía ver lo que estaba sucediendo en la carretera. Pero sí escuchaba las voces, y enseguida le quedó claro que se trataba de un diálogo animado y cordial, ininteligible a esa distancia, entre la muchacha y una mujer, quizás una anciana. No podía ser Selvita. Entonces llega la urgencia. A ver si le va a pasar algo a la chiquilla ahí fuera. A ver a qué viene la señora esa. Quiere salir al camino, pero eso ya no es tan fácil: si no se ha movido ahí dentro, ¿cómo se ha enredado en las zarzas su camiseta, sus rizos, hasta sus sandalias? ¿Sandalias? Esas ridículas chanclas de playa a las que se ha acostumbrado en el calor de Alberguería, tan poco serias, los dedos rojos al aire, las piedrecitas dentro.

Se soltaba de una rama y la enganchaban otras tres. Se impulsaba hacia afuera y las espinas se clavaban más profundas, la retenían más fuerte. Se giraba para desasirse de lo que la apresaba por la espalda y la envolvía un remolino de ganchos y hojas. Esquivando, soltándose, ella misma se va internando donde el matorral se cierra, ya no sabe cómo entró en esa trampa, en qué dirección está el camino ni cuánto tiempo lleva dentro, dejándose el pellejo clavado y pelos que no logra soltar y tiene que arrancar para salir de entre las espinas. Cuando lo logró, vio que la chica continuaba hablando con la conductora del tractor, su postura relajada y abierta. A contraluz, los rasgos se diluían, pero Flora distinguió las maneras de señora y un mandilón a cuadros. Desde la altura de su asiento, la mujer se inclinó hacia la chavala, le pasó la mano por el pelo, hubo algún movimiento que las juntó, alguna transacción breve. Fue un instante, y antes de que Flora tuviese tiempo de decir hola, el vehículo se puso en marcha y desapareció.

—Mire lo que me dio la vieja esa —le dijo la chica, que llegaba corriendo y traía un gatito gris, tan peludo, tan pequeño, tan delgado como ella.

Una imagen se formó en la mente de Flora: quitárselo. Sacarlo de ahí y llevárselo. Se lo cogió de las manos con esa complacencia de las amigas que se pasan unas a otras al último bebé llegado al grupo, no sabe si para acariciarlo o para huir con él, porque un animal así va a morir en dos días en esa casa. No van a poder alimentarlo. Es probable que se lo coman. Flora estrechó el gatito y se lo acercó a la cara: olía a desolación. Debía de estar famélico, porque le lamía los hilos de sangre que las zarzas habían tendido en su cara. Dale algo, pobrecito, está muerto de hambre, dijo la chavala. Tiene que salvarlo, es urgente. Tiene que protegerlo de esa gente hostil. Al acariciarlo con la mejilla, Flora notó un bulto rasposo donde debiera haber suavidad de terciopelo. Le apartó el pelo del cuello y tocó un bulto: unas largas patas rojas se recogieron bajo un globo blancuzco, hincado en la garganta del animal. Una garrapata del tamaño de una avellana estaba enganchada justo donde pasan las venas vitales. Debía de tenerla ahí desde antes de nacer.

El deseo de cuidar al gato se diluyó, ahora lo arrojaría contra la esquina del escalón: Dámelo, dijo la chica, y Flora obedeció aliviada, viste lo que tiene, viste por qué está tan delgado, lo va a matar, la garrapata. La chica formó una pinza con el índice y el pulgar sobre el pescuezo enclenque del felino, giró la muñeca y extrajo entero, vivo y pataleando al bicho, lo posó en el alféizar de la ventana y con esa uña larga del dedo gordo le partió en dos el abdomen hinchado. La sangre saltó como el zumo de una uva tinta y aún seguía manando mientras el parásito peleaba panza arriba por su última gota de vida, el cachorro grita, las pupilas se le abren, qué espantoso es esto.

Por un momento, en ese lugar alejado de todo, Flora se vio desde lejos y lo que vio fue una señora, sí, señora, con la cara hecha un cristo de arañazos y picaduras, la camiseta pegada y sucia, los brazos surcados por una mezcla de tierra, sangre, sudor y rabia, el pelo de una fiera salvaje que se ha pasado la noche revolcándose con una manada de orcos, los bolsillos cargados de piedras y un palo en la mano. Y los pies, esos pies metidos en chanclas era mejor no mirarlos. Vio a una desgraciada, una ridícula, una fracasada, qué importa Selvita, qué importa la mascarada extinta, qué sentido tiene todo esto, quiso dejarlo todo y volver a la estúpida comodidad de la casa de su madre.

—¿Entonces, me da el pastel o no? Mañana esa señora me va a traer empanada. De *liscos*, para el gato. Pobrecito.

—Es una bica, tómala, es para vosotros. Al gato dale leche, ¿no tenéis leche? Te la traigo yo si me haces un favor. Me lo tienes que hacer. Te voy a dejar una nota. ¿Se la entregas a Selvita?

La chica metió el minino en el bolsillo grande de su mandilón demasiado flojo, demasiado retro, con tablitas holgadas desde el pecho. Recogió la falda y se la anudó formando una bolsa de marsupial, ahí va la bandeja con la bica ya medio deshecha. Tomó el papel que Flora le tendía, la copia impresa de la vieja fotografía con un ruego, llámeme, por favor, y un número de teléfono. Lo arrugó dentro del puño y puso cara de despedida. No te olvides, dijo Flora, viendo a la chavala escaparse como una culebrilla. Es sorprendente la forma en la que se cuela por la valla metálica y salta dentro del patio.

—Espera, ¿cómo te llamas?

Ya no hubo respuesta, Flora se quedó sola con la garrapata dando sus últimos estertores, y en el buzón, una caja de latón cerrada con candado, no había nombres. Sólo «Fontes».

Así que ahora conduce famélica, frustrada y furiosa —*f for fictory*, como decía uno de sus peores alumnos de inglés en Albergaría dos Fusos—, atravesando la serra do Larouco, camino de Montalegre, en Portugal, donde ya no la espera la *mestra* Fernanda, su cita de las once, lo cual es muy comprensible porque son más de las tres de la tarde. Pero ella no es del tipo de persona que decide ya lo haré otro día, da media vuelta y regresa por el mismo camino por el que venía. Ella pensaba ir a Montalegre, pues irá a Montalegre, algo encontrará allí. Como mínimo, alimentos. Una *alheira, carne de vitela barrosâ*.

Sin comer desde ayer, conduce el viejo coche familiar, un BMW del noventa y dos sin aire acondicionado, con el volante a la derecha, por una carretera estrecha y sin arcén cuyo trazado recuerda a la raya del pelo de una cría que se peina por primera vez, sin espejo y mientras su hermano le hace muecas a la cara. De un lado, el margen se despeña hacia un río seco allá abajo. Las señales advierten: velocidad máxima noventa. Flora circula a veinte, y dos o tres veces ha estado a punto de abandonar el cacharro ahí en medio y salir corriendo entre los helechos y las zarzas, al cruzarse con una furgoneta o un tractor en dirección opuesta. Le duelen los brazos. Un trazo frío encoge su espalda chorreante. Un puñado de canicas negras pasan por delante de sus ojos, saltando. Reconoce los síntomas repentinos de la presión insuficiente en la sangre, el cerebro pidiendo oxígeno antes de dejarla caer.

Un sobao muerto por insolación dentro de un paquete hinchado y velado se desliza de un lado a otro sobre el salpicadero. Ese infame ladrillo procesado con el que la camarera Antía degrada su café todas las mañanas en el bar de sus caseras en Calvos, una afrenta al café negro, portugués y colonial que prepara la chica, es ahora su única posibilidad de evitar desmoronarse en la carretera, en ese calor inverosímil en otoño. Las manos se le aflojan, empapando el volante. Coge el sobao y de una dentellada le arranca el plástico. «Ya sé que los dientes no son para esto, mamá».

El ansia y la bollería industrial nunca deberían mezclar sus masas dentro de boca humana, porque producen una extraña reacción química conocida como «el mazacote supremo», y aunque Flora baja a diez de forma automática para tantear el suelo en busca de alguna botella de agua mediada, no debería ser tan difícil pillarla, que hay tres o cuatro, quizás ocho si contamos las de los asientos traseros, la inercia de un frenazo instintivo la agita como un látigo: qué es eso que cruza la carretera. No son perros. No son cabras. No es un centípedo humano. Es una manada de jabalíes. ¿Una manada? Un río, una hemorragia, decenas de jabalíes. Uno tras otro, circulando en formación de hormigas.

Le han dicho que son una plaga. Lo ha escuchado en la radio. Se meten en las fincas, destrozan el maíz, provocan accidentes en las carreteras y ahora hasta atacan, no a los cazadores, a la gente pacífica que pasa por allí: senderistas, domingueros, buscadores de boletus, gente incauta, como ella. Será el calor, será esta sequía pegajosa que tuesta el paisaje, será el azote de este viento raro, serán los incendios forestales que empiezan a comerse todo lo vivo ya en primavera y que llaman a las puertas del invierno, será el miedo. La desesperación. Quizás no encuentren comida o agua dentro del bosque, quizás ya no les quede nada por lo que vivir allí y por eso salen, y los caminos están plagados de zorros derrotados y corzos que bajan a las ciudades, avispas de raza loba que atacan en enjambres dopados, ya nada es como antes, dicen todos, cuando los canijos de la aldea andaban *no monte* hasta la noche, con el único aviso de no tocar las setas, las *digitalis* ni las salamandras. Y eso que entonces había raposos, víboras, seguro que todavía quedaba algún oso.

Flora clava el freno y la rueda se queja, dejándose el pellejo en el asfalto. Es así como se ensambla la cadena del desastre: la inercia empuja el mazacote supremo al fondo de su garganta. Ella tose, se palmea el pecho, pero la bola no se mueve. Abre la boca como un rape, sus dedos gordochos no alcanzan el punto del atasco. Sólo un hilo de aire consigue entrar en sus pulmones, chirriante. Se está ahogando. Abre la puerta, sus uñas tiñéndose de morado, se arrastra fuera del coche como un despojo y se dobla sobre el capó, tosiendo. Los jabalíes se han detenido y giran sus cabezas hacia ella, qué miráis, puercos infames, con el pánico que le ha tenido siempre a sufrir una muerte ridícula y al aire libre, se desploma boqueando en la chapa que arde y se agita, el motor encendido, una sardina viva saltando presa sobre una parrilla.

Un golpe en la espalda, otro, otro, una manaza la sacude, con cada palmada nota la bola descender unos centímetros por su esófago, ardiendo. *Desta xa vai*, dice una voz metálica muy cerca de su nuca, y el último manotazo le manda la bola directamente al colon. *Isto é coma o fubolín*, suenan las palabras de articulación electrónica, batedura forte y prohibido el molinillo. Y aunque el hombre que las dice lleva las piernas combadas dentro de un pantalón de tergal tieso, con raya impecable, se impulsa con el bastón y de un salto en sus zapatillas J'hayber se mete en el coche y se acomoda en el asiento del copiloto.

—*Ben me levas á Xironda.*

Flora querría explicarle que ella va en otra dirección, que está a punto de cruzar la frontera y no va a desviarse más, que lleva todo el día dando vueltas, pero no puede decirle que no, ni siquiera puede hablar todavía, la cara roja y sudorosa, la garganta como un pedregal. Además, en A Xironda hay un bar con unos callos que le das la vuelta al plato y no se caen, que antes cae Dios del cielo para bendecirlos, dice el hombre presionándose el cuello para liberar su voz de laringófono. Por eso quiero que me lleves, y le tiende una botella de agua con gusto a tortuga embalsamada el año pasado. A Flora le caen las lágrimas. Ha estado a punto asfixiarse por un sobao asqueroso y, encima, sigue muerta de hambre.

4

Lobios

—¿Qué haces tomando café a estas horas?

—Si ya no me hace nada, mami.

Claro que le hace, y por eso lo toma. Porque quiere seguir despierta. Porque justo a medianoche comienza a emitir Darko. Streamer. Twitchstar. Divulgador de lo oculto favorito de 1.340.888 personas, de las que Mariña es una más. No una más, a mí me habla con otra cara. Hay vínculo. El café hace menos efecto que el Monster y más que la Coca-Cola, y por eso lo toma ahora, rozando las doce, cuando está a punto de empezar lo mejor del canal. En lo de Darko se habla de misterio todas las noches, pero los viernes es diferente. Los viernes Darko cede unas migas de la bolla gigante de su protagonismo y abre una conexión en directo con Bloody & Spooky, exploradores de lugares abandonados. La semana pasada se metieron en los búnkeres de la Marañosa. La anterior, en el psiquiátrico de Cheste. El sanatorio de tuberculosos de Sierra Espuña, la masía del falangista, la fábrica de muñecas de Segorbe y un millón de mansiones deshabitadas que documentan con sus cámaras. A Mariña se le desborda la adrenalina cuando en su pantalla aparecen grandes cuadros al óleo, pianos de cola, cortinones de terciopelo y librerías cargadas de volúmenes sentenciados a desaparecer dentro de las mandíbulas de la carcoma.

El código de honor del Urbex no permite llevarse nada, producir el mínimo desperfecto o revelar ubicaciones, pero siempre hay algún espectador que lo suelta por el chat. La emoción de esos espacios arruinados, los suelos hundidos, las paredes negras que de pronto muestran un signo, una inscripción. Los restos de otras vidas que abren sus ojos dormidos a la luz de las linternas, aquí estuvimos, aquí seguimos, te hemos esperado durante tanto tiempo, no nos dejes. Bloody & Spooky inauguran la madrugada con historias sangrientas, psicofonías, aislamientos y también cierto cachondeo: un formato capaz de cocinar de nuevo aquel mejunje de miedo y risa que nos explotaba dentro del estómago cuando éramos niños que se escondían para atisbar en directo los resultados de una gamberrada.

—Mariña, ya. Que mañana abres tú.

—Vooooy (qué pesada).

La operación consiste en cerrar, sin desconectarlo, el ordenador (rosa, con orejitas de gato). Bajar el volumen a los auriculares (rosas, con peluchito). Repartir un par de besos (mamá, tío José). Atrincherarse en su habitación, apagar las luces y dejar sólo la lamparita que no se nota (negra, con alitas de murciélago). Y hasta mañana y buenas noches. No tiene sueño, pero hay que madrugar. Es lo malo de trabajar los sábados en la tienda agrícola, que tampoco le queda otra. Es el negocio familiar, y gracias. Mariña abre el Discord en el teléfono, chequea Instagram en la tablet. Se repanchinga entre los cojines de Hello Kitty y reengancha con el canal de Darko en el portátil. Mierda, ya han empezado. He vueltoooo, anuncia en el chat.

La negrura de la pantalla se disuelve en la oscuridad de la habitación, reflejando esa cara redonda de luna lunera que tiene Mariña, su piel tan blanca, las mejillas perpetuamente encarnadas, la rayaza todavía maquillada encima de sus ojos verdes. Los rostros de Bloody & Spooky parecen emerger desde el pozo donde duerme la noche. Estén donde estén, es un lugar en el exterior, lo revela el estruendo de viento empecinado, y en una zona despoblada: ni una luz, ni un coche. Sólo esos dos globitos emocionados que son sus rostros dentro del círculo nervioso de una linterna, descontextualizados del cuerpo, siempre vestidos de negro.

—(Spooky) Esto es canelita en rama, ya os lo digo yo.

—(Bloody) De lo más inaccesible que hemos explorado nunca. Hace décadas que nadie, pero nadie, podía poner un pie aquí.

—(Spooky) Desde 1988 nos han dicho en el bar.

—(Bloody) Pena no poder deciros el lugar, porque se come de puta madre.

—(Spooky) Lum... no, no podemos.

—(Bloody) Bueno, habrá mil sitios con ese nombre en toda España, ¿no?, a ver cuántos Lum... conocéis por ahí.

—(S.) Lo importante: hace casi cuarenta años que ningún humano entra donde nosotros estamos a punto de entrar. Y podrían pasar tranquilamente otros cuarenta, o cien, quién sabe...

—(B.) A nosotros nos ha ayudado el cambio climático, ¡pista, pista!

—(S.) Estamos en un lugar muy especial. Un lugar de memoria. Vamos a conocer los espacios donde muchas personas nacieron y murieron, sus hogares, sus calles, hasta que una terrible desgracia terminó con toda vida. Algunos hablan de maldición. Quizás sea exagerado, pero, amiguitos, las sensaciones aquí son bastante funestas.

—(B.) Cierto, Darko, el ambiente es opresivo. Es como si faltase oxígeno en el aire, no lo sé explicar. Estáis oyendo mucho viento, y es un viento cálido. Raro. Hostil.

—(S.) Os diría que este viento no quiere que estemos aquí.

Le echan teatro, y eso es lo mejor. El chat corre veloz:

—Hola, dónde estáis?
—Bieeeeeeeeeen, por fin algo de miedo del auténtico.
—Feliz de acompañaros en vuestra trayectoria hacia la verdad, seguid así.
—A una niña le extrajeron la mano izquierda, tal vez simbología, Darko?
—Crees que un ser humano puede soportar la verdad absoluta?
—Qué opinas de soñar con dos lunas y que una se acerca al planeta?
—Creo que un artista argentino predijo eso, pero no me hagas mucho caso jajjjajaj.
—Hola, Spooky, hola, Bloody. Yo diría que eso es Ochate.
—¿Restaurante Lumenda? ¿Estáis en Palma del Río?
—Jajaj en mi pueblo hay una parrillada Luma —escribe Mariña—, pero no sé qué ibais a venir a hacer al culo del mundo.

Del chat en el ordenador, Mariña pasa al teléfono.

> Michiwichi, estoy triste.
> *Send* galletas.

Al otro lado del WhatsApp, Héctor, Michiwichi cuando Mariña necesita algún favorcito, pasa dos minutos escribiendo, escribiendo, escribiendo, para. Escribiendo, escribiendo, escribiendo, para.

> Veña, ho.

> Sólo es «sí» o «por supuesto, reina mora».

Escribiendo, escribiendo, escribiendo, para.

—(Bloody) Aquí vivían, no sé, quizás cien personas que tuvieron que huir de la noche a la mañana. Lo dejaron todo atrás. Los platos de comida quedaron en la mesa. Las patatas quedaron en la huerta, los muertos quedaron en el cementerio.
—(Spooky) Plantados bajo la tierra, como las patatas.
—(Bloody) ¿Qué pudo hacerles escapar? Esto era todo un pueblo, con su escuela, su farmacia, su bar de los señores, y ahora...

Ahora es como si el primito Daniel, ese *amoriño* destructor de siete años, hubiese aporreado con un martillo su urbanización de legos, justo después de haberse dejado morder por diez perros rabiosos y de comerse una bolsa de gominolas, piensa Mariña. Cuesta creer que ahí vivía gente hace... ¿cuarenta años, dijeron?
—(S.) ... Ahora parece Sarajevo en sus peores tiempos.

La luz de las linternas destapa un desorden de bloques de piedra, como edificios derrumbados por la fuerza de un terremoto. Más adelante, algunas construcciones resisten a medias, un muro desdentado, la boca abierta de un cobertizo en el que duerme un coche oxidado, cubierto de troncos.
—(S.) Esta casa es más grande, mirad, aún conserva el tejado y las puertas. Aquí puede haber cosas interesantes.
—(B.) ¿Qué decís? ¿Entramos?

Bloody & Spooky han dado paso a lo más emocionante de la noche: empieza el momento «elige tu propia aventura». Desde el calor de su set casero, Darko abre un minuto de votación. En los primeros diez segundos registra dos noes. 57.419 síes. Hansel y Gretel delante de la casita de chocolate habrían obtenido resultados parecidos: aquí no hay piedad.

> ¿Estás viendo lo de Darko? Deseando conocer a esos dos weirdos que han votado NO a que B&S entren en la casa embrujada.

Escribiendo... escribiendo... escribiendo. Para. Tanto escribir para terminar enviando un audio:

> Tía, que estoy en el Chispas.

> Van a meterse en un lugar que acojona, Michi.

> Vente, que acabamos de pedir caipifresas.

> Sí, y mañana las vacas se sacan solas.

> ¿Qué vacas, Maruxa, las que llevas en el pijama?

> Michi, las del pijama están muertas.

Las linternas de Bloody & Spooky revelan la madera vieja, casi deshecha, de una puerta que debió haber tenido su nobleza, tablas de castaño quizás, que enfrentadas a los leds se cubren de ese tono moteado y enfermo que ganan todas las cosas que habitan en los almacenes abandonados: el polvo, la piedra, el papel, la pared, la piel, los gatos momificados.

—(S.) *Gualá*, mirad esto, alguien ha dejado una marca. Es como un símbolo de protección.

—(B.) O una advertencia.

El alféizar de la puerta parece duro como la cara de la Morelba, cuando se le sentaba al lado en clase durante los exámenes y en un movimiento de cobra famélica le arrancaba los folios ya cubiertos. Vamos a ver, Mariña, cómo es posible que las dos tengáis las mismas respuestas. ¿Creéis que soy tonta? Os lleváis las dos un cero como un pandero, una por copiar y la otra por dejarse copiar. Al iluminar de lado el bloque de granito se concreta un trazo grabado. Sencillo, tosco, vacilante, representa una cruz cristiana. La parte inferior está rodeada por un círculo.

> ¿Conoces este símbolo, Michi?
> Lo están enseñando ahora mismo.
> Grabado a la entrada de una casa abandonada.
> Pregunta ahí a ver. ¿Con quién estás?

—(S.) Todos queréis que entremos pero ¿podremos entrar? Yo no lo tengo tan claro.

—(B.) Es el momento de recordaros los cuatro mandamientos del Urbex: no serás visto al entrar. No robarás. No romperás. No darás ubicaciones.

—(S.) *Take only pictures, leave only footprints.*

—(B.) O sea, que, si esta puerta no se abre sin violencia, nos quedamos fuera.

—Vamos, chiquis, yo os adoro con todo mi corazón, pero ¿queréis que crea que no habéis probado hace un par de horas? —escribe Mariña en el chat.

—(S.) Abrir, no abre. Es el momento de aplicar el archiconocido empujón de Spooky.

—(B.) Ese empujón que te ha hecho famoso.

—(S.) Bueno, qué suerte, sólo estaba un poco atrancada. Pero abierta. *No violence, no hate.*

—(B.) Si no, hubiésemos entrado por la ventana, también os digo...

—(S.) O por la chimenea.

—(B.) Siempre hay una manera.

Al cruzar el umbral, el zumbido del viento queda fuera. Ahí dentro hay silencio y una sensación de cámara de resonancia: los movimientos de los exploradores se oyen con sordina, graves y vacíos. Es una vieja casa de cantos irregulares, recogidos por ahí a mano, *carretados*, someramente trabajados. El ingenio rellena los huecos que dejan las piedras, pero el muro sigue sólido y completo a pesar de que la habitación se ve arruinada, el terremoto pausado del paso del tiempo. Bloody & Spooky caminan con movimientos amplios, encogiéndose y estirándose.

En el chat, la audiencia comienza a alterarse:

—Pero qué hacéis, anormales.

—Spooky, pareces el yeti recogiendo fresones.

—Tú eres *tontogilipó*. No ves que hay cables colgando del techo.

En un rincón de la habitación, las linternas iluminan un equilibrismo de sillas deshechas. El esqueleto oxidado de una mesa de máquina de coser. Al contacto con los fotones, lanzan sobre las paredes sombras de animal huesudo, que trepan hasta el techo y desaparecen.

—(S.) Fijaos, el suelo está cubierto de barro. Seco, completamente cuarteado.

—(B.) ¡Pista, pista!

—(S.) Hay una puerta, ¿queréis ver qué hay detrás?

Esta vez, el spooky empujón rompe a lo bruto el código del Urbex y parte en dos la puerta, se deshace como cartón. La luz se abre paso y descubre retazos de un corredor estrecho, forrado en papeles que caen despellejados, las paredes recorridas por líneas horizontales, sucias, paralelas, separadas a distancias desiguales entre sí.

—(S.) Aquí tampoco se ve el suelo original, hay una capa de lodo muy duro. Por eso están bloqueadas todas las entradas.

—(B.) A la derecha tenemos otra habitación, ¿vamos a ver qué hay?

—(S.) ¡Bua, qué mal rollo!

—(B.) No sé si lo conseguís identificar. A mí me ha costado.

—(S.) Una montaña de metálicos de cama apilados, hasta el techo. Entenderéis que no entremos ahí. Es la guarida de las ratas famélicas, y yo estoy demasiado rico.

—(B.) Continuamos por el pasillo, a ver qué hay al fondo. Mirad qué enorme esta habitación.

La adrenalina emerge, el chat se acelera:

—Uhhhh, eso parece peligroso.

—Ahí debe haber unas arañas como la mano de un mamporrero *extended version*.

—¿Qué es? ¿La cocina?

—Tíos, no se ve nada. Es una pena porque prometía mucho, pero...

—Se oyen cosas, ¿vosotros lo oís?

Es cierto, se escuchan chasquidos. A Mariña le suenan como ramitas secas quebrándose al paso de unas botas, pero no sabe si los chicos se dan cuenta. Quizás sea un ruido de la conexión, quizás los cables cayendo desde el techo, ¿por qué hay tantos cables en esa casa?, los muebles derruidos que aparecen de pronto al borde de las linternas, la desorientación que es inevitable en los lugares oscuros, enormes e ilógicos como esa habitación. Podría ser que Bloody & Spooky tengan los sentidos embotados y que ya no entiendan lo que sucede alrededor. Mariña los conoce. Ha visto esas caras llenando su pantalla durante dos horas todos los viernes en los últimos tres años. No parece que lo estén pasando bien, no parece que, ahora mismo, le estén echando teatro.

—(B.) Vamos a poner los focos, Darko.

—(D.) Nunca creí que fueseis tan acojonados, pero hay que quereros igual. Os dejo en pantalla, no pilléis el tétanos... Esto, para los que nos criticáis y decís que los escenarios están preparados —le espeta Darko al centro mismo del objetivo, señalando a Mariña como quien clava el índice en una herida fresca.

Vamos. Eso va por mí sin ninguna duda. Pues claro que critico, no te voy a decir que lo haces todo bien.

Espérate. Suenan de nuevo los chasquidos. Algo se ha movido. Una silueta rápida, rellena de sombra, se eleva por detrás de Spooky y atraviesa el plano, tan ostensible y sólida como el espanto en la cara de Mariña. Está claro que ninguno de los dos exploradores la ha percibido.

—Chicos —clama Darko—, decidme que habéis visto eso.

Su voz oscila de una manera que Mariña no conoce. Un golpe de algo que tropieza con los muebles hace girar la cámara. Esta vez sí que lo han oído.

—(S.) ¿Hola? Quizás hayamos molestado a alguien.

—(B.) Aquí no vive nadie. Imposible.

—(S.) No tiene por qué ser alguien que «vive».

Salid de ahí por favor, pide alguien en el chat.

En su pantalla enmarcada en plástico rosa, Mariña tiene una ventana abierta al caos. La cámara se mueve a sacudidas. Suenan voces interrumpidas que empiezan a temblar. Spooky camina hacia la pared y cae, se hunde en el suelo. Su torso se agita como una lombriz clavada viva en un mural de cartón, Mariña lo piensa con pena, sin desprecio, pues tiene a las lombrices por los seres más importantes de la tierra. Las largas cortinas rasgadas en tiras se extienden como los dedos de un hechicero zarrapastroso. Mariña encrespa las manos sudorosas sobre el teclado, sácalo de ahí, Bloody se gira, algo ha llamado su atención en una esquina, la oscuridad que se hace angosta, ayúdame, que me hundo.

Durante toda su vida, Mariña ha deseado ser testigo de algo raro. Sobrenatural, inexplicable, extraordinario, algo. Cualquier cosa que le muestre que la realidad aparente esconde pliegues llenos de anomalías que prosperan en lo secreto y húmedo. Y ahora que lo tiene delante y en tiempo real, hay por el medio una pantalla y dos idiotas que no saben cómo abordarlo. Arrimaos a la pared, *cona*, no le deis la espalda. Enfocad la puerta. Buscad las ventanas. Esa cosa sigue ahí. Un perro salvaje, ratas gigantescas, un señor satanista, una *serial killer* de pueblo. Y de ahí, para arriba. Espabilad, *cona*.

Empuñando el foco, Bloody ilumina una alacena astillada que se mantiene en pie gracias al poder de las telarañas, sin puertas, el interior permanece oscuro como un túnel ciego. Un hueso de jamón colgado de un clavo. Los jirones de una cortina que alguien bordó. La columna de una *lareira*. Signos grabados en vertical sobre el fuste de piedra:

A
Ñ
O
.
1
8
4
5

Es un fogonazo que despierta la memoria de Mariña. Sabe dónde están.

—¡Mi madriña, qué mentirosos sois!

> Michi, voy a buscarte.
> No te muevas del Chispas.

Y sale pitando.

5

Calvos de Randín

Oro, plata, sombra y sol. La orquesta Ecos do Sur se trabaja el pasodoble en su segundo pase de la noche.

> Pasión y emoción riman con *rixón*.
> Toda la comarca lo estaba deseando. La primera Festa dos Rixóns da Limia se empezó a preparar hace dos años y desde ayer ya es tradición. Y qué tradición. En el campo da *feira* de Calvos de Randín se sucedieron dos charangas, tres orquestas, cuatro *pulpeiras* y trescientos kilos de carne de cerdo preparados en *pote de ferro* directamente sobre leña de carballo por manos maestras, las de las matriarcas de la carnicería Os Buceta.

El gentío y el clamor…

> Todo un éxito: se sirvieron mil doscientas raciones de *rixóns* en cuatro horas. Y con una sola preparación: tal y como su madre los trajo al mundo. Que no es fácil competir con la Festa do Berberecho de Baldaio (berberechos a la marinera, berberechos al vapor, empanada de berberechos) o con la de la lamprea de Arbo (lamprea rellena de salpicón, lamprea seca ahumada, lamprea con maíz).

Tres monteras, tres capotes…

> La única concesión fue el postre: torta de *rixóns*, una fantasía tradicional recuperada que completó el menú de ocho euros, plato conmemorativo incluido. No hubo dudas ni desacuerdos: ¡el próximo año hay que repetir!

Lo bueno de estas cosas es que la crónica se escribe sola. Tubo de vermú mezclado, doble de rojo que de blanco, en una mano, teléfono en la otra, Suso Veloso termina de darle colorido al texto que trae prefabricado del coche, compuesto al dictado con una aplicación, la mejor inversión que he hecho esta semana, después de la ración de *rixóns*. Acaba de levantar «su ramadán», esa época del año en la que no bebe, no fuma, no sale de juerga, se enfunda las mallas y vuelve a subirse a la bicicleta de montaña, algún día se atreverá con el parapente. Y esto, para un periodista de prensa local, el oficio con las más altas tasas de alcoholismo, divorcio, mala vida y fracaso emocional, es una hazaña que debería señalarse con un festivo, designación de patrona y plato conmemorativo.

Suena música revenida. La pista es un desguace. *Oldies but goodies* es lo que triunfa. La bachata, la cumbia, las rancheras. Cualquier estilo clásico que lleve a esta gente de viaje a su juventud, a los años de la aventura en México, en Brasil, en Venezuela, en Argentina, a unos tiempos en los que todos vivían sin la consciencia de que los huesos pueden tronzarse y hasta quebrarse, y los bailes del centro gallego eran legendarios. Temas viejos, temas clásicos, temas de siempre, marcha tropical.

—Aquí no te somos de orquesta moderna —revela el paisano que ejerce de *bartender* en el chiringuito portátil que ha instalado la asociación de vecinos para recaudar fondos.

—¿Y a los jóvenes les gusta esto?

—*Al carallo*. No hay uno que pague a la comisión de fiestas. Por tu casa fuimos seis veces y aún estoy esperando que nos abras la puerta.

Los viejos métodos recaudatorios ya no son efectivos. Aquello de amenazar a los que no contribuyen con una visita nocturna de la Santa Compaña dejó de funcionar hace tiempo, cuando a uno de los vecinos más tacaños se le ocurrió pegar dos tiros al aire y mira tú que la comitiva de espíritus atormentados que se congregaba cada noche bajo su ventana escapó de allí *bulindo* como si tuviese miedo a la muerte.

—¡Ay, Susiño! Estás de buen ver. ¡Aquí sí que te dan de comer, no como en Madrid!

Vale, que se ha cargado unos kilos encima es evidente. Pero no será porque no se mueva. No será por la vida fácil y regalada. No será por lacazanería. Nunca ha sido así. Cierto que podría alimentarse el resto de su vida a base de chicharrones, como esta noche, pero lo que la gente no sabe es que cuando regresó de Madrid tan impaciente, tan electrizado, tan delgado, qué guapo estás, venía directo del fondo de un pozo estrecho y oscuro, al que había llegado escurriéndose a través de un embudo forrado de púas. Aún a veces se acuerda de esos días, y una de dos, o se mete un chato de licor café de golpe o lo más probable es que un teléfono acabe estrellado contra la pared, una puerta desencajada o su propio orgullo hecho trozos dentro de una papelera.

Se le pasa pronto. No puede permitirse un minuto perdido cuando se es el propietario, director, redactor jefe, reportero único, fotógrafo, cámara, comercial y gestor de las redes de un nuevo medio de comunicación, un medio digital ultralocal que se introduce en la Raia Seca, margen ourensano, con la actitud del mismo río Limia: ramificado, pausado, dando rodeos, pero imparable. Dormir, no duerme. Vivir, no vive. Pero de fiesta en fiesta y tiro porque me toca, come. Bebe. Y, claro, ahora ya no cabría por el embudo aquel que le sumió en la mierda, hace ya más de dos años.

Antes, los viejos de aquí se pasaban el día pasmando en el banquito delante de casa. Petrificados bajo el sol y las moscas. Ahora andan todos con la tablet en la mano. Quieren saber quién ha muerto en la aldea de al lado, a qué hora es la misa, en qué bar ponen pincho de callos los domingos, dónde para mañana la pulpeira itinerante, cuándo echan los foguetes. Yo se lo cuento. ¿Los críos? Sus padres andan rastreando la ruta de los hinchables y de las fiestas de la espuma. ¿Los chavales? A ver qué pasa con el *rally* y con el enduro. ¿Los de mediana edad? Dame un *top ten* de los mejores churrascos de la comarca. Y a todos les encantan las historias de la gente. El último molinero de Xinzo. Los japoneses que abandonaron Tokio para venir a producir un mencía de Monterrei pisado por sus propios piececitos y madurado durante meses dentro de una jaula, bajo el agua del embalse de Salas, cuando la hay.

Allí donde no entra la televisión está Suso con su móvil. Lo que la prensa anticuada no te quiere contar, te lo explico yo. Y así, con ese mejunje de paisanaje, *click bait*, historias humanas y servicio público, va avanzando. El bar de los callos, la tienda agrícola, la comisión de fiestas, la bodega, bien baratos tuvo que poner los publirreportajes. Cuánto le cuesta todavía que le cuenten cosas, porque se fue a los dieciocho a estudiar en Santiago, empató con Madrid y, cuando regresó a Calvos, ya no le quedaba ningún contacto. Pero ahora, por fin, empieza a entrar publicidad de la gorda. La de la Denominación de Origen, la de la Diputación, la de la Xunta. *O Tempo da Raia*, edición bilingüe, comienza a arrancar.

Hay que tragar mucho polvo, mucho ruido, mucho humo y mucha comida, que a esto es a lo que ha venido hoy. Quién te ha visto y quién te ve, Susiño. La tierra del campo de la feria asciende en el aire caliente y le cubre los tatuajes *old school*, removida por los agarrados de las parejas que menean ese remolino de músicas, el palco, el chiringuito, los coches de choque, un tapón de bullicio en los oídos y otro de barro en la nariz, solidificándole el bigote. Y, aun así, por algún orificio le entran los vapores mezclados de los churros, los calderos de pulpo, las garrapiñadas. Todas esas maravillas que le obligan a dejar a Rohan en casa, cosa que no le gusta nada. En su primera verbena, la bóxer se adelantó a los servicios de limpieza y se tragó todo lo que encontró por el suelo: algodón de azúcar, costillas remordidas, trozos de limón de los cubatas, seguramente alguna colilla. Después de tantos años, de todos los directos y guardias que hizo con ella, después de aquellos veranos cuando volvía a Baldomar y mamá hacía filloas, tú no las toques, son sólo para Rohan, pensar en la perra sola, panza arriba en el sofá, le clava una culpa en la garganta, le hace preguntarse otra vez si de verdad está haciendo las cosas bien.

Suso, que ahora no se te ve el pelo, le dicen, y seguro que se lo dicen con recochineo, porque las entradas se empiezan a insinuar en las sienes aunque él las cubra con su cabello brillante, casi negro. En realidad, lo ven en todas partes. En cada feria, en cada fiesta. En la inauguración de las nuevas instalaciones de la playa fluvial, en el accidente que acabó con tres jabalíes atropellados, muertos. En el derrumbe de los nichos del cementerio municipal, en la desaparición de la señora Delfina. En el bar River Letes, donde cada día, desde hace un año, se acerca la misma cigüeña a comer un pincho de *zorza*. En cada pleno municipal, en los incendios que ya no paran ni en invierno, en el embalse que se va secando y a ver si no empezamos con las restricciones y nos arrepentimos de haber descuidado los pozos, por qué demolimos aquellos depósitos esféricos, blancos y azules, que parecían satélites caídos del cielo.

Pero así son sus paisanos: cuando Suso era reportero en la tele y entraba cada día en el magazine matutino desde un punto diferente de España, hoy en Salamanca con la niña que se comió una salchicha llena de alfileres, mañana en Bollullos de la Mitación con el espantoso crimen de las peras, lo veían en la pantalla y se hinchaban con una especie de orgullo: este es de aquí, *o fillo do médico*. Como si fuese pertenencia de ellos, como si tuviesen alguna parte en su supuesto éxito, como si le hubiesen dado algo. Ahora que se pela los pies para contar lo que realmente les interesa, «lo que les tiene que interesar porque les afecta», parece que su trabajo vale menos. Gusta, pero apenas tiene reconocimiento. La tele, sobre todo esos programas de la mañana en los que se ha curtido las tripas, causa una rara fascinación ambivalente: la critican, la desprecian, pero luego te ven por la calle y se hacen una foto contigo. La suben a sus redes. Un tío majísimo este Veloso. Es bajito en persona, morocho como un tizón. Un poco soso, más simpático cuando tiene una cámara delante, eso sí.

Si supieran todas las miserias que esconde la pantalla. La rivalidad, ya no entre reporteros de distintos medios, sino entre los propios compañeros, que los segundos que te dan a ti me los han quitado a mí. Las horas y horas y horas de guardia, gritos y timbrazos en la casa del padre del asesino, el día de Reyes, que sabemos que estás ahí, abre ya. Que no nos vamos a ir, que vas a terminar saliendo, que mejor lo haces ahora y los dos nos ahorramos el mal trago. Y los errores, que él había sembrado unos cuantos. Algunos pequeños y uno grande. Un gran error, es cierto, en una información en directo sobre alguien muy importante, y fuera. Te apoyamos, Suso, eres uno de los nuestros. Tienes toda la razón, pero fuera. Y gracias, que le habían arreglado el despido y la indemnización, que era una miseria, porque en televisión, salvo las estrellas, se cobra una mierda. Que eso tampoco lo saben y creen que te haces rico y que te invitan a comer en los restaurantes, y a él eso no le sucedió jamás, aunque con treinta y un años ya ha vivido la fama y la caída, y vuelta a empezar.

La verdad es que había echado de menos estas cosas de su tierra. El labio partido contra el volante de los coches de choque. Los copos de pota que llueven desde el carrito vecino en el Saltamontes. El *neverending tour* de la misma cinta de Junco. La manzana de caramelo que siempre termina tirada en un charco de pis de caballo después del primer mordisco. Y, sobre todo, vivir de nuevo con mamá, con papá. Pero a eso ya no llegó a tiempo. Una de la mano del otro, se los llevó el virus en dos días, y él ni siquiera pudo salir de Madrid para despedirlos. Él siguió trabajando, informando, hasta que metió la pata y adiós. Moraleja: nunca guardes para el año que viene esa ficha que te sobró en la Tagada Meneíto, porque es posible que ya no vuelva más.

Aquí, el Susiño, de la tele al internet. Prosperando. Pues la cosa va saliendo. No lo dice él: lo dicen las métricas. Esto, la información a pie de parroquia directa en tu teléfono, es el futuro. Le va a dar la vuelta a todos los medios de papel que sólo se acercan a la Raia los días de fiesta, en la vendimia o si hay una desgracia.

A veces, cuando llega de noche a su casa solitaria, a las afueras de Santiago de Rubiás, la casa que fue de sus antepasados desde hace por lo menos dos siglos, y ve los kiwis secándose, los membrillos petrificados, piensa que no es capaz de sacar adelante nada más complejo que una maceta de geranios, piensa que a los treinta y un años ya es muy tarde para empezar; piensa que es muy pronto para no tener padres y vivir solo en el rueiro de Baldomar, donde termina la carretera. Piensa que es demasiado joven para aferrarse a lo que ha perdido, demasiado viejo para liberarse y correr, y se echa boca abajo en el sofá, la cara aplastada contra una montaña de cojines. Rohan le salta encima con sus cuarenta kilos de músculo y babas y le muerde las orejas, el aviso que le extrae del autocompadecimiento, y salen los dos a correr de noche por los caminos de la tierra libre del Couto Mixto, que fue república independiente durante siete siglos. Esto va a arrancar, Rohan, y cuando arranque ponemos una delegación en Allariz, otra en Valdeorras. Contrataremos a dos chavales espabilados que se pateen las comarcas, de Celanova a Viana, y a la hoguera las televisiones que nunca te hacen caso, muerte a los viejos medios.

Para conseguirlo sólo hay una clave: estar siempre pendiente de todo. La orquesta, testearla de reojo, suficiente para cubrir la crónica de la verbena. Su mirada escanea el escenario, las nuevas parejas que se muestran, las conversaciones que se ocultan. Radiografía el fluir del dinero, qué negocios ganan, qué personas pierden. Destila las voces y separa los sonidos para extraer contenido limpio, cotilleo del que sólo emerge en días de fiesta, cuando el exalcalde prevaricador alterna con el constructor aquel, que hacía años que no se hablaban. Por eso, porque está pendiente de todo, Suso es el primero en darse cuenta de que ese tractor que llega por la carretera general, un viejo Ebro azul de los sesenta, un modelo casi de museo, no está allí de paso. Que busca un vericueto por donde colarse en la explanada de la fiesta y se planta donde le da la gana, taponándole la ventana a la camioneta de los kebabs. Ahí hay algo.

Antes hubiera esperado que su difunta madre raspase hasta desgastar la tapa de su tumba y apareciese por el campo *da feira* buscándolo para echar un pasodoble que ver lo que está viendo ahora mismo. A fin de cuentas, el palco de la orquesta se apoya en el mismo muro del cementerio, la piedra de los nichos nuevos tiene el grosor de un barquillo y las uñas de mamá poseían una dureza legendaria. Pero el tipo ese. El tipo ese que baja del tractor es la última persona que creería encontrar en la fiesta, en cualquier fiesta. Él sabe bien cómo es, aunque hará veinte años que no lo ve de cerca y nunca se acuerda de su nombre. Lo distingue de lejos por la ropa, que con su percepción miope no hubiese identificado esa cara hasta tenerla a tres metros. El mono Puch que en los ochenta fue azul, en los noventa gris y ya desde hace décadas tiraba al pardo oxidado. La gorra de piensos Biona. Esas orejas. Aún sin distinguirle los rasgos, Suso capta el momento en el que los ojos de ambos se cruzan y se reconocen, porque un choque eléctrico le hace apartar la mirada automáticamente. La vista le rebota en el suelo y vuelve a levantarse, pero esta vez el tipo ese está un poco más cerca. Y, además, ahora es evidente: se dirige hacia él.

Ahora, a Suso le resulta imposible recordar el nombre del tipo ese, el loco Fontes, el hijo de Selvita, pero no se ha olvidado de cómo la vendimia se hizo más caótica sin él, y cómo su padre, más allá de lamentar la falta de su buena mano, conservó hasta la muerte una sensación de injusticia por haber perdido sin más esa amistad tan extraña que mantenían, hecha no de comidas, camaradería, conversaciones, sino únicamente de la confianza sólida que se cimenta en el momento de defender una tarea dura y difícil con un objetivo claro, contando con gente por la que nadie daría un duro y bajo la amenaza de un plazo riguroso que no es posible rebasar. La vendimia obliga a descargarse de los prejuicios y tomarse un tiempo para averiguar quién es de verdad esa persona que está trabajando a nuestro lado. Qué intenciones tiene y si es capaz de sacarlas adelante. Sabe, porque se lo contaron, que Fontes fue a ver a su padre los últimos días en el hospital y, obvio, no le dejaron entrar. Luego Suso fue a hablar con él, quería agradecerle el gesto, y no le abrió la puerta. Ni siquiera asomó esa nariz colorada por la ventana.

—Toma —le dice el tipo ese cuando alcanza el extremo de la barra del chiringo—. Toma, *ho*. —Y le intenta meter una lata en las manos. Una vieja lata de leche.

—¿Qué me das?

—¿Tú no eres el de Veloso?

—¿Te acuerdas de mí?

—¿Tú no andas en los periódicos?

—¿Sabes que fui a hablar contigo, varias veces?

—Toma, *ho*. Toma. Que nos *van buscar* la ruina a todos. A ver qué puedes hacer.

—¿Qué puedo hacer con qué?

Es una lata de leche Molico, para qué quiero yo esto, un desecho del siglo pasado. Suso la agita por instinto, el ruido es raro, seco, rasposo. Dentro rebota un objeto que no puede identificar por el sonido.

—Toma. *Estaba onda a nena.*

Y un fogonazo de luces intermitentes tiñe el campo de la feria de rojo y azul. Y la fiesta entra en pausa.

Mingo. Se llama Mingo Fontes.

Tampoco ha cambiado tanto. La indumentaria de siempre, los ojos redondos y saltones tan característicos, con un tono verdoso que causa el efecto de proyectarlos todavía más hacia el interlocutor, esos ojos que parece que te señalan, aquellas canas rizadas saliéndole en penacho del interior de los oídos, «Le crecen coliflores en las orejas», pensaba de crío. No hay otros como él por aquí. Y aunque está mucho más delgado, marcado, con los huesos casi transparentándosele en los pómulos y la cara hecha un cristo de arañas vasculares, eso es por darle bien al vino, rajada aquí y allá con pliegues en los que se puede insertar y perderse para siempre una moneda de dos euros, eso es de la mala vida, es inconfundible la misma persona que primero fue el señor de la vendimia, después el cara de sapo, luego el *tolo da Picoña*, más tarde el tipo ese que amenazó a Flora con una hoz y ahora, desde hace unos minutos, el hombre que le ha entregado una lata de Molico con algo dentro justo antes de que la Guardia Civil irrumpa en la verbena y se lo lleve esposado, de muy malas maneras y sin explicar nada.

—Susiño, tú siempre en el puto medio —le espeta Lorena, la agente tan amable que a veces le pasa las notas de prensa de la Comandancia. Suso y ella estudiaron juntos en el Nosa Señora do Carme, el único colegio que había en todo Calvos de Randín, cerrado desde hace años. Hasta fueron amigos durante algún tiempo, de esa forma en la que son amigos todos los chavales que comparten generación en un pueblo envejecido. Con lealtad y sin profundidad.

—Lore, contéstame sólo a una preguntita minimísima.

—Vete a entrevistar a la *cona* de tu abuela, que tiene mucho que contar.

Lorena siempre habla demasiado alto y nunca se ha distinguido por su dulzura, aunque sus rasgos finos de dama íbera condicionan el trato que le da la gente. Ojalá tuviese cara de bruta, decía en el instituto. Luego empezó a entender que el subterfugio era un recurso muy útil para la profesión que iba a elegir.

—¿Por qué os lo lleváis?

—Porque es delito ser tan guapo, Suso —responde Lorena con tono burlón.

Esta vez, a Suso no le importa que nadie quiera contarle qué sucede. Siente que la noticia está con él. Le arde en la mano, tapada con la chaqueta no sabe por qué, en cuanto vio a los agentes rodear a Mingo. Las multitudes lo envuelven, exaltadas de Larios, ávidas de información. ¿Qué ha pasado, Suso? ¿Qué ha hecho el tipo ese? Lo miran como si él fuese la fuente del maná. Eso es bueno, pero ahora necesita un lugar discreto. El baño químico. La lata no se abre con sus dedochos gordos, herencia de su padre. Hay que introducir algo duro entre la tapa y el borde y hacer palanca. Un cuchillo de punta roma, el tipo de cuchillo que nunca verás en un puesto itinerante de churrasco. Y, por supuesto, tampoco en uno de pulpo, que se corta con tijeras y se come con palillo. Y mucho menos en su coche. ¿Una llave? No entra. ¿Una moneda? Tampoco. ¿Sus uñitas? Aún voy a pillar el tétanos. ¿Las del Parrandas? Sus buenos cinco centímetros le debe de medir la del pulgar. Fina y dura como una lasca Levallois.

Así que, cuando toda la gente empieza a hablar, cada uno con su versión, lanzándose datos enfrentados, en ese momento que es pura noticia, Suso se escabulle y se va. Conduce hasta su casa en Santiago de Rubiás, la última construcción de piedra en la carretera tortuosa que termina en el rueiro de Baldomar, cierra la puerta, atraviesa los latigazos del rabo de Rohan, corre las cortinas aunque no hay vecinos vivos, y en la mesa de la cocina hace saltar la tapa en el aire con un cuchillo de untar. Vuelca la lata, y sobre el mantel aparece un atadijo del tamaño de una naranja pequeña, enfardelado en trapo blanco y anudado con una cinta del mismo tejido. Podría ser de una sábana vieja, el hilo grueso y suelto. Al desenrollar la tela, una vuelta, dos vueltas, siete vueltas, muy despacio, el corazón le cae a plomo hasta el estómago.

6

Lobios

La terraza del Chispas se expande entre dos hileras de álamos, justo frente a la oficina de Correos. A las dos de la mañana es el único bar abierto en Lobios, y está bastante animado. Hay bombillas de colores y asientos hechos con palés, pero, seamos realistas, la gente divertida de verdad se ha ido a Xinzo o a Ourense, y allí, sorbiendo mojitos, quedan un manojo de perdedores que a) no tienen amigos, b) no tienen coche, c) han desperdiciado todos los puntos del carné.

La caipifresa de Michiwichi fosforece en sus manos de piel negra, deslumbra los ojos de la noche con su sombrilla de papel, sus cintas brillibrilli y un buen puñado de gominolas dentro. Mira la Morelba, tanta cosa era y ahora tiene que quedarse en Lobios un viernes. Satisfacción. Pero maldita la gracia que le hace que se siente a la mesa de Michiwichi, que en esa circunstancia vuelve a ser simplemente Héctor. Han pasado cuatro años desde que Mariña dejó el instituto, tres desde que la bicha esta empezó por fin a ignorarla, pero sigue ocurriéndole algo cuando se encuentran. Un minúsculo frenazo, un parpadeo y un pequeño paso atrás que quizás nadie puede ver, pero la Morelba sí, seguro. Mariña sospecha que lo sabe: le sigue dando miedo, y, además, ya no necesita ni decirle una sola palabra para controlarla. Por eso ella no se acerca a la mesa, no se apea del quad, se conecta a la wifi del Chispa y manda un mensaje: «Detrás de ti, vamos». Un segundo después, Héctor se gira hacia ella.

—¡Que tengo la caipifresa entera!

No es fácil ir de paquete en un quad, medio tajado, y agarrado con una sola mano porque con la otra llevas un vaso de plástico lleno de bebida fosforescente. Hay que reconocerle la habilidad al chaval. La oscuridad, el olor a gasoil, la pendiente de la carretera confabulan para que Héctor se escurra del asiento: si llega a soltarse, se lo tragará esa noche de boca famélica.

—Si conseguimos grabar un vídeo con Bloody & Spooky, tendríamos millones de visualizaciones. Quieres agarrarte bien. Como te agarras al culo del Crispín cuando te ponen la canción esa.

—Oye, cacho *lurpia*, yo no me agarro al culo de nadie.
—Bueno, pues al paquete.

Mariña no es deportista, y hace tiempo hubo quien la llamaba masa, que te comiste una ballena preñada de octillizos. Mariña no es ágil ni falta que le hace, porque entiende todos los caminos del monte, y de tanto recorrerlos podría hacer el trayecto hasta sin faros, en esta noche negra como un calamar que escribe versos fúnebres. Al dejar atrás el pueblo, lanza el quad por una pista pedregosa que culebrea en las cumbres peladas del Xurés, saltando entre bolos de roca, gigantes al acecho. Sus largas trenzas de boxeadora, color paja, las puntas teñidas de fucsia, se le meten a Michi en los ojos, haciéndole llorar y estornudar alternativamente. Ella conoce los embalses, las ruinas romanas, las vías milenarias que ascienden a las montañas. Los ha recorrido toda la vida.

Cuando, hace años, empezaba el día sin ánimo suficiente para rebotar las mierdas de la Morelba y *lataba* a clase, tomaba a pie los senderos escarpados que alcanzaban aldeas que nunca habían conocido el asfalto. A menudo se quedaba por el camino, era bastante torpe, de breve resistencia al esfuerzo, y además los muslos le rozaban horrorosamente. Una vez, tumbada al margen de una senda pedregosa, con la cara roja y las manos hinchadas, de nuevo había olvidado llevar agua, le pasaron casi por encima unos portugueses en quad y vio en ellos la emoción y el disfrute de la vida que no encontraba jamás en los ciclistas, tan sufridos, tan engurruñados de rostro. Supo que eso era lo suyo.

—Está todo tan solitario y tú eres tan bruta que me da la sensación de que nos hemos despeñado y aún no sabemos que estamos muertos —dice Héctor.

—Yo sigo viva. Tú es posible que te hayas envenenado con ese potaje de purpurina que llamas caipifresa.

—Me gustaría no palmarla esta noche, pero si no queda otra, pido morirme ahora mismo, antes de que la cosa se ponga peor.

—Tú vas a morir en tu santa cama, tapado con la colcha que te estoy calcetando y bajo un crucifijo invertido, a los ciento tres años como tu abuela, la Demonia.

—Y en la plenitud de mi fama.

—Que comienza tal día como hoy, Michiwichi. Nos vamos a tatuar esta fecha en las cachas.

El frenazo levanta el polvo y hace derrapar el quad en la tierra, Mariña se apea de un salto y estornuda siete veces seguidas. Esta sequedad del aire. Hemos llegado, dice.

La luz de la luna revela a grano grueso un territorio árido, aterrazado con las marcas del nivel del agua que antes oscilaban al compás de las estaciones y ya desde hace un tiempo solamente descienden, como si los padres de un niño menguante hubiesen grabado las señales de su declive en el marco de la puerta de la cocina. Y allá abajo, al fondo, muros destruidos, bloques que truncan los caminos que alguna vez condujeron a las viviendas, a la fuente de la que mana un agua marrón, al bar, a las bodegas: edificios aún en pie, en medio de un caos de barro duro, ramas muertas y corrientes de piedra hecha ruina.

Es un pueblo asolado distinto a los demás: no crecen las zarzas ni los helechos. No hay troncos colonizando los muros hasta horadar las tejas. El aire pesa cargado de polvo y desconfianza, porque hasta en la aldea más abandonada, da igual que lleve vacía diez años o un siglo, hay algún indicio de vida. Un lagarto que pasa, las huellas de un gato en el barro, las avispas velutinas que ocultan sus nidos entre esos arbustos que siempre prosperan dentro de las paredes deshabitadas, la tabarra de los grillos en las noches como esa. Aquí solo se oye el viento, solo huele a tierra seca. No hay vida nueva que releve a la vida arrancada de la vieja aldea de Aceredo. El embalse de Lindoso se está extinguiendo, es apenas un charco sucio, y el pueblo ahogado, anclado a lo que fue el rico valle del río Limia, ha emergido. Aceredo fue la última de muchas aldeas *asolagadas* en el siglo XX, cuando la fiebre de los pantanos puso tapones en los cauces, inundó unos territorios, desecó otros y cambió la geografía y el porvenir.

Los caminos, las cajas de cerveza delante del bar, los toneles. Las ruinas de cualquier edificio abandonado reflejan el cambio de las estaciones, la colonización y reapropiación de la naturaleza, Mariña las recorre con frecuencia, conoce las marcas que deja la evolución sobre la piedra. Esto es otra cosa. El tiempo se ha suspendido. Esto tiene el tacto de un sepulcro.

En el canal de Discord *La Noche de Darko*, trescientos cuarenta y siete usuarios están comentando qué demonios pudo haber sucedido con Bloody & Spooky, por qué de pronto la imagen se fundió a negro y qué era la silueta que todos vieron levantarse y salir de cuadro. Darko ha emitido su versión. Tranquilizadora. Se ha ido la conexión, estas cosas pasan. Volveremos con ellos enseguida. Están en un lugar con muy mala cobertura. Héctor señala los dos triángulos plenos de vida en la parte superior de la pantalla de su móvil.

—¿Qué sabes de este sitio? —dice.

—Mi padre nació aquí, y apenas me contó nada.

Mariña recuerda cuando, en el año 2017, una breve sequía sacó del agua los tejados desmoronados de cuatro o cinco casas de Aceredo, y la abuela Preciosa cerraba los ojos para no verlos al pasar por el puente nuevo. Hasta le había parecido oírla pedir que lloviese, pero no para terminar con la sequía, sino para que subiese el caudal y sumergiese para siempre sus sentimientos y sus recuerdos. La abuela nunca quería hablar de eso, y Mariña sabía por qué: ella había sido la que había conseguido más dinero negociando con la hidroeléctrica. Cuando la empresa logró que la mitad de los vecinos más uno cerrasen el acuerdo, se publicó la expropiación forzosa, y los demás ya no pudieron elegir si se iban o no. Preciosa fue la más uno, la definitiva, la vecina que abrió una nueva era en la que el éxito individual era más importante que la supervivencia comunitaria. Han pasado más de treinta años desde que Aceredo, O Bao, Lantemil, A Reloeira y Buscalque desaparecieron bajo el río, la gente se fue, su historia se desmembró, y esos dramas son de los que crecen con el tiempo.

La abuela es de las pocas que no quieren hablar. Los que se encerraron en el ayuntamiento, hicieron huelgas de hambre, los que treparon al campanario cargando piedras para lanzar a los antidisturbios, cortaron las carreteras poniendo sus cuerpos frente a las cargas, los que no habían querido irse, los expulsados, esos sí que hablan. Nunca hizo falta que Mariña les preguntase, lo contaban con un impulso que no venía del rencor, pero que tampoco era amable: cómo vivieron las últimas Navidades en abandono, solos, que los que más cobraron ya se habían ido. Cómo aquel 8 de enero de 1992, lloviendo como no se había visto en cien años, y eso que antes llovía mucho, la hidroeléctrica cerró compuertas y el nivel del agua comenzó a subir. El Limia, ese río libre que atemorizó a las tropas de Décimo Junio Bruto, detenía su fluir y ahogaba el pasado.

La peor parte se la llevaron los de O Bao, los de Buscalque: sus casas estaban en la zona baja del valle, la que se llenó más rápido. Muy temprano les cayó la noche: el agua era un caldo negro de muebles, animales muertos, ropa y lágrimas, y ascendía peligroso hacia los postes de la luz que nadie se había molestado en cortar. Así, en plena crecida, tragados por la oscuridad y por el barro, la gente rebelde del embalse desenterró a sus muertos del cementerio. Si los sacaron a todos, nadie quería decirlo, lo que significa que alguno ahí quedó. Otros marcharon vivos, pero no duraron más allá de ese invierno, y eso que no estaban para morir. Y doña Amelia, la del Ferreiro, esa se había ido tres días antes del desastre, sin decir nada a nadie. La habían visto cruzar el puente a pie, la primera vez que se ponía unos tacones, con su maletita en la mano. En la sequía del diecisiete apareció su esqueleto en aquella parte del valle donde antes florecían los naranjos: cuentan que de la cintura se había amarrado la maleta. Al abrirla encontraron piedras, y entre las piedras, la lámpara de hierro que tenía en su mesilla —le había fascinado la llegada de la luz eléctrica—, una plancha de carbón llena de chapas de refrescos que ya no existen y las fotos, con sus marcos, de los pocos antepasados que tuvieron un retrato. Se había ahogado con todos sus recuerdos. «Es terrible, pero es lo que hay. Así es la vida. Unos mueren y otros viven», dijo alguien a la prensa. Esto te lo cuenta cualquiera, Michimío, te lo repite todo el mundo, menos mi abuela.

—Aquí ya no hay nadie. Se han ido.

—Están dentro de una casa. Y sé qué casa es. —Mariña saca del bolsillo una fotografía en papel mate y la sitúa bajo el círculo de la linterna. Los tonos tostados del Kodachrome no alcanzaban a todos los personajes: dos críos sentados en el suelo, pantalón corto y camisita. Una anciana sentada en una silla, delante de una *lareira*. Junto a ella, una joven con un bebé en brazos. Esas mujeres cerradas de negro. El luto perpetuo que se transmitía a su piel, porque la gente, para vestirse de duelo, tenía que teñir su ropa de diario, y las marcas del tinte iban colonizando los cuerpos—. Bloody & Spooky estaban justo aquí, donde se sienta mi bisabuela. Año 1845. Esta chica de negro es mi abuela y el pequeño es mi padre. Es su casa, pero no tengo idea de qué aspecto tiene por fuera.

—Con esa *lareira* tiene que ser una casa de chimenea grande —supone Héctor.

En los pueblos *asolagados*, los tejados son lo primero en derrumbarse. Sólo un edificio de Acaredo conserva orgulloso su enorme *fumeira* de bloque de granito.

Mariña corre hacia allí. La puerta, hinchada por los años de agua, está abierta. En el marco de piedra, una cruz grabada sobre un círculo. Mariña va a gritar: ¡es esta! pero consigue llevarse el dedo índice a los labios y cerrar esa bocaza que casi nunca obedece a su cerebro. Héctor asiente con la cabeza. Grabamos, susurra él, y cuando pulsa el círculo rojo en su teléfono, Mariña atraviesa el umbral con paso lento, silencioso, prolongado. Estornuda siete veces seguidas. Tanto polvo en el aire. Sí, esa es la casa. Los cables, las sillas, las mesas de coser. Pero ahí no hay nadie. O, al menos, nadie que muestre actividad humana. No hay luz, no hay sonido. En el suelo cuarteado alguien se dejó un lío de huellas muy leves sobre polvo duro, varias zapatillas deportivas yendo y viniendo. Cuidando los encuadres, iluminando los detalles, deteniéndose en los paraguas oxidados, las herraduras insertadas en la pared, un tacón desparejado, «Esto seguro que era de la abuela», y lo guarda en la mochila, por si aparece el otro. Grabando sus propios rostros atravesados por un combinado de emociones, miedo, impaciencia, ansia, risa, se dirigen directamente a esa cocina donde una sombra se cruzó con dos exploradores de ruinas y todo se volvió negro y quién sabe qué sucedió después.

Al entrar en la estancia —«La cocina de mi abuela», piensa Mariña—, ambos pegan sus espaldas a la pared, cada uno a un lado de la puerta. El recorrido de sus linternas se cruza, desordenado, porque no han previsto nada más allá de eso. Proteger sus espaldas. Grabar. Es evidente que Bloody & Spooky ya no están en la casa, y tampoco queda ninguna evidencia que les cuente si ha ocurrido algo espantoso, si la figura desconocida se ha revelado, si huyeron o los sacaron a la fuerza. En el suelo hay una trampa rompepiernas en forma de agujero. Mariña se aprieta contra el muro. El mango de un paraguas roto, insertado entre las piedras de mampostería, se le clava en el culo, qué extrañas manías tenía la gente de antes.

—Seguro que era una persona. Salió de la *lareira* y pasó corriendo hacia la ventana.

Y, claro, la ventana está abierta, pero ¿no estaban todas las ventanas abiertas? Ni han reparado en ello. Se acercan a la *lareira*. AÑO 1845, grabado en el poste. Aquí cocinaba la abuela en un pote de hierro. Y antes de ella todos mis antepasados. Un gurruño de ropa vieja y apelmazada mezclada con barro ocupa el espacio donde antes ardían las brasas que daban de comer. Ahora lo oyen: algo se mueve arriba, en el tiro de la chimenea. Algo que arrastra su propia superficie contra las caras rugosas de la piedra. Un sonido leve, casi imperceptible, yendo y viniendo como un estropajo frotando la grasa de un pecado indeleble.

—Mira dentro.

—Mira tú.

Mariña se mete en la estructura ahuecada, mirando sin querer abrir los ojos, esperando que algo peligroso o repugnante le caiga desde ahí dentro. Al lanzar sus haces de fotones en el interior de la chimenea, aparecen las mismas marcas que en las paredes atestiguaban el nivel del agua subiendo al principio, en los años noventa, oscilando durante décadas y bajando como nunca en los últimos meses. Le recuerdan a los cercos que deja la espuma en los vasos de cerveza cuando bebe, muy estrechos por arriba, porque siempre empieza a sorbitos, anchos y delatores por abajo. Una vez comparó las marcas de la primera caña de la tarde con las de la cuarta: le quedó claro que para ella una está bien, dos son demasiadas, tres son pocas, cuatro muero de sed.

—Aquí no hay nada.

El sonido se ha extinguido. Mariña se incorpora dentro del tiro de la *lareira*. Allí arriba, un puñado de estrellas se agolpan en la abertura. «Por este sitio salía el vapor rico del caldo». La imagen de sus antepasadas encendiendo el fuego con palos, cocinando a la luz de una vela, arrastrando un pote de hierro a la lumbre, limpiándole el hollín con Pedramol, que a las que llevaban los cacharros sucios de ceniza a la fuente las llamaban *porcas*, creando una pócima secreta con el poder de saciar a cinco niños sólo con tres patatas y un pedazo de unto prestado, esa imagen le arranca el corazón de un zarpazo y de paso se llevó media garganta, la otra media empezó a doler. Ay, abuela, si quisieras volver a verme.

Baja de la *lareira* y dirige la luz hacia un arcón congelador volcado contra la pared. Se arrodilla y abre la tapa. Nada, dice. Al cerrarlo, se queda mirando el suelo. Oleoleole, grita, y alumbra una especie de arañazos, surcos largos, irregulares, horadados en barro, que en esa parte todavía conserva humedad. Se concentran en un área de medio metro de diámetro, rebajando el sedimento unos centímetros. Son marcas muy recientes.

—¿Una persona o un animal? ¿Una herramienta o una garra? ¿Excavaron o escarbaron? Y, más importante todavía, ¿qué es lo que andaban buscando? Enseguida lo sabremos.

Héctor ha entrado en modo *streamer*. Saca una Opinel pequeñita y la clava en el barro. Con la otra mano, temblando, dirige el teléfono, gracias, estabilizador de imagen, que limpias la culpa de los miedosos. Mariña revisa su memoria reciente buscando algo que pueda servir para ahondar en el suelo y encuentra la imagen del esqueleto de paraguas insertado en la pared, a la entrada de la cocina. Eso tiene que servir.

Son doce pasos, los ha contado. Su manía de contar los pasos. Doce pasos desde el arcón hasta la puerta y cuando la alcanza tiene que apoyarse en el muro para no derrumbarse del agotamiento. Las varillas del paraguas asoman entre la mampostería, pero Mariña ahora cree que no merece el esfuerzo, no se siente capaz de tirar de él. De pronto hace mucho calor. Se desliza hasta el suelo y se sienta, el aire le entra a sorbitos, ¿por qué hay tan poco aire en esta habitación? Entonces escucha la respiración de Héctor, silbidos angustiosos de asma, Héctor se está llevando todo el aire y ella se asfixia como si estuviese debajo del agua, Michiwichi, qué haces, dice. Y él sólo le devuelve un olor extraño, como el dolor de una respiración infectada, ¿cómo huele eso?, como el miedo, como la adrenalina, como el aluminio. Tenemos que salir de aquí.

Mariña condujo a casa y no hablaron en todo el camino, pero sus cuerpos unidos sobre el quad se transmitían información en forma de ondas eléctricas de miedo y latidos que necesitaban salir y gritar toda su angustia. Quizás no había pasado nada. Nada más que un ataque de terror y de asma.

—No se te ocurra volver allí.
—¿Te encuentras mejor?
—Vete a casa, Mariña, que mañana abres la tienda.

Y Mariña se fue, pero no a casa.

7

Montalegre, Portugal

Montalegre es villa de brujas, y a mucha honra. Cada Sexta 13, miles de personas se reúnen en el castillo de la ciudad para participar en un *coven* multitudinario impulsado por un cura, el padre António Lourenço. Es un tipo fuera de lo común que ha protagonizado algunas de las grandes aventuras de la etnografía de la Raia Seca, como aquella vez que organizó un congreso de medicina popular y lo llenó de hechiceros y curandería. «*São as crenças do meu povo. As mezinhas, os responsos, o diabo. Negar o nosso paganismo seria minorar uma cultura riquíssima*», decía él, para espanto del Obispado.

Se acerca el viernes, 13 de octubre, y la ciudad está transformándose. En cada esquina se levantan los altos armazones que sostendrán enormes figuras de las brujas más famosas, para que no se olvide su memoria. Cuadrillas de obreros montan los escenarios donde se celebrarán los aquelarres festivos, en la parte antigua, y cercan con vallas los espacios en los que arderán las hogueras. El ritmo de la villa cambia, marcado por el sonido de las herramientas y la emoción contenida hasta que llega el día, se hace de noche, prende el fuego y el diablo asoma los cuernos.

Flora asciende al punto más elevado de Montalegre, donde se encuentra el castillo. Es una fortaleza de frontera, de cuando esa tierra limiana era estratégica para el devenir de las monarquías peninsulares y cada palmo se defendía hasta con los dientes. Dientes aportados por las levas forzosas, el reclutamiento de los que nada ganaban, dolor para unos y para quiénes la gloria. En su desprecio por cualquier forma de autoridad, Flora piensa, por primera vez, que tal vez no era tan malo vivir en la casa alentejana de su madre. Al menos, Portugal se había librado de sus reyes.

Después de haberla dejado plantada hace unos días, Fernanda demostró ser una mujer comprensiva y ha aceptado las disculpas y la posibilidad de un nuevo encuentro, esta vez a los pies de la torre del homenaje. Es una maestra jubilada de pelo rojo y labios pintados de nácar, los lóbulos casi le rozan los hombros y, al darle dos besos, impregna la piel de Flora con su olor a jazmines de frasco. Amiga del padre António Lourenço, comparte con él su interés por la cultura popular, es que en Montalegre hay más personas aficionadas al folklore que al vino, que ya es decir, explica entre risas. Fernanda conoce lo suficiente las fiestas de caretos y mascaradas de toda la Raia Seca como para asegurar que eso que ve en la fotografía que Flora le muestra, Randín, 1949, no es propio de esa zona.

—Qué personaje tan raro —dice—. Recuerda a un *cigarrón*, ¿no te parece? Pero al mismo tiempo es muy diferente, esa expresión tan animal. Si pudiésemos ver la parte que ha quedado fuera del plano.

Juntas atraviesan los jardines del castillo y caminan hacia el Ecomuseu de Barroso. Allí conservan algunas máscaras rituales de metal y de madera, explica Fernanda. Diablos, rostros mudos sin expresión, los caretos de Podence, pintados en rojo y negro. Maravillas de la cultura popular que Flora hubiese admirado si estuviese de vacaciones, pero que ahora solamente le causan decepción: están muy lejos de lo que ella busca. Fernanda lo detectó de inmediato. Como buena maestra, sabe identificar cuando una persona se hunde en el desánimo, sabe rescatar los últimos filamentos de interés a punto de desintegrarse, trenzarlos y anudarlos en torno una nueva motivación. Y una de las mejores motivaciones que conoce es la de sentirse útil. Así que prepara unos espantosos cafés de cápsulas y conduce a Flora a los almacenes del museo. Comprueba que ha acertado cuando ve que su invitada desaparece entre los pasillos donde se apilan, en cajas y archivadores perfectamente clasificados, todos los materiales que no se muestran al público en las salas de exposiciones, por falta de espacio, por su estado o porque eso es mejor que no lo vea nadie.

—Espera, a dónde vas —dice—. No te traigo aquí de visita.

—Pues no será para trabajar.

—A lo mejor podrías ayudarnos con un viejo documento de Galicia que no conseguimos interpretar. Échale un ojo.

—No sé mucho de paleografía.

—No se trata de eso, la letra se entiende perfectamente. Ven. Y dime qué te parece.

Fernanda extiende en una mesa medio pliego de papel oscuro, basto, sin guillotinar, que contrasta con la espléndida caligrafía y la calidad de la tinta.

Yo, María Freire, cronista escribana del beaterio de Santa María, en el día 16 de junio de 1644 y por orden de María Dominga Bendaña, maestra de esta casa, me dispongo a dar cuenta de los espantos y calamidades que se suceden en este tiempo aciago. Sólo los necios negarían la señal en los prodigios que perturban el orden del mundo, como si de un profundo hartazgo este confín del reino se doliera. Solas luchamos contra la barbarie.

Empezó el 12 de mayo de 1641, con un suceso que fue presagio de todo lo que después nos sacudiría: un cometa fue visto en el cielo durante más de tres meses, avanzando desde septentrión con la apariencia de la espada ardiente del arcángel San Gabriel. Llenaba de luz el cielo de la noche, palideciendo las demás estrellas, y se ocultaba con el canto del gallo. Todas las beatas reunidas en esta casa observamos el fenómeno, al principio azogadas, después recogidas en oración, pues siempre que el mundo contempla un prodigio tal, es pronóstico de que algo terrible y asombroso se abate sobre los hombres. Y sucedió que en esos días la iglesia vieja de Oímbra fue destruida por un terrible incendio que pareció iniciarse de forma espontánea y sin mecha ni estopa, que la misma piedra ardió y fue consumida hasta caer hecha cenizas.

Ese mismo año se produjo un eclipse muy tenebroso, pues el sol se tiñó del color del zafiro. Era un espanto ver los rostros de los hombres, pálidos como los difuntos: apenas los vivos se distinguían de los muertos y la pesadumbre agarrotaba los corazones. En casi todos los órdenes de la sociedad, el miedo dio paso a la insolencia y la insolencia a las fechorías, la avidez descarada, la codicia. Ya ni respeto merecíamos las mujeres piadosas, y hubo hombres arrogantes que levantaron presas dejando sin agua los molinos de este beaterio y hasta pleiteaban por las tierras que nos pertenecen. Todos luchaban contra todos pensando sólo en acaparar riquezas.

No sólo las gentes del bronce, también las estrellas combatían entre sí: dos astros se enfrentaron en el cielo durante todo el mes de julio, arrojándose el uno contra el otro para golpearse con su melena de rayos. Nuevamente padecimos suplicios y calamidades que ensombrecieron nuestras almas, cuando la luna aparecía del color de la sangre y el agua de los ríos detenía su correr y los peces se asomaban hacia el cielo, con la boca abierta, antes de morir.

Todas estas aberraciones presagiaban el daño verdadero que aún estaba por llegar. Y se mostró en forma de monstruo doble, con apariencia de niña uno de sus rostros y maneras de insecto el otro. El vulgo no siempre ve la mano del diablo en sus actos, y dice que es milagro el engendro nacido de madre huida y padre desconocido. La noche en que vino al mundo, estalló en el cielo una tormenta, y cuando el párroco de Rubiás salió a tañer las campanas para alejar la tempestad, un rayo cayó en la cruz de hierro que corona la iglesia y el buen hombre murió en el momento, cayendo su cuerpo destrozado en el atrio.

La monstrua vive guarecida en la casa de una pelirrasa de origen incierto apodada la Balura, astuta cambalachera que exhuma huesos de las tumbas y los vende a los crédulos, pasándolos por reliquias. Hasta las uñas y los cabellos del engendro pone a la venta. Embelesa con supercherías a todo campesino de genio basto. Muchos afirman haber presenciado los falsos milagros del engendro, y en verdad realizó algún pérfido engaño, pues se vieron miembros torcidos enderezarse, y los exvotos que el vulgo fascinado había depositado como ofrenda volaron y giraron en el aire. También los espíritus malignos tienen a veces permiso para obrar aparentes maravillas, pero son sólo tentaciones que los hombres atraen a sus infortunadas vidas, a causa de sus pecados. Cuando se le pregunta al ostento en qué forma ha aprendido a hacer esas imitaciones; una cabeza no habla y la otra, muy espelida, dice que por las noches se le aparece un ángel, que se sienta a su lado en su cama y le enseña todo lo que ella desea conocer.

Un día nos entregó un hueso que el ángel fingido le habría obsequiado: trató de hacernos creer que se trataba del omóplato de Santa Eufemia, despeñada por los infieles en estas montañas. Quiso la maestra observarlo con prudencia, por lo que lo introdujo en un cofre y lo velamos toda la noche. Durante esas horas, todas nosotras vimos siniestras figuras de sombra que parecían salir por la cerradura del cofre. Regresó en otra ocasión la criatura y se metió en la capilla de esta casa en mitad de la cuaresma, durante las vigilias nocturnas. La muchedumbre que en ese momento oraba con nosotras se apiñó para contemplar al prodigio. Hombres y mujeres envenenados de avidez se pisotearon unos a otros como bestias, aplastando sus cuerpos en la voracidad de la masa. Más de quince almas expiraron en el interior de la iglesia, mientras el engendro salía sin daño deslizándose a través de una rendija.

Nada de esto impide que el vulgo simple venere al ser corrupto, igual que veneran a las piedras, a las fuentes y a los árboles sin discernimiento alguno. Sin embargo, el obispo de Orense no pone la menor diligencia en las averiguaciones sobre estas muestras del mal en la Tierra. Solas luchamos contra este mal oscuro que nadie quiere ver, y aún porfían y se ríen las gentes cuando les decimos que tales cosas no son milagros, que tan sólo son ilusiones con las que el diablo se entretiene para apresar sus pobres almas. Únicamente queremos, si la criatura está destinada a vivir, al menos someterla y apartarla de las tierras de esta santa casa, y para ello pedimos auxilio al señor de Viladormen, tenido por cazador de monstruos, doblegador de los hombres salvajes que habitan las cuevas de la sierra del Jurés, rogándole con humildad pese a los pleitos tenidos con esta casa por el agua y la leña en el pasado, que ya olvidamos. Que nos socorran el mazo y la espada, puesto que los oídos del obispo no quieren recoger las inquietudes que nuestros ojos ven y nuestras bocas profetizan, por ser nosotras mujeres y vivir libres en nuestro nido de golondrinas.

—La verdad, no tengo mucho que aportar —dijo Flora, al concluir la lectura en voz alta—. Se trata de una leyenda bastante común. Es mejor que se lo enseñes a alguien que estudie esas cosas.

—¿Una leyenda? —La *mestra* Fernanda parece decepcionada—. No, no, no. Este documento tiene algo más. ¿Has leído bien? Es el mismo tono de aquellos textos que escribían los clérigos europeos en el año 1000, cuando la gente estaba aterrorizada con la perspectiva del apocalipsis y el juicio final. Lee bien.

—Pero más de seiscientos años después y en estas montañas. Que yo sepa no era momento ni lugar para el milenarismo.

—No sabemos en qué beaterio se escribió este documento, pero estoy convencida de que existió y allí sucedió algo extraordinario. ¿No crees que las leyendas tienen un origen real?

Quizás algunas, y sólo en parte, pensaba Flora.

—En realidad, las leyendas funcionan como alegorías —dice—. Explicaciones de fenómenos complejos que nos ayudan a transmitir normas: a quién debemos temer y a quién debemos apoyar. Pero son las condiciones materiales lo que condiciona las creencias. Por ejemplo, el clima.

—Oh, no, no. De eso, nada. Somos mucho más espirituales que eso. —La negación agitaba los largos lóbulos de la *mestra*. Flora cree ver cómo se le meten en los ojos, que por eso se le están poniendo tan vidriosos y entristecidos de pronto.

—Esto está escrito en un momento de crisis, no hay más que ver el papel: pasta oscura, elaborado probablemente con trapos mezclados con restos de arpillera, cuerdas o incluso redes de pesca. Es un papel barato, mal hecho, apresurado. Se ven las hilachas sin desfibrar. Por esos años, esta zona estaría atravesando la pequeña edad de hielo. Las temperaturas bajaron, llovía más de la cuenta, y eso fue una catástrofe para la economía. El cambio del clima trajo desastres de adaptación. Nuevas plagas, hambrunas, enfermedades. Y a todo eso se sumó la guerra. ¿Cuántos siglos duró?

—Seguro que fue espantoso, pero los seres de dos cabezas no caen con la lluvia —dijo Fernanda.

—Señalar a un engendro profético como responsable de las tragedias es tan antiguo como el sufrimiento. Lo contaba Flegón de Trales en su *Libro de las maravillas* y lo encontramos casi veinte siglos después en Italia, tras el terremoto de la Irpinia, en 1980: un rumor sobre el nacimiento de un niño monstruoso, deforme, con rasgos de bestia o un solo ojo, que viene para anunciar desgracias: terremotos, volcanes, inundaciones. La historia todavía circula en foros de internet, refiriéndose a nuevas catástrofes en Colombia, Chile o Guatemala. Es una leyenda errante, como un meme, que se reapropia, se transforma y regresa una y otra vez.

Fernanda no está dispuesta a ceder.

—El primer destino que tuve como maestra fue una escuela rural en una *freguesía* de montaña, Soutelinho da Raia. Un lugar maravilloso. Yo tenía veinte años y llegaba directamente de la ciudad, de Porto. Me quedé fascinada con la cosmovisión de la gente, te estoy hablando de los años setenta, en algunos de esos pueblos ni siquiera había corriente eléctrica. Pues me empeñé en que mis alumnos, niños de cinco años, de diez, de catorce, mezclados en la misma aula, trabajasen juntos recogiendo las leyendas de la zona. Tenían que entrevistar a los mayores, escuchar sus relatos y escribirlos para compartirlos en clase. ¿Y sabes qué historia me trajeron casi todos? Decían que hace miles de años una tribu que estaba asentada en la desembocadura del Miño llegó al interior. Huían de algo, o los echaron, eso nunca se supo. Fundaron sus propias aldeas, eran gente dura y fuerte que sabía abrirse camino. Pero enseguida empezaron a tener problemas con los habitantes de los castros: unos robaban ganado y otros robaban mujeres. Y vuelta a empezar. Hasta que nacieron los primeros mestizos, y esto ayudó al entendimiento entre los dos grupos. El problema empezó cuando las mujeres de la costa emparejadas con hombres de los castros parían el segundo hijo: esos niños morían al nacer, y los que lograban sobrevivir tenían unas deformidades tan espantosas que los padres decidían abandonarlos al raso, en la cumbre de las montañas. Criaturas sin piernas o con cinco manos o con los brazos más largos que el cuerpo, los pies hacia atrás o la boca vertical. Cubiertas de pelo o con vejigas hinchadas por la espalda. O con dos cabezas. La explicación era clara, aquellas mujeres extrañas que venían de la costa estaban embrujadas, portaban la marca de la desgracia. La maldición de la sangre sucia. Fueron desterradas, junto con sus hijos, y algunos hombres decidieron acompañarlas en su éxodo. El grupo se separó. Unos se dirigieron hacia el norte, fundaron nuevos pueblos, se mezclaron con nuevas gentes y su sangre se aclaró, prosperaron. Otros, quizás los más débiles y temerosos, caminaron hacia el sur, buscando las llanuras. Les sorprendió la nieve y no pudieron seguir adelante, se quedaron atrapados en la serra do Larouco. Cavaron galerías en el *xabre*, se metieron allí dentro y no se les volvió a ver. En Soutelinho aún por esos años se contaba que de vez en cuando un pastor o un contrabandista llegaban a la taberna hablando sobre los rastros extraños que aparecían en los caminos de la montaña, e incluso alguno decía que había sorprendido a un ser lejanamente humano bebiendo en un charco, aterrado por su propio reflejo, deformado por la endogamia.

—La historia es fascinante —dice Flora—. Me recuerda a algunos mitos fundacionales que escuché en las zonas rurales del interior de Mozambique. ¿Sabes lo que es la incompatibilidad de Rh?

—Por lo que veo, no tenemos ninguna leyenda original —bufa la *mestra*.

8

Frontera Galicia-Portugal

Flora esperaba por su *alheira fritida con ovo e patacas* en una casa de comidas a las afueras de Montalegre cuando «Suso Fixer Randín» llamó por cuarta vez esa mañana, querrá saber cómo va su tema, y ella, cocorocó, ha encontrado una disculpa para cada una de las veces que no ha contestado. El chico es encantador, le está ayudando mucho sin pedir un euro, y Flora le ha prometido que habría una mención a *O Tempo da Raia* en los materiales divulgativos del proyecto. Ahora hay mucho ruido, qué calor, me duele la mano, en otro momento, todo para no defraudarle. Para no tener que decirle que su esfuerzo había sido en vano. Que lo que le había prometido, el documental en Randín, la mención a *O Tempo da Raia*, no se iba a materializar. Que la investigación en esa zona está a punto de cerrarse porque no hay una sola pista sobre la mascarada perdida. Seguro que los testimonios que necesitamos están ahí, en una residencia de ancianos, en la misa de doce de cualquier parroquia, pero no los hemos encontrado. No lo hemos conseguido. Y con ese *hemos* querría decir *has*. Porque un *fixer* no puede fallar, tiene que tener un plan B, C y D. Un *fixer* debe ser como una navaja suiza, Suso, y tú eres un cucharón de peltre.

Eso querría decirle, pero lo que le salió de la boca cuando por fin descolgó fue: Qué oportuna tu llamada. Y se calló. Se tapó el oído. Contrajo la cara hasta que se le electrizó la vista y se le hendió una muesca entre las cejas: ahí podía ponerse un móvil a cargar. Haciendo palanca entre la musiquilla de la tragaperras, la crónica televisada de un accidente mortal en una explotación agrícola de Ourense y los chasquidos de los cacahuetes atronando a coro, Flora miró a los clientes como a terroristas que lanzasen cócteles molotov contra la biblioteca de Alejandría.

—¿Queréis meteros esos cacahuetes en el culo? Cuando aparezcáis apuñalados ahí en el campo al menos crecerá una plantita.

—*Méteos* —le espetó por encima del hombro un paisano que jugaba al dominó estrellando las fichas contra la formica. Pero Flora ya no estaba. Si alguien hubiese visto la expresión de su rostro cuando arrancó el coche, encontraría muy razonable endosarle una multa antes incluso de que pusiese las manos en el volante: hasta parecía que los bucles emitían electricidad.

    Suso se empeñó en verse no donde ella querría, en la terraza soleada del bar de Antía, con un café potente y una tapa de esa *zorza* rabiosa y roja con la que se podría saldar una deuda con el demonio, sino en un punto que él mismo le envió, justo en la línea entre Galicia y Portugal, allá donde la carretera recién pintada y asfaltada, de doble carril, rebasa un puesto fronterizo de la Guardia Civil clausurado hace décadas, cubierto de pintadas: «Viva Paraguay!!», y se transforma de pronto en una cinta estrecha que pasea hacia las montañas entre pastos y matojo, cruzando la cola del embalse de Salas. En la fotografía de satélite, Flora sólo vio las copas cubiertas de los árboles, pero al llegar descubrió una pista cuarteada que degeneraba en un camino hecho de tierra, ladrillo y azulejo desmenuzado. Allá adelante, se levantaban dos pivotes unidos por una cadena de la que colgaba una chapa herrumbrosa, colonizada por el liquen, que en un tiempo pasado anunciaba «área de reposo», como si fuese un hospital, y después alguien pintó por encima con letras temblorosas: «Bienvenidos al reino. Prohibido dar de comer a los patos». Era la entrada a un merendero desierto junto al curso seco de un arroyo.

Rohan baja del coche corriendo como un toro bravo y detrás aparece Suso con un portavasos de cartón y dos cafés. A Flora siempre le sorprende su estilo: camisa estampada, vaqueros ajustados con alpargatas, sombrero de paja de ala estrecha, Raybans de aviador. Rústico y *rockstar*. Acertado y práctico, porque el calor es horroroso a pesar de estar ya en octubre, y no hay ni la breve sombra de un pajarito sobre sus cabezas. Un otoño adelantado desvistió a los árboles ya en agosto, y las tres mesas y los bancos del merendero están cubiertos de hojas en descomposición. Al fondo, casi engullidos por la maleza, mimetizados con el tono oxidado del paisaje, agonizan los restos de unos columpios a la vieja usanza: un tobogán con las chapas levantadas, el subibaja manco, un carrusel giratorio sin las barras, las cadenas de los columpios quejándose porque han perdido los asientos.

    —Un ambiente animadísimo. ¿Dónde están esos patos a los que hay que dejar morir de hambre?

—Siempre que me encuentro con alguien para hablar de temas confidenciales tengo la misma duda: ¿nos citamos en un lugar abarrotado para pasar desapercibidos o en un sitio desierto para que no nos vea nadie? ¿Tú qué elegirías?

Flora se fija en el envoltorio de papel de aluminio que viene en el portavasos, embutido entre los dos cafés para llevar. A ver si sabes qué es, dijo Suso. Ella no se molesta en buscar los extremos: lo abre sin miramientos, rompiéndolo en varios trozos, de forma que el contenido se desparrama, le llena los dedos de aceite y azúcar y despierta a la vieja Rohan, que ya se había acomodado para dormitar debajo de la mesa. Su impaciencia de siempre. No tiene ni idea de lo que es esa cosa naranja de olor fritangoso.

—Son chulas. Chulas de calabaza. Me las ha dado Antía en el bar. Pruébalas.

—Por teléfono me dijiste que tenías novedades importantes sobre Selvita. —Flora sabe que es asqueroso, pero habla con la boca llena, peleando con Rohan para que deje de chupetearle las manos pringosas con esa lengua que no le cabe en el morro. Otra vez ha salido sin desayunar, y la *alheira con ovos* quedó olvidada en la cocina de la casa de comidas, cuando Suso pronunció sus palabras mágicas.

—Tengo. Ayer detuvieron a su hijo.

Suso mira a su alrededor, impostando cautela. Aunque es imposible que ningún ser animado pueda acercarse a menos de veinte metros de ese lugar sin que el crujido de las hojas lo delate, baja el volumen de su voz. Una costumbre del oficio, piensa Flora. Una forma de crear la ilusión de la confianza, una puesta en escena: te voy a decir algo muy importante, sólo para ti y para mí, sabe Suso. Tú estuviste merodeando por esa casa, viste a una chica allí, pregunta o afirma. Flora le da un trago profundo al café, se trata de ganar un par de segundos antes de responder, que este Suso nunca se sabe bien de qué va.

No esperaba encontrarse con un sabor como ese, en un vaso como ese y en una situación como esa, y como resultado de tanta sorpresa Flora escupe todo el líquido a chorro, de golpe, como un surtidor. El efecto vaporizador se expande directamente hacia la camisa, las gafas de sol y la cara de Suso, un tipo que va por el mundo viendo con el mayor asco cómo las gotas de saliva saltan de boca en boca esparciendo virus y gérmenes variados y que al mismo tiempo convive con una bóxer de baba fácil.

—Perdona, ese era mi café. Llevo ya demasiadas horas en pie.

Suso le dio a Flora su vaso, pero no cogió el que le correspondía: estaba tocado.

—Que no tengo la peste, qué maniático. Seguro que lavas las pastillas de jabón antes de usarlas.

Así que le echa lingotazos al café de escaqueo, ya a mediodía, piensa Flora y no dice nada, que la gente tiene unas cosas: te revelan una intimidad por negligencia, por descuido, por debilidad o por estupidez, y entonces se produce la alquimia: hay un instante de entrega mágica. El cautaro reverdece y el guamachito florece. En ese momento puedes exprimir cualquier confidencia, cualquier promesa, pero apenas dura un milisegundo: enseguida sedimenta la desconfianza y el miedo, el conducto se cierra y ya nunca se volverá a abrir.

—¿Viste a alguna chica cuando estuviste en casa de los Fontes?

—Podías haberme avisado. Me dijiste que allí sólo vivía el tipo con su madre, y ayer me encuentro a esa niña *parvallona*. Me gasté veinte euros en llenarle la panza con una bica mantecada con la esperanza de que le diese a Selvita una nota con mi teléfono, pero seguro que ni se la ha entregado.

Suso la mira como miraría a una piedra parlante.

—¿De verdad hablaste con ella?

—Claro. Antes de salir hacia Portugal. Estaba sola en la casa y conseguí que saliese. ¿Es la hija de Fontes?

—¿La hija? No. Fontes no tiene hijos. Ayer por la tarde pasó algo espantoso allí. ¿Has visto la noticia del buey que mató a una chica? Pues era ella. Esa chica ha muerto y nadie sabe quién era. Como si nadie la hubiese visto jamás. Este tema tiene mucha más chicha de lo que están contando.

Las ramas se balanceaban en el viento cálido, soltando el quejido de las puertas que llevan mucho tiempo sin abrirse, que quizás no debían ser abiertas. Flora habla sobre el aspecto descuidado de la muchacha, de su discurso infantil y lo hambrienta que le pareció. Habla sobre el tractor que llegó de pronto, la conductora en la penumbra y el gatito parasitado. Al contarlo, los fragmentos de los recuerdos y la nueva información se combinan en su cabeza para componer una pregunta que no quiso formular en voz alta: ¿una chica a la que nadie ha visto nunca muere de una forma horrible justo después de que yo la vea?

—Debía de trabajar allí, pero no se la veía entrar ni salir. Como si estuviese retenida —dice Suso.

Flora recuerda la crónica que maloyó ese mediodía en la televisión de la casa de comidas. Había desconectado enseguida, las noticias de sucesos le causan tanta repulsión como a Suso la saliva ajena. Un accidente, habían contado.

—*Trapalladas*, Flora. A esa chica la mató Atila, el buey de los Fontes. ¿Has visto alguna vez un buey?

—Lo único que sé de bueyes es que me comería siete.

—Eso que te ponen en las hamburguesas pijas no es buey, es vaca vieja y gorda. El Atila es un bicho enorme. Un campeón. Su culo está por encima de muchas cabezas.

—¡Un semental!

La carcajada se escuchó en Cachiquimbra.

—Los bueyes son toros castrados, Flora. Habría sido un excelente negocio como semental si no le hubiesen rebanado el pelotamen, pero imagino que en aquel momento nadie sospechaba que el animal se iba a convertir en un fenómeno. ¿Sabes cuánto pesa? Pasa de la tonelada. Los chuletones que se saquen de ahí serán los más grandes jamás vistos en España. Hay cuatro parrilladas y dos restaurantes detrás de él ahora mismo. Cincuenta y cinco mil euros ofrece el Orellas. El Buenos Aires asegura que lo tenía apalabrado desde el 2020. Puede que esta gente no viviera tan aislada como parecía.

—¿Son agresivos?

—He ido a verlo al matadero. Todos los bueyes son mansos, pero Atila parece beatífico como un papa herbívoro. ¿Y resulta que coge a la chica que lo cuida y la mata a golpes? A golpes, que tiene el morro destrozado. ¡Manda *carallo*!

—¿Qué dice la policía? —pregunta Flora.

—Lo que ya habrás oído. Que la chica entró en la cuadra para echarle la comida y que Atila la mató. Tengo una amiga en el Seprona, Sara. Me jura que esa noche ella no estuvo allí, que fue a los incendios de Oímbra, pero, vamos, seguro que sí, lo que pasa es que no me va a contar nada. Lo que sí me dice Sara es que las vacas, si están juntas y se ponen nerviosas, podrían llegar a pisotear a una persona. Un buey no ataca. No he encontrado ni un caso en la hemeroteca.

Eso a Flora le recuerda el sabor de las vacas locas. El gran terror de su adolescencia en Londres, alimentada a base de hamburguesas, *roast beef, steak pie, bangers and mash, toad in the hole*.

—Pues hay sitios por el mundo adelante donde les dan caca de gallina mezclada con serrín. Bébete tú esa leche —dice Suso—. Pero aquí, no. Yo pensé en un estimulante del desarrollo. Alguna sustancia con efectos secundarios relacionados con la agresividad. Anabolizantes, hormona de crecimiento, las vacas con clembuterol se ponen muy nerviosas, se cargan de adrenalina. Y ganan mucho músculo con menos comida. Porque tampoco entiendo cómo los Fontes podían alimentar a un animal de ese tamaño. En esa casa faltaba de todo. Y nos metemos en tramas veterinarias de contrabando de sustancias prohibidas que yo jamás he visto por aquí.

—¿Dónde está ahora Selvita?

—Si te cité aquí y no en un sitio abarrotado, es porque tengo algo que nadie más debe ver. —Suso abre su mochila y extrae un envoltorio de tela blanca, del tamaño de un puño. Se pone unos guantes de látex y lo desenrolla con mucho cuidado. Saca «algo» del envoltorio y lo coloca con delicadeza sobre la tela—. Por esto me interesa tanto este tema.

Flora pone en juego su legendaria expresión facial de «¿Y esta porquería te parece tan importante?». De poco sirve: al ver ese «algo», el corazón le bombea con tanta intensidad que tiene que bajar la vista hacia su pecho: está segura de que la teta izquierda le salta de la emoción. Y eso se ve a la legua. Pero no. Convencida ahora de que ninguna de sus turbaciones internas —el bamboleo cardíaco, el galope pulmonar, el ahogo estomacal— se transparenta hacia el exterior, observa la pieza con detalle.

Es una pequeña figura. La representación de una cabeza, moldeada en lo que parece masa de harina, cocida, con paja pegada y restos de bosta, gotitas negruzcas que pudieran ser de sangre o pintura. Alguien ha hecho un notable esfuerzo para darle realismo al rostro, modelándole ojos y nariz con alguna herramienta de filo, antes de meterla en el horno. Incluso ha conseguido transmitirle un breve brochazo de expresión: es salvaje. Tiene barbas y bigotes compuestos con pelos de algún animal negro, gruesos, cortos, sucios, que han sido insertados uno a uno en la masa. El cráneo está cubierto por unas melenas hechas con cabello que parece humano, fino, brillante, de color castaño claro. De las sienes emergen unos largos cuernos curvados, guarnecidos con seda colorada, como centellas de fuego. Una aguja larga de coser le entra por la nuca y sale por la barbilla.

—¿De dónde has sacado esto?

—Me lo dio Mingo. El hijo de Selvita. Justo antes de que lo detuviesen. Dice que lo encontró junto al cadáver de la chica.

—No irás a llevarlo a la policía.

—Pues claro que sí. Quería enseñártelo antes. ¡Ni se te ocurra tocarlo sin guantes!

—Por supuesto que no.

Y en cuanto Suso mete la vista en su mochila para localizar un par de guantes, Flora se apodera de la figurilla y la parte por la mitad, en dos pedazos. Suso quiso matar, insultar y chillar, por este orden, que por algo esa cosa era su tesoro, suyo y sólo suyo, pero lo que sale desde dentro de la masa le frena la mano, le ablanda el colmillo, le cierra la boca, se la vuelve a abrir y al final le deja mudo.

9
Lobios

Y ahora Mariña tiene una caja escondida en el almacén, dentro de un bidón de plástico azul de ciento veinte litros, con cierre de ballesta, apto para uso alimentario, compacto y resistente, que puedes adquirir al mejor precio en Agrolimia, tu tienda agrícola de confianza. Una caja ovalada con aspecto de baúl antiguo, que le recuerda a las que se usaban antes para guardar sombreros, sólo que esta parece algo grande para ese fin y es de un material que no se oxida. ¿Quizás cobre? Eso supone, por la pátina verdosa. Toda la superficie, pero especialmente las juntas, está untada con una sustancia negra que se ha fusionado con el metal. Hubo una cerradura, el relieve todavía permanece en el frontal ahora ciego. En consecuencia, la caja se ha hecho hermética, un envoltorio sin fisuras, un jeroglífico que encierra una incógnita.

Porque dentro, algo hay. Algo grande, macizo y pesado. Algo que alguien anda buscando. Alguien que ha metido mucho tiempo y mucha maña en ese embalaje, y eso es porque preserva cosas delicadas, cree. Está impaciente, pero no va a apresurarse. Lo tiene claro: esa caja de metal untada y sellada con sustancia negra (¿pez, brea?) no fue elegida al azar. Cuando la enterraron sabían que el embalse iba a cubrir la casa de su abuela. Crearon un recipiente estanco para evitar que el agua lo dañase. Querían ocultarlo, conservarlo, recuperarlo.

Y a ver cómo lo abre, porque de Héctor no puede esperar ayuda.

Tampoco es el mejor momento para pensar en hacer nada que requiera la mínima habilidad mental. Mariña va por el cuarto Juiced Monster Pacific Punch, cuando lo normal a estas horas de la mañana de un sábado cualquiera sería haber tomado sólo un café con leche doble y una tapa de tortilla. Dicen que cuatro latas de eso es el equivalente de doce expresos y cuarenta azucarillos, y ahora que se ha pasado ya no hay vuelta atrás: el corazón le va demasiado rápido, el tiempo demasiado despacio, cada veinte minutos tiene que dejar el mostrador para ir a mear. Y las ideas... Las ideas se le agitan como pulgas saltando sobre un conejo de monte que escapa de un zorro enajenado. ¿Hacia dónde van? ¿Están arriba o abajo? ¿Quién dirige la marcha? ¿El zorro, el conejo o las pulgas? Pues así están sus ideas ahora. Así que no le pidamos claridad para decidir qué hacer con la caja oblonga, porque este no es el momento.

Anoche las cosas dieron muchas vueltas. Lo había estado pensando todo el tramo de vuelta a casa, que hizo por la carretera vieja, con Michi a su espalda respirando dolorosamente, repasando cada curva como si vocalizase con detalle una palabra para enseñársela a un hablante nuevo. La sensación que inundó la cocina al clavar Michi su navajita en el suelo, en aquel rincón que parecía arañado por una bestia. La presión sobre el cuerpo, el peso en los movimientos, la falta de oxígeno, el ahogo, era una sensación muy parecida a la de estar bajo el agua. Como si el embalse no se hubiese secado, como si se hubiesen sumergido en el Aceredo que ella había conocido siempre, el pueblo *asolagado*. El miedo, la emoción, el asco de aquel olor que ascendía desde el barro, pero sobre todo las corrientes de ansiedad que irradiaba Michi, o algo bajo el lodo seco que abrió la boca y aspiró el aire hasta crear un vacío, qué fue lo que les pasó. No tenía una sola respuesta. Dejó a su amigo en casa y, de camino a la suya, una idea estúpida se le encajó en una rendija entre su responsabilidad y su aprensión. Tenía que intentarlo, tenía que regresar a Aceredo.

Sabía que el equipo de oxígeno de la abuela Preciosa seguía metido en su embalaje, al fondo del almacén de la tienda, donde los recuerdos familiares iban ganando espacio conforme el catálogo de productos a la venta menguaba. El concentrador doméstico, de enchufar, y algunos cilindros portátiles aún llenos que habían comprado para situaciones de emergencia, por si se iba la luz o tenían que salir corriendo como les había sucedido a los vecinos de Socalque. Mariña quería venderlo, pero su madre todavía tenía la esperanza de que volviese a ser necesario. Le angustiaba todo lo que estaba sucediendo después de que la abuela se hubiese recuperado de sus problemas respiratorios y que esa nueva oportunidad de vivir la vida en lugar de traerle gratitud o entusiasmo hubiese venido con un carácter espantoso.

Preciosa siempre había tenido sus rarezas, pero en cuanto sanó y comprobó que ya no necesitaba la ayuda de su nuera y de sus nietas, que otra vez podía caminar sin agotarse, se gastó todo el dinero que le quedaba del embalse en arreglar el caserón antiguo de su familia paterna, arriba en la montaña del Xurés, que ni llegaba la carretera, y allí vivía sola, independiente, o, como ella decía, libre en su nido, *non quero saber de máis ninguén*. Al principio Mariña subía al Penedo con el quad, la abuela se había vuelto huraña y no le gustaba que apareciese sin avisar, aunque tampoco tenía teléfono ni otra forma de contacto. Qué haces aquí. Qué pesada eres. Cuando tenga ganas de veros ya bajaré yo. Mariña sospechaba que no les perdonaba ni el divorcio, que la culpa la tendrían ellas, ni el desastre de las preferentes, que la habíamos estafado, nosotras, no el banco.

Lo sorprendente fue cuando un grupo de chicos hartos de las estrecheces de las ciudades descubrieron la aldea del Penedo, tantos años abandonada, reformaron las viviendas, las calles, el *cruceiro* y la plaza y se establecieron allí, muy cerca de Preciosa, con sus proyectos de teletrabajo, cantería, permacultura y turismo sostenible. Eso a la abuela no le molestó. Sólo le molestaban Mariña y su madre. Al menos dime por qué, le pidió Mariña la última vez que subió a Santa María do Penedo, una mañana de domingo después de la fiesta de San Juan, con el sabor del MD aún en la lengua, el rímel sosteniéndole las lágrimas dentro de los ojos y medio mojito en la camiseta. Porque no me gustan las gordas, contestó la abuela. Con su hermana Anouk, en cambio, siempre había tenido un entendimiento especial.

Anoche, después de rebuscar en el almacén de la tienda, Mariña regresó a Acerado cargando la botella de oxígeno de la abuela Preciosa y un pico, las manos flojas, el pecho comprimido como por un corsé, y cuando al entrar en la cocina el aire se contrajo otra vez, le pareció que alguien lo sorbía con una pajita. Todo su cuerpo temblaba, carne de membrillo asustado, cara de pan sin cocer. Dejó sobre el barro la linterna, su último asidero al mundo limpio y seguro. Se puso la máscara de oxígeno y respiró.

A golpe de pico, Mariña horadó la capa de barro hasta llegar al suelo original, listones de castaño que se habían transformado en una corteza gris. Descargó sobre las tablas una de sus famosas patadas de vaca burra y la madera se desbarató bajo sus pies, reblandecida por décadas de agua. Ahí abajo estaba. Dentro de un encofrado metálico afianzado bajo tierra, sumergida en el barro húmedo. Ahí estaba la caja.

Ni tiempo hubo después para dormir ni para hacerse las trenzas de boxeadora antes de abrir la tienda, lo justo para una ducha, reponer el delineado de *pin up* y echarse encima la sudadera de las bullas,

«ACAB: All Cats Are Beautiful», aunque aquella noche del Apóstol en Compostela el policía de la secreta no lo quiso leer y le calcó una multa. Desde entonces la lleva con más ganas, pero ya van tres ocasiones seguidas que tiene bronca con ella puesta.

La señora entra en la tienda justo cuando Mariña empieza a escribir por cuarta vez un mensaje a Héctor. Con su mandilón azul de cuadros espolvoreado de harina, los dedos que se retuercen hasta terminar en unas uñas subrayadas con un cerco rojo y las botas embarradas, le parece una cómica combinación, pues no se sabe si viene de amasar una bica de Laza, de componer chorizos o de apañar pataca, estas *mulleres*, que valen para todo.

—¿Dónde va la *neniña*? —La señora se acerca al mostrador. Su voz suena a pólipos sin resolver en la garganta, una corriente de aire que intenta salir, pero en su camino se encuentra con piedras y estropajos.

Mariña se traga la sonrisa y mira a su alrededor, buscando. ¿De verdad ha entrado una niña? Ha estado tan abstraída. Mierda, los pasillos están llenos de paquetes de matatopos, matarratas, matacaracoles, fertilizantes, pesticidas, sosa cáustica, tenía que subirlos a los estantes más altos, pero ¿para qué? Allí nunca entra nadie menor de doscientos años.

—¿Es su nieta? ¿Seguro que está aquí?

La señora chasca la lengua contra el paladar, con fastidio: la chica, *ho*. La morenita que trabaja aquí. Que tú eres nueva, dice.

—¿Ana? Anoukiña ya no viene. Es mi hermana.

Mariña tiene veinte años. Se ha ocupado de la tienda desde que dejó el instituto a los dieciséis, y ya hace un año que despacha sola. Antes la ayudaba su hermana pequeña, Anouk. Siempre fue la hecha y derecha, la responsable. Tiene que haber un hermano malo para que haya uno bueno. Pero hace seis meses, en cuanto cumplió los dieciocho, Anouk se fue al caserón con la abuela Preciosa y encajó como la pieza maestra en ese extraño bodegón de anciana huraña con neohippies.

La señora se mete la mano en el bolsillo del mandilón y saca un puñado de algo, lo echa sobre el mostrador, con asco. ¿Bichos? Espera, no son bichos, son señuelos de pesca.

—Me las vendió el jueves y están estropeadas.

Son unas moscas buenísimas. Hechas a mano, no hay dos iguales, cosa que no se puede decir de las moscas de verdad. Mariña las conoce. Vienen equipadas con anzuelos de acero con alto contenido en carbono: superduros, resistentes a la corrosión, casi eternos. No como las moscas de verdad, que duran veintiocho días. Funcionan. Las truchas se quedan flipadas con esos tonos tan brillantes, dorados, rojos, verdes, las plumas las hipnotizan, las atraen. Y entonces entra en juego ese anzuelo infalible. «Los peces caen como moscas», es el eslogan de la marca.

—¿Cómo estropeadas?

—Están muertas las moscas, ¿no lo ves? No se mueven, no comen. No hacen nada. No las quiero.

Los ojos de la mujer, de un azul empañado, ceñido por una maraña de vasos sanguíneos, se enfocan hacia Mariña, pero no la miran. Es una vieja historia. La demencia, otra plaga, todos esos señoriños que viven solos mientras su identidad se diluye. Un día beben de una botella de disolvente, se pinchan los antibióticos de la vaca en lugar de la insulina, salen de casa y ya no vuelven. Los encuentran como trapos enganchados en una rama dentro del río o tiesos arriba, en la sierra. Se ponen a quemar rastrojos y acaban encendiendo el monte todo. Aventados, enajenados, ya ni plazas hay para ellos en las residencias y se cuidan a sí mismos sin acordarse de quiénes son.

—¿Tiene el ticket?

—La chica no me dio.

Las moscas están nuevas, es evidente que no las ha usado. Tampoco las ha comprado allí. Cualquier objeción o razonamiento está destinado a rebotar contra el frontón de esos ojos borrosos, y no serviría más que para eternizar la situación o quizás para endurecerla, para montar un drama como aquella vez con el pobre don Perfecto y la motosierra. Mariña sabe cómo resolver el conflicto: *merchandising* de marcas de piensos.

—Vamos a hacer un trato. Ese gorro necesita un recambio —dice. Alarga la mano hacia el descolorido gorro de agua de la señora, lleno de agujeros y cercos aceitosos. La mujer le intercepta el brazo, le agarra la muñeca: no llega a lastimarle, pero a Mariña le queda claro que, si quisiese, podría hacerle daño con esa garra artrósica. ¿Cómo pueden tener tanta fuerza en los dedos estas viejas cabronas? Son como Keith Richards.

—Hay una *rapaza* que, si la ves de lejos, te parece mansa, *mansiña*. Pero cuando se te acerca te toca la cara y, zas, te arranca el sombrero.

Y ¿sabes qué? Detrás del sombrero te lleva la cachola entera. Te deja sólo la *carabela*. —Silencio—. ¿No serás tú?

—No. Yo sólo quiero darle un gorro nuevo, a cambio de los señuelos malos.

—Ay, sí, un gorrito. Que soy parva. Mira que esté mañana la morenita, que vuelvo a por mi dinero. Me dijo que las moscas estaban dormidas. Pero están estropeadas.

La señora se guarda los anzuelos en el bolsillo del mandilón y se da la vuelta. Con un pie fuera de la puerta se detiene y se gira hacia Mariña.

—Devuelve la caja. —Su voz suena más profunda, manando de una grieta en su pecho.

—¿Cómo?

—Devuélvela, entera. Están todas estropeadas.

Y se va.

¿Habla de las moscas? ¿Fue real esto que oyó? Mariña lleva ahora mismo veintinueve o treinta horas sin dormir, no es suficiente para que las alucinaciones tomen las riendas de sus percepciones, pero, yo qué sé, tanto *energy drink*, tanta dosis de taurina. Una nueva capa de angustia se suma a los sucesos de anoche. Se siente como debe sentirse un *baumkuchen*, aquellas tartas con más relleno que cobertura que a veces trae su padre cuando viene de Alemania con su nueva familia: por algún lado se iba a romper, la médula desbordaría la grieta y entonces ya no habría forma de recomponerla.

Baja la reja, voltea la placa, elige la mejor sierra radial del escaparate y se la lleva consigo hacia las profundidades del almacén. Se le da bien el manejo de herramientas. Que tampoco es tan complicado, pero está convencida de que la mayoría de las chavalas de su edad, las que han sido sus compañeras en el instituto, en su vida tocarían una amoladora de estas. Y mejor así, porque accidentes, todos los que quieras: dedos amputados, rostros emulando la deriva de los continentes, pies seccionados, ojos acribillados. No usar máscara, no usar guantes, quitar los protectores. Y después, la cantinela, ay, Mariniña, esa sierra que me vendiste estaba defectuosa. Sí, como las moscas de pesca.

En el almacén sólo entra la luz triste y escasa de los tubos fluorescentes. Los pasillos estrechos están abarrotados de palés con sacos malamente estibados, y ni siquiera hay una buena mesa de taller como la que tiene en el garaje de casa. En definitiva, es un sitio pésimo para trabajar. Había decidido seccionar la caja haciendo un corte horizontal tres dedos por debajo del borde superior, y para eso la inmovilizó con lo que tenía más a mano: rodeándola de bolsas de sustrato universal, que forman una cámara de seguridad. Es una persona precavida. El metal se raja como una lata de tomate triturado. Mariña deja unos cinco centímetros sin rebanar y retira la parte superior, que queda colgando. Por impulso, coge el teléfono para llamar a Michiwichi. Ni se te ocurra. Consigue colgar antes de que suene el primer tono, activa el modo avión y se conecta a la wifi de la tienda. Sí, ha logrado abrir su hallazgo de forma limpia, sin dañar el contenido. Pero lo que hay dentro es un nuevo jeroglífico. Tuvo que abrirse el quinto Monster Punch.

Un remolino de paja y trapos enrollados llena la caja hasta tres cuartos de su altura. Los extrae separando las hebras, desenvolviendo las bolas de tela, una a una. Nada. Esas cosas parecen estar ahí sólo para proteger algo que se encuentra más abajo. Un amasijo de cintas de fibra descolorida asoma entre el relleno.

«Es bestial». No es que Mariña use mucho esa palabra, no sabe exactamente por qué, pero el objeto que extrae lo es, bestial. En parte porque huele a animal. No a animal encerrado, a animal salvaje. Es una máscara maciza, muy vieja, muy pesada, oscura, quizás de castaño o carballo. Quizás abedul. Al tocarla tiene la sensación de estar haciendo algo prohibido, de estar tocando una reliquia sagrada con las manos sucias de acabar de masturbarse. Toda la pieza parece haber sido rescatada de un incendio justo antes de empezar a chamuscarse: no está quemada, está ennegrecida, como la madera antiquísima que vio una vez en las puertas y vigas de Montefurado ¿Por qué está todo tiznado? ¿Ardió? No, nena, esto es así de puro viejo, le había dicho un paisano. Tallada con rasgos humanos, *de bestia humana*, en realidad.

No le resulta del todo extraña, ha visto cosas parecidas: mentón puntiagudo y mordaz. Enorme sonrisa conteniendo apenas la hilera de dientes —dientes afilados— que quieren salirse de la boca, tan ambivalente, entre sardónica y perversa. Nariz larguísima, triangular, estrecha como la aleta de un tiburón. Cejas finas, exageradas. En las mejillas, restos de dos brochazos de rubor caen bajo los ojos, almendras perfectas bordeadas por un ribete blanco. Conoce esa expresión. Le falta la mitra, pero no hay duda; es una máscara de *entroido*, como las de A Xironda, como las de los *zarramoncalleiros* de Cualedro, como la del *cigarrón*. Pero es completamente distinta a eso. Hay algo que no ha visto nunca: es una máscara duplicada. Representa dos caras unidas, que se funden desde la sien hasta las mejillas para separarse más abajo en dos puntas, dos barbillas. Los ojos son extraños: en cada uno de los rostros, el que se sitúa hacia el eje de simetría está hueco, y el más cercano al borde está pintado de forma que parece cerrado, un párpado de color carne con cinco pestañas negras por abajo.

Mariña le da la vuelta: por dentro, la madera está vaciada para acomodarse a una sola cabeza: todavía permanece la pátina de grasa, oscura y brillante, que ha dejado el roce de la nariz y las mejillas de quienes la han llevado. No son dos máscaras pegadas, está hecha de una pieza, diseñada para que la porte una persona. El artesano quiso representar dos faces idénticas, aunque mirándolas con detenimiento tal vez no sean tan iguales como le parecieron de un vistazo. Y quizás tampoco sean esos rasgos tan semejantes a los de las *mázcaras* de A Xironda. No han pintado el bigote imperial, tan característico, ni el semicírculo de la perilla. En lugar de una mitra alta lleva cintas teñidas en tonos desvaídos, insertadas entre cabellos gruesos de crin de caballo. Aquí hay algo feroz, que, sin ser realista, resulta más real que la expresión grotesca del *cigarrón*, aunque no es fácil de ver, aunque no sabe qué es.

Mariña tiene tres certezas, y pesan bastante más que todas las dudas: es una máscara única, es muy antigua y es de mi familia. Esto vale una pasta, y tengo todo el derecho a venderlo. A mamá ni mu, que se lo agencia. Y a la abuela menos. Como esto venga de la parte de su difunto maridiño, prefiere un porvenir de prostitución y mendicidad para sus nietas antes que perderlo.

Aunque, la verdad, no creía que la abuela Preciosa se hubiese molestado tanto en esconder una cosa así. Es cierto que odiaba el *Entroido* y cualquier celebración que incluyese gente y alegría, pero no se la imagina organizando toda esa infraestructura. La casa era vieja, quizás dos siglos, y cualquiera de sus antiguos inquilinos podría haber guardado la máscara y acabar olvidándose de ella en el devenir de las generaciones. Pero hay algo que no le encaja: ese embalaje, el metal embreado, parece haber sido pensado para resistir una inundación, y el embalse se construyó hace apenas treinta años. Y para qué se tomarían tan en serio el ocultar algo así en un lugar en el que se esperaba que permaneciese inaccesible para siempre. Seguro que no habían contado con la sequía.

El clima ha cambiado, y por eso la tienda agrícola se hunde. Cada año quedan menos personas que necesiten abonos, herramientas o piensos. Lo único que se vende bien son los plaguicidas, y eso es una condena. Una curva ascendente que sólo precede a una caída en picado. Las pestes se están adaptando, se multiplican, conquistan el territorio. Lo que nos pasó con las abejas y con las patatas pasará pronto con las truchas, con las gallinas.

Cuando aún se podía contar con Anouk, instalaron colmenas en los terrenos escarpados de la montaña, que nada podía crecer en ellos. Se acordaban de cuando su padre les hablaba de la niña Flordenieve, tan blanca y nacida en invierno, como Mariña, que recogía hierbas medicinales en el bosque cuando de pronto aparecieron montones de abejas que la rodearon de arriba abajo y le cubrieron todo el cuerpo: pero no le picaron, sino que posaron miel sobre sus labios e hicieron brillar su piel, resplandeciente de belleza. Después, les contaba la historia de las tres Marías, tres damas de las montañas que vivían a la intemperie bajo el sol y las estrellas. Cuando llegó la lluvia, una se hizo árbol, otra se hizo arroyo y otra se hizo roca. Ana María, tú eres la dama de roca. ¿Y yo cuál soy?, preguntaba Mariña. Pequerrechiña, tú ibas a llamarte María, pero la abuela se equivocó y te añadió una letra al nombre. Por eso eres la blanca Flordenieve, la emperatriz de las abejas.

Pero las abejas que ellas criaron murieron todas, devoradas por las velutinas y las varroas, papá se fue a Alemania y tuvo a los gemelitos perfectos Bertram y Günther y se enfadó muchísimo cuando se enteró de que Mariña los llamaba Rod y Tod. Al menos sigue enviando algo, no como el padre de Michi, que se fue a Dominicana para despedirse de su madre moribunda, allí le caducó el permiso de residencia y ya no pudo regresar. Ahora son los hermanos de Héctor quienes tienen que mandarle dinero a él. Qué familia más rara tienes, le dice Michi, y es verdad, es familia de embalse, todas acabaron con el corazón roto, enfadadas *polos cartiños* o por la memoria. De una forma u otra, todas quedaron marcadas.

¿Cuánto puede valer una máscara como esa? Muchas veces ha oído hablar de aquel hombre de Verín que vendió una de *cigarrón* a un museo belga, hace ya cincuenta años. Le pagaron un millón de aquella moneda, un millón de pesetas. Échale cincuenta mil euros, que esta es mucho más rara. O échale treinta mil, a la baja. Suficiente para empezar algo nuevo. Cerrar la tienda, poner un par de bungalós abajo, en Bande, cerca de las termas romanas. Si van bien, montar seis cabañas en los árboles. No anheles impaciente el bien futuro, mira que ni el presente está seguro, suena un consejo en su mente. Aparta esa idea, muchacha. Has vuelto a ordeñar la vaca. La lechera regresa al mercado. Y esta vez el cántaro no se le va a caer.

10

Frontera Galicia-Portugal

—Es espantoso.

Suso, que nunca suda, que siempre sostiene su buen olor y apariencia impoluta, incluso en la fiesta de la *sardiña grellada*, incluso persiguiendo en pleno agosto por las calles de Castro Urdiales a una prima lejana de aquella señora que coció la cabeza de su marido y después le entró el impulso de alimentar a todo el pueblo, «Isidra, sólo queremos saber si usted también se comió las croquetas», tuvo que pasarse la mano por la frente para secarse las gotas que habían emergido de forma repentina, como una corona de gemas de imitación caída del cielo. Luego ya no supo qué hacer con la mano y no pudo comer más chulas. El aire estaba empantanado, pero el sudor de Suso no procedía del calor, sino del susto. La figurilla, con sus cuernos y su pelo humano le había parecido una curiosidad supersticiosa que necesitaba una explicación dado el contexto en el que había llegado a sus manos. Pero esto que ahora se le presenta semeja algo mucho más oscuro.

Dentro de la cabeza de masa hay cosas. Fragmentos de materiales diversos que Flora fue colocando sobre la tela. Piedrecillas minúsculas de río. Cabezas de alfileres, vidrios diminutos, de los que saltan cuando se rompe una botella. Dos plumas pardas de algún pájaro pequeño, quizás plumón de una cría. Un anzuelo viejo, oxidado, con un grumo de sangre seca en la punta. Escamas de piel traslúcida, como las que desprenden las personas con psoriasis. Una maraña de uñas de mujer. Enteras. O de mujeres, pues tienen diferentes tamaños, grosores, colores, esmaltes. Alguna quizás es de un niño, tan fina como un pétalo de margarita arrancado. Suso pasa el dedo índice rápidamente por encima de cada una de las uñas, sin tocarlas, sólo para contarlas. Ojalá fueran de gel, pero no lo son. Conservan partes de la matriz, restos de cutículas secas, un cerco negro que seguro es sangre oxidada, antigua. Le han extirpado las uñas a nueve personas, dice con una voz que se le deshilacha al caer de los labios.

—No nos pongamos dramáticos. Pueden ser de la misma persona, en varios momentos de su vida —dice Flora.

—Pobre chica.

—A lo mejor se las sacó ella misma.

—Más bonito me lo pintas.

—O pueden ser de muertos. Para hacer estos muñecos es habitual usar huesos o cabellos recogidos en un cementerio. Muchas religiones consideran que los restos humanos son poderosos para sanar o para adivinar. O para provocar dolor. Fíjate. Casi todo el relleno está compuesto por elementos de daño. Objetos que cortan, clavan y rasgan. Su poder está en el miedo que causa. Es una pieza maravillosa.

A Suso ese adjetivo le resulta espantoso, aplicado a una cosa como esa, que irradia un peligro inexplicable. Pero qué se puede esperar de Flora, una persona que mira para otro lado si se le acerca un niñito sonrosado ofreciéndole un polluelo con un lazo, pero que se le encienden los ojos cuando un viejo con Alzheimer le cuenta la historia aquella de la vaca que le echó mal de ojo al bebé de la casa, por celos y por odio.

—Mingo me dijo que alguien les quería traer la ruina a todos. ¿Te parece que puede ser vudú?

Flora resopla. Gruñe. Va a empezar a sermonear: ya estamos con las películas. El vudú es una religión entera, no muñecos y zombis. El vudú es una cosa complejísima y aquí no pinta nada. ¿Cómo puede tener esos prejuicios un periodista? El sentido de comunidad, el sentido de los antepasados, ya os gustaría en este pueblo tener el respeto al patrimonio y la visión de la vida que da el vudú.

—Flora, tiene un alfiler clavado en la garganta. No me digas que es un deseo de buena suerte.

—En todas las religiones hay muerte, violencia y venganza. Y esto que ves parece lo que se ha hecho toda la vida, en todas las culturas del mundo, para resolver los problemas propios causando problemas peores a los demás. Brujería. Magia simpática. Lo que se provoca al muñeco, le sucede a la persona, lo malo, pero también lo bueno. Ya lo practicaban los romanos hace dos mil años.

Flora ha visto *poppets* en todos los lugares donde existe la creencia en la magia: hechos con mazorcas, con cera, patatas, raíces. Incluso de papel. Lo que haya a mano. Pero ¿masa de empanada? Esto sí que es nuevo. Y además, el relleno. Esa mezcla tan exagerada de restos grimosos le parece demasiado evidente. No encaja con nada que conozca, aunque cree que en algún lugar le hablaron de algo parecido, hace mucho tiempo. Más de quince años de trabajo de campo, miles de testimonios, ¿dónde habrán quedado aquellas palabras? Ni siquiera conserva los archivos de todas las personas que ha entrevistado, al borde de un camino, en un granero, junto a una hoguera, en los campos de maíz, preguntándoles por el poder que se usaba para causar daños. Daños a veces más que merecidos, que tantos males resolvía la brujería como causaba. Como niveladora de las tensiones, a veces hasta era una forma de política. ¿Qué haces pensando en esto, Flora? Su última intención en este viaje a Galicia era volver a perder el tiempo con esas cosas. No puedes hacerlo, estás aquí para desenterrar una mascarada perdida, para alejarte de los efectos nefastos que las creencias irracionales pueden causar sobre las mentes más desprotegidas. Apártate.

—Es un simulacro —dice—. La imitación de un objeto ritual. —Suso sube las cejas mientras ladea despacio la cabeza, su marca de desacuerdo educado—. Suso, que está hecho de masa de *fariña milla*, ¿te parece serio? Si no hubiese una muerta por el medio, ya me lo habría comido.

—Vudú *enxebre*, así lo voy a llamar cuando publique la historia —dice él. Flora gruñó algo que sonaba a maldición de tumba de momia—. ¿Tú crees en estas cosas?

—Las observo, las analizo, las entiendo. Nada más. La brujería solamente es la suma de persuasión y sugestión, el conocimiento de que la ira y el odio pueden hacer daño a otros, que dicho así no parece nada extraordinario, pero puede tener mucho influjo sobre las personas que creen en ella. Pueden aterrorizar, y lo que hace una persona cuando está aterrorizada es incontrolable. Descubrir esto debajo de tu almohada te puede meter ideas en la cabeza. Te puede obsesionar y cambiar tu comportamiento. Y quizás te dé por coleccionar estampitas de la Virgen, o quizás por quemar una a una las pestañas de tu bebé, sin habérselas arrancado previamente. O por buscar venganza. Eso es estar embrujado. Y esta cosa es un intento de hacer que se interprete como brujería una desgracia que ha sucedido, o que alguien ha provocado.

—Estoy seguro de que en eso del buey hay una mano humana —lanza Suso—. Y lo del vudú *enxebre*, no hinches la nariz que sabes a lo que me refiero, lo han puesto para despistar. No sería la primera vez que un crimen se camufla como brujería por aquí.

Y recuerda una historia que todavía hoy recorre la comarca de A Limia en un rumor contenido, sin querer ser contada del todo: en marzo de 1841 cuatro personas aparecieron muertas en una casa. En la misma habitación, tendidos en sus camas de lana unos, echadas en sus colchones de *follato* otras, la viuda Ramona, su hijito Ladislao y las criadas Fermina e Isabel parecían dormidos, los rostros reposados, los cuerpos abrazados. Se habló de gases del brasero, de aire mefítico, qué demonios será eso. Y entonces un tal Colmenero publica un panfleto: que de accidente, nada. Que lo que hubo en esa casa fue un asesinato, y que los culpables eran los más beneficiados: la familia paterna del crío, que iba a heredarlo todo. Y justo cuando Xinzo entero se está escandalizando con esta posibilidad, surge un rumor: dicen que las almas en pena de los cuatro muertos se aparecen por las noches en los dominios de la bruja Rosalía. Esta señora sería una sencilla curandera, pero de pronto se encontró con que todos los vecinos la miraban con terror y odio. Era ella, era ella, a pesar de que no tenía motivos ni medios. Con el cuento del *meigallo*, el caso no se ha resuelto en dos siglos. Aún podríamos estar discutiendo si fue un crimen o un accidente.

Culpar a las brujas de las desgracias es cosa muy antigua, pensaba Flora. Es una táctica de despiste, pero también un agarre emocional en la desesperación. Hubo mujeres que lo sabían y se propusieron vivir a costa del miedo que causaban a la comunidad, simulando controlar poderes siniestros. Si la cosecha pintaba mal, delante de su choza aparecían unos chorizos, un queso, unas espigas, regalos para apaciguarla. El impuesto revolucionario.

—Algo tengo que hacer con esto. Mingo vino a buscarme, me lo pidió, como si yo fuese su salvación, pero no sé por dónde empezar.

—Sácale partido a la información pregonándola a ambos lados de la Raia. ¿Qué otra cosa vas a hacer? Si lo han detenido, por algo será.

—Tiene que haber alguien que conozca a esa chica. Si estaba retenida con los Fontes, es que falta en otro lugar. Aquí la gente desaparece desde hace mucho tiempo. Siempre se ha hablado de personas que subían por los caminos de la montaña, pastoras, contrabandistas, ambulantes, y que nunca volvían. Cuando los vecinos iban a buscarlos, se encontraban con que las huellas se desvanecían de pronto en la nieve, sin explicación. Hasta hay romances que se cantaban por las ferias.

—Se los llevarían los *mouros*.

—Sí, sé que suena a leyenda. Mi padre era uno de esos típicos médicos rurales que también ejercen de historiadores y antropólogos en su tierra.

La mirada furibunda de Flora recalienta los cafés helados. Arribismo. Intrusismo. Usurpación. Herejía.

—Llamémosle diletante —continúa Suso—. Estaba muy interesado por el tema de las desapariciones cuando yo era un niño. Primero recopilaba los romances y después ya empezó a recoger historias, preguntando a los viejos. Se obsesionó. Varias veces lo pillé cuchicheando de eso con mi madre, incluso con Mingo, durante la vendimia. Hablaban bajo cuerda, pero siempre me daba la impresión de que querían que yo supiese algo sin decírmelo del todo, despertarme la curiosidad de lo prohibido. Lo apuntaba todo en una libreta llena de fechas y nombres escritos a bolígrafo verde, y solía dejarla por ahí encima, a la vista. En cuanto yo la tocaba escuchaba su voz a mi espalda: «*Xeeesus, vai lavar as maniiiñas*». La he buscado por todas partes, pero *yoquesé*.

Suso ha pasado de la excitación al desánimo. La perspectiva de que una leyenda sobre desapariciones en la montaña esté entretejida en la retención y muerte de la chica desconocida le da un tono funesto al paisaje: el cielo de un azul furioso, las ramas negras, fuertes, pero sin el poder de dar refugio, el estanque muerto, toda la naturaleza tiene ahora un significado sombrío, que no sabe desentrañar, pero que puede percibir, intuir o quizás solamente se lo imagina.

Cuando salía a correr por el monte con Rohan, improvisando rutas en la maraña de los caminos, de pronto emergía una caseta aislada, levantada con hormigón y uralita, ideal para esconder un cadáver, pensaba siempre. A veces Rohan se plantaba delante de la puerta con las orejas erguidas y la mirada fija, no había manera de hacerla andar. «*É para gardar a ferramenta*», le dicen cuando pregunta pero qué herramienta vas a guardar en medio de un bosque espeso, lejos de los campos de cultivo, lejos incluso de las plantaciones de eucalipto, de las vides. La casa de la bruja siempre está en lo más profundo del corazón negro del bosque. ¿Sería en una de esas chozas donde metían a mujeres para arrancarles las uñas? De pronto, estar solos allí, en un merendero abandonado de frontera, en lugar de en cualquier otro sitio abarrotado de gente, le parece la peor de las opciones. Suso no siempre acierta cuando selecciona los escenarios de sus encuentros confidenciales.

El café se enfría y el aire se pone demasiado caliente. El coche de Flora está adquiriendo cualidades de crematorio, pronto comenzaría a emanar el olor de los veranos regresando a Galicia por carreteras nacionales. Es un olor mestizo, a sudor viejo, ambientador de pino y bistecs empanados, que sale de algún lugar profundo más allá de la guantera. Nunca había logrado quitarlo, tan sólo camuflarlo y posponerlo.

Cuando hace tanto calor como ahora, que tira de la piel y seca las vías respiratorias, Flora necesita meterse en agua helada. No es que de ahí salgan buenas ideas, planes infalibles o un estado de calma y relajación. Es que cuando hace tanto calor como ahora, Flora empieza a tomar decisiones estúpidas y las enlaza unas con otras hasta la catástrofe final, y rebajar la temperatura es la forma más barata que ha encontrado para detener el mecanismo, echarse al mar en el Atlántico norte o al cauce de un río, dejarse ralentizar por la hipotermia y salir arrugada y amoratada, su chorro de pensamiento reencauzado. Suso, en cambio, no soporta el agua fría.

Vamos a las caldas romanas, dijo, y condujeron más de media hora alrededor del inmenso vacío que ha dejado, al secarse, el embalse das Conchas.

En Bande, caminaron por la arena bordeando las ruinas del campamento romano de Aquis Querquennis, que cualquier otro año por esas fechas estaría ya sumergido bajo el caudal retenido del río Limia. Las piscinas, en las que el caudal mana directamente del subsuelo, estaban abarrotadas de jubilados que hacían rebotar la misma conversación una y otra vez, esto no es normal, si no llueve es la ruina, a dónde vamos sin agua, *ayquebiensestá*. Flora se puso el bañador y se revolcó con Rohan en la charca más gélida, colmada de opaco líquido negro, mientras Suso se dejaba amodorrar por el agua humeante que emerge directamente al fondo de las viejas bañeras del balneario, abandonado cuando se cerró la presa en 1949. Luego, tirados en la hierba, decidieron lo que iban a hacer para manejar esa carambola funesta que les ha traído a ambos la oportunidad de acercarse a lo que quieren tener.

11

Pueblo viejo de Acered0

Germinal siempre llega tarde, siempre hace las cosas mal, lagarto inútil, se dice a sí mismo, aunque en realidad se parece más a una salamandra, una salamandra albina de ojos saltones y verdes, con grandes orejas que no sirven para nada, porque si tuviesen alguna utilidad, habrían detectado a tiempo a la gente que irrumpió en la casa grande de Aceredo y él podría haberse preparado. Pero en lugar de eso se asustó, hizo muchísimo ruido, todos lo vieron y tuvo que huir. Y ahora ya es tarde. En el espacio que sus uñas rasparon hasta tocar madera sólo quedan tablas rotas y un hueco, qué sacarían de allí, no lo que él busca, eso no cabe en este agujero, qué harían esos allí.

Hace meses que dejó su casa en A Coruña. Si piensa en el camino, en cuánto sufrió, se siente idiota, aunque podría considerarlo un triunfo. Aquella tarde de mayo, después de encender la televisión y ver lo que vio, empezó a recordar. Pasaron dos o tres días, dejó de tomar todas esas medicinas que lo tenían atontado y siguió recordando, a jirones, a golpes, a trozos de pesadillas que volvían a su mente, a trompicones. Al cuarto día lo decidió: voy a salir. Voy a buscar a Domingo Fontes. Cogió el primer tren a Ourense, el de las cinco de la mañana. Iba casi vacío, y aun así, cuando una chica se sentó enfrente y empezó a comer galletas muy crujientes, tuvo que encerrarse en el aseo y no se movió hasta el final del viaje.

Al llegar a la ciudad todavía le quedaban más de sesenta kilómetros hasta Calvos de Randín. La idea de meterse en un autobús le desgastaba el ánimo, le doblaba las rodillas, le recordaba sus fracasos del pasado, así que echó a andar y cruzó el puente romano sobre el río Miño, las calles estaban vacías a las seis de la mañana. Salió por la avenida de Zamora, atrás se diluyeron los flecos de las luces nocturnas, atravesó una fraga y continuó por San Cibrao das Viñas sin encontrarse con ningún transeúnte. En Soutopenedo tomó un camino forestal que se encajaba dentro de un bosque, hasta se atrevió a sacarse las gafas de cristales anaranjados, sólo por un rato. Aún no amanecía, y él, vaqueros grises lavados a la piedra, sudadera gris con capucha puesta, sin linterna, nunca piensa en esas cosas, es una criatura camuflada, un animal del bosque, es un *raposo* pardo que, en lugar de regresar a la madriguera, sale a cazar con el día.

En A Merca, ya asomando el sol, encontró un bar que encendía las luces. Le hicieron un bocadillo de criollo frío con pan de ayer y un cacao tamaño piscina, que se tomó en una mesa de plástico en la terraza, y después siguió andando sin parar hasta llegar a su destino, enlazando senderos, carreteras comarcales, subiendo a los altos de Rairiz de Veiga, bajando a las *mámoas* del embalse de Salas. Pasadas las seis de la tarde entraba en Calvos de Randín por la carretera general. Llevaba más de doce horas caminando y su aspecto se asemejaba al de un farrapo empapado en barro. Nadie, de las escasas personas que encontró en ese momento, quiso indicarle dónde estaba lo que buscaba, la casa de los Fontes. Captó evasivas, miedo, un tabú escrito en código y doblado muchas veces antes de esconderlo en un agujerito entre las baldosas sueltas del pasillo, como hacía todavía él con deje infantil cuando quería sacarse de la cabeza alguna preocupación, «A vosotras os la entrego, criaturas de la oscuridad: pececitos de plata, carcoma, reina de las arañas».

Hablar con los vivos es perder el tiempo, piensa Germinal. Mienten, callan, adulan o insultan. Empezó a lamentar estar tan lejos de casa, haber salido, pero también comenzaba a darse cuenta de algo: comenzaba a entender que no tenía por qué vivir así como había vivido. Fue muy fácil. Creía que debía permanecer encerrado, pero la verdad es que nadie le impidió marcharse, nadie lo buscó, nadie lo retuvo. La bisa siempre le decía que la calle no era su lugar, que fuera le daría la manía, el terror que le había golpeado aquella vez en el bus de la playa, y que en ese estado podría hacer daño a alguien. Ahora lleva meses durmiendo en brazos del viento, cómo ha cambiado todo, y aunque la pena y la soledad le lastiman todo el día, de noche sus músculos se endurecen al contacto con la tierra. Se siente más fuerte que nunca.

La mañana en la que salió del hospital y entró en casa y se libró del presidente de la comunidad y encendió la televisión, encontró un canal en el que una presentadora anunciaba: «… y tenemos novedades sobre la casa de los horrores», y la imagen en la pantalla mostraba el bloque uno del polígono del Birloque, piso noveno, su propia ventana. Delante del edificio, unos vecinos a los que nunca había visto hablaban con una reportera:

—Entrabas al portal y te llegaba un olor insoportable. Al principio pensamos que podían ser las cañerías o un problema en el registro, pero nos dimos cuenta de que venía de arriba, del noveno.

Germinal se acordó entonces de que había tendido a la bisa en la cama, la había rodeado de limones y laureles, y todas las noches vaporizaba en el dormitorio su perfume de azahar. La reportera mira a cámara con gesto pesaroso:

—Los agentes de policía consiguieron convencer al joven para que les abriese la puerta. Lo que se encontraron dentro de esta casa, Verónica, es muy difícil de creer.

Germinal le había preparado sus tostones y la sopa de sobre de cabello de ángel, el té de marpacífico todas las tardes, canchánchara algunas noches, hasta las empanadillas de pollo intentó hacer, pero le sentaron mal a la bisa, porque al dárselas le salieron unos gusanos por la boca. Los guardó en un frasco, ¿no es eso lo que se hace con el veneno?

—El cadáver casi momificado de la mujer yacía en su cama, algo que los vecinos no podían creer, pues durante todo ese tiempo oían al hombre hablar y reír. Todos pensaban que estaba conversando con su bisabuela.

Había intentado reanimarla. Hizo lo que tenía que hacer. Respiró en su boca, le llenó los pulmones de aire y ella regresó, de alguna manera.

—El joven, que padecía un trastorno de alteración de la realidad, atendió y alimentó a su bisabuela fallecida durante más de un mes como si ella estuviera viva. Esta mañana, aseguran los vecinos, ha regresado a esta casa de la que apenas salió en la última década.

Todavía hoy le parece que no fue él quien hizo ninguna de esas cosas.

Eso te lo diré cuando esté muerta. Pregúntame entre la morgue y la tumba. Ten paciencia, que ya falta poco. Las respuestas de Balbina nunca habían variado desde que Germinal era un niño y preguntó por primera vez quiénes son mis padres, de dónde vengo, qué soy, por qué vivo contigo, por qué me cuidas tanto, quién eres, porque él enseguida asimiló que no era parte de su familia, sólo una mascota de la que se esperaba un momento de brillo, un adorno de otro tiempo, un accesorio fuera de época, una religión sin creyentes, una herramienta anterior a la electricidad. Germinal se enfadaba con las excusas de la bisa, pero más se enfadaba cuando le cerraba la boca con un «y no hay más que hablar», o cuando le levantaba la mano y sólo con ese gesto, sin llegar a tocarlo, conseguía dominarlo.

Preguntaba entonces a las fotografías que la bisa conservaba, muchas amontonadas en cajas y algunas, las favoritas, en los diecisiete álbumes que colmaban dos estantes de la sala: imágenes antiquísimas que mostraban a Balbina retratada en un estudio a los tres años, una muñeca de porcelana cubierta de lazos y volantes. Vestida de uniforme con sus compañeras del colegio en La Habana. La fiesta de puesta de largo en el Centro Gallego. Y, a partir de los veinte años, las fotos en Galicia, la tierra de sus antepasados. Las ferias, las romerías, Vigo, Ourense, los pueblos, siempre en un coche enorme con forma de ballena, un Pontiac Torpedo, siempre junto a un hombre vestido de domingo, cara de batracio, orejas demasiado bajas, tan moreno que nunca se le distinguían los rasgos, sólo un destello peligroso en los ojos, quizás sólo asalvajado.

¿Es mi padre?, le preguntaba Germinal a la bisa, y ella le gritaba, cómo va a ser tu padre, anormal, si ahora tendría cien años, y, además, murió mucho antes de que tú nacieras. ¿Quién es?, insistía él. A ti qué más te da. No es nada tuyo. Es mío.

Y un día, hace siete meses, Balbina murió. Si hoy él está aquí, en Aceredo, es por todo lo que comenzó aquella noche, justo antes de cenar, ella acurrucada en el sofá como un alambre retorcido, tan fría, tan imposible de enderezar, Germinal tratando de insuflarle vida y aire. No me dejes solo, bisa, le dijo. Y entonces, ella le habló. Le impulsó con sus palabras de boca inerte. No estás solo, mi *neniño*, quédate aquí, no salgas de casa, todo está bien, no necesitas a nadie. Contéstame, bisa, quiénes son mis padres, de dónde vengo, qué soy, por qué vivo contigo, por qué me cuidas tanto, quién eres, y aun muerta, la bisa insistía en las evasivas, quédate conmigo, vamos a cenar, tráeme la tortilla, para qué quieres saber, hay cosas que es mejor no contar. ¿Cómo se amenaza a un muerto? Germinal no lo sabía. Le preguntó todos los días, le preparó tostones, empanadillas, canchánchara, y la bisa no decía la verdad ni por hartazgo, de su boca sólo salían gusanos, hedor, palabras torcidas, *miniño*, quédate conmigo, *miniño*, no hay más que hablar.

Al séptimo día, Germinal volvió a soplar en la boca de la bisa y presionó su corazón frío. ¿Quién es el de las fotos, bisa, por qué es igual que yo? Ay, que me duele tanto. ¿Qué te duele, bisa? Que se lo llevaron, se lo llevaron. ¿Cuándo se lo llevaron, bisa? No me acuerdo. ¿Dónde estabais, bisa? En una aldea, *pallá pa* la montaña. ¿Qué estabais haciendo, bisa? Era una fiestita, era. Era para unos, para otros un dolor. ¿Qué veías, bisa, qué tienes en los ojos adentro? Me lanzó su cámara, suya, y yo salí corriendo. Nunca lo volví a ver. ¿Qué puedo hacer yo, bisa? Busca sus huesos y ponlos junto a los míos. Busca sus cabellos y mézclalos con los míos, enrédalos, quémalos, crea polvo indestructible. Desmenúzalos, cómelos: formarás nuevas células tuyas hechas de nuestra mezcla. ¿Quién soy yo, bisa? Tu historia está dispersa, nadie la conoce entera. Tuvimos que desmigajarla y repartirla para protegernos. Como si estuviese escrita en una hoja de papel y la rompieses en muchos pedazos: con una sola palabra no puedes entender el poema entero. El tiempo ha pasado, unos han perdido su pedazo, otros lo han destruido, otros lo conservan en un altar. ¿Dónde está el altar?, ¿quiénes lo conservan? Y ella ya no respondía.

Golpeó el corazón de la bisa con el puño hasta agotarse, su enorme mano agarró el cuello blando y cerró los dedos hasta que el pulgar se unió con el medio, y entonces una voz deshilachada agitó la lengua de Balbina y ella dijo Fontes, Fontes de Randín, y su carne podre se desgarró, y de lo que habló después, Germinal ya no pudo comprender nada. Las voces se solapaban, los sonidos trazaban signos, los signos brillaban en su mente como agujas, como cuchillos. La textura del aire haciéndose más gruesa, las paredes haciéndose más estrechas, el ruido de un aliento soplando la llama de una vela. Germinal se vio a sí mismo hundiéndose en agua oscura y estancada con hilaturas verdosas, pero siguió cuidando a la bisa, ella siempre le había cuidado, hasta que la policía llamó a la puerta.

De vuelta en casa tras el ingreso, los agentes regresaban cada día. No llamaban abajo, aparecían directamente en el noveno. No usaban el timbre, usaban puño contra madera, una, dos y tres golpes que anticipaban el desorden de los latidos. ¿Dónde está Balbina?, preguntó. Su cuerpo fue incinerado y las cenizas enterradas en un nicho del cementerio de Feáns, lo que ella había pedido, ¿a quién se lo pidió, y cuándo?, lo contrató en su seguro de vida, le explicaron, y los recuerdos le llegaron a golpes. Fontes, Fontes de Randín, sus dedos hundidos en el cuello muerto, tres hostias en la cara que le rompieron el corazón, perdóname, *bisiña*, y fue en ese momento cuando Germinal decidió salir del piso, ponerse las gafas de cristales naranja, afrontar que tenía que buscar a gente desconocida, confiar en ellos, pedirles ayuda, y cuando encontró a Fontes, él le dijo larga *pallá*, que me buscas la ruina, que te han visto todos, que tú saliste en la tele. Germinal no se movió de su puerta. Llegó la noche, llegó la helada, pasaron los jabalíes, el *moucho*, quizás un lobo, y al borde del amanecer, Fontes encendió una luz, abrió la puerta y lo metió en su casa. Andas a llamar al peligro, dijo, esta boca es una tumba, que te cuenten los muertos, *vai pos encoros*, busca *pallá*, están los pantanos llenos de muertos, decía Fontes, y la chica le dio leche y galletas y le puso una canción en el tocadiscos: esta tierra está condenada, desde Calvos de Randín hasta Jerusalén. ¿Dónde buscar? Hay tantos pantanos, nunca imaginó, y tantos pueblos que duermen debajo. Y aún más abajo, sueñan los muertos.

12

Santiago de Compostela

La biblioteca de la Facultad de Historia ocupa un espacio indefinido en las últimas plantas de un edificio neoclásico. Por fuera, la sobriedad rotunda de un cubo de piedra. Por dentro, todo cambia. Cada hueco se aprovecha hasta el centímetro. Donde antes había una planta de techos elevados y topografía inequívoca —claustro, corredor, pasillos, aulas— debió de ser por los setenta y ochenta que el espacio se desmenuzó, primero verticalmente, insertando plataformas, escalerillas ruidosas, suelos que rechinan, falsos techos. Después, horizontalmente, compartimentando las amplias dependencias en un laberinto de pequeños despachos, salas de juntas, departamentos de Prehistoria, Antigua y Medieval, algunos de ellos interconectados, otros sin salida. Y en la biblioteca, la cosa se complica. La hermosa sala de lectura donde van a ligar los pocos alumnos que no frecuentan los bares se lleva la fama, pero el tesoro está arriba, en los fondos con acceso restringido a empleados, doctorandos e investigadores con carné. Si subes, mejor que lleves dos buenas barras de pan para ir dejando migas a tu paso, más vale que te hagas con unos cuantos kilómetros de cordel, porque si te pierdes, no hay regreso.

La última planta de la facultad ha sido seccionada con una lógica inverosímil, las ventanas cegadas y cubiertas con estanterías, y sólo hay una puerta de salida. Al avanzar por las salas, de manera casi imperceptible, los pasillos se van estrechando, los techos se hacen más bajos; los anaqueles, más altos; la luz, más tenue. Las escalerillas se retuercen revelando nuevos niveles, cómo es posible, y todo se impregna de un olor enclaustrado a goma y papel amarillo. Los libros huelen a caucho y el suelo huele a libros.

Flora ha llegado, no sabe cómo, al corredor angosto, rematado en un muro de pladur, que acoge los libros sobre paleografía. Por supuesto, eso no es lo que está buscando. Lo que quiere, lo que necesita, es encontrar un rastro que la conduzca hacia la mascarada perdida, y para eso los libros de etnografía ya descatalogados y las tesis doctorales que no ha leído nadie pueden ser una fuente prometedora, pensaba. Hace un calor espantoso, respira partículas de papel y tinta, y allí lo único que demuestra vida inteligente es el sonido del tubo fluorescente. ¿Cuánto tiempo hará que no entra aire fresco? En alguna sala ha visto un ventilador perezoso que desplazaba de un lado a otro ese viento espeso cargado de letras. El rastro de pan que ha ido dejando en su memoria a corto plazo se lo comió su vieja enemiga, la dispersión. No tiene ninguna pista para encontrar el camino de vuelta.

Un bibliotecario cubierto de polvo se acerca por el pasillo, chirriando detrás de un carrito.

—¿Qué buscas? Podemos mirar en el catálogo digital.

—Provengo del milenio pasado, déjame hacerlo a la antigua usanza. ¿Dónde están los fondos sobre antropología?

—Algo hay, en el otro extremo. Sigues ese pasillo y siempre a la izquierda. Si necesitas algo, me llamas.

—¿A gritos?

—No. Te voy a proporcionar el prototipo de un avance que transformará a la humanidad: el número del servicio de rescate de la biblioteca.

—No creo que me haga falta.

—¿Ah, no? Mejor. Si te pierdes por los pasillos, tienes mucho tiempo para encontrar la salida, pero a las nueve cerramos. No es la primera vez que se nos queda uno de los tuyos aquí dentro.

—¿Qué se hace en esos casos?

—No drama, al día siguiente los encontramos tiesos, con una expresión de horror en sus rostros, y echamos los cuerpos a la pira de los libros expurgados.

Siempre a la izquierda, Flora sube cuatro peldaños metálicos que conducen a una puerta, Etnografía, anuncia un folio pegado sobre la madera. Es una buhardilla octogonal forrada en sintasol y anaqueles de metal, que reúne unos cientos de ensayos antropológicos, la mayoría son viejos conocidos. Los monográficos sobre carnavales tradicionales, mascaradas y *entroidos* no pasan de tres docenas, de un vistazo sabe que ahí no va a encontrar ningún indicio. Escanea los estantes, hojea las tesis, abre los volúmenes de título ambiguo, nada. Y ahí, entre los libros sobre creencias espirituales, medicina popular, supersticiones, pensamiento mágico, su vista tropieza con lo último que deseaba encontrarse el resto de su vida: un ejemplar de *Mandinga: los senderos urbanos de la brujería afroportuguesa*, por Flora Luido. Pasó su dedo índice sobre el lomo negro, atravesado por grandes letras amarillas. El mal de ojo se abre paso, despliega su poder entre los caracteres impresos: un miedo cultural que impone normas a las comunidades. Comportamientos, rituales y culpa movidos por la venganza o la envidia. Ruina de las cosechas, muerte de todo el ganado, aborto, deformidad del feto. El señalamiento, el *meigallo*, existe en las tradiciones de todo el planeta.

Flora se obligó a separarse del influjo de su libro. Si lo abre, si vuelve a recorrer esas páginas que conoce letra a letra, la sensación de fracaso, sello de su familia, le exprimirá todo el jugo de su nuevo entusiasmo, dejándola inánime.

Se gira y escoge una obra al azar: *Brujería, estructura social y simbolismo en Galicia*. En esos párrafos halla dolor, estigma y muerte, pero nada semejante al grimoso paquetito de restos orgánicos que alguien depositó como regalo junto al cadáver de la chavala del gatito. Déjalo ya. Estás perdiendo el tiempo. Fotografía un par de páginas del ensayo de Caro Baroja sobre el carnaval, coge su mochila y empieza a pensar en la tortilla de La Tita. Eso sí que es magia con pocos ingredientes.

«No te aguanto más, u-u, eres muy aburrido, no me llames jamás».

Qué pesado, Salvador.

La manilla de la puerta no se mueve. Está atascada en posición de cerrado.

«No te aguanto más, no te aguanto más».

Flora retuerce el pomo.

«No te aguanto».

Aporrea la puerta.

«No te aguanto».

Hace tanto calor y tiene las manos tan resbalosas.

«No te aguanto más».

—¡Qué quieres!

—Qué, Floripondia, por fin.

—Déjame en paz, Salvador, por favor te lo pido.

—¿Qué pasa?

—Que me he quedado encerrada.

—¿Otra vez? ¿Dónde?

Y ahí termina la conversación más larga que Flora ha mantenido con su hermano en los últimos dos meses. Tiene que llamar al bibliotecario, muy a su pesar.

—¿Has encontrado algo? —le pregunta el chico al abrir la puerta con un delicado giro de muñeca—. ¿Qué buscas exactamente?

—Mascaradas tradicionales. O maldiciones, talismanes, muñecos diabólicos, ni siquiera yo lo sé. ¿Puedes echarle un ojo a esto?

Flora acerca su teléfono y le muestra las fotografías que logró hacer a la figura de masa, antes de que Suso se empeñase en entregarla a la Guardia Civil: una de la cabeza, abierta por la mitad, con todo su contenido extendido delante, de forma ordenada. Otra con las dos partes reunidas para mostrar el exterior completo. El gesto de repulsión que se forma en la cara del bibliotecario consigue avergonzar a Flora: no puedes ir enseñando esas cosas a los desconocidos.

—¿Conoces el convento de Belvís? —dice el hombre, después de transformar su mueca de asco en una expresión intelectual—. Seguro que las monjitas pueden ayudarte.

—No creo yo que unas monjas reposteras....

—No. Allí se hacían exorcismos. Iban los espiritados de toda la comarca para sacarse los trembleques, el día de San Roque. Hace mucho que ya no hay nada de eso, pero quizás tengas suerte y encuentres a alguien que se acuerde de aquellas procesiones de malditos. Porque esta cosa algo maldita está, ¿no?

Para llegar a Belvís, Flora tiene que bajar por la rúa das Trompas, una cuesta iracunda como el camino al infierno, atravesar un parque lleno de niños corriendo y lanzándose balones y subir luego varios tramos de escaleras, sin descanso, bordeados por las ruinas de antiguas viviendas y establos. Ahí quedan los muros solos, que se asoman al camino con ojos vacíos y bocas abiertas, que ni quejarse pueden de la pena. Hace cumbre con la cara irradiando rayos fluorescentes, la respiración de un jabalí y una aguja perforándole el costado: ¿cuántas veces va a estar a punto de morir en esta tierra horrible, que en lugar de las famosas brétemas y orballos la recibe con una sequía espantosa, una temperatura para freír chorizos criollos sobre las losas de la Quintana y el aire cargado de mosquitos? Y, además, tanto sufrir, para nada, pues el bibliotecario había omitido un pequeño detalle: las monjas de Belvís viven en régimen de clausura. Sólo asoman la patita por debajo de la puerta para vender sus dulces monacales, y no quieren saber nada que no trate sobre almendrados, mantecados, tarta de Santiago, pastas de té o recortes de oblea. Y eso en horario de torno, que no es el caso. Está desmoralizada.

Flora se sienta en la escalinata de la capilla de la Virgen del Portal. La piedra arde, y la ciudad, dicen que desde ese punto puede verse la mejor panorámica de Compostela, parece fluctuar a través del aire que asciende en corriente, que puede tocarse. Se acerca el mediodía y el sol cae a plomo, el sudor a chorro y su ánimo hasta los pies. Sus doloridos, cansados y recogidos pies. Podría ser peor. Podría darle por hacer algo que no acostumbra, como analizar qué beneficios le procura el estar perdiendo un día entero en esa ciudad atestada de turistas, pensar en el cúmulo de decisiones estúpidas que la han llevado hasta ahí arriba, cada una de ellas alejándola de su verdadero objetivo, y entonces quizás llegase a la conclusión de que lo más acertado que puede hacer aquí y ahora es echarse a rodar como un tonel colmado de vino rancio hasta estrellarse allá abajo contra la masa de estudiantes, perros, algún niño muy pequeño y su madre gritando detrás. ¡Neizan, no corras!

—*Xogas unha?* —Desde el último peldaño de la escalera, delante de la puerta de la iglesia, una señora mayor, vestida con un mandilón azul de limpieza, la mira con sorna.

—¿Qué pasa? ¿Tampoco se puede estar aquí?

Flora comienza a incorporarse con fastidio. Está cansada, está asfixiada, no ha conseguido ni una pista sobre su mascarada, ni una palabra que la oriente para poder interpretar la extraña figura de masa ni cómo se vincula con la chica muerta, la chica que ella conoció justo el día de su muerte, la chica a la que atrajo fuera de esa casa a pesar de que, sospecha, había algún motivo por el que no le permitían salir. Se ve a sí misma llevándole un cartón de leche, una empanada de *liscos*, juntas alimentando al gatito, qué habrá sido de él, y la garganta le quema. Y encima vienen a regañarla por mostrar su desesperación. Ya está bien.

—Esta no se entera. ¡Que si juegas al *«pai fillo nai»*! —La señora señala al escalón en el que Flora se sienta: la luz cenital no lo pone fácil, pero es posible distinguir varias alineaciones de agujeros tallados en la piedra, nueve oquedades en total, componiendo una cuadrícula. Un tablero de tres en raya. Así que el *«xogas unha»* era literal. Cuando le sueltan una retranca, se lo toma al pie de la letra, y cuando le hablan en serio lo interpreta como sorna. Y eso que es medio gallega, pero esto no lo acaba de pillar.

—¿Lo has hecho tú?

—¿Tú eres *parva*? Esto lleva aquí siglísimos. De estos *cousos* está Santiago lleno. —La señora posa el cubo con productos de limpieza y se sienta en el peldaño junto a Flora, dejando el tablero entre ambas. Rebusca en los bolsillos del mandil hasta encontrar unas monedas, y echa tres sobre la piedra—. Yo las pongo en cara y tú en cruz, *bota cartiños, bota*, que la que gane se lo lleva todo.

Cara. Cruz. Cara. Cruz. Cara.

—¿Trabajas aquí?

—Trabajo. Limpio las iglesias desde que tenía doce años. Aquí aún me dejan tocar la Virgen, para eso hay que tener mucha mano. Antes podía subir a los retablos, a quitar el polvo a los santos, ¿sabes qué es ese polvo? Esa arenilla que se pega a los dorados y a las caras de los santos es el resto del pecado de los que vienen aquí a sacarse el mal espíritu. El pecado no se va, no. Nunca desaparece. Todas las cosas ruines las atraen los santos y Nuestro Señor, para limpiarnos a nosotros se sacrifican ellos. Antes me dejaban subir y yo con agua bendita se lo iba quitando, como le lavas la carita a un niño. El agua sucia que les salía no te digo donde la echaba. Es jugo sagrado, pero el que quiera hacer daño también sabe cómo usarlo. Es peligroso. Pero ahora ya no me dejan. Vinieron los profesores y dijeron que los estropeara yo, que los arruiné, con estas manos, dime tú, y ya no me dejan. Y así están los *monequiños*, todos guarros del polvo del pecado, que sólo se lo sacan a los de la catedral. ¿Y los *santiños* de las iglesias?, llenos de mierda, mejor estaban conmigo.

La muy cabrona sabe despistar a Flora con un tono chillón de voz en el momento oportuno, y ella entonces hace una jugada estúpida. Ya es difícil fallar en el tres en raya, pero está perdiendo una tras otra.

—En San Francisco hay juegos de estos, en Santa Clara. *Na* Guadalupe, en Vista Alegre, en San Lorenzo, yo llevo contadas catorce docenas por todas las iglesias. Mi abuelo ya jugaba aquí de niño. Venía a pedir limosna a las misas grandes, que llegaban los señoritos en carruajes, porque la Virgen del Portal siempre fue muy *milagreira*. Aquí delante, en todo el suelo, habría lo menos veinte, pero luego cambiaron las piedras. Se las llevaron los ricachones para sus chalés. El obispo de Santiago y el dueño de la Xunta. El día de la romería, me contaba mi abuelo, *moreas* de gente a jugar, había comida y traían a todos los *toliños* de los pueblos, que tenían el *ramo cativo*, porque aquí San Pedro Mártir los curaba. Aún a veces los cura. Todo ese mal se les iba para los santos. Hay que limpiarlo, pero ya no me dejan. ¿A ti te parece justo?

—Cuéntame eso del *rabo cativo*.

—¡*Rabo cativo* es lo que tiene el cura de Vite debajo del faldón! ¿Tú es que no oyes o es que eres parva? El *ramo cativo* es lo de los *endemoniadiños*. El capellán se lo saca. Le reza y se lo saca, yo lo he visto muchas veces. Me dejan estar porque luego tengo que limpiar, que queda todo lleno de japos y *porcalladas* que tiran. Hasta sueltan pelos por la boca. Bolas de pelo. Antes venían a cientos. ¡Cientos!

—Tú conoces a ese capellán. Preséntamelo. ¿Está en la iglesia?

—No, no, no. No. No está y tampoco te lo iba a presentar, pero todos los días lo tienes allá en Pinario, que va a estudiar los papeles viejos.

—¡Eso está lejísimos! —Flora se puso en pie. Las rodillas no querían enderezarse, pero las obligó con una amenaza de penitencia a través de la plaza do Obradoiro, ida y vuelta.

—Espera, no te vayas, ¿quieres saber qué más me contaba mi abuelo? De un señor que vivía en la Algalia, se llamaba Xan Perriñas, y todo era jugar, jugar y jugar. Se ponía delante del Hostal, le daba la espalda al apóstol y se jugaba todo lo que ganaba, así como acabas de hacer tú, hasta que perdió la casa. Y cuando iban a quitársela, la mujer le dijo: «Si nos echan, me cuelgo en la plaza del Campo, y tu hija de puta en el Pombal», y se fueron las dos y lo abandonaron. Y estaba el Xan la última noche en su casa, pensando en qué podría hacer, si abrirse las venas o tirarse al Tambre, y aparecen por la puerta Dios Nuestro Señor y Santiago disfrazados de peregrinos, y le pidieron si podía darles refugio. Xan dijo que podían quedar, «pero tendréis que dormir en el suelo y pasar la noche con hambre, pues no tengo ni cama ni cena». Dijo entonces Nuestro Señor que eso lo arreglaban ellos, y Santiago le dio a Xan tres cuartos para comprar pan. Allá se fue él a la panadería de las Casas Reais, pero cuando pasó por delante de la iglesia de las Ánimas, vio a dos tipos que jugaban en el suelo, así como nosotras, y lo llamaron, ven, ven, y el Xan jugó con ellos y en tres partidas le dejaron sin nada. Volvió a casa llorando y diciendo que le habían caído las monedas a la fuente de la plaza del Campo, y que estaba el agua tan turbia que no las encontraba. Santiaguiño sabía bien que eso no era verdad, pero le volvió a dar tres cuartos y esta vez Xan tuvo más seso, bajó a una panadería que estaba cociendo bollos en la calle de Jerusalén, y regresó con un buen trozo de *broa de millo* para los tres. Entonces Nuestro Señor le preguntó si tendría vino para mojar el *panciño*, y claro, no tenía. Baja a la bodega, le dice, y verás como sí que hay. Xan no se lo creía, pero de sus barriles vacíos salió un vino más rico que ninguno, y así comieron, bebieron y durmieron tirados los tres, *co bandullo cheo o chan é o ceo*. A la mañana siguiente, quisieron recompensar a Xan por su hospitalidad, y Dios Nuestro Señor le dijo que le iba a conceder tres gracias, creyendo que le pediría perdonar sus pecados, subir al cielo y una *pirola* hasta el suelo. Y Xan no, le pidió unos naipes que ganasen siempre, una silla tan cómoda que el que sentara ya nunca quisiera levantarse y una empanada que no se terminase jamás. Nuestro Señor Jesusiño se los dio, pero le sentó como una patada en el culo. Xan entonces se puso a jugar, y como arramplaba con todo, causaba muchas desgracias. Arramplaba con iglesias y capillas, porque había muchos curas impíos que apostaban por avaricia. El primero, el cura de Vite, ese del *rabo cativo* que te gusta tanto. Y entonces el apóstol Santiago empezó a temer que su catedral terminase en las manos pecadoras de Xan, y le dijo a Nuestro Señor: debemos enviarle la Muerte. Así fue. Llegó la Muerte a su casa, ahora Xan vivía en el palacio de Xelmírez, y lo llamó: sal, te reclamo. Cuando acabe esta partida, dijo él. Pero para que veas que soy buen anfitrión puedes esperarme ahí sentada, que estarás muy cansada del viaje. Y come algo, *muller*, ahí mismo tienes unos petiscos que te van a encantar. La Muerte se lo agradeció emocionada, porque nunca la habían tratado tan bien en casa ninguna, se echó en esa silla tan cómoda y cogió de la bandeja un trozo de empanada. Pero cuando quiso levantarse para continuar con sus tareas, no podía despegar el culo. Y cuando quiso protestar y llamar a Dios, no se le entendía nada porque no podía parar de comer aquella empanada tan rica. Ahora le sabía a *xoubas*, ahora le sabía a zamburiñas, luego parrochitas y después le empezaba a saber a *zorza*, pollo con pimientos, a chocos guisados, luego lamprea. Así que ahí se quedó sentada, poniéndose como un *bocoi*, y durante tres veces tres años no murió nadie. ¿Te imaginas? Los criminales colgados en la Almáciga se partían de la risa, como los chorizos puestos a secar. Los animales salían vivos de la matanza, sólo se podía comer verdura. Bueno, algunos comían ostras, pero luego las cagaban vivas. Eso no podía ser.

—¿No?

—No, ¿cómo va a ser?

—¿Y entonces?

—Pues tuvo que bajar Dios, le echó a la Muerte un lazo en el cuello y así escupió la empanada. Luego cogió al Xan, lo colgó patas arriba y lo condenó a comer su empanada para siempre, pero como está del revés no puede tragarla. Y lo convirtió en piedra y ahí está, en el pórtico de la Gloria, ¿no lo has visto? Y eso es siempre así. *Quen cristos come, cristos caga.*

—¿Cómo?

—Que los jugadores son sacerdotes de Lucifer, y que jugando celebran su misa. Jugar no es bueno. Yo juego más que la moneda de un *tramparileiro*, pero, claro, yo ya tengo la roña de los santos metida dentro, y ya no me sale.

—¿Puedes echarle un ojo a esto? —Flora no es capaz de evitarlo: le muestra una de las fotografías de la figura de masa en la pantalla de su teléfono—. ¿Te recuerda a algo?

—*Lobos te coman!* —De pronto, la señora quería irse. Tenía mucha prisa, como si hubiese dejado una pota al fuego llena hasta el borde de agua hirviendo bajo la supervisión de un niño pequeño. Hijitos queridos, tengo que salir a buscar comida, cuidaos del lobo y no le dejéis entrar. Recoge su cubo y se mete en un mini coche ligero que se aleja borboteando—. Me debes 5,27. Déjalos ahí en el cepillo que luego se los pido al cura —grita.

—¿Me acercas a Virxe da Cerca? —pregunta Flora, y no recibe respuesta.

Sólo con pensar en subir la empinada cuesta de Trompas el alma se le cayó a los pies y se los puso tan pesados que así no podía andar. San Martín Pinario está en el corazón de Santiago, puerta con puerta con la catedral. Pasa de la una, y por las calles de la zona vieja se cruzan a trompicones más personas de las que ahí caben: estudiantes, turistas, peregrinos se pegan a la pared y trepan muros arriba para abrirse paso. Hay un ambiente alegre, ganas de disfrutar la vida, el latido de la aglomeración, tan magnético para Flora hasta hace poco tiempo. Ahora le molestan las voces, los gritos, el humo del tabaco, los roces en el brazo, los labios goteando salsa, el frufrú de las mentalidades perezosas, «cómo ha cambiado todo, cómo he cambiado yo, que no iba a cambiar nunca».

San Martín Pinario es un monasterio fundacional en Compostela. Todavía hoy, en muchas de las viejas casas de la ciudad puede verse, grabado en el dintel de las puertas, un signo: una vieira o un árbol. La vieira indica que esa vivienda perteneció al cabildo. El árbol, que era propiedad de los pinarios. Otros edificios, como toda la hilera que baja desde Belvís, muestran una cruz rematada abajo por un círculo. Algo ha sucedido en los ojos de Flora: desde que la señora le hizo reparar en el tablero de tres en raya, no deja de encontrar símbolos grabados en las piedras de la ciudad. Y está todo lleno. Tableros, ¿cómo no los ha visto nunca? Letras, ángulos, figuras geométricas, frases enteras.

Cada cual tiene fe en sus propios ritos, y Flora nunca pisa suelo sagrado sin antes pintarse los labios como una hereje, porque así se siente protegida frente a las influencias sectarias. El viejo monasterio es ahora un centro de estudios y aloja el archivo histórico diocesano, que custodia todos los papeles antiguos del arzobispado y los libros parroquiales anteriores a 1900. Las escrituras de bautizados, casados y difuntos. Lo que puede haber ahí es oro, es un misterio. Miles de manuscritos nunca leídos aguardan el momento en que, por azar, dos dedos los escojan y un par de ojos descifren la apretada letra: veinticinco mil documentos desde el siglo XVI, la mayoría sin digitalizar, muchos sin posibilidad de préstamo ni de consulta, prohibido entrar en la sala con bolsos, portafolios, maletines o carteras. Prohibidas las fotografías, los bolígrafos y los rotuladores, las uñas de gel demasiado afiladas, obligatorios los guantes de algodón, máximo seis escritos por día.

Flora disfruta en los lugares como ese, descubriendo testimonios increíbles, reconstruyendo genealogías sólo por divertirse, pero necesita el trabajo de campo, el tiempo real, la trama de la historia pasando por delante de sus ojos: siempre regresa a los archivos, aunque es incapaz de volver a ellos dos semanas seguidas. Hay que ser un ente dotado de una paciencia exquisita para manejarse en ese entorno, y el archivero lo parece, con esa parsimonia que tienen, en todos los lugares del mundo, las personas encargadas de custodiar legajos que les preceden y que les sucederán. Eso concede una perspectiva reposada de tu propio destino.

En la sala hay cuatro investigadores, todos varones, todos rebasando la esperanza media de vida. Sin embargo, ninguno de ellos es don Prudencio, capellán de Belvís. El archivero está honestamente sorprendido de que a alguien se le ocurra ir hasta allí a buscar a ese hombre, al que no conoce más que a través de menciones de otros, el único exorcista de Compostela.

Otra vez la han mareado. Lleva desde las nueve de la mañana dando vueltas por la ciudad, tiene cinco llamadas no contestadas del señor Freitas, tres de su hermano y una de Suso, qué ganas de desaparecer, lanzar el teléfono al pozo de la calle de la pena negra, tirarse ella al agua detrás. Flora se va, decepcionada, por el pasillo se acercan las estudiantes de trabajo social con sus voces chillonas, las dos tribus: las bohemias y las niñas buenas. Está empezando el curso y las emociones chisporrotean en el aire, encendidas por el sudor y los alientos cruzados. Huye por una escalerilla, corre a lo largo de un pasadizo, dobla un recodo y allí la encuentra: una puerta maciza y alta, de buena madera de castaño o roble. Sobre el dintel de piedra, ocupando toda la longitud del marco, unas letras pintadas en color grana, en una hermosa rotulación que imita la caligrafía medieval gallega: «Biblioteca».

Flora entra y pasa sin ser vista por delante de dos despachos y del puesto vacío de la bibliotecaria, cruza una puerta de vidrio y encuentra la sala de estudio, colmada de enciclopedias y diccionarios. Al fondo, de espaldas, la cabeza enterrada en una muralla de enormes volúmenes de encuadernación antigua, se sienta un hombre pequeño, de pelo blanco y chaqueta gris de punto. Al crujir la madera del suelo, se vuelve con cara de fastidio: lleva un alzacuellos.

—¿Don Prudencio?

—¿Doña Ruidosa?

—Esa soy yo.

¿Cómo se inicia una conversación con un exorcista desconocido? A Flora sólo se le ocurre lo más obvio: preguntarle por el diablo.

—Si lo que usted quiere saber es si la posesión diabólica existe, sí. Igual que existe el Maligno. Los peores casos suceden cuando uno voluntariamente se entrega a Satanás y se somete. Las sectas, el espiritismo, los juegos con la magia.

—¡Como esto!

Es el momento de mostrarle la figura de los Fontes. Fray Prudencio acerca y aleja el teléfono para ver los detalles.

—¿Dónde ha hecho esta foto? —pregunta.

—La he encontrado en internet —miente Flora—. Escribo mi tesis sobre la magia simpática en las culturas cristianas.

Fray Prudencio la mira por encima de sus gafas. Su cara no muestra la mínima alteración, sólo espera a que los ojos de Flora tiemblen, parpadeen o se derritan, delatando una mentira. Ella se concentra para transmitir dos rasgos que no le han sobrado nunca: virtud y verdad.

—Muy simpática no parece, ¿no cree? Voy a recomendarle un libro. En esta biblioteca tiene un ejemplar de la primera edición. Le faltan algunas páginas, pero explica algo muy parecido a esto que me enseña. Yo, por suerte, nunca me he encontrado nada así.

«Signatura 11969», escribió fray Prudencio en un papel con una hermosa caligrafía, pulcra y luminosa, que daba ganas de creer en los milagros.

—La acción del Maligno no es un lenguaje del pasado sin vigencia. Yo veo su intención en esa figura. Si cree que alguien necesita ayuda, llámeme al monasterio. Es mi labor escuchar, atender y sostener. Llámeme.

13

San Martín Pinario, Santiago de Compostela

La bibliotecaria resopló y un enjambre de partículas se esparcieron por el aire de la sala, antes de caer al suelo, como si ella misma, sus pulmones y los pliegues de sus labios estuviesen hechos del polvo en el que se desintegran los libros que nadie lee.

—Sé que estás a punto de cerrar —le dijo Flora—, sólo será un vistazo rápido.

—No es por eso, es que este libro ya no está disponible para consulta.

—Vamos. Ese señor que lo sabe todo me acaba de decir que lo tenéis aquí. No osarás contradecir a un hombre que lucha cuerpo a cuerpo contra el diablo.

Las lágrimas de perla que colgaban de las orejas de la bibliotecaria se agitaron.

—Uy, nonono, que ese es capaz de quitarme lo único bueno que me queda, que son mis demonios interiores.

—Entonces.

—Justo esta semana el director decidió retirar el ejemplar del servicio de consulta.

—No puede ser.

—Pues, mujer. Es que lo que nos queda de él no da ni para liar canutos.

¿De verdad ha dicho eso la señora?

—Apiádese de mí. Vengo desde Londres sólo por este libro.

—Yo me apiado, pero si lo saco del depósito, el director me corta las tetas, como a Santa Águeda. Además, es que ni quince páginas nos han dejado. Este registro no nos lo pide nadie, pero poco a poco van desapareciendo hojas y hojas, y ya la semana pasada fueron veinte de golpe. Un capítulo entero. Que no hay quien lo entienda, porque no es un libro particularmente valioso.

—¿Quién se las lleva?

—Ya me gustaría a mí saberlo, son como prestidigitadores del averno. El primero fue fray Joseph de Lasanta, cinco páginas por censura del Santo Oficio. Páginas que hablaban de endemoniamientos de monjas y curas, por cierto. Los de ahora no dejan su nombre.

Flora sollozó y a punto estuvo de caer de rodillas.

—Sólo un vistazo —rogó.

—Pero, mujer, qué drama es este. ¿Tú sabes de qué libro se trata? Puedes encontrarlo en internet. Hay versiones digitales en todas partes. Enteras, no como el nuestro.

La bibliotecaria tecleó un chaparrón de letras en el ordenador y le mostró la pantalla: *Patrocinio de ángeles y combate de demonios*, escrito por Francisco de Blasco Lanuza, abad del Real Monasterio de San Juan de la Peña y párroco que fue de Sandiniés y Tramacastilla. Impreso por Juan Nogués en 1652.

—¿Qué capítulo se llevaron la semana pasada? —quiso saber Flora.

—El vigésimo primero, tercera parte, libro segundo. Unas páginas divertidísimas.

Flora se sentó en el suelo de la plaza de la Inmaculada, bajo la escueta parcela de sombra que proyectaba una de las gárgolas de San Martín Pinario. Tenía el documento entre sus manos, en su teléfono. Fue directamente al capítulo vigésimo primero, tercera parte, libro segundo: «Que el suceso de las obsesas de Tramacastilla, en Aragón, ha sido de los más estupendos que se vieron en el mundo».

En este reino de Aragón, en el valle de Tena, obispado de Jaca, están situados dichos lugares de Tramacastilla y Sandiniés, a dos leguas de Francia, por parte del principado de Bearne, donde ha más de dos años que se descubrió en ocho o nueve mujeres un género de enfermedad tan secreta y extraordinaria que no podía darle alcance la diligente atención de médicos. Era de tal modo que muchas veces al día las sobrevenía un accidente que las derribaba en tierra, sin dejarlas uso de razón ni sentido, entumeciendo sus gargantas, que sólo podían dar voces como si las ahogaran, significando su gran pena. Crecía el trabajo, siendo cada día nuevas enfermedades del mismo accidente, y viendo indicios en ellas de ser espiritadas, solicitábamos su remedio con medicamentos espirituales recetados por la Iglesia. Disimulábanse los espíritus, y muchos hombres favorecían su deseo, achacándolas de lunáticas y embriagadas, sin reparar en que todas eran mujeres de muy buena opinión. Estimulados los demonios, con los conjuros, frecuencia de oraciones y sacramentos, se manifestaron después de seis meses, hablando en los cuerpos, declarando sus nombres, el número y la causa de haber entrado en ellos, que todos afirman ser hechizo y conspiración de magos. Ha cundido este daño tanto que son ya sesenta y más las obsesas en dichos dos lugares, de todas edades, y niñas de seis, siete, ocho años, hasta niños de pecho.

Suelen señalarse obsesas, con un profundo sueño, cuando entran a oír los divinos oficios, les impiden decir oración vocal, no las dejan mirar a la hostia consagrada, cuando alza el sacerdote en la misa, y se la traslucen en forma negra, ponen estorbo en la confesión, privándolas de sentidos antes de dar la absolución, resisten mucho al tiempo de recibir el Santísimo Sacramento, derribándolas en tierra, y se ponen como candados en las gargantas. Otras veces sienten mortales congojas, porque dejándolas en buen juicio se ponen los corazones, y los cargan de tal modo que padecen ansias de muerte, y derramando lágrimas con sudores, dan gritos al cielo, pidiendo misericordia. También impiden muchas veces el comer y beber, por tres, cuatro y cinco días, dejando admiración porque no quedan desfallecidas. Sienten ellas que andan como hormigas entre la piel y carne, subiendo y bajando con mucha velocidad. Quedan tullidas muchas veces, en los brazos, o manos, o piernas, estando por algún tiempo como insensibles aquellas partes del cuerpo, y con los conjuros, con santas reliquias e invocaciones de santos, se aparta la causa, quedando libres para usar de tales miembros. En algunas ocasiones, descubren cosas secretas, toman piezas de plata y otras alhajas, y las ocultan en puestos muy distantes, donde se hallan después, haciéndolos manifestar a los mismos demonios con los conjuros. En todos tiempos se experimentan grandes desigualdades, porque en algunas espiritadas causan hipos continuos, suspiros grandes, y multiplicados risos, sin poderlos atajar, llantos que enternecen, melancolías pesadísimas, vómitos, que parece han de trocar el corazón y entrañas por la boca, calenturas ardientes, dolores de ijada vehementísimos, y de cabeza, de estómago y de vientre, terribles accidentes. Se arrojan de altos puestos sin recibir daño. Les hablan los demonios en diversas figuras, persuadiendo a vicios y a herejías. Han dado muchos y espantosos hechizos por las bocas y manos de las ejercitadas, después de muchos exorcismos, dejando tal vez la garganta herida y vertiendo sangre por los labios. Tienen los sucios espíritus principalísima oposición al santo rosario; tanto que para poner a las espiritadas arrepticias y dejarlas fuera de sí, o para hacer cualquier invasión en ellas, la primera diligencia es arrojarlo de sus manos, como una bala recogido. En los días más solemnes, y en particular cuando se hace la consagración en la misa, padecen mayores tormentos y dan más crecidos gritos. Este es un brevísimo informe de algunas cosas que se experimentan, entre innumerables, que por no ser molestos dejamos sin referir.

Se han hecho algunas procesiones devotas, andando todos a pies descalzos una legua por tierra fragosa aclamando, con lágrimas, misericordias. Se ha ayunado muchos días, se frecuentan largas oraciones, se celebran misas. Continúan los exorcismos, que para estos devotos ejercicios nos han asistido algunos religiosos de la Compañía de Jesús, y no hallamos alivio a nuestro afán. Las rentas de nuestro obispo son tan limitadas que apenas tiene para portarse con la decencia que pide su estado, y no puede traer a su corte sujetos que tengan experiencia mayor y gracia especial para rendir a estos demonios. Estos lugares que padecen la calamidad están pobres, sin caudal común, porque es tierra estéril y fragosa, en lo más encumbrado de los Pirineos. Los moradores, necesitados, con dificultad pueden trabajar en las haciendas, porque unas por obsesas, y otros muchos porque cuidan de ellas, no pueden salir. Antes viven llenos de asombros y con mil horrores, temiendo por momentos nuevos fracasos.

Cuando comenzó esta invasión de demonios se hizo diligencia por las casas de las obsesas a ver si había hechizos o embelesos de hechiceros compuestos por el diablo, como suele suceder en esos casos, y se hallaron innumerables figuras de gallos, de ratones, hombres y animales diversos, compuestos con tales materiales y con tan exquisita arte que se manifestaba bien no podía ser industria humana, dejando pasmados a todos. Fueron en tal cantidad que en el cementerio de la parroquial de Tramacastilla quemamos un gran montón de ellos, con fuego al propósito bendecido. Señales eran estas de la asistencia de demonios en los cuerpos de las obsesas que dormían en tales lechos, fabricadas cuando se hicieron los conciertos entre los magos y hechiceros con los sucios espíritus, de molestar a aquellas criaturas; y cuanto estos embustes perseveran, tanto quedan maleficiadas. Por esto, aconsejan todos, que se procuren descubrir y deshacerlos en todo porque es *signum foederis*, y se apartan los demonios, destruida la señal de su pacto. Cuando se abrasaban los hechizos, en presencia de las espiritadas, vimos que se arrojaban a las llamas para sacarlos, y se tragaban los que podían alcanzar, que dio mucho trabajo el defenderlas. También se vio que en los sermones se ponían algunos demonios a contradecir a los predicadores, inquietando el auditorio y mofando de los ministros de Dios y de su doctrina.

En una ocasión salieron muchos demonios de una obsesa, con una bala de plomo, que dieron por la boca, y tenía las circunstancias que antes declaró uno de ellos. Estaba atravesada con una aguja de cabeza doblada por las dos partes, y entre la bala y la aguja una cuerda de lana blanca, con pelos de animales y uñas, todo envuelto, dejó lastimada la garganta de la paciente. El 10 de febrero del año 1639 estuvo una de estas ejercitadas, de edad de cincuenta, con accidentes, que al parecer se moría ahogada, y favoreciéndola con los conjuros se pasó el demonio a una hija suya, que estaba en la iglesia junto a ella, y dijo allí que se mudaban de un cuerpo a otro, porque había un hechizo general y pacto para poderlo hacer, que era una figura de asno y cabeza de pez. Una echó otra bolsita de tafetán azul, con falsidura de plumas, de pelos de animales y de cabellos de la misma, con otros mil embustes. Esta misma echó otro día por la boca un tejido de cabellos y plumas de águila, que lo tenía en el brazo izquierdo, donde le imprimía fuertes dolores, y le maltrató la garganta de tal forma que con mucha pena comía después de algunos días. También echó otra vez una cabeza de cera, envuelta en tafetán, con boca, ojos, labios y demás adornos, compuesta de muchos embustes.

Otra por el mes de noviembre echó una pluma de gallo de tres colores, de tal arte compuesta que ella misma tenía figura de ave. No quiero cansar dando cuenta de estas cosillas, que sería nunca acabar. Sólo advierto que se hallaban semejantes señales de pactos en diversos puestos; unas salían del mismo cuerpo, como se ha referido, otras se descubrían en las mismas ropas, que llevaban las obsesas, otras en las huertas de ellas, otras en las esquinas de las casas, otras en agujeros, otras en las camas.

Concluiré la relación de esta fiera invasión de ejércitos infernales con los sucesos de dos obsesas muy trabajadas, pasando en silencio por lo que he visto en otras muchas. Una, en quien mostró tener su asiento el general de todos los demonios, que embistieron a las sesenta y dos mujeres, se llamaba Madalena, doncella virtuosa, y de casa principal. Señalose más atormentada que otras. Barrabás decía que tenía por oficio perseguir la castidad, y que él hizo los pactos con el mago principal, a quien apareció en traje de un hombre francés, dándole astucias diversas para alcanzar mujeres, y decía que el mago había deseado tener comunicación con aquella doncella, y que no halló ocasión. Manifestó que el día Jueves Santo, saliendo ella de la iglesia, la tocó el hechicero en el brazo izquierdo, diciendo: yo te toco, en nombre de Barrabás, y luego entraron en el cuerpo por el dedo pequeño de la mano sinistra.

Después Barrabás se vio tan apretado con los exorcismos y sacramentos que dio el hechizo de su asistencia, declarando antes las condiciones y embustes que tenía. Fue una cabeza de cera, envuelta en tela blanca y atada con una viguela. Tenía barbas y bigotes de pelos de cabra blanca, con rostros, ojos y narices bien formados, guedejas de cabellos de la misma obsesa, los cuernecillos guarnecidos con seda colorada, a modo de centellas de fuego. Desde el colodrillo hasta la barba estaba atravesada una aguja de coser. Dentro de la cabeza había un hechizo de uñas de cuatro mozuelas, las cuales nombró, cabezas de alfileres, vidrio y otros embelesos. El tamaño era como una gran nuez. Echola el día que se celebraba la festividad del Santísimo Sacramento, con mucha sangre y flemas del estómago, quedando ella muy lisiada de la garganta, que no podía comer, pero la maravilla fue no quedar ahogada con aquel bocado. Dos años estuvo aquella doncella muy achacosa y descolorida, y saliendo estos hechizos recobró fuerzas y quedó muy linda.

Vio la disposición de dicha cabeza el obispo de Jaca, don Mauro de Villaroel, a quien la remitió el rector de Tramacastilla, y la volvió al mismo para que la quemara.

Real Monasterio de San Juan de la Peña, Huesca, 1652.

LAVS DEO

Las voces, el trotar de las maletas, los lloros de la gaita, las campanadas de las dos y media, todos los sonidos se empastaron, la plaza como un decorado metido dentro de una caja de zapatos, alguien cerraba la caja y la agitaba, remolinos neuronales, la figura de los Fontes tan similar al hechizo de las endemoniadas de Tramacastilla y Sandiniés. No voy a meterme en algo así otra vez, Flora necesita agua fría para paralizar sus ideas exaltadas. Subió la calle Azabachería hasta alcanzar la fuente de Cervantes, donde Xan Perriñas dijo haber perdido los cuartos, pero lo que salía de esos caños no eran los chorros de la claridad, sino cuatro lágrimas de pena.

El teléfono comenzó a sonar justo cuando a Flora se le empezaba a ocurrir una idea muy absurda sobre esa fuente, dos naranjas y un destornillador. Menos mal que Suso irrumpió en su oído hablando muy alto, muy acalorado, muy ansioso.

—¿Leíste mis mensajes? Lo han soltado. Es que no me lo puedo creer. Y sin cargos. Libre. Desde ayer. Y ha desaparecido. Es que ni siquiera ha ido a ver a su madre. ¿Te lo puedes creer?

Parte II

La sequía
Octubre

1

Lobios

Otra noche de dormir poco y mucho madrugar para abrir la tienda, tanto sufrimiento hoy por la promesa de un disfrute que al final no fue, sentarse hasta las tantas comiendo pinchos morunos en la terraza del Luma, bebiendo Monsters con Héctor Michiwichiño Meu, marcharse en cuanto llegó Morelba porque no soporta tenerla cerca, su perfume que huele como si le lanzase un puñado de caramelos a la cara, esa ridícula risa de vaso duralex rebotándole en el cráneo, irrompible, aunque ya nunca le diga ninguna de las cosas espantosas por las que acabó dejando el instituto. La mole, la masa, la montaña, Mariñam-ñam-ñam, si se tira al río Caldo, lo convierte en Laconada.

Por fin suena el sensor de la tienda: son más de las once y entra el primer cliente de la mañana, una mujer de rizos encendidos que lleva tierra *dabondo* para cubrir dos *ferrados* metida en el relieve de las suelas de sus botas de montaña.

—¿Tenéis postales?

Mariña se da cuenta de que su cara de incredulidad involuntaria ha asustado a la mujer, que retrocede un par de pasos hasta apoyar el pie derecho en la acera de la calle.

—¿Postales? ¿De Lobios? No creo ni que existan. ¿Por qué no mandas una foto?

—Es para mi madre y... Ya sabes. Qué pena.

—Espera. Vamos a hacer un apaño. Ven.

La mujer se acerca esparciendo la tierra de sus botas desde la entrada hasta el mostrador: ahí bien se podría *botar pataca*. Mariña le muestra el salvapantallas del ordenador de la tienda, una imagen tomada por ella misma durante un atardecer de finales de agosto en los miliarios de la Vía Nova, donde la calzada de los romanos corre escarpada entre las rocas, por las cumbres del Xurés. El bronce del *solpor* hace saltar los relieves en la piedra, grabada de arriba abajo con letras, mensajes para los caminantes, que ya casi no se pueden ver.

—¿Te gusta esta foto?

—¿Eso es por aquí? —Ahora la incredulidad ha rebotado al rostro de la mujer.

—Claro. Es la vía XVIII, iba de Braga a Astorga. Los viajeros romanos paraban a descansar en la posada de Aquis Ogeresibus, ¿no has ido a verla? Te imprimo una copia en un folio, tamaño postal y la llevas a la oficina de Correos, aquí en la plaza. A ver si te dejan enviarla así.

—¿Qué te debo?

—Nada, mujer. Volver a Lobios.

—Qué simpática.

¿Simpática? Cuando dice que no es nada, Mariña espera un pequeño detalle. No una propina, no una limosna. Por lo menos que compren un sombrero de paja, un paquete de semillas, un mechero. Pero esto se va a la mierda todos los días. Ayer solamente vendió un puñado de garrafas de agua, y eso porque el ayuntamiento acaba de restringir el consumo sólo a uso doméstico y el señor Xosé no puede sobrevivir si no lava el coche el día que le toca. Qué desastre. Me tendré que marchar, irme a Vigo, vivir en un piso *porcalleiro* con cuatro *paranás*, buscar trabajo de pinche en una tapería con bombillas de colores. Mariña cierra la puerta con llave, cuelga el cartel de «*Volvo axiña*» y desaparece tras el claclá de la cortina de cuentas de madera.

Lleva una semana posponiendo el momento de vender la máscara. Todos los días abre el bidón de plástico en el que la esconde, apilado entre otros siete bidones iguales al fondo del almacén, y la extrae con reverencia. La posa en el suelo, se sienta delante de la talla y la mira, evalúa cuánto dinero puede pedir, bascula entre ofrecerla a un museo o un anticuario, y después de media hora vuelve a guardarla en su escondrijo sin haber tomado una decisión. Ahora inicia de nuevo el proceso, pero esta vez no quiere mirar la máscara de la misma manera. La coloca sobre una tira de sintasol y fotografía el anverso, el reverso y varios detalles: la pintura, las cintas, los dientes afilados, el labrado tosco. La levanta con las dos manos hasta que sus miradas se encuentran frente a frente y se la lleva al cuarto de baño. Delante del espejo, por primera vez, se la acerca al rostro y cuando su nariz, frente y mofletes tocan la pátina oscura, cuando su mirada atraviesa los dos ojos centrales de la máscara, los únicos que están huecos, un ojo de cada rostro, un alfiler quiere salir desde la carne por cada uno de los poros de su piel. Una corriente eléctrica, el golpe de un tambor. La visión que tiene delante —el espejo descascarillado del baño de la tienda, los azulejos, sus propias manos sosteniendo la máscara— se abre como un telón y ¿qué hay detrás? No lo llegó a ver. Se arrancó esa cosa horrible, temblando, los dedos como si acabase de meterlos en un enchufe, la madera hizo un ruido de esparadrapo al separarse. Se sentía como debió de sentirse Frodo cuando se sacó el Anillo Único en Amon Hen. Se sentía como si hubiese despertado al dueño de un ojo peligroso y le hubiese hecho aspavientos con una antorcha. Como si ese ojo se hubiese girado para mirarla.

De pronto, aborrece la máscara. Le parece que su expresión ha cambiado, que los huecos almendrados le sostienen la mirada. «Con que me den dos mil euros la empaqueto». Cuando la sube a la web de compraventa de antigüedades únicamente piensa en librarse de ella cuanto antes. Enseguida llega un mensaje.

> Tienes un producto interesante, ¿es una réplica?

> Holaaaaa!!!
> Noooo. Es auténtica.
> Es muy antigua.
> Una reliquia familiar.

> ¿Podríamos vernos en persona para que me la enseñes? Me gustaría valorarla bien antes de tomar una decisión.

> Cuando quieras.
> Ya verás, te va a encantar

> Eres de Lobios, ¿verdad? Yo estoy por esa zona.

Sí. ¿Quieres quedar ahora?

Mariña envuelve la máscara en dos toallas viejas, la mete en su mochila y sale andando a toda prisa, «Con que me dé mil euros se la vendo».

2

Calvos de Randín

El bar La Parada ocupa un punto privilegiado de la carretera general de Calvos, una cuesta larga que llega hasta la frontera: muy cerca del estanco, del banco y del súper, justo frente al ayuntamiento, el puesto de la Guardia Civil y la marquesina del bus, que ahora sólo se acerca si se llama el día anterior para reservar. Las casas de sillares de granito son una extensión domesticada de las montañas que se ven al fondo, hacia Portugal, la serra do Larouco.

La terraza del bar, cuatro mesas de plástico agrupadas bajo dos cenadores, es la competidora más agresiva para *O Tempo da Raia*: vedas de caza, publicidad de venta de leña, esquelas con foto y bandos municipales se publican en estas paredes antes que en ningún otro lugar. Parar, informarse, *rosmar*, tomar una *cunca* y seguir, ese es el ritmo cotidiano. Sin embargo, hoy la cadencia se rompe. A una *cunca* le sigue otra y el *rosmar* evoluciona en quejas desabridas. El motivo, una hoja con el membrete municipal que anuncia cortes del suministro doméstico de agua entre las doce de la noche y las seis de la mañana, ¡en octubre!

Es la hora del vermú de un jueves tan caluroso que las señoras se abanican alternativamente la cara y la tapa de callos. Suso arrastra su silla verde de Sprite para acercarse mucho a Flora: no le gusta nada tener tanto público, pero hoy es Flora quien trae la información y por tanto es ella quien pone el lugar. Y el único lugar al que parece dispuesta a moverse es a la terraza de La Parada, donde va todos los días a desayunar, a veces a comer y casi siempre a cenar. Las propietarias de la taberna le alquilan a muy buen precio el apartamento en la planta baja de una casa vieja, de piedra, detrás del bar, que debió de haber sido reformada en los setenta. Hace años que Mercedes y su hija Antía tienen planes para transformar la propiedad en mini *lofts* rurales de ensueño, pero por el momento sigue siendo esa casa incómoda, con olor a cerrado, llena de bichos y fresquísima a la que los familiares de Madrid regresan durante una semana cada verano. Flora está feliz allí.

—Esa es la madre de la concejala de urbanismo. Aquel, el hijo del alcalde. Por favor te lo pido, habla bajo. Y por favor, te lo pido todavía más, no menciones ese nombre.

—¿Qué nombre?

—El nombre del hombre.

—¿El hombre del nombre?

—Qué estúpida estás.

—Estaré, pero mira qué cosa rica te traigo. —Flora extiende sobre la mesa unas impresiones oscurísimas, sin contraste, de un documento antiguo. Ilegibles—. Francisco Blasco Lanuza, un cura aragonés del siglo XVII, escribió un libro maravilloso sobre la epidemia de endemoniadas que decía haber vivido en varios pueblos del Pirineo. Dos mil personas poseídas, casi todas mujeres, y una de ellas escupe una figura idéntica a la que te entregó «el hombre del nombre». De cera, no de masa.

—Imposible, se asfixiaría.

—Lo importante es el significado. Para Blasco, la figura simboliza el hechizo, un mal diabólico que se introduce en el cuerpo por mano de algún brujo. Dentro del vientre, bajo la piel, en la garganta, moviéndose entre las tripas. Si hacemos caso a tu amigo Fontes, esta apareció junto a la chica, fuera del cuerpo. Como si la hubiese expulsado. En el libro del cura, cuando las endemoniadas sueltan el hechizo significa que los sacerdotes han conseguido vencer al mal.

—Como un exorcismo —dice Suso, y esa sucesión de letras activa su mente de hemeroteca. Siempre ha funcionado así, como un archivo de noticias que se pone en marcha con una palabra que encendía una fotografía en su memoria, y de ahí a las sensaciones, el combustible de los recuerdos, el poder de la evocación.

Aprendió a leer con los periódicos que leía con su madre en la cocina, todos los días. Ella se saltaba la sección de sucesos, no le interesaba, y él se obsesionaba con esas páginas, aunque luego no era fácil dormir en aquella casa aislada de Baldomar, que crujía con el viento, la humedad, los grillos y el peso de los antepasados sobre la madera.

Ahora, al pensar en un exorcismo, por encima de sus retinas se forma una imagen en blanco y negro: al fondo, el cuatro latas de la Guardia Civil. Dos agentes agarran a una mujer esposada, el pelo corto pegoteado al cráneo, la camiseta y las bermudas teñidas de sangre, sangre en las rodillas, en sus calcetines blancos, pies sin zapatos. La bruja, la curandera, la satánica de Almansa. Aquellos calcetines blancos, con las puntas del dedo gordo sucias de la sangre de su hija. La pequeña Rosita, la niña eviscerada por las manos de su madre, un drama que nadie fue capaz de prever. Suso, se dice a sí mismo, tampoco tú sabes qué ha pasado dentro de la casa de los Fontes durante los últimos veinte años, si Mingo fue capaz de secuestrar a esa chica, si estaba loco, si vio en ella al diablo, si la mató. Cierto que lo han soltado sin cargos, sí, pero entonces por qué huye. Nos quieren buscar la ruina, había dicho.

—La historia de las posesiones y las figuras de cera se cuenta en un capítulo que desapareció del libro de Blasco poco antes de la muerte de la chica —dice Flora—. Para mí, quien sea que haya armado la cabeza de masa entró antes en la biblioteca de San Martín Pinario y arrancó esas páginas. O, al menos, se trata de una persona que conoce bien el libro y las prácticas de brujería del Siglo de Oro en España. ¿Hay alguien en la zona de Calvos que te encaje con esto? Un erudito, un investigador. Un fanático. Lo que no entiendo es qué pinta en todo esto un buey.

—Los Fontes están descartados. Se me ocurre un montón de gente aficionada a los misterios locales, y no me refiero a endemoniados del Antiguo Régimen, sino a cosas más tradicionales. Siempre he escuchado que por aquí a cada parroquia le tocan *sete bruxas e tres meigos*, y que, si quisieran, podrían echar el mal de ojo a todo bicho viviente de Chaves a Ourense, pero no son capaces de ponerse de acuerdo.

—*Mal de ollo!* —chilla Antía, la camarera, demorándose junto a la mesa.

Los abanicos se detienen, las moscas quedan suspendidas en el aire. A esta chica le destella cada faceta de su voz, de su cuerpo y de su personalidad. Hay que ponerse gafas de sol para mirarla. El tatuaje de mariposas como acuarelas en tonos pastel que le cubre el brazo izquierdo, desde el hombro hasta el dedo anular. Las uñas largas, decoradas con palmeras, la piel tan morena y lustrosa, los ojos enormes dentro de una corola de pestañas negras que no son postizas, aunque lo parezcan, el timbre grave y juguetón, y esa forma que tiene de meterse en toda conversación sosegada y tirar de ella hacia fuera. ¡Eso sí que es periodismo de investigación, Susiño!

—*Iso non é de rir, eh, nena.*

La baraja española a medio repartir sobre el tapete.

—*Non é, non.* Mi abuela *estaba a muxir* la vaca y pasó por delante una mujer. No le miró mal a la vaca, no sé lo que le hizo, pero en ese momento empezó a echar sangre por la ubre en vez de leche.

El churro deshecho dentro del café.

—Hubo una que iba con una cesta de huevos y le vino una que era media tal. Fue cruzarse y allá va la cesta de huevos al suelo.

La moto encendida clavada en la acera.

—Y le pasó la mano a las ovejas y aparecieron muertas de allí a dos días.

—*As agullas de coser partíanme todas na man.*

—Con verte, ya ocurría.

—Pisaban tu sombra o así.

—Porque eran brujas.

—Antes había mucho de eso.

—Y luego, ¿ahora no hay?

Todos los ojos vueltos hacia su mesa.

—¿Ves, Suso? —Flora ahora susurra, demasiado tarde—. La figurita de los Fontes le habla a esta gente, a quienes ven la mano del diablo en unos huevos rotos. Por eso Mingo te la dio. Si difundieses una foto, toda la comarca relacionaría la brujería con la muerte de la chica. Volverían viejos terrores que nosotros no conocemos. Habría movimientos, reacciones, rumores. Podríamos acceder a todo ese conocimiento que guardan bajo llave. Publícalo y observa, va a ser fascinante.

Pero Suso todavía no quiere publicar. Necesita tener el tema más atado, más datos, la información que se custodia en despachos acorazados. Lleva dos días recorriendo los alpendres y los sembrados, sin éxito, en busca del extraordinario tractor que Flora vio llegar a la casa de los Fontes, conducido por una anciana de mandilón a cuadros y sombrero de paja. Pero hoy ha averiguado algo: con Mingo desaparecido, Selvita no puede manejarse sola. Los Servicios Sociales le han hecho un arreglo de urgencia y por el momento se aloja en el centro de mayores de Virxe do Xurés, en Lobios.

—Es una solución temporal —explica Suso—, mientras buscan una plaza definitiva, mucho más lejos, en cualquier lugar de Galicia. No tiene más familia que Mingo. He llamado esta mañana y ya permiten las visitas.

Pero allí un periodista hocicudo, cuyas camisetas serigrafiadas con juegos de palabras referidos a memes de la cultura popular son conocidas de Celanova a Valdeorras, nunca logrará visado para entrevistar a una mujer traumatizada y vinculada, de alguna manera, a un caso hermético en manos de la Guardia Civil, eso Flora lo sabe.

—En cambio, una antropóloga amable y paciente, dispuesta a dar conversación a un grupo de ancianos que se aburren como los juncos esperando la lluvia, siempre será bien recibida en cualquier residencia del mundo. Y si no lo es, sospecha: lo más probable es que guarden cadáveres en las cámaras frigoríficas para embolsarse la pensión de los muertos. Así que voy a ir allí y exprimir a Selvita todo lo que tú quieres saber para hacer un reportaje que te haga famoso y todo lo que yo necesito para crear el mejor documental de la historia del *Entroido*. Mientras, tú cuídate, bonito, y te tomas unos callos en la taberna de enfrente.

—Sí, señora.

—Señora tu...

—Shhh, calla. Que está bajo tierra, pero tiene muy buen oído.

3

Residencia Virxe do Xurés, Lobios

—Hay una vista que te tumba. Si mira fija para uno, si la tiene fuerte, tú caes. Sin ellos querer. Dicen que hay una vista muy fuerte. Dicen, ahora de eso no se oye porque si alguien la tiene, no te lo cuenta tampoco, pero la vista fuerte te mira y caes. Si te coge que te mira, pues caes, o te entra. Eso no muere nunca, nena, eso no muere, siempre hay.

La voz de Selvita suena a *sacho*, como si estuviese arrancándole las palabras a un surco en la tierra, roturando la mesa con los toques romos de su dedo índice, la uña ya gastada sin retorno, el tono de la vara de un rapsoda. Nadie puede cantar el blues como Blind Willie McTell, pero siempre habrá otros copleros que reciten el romancero popular, apoyando el sonido de los pliegos de cordel en el ritmo de un bastón.

En poco tiempo, Selvita ha cambiado. Si el primer día que la vio, a Flora le pareció la abuela de la diosa que parió la tierra, ahora es la momia de la madre del *big bang*. Una especie de moho negro se le extiende por el rostro de cuero y piedra, no es moho, será nevus. Un nevus que parece demasiado vivo para esa cara de tumba. Y lo más inquietante es que está despierta, tiene buen ánimo. Ganas de hablar. Algo que irradia un contrasentido difícil de interpretar. Flora entrevista de pasada a otros internos, y enseguida se dirige a ella, se acuerda de mí, vamos a ese rincón que está más tranquilo, sólo para conversar, para charlar de esas cosas de antes.

—Sabes, yo siempre fui labradora. Patatas, centeno, *millo*, *fabas*, viña. En la huerta, repollo, chícharo, lo que había. Pero de eso no se vivía, había que vivir del sueldo. Papá andaba de jornalero y nos traía carburo, aceite, de por ahí, cuando venía, y *famiña* de pan no pasábamos, pasamos *fame* de pan de trigo. Luego papá sabía muchas historias, se las contaban *pallá* cuando andaba a la siega, y al venir era lo primero que nos contaba papá, las historias, la del señor don Pedro y los niños *mostros* me encantaba a mí.

Flora se ha preparado para guiar la conversación hacia los asuntos que de verdad le importan. Primero, lo suyo: la infancia, los ciclos de la cosecha, las celebraciones. Después, un breve paseo por la avenida de las desgracias para llevarle a Suso lo que necesita: la desventura y el mal de ojo, la figurita de masa y la muerte de aquella muchacha. Luego, regresar a las tradiciones, a las fiestas y las mascaradas, con tiempo, que le quede un buen recuerdo y ganas de volver a hablar, esta vez con las cámaras delante. Para eso tiene que ejercer un sutil aikido verbal, y no lo está consiguiendo: la vieja tozuda sólo habla de los temas que salen en el bingo de su memoria.

—¿Para qué quieres oír de eso? Eran cosas tristes, de malas rachas. En mi casa siempre se guardó, siempre había. Lo peor era cuando nos llevaban. En el hórreo guardamos la cosecha, *metidiña* en sacos. Y nos vinieron a requisar y se lo llevaron todo. Se llevaron el centeno, se llevaron el trigo, las habas. Las patatas no las llevaron. En mayo volvieron, y entonces teníamos dos sacos de espigas, llenas, para semente. Papá dijo: «Andan por ahí los de la requisa y seguramente vendrán a casa». Y dijo mamá: «No, vamos a hacer una gabia en la huerta y lo voy a enterrar todo». Y papá que no, que no y que no. No quiso, no. «De eso nada. Si vienen, que cojan lo que quieran, que comida no ha de faltar». Y vinieron, no escondimos nada y nos llevaron todo. Yo me desesperaba y me tiré al suelo y les rogaba a los mandados, por favor, dejen un saquito de *fabiña*, unos puñaditos. Pero papá me levantó del pelo, en esta casa no se ruega. Y después, a trabajar por la aldea por dos perras y la familia a darnos comida. Cosas malas, cosas tristes que es mejor no recordar. Hay cuentos que a ti te van a gustar más, nena, de cuando vivían los *mouros* allá, en las montañas.

Flora comprende que la mujer no quiere revivir antiguos dramas familiares, justo en el momento en el que está pasando por uno, pero no va a dejar que se le escape la oportunidad.

—¿Y esa gente que envidiaba a los que siempre guardaban, a los que, como vosotros, tenían algo a base de trabajo?

—Mira, *miña nai* una vez comprara unas vacas hermosas, aún yo no estaba. Las tenía para parir, y entonces las cosas empezaron a ir mal en casa. Porque basta que te muera un animal para que te pase algo y que te pase algo más, todo viene junto. Hasta naciera un ternero sin pelo, y cada vez que la madre lo lamía, el *becerriño* moría de dolor. Malas rachas en la vida. Entonces fueron *onda* un hombre ahí entre Esgos y Maceda, un sabio. Y le dijo a mi madre: «Hay una mujer que te pasa por delante de la puerta, que mira para adentro y mira mal. Cuando la veas, enfréntate a ella». Al siguiente día que la lercha esa apareció por ahí, que iba para las viñas y en la puerta de casa paró y miró para adentro, mi madre salió y le dijo: «¿Qué miras? Larga de aquí, que tienes mucho camino fuera. Tira *paló*. ¡Tira!». Y entonces las cosas fueron cambiando. Empezaron a ir mejor, para adelante, todo. Eso es mal de ojo. Te miran las cosas y te las quieren. Hay muchas envidias, nena, aún las hay hoy. Malo si ríes, malo si hablas, si te ven que vas *pa* arriba. Eso lo hay siempre, nena, eso no muere nunca. Eso siempre vuelve.

Se está acercando. La clave es que la pregunta entre bien, que no haya un cambio brusco. Evocar una imagen que Selvita ya tiene en su cabeza, pero que su lengua reprime.

—¿Podían lastimar a las personas con la envidia?

—Hay unos que dicen que tienen la mirada muy pesada, sobre todo para los *cativos*. Te lo pueden ojear, porque a lo mejor el niño es bonito. Entonces tú lo notas que se afiebra, que tiene vómitos, que tiene diarrea, que eso no es normal, y eso dicen que es mal de ojo. Tienes un niño tú, y yo te lo envidio y digo: «Este niño», pues el pobre ya coge. De eso viene, no hay otra cosa. A mi Domingo le hicieron un daño bastante grande, cuando tenía seis o siete años. Estuvo a punto de morirse y tuvo que venir la Perojana. Una señora muy sabia, muy *vedoira*, una meiga que *aprendiera* con la Filomena de Torbeo. Estuvo tres días pidiendo en casa, para quitárselo, que Minguito se me pusiera en los huesos, cada vez iba a menos, a menos, a menos, a menos, y el médico no le encontraba nada. Entonces lo llevamos a la Perojana y nos dice: «Mira, yo me voy a quedar en tu casa los días que sean necesarios, porque el daño que le hicieron a tu hijo es muy, muy grande. Ahora sí: ropa del crío colgada, nunca. No cuelgues nunca fuera ropa del crío, porque esa persona que te lo hizo vive cerca de ti, y tú vas a saber quién es. Tú vas a saber quién es —me dice—, porque tú la vas a ver arrastrarse». Y resulta que se quedó en casa para hacerle los rezados al niño, y un día Minguito estaba jugando en el sobrado y se le acercó la María, una vecina. Se le acercó y le iba a coger una medallita de las Augas Santas que le habíamos puesto a la criatura. «¡No, no, no! —gritó la meiga—, ¡esa que no se le acerque!». Y la María salió arrastrándose igual que una culebra, silbando, porque era ella, ¡ella!, la que le había hecho todo el daño. Y te podían hacer desgracia de todo tipo, de las patatas, de los animales, de malograr los niños o de no tenerlos, como al señor Arruebo de Támega, que te quiero contar yo, un conde muy millonario que hubo por La Picoña más allá, hace siglos, que tenía de todo, pero lo que quería no lo tenía, porque los años pasaban y no lograba un heredero. Escucha, nena: el conde y la condesa desesperaban y todos los cortesanos a llorar de pena, porque si no nacía un heredero, algún mandamás vendría de fuera a traer miseria y ruina para el pueblo. Entonces un día un boticario que era el consejero del señor se le acercó y le dijo: «En los sótanos del palacio hay una *moura* que llaman la Balura, que trabaja como lavandera. Tiene dos muñecos de cera, un varón con alas en los hombros y una hembra cobijada con un manto. Si les da palmaditas, los hace volar por el aire, y si les da besos, consigue que se vengan a las manos de quien desea algo, y le otorgan ese deseo.

»Pero el señor no quiso saber nada de *meigallos*. Cogió al consejero y a la *moura* y de una patada los echó para siempre del palacio por paganos. Entonces todo pareció ir mejor, porque por fin la condesa empreñó y todos estaban contentos como campanillas. El día en que nació el heredero se preparó una gran fiesta y los campesinos levantaron arcos de flores y espigas y una mesa muy larga por todo el camino real hasta el pazo de los condes. Pero cuando el *neniño* asomó la cabeza y se puso a llorar, se partió el sol en dos y se cayó en un pozo y vino la noche, porque resultó que era un gigante horroroso que no paraba de crecer, y su voz y su llanto amargaban las cosechas. El reino era una miseria y los labregos *morrían ca fame*, la gente quería arrancarle la boca o matarlo, así que tuvieron que mandar al gigante muy lejos y encadenarlo dentro de una casa *enramuxada*, al fondo de la lagoa de Caque, que tenía el agua púrpura y brillante.

»Y bajo el agua púrpura se oía su voz llamando.

»Al año siguiente, los condes tuvieron otro hijo, y este era un ogro que agriaba el vino y hacía malparir a las mujeres sólo con pasar por delante. Todos sufrían y lloraban, la gente quería arrancarle las piernas o matarlo, y cuando las tres hermanas del conde quedaron *preñes*, le rogaron al señor que desterrase al ogro muy lejos, donde no pudiera pasar por ellas. Lo mandaron junto a su hermano gigante, encadenado dentro de la casa *enramuxada*, al fondo de la lagoa de Caque, que tenía el agua púrpura y brillante.

»Y bajo el agua púrpura se oía su voz llamando.

»Al año siguiente, los condes tuvieron el tercer hijo, y este era un *croio* de niño con dos cabezas enormes, dos bocas llenas de dientes afilados y treinta y dos pares de ojos que sólo con mirar, mataban».

La puerta de la sala de la tele se abre y aparece el cuidador, un chico muy moreno con cara de ídolo olmeca y brazos tatuados a lo yakuza. Selviii, mire quién viene a verla.

Le acompaña una mujer extremadamente pulcra, mayor pero fibrosa, de sonrisa ancha, ni un pelo fuera de sitio en su melena de mechas rubias. Y le ha traído una cositaaaa, continúa el chico con su tono de entusiasmo prefabricado.

Selvita se enfurruña, como si hubiesen interrumpido su discurso de aceptación del Nobel de literatura, y a la recién llegada parece hacerle gracia esa reacción infantil. Miraba a Selvita con ternura. Toma, para ti, le dice mientras le acerca una bolsa pequeña de farmacia, que sé que te gusta mucho. Selvita *rosma* algo ininteligible. Si no me cuesta nada, le contesta la mujer, de paso que vengo con las medicinas. A continuación, se dirige a Flora:

—Es que le encanta ponerse agua de rosas, y como a la pobre la trajeron de esa manera. Un perfume hace tanta compañía si una está sola con recuerdos que es mejor olvidar. Qué cosa más horrible, en un sitio tan tranquilo y tan unido como Calvos. Yo a ti te he visto por allí, ¿verdad?

Flora siente curiosidad por esa mujer que se preocupa por el bienestar de Selvita. Le cuenta sin mucho detalle el motivo de su estancia en A Limia, un proyecto de investigación etnográfica, las mascaradas de invierno, el *Entroido* tradicional.

—Qué maravilla y qué lujo, gente que cuida nuestro patrimonio. Yo soy Teresa. De máscaras no sé nada, pero conozco a todo el pueblo. Si hay algo en lo que te pueda ayudar, me llamas. Esto es una antigüedad, pero sigue funcionando —dijo, y sacó de su cartera una tarjeta de papel verjurado color crema, impresa en letras doradas de una cursiva clásica: «Farmacia Lcda. María Teresa Dacal. Calvos de Randín».

La mujer se despide enseguida y se aleja para conversar con otros residentes. Ha sido una suerte de interrupción, Selvita parece haber olvidado el cuento y ahora su atención se centra en girar un botón medio descosido de su chaqueta de punto marrón con relieve de bolitas. Tendrá suficiente ropa, alguien habrá ido a buscar sus cosas a casa, Flora lo piensa por primera vez. Sólo la farmacéutica ha considerado que era una anciana sola y asustada, lejos de su hogar. Se le ocurre preguntarle qué necesitaba, comprarle unas zapatillas, regresar el domingo con una caja de bombones, pero lo que hace es aprovechar el momento para infiltrar el tema más complicado: la chica muerta.

—Estábamos hablando del mal de ojo, esas cosas terribles que les hacían a los niños. ¿También se podía dañar a gente adulta? Por ejemplo, a gente como la chica que vivía contigo —deja caer. La frase traza una marca en la cara de Selvita: una cuerda que se rompe, un engaño que se destapa. Son dos brochazos que le pintan de golpe la expresión de quien acaba de traer a la memoria algo terrible que había quedado atrás. El olvido que asusta y el recuerdo que duele.

—*Miña netiña*. Murió. Y el *pequeniño* también. *Miña netiña, miña Belén*. Y su *neniño* sin nacer. Era un *anxiño* y lo quitaron, me lo mataron. El *pobriño* ya no nació...

Selvita se ahogaba en un llanto espeso, de esos que tienen los ancianos, que de pronto se desanuda y humedece la mirada sin dejar caer lágrimas, y los arrastra a un lugar muy lejano donde nadie más puede llegar, y sólo emiten un lamento intermitente, filtrado por la dentadura postiza, un siseo que es el dolor más profundo de la tierra. Flora ya no consigue sacarla de ahí. Las palabras de consuelo, las propuestas de un paseo, los cambios de tema rebotan en la cara lejana de Selvita.

La escena llama la atención del cuidador, que se acerca a paso rápido: no sabe si debe fiarse de esos historiadores, folcloristas y demás parentela interesada. Algunos llegaban, exprimían la mente agotada de sus ancianitos, prometían regresar con un libro, un documental, unas conclusiones, y nunca más se sabía de ellos.

—*Miña pobre*, lo está pasando muy mal. Le hace bien hablar, nadie la visita. Pero hoy no es buen día. ¿Por qué no vienes en otro momento? Por la mañana, que no está tan cansada. A veces, hasta amanece cantando, ¿verdad, que usted sabe muchas canciones? Vamos, Selvi, vamos a tomar la *lechiña quente*. Chiqui, ¿quieres que te traiga a otra abuelita? Las tenemos a montones, y están muy aburridas todas.

4
Santiago de Rubiás, Calvos de Randín

—No lo hagas, ni para protegerla. No puedes hacerle eso.

Será verdad o será un recuerdo imaginado que esa fue la última frase que Suso escuchó a su padre decirle a Mingo, hace ya veinte años, y que sonaba como un ruego, él, que tan altivo era.

—Tú lo tienes muy fácil. Si no me ayudas, sácate de ahí.

Será verdad o será una mentira que se hizo que esto fue lo último que le respondió Mingo, hace ya veinte años, antes de darle un empujón a su padre y salir sin cerrar la puerta de Baldomar.

Él tendría diez años, la imagen es clara, porque en su casa nunca sonaba una palabra alta, pero no por clara puede garantizar que sea cierta: Suso ha comprobado que, a veces, recuerda cosas que nunca han sucedido. Por eso rastrea, rastrea en su memoria, vuelve a lo mismo. Y cuando se convence de que no va a conseguir estar seguro, vuelca su empeño hacia fuera.

Es concienzudo, insistente: un pesado. Es minucioso, fijado: un obsesionado. Es el hábito que le ha quedado después de años de reportero para magazines matinales y vespertinos, guardias, persecuciones y escaramuzas. Alguien tiene que saber algo, y cuando un tema está en la boca de toda la comarca, ese que sabe no es capaz de callarse, de una forma u otra, soltará. Lo hacen los agentes de la Guardia Civil con movimientos de cejas en el bar donde toman el café, al que ahora Suso va todas las mañanas a poner la oreja, a ver si se les escapa algo. Lo hace el juez de paz con un braceo diferente en la piscina municipal, más evidente, más consistente, más poderoso. Lo hacen las familias metomentodo a susurros de doble filo cuando atardece y termina el trabajo en el campo, y se van recogiendo agotados hacia la furgoneta, más sudor y polvo que carne.

Este caso es diferente a todos, ¿quién puede hablar sobre una gente que vivía encerrada? ¿Dónde puede estar esta persona que sabe algo? Para encontrarla hay dos caminos: uno, salir al mundo y preguntar, preguntar y preguntar, estrujar a las fuentes habituales, llamar a esos funcionarios de confianza gustosos de soltar frases ambiguas, localizar testigos, que ya lo ha intentado y ha resultado infructuoso. Ni siquiera Sara quiere contarle nada, sigue jurando que no tiene detalles, que esa noche ella y todo el Seprona de Verín estaban en Oímbra, en los incendios. El otro camino es meterse en las redes y rastrear, rastrear y rastrear.

En sus años de Madrid, Suso exprimió todas las herramientas que, de una manera u otra, le permitían acercarse a fuentes especialmente inaccesibles. Perfiles falsos en Tinder, en Grinder, en OkCupid, en Blablacar, en Wallapop. Combinados con una app para cambiar la geolocalización, le han ayudado a colarse en hoteles blindados por la estancia de algún famoso intocable, entrevistar a personas en apariencia inalcanzables y hacer reportajes gloriosos. Ahí donde hay un guardián, hay una puerta. Cuánto se divertía entonces, qué sinvergüenza era, cómo has cambiado, Jesusiño Veloso.

La persona a la que busca es alguien con ganas de hablar y la boca cerrada, quizás por su profesión: un forense, un auxiliar de juzgado. Si esa persona existe, las redes son su ecosistema: un espacio anónimo, distante, en el que puede lucirse sin riesgos. Suso se llevó la silla buena y el portátil a la cocina. Los platos pintados a mano, verdes, amarillos, azules, colgados a distintas alturas en las paredes, la alacena de castaño con los tapetes de ganchillo, la cocina bilbaína, todos los objetos de la habitación mantienen el equilibrio calmo que él necesita para rastrear las medias tintas, leer entre líneas. Metió una bolsa gigante de palomitas en el microondas, las volcó en la sopera rosa de la Cartuja, las bañó en salsa barbacoa y se preparó para pasar las siguientes diez horas cazándolas una a una con un tenedor: se trata de no mancharse los dedos para no pringar el teclado, porque no puede permitirse perder tiempo con servilletas, limpiarse las manos ni apartar la mirada de la pantalla, y necesita comer. Esto requiere concentración absoluta, si Rohan lo permite.

Todos los medios de Galicia han publicado la noticia «buey mata chica». Desde sus perfiles en las redes, el suceso se derrama hacia los grupos de información local: «Tú no eres de Randín si...», «Ourensanos por el mundo», «Memoria da Raia Seca». Allí, miles de vecinos y paisanos en la diáspora reaccionan, hablan, comparten, expanden el acontecimiento hacia nuevas fronteras. Con una buena aplicación de monitorización social, la paciencia de adoquín que le dio su padre y una intuición afilada como las garras de su madre, Suso ha recopilado, filtrado y leído uno por uno todos los comentarios en todas las publicaciones que mencionan el caso: una tarea espantosa en la que ha perdido, porque decir invertido sería una falacia autocompasiva, tres o cuatro días. Ahora, pasadas otras seis horas ininterrumpidas de rastreo, dejando entrar a granel las opiniones ajenas en su cerebro, Suso se siente más amojamado, más *cuandrangulado* y, en definitiva, mucho más agilipollado. Hasta le dan ganas de volver a fumar, pero se contiene y sólo llora un poco por lo miserable que se ha vuelto su vida lejos de Madrid, porque cómo es posible que lleves ya un año y siete meses sin hablar con aquella chica que vivió contigo frente al cementerio de la Almudena, y porque a los treinta y uno estas cosas ya no tienen arreglo, chaval.

Arrastraba los ojos por encima de los comentarios y recordaba la última conversación que tuvieron. Yo sé que no me quieres y que estás deseando librarte de mí. Que únicamente sigues conmigo porque estás sola, para poder salir por ahí a ver si encuentras a alguien, le había echado en cara él ese día. Ella ocultaba el rostro en la solapa enorme de su abrigo de lana. Suso creyó que iba a llorar y se arrepintió enseguida de sus palabras, la había ofendido tanto. Iba a rogarle perdón cuando vio que en realidad se estaba riendo. Pues la razón que se me ocurre para que tú sigas conmigo es que seas como yo, le dijo ella al final.

Suso, céntrate. Se bebe el té ya frío de dos tragos y vuelve a repasar los últimos comentarios en los grupos de Facebook:

—No juzguemos sin saber, los animalitos a veces se vuelven locos si viven siempre encerrados, no tienen maldad, no saben lo que hacen.

—Ole la prensa seria, vaya chorrada de noticias, el periodismo cada día más pestilente en este país.

—¿Dónde están las feministas pidiendo que se mate al toro, a ver, que yo las oiga? ¿No lo van a denunciar por machista falocentrista?

—Un triste accidente, DEP.

—*Alguén sabe quen era?*

—Es increíble que sucedan estas cosas en un país avanzado. Necesitamos otro modelo agrícola que no ponga en riesgo a los trabajadores.

—LA NATURALEZA.

—A mí me suena todo muy raro.

—Pobre *muller... sen* palabras.

—Mi oración finalmente es respondida al reunirme con un administrador de cuentas de confianza, y esto ha eliminado todas mis deudas. Dios seguirá bendiciendo a la señora Gabriele Hodges por ayudar financieramente a muchas personas. Por favor, hermanos y hermanas, si enfrentan desafíos en inversión, hagan clic en el enlace para enviarles un mensaje.

—Ya saldrán ahora los *ecolojetas apesebrados* con que la culpa es de los ganaderos.

—No, la culpa es de los cavernícolas como tú. Ojalá te pise un mamut.

—Primero el covid, luego la guerra y ahora las vacas asesinas: se viene la noche del apocalipsis.

—Amén, hermana.

—Si os ofrecen chuletero de buey en los asadores de la zona, ¡huid, insensatos! No os vayan a colar la carne del Atila. Ese bicho debería ir directo del matadero al vertedero.

Este. El pinchazo del hallazgo en los omóplatos.

—¿Y por qué? —responde Suso al comentario que alguien, con pseudónimo y foto de unos pies peludos en la playa, ha publicado en el grupo «Veciños e Amigos da Limia»—. Según cuentan es un toro espectacular.

—Es un buey. Y no te niego que el bicho sea espectacular, pero a ver quién se olvida de que mató a una persona.

Este. El golpe seco de la contención en el pecho.

—Pues dicen los de la churrasquería —es el momento de insertar la trampa— que está sanísimo y en perfectas condiciones.

—Perdona, pero no. Te lo digo yo, que lo vi con estos ojitos. ¿Tú te comerías un animal que se ha vuelto loco?

Este. Este es el hombre que sabe. El ojo se encoge, la mano tiembla, la palomita cae. Venga gotón de salsa barbacoa haciendo pleno en el teclado.

5

Cualedro

Los viernes por la noche, el teleclub de Cualedro cambia de nombre. No llega a ser «el desguace», eso sucede los domingos por la tarde, sino que se queda en «el descarte»: los peces capturados muertos, los no deseados, los dañados, los que no alcanzan la talla mínima, los de especies sin valor, los que no hay quien coma, todos los que son devueltos al mar en cada lance se reúnen aquí cuando las mesas se retiran hacia la pared y dejan en el centro un océano para tratarse de tú a tú y cara a cara. Tres docenas de almas, tapa de churrasco gratis con cada consumición, copa nacional a cinco euros, son cosas que animan a hablarse, a mirarse con otros ojos y hasta a bailar.

Hoy actúa el Dúo Passiones: Ángel, teclado y voz. Mely, voz principal. En el repertorio, merengue, pasodoble, cumbia, para todas las ocasiones y en constante actualización. Potente equipo de sonido, iluminación propia. No era necesario, chicos: bastaría encender una cerilla entre las lentejuelas de las señoras y la gomina de los caballeros para atraer a todos los barcos del Atlántico norte, estrellarlos contra los montes de la serra do Larouco y saquear hasta los filtros del café, al estilo *raqueiro*. Aunque, siendo prudentes, no debería estar permitido jugar con cerillas aquí dentro: la llama se prendería a los alientos para trepar hasta la laca, y tendríamos tragedia asegurada.

A Ventu lo que le relumbra es el sudor que le chorrea desde la frente, que le disuelve los hechizos que se embadurna en el escaso pelo, que se le desliza hasta las pestañas y le hace parpadear como un tarado. Hace un calor pegajoso y quiere salir y fumarse un pitillo bajo los limoneros de la explanada, pero no se mueve de esa esquina de la barra que linda con el único servicio del local, por si acaso. Porque en algún momento la señora con la que ha venido a hablar tendrá que desaguar los cinco tubos de vermú blanco que lleva en la vejiga y se despegará por fin de esas tres caniches perfumadas a las que llama amigas. No hay riesgo de que la acompañen: el cubículo es tan estrecho que los delgados entran de canto. Los gordos mean fuera, en los matorrales.

—Así que ahora frecuentas estos sitios de mierda —le suelta a la mujer cuando se acerca a pedir una copa de recambio.

—Son de mierda cuando tú entras, Senén.

—Hala, Marisa, que era una broma.

—¿Es que esto no se acaba nunca?

—Chuli, ponnos dos cacharros pardos de esos plastificados para sacar fuera.

—Que no voy a tomar nada contigo.

—Una invitación no se desprecia.

—Que no voy a volver contigo.

—Ni yo contigo, Marisa. Se trata de normalizar. —Ventu lo expresa así, y en ese momento hasta se lo cree. Cuando está en casa, rodeado de todos los muebles que le echan en cara lo aburrido que es, cuando abre el armario y de ahí dentro sale un aire grueso que aún huele a los dos, aunque ya sólo queda su ropa, llamar a Marisa y reclamarle su derecho a seguir juntos, no puedes decirme que no, es su único pensamiento. Ahora mismo no le apetece más que tomar algo, fumar los dos en el banco bajo los jazmines, que este año están permanentemente en flor, quizás echar un baile, esas cosas que no han hecho en los últimos treinta años.

—¿Y qué? ¿Sigues yendo a las locas?

Las locas eran las que le habían metido a Marisa en la cabeza la idea de divorciarse, Ventu no tenía duda. Empezó como una cosa que a él le pareció estúpida, pero inocente, unos *obradoiros* de *mindfulness* en el centro cívico. Después ya empezaron que si empoderamiento, que si saludemos al sol, que si tu útero es el gran misterio, que si machete al machote.

—Mira, te lo voy a contar, porque está visto que no me vas a dejar tranquila. *Teño mozo.*

—¿Qué mozo? Será un pureta, como yo.

—Es de mente joven. Así que, por favor.

—Ah, que yo no.

—Ni a los veinticinco, Senén.

—¿No me lo presentas? ¿Es el de la prótesis de cuerpo entero o el que lleva la próstata en un carrito?

—Ya lo conoces. Es Vicente. El de aquí, el dueño.

—¿Ves? Por eso frecuentas estos sitios de mierda. —Le sale sin pensar. Porque dentro de su cabeza está sucediendo otra cosa: eso que nos pasa cuando tuvimos delante de los morros una señal importante y no la vimos, y tiempo después algo prende y de pronto aquella pista imperceptible arde en un pliegue del cerebro, todas las neuronas van hacia allí corriendo y se conectan para echarte a la cara un jarro lleno de revelación, espabila, Ventu: es Vicente. Vicente y aquellas llamadas al teleclub en la factura del teléfono, hace ya un año por lo menos, tantas mañanas, mientras él no estaba en casa. Que era para encargar callos y que no había. Que era para reservar la lotería. Que era para ver si estaba por ahí la Sabeliña. Detrás de un hombre triste hay siempre una mujer feliz, Ventu. Empieza a ver puntitos negros moviéndosele hacia los extremos de los ojos, parecen hormigas escapando de una llama. El olor caliente del perfume de Marisa, con un deje de otra piel, le presiona la nariz y la boca: ahí no se puede respirar.

Huyó al servicio. Por suerte, todavía cabe dentro. Está mareado, esas piernecillas traicioneras se le doblan, se sienta en la taza, sofocado, así que al final la culpa no la tenías tú. O sí. Fuera, alguien gira el pomo tratando de abrir —¡Que está ocupado!— y apaga la luz —¡A ver esa luz!—. El Dúo Passiones arranca con el primer pase de la noche y hasta las lámparas se agitan: te quiero ver, ya no dejo de pensar en ti.

—¡La luz!

Será el vértigo de la revelación, serán los jotabés, pero Ventu palpa la puerta de arriba abajo y no da con el pasador. Suerte que en algún bolsillo tiene el mechero, otra de las varias cosas buenas que le ve al fumar. Aquí no está, aquí tampoco, esto qué mierda es. El perfilador de labios que se dejó Tamara en el suelo de su despacho irradia un brillo de flúor rosa en la soledad más negra y desesperada que haya existido nunca en la palma de una mano dentro un váter sucio de teleclub de pueblo. Más que brillo, irradia orgullo, desdén, una idea reparadora. Ventu destapa el perfilador y comprueba lo nítido que escribe sobre la puerta, lo bien que dibuja letras enormes y gorditas, con grandes redondeles sobre las íes, lo que él llamaba caligrafía de chica simple, que ocupan todo el ángulo de visión de una persona sana: «Marisa, cornuda. ¿Qué hará Vicentito todas esas noches que llega tarde? Conmigo ya tiene estado. Firmado: una amiga… de Vicentito ❤». Cuando sale de allí, sus lágrimas le vienen de la risa y la cola llega al escenario.

Aún son las diez y media. A tiempo para la noche de la *androlla* en el Campelo. Esto no es como el teleclub. Aquí nadie viene a ligar, aquí viene gente entera, hecha y derecha, que sabe lo que quiere: *comer a Deus polos pés*. En el comedor, parejas y señores. En el menú, *androlla* cocida y asada. Con cachelos, con grelos, hasta con patatas fritas. Espectacular. Y una buena *androlla*, explica Ventu a la camarera mientras cuelga su chaqueta de un perchero de pared cuyos ganchos son patitas de jabalí con las pezuñas apuntando al cielo, una buena *androlla* no es fácil de encontrar, ¿sabes por qué?, porque no es fácil de hacer. Porque para hacer una buena *androlla* hay que remontarse al origen de todo: hay que criar un buen cerdo. Tienes que darle buena vida, alimentarlo con buenas sobras de casa. Y, además, y de esto no me mueve nadie, tienes que ponerle un buen nombre. La *androlla* no es de quien la hace, es del bicho que va en el relleno. ¿Te lo vas a comer? Pues muéstrale respeto y págale con dignidad.

 Si el cerdo tiene nombre, te vas a preocupar más por una cosa que es básica en la *androlla*: la piel. No lo vayas a enterrar en vida en el *recuncho* más oscuro de toda la cuadra. Déjale un trocito delante para que salga y se tumbe al sol. Es básico para que la piel no críe tiña y otras *hongosidades*, cosas *noxentas* que no quieres ver dentro de tu *androlla*, un viernes por la noche, continúa explicando Ventu, ahora complacido porque la clientela del comedor le escucha, le mira y asiente. Su teléfono empieza a sonar, una, dos, tres, cuatro veces, una llamada tras otra. No quiere ni mirarlo, entre la risa, el miedo y un vértigo nuevo asomado, ahora sí, al abismo irreversible de la vida sin Marisa. Ella sospecharía de él, pero siempre tendría la duda; Vicente se sentiría ultrajado, pero no podría demostrar lo que quizás nunca había hecho. Fuese como fuese, ambos iban a sufrir. Suficiente para cerrar la puerta por fin.

 —Yo sólo como *androlla* si el porco lo mato yo —anuncia Moncho el Colorado, un señor de cara muy roja que se sienta sólo debajo del televisor.

 —A esa parada aún no ha llegado el coche de línea, caballero —dice Ventu, rescatando su protagonismo—. Cuando ya el cerdo tiene nombre y la piel bien cuidada, y está cebado no sólo con carozos de maíz y hojas *podres*, sino que le haces una buena *encaldada* con agua, *fariña milla*, trozos gordos de la berza, puñado de sal, echas también las sobras de la casa, hoy unos huevos cocidos, las cabezas del pescado, las lentejas que se quedaron pegadas en el fondo de la pota, todo variado, todo *remexido*, pero no se lo des crudo como hacen ahora los modernos, que no te cuesta tanto echarlo todo al fuego de la *lareira* un par de horas, si tienes anillo de alicornio, mete la mano y revuelve el caldo, que le quite las enfermedades de la boca, que le prevenga de los males de la envidia. Pónselo blandito, templadito, no se lo vayas a echar frío, que todo eso que tú le des, el cerdo te lo va a devolver multiplicado.

»Cuando lo mates, ahora sí, caballero, mejor en casa, y mejor en San Martiño. Y no tengas prisa. Mira, un cerdo te puede vivir quince años, que tampoco esperes a que tenga Alzheimer, pero un año, un año y medio, ya de ahí te salen unas canales cumplidas y una piel lustrosa. Tú coges las costillas, carne y hueso, lo coges todo, coges la piel y la asas. Picadita, picadita, lo cortas todo pequeño y le echas sal, le echas ajo, le echas un buen pimentón, mitad dulce, mitad picante, le echas orégano, todo bien *remexido* a mano suelta, no te vayas a poner guantes, que hay que sentir la carne. Lo dejas adobar y venga a embutirlo todo dentro de una tripa gorda del mismo animal, no se la hagas de vaca, que así es la *androlla* toda de la Marisona, del Vicentón, del nombre que le hayas puesto al cerdo.

»Cuelga ahora la *androlla* en un lugar seco, que le entre el viento fresco de la montaña, que el bicho tiene que respirar, que no le entre el sol, que no se toquen las viandas. Prepara una lumbre de leña de carballo viejo, fragante, porque el ahumado es lo que le da a la *androlla* su olor sagrado, que parece que te estás comiendo a un dios del bosque y aún te da las gracias.

Si lo piensa, su vida con Marisa, treinta años juntos, había resultado como una *androlla* mal curada: buen animal, carne cumplida, adobo generoso, embutido correcto. Y al quedar colgada y pasar el tiempo, la cosa evoluciona mal. Coge humedad. Intentas corregirlo cambiándola a un espacio más propicio, pero el daño ya es irremediable, crece por dentro, se desarrolla entre la carne, los huesos y la piel, le sale moho: ya no sirve para nada. Una pena. Tanto esfuerzo, energía, recursos, tanto tiempo que le han puesto, tantas manos, tanto dinero. El teléfono vibra en el bolsillo. El secreto del teleclub ha sido revelado. Un hombre por el que un día incluso tuvo algo de simpatía, serás pánfilo, Senén, acaba de hundirse en las arenas movedizas de la sospecha. De ahí ya no se sale. No siente ni culpa ni arrepentimiento, sólo un latido grueso dentro del estómago, no sabe si por el hambre o por el miedo de que alguien aparezca para partirle la cara, y un ahogo ligero donde supone que tiene el corazón, porque esto de Marisa ya no tiene vuelta atrás. Ahí no había alivio, sino aborrecimiento.

—Pero si la haces con cuidado, escucha bien lo que te digo, te sale una *androlla* que es como si le hablas a Dios y te contesta. Y si alguien te dice que es un chorizo con huesos, me dices quién y le quito la pensión. O los hijos, lo que valga más.

Ventu derrama por toda la mesa una risa que suena a estruendo de cacharros de peltre en un fregadero. La semana le ha ido muy bien. Se merece esa *androlla*, un surtido de postres y los cuatro chupitos de después.

—¿Sabes Armindo, el Ermitaño? —pregunta sin mirar a nadie, pero dirigiendo el interrogante a todo el comedor—. Por fin conseguí que dejase esa covacha de Larouco. Le puse una plaza en Verín, con las monjitas, en sólo siete días. Un récord. A este le queda una feria y media, pero la va a vivir como un señor. Buena mesa, bien atendido, quizás una señora para calentarse los pies. Otro viernes me lo traigo, que este nunca *quente comeu*. Así es la vida, el caso más difícil que se ha visto en este pueblo, y en una semana, resuelto.

Moncho el Colorado levanta la cabeza de su plato de *androlla* frita y habla:

—¿Y aquello de la nena encerrada, Ventu? ¿Te acuerdas? Aquello *fuera* horrible.

Lo malo de hablar tan alto como habla Senén Ventura es que hasta el más indeseable del bar se siente invitado a la conversación. Cómo no se iba a acordar, que no podía olvidarlo. Hace unos años se propuso contener esos pensamientos que se le infiltraban desde el sótano de la mente, como si alguien estuviese quemando los trapos, plásticos viejos y despojos que deberían haber quedado enterrados, como humo envenenado que se filtra entre las tablas del suelo. No lo consiguió. La nena, Socorro, regresaba, y sigue regresando, cada día. Una imagen que nunca llegó a ver, pero que tiene grabada. ¿Va a ser igual con Marisa? Algo ha conseguido: controlar el momento en el que Socorro aparece y le desborda. Ya no irrumpe, ahora la dejaba pasar. Le abre la puerta y la invita a entrar al sentarse en el váter a cagar. Un momento de dolor y de liberación, y al tirar de la cisterna, por ahí desaguaba también el recuerdo de aquella vez en la que por haber hecho todo tal y como debía, según las normas y códigos de la profesión, había propiciado un desastre irreparable.

Ventu habla por encima de las impertinencias:

—Siete días —dice—, una vida resuelta. Está un poco hecho una mierda, el Ermitaño, pero nunca es demasiado tarde. De las cabras no sé qué será. A lo salvaje ya vivían.

El ruido del fantasma de Socorro se le acerca desde atrás: es el sonido, ya familiar, de los dientes *rillando* en el hueso, una vibración como la que siente al descarnar las costillas que vienen dentro de esa *androlla* que se está comiendo. Luego llega la imagen de la nena, enroscadita en un rincón de su celda, comiéndose sus propios dedos. Trata de apartarla, apartando el plato. Se traga las náuseas. Vomitar eso es pecado.

Ventu es de la época de los asistentes sociales, de la escuela de León: su plan de estudios lo diseñó un cardenal. Fue de los primeros hombres en meterse en esto. Cuántas veces sus padres escucharon eso de «Pero ¿por qué?», «¿Es de aquella manera?». O, directamente, «Os ha salido maricón». Cuando estaba en el segundo año hizo un trabajo sobre la historia de la intervención social con enfermos mentales en Galicia. Leyendo la Estadística General Oficial de Dementes acogidos en Establecimientos Públicos, un documento de 1847, encontró un dato que le obcecó. En toda la comunidad se contaban quinientos sesenta y cinco enfermos: doscientos dieciocho en A Coruña, ciento sesenta y dos en Lugo, ciento cincuenta y cinco en Pontevedra. ¿Y en Ourense? Treinta. Esto, simplemente, no podía ser. Buscó las cifras de otras décadas, otros siglos, y de nuevo se repetía el desequilibrio en el reparto. Los locos de Ourense existían, pero nadie los declaraba. Entonces, ¿dónde estaban? Esa pregunta se convirtió en una obsesión y un motor para terminar los estudios, aprobar las oposiciones y ejercer justo allí donde vivía el misterio.

Cuando lo de Socorro, Ventu llevaba seis o siete meses trabajando en los Servicios Sociales de Cualedro y era el retrato del entusiasmo hecho carne. Cada día se subía a aquel Vespino rojo de 50 cc que pagaba a plazos y registraba al detalle un centímetro más del mapa del municipio: aldeas compactas y dispersas, viejos caminos del contrabando, lealtad y recelos, secretos que no debían salir de la boca. Ventu hablaba con todos. Se apeaba en cualquier lugar, se calzaba las *zocas*, subía por las *congostras* hechas ríos de barro, llamaba a las puertas, paraba en cada bar tienda, preguntaba a los niños que sacaban las vacas al amanecer. Con ánimo de rastreador, buscaba algo. Algo que no podía preguntar de forma evidente, porque las preguntas como esas cerraban todos los labios. Quién iba a hablar de lo que nunca debía contarse. Esas cosas ya no pasan, insistían todos, esas cosas pasaban lejos, allá para Portugal, allá para Zamora.

El teléfono de Ventu vibra otra vez y disipa el recuerdo de Socorrito, el ruido que nunca escuchó y la imagen que no llegó a ver: la niña royéndose los pulgares hasta morder hueso. Doce llamadas desde un número desconocido de la provincia de Ourense, el de Marisa no, seguro que es el imbécil de Vicente desde el bar, pruebas no tienen, anda que no se les carga el local de gilipollas los viernes por la noche. El caso es que ese número le resulta conocido.

6

Guende, Lobios

La chica apareció en Guende. Venía arrastrándose desde el camino medieval, un sendero de tierra y cantos que baja desde el monte y justo se prolonga en la *calexa* por donde entran las vacas y luego se abre a la carretera general. Desnuda, helada y sin sostenerse de pie, blanca como *papo de mexacán*. Después verían sus tobillos hinchados, el cuerpo arañado como por una maraña de gatos, las palmas de las manos, los codos y las rodillas pegoteadas en sangre, grava, hojas, bosta y paja. Debía haber recorrido a gatas un buen trecho de aquella senda vieja, montañosa, afilada, pedregosa, empinada, abrasiva. Por ahí, la población más cercana está a doce o quince kilómetros, atravesando lo más duro del Xurés. ¿Venía arrastrándose desde Portugal? Muchas veces tengo visto al abuelo ir al santuario del Cristal, recordó Felipe, que bajaba desde Vilanova dos Infantes, que estaba enfermo del estómago, pero enfermísimo, y muchas veces iba de rodillas, nosecuántos kilómetros, por el *camiño cativo* aquel de la Virgen, lleno de piedras, y se curó. Pero esto es otra cosa.

Yo la vi venir muy temprano, que venía por el caminito, y corrí y le eché la chaqueta, más por la vergüenza que por el frío. Venía ella y las vacas salían conmigo, la iban a pisar y llamé, ayuda, que yo soy un *vello rechumido* y con ella no podía. Cuando la tumbamos en el sofá de casa, junto a la chimenea, parecía un Jesucristo hinchado y tristísimo de trenzas desmadejadas, las pupilas tan anchas que arrinconaban el arito de sus iris azules, la pintura de los ojos perfecta, y con esas heridas injustas de crucificado, que hasta me sentí culpable por mis pecados y por los de toda la humanidad.

—¿Qué te ha pasado?
—¿Cómo te llamas?
—¿Dónde vives?

Y ella no dice nada, sólo mira al techo y es como si no estuviese aquí.

A veces parece que nos ve y que va a salir corriendo, pero antes de llegar a incorporarse se vuelve a ese sitio donde no podemos llegar, y a mí me entran *arrepíos*. He visto a gente loca. Al tío Manolo cuando le dio el *rauto* y salió descalzo, una mala noche de noviembre, a recoger erizos de castaña a mano pelada. A la madre de Sabela cuando la encontramos sentada en el borde del pozo, piernas *pa* dentro, y ya se había quitado las gafas, que eran de oro y los hijos las podían aprovechar. ¿Qué hacías allí tan tarde? Mamá, no mientas. Mamá, di la verdad. Cosas como esas dan miedo. Esto es peor. Es la sensación de que la cumbre del monte está poblada de monstruos que odian a la gente. Quizás alimañas desconocidas. Quizás un tipejo fugado que ha dejado atrás un crimen sin resolver. Quizás una pandilla de tarados que salen a cazar rapazas las noches de sábado, *que non soilo o lobo come carne crúa*.

» Hace siglos, los vecinos subían al monte para cazar al lobo, sin fuego, a palo y piedra. Allá arriba todavía está el *foxo*, en la parte más alta. Un óvalo cerrado a cielo abierto, sin puertas, sólo una rampa que asciende hasta el borde del muro. Dentro, en el medio, hay una roca grande, se ve desde fuera. Es muy difícil cazar así a un lobo, piénsalo. De noche, sin luz eléctrica, sin balas. Entonces idearon esa trampa. Se metían en el recinto y en lo más alto del peñasco ataban a un cabritillo. Y se iban. El animalito allí quedaba, solito, gritando más que balando, de hambre, miedo y frío. El lobo es muy listo, pero eso no lo puede resistir. Si sospecha, yo no lo sé.

»El *foxo do lobo* es todo lo que hay allá arriba, al final de un camino de cuatro o cinco kilómetros, siempre subiendo, clavado de piedras, un horror. *Neniña*, de dónde vienes, bébete la hierbaluisa, toma, rapaza, verás que te hace bien, que la planto delante mismo de casa. Anímate, no puedes cargar tú sola el peso del mundo todo. Venga, bebe un poco. Tuve que prender la chimenea, y eso que no hace frío ninguno, pero la chica no entra en calor, y no entra en calor, que arriba en el monte sí que baja la temperatura de noche, y ella sigue morada con pintitas blancas en las piernas, como las salamanquesas, a ver si se me va a quedar antes de que llegue la ambulancia, que lo mismo te puede tardar dos días, que viene desde Verín.

»Como el lobo no resiste y quiere ir a comerse al cabritillo, corre la rampa *parriba*, y como no ve que se corta de pronto, se despeña desde el borde del muro, cae dentro del *foxo*. Y allí ya está perdido, comer se comerá al *cabuxiño*, pero es lo último a lo que le va a hincar el diente. Se queda atrapado, porque no puede escalar esa pared. A veces los vecinos dejaban que pasasen los días y la bestia se moría de sed y de hambre y de desesperación, metía *medo* oírla *ouveando*. Otras veces subían *pallá* y le soltaban pedradas y palos para abreviar la agonía, y luego, con el lobo ya muerto y abierto por todas partes, bajaban al pueblo, lo clavaban en una estaca y lo paseaban como al meco del *Entroido*, y todos se burlaban. Nos burlábamos, que yo eso aún lo vi de crío. Y también me reí, que ahora no me reiría, aunque no me gusta el lobo. El invierno pasado me mató dos ovejas. Tuve que forrar las puertas con planchas de acero para que no me entrase *padentro*, que a la huerta ya me pasó una vez. Siempre el mismo lobo, ya nos conocemos. Una vez que fui a pescar truchas al Limia y ahí no picaba nada, me puse a dormir debajo de un carballo. Cuando desperté ya era de noche y yo estaba todo cubierto de hojas secas, lo había hecho el lobo, me tapó y llamó *ouveando* por toda la manada. Salí corriendo por el camino y me vinieron todos detrás hasta la puerta de casa, me salvé por poco.

No sé cómo lo hizo mi hermano, quince años tenía en el cincuenta y dos, que bajó arrastrando un lobo muerto por ese mismo camino por el que vino la *neniña*. Subimos el despojo a una carretilla y nos fuimos puerta a puerta pidiendo dinero, matamos al lobo, y así juntamos para ir al fútbol en Coruña. Aún luego, cuando el bicho ya empezaba a *cheirar*, se lo vendimos a unos chavales de Bande por medio duro. Sacábamos provecho; ahora, reírme del lobo, eso ya no. Porque dicen que de noche sus ojos relumbran como brasas, que se encienden y se apagan. Que si lo encuentras en el monte, debes gritarle *Atallai!* Dicen que es venenoso, que lobea la *facenda*, las ovejas que me mordió no quise saber nada de ellas. Dicen y más que dirán, pero un animal que ha vivido esas cacerías, que ha pasado el *foxo*, eso merece un respeto. Aunque ahora nada de respeto haya, que algunos hay que dicen, ¿queréis lobo? Fuego al monte.

»Lo que tardó la ambulancia, eso sí que mete *medo* y no el lobo. Esta chica debe de venir desde allá arriba, del *foxo*, que es lo más alto que hay. Lo que no sé es qué hacía allí y qué le ha pasado, y si todas las heridas se las ha hecho ella al bajar arrastrándose por el pedregal en la noche tan cerrada o si tiene alguna cosa más, que algo tiene. ¿O vendrá desde Portugal?

Mariña fue regresando a la conciencia muy despacio. Primero a tirones violentos que la arrojaban a ese sofá en una casa desconocida, cada fogonazo de realidad era un choque aterrador, ella tumbada, un puñado de personas —¿quiénes son?— alrededor. Allí permanecía indefensa durante una eternidad, temblando, sin que su cuerpo respondiese, ni siquiera podía llenar los pulmones: sobre el pecho se le cargaba el peso de un saco de patatas. Hasta que algo se la llevaba a empellones de nuevo fuera del espacio firme y la arrojaba en medio de un baile de flores rojas que se abrían y soltaban estambres que reptaban y al reptar eran culebras que se enroscaban y al enroscarse eran remolinos que se envolvían y al envolverse eran de nuevo flores rojas que se abrían, estallando contra sus ojos, disparadas desde algún lugar dentro de su cerebro. Le daba tanto miedo quedarse allí para siempre.

Horas más tarde, el haloperidol la arrancó de esa membrana pegajosa de pánico y alucinación. Estaba en una cama del Hospital Universitario de Ourense. Antes de que llegase su madre, tuvo un momento para pensar en lo que le había pasado. Y lo que halló fue un vacío.

¿Dónde me encontraron?

¿Quién me ha traído aquí?

¿Qué me ha pasado?

Nadie le decía nada. Y ella tampoco tenía nada que decirse.

Al llamar por su último recuerdo, pensó en hace muchísimo tiempo, ella en el almacén de la tienda observando un telón que se abría al ponerse la máscara. Ella embalando un paquete en dos toallas viejas, ella subiendo al quad con la mochila, ella pensando: «Con que me dé mil euros se la vendo». Y ya no se acordaba de más.

Eso sucedió hace sólo cuatro días, le dijeron. Y que no había indicios de agresión sexual ni de violencia, pero sí niveles muy elevados de alcohol y psilocibina en sangre y en orina. Midriasis. Taquicardia. Hiperreflexia. Hipotermia. Esguince de segundo grado en ambos tobillos y muñeca derecha. Numerosas abrasiones, hematomas y arañazos en brazos y piernas, con extracción de abundantes espinas vegetales. Laceraciones profundas en rodillas y codos con intrusión de grava.

—Todo coincidente con la posibilidad de haber consumido una gran cantidad de alcohol y setas alucinógenas y arrastrarse por un camino de piedras y zarzas en la noche. Un muy mal viaje —le explicó una doctora muy joven, parecía de su misma edad, ¿seguro que era doctora?

—¿Y mi ropa? ¿Y mi teléfono? ¿Y mi mochila?

«¿Y la máscara?».

—No llevabas nada cuando te encontraron.

—¿Me la han robado?

—No se le pueden hacer estas cosas al cuerpo, Mariña. Con lo joven que eres.

—Tengo heridas por todas partes. Me han drogado, me han llevado a la montaña y me han abandonado allí. ¡Casi me matan!

Las enfermeras la miran lanzando rayos que la escanean, la juzgan, irradian un veredicto: exagerada. Nadie te ha hecho daño, te has pasado, te lo has hecho tú misma. Claro, como una vez le pusieron las inyecciones de la borrachera. Como una vez se le infectó tan mal aquella quemadura de mechero porque no paraba de arrancarse la postilla. Como una vez se cortó un poco la barriga, ya no es de fiar. Ya nadie le cree.

—¿Mamá?

—Mariniña, descansa.

—¿Me vas a hacer esto otra vez, mamá? ¿No me vas a ayudar, como en el instituto?

—Cuando estés mejor, vamos a poner la denuncia. Te lo prometo.
—Esa cara horrorizada de su madre, la decepción, el sonido de las palabras que nunca dice: cómo se te ocurre, cómo puedes dar más problemas, Mariña, yo sola luchando con vosotras dos. Niñas estúpidas. Cerdas y estúpidas.

—Que venga la abuela. Dile que baje y que venga.

7

LOBIOS-OURENSE-MUIÑOS

Un niño muerto antes de nacer, años de desventuras interpretadas como mal de ojo, una nieta de la que nada se sabía. Te dije que la chica era hija de Fontes. Tienes un montón de información truculenta, ¿por qué no la publicas ya? Flora apremiaba a Suso desde el momento en el que salió de la residencia de ancianos de Lobios y se sentó junto a él en un sillón hecho de palés, bajo los árboles desnudos que cubren la terraza del bar Chispas. El viento cálido portaba polvo en el aire, que terminaba depositándose sobre la mahonesa de la ensaladilla, en la cucharilla del café, dentro de los lacrimales. Las pieles tirantes, los tatuajes al aire, los cabellos clareados, los globos de agua abandonados en los recovecos donde se acumulaban los chicles masticados y las hojas secas, porque el ayuntamiento había cortado el fluir de la fuente pública, conformaban el paisaje insólito de un pueblo de montaña que se quedó enganchado en el verano, cuando debía estar preparándose para las nevadas. Trozos de conversaciones emergían, saltaban de una mesa a otra componiendo un solo tema hecho de retales: la sequía y lo que vendrá. La sed, el fuego, la ruina. Pero qué bien se está, murmuró alguien. Yo no echo de menos la lluvia, añadió otro. ¿Mañana hacemos churrascada? En octubre, un lujo.

—Nos sigue faltando algo. Para contar la historia que estoy escribiendo necesito confirmar una cosa de la que estoy seguro, pero que no puedo publicar sin evidencias. —Suso hizo una pausa ceremoniosa, mirando hacia las profundidades de su té con hielo, esperando que Flora formule una pregunta que no termina de llegar, y luego prosiguió—: Que en la muerte de esa chica, ¿Belén?, estuvo implicada una mano humana.

—¿No tienes suficiente con el vudú *enxebre*? —Flora quería observar las reacciones que se despertarían entre los vecinos de Calvos de Randín al ver las huellas antiguas de la brujería marcadas en la figura de masa. Las confesiones, los mensajes anónimos, las miradas torcidas. Eso es lo revelador, pensaba—. Las creencias sobrenaturales florecen en las sombras, alimentadas por los rumores. Sólo emergen en momentos de enorme tensión. Cuando una comunidad cree estar en peligro, es cuando busca la explicación de la brujería. Publícalo, y entenderás cuáles son los miedos que esconden tus vecinos.

—El vudú *enxebre* es un concepto fetén. Se va a convertir en leyenda, pero descontextualizado no me sirve. Piénsalo, solamente es un muñeco asqueroso que me entregó un tipo marginal, no tengo evidencias de nada más. No sé si realmente apareció *canda a nena*, como dijo Mingo, o si fue él quien lo puso ahí. Ojalá pudiera encontrarlo y hacerle unas preguntas.

—Eres Susiño *Rockstar*. Seguro que tienes alguna forma de sonsacar a quienes están investigando todo esto.

Suso se concentró en las hojas de té, que formaban un grumo intrincado dentro del filtro. Sabía que un halago así debía devolverse con una buena idea.

—Tú fuiste a la Guardia Civil a hablarles de la chica, ¿quién te atendió? —preguntó.

—Un señor mayor, el jefe, no recuerdo el nombre.

—Ruperto.

—Quizás ni me lo dijo.

—Autoritario, desdeñoso. Feo como una patata del año pasado.

—Ese. Ruperto.

—¿Había alguien más?

—No.

—Maravilloso.

Y entonces Suso —servilleta de papel, boli, manchas de té, azúcar y tinta— armó el plan.

—Te conté que tengo una amiga en el Seprona —dijo—. Se llama Sara, es un *amoriño*. Menos las cosas de su trabajo, me lo cuenta todo. De ligues y de amores es un derroche, la chica. Ya la verás. Ayer fui a Verín para preguntarle unos detalles sobre el buey Atila, si ya lo han sacrificado, qué veterinario lo trató. Como siempre, no me dijo ni mu. Estamos en el coche y la llaman por teléfono. Y contesta y se pone toda roja. Del otro lado, una mujer hablaba muy alto, muy rápido, pero de bien. Vale, en el Parlour, dice Sara. Vale, a las dos. Y cuando cuelga pone una cara de lechuguina derretida que no sabe dónde meterla y le pregunto: «¿Quedaste con quien creo que quedaste?». Y ella: «Es un secreto, pero vamos a comer juntas el domingo». Así que mañana es el día, yo voy a exprimir a un *lerchán* que he encontrado rastreando las redes y tú vas a ir al Parlour, porque la chica que acompaña a Sara nos interesa mucho. Sólo necesito que estés allí, que te sientes en la terraza y que escuches, sobre todo que escuches.

Eso fue ayer, y hoy Flora se sienta en una vermutería gastrobar de esas monísimas, todas idénticas en cualquier lugar del mundo, que hace chaflán en una calle tranquila y poco transitada rozando la almendra del centro de Ourense. La mesa que Suso le ha reservado es una de las únicas dos que hay en la terraza pequeña, llena de plantas y lamparitas de mimbre, pídete el poké de langostinos, le había sugerido, y Flora le gruñó, pero al llegar y ver el *lettering* enrevesado del menú dibujando la palabra «entrecot» se le calma el bandullo y se le asusta la cartera. *Na casa do pobre todo son pingueiras.*

—Apaga el teléfono, que yo lo vea.
 —No te preocupes, que es *off the record*.
 —Ni *off the record* ni la raña de Ana Manana. Apágalo ya.
 Suso se encuentra con el veterinario de Baltar en un banco del *miradoiro* de Requiás, que se asoma entre las rocas hacia el embalse de Salas. Es un lugar idóneo para un encuentro confidencial: los primeros meses de sequía los vecinos subían, hacían fotos panorámicas, llevaban a los turistas a contemplar el paisaje insólito del pantano bajando de nivel cada día, una rareza nunca vista. Ahora que la imagen del *encoro* seco ya no es una novedad, se ha convertido en el testimonio de un futuro sombrío y en algo que echarse en cara, tú, que llenaste la piscina diecisiete veces en verano; tú, que regabas el jardín todos los días, aunque estaba prohibido. Nunca hubiesen creído que algo tan inmenso pudiese agotarse. Ya nadie sube al mirador, a quién le gustaría dar un paseo entre los restos sucios de las vacaciones pasadas.

El autor de aquellos comentarios tan reveladores sobre la carne morena de Atila que Suso ha detectado en el grupo de Facebook «Veciños e Amigos da Limia» resulta ser un tipo de unos sesenta años, curtido en todas las cosas raras que puede haber visto alguien que se ha recorrido los establos de la zona durante más de tres décadas. Un hombre locuaz que sonríe con retranca, pero los labios le temblequean.

—Como me grabes, te denuncio. Te voy a grabar yo a ti para tener una prueba. Hola, soy Fernando Couselo, y no doy permiso para que me graben. Cómo sois de carroñeros los periodistas. Ya me dirás qué interés tiene esto.

—Que una persona mate a un buey no es noticia. Que un buey mate a una persona ya le da un giro excitante a la historia —responde Suso.

En la mesa de al lado, dos chicas de veintivarios beben vino blanco y despachan unos baos vegetales muy despacio, como sin quererlos, como hacen las orugas, dando mordisquitos imperceptibles en la empanadilla. Una va pescando el relleno a ratos con el tenedor: una hoja de rúcula, cinco minutos rumiando. Cuando terminan, el plato parece más lleno que recién servido. La comida no es lo importante.

¿Qué películas te gustan?, pregunta la morena, atlética, bellos rasgos precolombinos, acento de Mugueimes para arriba, pendientes de perlitas —te llamaré Perly, decide Flora— y una camiseta amarilla de tirantes finos que destaca dos de sus puntos fuertes: el hermoso bronceado natural y un buen par de brazos torneados y fibrosos. Marvel, Disney, cosas de fantasía, responde la otra, la de la foto que le enseñó Suso, pelo mechado, vapeador en boca, gafitas de metal violeta y tatuaje de pajaritos en el brazo, grandes aros en las orejas. Flora sabe que se llama Sara, pero ahora serás Hula-Hops. A mí me gustan las raras, dice Perly, las de culto. Esa media sonrisa que por un momento parpadea en sus labios parece querer decir: igual que las chicas.

La camarera llega para recoger la comanda, y Flora inicia el punto dos del plan: se dirige a ella en su inglés de hija de inmigrante, un perfecto *london slang*, de calle, mestizo, de colegio público de barrio obrero. Despacio, a buena voz de vendedor de lonja y haciendo que se note que es extranjera: necesita que le expliquen cada punto de la carta. El objetivo es que las chicas de la otra mesa crean que no entiendes nada de español, le había indicado Suso. ¿Para qué? Si hablas con ellas, móntate una historia de guiri. ¿Pero para qué? Ya lo verás, dijo el muy traidor, descompuesto, villano, infacundo, deslenguado, atrevido, desdichado, maldiciente, canalla, rústico, patán, malmirado, bellaco, socarrón, mentecato y paramecio.

—Tienes pinta de leer mucho, no sé por qué —supone Perly.

—Me encanta la novela negra —confirma Hula-Hops—. Todo lo que tenga que ver con crímenes, cuanto más sangrientos, mejor. Me gusta ver el interior del cuerpo humano, y con eso me refiero a las tripas. Estoy cocinando, y de fondo pongo un documental sobre asesinos en serie. Antes de dormir siempre veo vídeos de autopsias.

—Hay que tener valor para revelar ese tipo de secretos en público. —Perly mira alrededor con gestos exagerados, riéndose.

—Aquí sólo estamos tú y yo. ¿Te atreves a confesar tus hábitos más perturbadores?

Flora se da cuenta de que está presenciando una primera cita.

—Yo te cuento lo que vi. Y te lo cuento porque, para mí, esa carne no se debería vender, pero cuando hay un negocio por medio, ya se sabe. Más no sé, porque ya llegué con todo el lío empezado. A mí me llamaron porque no controlaban al buey y no se atrevían a entrar. Los del Seprona andaban a los fuegos, que estaba ardiendo todo para Oímbra, que casi les pega a los campos de pimiento. Llegué a la casa aquella y había cuatro picoletos. Hasta tenían las pistolas fuera, Suso. También te digo que no me extraña. Una cosa como esa no la he visto yo en mi vida, y le he visto hasta los calzones al papa. ¿Tú sabes algo de bueyes, chico? Qué vas a saber. Se ve que eres de ciudad. Yo también, eh, yo soy de Vigo. Aunque llevo aquí treinta años y ya estoy más *acabestrado* que un monte de bosta. Pues llego a esa casa allá arriba y veo al bicho desbocado. Un mamotreto como una ballena, una cosa muy peligrosa. Se daba golpes contra la pared del establo. Cogía impulso y bumba, estrellaba el morro, todo lleno de sangre. Tres golpes, tres golpes, tres golpes. Te juro que era como si los estuviese contando. Como si llevase el ritmo. Paraba y empezaba otra vez, pum, pum, pum, cabeza al muro. Un ojo ya lo tenía *esmagado*, fuera de la cuenca. Yo nunca vi a un animal así, como si quisiera matarse. Es inexplicable. Oye, a esta perra la tienes que poner a dieta, que mira la panza que está sacando.

Como si lo estuviese escuchando Rohan estira las patas bajo la mesa del mirador y abre la boca en un bostezo largo. Se despereza, acerca el morro caliente a la cara del veterinario y de un lametón le friega todos los ácaros y los prejuicios contra las perras de bandullo incipiente. Debe de pensar que el rostro picado del veterinario Fernando Couselo es un grumo de lata de buey con zanahorias, esa delicia que Suso tiene pensado restringirle desde este mismo momento.

—Confesemos —propone Perly. Está avivando un acercamiento, un entorno de confianza—. Yo soy muy catastrofista, todo el tiempo me imagino que suceden cosas terribles, pero no las digo porque me da miedo que se cumplan. Al llegar a un lugar, lo primero que hago es pensar en un plan de escape. Ni siquiera me doy cuenta y de repente estoy comprobando dónde están los extintores y la fecha de su última revisión.
—¿Seguro?
—Detrás de ti, a la derecha, 21 de marzo.
Hula-Hops muestra su risa de encía roja, haciendo revolotear los pajaritos de su tatuaje, nerviosos.
—Eso encaja conmigo —dice—, suelo imaginarme qué haría en una invasión zombi o un ataque extraterrestre. Le dedico más tiempo a eso que a pensar en los incendios forestales, ¿te lo puedes creer? No se lo cuento a nadie porque las veces que lo he hecho se me han quedado mirando con cara de *whathefuck*.
—Yo sé cuál es mi calcetín derecho y cuál mi calcetín izquierdo, y si me los pongo mal y no me doy cuenta en el momento, tengo una extraña sensación de ahogo durante el resto del día.
—No puedo estar sin esmalte para uñas en las manos y los pies. Siento que me va a pasar algo grave si no me las pinto.
—A veces bebo chupitos de salsa de soja.
—Las empanadillas y las croquetas tengo que comerlas de pie.
—¿Por eso sufriste tanto con esos baos sentados?
Las carcajadas de ambas se mezclan y se enredan, no quieren soltarse.
—El olor a gasolina me da hambre —continúa Hula-Hops.
—Cuando lloro, me miro en el espejo y pienso: «Qué bien me queda esto».
—Me encanta agarrar las orejas frías. Tienen que ser carnositas y grandes, es tanto el placer que se me hace la boca agua. Si tuviera que

comerme alguna parte del cuerpo humano, sin duda serían las orejas, con sal y pimentón.

Perly se toca la oreja para comprobar si será lo suficientemente jugosa para esa boca gamberra. Lo ha hecho sin darse cuenta, y cuando Hula-Hops la mira, aparta la mano rápidamente y se mete un trozo de pan en la boca.

Son las dos cuarenta y cuatro de la tarde, y el paso tres va a empezar en cualquier momento.

—Le puse el dardo desde afuera, con la cerbatana. Los dardos, porque le lancé tres. ¡Tres dardos! Una vez le eché uno a un toro bravo. Un bicho de quinientos kilos que se había escapado del matadero y salió pitando por la carretera general. Le acercamos una vaca, a ver si se calmaba, y nada, pues venga dardo. Que te reirás, pero tengo una colega en Canarias que le disparó uno a un cuidador del Tropipark porque lo confundió con un gorila. Le tuvo que pinchar el antídoto, imagínate, un dardo con dosis para un bicho de doscientos kilos. Luego al pobre hombre ya le quedó para siempre el mote del monitor monito. Pues tres que le tuve que echar yo al buey, con la cerbatana, *mimá qué medo*, a tres metros. Y ahí dentro todo oscuro, con las linternas echando humo y unos golpes que parecía que *chamaba o demo á porta*. El olor a sangre y las paredes chorreando. Ese animal se estaba matando, Suso. Yo no entiendo cómo los del restaurante están tan empeñados con esa carne. Pondrán a cien euros el kilo de chuletón, pero en cuanto publiques lo que te estoy diciendo, eso no se lo come nadie. Y por eso te lo cuento, porque, ¿qué le pasaba a Atila? Yo no puedo decirte si estaba drogado, enfermo o maniacoloco, pero sí te digo que no es un alimento seguro.

—¿De verdad crees que esa carne va a llegar al consumidor?

—Fíate y no corras. Pepe Churrascos manda mucho y es más listo que un *allo*. Gracias a todo este cristo, lo comprará barato y ya luego a decir que es otro bicho y los billetes al bolsillo.

Couselo hablaba con un paladeo de satisfacción, y Suso cree ver algún odio secreto entre el veterinario y el dueño del asador. Piensa que quizás no ha descubierto nada, que le han puesto un anzuelo, que es él quien ha picado y ahora forma parte de un boicot. Tendrá que sacar algún provecho de esa situación.

Mira de reojo su reloj deportivo. Se le va a pasar la hora y todavía no ha formulado la pregunta más importante
—¿Pudiste ver a la chica?

Ya son las tres. Hace quince minutos que Suso debería haber emitido la señal de inicio del paso tercero de su plan, del que depende el encaje de toda la maquinaria. Y no sólo no la ha lanzado, sino que Flora ni siquiera sabe exactamente en qué consiste ese plan. Habría preferido que Suso lo compartiese con ella y tragarse una cápsula de cianuro si la capturan, pero lo único que le ha dicho es que a las dos cuarenta y cinco en punto sonaría un teléfono en la mesa de al lado, y que a partir de ese momento tendría que poner toda su atención en las acciones y palabras de esas dos chicas.

Para más inconvenientes, ahí la conversación está decayendo. Tras aquel momento brillante de confianza ha llegado el alejamiento. Algo se ha roto, quizás fue cuando una de ellas confesó que no podía evitar imaginarse la muerte de sus seres queridos. O cuando la otra expresó su gusto por oler la boca de los perros. O cuando una admitió que recogía, etiquetaba y conservaba los pelos que cada uno de los arrestados se dejaban inadvertidamente en el calabozo, que con esto ahora no se puede hacer nada, que soy muy consciente de que no es reglamentario, pero quién sabe si el día de mañana. Hula-Hops, que tan emocionada estaba, que hasta entonces se había sentado muy al borde de la silla, con los codos apoyados y la cara rebasando la línea imaginaria del ecuador de la mesa, las dos copas tocándose las barrigas, está retraída y su mirada comienza a desviarse hacia el móvil.
—¿Sabes que los cacahuetes crecen bajo tierra?
Por los pendientes de la madre ostra, Perly, cállate, mete la cabeza en un cubo de hielo y ofrécele tus orejitas ya.

* * *

—El Atila se daba golpes, y cuando paraba se ponía a lamer un bulto en el suelo. Entro, me acerco un poco para ver qué es, parece una masa de carne pisoteada, ahí esparcida, pegada a las pezuñas, pegada a la paja, pegada por todas partes. Yo ni sabía lo que era eso. Quizás un ternero. Y le pregunto a los agentes y me dicen: «Duerme al bicho». Estaba muy oscuro, y yo no podía, no podía sin saber qué era eso, ellos tampoco se acercaban, que estaban muertos de miedo. Y un calor ahí dentro, un vapor, un olor a la matanza, y pongo el maletín en el suelo, les pido la linterna para poder cargar la cerbatana y maldita la hora en la que se me ocurrió echar la luz encima, alumbré el bulto y ya le vi la cara a la mujer, una cara rota, mezclada con toda la mierda del animal, la sangre y la paja. El Atila debía llevar horas lamiendo aquel cuerpo, estaba despellejado. Esto que te digo, sentido no tiene, pero ese buey tuvo que hacerlo deliberadamente. Arrinconar a la chica en una esquina de la cuadra, cornearla, tirarla al suelo, pisotearla. Hasta morderla te diría. *Mallou nela coma en centeo verde.*

—¿Qué crees que pudo haber pasado?

—*Eu que carallo sei. Quen co demo traballa, os bois se lle desmandan.*

Hula-Hops estira el cuello hacia la sala del Parlour. Es evidente que su mirada busca el momento de pedir la cuenta. «Una oportunidad como esta no la vamos a volver a tener», había dicho Suso, y la tonta de Perly se queda sin conversación y lo arruina todo. Porque, si estas dos se marchan ahora, no habrá paso tres, el punto más importante y también meollo de todo el plan. Así que cuando ve que la camarera se pone al alcance de la vista de Sara, Flora intenta una medida desesperada: se abalanza sobre la mesa de las chicas con una sonrisa que pretende ser entusiasta, pero resulta perturbadora, y lanza una carta, el arcano definitivo: la extranjera pelmaza.

—*Hiya, girls! Can I ask you something? Could you please take a picture of me?*

Of course, where are you from? Too much hot for walking today. No, if you go to the Burgas you are gonna get achicharrated. Is better you go to the viños street. Or take the train to Sacred Ribery. Yes, the Ribery, from the river. I am Lorena, She is Sara. And you? Any recommendation you need, we enchanted to give you.

Flora maneja el spanglish, el castrapo, el portuñol, pero esa mezcla infame es nueva para ella. Ha llegado el momento de lanzar su ofensiva:

—*Can I get you a drink?* —pregunta.

Non, muller, no hace falta. *Ok, ok. Let's have a chupito. Chu-pi-to. Licor café is the more typical of all. More typical or typicalest?* Graciñas,

¿me entiendes? *Thank you. But you drink too, venga, chupito. Camone, girone, the troops are on fire, a day is a day. No, cheers no. Here we say: health, strength in the arse, milk in the tits and lots of pesits. Pesits, money, money. Now in galego!* Salú, forza no cu, leite nas tetas e moitas pesetas. Moito mellor!

Y entonces suena, reiterado, el teclado de arranque de una canción de Battiato en el teléfono de Perly.

Flora se despide con una sonrisa, regresa a su mesa, enciende la grabadora del móvil y se envuelve en su disfraz de peregrina madura que no sabe una palabra de español, que escribe sus vivencias a estilográfica en una Moleskine y mira en lontananza abstraída, complacida, copa en mano, *searching for sugar man*.

Perly responde a la llamada con un tono de curiosidad extrañada, quizás el número no esté en su agenda. Habla en un susurro seco, breve. No se le entiende una palabra salvo *vengadiós*, en muy mal tono. Y cuelga. Pues sí que le ha salido bien el plan a este.

—Ya está la mona del Ruperto metiéndome en mierdas —dice.

—Tipo asqueroso. Si una babosa fuese parasitada por cien garrapatas sarnosas, si una rata con las encías carcomidas se tragase esta babosa y la regurgitase aún viva, preferiría comerme a esa babosa que volver a verle la cara al Ruperto. Lo siento por ti, pero qué bien se vive desde que lo largaron de Verín. ¿Qué quería? ¿No tienes día libre?

—Si no era él. Era Veloso, el periodista.

—Ay, Suso es un *amoriño*.

—Bueno. Ya. Que le dijo Ruperto que me llamase a mí para una entrevista sobre el caso del buey. En mi día libre, y sabiendo que no se puede contar nada.

—Algo me contó Suso sobre ese tema. Está muy pesado. Menos mal que me mandaron a los fuegos y no me tocó ir a controlar al bicho. La verdad, no entiendo qué tiene de interesante para los medios.

—Tener, tiene. —Ahora Perly, que siempre habla muy alto y muy rápido, moldea su voz con un ritmo pausado, interesante. Está a punto de lanzar sus hechizos más poderosos. Esta vez no se le escapa—. Te voy a contar una cosa. Que no salga de aquí.

Y entonces empieza el espectáculo. Perly larga, raja, acusa y, sobre todo, suelta datos. A buena voz, que total la guiri esta de al lado no se entera de nada. Flora hunde la cabeza en la libreta: está segura de que esas cosas que está escuchando pintan monstruos evidentes en su cara. Enseguida saca varias conclusiones de todo lo que oye. La primera, que tiene que aprender a insultar como esas mozas encantadoras.

8

Ourense

—Anoche le llamamos muchísimas veces. Tuvo dos síncopes y su número es el único que figura. Como siga así, la sangre se le llena de toxinas. Se muere.

—O sea, ¿que la va a palmar por no mear? —Era el mediodía del domingo cuando por fin Ventu cogió el teléfono. Le hablaban desde el CHUO.

—Le hemos puesto una sonda, después un catéter, y no le ha salido nada en diecisiete horas que lleva ingresado. Está vacío, no produce orina. La sangre le entra en los riñones llena de desechos y sale tal cual. Es esa sangre lo que le está matando.

—¿Le fallan los dos riñones, de pronto y al mismo tiempo? —A esas horas, en cama y medio dormido, Ventu no encontró la forma de admitir lo que estaba oyendo.

—Daño no tiene. Las nefronas están intactas. Los riñones, perfectos. Pero no quieren filtrar. Le estamos poniendo suero y tampoco lo elimina.

—¿Cómo que «no quieren filtrar»?

En el tono de la doctora percibió la incredulidad.

—Eso dice él. Dice que no le da la gana.

—Si no me devuelves, me mato —le dice Armindo cuando le permiten entrar en la habitación. Su aspecto es el de un mono disecado en los años treinta del milenio pasado. Al verlo, Ventu no puede contener la inundación de Socorrito: la niña entra agitando los puntales que él había hincado para sostener un entramado sólido por encima del sótano de su mente, donde alguien quema plástico y alambre. Tiene que sentarse al borde de la cama del Ermitaño.

El cura anciano de Carzoá, doscientos años tendría, le reveló hace muchos años un secreto que conservaba con espanto y vergüenza, de una nena, «*Muy subnormaliña, muy raquitiquísima* —le dijo—. *Téñena ghardadiña, a pobre*». Escuchó la revelación horrorizado, por favor

Senén, *aí non revolvas*, a ver si va a ser peor. Me cago en el *carallo* de Atás, tú no hagas nada, Poncio Pilatos, le escupió Ventu. Y se fue dejando al párroco en las últimas y una sentencia sobre su mesa: por estas cosas hasta los santos pierden el cielo. Entonces no comprendía, ¿cómo pudo callarse eso? Ahora no le culpa.

Cuando el cura habló, otras bocas se abrieron. Le hablaron de Socorro, la *meniña galiña*. Una cría encerrada en un corral, los pollos le habían enseñado lo poco que sabía, como ellos se movía, miraba y se comportaba. Hasta su rostro habían modelado con su insistencia de ave estúpida: la cabeza muy pequeña, los ojos de una sola idea dura y fija asomados a unos párpados de ribete rojo, los labios y los dientes proyectados como el pico de un ave tarada para *peteirar* los granos de *millo* que le tiraban al suelo, entre la mierda verde y la paja. Deforme y desnutrida. Ventu no lo creía, no podía creerlo, igual que no creía en las brujas que al anochecer ponían el pie derecho en la huella de un animal para tomar su forma, igual que no creía en el *lobo da xente*, y un día se lo encontró limosneando en la feira de Chaves, un tal Xosé Pires de hocico repugnante que se arrastraba por el suelo y que le contó, diez euros mediante, que se transformaba en bestia a causa de la maldición que le había echado su padre veinte años atrás, por no haberle querido prestar dinero para comprar tabaco. Si veía los muslos de un niño, los dientes se le curvaban y la lengua se le encrespaba, sedienta de sangre. Ventu no podía creer en la *meniña galiña*, pero empezó a soñar con ella en el corral cruzándose con un gallo, los espolones clavados en las corvas, hablando en un idioma que sólo ellos entendían.

Esa gente vivía más allá da Xironda, más arriba, ya casi con un pie en Vilar de Perdices, en un lugar que la gente llamaba *Onde Morreu Sansón*, sin que apareciese en ningún mapa, censo o documento. Lo que le costó encontrar la casa, plantada entre los *coios*, que allí ni llegaba la carretera, nada más que un camino de barro medio borrado, bordeado por muros de nieve sucia, entonces aún nevaba en Cualedro.

—Aquí no hay nena ninguna. La *filla* me murió al nacer —le dijo la mujer a través de la entrepuerta, asomando su mano de dos dedos.

—¿Y luego dónde tienes las gallinas?

—Andarán en el buche de algún gordo, que hace años ya que las vendí.

—Y por qué hay un candado en el *cortello*.

—Me anda rabiosa la mula.

—Ábremelo.
—No abro, no, que te *escoña*.
—Dónde te van los dedos que te faltan.
—Me los llevó una cabra.
—No sería el marido con el sacho.
—No fue, no.

Ventu no insistió. Se fue a su piso alquilado frente al ayuntamiento de Cualedro, revolvió en la caja de zapatos donde guardaba las herramientas y se sentó en la cama con la radio encendida cuatro horas que duraron lo que dura un mes de enero en Manzaneda. Ni siquiera cenó. A las once se vistió con las prendas Damart Thermolactyl que le había enviado la tía de Alemania esas Navidades, pantalón y camiseta interior, frío, yo, nunca, compuso su mochila y se montó en la motocicleta. Llegó a la montaña tieso, con el líquido articular congelado rompiéndose en cristales de hielo al intentar andar. El despertar del yeti, pensó, sólo para reírse un poco y agitar sus átomos. Así entró en calor.

Se acercó al ventanuco de la cuadra, una rendija vertical. Desde dentro salían corrientes de aire desgastado y cálido, y creyó oír el ronquido de una bestia en reposo, pero quizás no era más que el viento. Sacó la cizalla de la mochila. Ventu no era fuerte ni habilidoso, pero sí tenaz, le parecía que algo latía en el corazón del *cortello*, algo pequeño y blando que al expandirse y contraerse hacía palpitar las paredes, una llamada desde un pliegue profundo de la carne. El óxido hizo parte del trabajo, los dientes de la herramienta se entrechocaron, un eslabón de la cadena se abrió y las pulsaciones se aceleraron.

No, allí no había gallinas. Y tampoco había ninguna niña.

La cuadra estaba llena de ramas secas de *toxo*. Para qué. En el monte, las cabras y los caballos salvajes se alimentaban de los brotes tiernos. En casa de Ventu a veces se apañaba la *chorima* para hacer infusiones, con el *toxo* hay quien fabrica licores. Había visto camas de *toxo* para las vacas en muchos *cortellos*, pero se componían con las ramas jóvenes, cuyas espinas blandas no tenían la facultad de hacer daño. Mezcladas con la mierda del ganado, formaban *estrume* para abonar los campos. Para qué usarían esos matojos pasados, de agujas largas y duras. En el suelo, un polvo blanco cristalizaba la luz de su linterna. Al agacharse para tocarlo, su mirada encontró el cajón al fondo, oculto entre las ramas como una cabaña maligna en la profundidad del bosque. Le pareció una artesa, o un arcón para salar la matanza.

Claro, el polvo era sal, pero allí no había cerdo ninguno, ni mula rabiosa, ni gallinas. Una sola vaca tuvieran hasta que un día se comió un saco de harina entero y le estalló la panza.

Ya no pudo dejar de verlo. Era el corazón del latido. Brillaba como una candela encendida, en el centro de todo.

«*Téñena ghardadiña, a pobre*».

No. No puede ser.

En su cabeza entraron a fogonazos las escenas imaginadas de todas las celdas domésticas que había recopilado en sus estudios. La boca morada del niño paralítico que vivía con su abuela casi centenaria, apenas sin muebles, alumbrado con un petromán, arrastrándose por el suelo, siempre cerca una damajuana llena de vino con azúcar para que estuviese tranquilo y durmiese todo el día. Las escaras de los dos hermanos que habían pasado tres años atados a los pies de una cama, ahí los tuvieron sus padres para que no se comiesen su propia mierda hasta que se los llevaron los de menores, qué habrá sido de ellos. La espalda de aquel chico que se dedicaba a la venta ambulante y en su ausencia dejaba a su hermana adolescente encerrada en una habitación oscura. Para que no la violasen, decía.

Se abrió paso a golpes de cizalla sobre las ramas espinosas, empujó la tapadera del arcón, una tabla enmohecida, y abrió una peste de sudor, excrementos, leche y pis. Ventu encontró dentro unos ojos oscuros sin miedo ni arrogancia: ojos vacíos, abandonados en una cara absurda en un cuerpo encogido envuelto en un mandilón. La niña era pálida como deben de ser los fetos no nacidos en el vientre de una madre muerta, la cabeza demasiado grande, los dedos tan largos, enroscados. Era una niña cautiva, sí, subnormal que decíamos entonces, pero en nada parecida a un ave de corral.

«*Téñena ghardadiña, a pobre*».

¿Guardadita? Encerrada en la cuadra, dentro del baño de curar los marranos, la tenían. Encerrada como se encierra a las gallinitas pequeñas, que apenas dos pasos pueden dar. En una estancia llena de ramas de *toxo* y cubierta de sal, por si intentaba salir.

Entonces, Ventu no pensaba las cosas. Las hacía en un impulso emocional y después les daba una explicación racional. Se cargó a Socorrito en brazos, suspiro de un espíritu *esfameado*, y se la llevó corriendo en la moto a través de la noche, temiendo que se le disipase en el aire. Que la erosión de la *brétema* la desgastase, que se le quedase atrás.

Era imposible llegar al Hospital de Ourense con su vespino. Dejó a Socorrito en una cama blanda en la casa del médico de Cualedro y regresó a casa. Se sentó en el suelo y en las Páginas Blancas buscó algo, una respuesta. No podía dormir. A las ocho de la mañana fue directo a la cabina número doce millones de la Telefónica de España, recién inaugurada en el centro del pueblo, y llamó a información. Después, marcó el número del ayuntamiento de Castellón.

—¿Qué hago? —le preguntó a Romina, compañera de promoción, de las de matrícula de honor.

—Tranquilo, eso pasa en todas partes, Senén. Aquí mismo tuve yo así a una niña subnormal profunda, Carmencita.

—¿Qué dices? ¿En la ciudad?

—La ataban todo el día al tronco de un limonero para que no se diese golpes, la casa llena de grietas de los cabezazos que se pegaba. Dentro no aguantaba. Fuera se comía todo lo que tuviese cerca, desde cigarras a piedras. Pero al menos ahí no se hacía daño. Informa, que aquí la Diputación se ocupó de todo.

—Sería la primera vez.

—Pues aquí construyeron un cercadito en la finca para que la tengan dentro, así ya no hay que amarrarla.

Ventu resopló con tanta viveza que al otro lado del teléfono llegó su aliento de incredulidad, fastidio y asco, y removió el pelo suave de Romina.

—Ella no siente nada, Senén, lo pasábamos peor los que la veíamos ahí atada.

—Romina, no me jodas.

—Hasta que abran el centro para subnormales profundos no hay otra. Y a ver, porque sus padres tampoco quieren darla. La tratan con mucho cariño. Si el problema se hubiera atajado desde su nacimiento, no se hubiera llegado a esta situación.

—¿Qué pretendes, que le hiciesen tragar una piedra y la echasen al río?

—Notifica, Ventu. Haz lo que tienes que hacer.

Y Ventu hizo lo que tenía que hacer. Redactó un informe, avisó a Menores, siguió todo el proceso, y cuando la niña estuvo internada en el psiquiátrico de Castro de Ribeiras de Lea se pegó la primera juerga en ocho meses. Esa noche vio por primera vez a Marisa, en las fiestas de Calvos de Randín, y en agradecimiento a Socorro, porque sin ella no la hubiese conocido, empezó a visitarla.

La niña era un pajarito empapado dentro de una caja de cartón. Siempre una esquina, encogida en el suelo o en cuclillas cuando la obligaban a subirse a una silla, cosa que no parecía gustarle nada. Las visitas eran atroces y Ventu aceleraba la despedida. La niña no era tal niña, tenía veintiséis años, pero por la estatura, la presencia y la fortaleza se había quedado pasmada a los doce. Una monja le explicó en su primera visita que Socorrito era ciega, sorda y que de su boca únicamente salían gruñidos de animal. Cuando estaba a gusto se quedaba en silencio, bamboleándose de un lado a otro. Es el fracaso de la biología y de la sociedad, vacía de instinto y de deseos, más allá de tragar la papilla aguada que era su único alimento, pues no era capaz de masticar nada sólido, disfagia tenía, qué susto el primer día cuando le di un *donos*, le dijo la monja, se lo tuve que sacar de la garganta con los dedos que se me ahogaba la pobre. Toda la vida la habían alimentado a través de un biberón hecho con una botella de vino y una tetina, leche con agua y un puñado de harina. Es un caso sin solución.

—¿Por qué tiene los dedos vendados?

—Se los come. Yo creo que esta niña no quiere seguir viviendo —le dijo la monja.

—Pues habrá que atarla.

—Así está bien. Aquí no hay nada con lo que pueda matarse. Como no aguante la respiración.

—¿Y los padres?

—Antes veremos limpiando los baños al ministro de Sanidad, que no sé ni quién es.

A finales de los ochenta, lo que era eso, qué diferente sería si hubiese ocurrido ahora, piensa a veces, y enseguida se corrige: la culpa de lo que pasó no fue del sistema. Fue de él, que conociendo cómo era el sistema, institucionalizó a Socorrito.

Pero, en aquel momento, Ventu decidió arrojar su odio a la cara de los progenitores de la niña. Borrachón, asqueroso, desgraciado, le escupió al padre en el *feirón* de Verín.

—Mire, que yo tuve que cerrar a la nena para que no se *mancara*, porque la madre no la cuidaba. Podía por lo menos limpiarle la mierda, perdone la palabra, porque ya se sabe que los pobres no podemos andar muy limpios, pero ni eso hacía esa mala mujer, andaba todo el día por ahí con un *arrimadallo* que se echó. Cómo quiere usted que yo tuviese a la niña fuera, si estaba sucia como un *cocho*, qué iba a pensar la gente. Cómo quiere que ahora vaya yo a verla si no tengo ni dos mil o tres mil pesetas que darles a los médicos para que me la cuiden. Si quería que yo la viese, no se la hubiese llevado, hombre.

Coira, pendanga, infeliz, le ladró a la madre en la romería de San Antón.

—Mire, que yo, *pobriña* de mí, cuidé a mi hija mientras pude y con lo poco que tenía. Si la dejaba sola y cerrada, era porque mi marido me obligaba a salir todo el día a trabajar en el campo, y en casa ella solita podía tirarse por la escalera, o por la ventana. Ya le dije que no la llevara allá. Lo que tiene no es cosa de médicos. Si aún me la llevaran al Corpiño, pero qué van a hacer de ella en el manicomio, yo allí no puedo ir, ese sitio me da miedo.

A los tres meses la niña se mató. Lo cual era imposible, pero las cosas imposibles pasan todos los días.

Lo hizo una noche en su celda, después de un día tranquilo en el que por primera vez probó el batido de chocolate. En la oscuridad consiguió arrancarse los ojos, se los tragó y se asfixió con ellos. En el manicomio lo llamaron accidente, pero qué tiene de accidental un acto tan deliberado. Esa pobre mujer que de nada era consciente, según sus cuidadores, había sido capaz de desear, planificar y cometer un suicidio así de elaborado. Eso me dejó hundido. Eso sí que me dio la vuelta a todo. Eso que Socorro no había hecho en años encerrada en una cuadra lo hizo donde yo la mandé. Esa muerta la llevo yo encima siempre. A esa nena la maté yo.

—Si no me devuelves, me mato —repite Armindo.

—¿Te lo estás haciendo tú, puedes hacer eso? ¿Por qué no te paras el corazón y acabas antes?

—Para que te dé tiempo.

—Armindo, voy a llevarte de vuelta, pero antes tienes que ponerte bien. Que te quedan horas de vida, dime qué has tomado.

Armindo señala la orilla izquierda de su cama, de donde cuelgan cables y tubos. Unas gotas de líquido opaco como el té con limón recorren el circuito y entran en la bolsa que debía recoger la orina, hasta entonces vacía.

—Tú devuélveme, Senén, que ya haré yo para durar.

9

Verín

Ese sol raro de octubre no consigue quitarle filo al frío de los huesos de Sinda, ni siquiera ahora, pleno mediodía, en el patio abierto del colegio. La niña saldrá en unos minutos. Corriendo como siempre, gritando, abuelaaaaa, como siempre. A Sinda todavía le sorprende esa energía que tiene su nieta de cinco años, le cuesta su propia energía sostenerla, preservarla, porque en la casa tanto el estúpido de su hijo como la pusilánime de su mujer dirigen toda la fuerza endeble que reúnen entre los dos para aplacar a la niña: no grites, no corras, no mates insectos, no te subas la falda. Hoy va a ser un día largo. Hasta que pasen a recogerla a las ocho de la tarde, Sinda y su nieta tienen seis horas para volver a abrir la cajita que custodian juntas y meter en ella recuerdos y secretos que quedarán bajo llave, son sólo nuestros, cuando crezcas un poquito más los podrás asumir de frente, María.

Anoche llegó un cuerpo a la funeraria. Llegaron varios. El del camionero peludo que se despeñó en Vilariño de Conso. El de Eugenia, la de las golosinas, que montó una *desfeita* al rajarse las venas del muslo con un tenedor afilado, entre un torrente de bolas de caramelo y chicles de fresa ácida. Llegó hasta el de Belén, la *fazada*, medio vacío y todo zurcidito de la sala de autopsias, que ya no vale para nada. Pero uno es el importante. Una de esas chicas yonquis con tipazo, ¿cómo es posible llevar una vida tan asquerosa y tener esa cintura, las largas piernas endurecidas, las tetas tan bien puestas y ni un hoyo de celulitis? La mano con puntos tatuados, la piel de trapo sucio, tostada y marcada. Veintitrés años. Alimentada a base de Yatekomos preparados con el agua caliente del lavabo de una pensión. Heroína, base, todo vuelve, siempre vuelve y ese dolor no sólo es la selección natural: es una oportunidad.

Sinda espera que la niña no tenga mucha hambre, porque se pone insoportable, se enfada y no colabora. Gominolas y frutos secos de la máquina del tanatorio la tendrán contenta un rato, aunque la energía de la contrariedad también le sirve para lo que tienen que hacer, quizás la obligará a aguantar sin comer y después le volará el recuerdo, que ya alguna vez le vino la idiota de la madre con el cuento de que la nena volvió a casa *esfameada*. Aun así, al día siguiente se la volvieron a empaquetar.

Lo de la chica yonqui es un golpe de suerte. Una oportunidad para acelerar el proceso de aprendizaje que no pueden desperdiciar. Y sobre todo, un fuego en el que endurecer el carácter de la niña, galvanizarla por fuera y que la gracia empiece a crecerle dentro. Las primeras Marías vivieron ciento cuarenta y cinco años. Desde entonces, cada generación ha ido perdiendo el fuego original: yo, con setenta y cuatro, ya estoy frente al derrumbe. La mente de Sinda comienza a desmoronarse, qué ocurrirá si nada sucede que haga necesario que viva más, qué ocurrirá si un día se despierta y se ha olvidado de quién es, antes de pasarle a la niña la carga de todo lo que debe aprender, si su nieta, tan pequeña, tuviese que enfrentar al hombre peligroso que acecha en los pantanos. Sinda ni siquiera es capaz de ver por dónde puede aparecer. El cuerpo de la chica yonqui encierra los instrumentos, ojos para encontrarlo, lengua para llamarlo, pero necesita instruir a María antes de perderse en la niebla.

Hace tiempo, podía observar dentro de los pensamientos, a distancia. Podía insuflar ideas en la mente de los hombres, ahora sólo en las cabezas más sencillas, en los animales. En un buey, en un cerdo, quizás ya no en un lobo. Quizás ya sólo en insectos, como las cigarras. Sinda se ve frente al derrumbe, pero sigue trabajando todos los días. No tiene por qué hacerlo, es la propietaria de un negocio próspero desde hace generaciones, pero disfruta asumiendo los casos más desagradables de tanatopraxia, embalsamamiento y tanatoestética. Sus empleados la admiran, es incombustible, es la mejor compañera, la que más se sacrifica.

Suena la sirena y el griterío de los críos le da continuidad a lo largo de toda la explanada del colegio. El ruido trajo a sus brazos el cuerpo abierto de la cría y su cara de hija del fórceps. Te toca una nieta tan fea y qué haces. No me digas que no terminas odiando esa mueca de no enterarse de nada. Que no le gritas a veces sin más motivo que el de su estúpida expresión, que no tienes el arrebato de abofetear esa boca pasmada, querría preguntar a los padres, a las otras abuelas que le sonríen, qué tal *señoramariadosinda*. Aquí está la niña más bonita del mundo, dice, y le deshace esos ridículos chichos que le ponen en la coronilla, como escobas, que le hacen doler la cabeza y no poder concentrarse en lo que tiene que hacer, le revuelve el pelo, así mucho más guapa. ¿Qué aprendiste hoy? La niña apenas le hace caso, qué va a aprender en esta escuela estúpida, ahora quiere despedirse de cada una de sus amigas con dos besos, de dónde habrá sacado esa idea tan cursi.

—¿Y mamá?

—¿Qué día es hoy, María?

La niña mira para arriba, buscando los ojos de la abuela en el retrovisor, ese gesto tan suyo de necesitar ayuda hasta para pensar. No se le da bien concentrarse, en eso es como ella. Lo suyo es hacer.

—¿Jueves?

—Es martes.

—Y los martes voy a tu casa.

—Hoy vamos al sitio especial.

La niña hace un movimiento exagerado, como derrumbándose sobre el asiento cargada de hastío, y resopla, a quién le habrá visto eso, ese ánimo para interpretar un papel tan afectado, porque era imposible que con la caja cerrada se acordase de nada, aunque al acabar se sintiese soñolienta, cansada y famélica. También Sinda se sentía así. No iba a ser un día tranquilo.

—¿Qué hay hoy en el sitio especial?

La verdad, hay algo grandioso, piensa Sinda. La chica yonqui, muerta de mala manera, no tendría velatorio ni funeral. De la caja al fuego, y las cenizas a la estantería de alguna tía lejana. Si es que venían a recogerlas. Así son los entierros de los pobres. En términos de contabilidad son el peor servicio, no dejan apenas ganancia, pero en los términos propios de Sinda, de María Dosinda, de todas ellas, las tres Marías, son el servicio ideal. Las cremaciones siguen suponiendo un tabú en las zonas más rurales. La gente quiere carne, cuerpo presente, descomposición, una imagen íntegra con la que conversar en el cementerio parroquial. La gente quiere esqueleto, y eso complica mucho la tarea de recoger los materiales que ella necesita para las cosas que tiene que hacer. Al procesar ayer a la chica yonqui, antes de refrigerarla, Sinda se fijó en la calidad de sus venas, la pulpa pálida de las encías, las amígdalas intactas. Qué suerte hemos tenido.

—¿Quién sabe? Quizás haya un regalo, cariño. Por cuidar tan bien de nuestra cajita secreta.

Sinda ve en el espejo la expresión de contrariedad de la niña, con el ceño apretado.

—¿Un día me darás la llavecita de plata?
—La llavecita es mía. ¿Qué prometimos?
—Tú guardas la llave y yo guardo la caja.
—Es para que la abramos juntas.
—A veces quiero abrirla antes de dormir. Es que nunca me acuerdo de lo que hay dentro.
—Eso es lo más emocionante. Es una sorpresa. Una aventura.
—¿Y si hay un monstruo?
—No hay un monstruo. ¿Te da miedo?

La niña niega con la cabeza, mentirosa, cómo no va a tener miedo sabiendo que guarda en su cerebro un lugar donde hay cosas que le han ocurrido, y que no las puede conocer. Luego una se acostumbra a eso, las lagunas del alcohol, del trance, del Alzheimer, pero nunca dejan de dar miedo. Sinda a veces se olvida de que ya ha lavado un cadáver, y lo vuelve a hacer. A veces pregunta cuatro veces seguidas a su asistente si tiene alguna reunión esta tarde. Pero recuerda con claridad el duelo por su abuela María Virtudes, que la instruyó y le pasó la carga. Ella, cuchillo de palo, quiso hacerlo todo con sus manos y como se hacía antes: le cerró la boca y los ojos y le ató la cara con un paño blanco. Le lavó la cara y las manos, le puso un punto de cera en el ombligo, para que no respirase por abajo, algodón en los oídos y la nariz, y le tapó el ano con una *estriga* de lino. La cubrió con un lienzo ligero y bajo cabeza le puso un cojín de terciopelo blanco. La velaron en casa toda la noche, una noche de oraciones, anís y partidas de brisca. Ahora, la gente no ve un muerto de verdad en toda la vida, sienten terror si el cadáver no está maquillado como un muñeco de plástico y sujeto detrás de un cristal grueso, ni que fuese a levantarse para arrancarles las tripas. Nadie quiere tocar la cara de la muerte.

Sinda aparca delante del tanatorio de Verín, uno de los cuatro que conforman la cadena funeraria Luz Divina, el más nuevo y grande, con ocho salas de velatorio, capilla, cafetería, floristería, servicio de *catering*, oficina de exposición y venta de ataúdes y urnas. Todos los servicios, salas de tratamientos para lavar, conservar, maquillar, vestir y enferetrar, estancias de refrigeración, flota de vehículos, hornos crematorios. Y lo que lo diferencia de todos los demás tanatorios del mundo: suelos y paredes en tranquilizante mármol de color crema con intrusiones de fósiles marinos del jurásico. Ella misma viajó por media Europa para elegir el material, le parecía una hermosa poesía que el edificio estuviese construido a base de cadáveres a los que la naturaleza había proporcionado el más eficaz tratamiento de conservación, la petrificación. Eterna, indestructible, una transmutación sagrada que ella puede contemplar cada día, un milagro cotidiano dentro de casa.

Sinda saca de la máquina del pasillo una bolsa de corazones de gominola y la abre haciendo emanar el aroma a melocotón del paquete. La niña está dispersa, el azúcar le dará combustible. Si se pusiese a llorar, tendría que darle uno o dos tortazos, como la última vez, con cuidado de no dejarle marca.

—¿Qué pasa, cielo, no te gustan?

—Es que no quiero entrar ahí —dice la niña, plantada delante de la sala de tanatopraxia.

—No vamos a entrar —miente Sinda. Se agacha para mirar a su nieta frente a frente, y en el borde de sus ojos percibe el brillo de la angustia. Le da un abrazo y enseguida se separa, agarrándola por los hombros. Junta sus labios apergaminados, pintados de fucsia, sopla suavemente sobre los ojos de la niña y la caja, que es como llaman a esa cáscara que envuelve los secretos en la parte más antigua de su pequeño cerebro, se abre.

El agua que se ha empleado para lavar un cadáver, esa agua no puede verterse a la red común. Debe desecharse a través de un sistema de conductos específicos, pero Sinda conserva parte del fluido en bidones que guarda bajo llave. Vierte cinco dedos en una cunca de Niñodaguia, susurra unas palabras haciendo la señal de la cruz y con un movimiento de sus ojos ordena a la niña que se lave las manos. Durante el procesado de los cuerpos, los residuos que quedan atrapados en las trampas de grasa deberían ser recolectados y enviados a los hornos crematorios, como ella misma certifica, pero en realidad los preserva, los trata, los prensa y los dispone en ungüentarios, ella y sus compañeras les dan uso.

La chica yonqui ha muerto de un derrame cerebral, no tiene lesiones externas. Vamos a maquillarla, dice Sinda, siempre empiezan como si fuese un juego, un juego breve que pronto da paso a lo importante, para qué gastar esos cosméticos tan caros, casi eternos, si dentro del horno, a mil grados de temperatura, primero se vaporizan los órganos y enseguida la grasa y la carne se transforman en una fina nébula. Son ellas dos, Sinda y su nieta María, las últimas personas que verán ese rostro: nadie echará en falta las cuerdas vocales, los dientes, las uñas, los ojos, los ovarios, el útero, el corazón, la sangre, la lengua.

—Son reliquias invertidas, María. Si las reliquias de los santos son tan milagrosas, que lo son, es porque ellos fueron templos hechos carne. Si tienen virtud contra los maleficios, que la tienen, sirven de tormento a los sucios espíritus y sus cenizas son fuego abrasador, si sus sudarios sanan a los enfermos, que lo hacen, también los restos de quienes albergaron lo más miserable tienen efectos sobre la vida y la muerte. Voy a enseñarte a manejarlos, los cuerpos santos y los perversos. A mí me entregó la carga mi abuela y yo te la entrego a ti, para que cuando yo ya no esté, tú guardes el orden de esta tierra.

Con la caja abierta, la niña es un receptáculo sin emoción, pero aún a veces el latido del miedo, del espanto o del dolor resuena dentro de esa parte remota de su cerebro, incluso una vez consiguió gritar, cuando Sinda la obligó a pulverizar un pedazo de cráneo. Fue una prueba importante, y la niña no la pasó. Ahora se revuelve.

—¿Qué pasa, corazón?

—Va a venir alguien.

Sinda tapó el cadáver de la chica y salieron de la sala. Al cerrar la puerta, marcó el signo de una cruz con el dedo pulgar sobre la frente de María. La niña regresa sin sorpresa, justo donde lo habían dejado. Mete la mano en el bolsillo buscando la bolsa de golosinas. De eso no se olvida nunca. Siempre quiere comer más, hasta que le duele la barriga y se desmorona en el sofá llorando, las imágenes de todos los sándwiches y empanadillas que se ha zampado pasando por detrás de sus ojos cerrados. No tiene otro pecado.

—¿Hay hambre? —le pregunta—. Corre, a ver si cazas unas croquetas en el bar.

La niña corre por el pasillo con esa ansia tan suya, tan de las dos, y da un brinco al cruzarse con Sergio, el administrativo, que viene de las oficinas con una carpeta en la mano.

—*Señoramaríadosinda* —dice—, ¿qué hago con la chica de Randín?

—Sergio, esta chica tiene nombre, ¿verdad? Belén Fontes Ramudo, se llama.

—Pero no hay ninguna instrucción, ¿por qué nos la trajeron?

—Porque vamos a cremarla. Lo antes posible. Resérvale un columbario de los del medio.

—*Mariadosinda*, es que ya lo estuve mirando. Y seguro no tenía. A ver si nos van a dejar el servicio sin pagar.

—¿Qué digo yo siempre, Sergio? «El negocio es sólo el cincuenta por ciento, la parte humana es la otra mitad de este trabajo». Haz lo que te mando, que yo me hago cargo. Es un cariño que quiero tener con esa pobre familia, porque ya ha sufrido tanto.

10

Santiago de Rubiás

La capacidad para sentir vergüenza es un don o una desgracia que Suso perdió capa a capa, guardia a guardia, plantado delante de la casa de las secretísimas amantes de, vigilando las salidas nocturnas de los nietecitos reales que. Sin embargo, dentro de él queda un único poso de rubor, que se activa con la visión de su jardín descuidado. Le gusta plantar flores y que se desarrollen libres, pero este año, sin tiempo y sin lluvia, lo único que ha conseguido es una extensión de matojo seco que todos los días se promete limpiar, porque eso que tiene alrededor de casa es combustible llamando al fuego. Mañana, piensa, al hacer pasar a Flora a la cocina, desde donde la vista hacia las montañas de la frontera es tan magnética que captura toda la atención.

—¿Cómo lo has hecho? —pregunta Flora.
—La verdad, no creí que fuera a funcionar.
—Lo ha contado todo. Todo.
—Sólo se trata de observar cómo funciona la gente. Un caso confidencial, un entorno de confianza, un enemigo común y el anzuelo correcto incitan a hablar.
—Qué sagaces, retorcidos y miserables sois los periodistas. Os admiro.
—Quedamos pocos así. Cualquier día me echan del colegio por hacer estas cosas.
—Venga, vamos afuera.

Flora coge el plato de altramuces, cómo le gusta a este chaval adoptar las costumbres del otro lado de la Raia, y sale al jardín. Esto parece una porqueriza abandonada, rumia. Rohan corre detrás y se revuelca en la paja seca. Suso se demora hasta que el baño rojo abandona su rostro, y la alcanza abajo, en la mesa cubierta con *azuleijos* portugueses que compró en un chiringuito de *velharías* en la carretera de Chaves: una casa enorme en la que todas las habitaciones estaban atestadas de antigüedades y chismes retro, del suelo al techo, someramente organizadas según la temática de cada estancia. Cerámica, porcelana y menaje en la cocina. La bañera, llena de grifos y piezas de mosaico, probablemente procedentes de mansiones abandonadas, entregadas a la ruina. En el banco de cemento, las huellas de un gato han quedado impresas para siempre, hace ya más de veinte años.

—Esto es muy victoriano —dice Flora. Sobre sus cabezas, caen las flores amarillas de dos grandes arbustos de datura.

—Creo que la costumbre viene de la emigración, son plantas de Latinoamérica. Es como la palmera. Si ves casa con palmera delante, sabes que es hogar de indiano. Si ves casa con araucaria delante, sabes que el dueño regresó de *Newarke*.

—En Inglaterra la datura se plantaba en los cenadores para tomar el té debajo y que el polen cayese dentro de las tazas. Es psicotrópico. Beleño, mandrágora, belladona y datura, hierbas de brujas.

Cuando Flora grabó la conversación entre Lorena y Sara tomó también algunas notas, notas jeroglíficas que harían que el Rubio aquel de los cuadernos desease haber nacido sin ojos. Escribía así por rapidez, pero al mismo tiempo el sistema funcionaba como un encriptado de seguridad: sólo ella y algún paleógrafo experimentado podrían comprenderlo. La letra de los apuntes de aquel día en la vermutería de Ourense encierra monstruos.

—Lo que contó Selvita es cierto —dice—. La chica, Belén, estaba embarazada de tres meses. Y era hija de Mingo, no hay duda. Le calculan unos veinte años. Pero no han hablado de su madre.

—Veinte años, más o menos cuando murió Gloria y Mingo se transformó en una gorgona borracha. Ella era de fuera, creo que de Lugo. ¿Moriría en el parto? Que tuvieran una hija, eso era un secreto.

—Es como si Belén nunca hubiese existido. No tiene partida de nacimiento ni estaba empadronada. Nunca fue a la escuela ni a un hospital público, al menos con el nombre de Belén Fontes. Han interrogado a medio pueblo, y nadie reconoce haberla visto. Creen que vivió encerrada toda su vida, por los objetos personales que encontraron en su casa. Y por cosas que vieron, cerrojos por fuera de las habitaciones, las ventanas enrejadas —recuerda Flora releyendo las notas—. Pero lo peor es cómo la encontraron. No es sólo la masacre del buey, es que le habían abierto la barriga.

—¿Para sacarle el feto? —pregunta Suso, horrorizado. Una cosa era la mano humana en un crimen y otra unas garras depredadoras.

—Con unas tijeras de cocina o algo parecido.

Flora lo contaba con desapasionamiento, con lejanía, a pesar de estar hablando de una mujer a la que había visto el mismo día en el que la asesinaron de una forma tan brutal. Eso es algo que marca, Suso lo sabe, lo ha visto en los miles de testimonios de sucesos que ha escuchado en los últimos años, en los ojos que no se lo creen, en el reflejo de la duda: ¿y si yo hubiese podido hacer algo? A veces piensa que su amiga era un bicho sin emociones, al que solamente el picante subido de la *zorza* del bar de Antía consigue conmover un poco.

—¿Y serían de las del pulpo? —dice.

—Yo qué sé. Se lo arrancaron. En el hueco le metieron una piedra. Como al lobo de los siete cabritillos, sólo que esta estaba envuelta en un paño.

—Ay, no. —Suso se acordó de la tela blanca que envolvía la cabeza de masa. La había extendido en su mesa de comer, y ahora sabe que la imagen de un vientre abierto relleno de piedras y sangre le va a acompañar cada vez que se siente allí de nuevo—. ¿Estaba viva o...?

—También le suturaron la barriga con un cordel de esparto. Debieron de hacerlo con una aguja de bridar, como la que usarías para coser un jabalí relleno de tordos. Cortaron, metieron la piedra y después cerraron. Eso de las piedras dentro del cuerpo aparece en el libro del cura de Sandiniés. —Flora localiza el documento en su teléfono y lee—: «Y después de gran combate dijo un demonio que daría como señal de su salida siete piedras exquisitas. Cumplió su palabra en esto, porque levantó la mano de la obsesa y las arrojó al pie del altar mayor donde conjuramos, quedando en el mismo instante libre de pena y en su entero juicio. Pero después de tres semanas la embistió de nuevo el demonio y daba tales gritos que nos pasmó, dejando a todos confusos. Compelíase al maldito que declarase cómo había vuelto a molestar aquel cuerpo, y siempre respondía que por orden del mago primero y con nuevo hechizo, que eran dos piedras como las otras, las cuales tenía en el estómago, hasta el día de San Jorge, a 23 de abril, que, vencido por los conjuros, vino a echarlas por la boca, dejando llagados los labios». Lorena habló de una piedra rara —prosigue Flora—. Una piedra que por aquí no hay. Están tirando de ese hilo y no parece que tengan mucho más, porque el feto no aparece. Han levantado todo el suelo, han buscado hasta en el pozo negro. En esa casa no está. Se lo han llevado, o lo han destruido, tampoco sería tan difícil.

Otra cosa. El cadáver de Belén estaba cubierto de garrapatas. Hasta en la cara.

—Pues el buey no tenía ni una cuando yo lo vi.

El relato del veterinario les ayuda a completar la secuencia: primero, la mano humana. Después, algo desquició al animal. Quizás lo habían dopado con una sustancia que se metabolizaba rápido y sin rastro. No, yo tampoco me comería esa carne. Flora piensa en la señora del tractor, por supuesto que existe alguien que conocía a Belén. Una vecina, quizás pariente. ¿Por qué no aparece? Piensa en el gato parasitado, y en qué posibilidades había de una transmisión así de rápida y brutal. Piensa en que fue ella quien incitó a esa chica a salir de casa, qué ojos estaban ahí fuera esperándola, por qué no se le ocurrió preguntarle, puedo hacer algo por ti. Piensa que todo eso apesta a brujería y, por no decirlo, empieza a arrancarse un jirón de piel en el pulgar.

—¿Qué haces con los dedos?

—Nada.

—¿Estás bien?

—Claro.

—Yo voy a publicar lo que sabemos. Te agradezco tanto lo que has hecho estos días. Tú tendrás que seguir con tu trabajo, supongo.

Flora percibe el intento de Suso por apartarla del tema. Eso es justo lo que ella quiere, apartarse, hacer lo que ha venido a hacer, y no lo está consiguiendo.

—¿Sabes qué va a pasar? —dice—. Vendrán los medios importantes, no digo que el tuyo no lo sea, con la santería, Lucifer y el juju. Atropellarán los matices, los giros de la historia, los delicados encajes de la espiritualidad. Se reirán y cuestionarán las creencias de tus vecinos. Y si a estas personas les arrebatamos de golpe la lógica de sus supersticiones, les quitamos la capacidad de gestionar los problemas. He visto a refugiados de guerra tirando para adelante con todo su valor, convencidos de que lo que les estaba sucediendo era fruto del mal de ojo. Eso sabían manejarlo. Y cuando los psicólogos del campamento se lo discutían, lo racionalizaban y los animaban a cortar los cordeles rojos que llevaban atados en la muñeca, toda su visión de la vida se desmoronaba. Se quedaban sin recursos para afrontar la realidad. Esto hay que contarlo con mucho cuidado, Suso, y para hacerlo bien me necesitas a mí.

—Mingo quiso que yo tuviese un papel en esta historia, me entregó la figura por algún motivo. Todavía anda por ahí alguien que raja mujeres, y tú no tienes por qué arriesgarte por algo que no te concierne. Debes continuar con lo tuyo.

Lo mío, se repite Flora para adentro, Suso le está dando un consejo de amigo. Debería levantarse, despedirse, empacar sus cosas, llamar al museo, dedicarse a transcribir grabaciones. Abre la boca con la intención de decir «Tienes razón», y comienza a contar érase una vez una niña, tres años tendría. Todas las cosas buenas son tres, pero su vida era una miseria hasta que se murió la madre, lo mejor que le pudo pasar. Entonces apareció el padre, un crío de diecisiete o dieciocho, y ni la cuidaba ni dejaba que la cuidasen. Los vecinos dejaban potitos en la puerta y aparecían estampados en la mitad de la carretera, como si los hubiese lanzado desde la ventana de su apartamentucho en un noveno de Trellick Tower. Qué comía la niña Doreen, nadie lo sabía.

Había un aparato que giraba, en ese parque infantil al que nunca iba nadie. Nos decían que quedaban bombas abandonadas de la Segunda Guerra Mundial, que podrían detonar en cualquier momento si hacíamos un agujero en la arena o si nos atrevíamos a montar en el subibaja. En realidad, debía de ser por los hierros levantados, el tétanos, las agujas o el sida que no nos querían ver por allí. El aparato era un *roundabout* viejo, con un volante en el medio. Idéntico al del merendero donde nos vimos hace unos días. Al girar sonaba como aquella gaviota cuando un zorro rojo se llevó a sus polluelos al anochecer, en un jardín cerca de St. Pancras. El chaval sentaba a su hija en el carrusel, se agarraba a una de las barras verticales y se impulsaba con el pie, como si estuviese alunizando un monopatín contra una joyería. La niña salía disparada por la fuerza centrífuga, decían los vecinos, pero lo cierto es que nunca se le vieron las heridas y no se puede hablar de lo que no se ve, pero se hablaba.

—Sería por eso que la mañana de un día de San Jorge mi hermano y yo nos encontramos al tipo sentado en el *roundabout*. Sentado de una forma rara, al borde, mirando al cielo con la boca muy abierta y las piernas arrastradas por la tierra. La barra a la que siempre se agarraba para tomar impulso le entraba por la boca y le salía por el culo. Estaba ensartado, como se ensartan los patos crispy que se asoman en los escaparates de los restaurantes de Chinatown, y eso no podía ser, porque la barra no se había movido de su sitio, no estaba cortada, seguía tan burdamente soldada como el primer día. En la plataforma del carrusel, una gruesa chapa circular de ese hierro al que le ponen estrías para no resbalarse, justo en el centro, había tres huevos grandes, de yema roja, estrellados como estrellaba el chico los potitos: se veía la ira en la forma que dibujaban los añicos de cáscara envuelta en moco. «*São ovos nascidos de vaca*», dijo la señora caboverdiana que vivía en la puerta de enfrente, y allí no se rio nadie, porque eso era lo menos imposible de todo lo que estaban viendo.

»La culpa, en la memoria popular, se la llevaron unos *tinkers* irlandeses que a veces aparecían por el barrio con toda la quincalla. De la niña no se supo más, y si no se ha muerto, es que todavía está viva.

»Esa fue la primera vez que me encontré de golpe con las consecuencias de la brujería. Todo lo que vino después lo interpretamos en consonancia. Los niños en ese barrio éramos muy supersticiosos y, la verdad, preferíamos que nos dijesen que ahí en los bloques había gente mala capaz de manejar fuerzas oscuras y que nos enseñasen a protegernos, a que nos contasen el cuento de que todos somos buenos. Nosotros mismos no éramos siempre buenos, teníamos claroscuros, muchas veces queríamos ser malos, y entonces nos sentíamos como monstruos. Seres desviados. Pero las fórmulas que nos daban para vencer a los demonios de los bloques no iban más allá de no cruzar los túneles bajo las vías, evitar el canal, y por encima de todo no pararnos en el parque del carrusel. Nosotros necesitábamos otros cuentos, y buscábamos explicaciones, una guía, en los sistemas de adivinación inventados o transmitidos. El libro, el lazo y la tijera. Creamos fórmulas para protegernos tocando tres veces el pilar roto del patio, que aún debe tener la marca negra de todas nuestras manos. Diciendo una frase al pasar el ascensor por la planta trece. Saltando las escaleras de tres en tres. Echando escupitajos al agua para conjurar a las criaturas del canal. El sapo moribundo que encontró mi hermano Salvador al día siguiente a San Jorge tenía la panza cosida con un hilo negro.

—¿Salvador es el que te llama todos los días y al que nunca le coges?

—Esa es otra historia, pero sí. Es mi único hermano. Ese día él soltó los puntos del sapo con las tijeras de la manicura de mamá y dentro encontramos una fotografía de carné del chico muerto. Un gesto similar puede representar cosas muy diferentes. Hay indígenas de la zona andina que, cuando quieren tener hijos, cogen una piedra pequeña, la envuelven en hilos de lana y la colocan junto a un monolito sagrado. Es una ofrenda a las Huacas. Es una plegaria de fertilidad. Esa piedra no significa lo mismo que la piedra del vientre de Belén, igual que su costura no es la costura del sapo. Pero algo es seguro: cada vez que hay sucesos que sacuden los cimientos de la sociedad, la gente se vuelve hacia lo oculto.

»Aquel lugar se hizo todavía más prohibido tras el crimen, y por eso tenía todas las características para convertirse en el sitio en el que todos los chavales queríamos pasar nuestro tiempo libre. Allí empezamos a ir para inventar hechizos, beber sambuca a morro, trazar estrellas de David en la arena creyendo que eran pentagramas, rezar a dioses que no tenían nombre, invocar a las criaturas anfibias del canal, darnos besos. Impulsábamos muy fuerte el carrusel para entrar en un trance a través del giro, como derviches mevlevíes. A veces, mareados por las vueltas y un par de caladas a un pitillo, veíamos flotar las copas de los árboles y en ellas buscábamos los rasgos de la niña Doreen. Decíamos que ahora vivía con la reina bruja de Kentish Town, Jinney Bingham, la madre maldita que asesinaba a sus esposos y fue perseguida por la multitud hasta desaparecer en aguas del canal. Si necesitabas una respuesta, montabas en el carrusel y al girar formulabas tu pregunta a la vieja Jinney. Según el lado en el que se detuviese, obtenías un sí o un no. Una gracia o una desgracia.

»En casa se hablaba castellano, gallego, portugués, pero nuestros padres no querían que estudiásemos en el colegio español de Portobello. No querían que nos relacionásemos con los niños de Lugo y de la Costa da Morte, cuyas familias criaban gallinas y destilaban orujo en el *backyard*. Cuando les salía un gallo, se lo vendían a una mezquita. Ellos podían hacer vino barrantes en el jardín, pero para nosotros querían que aprendiésemos un buen inglés, que nos integrásemos, que fuésemos británicos. Al final, nuestros amigos del barrio acababan siendo los hijos de los bangladesíes, de los cameruneses, italianos, haitianos, griegos, y nosotros no éramos de ninguna parte, ni de aquí ni de allí ni de Portugal, la tierra de mi madre, a donde tuvimos que marcharnos cuando todo se puso fatal.

»Con mi hermano y otros chavales inventamos un nombre secreto para llamar al parque del *roundabout*, el lugar más prohibido de una zona marcada por el estigma de la delincuencia, nos citábamos allí sin que los mayores se enterasen. Un nombre inofensivo, que no significaba nada. Para escribirlo y dejarnos notas y recados, fundíamos en un signo las siete letras que componían ese nombre. No lo sabíamos, pero estábamos usando una técnica de Chaos Magick, el sigil. Las palabras son magia y la magia es una forma de hablar con los dioses: en inglés, *spell* significa hechizo y también quiere decir deletrear. Un día, el glifo del nombre secreto empezó a aparecer garabateado en los ascensores, las paredes, los contenedores, las pistas, y, por supuesto, todos jurábamos que no lo habíamos hecho y que no se lo habíamos revelado a nadie. Estaba escrito con caligrafías diferentes, a muchas manos. Había varios traidores, y desde ese momento nos vigilamos los unos a los otros, nos empezamos a mirar con suspicacia. Algunos decidieron confesar a sus padres cuál era el significado de ese nuevo grafiti que estaba colonizando todos los muros y qué cosas hacíamos en ese lugar. Las lealtades se rompieron, las amistades se reorganizaron.

Suso, sentado en el banco se enroscaba las puntas del bigote. Ese discurso no le pega a Flora. Las preguntas se le acumulan y con cada una que aparece, otra se le olvida, pero consigue mantenerse callado: siguiendo el desarrollo del monólogo, sabe que, si interrumpe, se va a perder la mejor parte de la historia.

—Luego ibas sabiendo: te fijabas en los detalles —continúa Flora—, te los contaban los que tenían hermanos mayores. En la inmensa torre había quien leía los posos del chocolate, quien leía el tabaco y quien lo fumaba al derecho y al revés para provocar suerte o infortunio. En ese bloque brutalista que significaba la máxima expresión de lo urbanizado, en una de las ciudades más modernas del mundo, hervían las pócimas, se sacrificaban ranitas y se encendían velas en los altares de la Santa Muerte. Algunas mujeres asiáticas asfixiadas de ansiedad culpaban a la magia negra. Las madres pakistaníes veían cómo sus chavales empezaban a meterse en las pandillas y las peleas, y eso sólo podía ser cosa de *kala jadu*. Los jamaicanos achacaban a la *obeah* sus problemas de depresión y la crisis de expectativas. De un apartamento salía una tímida chica nigeriana con heridas en las manos, cubiertas de polvo negro: quizás venía de beber sangre mezclada con gusanos, quizás comieron un corazón de pollo. Una adolescente que de pronto se volvía a mear en cama ya era sospechosa de estar poseída por *kindoki*, y andaba por ahí como alma en pena, obligada a ayunar para matar de hambre al espíritu. Los blancos ingleses se entregaban al paganismo, al espiritismo, al satanismo. Mi amiga Amy decía que podía conseguir lo que quisiera de la gente: pegaba sus labios a un huevo, le lanzaba sus plegarias, lo cocinaba y las ondas sonoras convencían al que lo comía. Cuando mi padre me encontró un día en la habitación hablándole a un huevo crudo, me lo estampó contra los dientes de un manotazo. Vomité y lloré mocos, yema y saliva, él no soportaba esas cosas, las supersticiones, los fantasmas, y por eso yo insistía en que tenían que encantarme.

»A los dieciséis iba de dama gótica arrastrando la melancolía y el abrigo a lo Mary Shelley desde Highgate hasta el metro de Baker Street. Las chicas punkis se hacían wiccanas y los críos se obsesionaban con la ouija. La vecina Lory, que era tan dulce, luego no fue capaz de controlarse y se pasaba todo el día sola, encerrada con una tabla y un vaso, «hablando». El *jinn*, las manos humanas reducidas a cenizas, la sangre para la vitalidad. Claro que debías abrir bien los ojos y que pareciese que los tenías cerrados. Debías preguntar y no decir ni mu. Mirar de noche en ese agujero debajo de las escaleras que daba tanto miedo. Pero si buscabas brujería, la encontrabas. "Eso no muere nunca, nena, eso no muere, siempre hay".

»Un día, en el parque Emslie Horniman aparecieron los cráneos desollados de dos ovejas, colocados al pie de un árbol. Todavía conservaban los ojos y algunos restos de carne. De las fosas nasales les salían cigarrillos. Miraban hacia el cielo como pidiendo piedad, vírgenes descarnadas, una imagen casi hermosa, dispuesta con delicadeza sobre una cama de arroz amarillo salpicado de pimientos rojos. Era una ofrenda a la *pomba-gira*, el espíritu de la sexualidad femenina y el deseo de la kimbanda, venerado por los tratantes de mujeres. Meses después, el torso de Billy apareció flotando en el canal. Ese fue el nombre que le pusieron al niño, porque nadie supo nunca quién era. Le habían hecho comer haba de Calabar, un tóxico que lo paralizó manteniéndolo despierto, y en ese estado le cortaron la cabeza, los brazos y las piernas. Lo desangraron. Un sacrificio humano para atraer la fortuna.

»Entonces llegó el terror: Londres, Manchester, el pánico moral. Algunos chavales lanzaron rumores sobre pederastia y rituales satánicos. En el barrio se contaban todos los detalles que traían los primos desde Hackney, Aylesbury o Brixton: que había grupos organizados de profesores, trabajadores sociales y policías que secuestraban niños, les cortaban la garganta y bailaban con sus cráneos ensangrentados. Usaban zapatos hechos con piel de bebé, que confeccionaba un pérfido curtidor de Croydon. Oficiaban sus cultos al diablo en un McDonald's y una piscina municipal. Algunos padres empezaron a llevar a sus hijos pequeños sujetos con una correa. La fórmula que yo encontré para conjurar los miedos fue crecer un poco, estudiar antropología y tratar de entender por qué la creencia en la brujería es innata en el ser humano.

Suso ya no puede seguir conteniendo la corriente de dudas y asombro.

—Entonces, ¿tú estabas metida en esas cosas? —pregunta.

A Flora se le escapa un ruido extraño, entre el fastidio y la amargura.

—¿Sabes qué hago aquí, persiguiendo mascaradas, en lugar de seguir con el tema que he investigado toda mi vida? Hace tres años estaba en Luanda, grabando un documental sobre las nuevas formas de magia negra que emergían en los suburbios, cultos sincréticos de los pandilleros, una mezcla de violencia, religión e idolatría. Trabajaba con un operador de cámara y una reportera, y una noche conseguimos que nos dejasen grabar un ritual importante. Era una sanación a una adolescente embrujada, Jandira, decían que tenía una *sombra ruim* que se le pegaba a los pies. Vimos cómo la sombra que proyectaba la chica se movía de forma independiente, trazando contorsiones imposibles. En un momento de la ceremonia, esa mancha trepó al cuerpo de Jandira hasta nublarle el rostro. Se partió en dos y le entró por los orificios de la nariz. Los ojos se transformaron en dos almendras de azabache, completamente negros. Entonces el sabio le dio un puñetazo en el pecho. La sombra salió de un salto por boca, no conseguí ver a dónde fue, pero la chica estaba libre.

»Todos se fueron, nosotros tres permanecimos allí. Necesitábamos tranquilizarnos, racionalizar lo que acabábamos de ver. En la sala habían quedado algunos utensilios del ritual, velas, botellas mediadas, colillas. Un rollo de hojas de tabaco a medio consumir. Estábamos tan nerviosos, siempre es así, hay que hacer humor de la tensión. Te metes en unos sitios de los que no sabes si vas a salir. Me lo fumé. Pedí unas cerillas, prendí una vela de mecha larga y encendí el rollo de tabaco, riéndome, ni siquiera miré si lo fumaba al derecho o al revés. Conmigo esa mezcla de sugestión y persuasión no funcionaba. Nos acabamos el ron que alguien había dejado, quizás como ofrenda. Al regresar a nuestro hotel, de madrugada, escuchamos sirenas y gritos, un caos de carreras y olor a plástico quemado. Seguimos la corriente de cubos de agua y llegamos a la casa de Jandira. Estaba en llamas. Por esa puerta ya sólo vimos salir trozos de cosas o personas carbonizadas. Escuchamos mil teorías, que no tenían electricidad, que hacían hogueras en la cocina, que se alumbraban con velas, que quemaban cables de cobre. Lo último de lo que oí hablar fue de combustión espontánea. Que la chica ardió ella sola, de los pies a la cabeza, justo cuando yo fumaba el rollo de tabaco con el que le habían limpiado la *sombra ruim*. Por supuesto que fue una casualidad, pero yo ya no pude seguir allí. Abandoné la investigación, me fui a la aldea de mi madre y dije se acabó. Y aquí estoy de nuevo, escarbando en el agujero sucio al que nunca más me iba a asomar. Te puedo decir que Selvita me ha dado pena, que creo que puedo ayudarla, que tengo que usar lo que sé para hacer algo bueno con todo lo que ha pasado. Pero la verdad es que siempre he estado unida a este tema. Vengo huyendo de la brujería y me la he encontrado, porque eso no muere nunca, eso siempre hay.

—¿Pero tú fumas?

—No, Suso. Yo conozco la brujería y esto que le han hecho a Belén no lo es, pero emplea sus símbolos de forma ostentosa, para mostrarse. No es habitual que los restos de la magia dañina aparezcan junto al cadáver de la persona a la que se ataca. Son prácticas ocultas, que lanzan sus signos sólo a quienes deben temerlos. Esto está hecho para ser visto por todos, como un aviso.

—¿Qué crees que puede significar?

—Es un ritual muy elaborado —explica Flora—. Tijeras, paño, canto, aguja, cordel. Un signo complejo: trapo, masa, alfiler, guijarro, esquirla, anzuelo, uña, pelo, piel. Ahí se reúne la materia esencial para la vida en el mundo tradicional: el metal, la piedra, el lino, el esparto, el vidrio, el trigo y el maíz, la vaca, el agua, la sangre, las células. Las acciones duras, cortar, arrancar, sustituir, ensartar, se combinan con otras más amables: reparar, amasar, envolver. Y tanto Belén como la figura de pasta, por fuera eran una cosa, dentro ocultaban otra. La piedra cosida dentro de su cuerpo tiene una lógica: es el castigo, el lobo ha muerto. Es el símbolo de lo más estéril que hay sobre la tierra. Lo seco, improductivo y perdurable. Y también es sustancia mágica. Las piedras sanadoras siguen usándose en Galicia y en medio mundo. Le abren la barriga, le arrancan a su hijo como una enfermedad, un mal que tenían que extirpar. Introducen la piedra, es un intercambio, lo puro por lo corrupto, lo eterno por lo muerto. Después, la cosen: restauran el orden. Alguien estaba convencido de que el hijo de Belén era materia envilecida, algo que no debía estar en el mundo. ¿Por qué?

—No tengo ni idea —admite Suso—. Los Fontes son raros y se han marginado durante años, pero ¿materia envilecida? No.

—Eso depende de quién puso la mitad de los genes de ese feto desaparecido.

—Ay, no. —Suso raspa con los dedos los azulejos que cubren la mesa. Despejaba el polvo de los recovecos como si así pudiese despejar la imagen horrible que empezaba a solidificar en su mente.

—O sí. Para saberlo, hay que encontrarlo. Me dijiste que los Fontes eran creyentes. Antes, a los niños que morían sin haber sido bautizados, los hijos de madres solteras, los abortos, los que nacían ya difuntos o los que fallecían en el parto se les enterraba con piedad, pero no en el cementerio. No estaba permitido que descansasen en tierra sagrada, porque no están cristianados, decían los curas. Así que los familiares envolvían el cuerpo en una sábana y salían de casa de noche, en silencio. Caminaban hasta un *cruceiro*, un *cruceiro de meniños*, y allí sepultaban el cadáver. Muchos *cruceiros* en lugares apartados son la marca de un cementerio secreto. Me lo contó mi padre, que su bisabuela lo tuvo que hacer con un hijo. El rito garantizaba que estos pequeños entrarían en el limbo. Eran los *anxiños*, y así llamó Selvita a su bisnieto muerto. Era un *anxiño* y lo quitaron. Se me ha ocurrido algo, pero tienes que hacerlo tú.

11

Paradela, Calvos de Randín

Que era imprudente publicarlo, sí. Que podía poner en riesgo la investigación, también. Que iba a romper para siempre la confianza escuálida que tenía con Lorena, sin duda. Que aun así Suso lo publicó, por supuesto. Porque él era el único periodista que había conseguido esa información y porque la gente debía conocer los sucesos terribles que estaban aconteciendo tan cerca de casa. De pronto, la Raia ya no era la tierra tranquila en la que todos conocían las intenciones, buenas o malas, de los demás, un lugar donde los movimientos eran predecibles. Ahora los vecinos cerraban las puertas. Había intereses encubiertos, movimientos solapados, anomalías inexplicables. Él pensaba que estaba siguiendo un caso sobre personas que existían y de pronto desaparecían, y ahora resulta que el tema va de personas que no existen y un día aparecen.

Al pie del *cruceiro* de Vilar, a quinientos metros de la casa de los Fontes, Lorena y Ruperto sacan tierra a paladas bajo un sol que derrite las piedras. El suelo está compacto, durísimo, tras tantos meses sin lluvia. Rohan acompasa la tarea con sucesivos ladeos de su cabeza enorme, la musculatura en tensión. Ramón, el juez de paz de Calvos de Randín, observa apoyado en el capó de su Mercedes de emigrante retornado, un hombre inalterable al calor. Desde arriba, subido a un *carreiro* estrecho que asciende por detrás del monumento, Suso mantiene el equilibrio agarrándose a la rama de un manzano. Lorena ha aceptado la información sobre los *anxiños*, pero antes le ha dejado claro que, tras haber revelado en su diario digital datos confidenciales de un caso en investigación —A quién compraste para conseguirlos—, no es bienvenido allí ni en ningún lugar donde ella esté presente durante los próximos diez siglos.

—Ramón, ¿tú ves algo?

—No me líes, Suso, no me líes.

Es un *cruceiro* con tres escalones y rematado en una sencilla cruz sin Cristo, la piedra desgranada por el viento y los líquenes. Delante tiene un pequeño altar de granito, un *pousadoiro*, que a Suso le pareció una mesa de sacrificios. Casi podía ver a un ser repugnante, en medio de la noche, apoyando ahí un saco ensangrentado, mientras excavaba una tumba diminuta para un niño al que habían negado la posibilidad de nacer.

—Es el sitio idóneo, ¿no crees, Lorena? Apartado de las casas, lejos de todo. —Suso busca conversación con los agentes, tratando de reparar una confianza que era de cristal.

—Es un momento idóneo para que cojas carretera y vuelvas a Madrid —suelta Lorena.

—Puedo estar aquí si quiero.

—Y yo puedo calzarte un cordón de dos kilómetros si me sale de la *cona*.

—Como te pones, Lore. Sólo hago mi trabajo, como tú.

—Yo cazo a los malvados. Tú cuelgas los programas de las fiestas gastronómicas en un blog. Probablemente a cambio de ración y cubata. Y átame a esa perra que sólo faltaría que se pusiese a mear y escarbar por aquí.

«Qué zorra estúpida puedes ser, Lorena, no me extraña que Sara no te haga ni caso».

—¡Rohan, ven! La gente tiene derecho a saber que hay un sádico suelto. Hasta os puede ayudar a encontrarlo.

—*Oíches, nena*. Alguien anduvo *fedellándole* ahí, que la tierra está removida —indica el juez de paz, señalando una porción de suelo de color más oscuro en la parte trasera del *cruceiro*.

—Esto hay que hacerlo con orden y método, Ramón. Como cuando *botas* cebolla.

—Si fuese con método, te vendrían los de Orense.

—¡Rohan, toma!

Lorena se agacha. Algo hay, dice. Desde arriba, Suso trata de obtener un resquicio de visión. La agente aparta polvo con los dedos y saca una bolsita de tela de entre la tierra. El tejido parece un recorte de una vieja colcha floreada, de las que ahora mismo hay una en cada *faiado* y sólo se sacan en Matamá para cubrirse las madamas en el *Entroido*.

—¡Que no hagas fotos!

—Nunca creí que llegaría a ver esto. Dos agentes de la ley y un juez de paz conchabados contra la libertad de información —murmura

Suso, enganchando la correa al collar de Rohan cuando Lorena posa el envoltorio sobre el altar. Tiene el tamaño de un puño. Ahí no cabe un bebé, pero un feto de tres meses seguro que sí. O su corazón, el cerebro, los ojos, alguna parte importante para la vida, piensa en los símbolos, Suso. Lorena trata de abrirlo: está atado y bien atado, y los guantes lo complican todo. Un nudo, dos nudos, tres nudos, cuatro nudos, cinco nudos, seis nudos, siete nudos, retira el cordel y extiende la tela, un círculo recortado de forma tosca.

Las tres cabezas, Lorena, Ruperto, Ramón, se juntan mucho, tapando la visión cenital que Suso había planificado. Nadie dice nada.

—¿Podéis apartaros un poco? De verdad que no estoy grabando.

Lorena retrocede un paso y mira hacia arriba con gravedad.

—Te lo voy a enseñar, en son de paz. Estate preparado, van a ser sólo tres segundos. Es tu única oportunidad. —Estira el brazo y levanta un objeto ovalado, oscuro. Suso, a tres metros de distancia, no consigue distinguir qué es, un hígado, un riñón, pero tiene el teléfono listo en su mano sudorosa. Al hacer zoom, Rohan da un tirón de correa, sale disparada, el aparato se desliza por la palma acuosa del periodista y va a estrellarse contra las escalinatas del *cruceiro*.

La carcajada de Lorena se escuchó hasta en el estrato donde hibernan los dinosaurios.

—Que es una piedra, Suso. Nada más que un canto del río. Toma tu exclusiva.

—Nena, no toques eso. Es de las verrugas —advierte el juez de paz.

—¿Qué verrugas?

—De alguno que las tenía y se las quitó con el *meigallo* de la encrucijada. No lo toques.

La carcajada de Lorena desciende ahora hasta el nivel de los trilobites.

—Ramoniño, las verrugas las transmite un virus. Las piedras sólo contagian la enfermedad del fracaso a los periodistas desleales. ¿Ves?

La expresión apacible del juez de paz se transforma en una mueca de puro *noxo* al ver cómo esa muchacha de piel perfecta y tostada se pasa la piedra por la cara y las manos, como si fuese una pastilla de jabón.

—Tú fíate y no corras. Ya irás luego a llorarle a San Benitiño.

12

Calvos de Randín

El grifo suena como la tos de un anciano flemático, escupiendo grumos terrosos, a golpes. En el supermercado le explicaron a Flora lo que estaba sucediendo: desde hoy, los cortes se extenderían entre las seis de la tarde y las doce de la mañana, una medida extrema para ver si llegamos, a ver si aguantamos, hasta que venga la lluvia. *Seica mañá van poñer depósitos na rúa*, explicaba una señora a la aglomeración de vecinos que había acudido en busca de líquidos. Pero para limpiar sólo, agua de no beber, añade, pinchando la burbuja de alivio que ella misma había inflado. El chico que despacha en la tienda anunció con un hilillo de voz: se nos acabaron las garrafas, pero tenemos muchas otras bebidas. Desde el pasillo de los congelados unas palabras revolvieron el aire:

—Sí, que voy a hacer el café con vino.

Flora reconoció la voz de Antía, la camarera del bar de Calvos de Randín.

—Para eso lo que te recomiendo es llenar las bañeras antes de la hora de corte. —El dependiente es una persona esmerada y servicial, que siempre procura ayudar a los demás con soluciones ridículamente obvias.

—¿Con esa porquería que sale del grifo?

—Tienes que dejarla reposar un poco.

—*Xa pode reposar coma un defunto, que no encoro so quedan as baballas.*

—¿As baballas? —preguntó Flora.

—Las babas —repitió Antía—. Como eso que flota en el fondo cuando beben cinco del mismo vaso de calimocho de litro. ¿Tienes coche? Cómprate un par de bidones vacíos y te enseño un sitio.

Ella conoce un lugar secreto, es una fuente de manantial a tres kilómetros de Calvos, muy poca gente sabe que existe. Se llama Rioseco, si vas por la mañana muy temprano, dicen que dentro se ve una peseta bailando. Ambas se subieron al coche de Flora y tomaron una carretera estrecha sin pintar que atraviesa bosques sedientos y grandes extensiones de color tostado. Al llegar a Rioseco, una aglomeración atestaba la fuente y el lavadero. Las vecinas del lugar hacían cola con cubos de colores, garrafas y bidones, el caudal es corto, la espera es larga y las conversaciones sobre la sequía alternaban con los comentarios horrorizados sobre el último reportaje de O Tempo da Raia, esa pobre *neniña* Belén, ese bruto de Fontes que anda suelto, que anda desaparecido, por algo será, que ni siquiera ha ido a ver a su madre, ese ya está en el Caribe.

—Antía, *larapeteira*. —Teresa, la farmacéutica, se asomó riendo a la ventanilla de su furgoneta granate, cargada con bidones vacíos—. Mira que andar contando a las forasteras dónde guardamos el agua secreta.

—Mujer, es que me da pena. Que la pobre viene a Calvos, no encuentra las mascaritas que busca y encima no puede ni lavarse el pelo.

—No. Es que este champú me lo deja fatal —balbuceó Flora, poniéndose roja de la vergüenza. Pensaba que los rizos disimulaban, pero no. Porque no tenía tiempo. Por la obsesión. Porque descifraba la letra gastada del escrito del cura de Sandiniés, espiaba a agentes de la Guardia Civil, interrogaba a Selvita, rumiaba teorías en la cama, pero llevaba más de una semana sin lavarse la melena.

—Ven a la farmacia y te doy un producto purificante —dijo Teresa—. Después de verte en la residencia me acordé de algo que te puede interesar. ¿Conoces al Irrio Peliqueiro?

Flora nunca había escuchado ese nombre, pero tampoco le interesaba. , pero tampoco mostró interés. Pensaba en su pelo grasiento y en qué otras cuestiones básicas estaba descuidando sin darse cuenta: se miró la ropa, aceptable. Más abajo, los dedos de los pies, de uñas demasiado largas, rebasaban el borde de sus chanclas polvorientas.

—Es una máscara bastante desconocida que tienen en Castro Caldelas —prosiguió Teresa—. Representa a un hombre de boca muy abierta, barba negra y mejillas coloradas. A mí me recuerda a los personajes del Pórtico del Paraíso, tiene algo de tótem y algo de románico. Sólo sale un día en septiembre, en la fiesta patronal, es una auténtica rareza. Anda por el pueblo con la mano metida en la boca y se dedica a perseguir a la gente, azotar a sus vecinos, beber gratis y apoderarse de cuantas viandas desee de los puestos callejeros. Todo respaldado por bando municipal. Nadie puede tocarlo. No me digas que no es estupendo. Las máscaras buenas de verdad están de Verín para arriba, por esta zona no vas a encontrar nada.

—En realidad, estoy buscando esto —dijo Flora, y mostró en su teléfono la fotografía de Randín, 1949—. *Na miña vida cousa tal vin* es la frase que más he escuchado desde que llegué a Galicia.

La cola avanzaba muy despacio y hacía evidentes los recorridos del sudor sobre las pieles, el sufrimiento de los ojos deslumbrados, la textura fluida que adquiría el aire al desprenderse de los cráneos abrasados. Antía salió de la fila y comenzó a organizar un sistema de turnos siguiendo el método clásico «quién es la última». Al deshacerse la rigidez de la línea, cada cual buscó una sombra bajo la que refugiarse y las tres mujeres se sentaron en uno de los bancos de madera que rodeaban el lavadero, cubiertos por el tejadillo de cemento. Teresa tomó el teléfono que Flora le tendía y observó la fotografía con detenimiento.

—Es una foto muy curiosa, pero no me suena nada este traje. Ni la máscara. ¿Estás segura de que es por aquí? —preguntó.

—Creo que sí. Esta niña que asoma en la penumbra, ¿sabes quién es? Selvita, la de los Fontes.

—Todo un documento histórico. ¿Dónde la encontraste?

—En mi casa, era de mi padre. Le gustaba comprar fotografías viejas en los mercadillos. Los sábados recorríamos Portobello y rebuscábamos en las cajas. Esta me imagino que la encontró en Coruña, en el rastro de la plaza de María Pita. Íbamos allí todos los veranos, en los ochenta.

—Mira que *curriña* era Selvita de nena —dijo Antía, acercándose para ver la fotografía—. Y cuando yo era pequeña, me daba miedo. Casi nunca venía por Calvos, pero si la veía, me daba la vuelta y salía corriendo. Se me metió en la cabeza que ella era una de las tres Marías del cuento, *pobriña*, y que me iba a llevar a las montañas.

Antía, que hablaba con una expresión seria y contenida, hinchó los mofletes de pronto e hizo explotar una risa alborotada que salpicó a Teresa en plena cara. Las carcajadas de ambas chocaron como dos copas que al brindar se rompen y entremezclan sus añicos. Flora las miró con curiosidad.

—Pero decidme qué historia era esa —pidió.

—Eso no se puede contar. Era secreto —respondió Antía en voz alta, buscando a su alrededor la oportunidad de capturar la atención de toda esa cohorte de aguadoras, lavanderas y cocineras que se curtían la piel de aburrimiento, aguardando su turno en la fuente. Cuando vio que su audiencia estaba enredada, continuó—: A mí me lo decían muy bajito, de pequeña, que allí en la *serra*, por Larouco o por el Xurés, vivían tres brujas locas, que eran las tres Marías. En invierno, cuando tenían frío y no les quedaba ni leña ni piñas para quemar, bajaban a Calvos y se llevaban a los niños que andaban por ahí solos. Lanzaban un encanto que los dejaba tiesos como troncos, y entonces los echaban a la *lareira* para darse calor hasta la primavera. Y respiraban ese humo y se ponían todas panochas.

—Las mujeres del saco —dijo Teresa.

—¡Ma-triar-ca-do! —gritó Antía, pecho hinchado, puño en alto.

—Flora, tú de dónde eres. Tienes un acento rarísimo.

Ella se lo pensó un momento.

—Ahora vivo en el Alentejo. Nací en Londres, mi madre es portuguesa y mi padre era gallego. Murió hace ya mucho tiempo.

—Y has vuelto a las raíces —dijo Teresa.

La verdad, Flora no siente que sus raíces estén en ningún sitio. Su padre siempre propiciaba un desarraigo ácrata, abrazar lo nuevo dejando atrás cualquier lazo con la tierra, como un lastre. No iban al centro gallego, no estudiaron en un colegio español. Es cierto que cada verano regresaban a Galicia, pero aunque él procedía de algún lugar de Terra Chá, se alojaban en un apartamento alquilado en A Coruña. Cuando falleció, ya nunca más volvieron.

—Él era cocinero. Nunca le vi leer más allá de alguna receta escrita en una libreta de alambre sucia de grasa y vino, y no en un libro. Un cocinero sencillo puede tener un gran secreto sobre la humanidad y la vida, el suyo lo pregonaba a quien quisiera escucharle: «*Anda polo mundo, pero a Galicia non volvas*», decía siempre. Eso lo heredó mi hermano, para qué vas a ir, si allí no tenemos nada. Es el rencor del emigrante con respecto a la tierra que le echó. Yo esa aversión no la siento, pero tampoco lo contrario.

Flora no suele hablar de su vida. La desgracia, las penurias económicas, el dolor del desarraigo, todo lo que sucedió acabó rompiendo a la familia, y ella nunca hizo nada para repararlo. Primero porque había preferido alejarse de todos los problemas, estudiar lejos, explorar aún más lejos, Timor Leste, Cabo Verde, Angola, Brasil, São Tomé. Y ahora, porque no sabe cómo resolverlo y además está todo demasiado roto, se han perdido los trozos, quizás ya no tenga arreglo. A menudo experimenta una rara confianza junto a personas a las que acaba de conocer, afrontando juntas un desastre colectivo, que no personal, como es la falta de agua, formando parte de esa comunidad que comparte el secreto de la fuente de Rioseco. Tanto decían que la gente de aquí era cerrada, desconfiada, tanto le avisaba Salvador que no viniera, y al final hasta empieza a considerar el quedarse.

«No te aguanto más, u-u».

—Como si me estuviera leyendo el pensamiento.

«Eres muy aburrido, no me llames jamás».

—¿Y no coges? —preguntó Antía tratando de ver el nombre en la pantalla del teléfono de Flora.

—Me van a encargar ir a limpiar la tumba de mi padre, como todos los años.

—Pues la limpias, que es bien fácil. Un cepillito de cerdas suaves para el musgo, pasas un trapito y agua con mistol a la piedra. Y para las letras, pincel y agua oxigenada. Te queda reluciente. Yo te ayudo si me invitas a comer sushi.

—Lo haría, pero está enterrado en Londres —dijo Flora.

—¿Y vas hasta allí a poner la tumba bonita para el día de los *Difuntiños*? —Antía colocó el primer bidón bajo el caño de la fuente. El caudal era débil y lento, la espera iba a ser larga.

—Hay que mantener las apariencias. La gente murmura y entre la comunidad gallega y portuguesa de Londres todo se sabe. Las noticias enseguida llegan a la patria, para escarnio general.

—Eso sí que es raro —dijo Teresa—. No conozco un emigrante, por lejos que se haya ido, que no tenga el sepulcro preparado en su parroquia natal. Ya ves cómo está toda la Limia: pueblos vacíos llenos de nichos nuevos.

Es verdad, pensó Flora. Los emigrantes siempre vuelven. Si pueden, cada año a la fiesta de la patrona. Si no, con los pies por delante. Su padre, siempre fuera de las costumbres, estaba empeñado en que lo enterrasen en Londres. La patria es como la madre que se unta mierda de gallina en las tetas para que el hijo no mame, decía al hablar de Galicia. Normal, la tierra había expulsado a los Luido una y otra vez, casi todos se marcharon. Él había muerto joven, sin hacer testamento, pero con una tumba de césped reservada y arrendada por noventa años en el City of London Cemetery.

—¿Vosotras sabéis de dónde era Gloria, la mujer de Mingo? —preguntó.
—Yo creo que de aquí —respondió Teresa.
—No, neni, no —interrumpió Antía—. Mi madre la llama la Chairega, por algo es. Dice que era de allá de Vilalba. Información de bar, fuente fiable. No como en la farmacia, que todos mienten para que no se les vea el vicio o para parecer más enfermos de lo que están.
—Es lo que tiene emborrachar a medio pueblo, os enteráis de todo —replicó Teresa riendo.

Vilalba. Flora recordó las palabras de Belén, Goiriz, Vilalba. Allí está mi mamá. Manzana dos, hilera cuarta, hueco veintiuno. Ese es el lugar.

13

Pena da Muller, Cualedro

A Ventu siempre se le seca la boca cuando sube a la Pena da Muller. Por eso, en el kilómetro uno se mete un caramelo de eucalipto que le dura justo hasta el cinco y medio, donde la curva grande anuncia el final del trayecto. Ahí ya sólo le queda una lámina finita que muerde con gusto, la sensación de tragarse cristales como un faquir. Esta vez, el ansia por llegar pronto hace que el caramelo se diluya en un suspiro ya en el kilómetro tres.

Desde el coche, subiendo la carretera que asciende a la sierra de Larouco, Ventu distingue las flores blancas de la cicuta, del nabo del diablo, las campánulas fucsia de la *dedaleira*, crecen por todas partes, en las cunetas, a los márgenes de los caminos, han resistido al verano sediento del año más seco que puede recordar. El monte está plagado de tóxicos que este hombre debe saber manejar. ¿Setas, quizás? Para Ventu son todas iguales, *pan do diaño*, nunca quiso aprender a distinguirlas: «Si no sabes, no las coges. Si no las coges, no te equivocas». Armindo se envenenó, quería matarse, y luego se arrepintió, eso es lo que él piensa. Bajó al pueblo en busca de ayuda, algo muy grave tuvo que ocurrirle para que decidiese bajar, y ahora está tan asustado, quizás ni lo recuerda, un pico de demencia en el momento más inoportuno.

Subir a la choza, Ventu no ve otra salida. Buscar restos de lo que sea que Armindo haya tomado, una pota, una taza, un manojo de hierbas carbonizadas entre los rescoldos del lar. «¿Y si no ha tomado nada?». Ventu no cree que nadie, y menos ese anciano, tenga la facultad de controlar las funciones de sus propios órganos, aunque cosas más raras has visto por estas tierras, se recuerda. Un ermitaño sin ermita, un anacoreta en silencio, un Diógenes. Suena espiritual, pero en este caso no lo es. Armindo tiene más de bestia que de filósofo. Un jabalí, un azor, una salamandra. ¿Qué maravillas sabrá hacer una salamandra con su cuerpo? ¿Y si no ha tomado nada? Si no ha tomado nada, tengo que llevarlo de vuelta a su casa, tan imposible como la idea de que pueda ordenar a sus riñones que dejen de filtrar la sangre, y que estos se retiren, «Por supuesto, mi señor», tras hacer una genuflexión. Si no ha tomado nada, tengo que conseguir que confíe en que lo voy a sacar y que pare de hacer eso que no puede estar haciendo y me dé tiempo para revertir un proceso que, si continúa hablando como un demente, nunca voy a poder frenar. La institucionalización rara vez tiene vuelta atrás.

Hay algo que quizás funcione. Si es algo psicosomático, psiquiátrico, si lo que pasa dentro de esa coraza de roña es tan doloroso, si resulta que Armindo es un titán capaz de llenarse las venas de sal, que Ventu está seguro de que es imposible y de que ya no está seguro de nada. También era imposible lo de Socorro, y mira lo que pasó.

Ventu deja el coche en la cuneta. La pista de tierra que sube hasta la Pena da Muller está cambiada, surcada de profundas huellas de algún vehículo pesado, quizás un tractor. Las marcas van y vienen, pero allí arriba no hay ningún cultivo, ninguna explotación, nada que necesite un tractor. La senda ha quedado deshecha y ondulada, ya no es un camino para que las personas recorran a pie, es una frontera. Y delante, a pocos metros, algo nuevo: una valla de tela metálica que encierra el enorme perímetro de la cumbre. Sobre la pista han instalado una cancela batiente, con cerradura. Un cartel de propileno con sólo cuatro palabras que lo explican todo: «Un proyecto Novawind Energy». Algo muy grave tuvo que ocurrirle para que decidiese bajar, Ventu por fin ata los cabos de lo que fue.

Es sábado, hora del vermú, un sol para mojar picatostes. No le quedan muchas opciones. En realidad, le queda una sola, y maldita la gracia que le hace. Saca el teléfono y hace la llamada.

—Tamariña, ¿me ayudas? Estoy en braga y sin combinación. —Silencio—. En la ciudad de Braga y sin combinación de bus para volver, malpensada. A ver, ahora en serio, ¿vienes a ayudarme?

La casa de Armindo nunca fue de Armindo, eso ya lo suponía él, como tampoco lo eran los pastos salvajes en los que triscaban las cabras, la higuera que le alimentaba ni el arroyo donde se lavaba. ¿Para qué necesitaría papeles de propiedad un hombre libre? Armindo era parte del paisaje como lo es un raposo viejo, y eso fundaba su derecho a ocupar el lugar. Ventu, hace años intentó dilucidar quién era el dueño de los terrenos en los que había edificado la choza, no fuera a ser que la cosa se complicase un día: fue cuando Novawind llegó por la puerta del Ayuntamiento para hablar de un proyecto de parque eólico en las cumbres de Larouco. Ahí había muchos que querían sacar su pequeña tajada de dinero fácil y muchos otros que por encima de su cadáver. Trazar el mapa de las tenencias en ese territorio era una tarea de zurcidor de miniaturas, con retales deshilachados. Las marcas divisorias son piedras, regatos, cosas que parecen inmutables, pero que han cambiado con el paso de los siglos. Hay arrendatarios históricos, sin papeles, que siguen pagando la aparcería en especie. La tierra se mide en metros, en hectáreas, en ferrados. Luego, los registros: el catastro, la parcelación municipal y el registro de la propiedad decían cosas distintas y contradictorias. Por eso hay tantos conflictos con los límites y las propiedades que terminan en tragedia: a ese cerezo que plantaste, si las ramas me entran en la finca, le hago un agujerito en la raíz y le inyecto disolvente. Y de ahí para arriba. De quién es el camino, el pozo pertenece a mi familia desde hace tres siglos, por qué excavas al pie de mi muro. Te encajo un par de tiros, por *malindeiro*.

«Sólo en Galicia hay más parcelas que en Suecia y Noruega juntas», Ventu lo leyó alguna vez, en algún sitio y ahora se lo cuenta a Tamara, que ha dejado su moto en la carretera junto al coche de Ventu y sube por el camino dando amplias zancadas.

—Once millones y medio de fincas, que tocan a cuatro por persona. Bajando por ahí, un tal Pepe Chao se aficionó a mover las estacas de madera que marcaban el límite entre su tierra y la de los Salgados. De vez en cuando, levantaba la alambrada y la llevaba un metro más allá. Lo hizo poco a poco, durante años, y nadie se dio cuenta porque eso era mero monte, allí sólo se daban los helechos, y además los dueños vivían en América. Hasta que se montó en Venezuela y toda la familia vino de vuelta. El cacho de tierra pasó a ser una posibilidad de subsistencia: eucalipto, porco celta, lo que sea. Para entonces Pepe ya había movido la línea por lo menos diez o quince metros. El día que subió la abuela de los Salgados, ella que recordaba las referencias viejas, el grito que pegó movió tres rocas que estaban en equilibrio, una encima de la otra, y acabaron en medio de la carretera. «*Devolve os marcos, maricón*», le pintaron en toda la fachada de casa con bosta fresca de vaca. Hay que tener mucha mano para hacer eso y que sea legible, se les notaba que tenían tradición rotulando negocios en Barquisimeto.

»Si vas hacia abajo por el regato, verás que se va uniendo a un arroyo: síguelo y llegarás a un molino grande, en ruinas, que fue en tiempos de aquellos señores de Támega que tuvieron sus dominios de aquí a Verín. Del molino parte un sendero que allá adelante se bifurca. El de la izquierda te lleva hasta una zona de maizales encajados como un puzle. Un lío. Pues allí el Corollas se llevó el tractor y se puso a trabajar, y le fueron los Madanelos: que el camino es nuestro, que *voute matar*, que te bajes de ahí, *fillodaputa*, y el marido con la navaja afilando un palo, a modo de estaca. ¿Y en verano? En verano las hoces quieren sangre. Mira, Tamariña, si vuelves atrás y esta vez sigues el camino de la derecha, vas a llegar a la carretera de San Millao, y ahí delante ves una iglesia. Detrás del cementerio hay una parcela a monte, por la que casi se matan dos hermanas. ¿Por qué? Porque ahí se podían construir nichos nuevos, eso valía oro puro. Y no creas tú que el ser familia las frenó: se *mallaron* a hostia fresca en la *leira*. Pasan de los setenta y una está más ciega que un culo con un corcho dentro, pero es la otra la que acabó con un tajo de azada en la cabeza. «Fue un accidente», dijeron después.

Y allá abajo, hacia Xinzo, donde estaba la lagoa de Antela, que la secaron para sembrar, esas tierras las defienden a machetazos. Ahí un tal Saturno, el hijo de Rita a do Fugitivo, acabó mal, el pobre. Ahí hubo cárcel y orden de alejamiento. No sé cuántos años llevaban el Saturno y el Vinagres que esto es mío, que no lo es, y papeles no los tenía ninguno, todo era por la tradición, y la finca sin cultivar, cuatro ferrados. Qué cojones, dijo Saturno, pues yo le echo patata, y así fue. Y cuando fue a apañar le aparece el Vinagres hecho un jabalí salvaje, «¡No pisarás más mi finca!». Y suerte que se le cayó el machete, pero cogió una piedra, se le puso encima, y pam, pam, pam, en la cabeza, pam en la cara, que le debió de parecer cosa escasa que aún le clavó los dedos en los ojos, y el pobre Saturno se quedó tuerto. En el campo todo es un arma. Las uñas, las piedras. ¿Un palo? Te rompo los dedos. ¿Un zueco? Te hundo la napia. ¿Un mechero? No quiero yo contarte lo que se hace con un mechero. Cuántos le han plantado *lume* al monte, por las rencillas.

Tamara, a ti esto te parece del siglo pasado, pero yo aún me acuerdo cuando allá en Chantada el Paulino acuchilló a trece antes de meterse en casa, trancar la puerta, prender fuego dentro y sentarse en la cocina a ver todo arder mientras pelaba una manzana. Qué había en su cabeza, eso no te lo sabe nadie, lo que no pasa en mil años, pasa en un día. Y si no hay herramienta, a mordiscos. Aquel que plantando la viña encontró un tesoro, que no se sabía de quién era la tierra, ahí sí que hubo ración de tripas para todos. Y con el calor es mucho peor. El calor extremo y este viento ponen a la gente *rabuda*. De esas al juzgado llegan una de cada diez, pero el rencor se queda ahí, porque el tema sigue sin resolverse, ¿crees que se acaba? A lo mejor se salta una generación, como la calvicie, pero eso no se acaba, no. Eso siempre vuelve. Eso es mostaza y kétchup, ¿entiendes? Es pus y sangre. Lo pudre todo.

—A mi abuela le pasó, que se le aparecía mi abuelo difunto, y era porque de joven había movido los *pedreiros* de un vecino, y que así no le dejaban pasar al cielo. Y fueron los dos de noche a la finca, mi abuela y el *difuntiño*, y él le dijo: «Sácamelo de ahí y pónmelo *pacá*», y estaba todo lleno de zarzas y ella ni se lastimó ni le costó trabajo levantar las piedras. Y le iba indicando: «Este aquí, este allá». Y ya no se volvió a aparecer.

—Seguro que le daba bien al Pedramol, tu abuela.

—En los cementerios se ve a veces que las sepulturas están hundidas, y ella decía que eran de personas que habían movido los lindes. Si le robas la tierra a alguien, después tú no tendrás tierra suficiente para tu tumba.

Alcanzan la alambrada de Novawind y, para disgusto de Ventu, Tamara se niega a trepar y saltar al otro lado.

—Yo sola ahí no me meto —dice.

¿Y para qué vienes, para qué?, quiere preguntarle Ventu, pero cierra la boca, que es lo mejor que puede hacer, pone unos morros que le llegan al suelo y se da la vuelta mudo, de pronto ha olvidado cuál era su misión y todas sus ideas se centran en encontrar una manera de hostigar a la chavala el próximo lunes. Todo se le pone en esa cara de *molete* tibio, así que necesita ocultarse para que no se le vean las venas de la frente retorciéndosele como un guiso de gusanos en ebullición.

—Pero, Ventu, no te enfades, que traje esto, yo creo que vale —Tamara saca una cizalla de la mochila—, así podemos entrar los dos, que yo sola me da miedo y tampoco sé dónde está esa casa.

La cara de *cona* de Ventu se transforma en un engendro inenarrable entre la desaprobación, el asombro y el agradecimiento. Se ve a sí mismo abriendo la puerta de la corte de Socorrito, salvándola de la sal y las espinas, qué sorpresa, Tamariña, al final vas a estar hecha de buena pasta, piensa, al final vas a ser como yo, y dice:

—Déjame a mí, que esto va por fuerza. Entonces, nena, si resulta que no hay ningún veneno, tenemos que probar la vía sentimental.

Esa vía funciona. Lo ha visto tantas veces en el sufrimiento sólido de los expropiados. Desarraigados por el ferrocarril, un embalse, la autopista. A veces, cuando la gente no conseguía arrancarse la raíz, sobre todo las viudas, las parejas mayores, su trabajo oficioso consistía en tomar fotografías de las habitaciones antes del adiós, organizar la mudanza, dirigir el traslado para que en la nueva vivienda la disposición de los objetos fuera una réplica de la original. Y entonces, cuando esa pareja de ancianos dejaba la pensión y entraba en la casa, algo se calmaba en el ardor de sus gargantas. Algo se encendía en los ojos.

Si hace falta, le bajamos una cabra. Lo que no sé es cuál es su favorita.

—La más cuidada —opina Tamara.

—Cuidada no está ninguna, que este Armindo te es naturalista. Tienen unas garrapatas como cebollas. Yo una le llevo, pero en mi coche no va. Hay gente que se cura cuando le llevas el álbum de fotos de la abuela. Otros la palman, pero la palman en paz. A ver qué cosas sentimentales tiene este en casa. Si es que no ha tomado veneno.

La cumbre de la Pena da Muller sigue en su sitio, rocas con forma de seres y voces de persona, cuando el viento les da aliento, pero la casa de Armindo ya no está allí. La han borrado. Quedan algunos restos esparcidos por el suelo, la negrura del círculo donde encendía fuego, unos tablones, un tenedor aplastado en la huella de un neumático. Los muros y los muebles que hubiese tenido los han deshecho las máquinas. Permanece inmutable el bolo de piedra que había sido la cuarta pared de la choza. Toda su vida, Ventu lo ha mirado con la indiferencia con que se mira una roca enorme que corona una cumbre, pero ahora ve que es más que eso: bajo su disfraz de *casoupa*, la morada de Armindo guarda algo majestuoso. Un arco excavado a pico convierte el peñasco en un portal que se abre a una estancia rupestre. Al entrar, Ventu se santigua sin pensarlo y Tamara se sube el escote de la camiseta. Allí huele a templo.

Las paredes de granito muestran las marcas irregulares, oblicuas, de una herramienta manual. Alguien había profundizado unos tres metros hacia adentro y hacia abajo, componiendo un recinto tunelado al que Armindo daba uso. Al fondo cuelgan decenas de muñecas, viejas muñecas lloronas de plástico rescatadas de la basura, una sin un ojo, otra sin los brazos, otras sólo cabezas o torsos o piernas pendulando, colocadas del suelo al techo, entre cruces trazadas con pintura blanca. Tres cirios pascuales metidos en latas de pintura terminan de darle a ese muro el tono de un altar piadoso y degenerado. Ventu enciende una mecha, «Esto lo mangó en San Salvador da Xironda», y las miradas suplicantes de aquellos bebés muertos de hambre les escintilan a la cara, mientras que sus sombras se deslizan por las paredes como arañas mutiladas que huyen hacia su agujero.

—Yo esas muñecas no las toco —dice Tamara, y Ventura la mira con hastío.

—¿A ti qué te gustaría hacer en este mundo? —le pregunta.

—Trabajar con menores. Los niños que están solos porque las familias los maltratan.

—Los juguetes de esos niños dan bastante más miedo que estas muñequitas. Y sus historias, ya no te cuento. Vas a tener que espabilar mucho, Tamara.

—¿Y no le tendrá más apego a esa manta que a las cosas estas? —Tamara se ha fijado en una vieja tela extendida a modo de alfombra. Le parece muy propio de un ermitaño, al que se imaginaba sentado en la posición del loto con los ojos en blanco invocando espíritus para que poseyeran los cuerpecitos tarados de las muñecas, como un híbrido entre gurú hindú y satanista de serie Z.

—La manta, la manta. —Ventu se acerca y la coge por un extremo—. Ya me dirás tú por qué esta mierda de manta del perro... —Tira de la tela para sacudirle la roña. Mira al suelo. Mira a Tamara. Mira al suelo: una cama de paja deja entrever una tapa cuadrada hecha de tablas, como la portezuela de un sótano. No tiene bisagras, sino dos agujeros alargados ubicados en dos lados opuestos. Introduce los dedos y la levanta, revelando un depósito excavado en la roca—. Nena, acércame esa vela, mira a ver que no te quemes. ¿Dónde habrá robado todo esto? El pobre Armindo a su casa no vuelve, pero por Dios que le llevo sus tesoros y le monto la capilla de Nuestra Señora de las Barbies en la habitación del hospital. Este no se nos muere, nena, tenemos mucho que espabilar.

Y de aquel alvéolo en la roca, Ventu comienza a sacar máquinas, botellas, papeles, zapatos de tacón, tapices, un reloj, anteojos, una máscara de gas, cuerda roñosa, un zueco, tres pulseras muy brillantes, una fiambrera sucia, un discman, guantes de trabajo, un vestido de seda, una caja de Minilip, pañuelos de tela llenos de pegotes, una huronera de cuerno, varios ducados de oro, un búho disecado, un machado de piedra. Y detrás de todo eso, salen los objetos más inesperados que Tamara verá en su larga y atípica vida.

14

Goiriz, Vilalba

Esa tarde, Suso se vistió bien, en plan formal. El bloque de calor que cayó del cielo a eso de las once de la mañana le tentaba a ponerse el uniforme que usaba otros años, en verano, cuando tenía vacaciones y alquilaban los de la tele aquel velerito de catorce metros, el *Hereje Libre*, y se pasaban todo el mes de julio recorriendo las Rías Baixas de *furancho en furancho*. Camisa clara de manga corta y flores grandes, lirios y amapolas. Short oscuro, quizás un bañador, con flores aún más grandes y contrastadas, hibiscos amarillos. Alpargatas de esparto. Pero ese era un día importante para él, el último resto de los Veloso dos Mixtos, y para todo Santiago de Rubiás, así que, pensó, soportaré el calor, que vale más la estampa, y eligió un traje fino color crema, de cantante de orquesta de los años cincuenta, y una camisa negra con grandes hojas de costilla de adán estampadas en blanco.

Delante del espejo, repasó el esquema mental de su discurso. No quería pasarse de los tres minutos y justo a la mitad debía encajar un giro emocional que reenganchase la atención de su audiencia. Por ejemplo, la imagen de su abuela hablando de la princesa embarazada que llegó desde Portugal, una historia de siglos que le contaba con el mismo tono enigmático con el que le hablaba de los *mouros* que vivían dentro de las montañas de Larouco, custodiando sus cántaras llenas de oro. La princesa atravesando las cumbres a pie descalzo en un invierno gélido, perseguida por varias *mancheas* de hombres malos que estaban dispuestos a hacer lo necesario para que su hijo no llegase a ser rey. Los vecinos de Santiago, compasivos, la acogieron. Como los enemigos acechaban, se organizaron para proteger a la dama, unos días la escondían en Santiago, otros en Rubiás, otros en Meaus, y así confundieron a los *malandros*. No fue descubierta. El principito nació a salvo y libre, y cuando años después llegó a ser rey de Portugal, concedió a las tres aldeas piadosas unos derechos que ningún otro lugar tenía en toda la península: nadie que se refugiase en ellas podría ser detenido, no deberían impuestos a ningún señor, no servirían en ningún ejército, no dependerían de más autoridad que de sus propios jueces. Ni rey ni Dios ni amo, Santiago, Rubiás y Meaus conformaron el Couto Mixto, tierra independiente durante siete siglos, hasta el XIX.

Hace doscientos años que su trastatarabuelo Marcial, cultivador de tabaco, había sido elegido juez del Couto Mixto, líder principal del territorio. Gobernaba junto a tres *homes de acordo*, uno por cada pueblo. Por eso Suso tenía esa tarde un papel importante en la ceremonia de homenaje que se iba a desarrollar en la iglesia de Santiago de Rubiás, cuando él y otros dos descendientes de antiguos jueces, cada uno con su llave, abriesen los tres cerrojos del arca de madera que se custodia en el templo, réplica de la que en el pasado guardó los documentos de privilegio del Couto Mixto, y depositasen dentro una declaración solemne: ser siempre tierra acogedora, hacer valer los antiguos privilegios, defender la Historia. Era un día emocionante, llevaba todo el año esperándolo. Y cuando estaba recortándose el bigote, a punto de elegir un sombrero, escuchó el gruñir achacoso de un motor viejo que se detenía fuera y apareció Flora por la puerta de su casa.

—Nos hemos equivocado —dijo, siempre usaba el plural mayestático cuando se trataba de asumir un fracaso propio—. Goiriz. El lugar es Goiriz. Belén me lo dijo. Manzana dos, hilera cuarta, hueco veintiuno. «Yo también tengo sitio allí», dijo. Si Belén y su madre tenían una tumba en la tierra de sus ancestros en Terra Chá, ¿por qué no la va a tener también su hijo sin cristianar?

Sonaba lógica, así que Suso remató su atuendo con un sombrero formal, que iba a hacer falta causar buena impresión, y llegaron juntos al cuartel de la Guardia Civil, con una nueva pista para el caso de los Fontes.

La teniente Lorena, de espaldas, metía la cabeza en los viejos archivadores de metal. Abría y cerraba cajones como si diese portazos a la entrada de R'lyeh. ¡Hola!, dijeron, con su tono más complaciente, y ella se giró de golpe: su cara parecía el fondo de una pota de callos olvidada al fuego. No sólo porque echaba humo, sino también por el relieve. Estaba cubierta de verrugas.

—¿Tú no eras la peregrina? —le lanzó a Flora con una centella de sus ojos asomando entre los garbanzos.

—*Oh, well...*

Ni se atrevieron a decir nada más a esa mujer que justo esa noche tenía su segunda cita —que siempre es la determinante, la más importante— con la exigente cabo Sara.

Necesitaban un pico y una pala.

El muro de granito que circunda el atrio de la iglesia de Santiago de Rubiás no lograba detener el viento, sino que lo contenía dentro y lo moldeaba, transformando la corriente rolona y cálida en un remolino que agitaba la hierba seca, el vino nuevo dentro de los vasos de plástico, los tentáculos del pulpo que se elevaban tres veces en el aire antes de regresar al agua hirviendo, un susto para que se ablande. Setenta y siete culos mantenían fijas en su sitio otras tantas sillas plegables, dispuestas alrededor de una tarima bajo la bandera del Couto Mixto, tres llaves de oro sobre blanco y azul. El pie del micrófono cayó, las flores volaron, el sombrero de Suso se volteó y atravesó la puerta del templo, a su espalda, rodando por la nave hasta posarse al pie del altar. No importó, el torbellino animaba de forma épica la tela fina de su traje, se veía como si cabalgase hacia los campos de Pelennor y ese efecto, unido a la proyección de su voz y al contenido de su discurso, hacía titilar los ojos de la gente. Solo Delfín Modesto Brandón, el último juez del Couto Mixto, se mantuvo inalterable, aposentado en el banco corrido de piedra. Sería porque pesaba más de doscientos kilos, porque llevaba muerto más de cien años o porque era una estatua de bronce y además se le había retrepado justo al lado una señora de rizos que no paraba de rumiar «¿Cuánto falta? ¿Es que esto no termina nunca? Susiño, por tu *trastamaratatarabuelo* te lo estoy pidiendo, que se va a hacer de noche. Vámonos ya» una y otra vez, a lo largo de las dos horas que duró el evento.

Entre Santiago de Rubiás y Goiriz hay más de doscientos kilómetros, casi tres horas atravesando Galicia de abajo arriba. La carretera recorre la amplia llanura donde un día estuvo la laguna de Antela, el mar interior de Galicia. Hoy aparece como una vieja colcha hecha de retales sembrados de patata y cebolla.

—Aquí se hundió la ciudad de Antioquía —dice Suso—, porque sus habitantes eran gente pérfida y como castigo cayó agua del cielo y la cubrió. Entonces toda esta tierra se llenó de sanguijuelas, y mira cómo era el ingenio de los vecinos de Antioquía que, a partir de ese momento, se hicieron *sambesugueiros*. Cazadores de sanguijuelas. Las vendían por toda Galicia para que los médicos las empleasen en sus sangrías. Muchos se hicieron ricos.

—¿Queda algún resto de esa ciudad?

—Esa ciudad no ha existido nunca. Pero en la noche de Navidad se oye cantar a los gallos si te asomas al *pozo da meiga*. Cantan los gallos y se ven los ojos abiertos de los muertos arrastrados por el agua. Así acabó Antioquía.

Al dejar atrás Ourense, la carretera bordea el río Miño y se introduce en la Ribeira Sacra entre bosques de carballos que cierran el cielo. Flora nunca ha visto tantas bodegas y viñedos como los que aparecen tras rebasar una señal de poblado que clama «Sober».

—Por fin empiezo a pillar la retranca.

—Qué retranca. Este sitio se llama Sober.

—*Sober*.

—Sí. De Canaval para allá, todo es Sober —explica Suso señalando las extensas colinas cubiertas de vides, rótulos de la ruta del vino y pazos con toneles a las puertas.

—Sois divertidísimos.

A partir de Monforte la carretera se convierte en una arteria que esquiva el corazón de los pueblos, y cuando salen de la autovía en Rábade ya la noche se les ha echado como un sombrero de ala demasiado ancha, demasiado dura, que no permite ver y que pesa sobre la cabeza. La comarcal atraviesa la llanura de la Terra Chá, un paisaje de pinos y prados alisados que apenas se distinguen más que como una masa sólida, materia continuada. En un cruce, una señal desvaída indica Goiriz a la izquierda. A la derecha, Triabá. Una imagen, como una descarga, atraviesa la mente de Flora y desaparece: una vieja casa de pizarra, una puerta azul, un banco de piedra. Ese nombre, Triabá, y el peso de una manta que picaba. La visión del vaho saliendo de su boca en la cama. Era el olor de una casa *chairega* muy húmeda. Una casa en la que siempre hacía frío, salvo si se quedaba muy quieta y callada junto a la cocina de hierro. «Yo ya he estado aquí antes».

Una figura, una mancha blanca y erguida, aparece en la carretera, de pie delante del coche. A la luz punzante de los faros la ven: es un ave, una cigüeña de perfil que esconde la cabeza hacia el otro costado. Flora toca el claxon, que suena espeso, ralentizado, abriéndose paso entre el silencio grueso de esa noche. El pájaro yergue el cuello, gira la cabeza y dirige hacia ellos sus ojos duros. En el pico lleva, apresada, una lagartija negra, quizás una salamandra, pinzándola por el pescuezo. Aún se mueve. Se revuelve como se espera de las alimañas sin esperanza: destrozándose la carne entre las hojas de una tijera. La cigüeña aprieta su pico de tenaza, no hay tiempo para frenar. Sal, bicho, sal de mi camino o te paso por encima, te plancho a ti, a tu lagarto negro y a los huevos que lleváis dentro.

El ave se yergue en el aire como un crucificado, extendiendo las alas, sal de ahí, que ni tu madre va a distinguir tus tripas de las de sus nietos, va a decirle, y se calla porque al demonio de la cigüeña se le han puesto los ojos colorados: se cierne, coge apoyo en la oscuridad sólida y se lanza a estrellarse contra el parabrisas, dibujando una telaraña, de vidrio, lagarto, pluma, sangre.

El crujido de la carne despierta en Flora el recuerdo de un alumno de catorce años al que daba clases cuando llegó a Portugal, un chaval brillante que se preparaba para el examen de Cambridge. Un día se tiró a la vía del tren, allí por donde circula a más de doscientos por hora. Había dejado una carta en inglés y los padres se la llevaron para que les explicase, con vergüenza, con humildad y con odio. Por qué no la ha escrito en portugués. Dinos lo que pone, dinos la verdad. Suso se agarra al asiento. El ave sobre el capó le parece una premonición. Paramos, dice. Flora no responde, y la cigüeña sale despedida junto a su ventanilla dejando un renglón de sangre en el cristal. El parabrisas se ha resquebrajado justo en el centro, sin desmoronarse, aunque ambos saben que un pequeño bache o una vibración desafortunada podrían romper el encaje milagroso que lo sostiene.

La carretera, dos carriles estrechos, está surcada por tráileres que circulan muy cerca, silbando. Cada vez que uno de esos enormes camiones cargado de cerdos vivos les adelante en una curva, Flora siente agujas en las piernas, son sus músculos tensándose en torno al hueso. Un camión cisterna de leche emerge de la oscuridad en un cambio de rasante y pasa casi rozando, mostrando sus ojos de perro con cataratas. Ya estamos muy cerca.

Los pináculos neogóticos del cementerio de Goiriz aparecen arañando la noche. Las garras de los muertos que hemos olvidado. Son inconfundibles. Del otro lado de la N-634, un desvío sube hacia Carballeira y Cancelas. En ese cruce, haciendo de rotonda, hay un retal de matojo seco que contiene una fuente de piedra con la inscripción «Campo de Cristo», una farola, y junto a ella el *cruceiro*, marcando un punto en el Camino del Norte. Algunos peregrinos han dejado piedras colocadas en los escalones. «Por aquí he pasado». Más allá, los prados bordeados por muritos de pizarra se extienden hasta donde el bosque abre su brazos de ramas huesudas, como los de una orante cuyas articulaciones se resisten al quebrar del viento, haciendo ruidos de madera sufriente. No se oye nada más.

—Tiene que ser aquí.
—Vámonos.
—No.
—¿De verdad vamos a hacerlo?
—¿Tú para qué has venido?
—¿Y si nos pillan?
—Pues estamos enterrando una piedra para las verrugas, como la de tu amiga. Coge el pico.

Flora y Suso empiezan por excavar en la espalda del *cruceiro*, junto a la base. La superficie seca y dura hace rebotar la punta de la herramienta. No hay nada, piensa Flora. La tierra no está removida, la hierba seca cubre el suelo, es imposible que alguien haya enterrado nada allí en los últimos meses. Y ese viento que les quiebra las rodillas, que les zumba en los oídos. La luz de la farola que lo tiñe todo de bronce, el polvo entrando en la boca.

—Vámonos.
—Cava —dice Flora.

¿Qué estás haciendo?, se interroga a sí misma. Dedícate a tu trabajo, dedícate a tus cosas, dedícate a tu familia. Huellas de brujería, las marcas antiguas de secretos que no se pueden decir. A ti eso qué más te da. Mañana temprano, coge el coche, ve a la residencia, exprime a Selvita, llévale una caja de bombones de licor y anímala. Es apasionante y esto es mierda pura. El interés por las mascaradas se le escapa, no puede estar pendiente de muchas cosas al mismo tiempo. Desde que tuvo delante de los ojos la figura de masa, el momento de dormir se demora pensando en el rito y el significado que hay detrás, y los sueños que continúan esos pensamientos contienen signos que la inquietarán durante el día. En el de anoche, recogía una paloma que andaba apoyada sobre dos muñones, con un ala levantada, y ella acercaba su ojo al ojo naranja del pájaro. Al posarla sobre un banco de madera, la paloma se derrumbaba y su cabeza caía inerte hacia un lado. Estaba muerta, y del pico le salía un charco de agua turbia. Entonces, Flora le bajaba el párpado con el dedo índice. Lo oscuro se está infiltrando. Belén comiendo piedras, un buey con la barriga abierta, un monstruo de cuento que susurra en los oídos de las chicas encerradas, para que puedan dormir.

—Vámonos.

—Al final sí que eras carne de magazine.

—Vámonos.

—Pasta de *festa do polbo*.

—Vámonos.

—Palo de rueda de prensa municipal.

—Y quiero seguir siéndolo, vámonos.

—Me estás echando tierra en los ojos.

—Ciérralos y vámonos.

—*Shut up and dig.*

—¿Sabes que las cigüeñas son capaces de comerse a sus crías?

—Las señoras, a veces, también.

—Me imagino cuánto debiste hartar a tu madre.

Y el pico hace cloc. No poc: cloc, y salta un terrón de pasta roja. Un trozo de baldosa o teja. Muy cerca, junto a su oído, Flora nota el golpe de un aliento, como cuando alguien sopla, para apagarla, una vela. Y la luz de la farola muere, oliendo a cera derretida.

La herramienta ha dado con una superficie dura y plana, a medio metro bajo tierra. Flora recuerda los tesoritos de Regent's Park, cuando los fines de semana su padre la llevaba y juntos reunían flores, piedras de cuarzo, la cuenta de una pulsera rota, una foto bonita recortada de una revista, un cerdito de plástico que venía en los cereales, un dibujo a lápices de colores. Hacían un agujero en el suelo y colocaban todo dentro, cuidando la disposición. Luego lo tapaban con un pedazo de vidrio de una ventana rota y cubrían con tierra, una cámara secreta que haría feliz al desconocido que, por azar, mañana o dentro de cien años excavase en ese preciso lugar.

Quizás el *cruceiro* de Goiriz custodia un tesorito oscuro, siniestro. Lo extraen en plena oscuridad, qué más da, tienen que cerrar los ojos para que no les entre el polvo, caídos de rodillas ante la cruz, pues de pie no logran mantener la estabilidad, gritando para escucharse al avisar, voy, y no destrozar la mano del otro al clavar el pico o la pala.

Apartan la tierra y sueltan dos o tres baldosas. Es la cubierta de una pequeña cámara alargada, compuesta con azulejos, la panza de un caldero de cerámica grosera, trozos de tejas, un plato roto. Dentro hay un espacio del tamaño de un gato, o de un bebé, dice Flora, en realidad un poco más grande, un *cadaleito* forrado en materiales domésticos, como una versión moderna de las tumbas romanas de ladrillo y tégula, tan cerca de Lugo, ¿sería posible que conservasen la técnica? Se trata de conseguir que los esqueletos perduren, preservarlos de la acción aniquiladora del suelo ácido. A la luz escuálida de la linterna del móvil se libera un sofoco en el aire, un olor a pájaros encerrados, y por debajo, un saquito de esparto. Al extraerlo, claquetean las cositas que lleva dentro.

La iglesia de Santiago en Goiriz es de ese tipo barroco rural tan característico de toda Terra Chá. Una arquitectura sobria, mansa, de planta en cruz y muros revocados de blanco. La carretera nacional se desarrolla paralela a todo su flanco, cubierto por un soportal techado en pizarra que protege un espacio enlosado, con láminas de esquisto hincadas en la pared a modo de bancos. Suso y Flora se refugian allí cuando el viento se vuelve tan imposible que la farola apagada cruje y los cables bailan como una comba en pleno vuelo. Fíjate, dice Suso, y señala la puerta del templo. Sobre ella, una placa de madera mil veces repintada anuncia:

«ESIGLE†SIA
DE REFUGIO
AÑODE1773».

Ahora se sientan bajo el pórtico y entre ellos está el saco, aún cerrado, todavía un misterio atado con siete vueltas de cinta de seda.
—Lo abrimos.
—Tengo guantes en el coche.
—De aquí no te muevas, lo abrimos ya.

El cordón está flojo y sale sin desanudarlo, deslizándose. Al soltarlo se desenrolla una frase bordada con mano tosca en hilo escarlata: «A ti te lo entrego Teodora Dorotea». Arriba, muy cerca, suena el repiqueteo de dos cosas duras que chocan, como las mandíbulas de una calavera descarnada que se muere de frío o de hambre, como las puertas que no quieren abrirse. Es el crotoreo de una cigüeña. Quizás el nido está justo sobre sus cabezas, en el campanario.

Cla-cla-cla-cla-cla-cla-cla-cla-cla-cla-cla-cla.

Flora pone una delicadeza desacostumbrada al volcar el saco sobre el banco, sea lo que sea, es algo sagrado, lentamente asciende un olor empolvado y un coro de marfiles se esparce sobre la piedra. Ay, madre, dice Suso, y sin saber que lo hace se agarra a la esperanza que lleva en el cuello en forma de medallita de la Virxe Abrideira de Allariz, en la que no ha creído nunca.

Cla-cla-cla-cla-cla-cla-cla-cla-cla-cla-cla-cla.

—No lo toques. Vamos a hacer las cosas bien.

—Para entenderlo hay que tocarlo.

Es un montón de huesecitos oreados, polvo, encajes que bajo el aliento crujen y se desmoronan. Todo tiene un tono antiguo, una niebla de polvo que se respira y se queda dentro. Flora trata de organizar los materiales sobre la tela de esparto. Sus conocimientos de anatomía son limitados. No conoce los huesos pequeños, pero puede fiarse de los principales.

Cla-cla-cla-cla-Cla-cla-cla-cla-Cla-cla-cla-cla.

El aire está cambiando, sopla muy cerca de ellos como el aliento de un animal grande en cueva oscura, las cigüeñas entrechocan sus picos duros. La imagen final de la composición puede no ser exacta, pero el resultado es indiscutible: se trata de los restos de varios humanos envueltos en telas o faldones. A un lado, Flora ha situado dos fémures, peronés, tibias, una pelvis, una columna, dos brazos, un cráneo. Al otro, algunas vértebras y una calavera. Es el enterramiento de dos niños muy pequeños, tal vez recién nacidos, tal vez de muy pocos meses, pues faltan las rótulas.

—¿Qué hacemos con esto? —pregunta Suso.

—¿Tú crees que Lorena nos cogerá el teléfono?

Parte III

La sed
Octubre-noviembre

1

Calvos de Randín, octubre

Lo malo de Suso es que trata de vampirizar todo mi tiempo, pensaba Flora. Porque le encanta trabajar en compañía, y ahora que le va tan bien, que ha publicado unos cuantos temas bastante excéntricos, pero con mucha repercusión en toda España, que lo llaman de las televisiones nacionales para que entre en directo desde las excavaciones arqueológicas de Goiriz, porque el lugar ha resultado ser una antigua necrópolis, o que lo invitan a plató para compartir sus impresiones sobre la pervivencia de la brujería en ese territorio irreal que más allá de los Ancares llaman «la Galicia profunda», ahora que cada semana su diario digital conquista un nuevo récord de impresiones en las redes, no está dispuesto a renunciar a nada de eso.

De pronto, Suso era importante en la comunidad: gracias por contarnos la verdad, le decían sus vecinos. Si no fuera por ti. Una *besta* suelta y la Guardia Civil callada. Atraía la información, le confiaban sus miedos, los datos circulaban. Alguien confesó que creyó haber visto a Belén una sola vez, cuando era todavía una adolescente, sentada al amanecer en la fuente del monte da Torre, esa fuente que aparece y desaparece y que sólo puedes encontrarla si vas pensando en ella. La muchacha tenía una larga rama de *estralotes* en la mano y sus dedos blancos hacían estallar las flores púrpuras. El cajero del supermercado recordó que cuatro o cinco meses antes había entrado en Calvos un chico de aspecto extraño, orejas enormes, piel seca de lagarto aplastado en el asfalto. Suso persiguió ese rastro y otros testimonios emergieron, como se revela el trazo de un dedo al exhalar el aliento en una ventana. El desconocido había llegado un 31 de mayo caminando por la carretera general, preguntó por la casa de los Fontes en la tienda, en el bar y en el banco, y se marchó hacia el otro extremo de la misma carretera, en la dirección que le indicaron. Nadie había vuelto a verlo.

Todos los días, Suso trataba de convencer a Flora: hay que entrar en esa casa. A ver qué hay. Porque tiene que haber algo. Esas cosas que tú sabes y que seguro que la Guardia Civil no ha sido capaz de detectar, porque de brujería no entienden nada. La animaba, pero no iba a entrar allí con ella. Un periodista no puede romper un precinto policial. Tú, en cambio, ¿qué más te da? Nadie te conoce. Te pondrían una multa pequeñiquitísima como mucho. Ni eso, yo puedo hacer guardia enfrente y si alguien se acerca, te aviso, decía. Ella, si no se atrevía, era por el miedo a que el loco Mingo anduviese por ahí refugiado, defendiendo su trinchera. En cambio, Suso estaba empeñado en que había que encontrarle. Él era la clave. Entregó a Flora una bolsa de tela serigrafiada con el logotipo de *O Tempo da Raia* y se la cargó con bolígrafos de *merchandising*, chapas, una libreta y un rollo de hojas impresas, toda la serie de reportajes que él ha escrito sobre el crimen de los Fontes.

—Llévalas siempre encima —le dijo—, Mingo está muy cerca, te lo puedes encontrar en cualquier sitio. Si lo ves, quiero que le entregues estas páginas.

Había escrito su nombre y número de teléfono en una de ellas, sobre un titular que relacionaba la muerte de Belén con prácticas de brujería.

—Que las lea, así verá que estoy de su parte.

Flora, mientras, abordaba a trozos el escrito del cura de Sandiniés. La letra, el papel gastado y los modismos del siglo XVII lo complicaban todo, necesita dedicarle tiempo, porque intuye que en ese libro habrá más hallazgos. Dame un par de días, Suso, y seguro que te traigo algo, le dijo por teléfono mientras abría el documento en el ordenador y pasaba rápidamente los capítulos sobre santos, demonios y ángeles de la guarda. Un título capturó su atención: «Su nombre todos los nombres».

Su nombre todos los nombres

Compendio breve de muchos nombres de demonios, que declaran los maleficios y diligencias con que persiguen y dañan a los hombres.

Supongo con San Antonino, lo que es cierto, que como los ángeles santos tienen diversos nombres, fundados en los beneficios y oficios de piedad que hacen con nosotros, así los demonios toman diferentes nombres de los maleficios y oficios de malicia con que nos persiguen y dañan. Son espíritus sucios, enemigos del linaje humano, de entendimiento discursivo, sutiles en maldad, en dañar codiciosos, entumecidos con soberbia, inventores siempre de nuevos engaños, alteran los sentidos, ensucian las voluntades, turban a los que velan, inquietan con sueños a los que duermen, causan enfermedades, mueven tempestades.

Aunque todos los demonios se desvelan para inducirnos a todo género de pecados, unos hay que toman a su cuenta el plantar en esta huerta del gran Padre de Familias unas cizañas de vicios para que no medre el trigo escogido de virtudes, que siembra Dios por medio de los ángeles y por sí mismo en los corazones de los hombres.

Abaddon se dice el ángel malo, cuyo nombre se interpreta como exterminador y es el que enciende en ira.

Acusador, esto quiere decir diablo, como advierte San Gerónimo.

Apóstata se dice, porque dejó la obediencia que debía a Dios y se pasó a soberbia libertad.

Ave se dice, como insinuó Cristo, porque tiene su asiento principal en la región del ave, por su desordenado apetito de ser iguales con Dios.

Árbol sin fruto se llama, según advierte Orígenes, en sentido espiritual, por ser infructuoso y levantado, que ambas cosas figuran al diablo, muy empinado y sin fruto.

Asnos silvestres se llaman en la historia de Job. Asnos indómitos que no se sujetaron a la cintas de Dios y dan carreras continuas, guiados de su malicia, por el desierto del mundo.

Assirio se dice el espíritu contrario, según el profeta Micheas.

Assur se dice el que anda acechando siempre por donde dar asaltos a las almas santas.

Asmodeo se dice el demonio que tienta especialmente a las deshonestidades y culpas lascivas.

Áspid le llamó David, así el demonio es venenosa víbora de las almas que, vistiéndose de libreas diferentes, las engaña y muerde en secreto.

Ballena también es su nombre, como el mayor pez del mar, que anda tragando peces sin saciar su apetito, que anda corriendo por este mar de miedo, tragando hombres y metiéndolos en su vientre de infierno.

Basilisco, porque si el basilisco da muerte con sola su vista, así el demonio es tan feo y horrible que sólo el mirarle bastaría para morir.

Behemot le llamó Dios, muchedumbre de animales, porque es tal su grandeza que es elefante, y tiene cuerpo por muchos de ellos. Este es el príncipe que tienta a la gula, preparando con su ejército en el mundo banquetes regalados y mesas deliciosísimas para hacer que los hombres se vuelvan brutos.

Belial le llama San Pablo, porque perdió la sujeción y obediencia a Dios, criatura sin yugo y sin ley.

Belcebub era el demonio que veneraban y consultaban los de Accaron.

Otros le llaman Beelphegor, ídolo de las moscas.

Bestia se le dice, animal bravo y fiero, derívase de vasto, que es destruir y talar, por ser de condición tan fiera y cruel que todo lo tala y derrota.

Cazador muy sagaz de trampilla o armadija lo llamaron los santos antiguos. Está escondido el lazo del demonio en la tierra cuando oculta el pecado en los bienes terrenos.

Caco-daemon se llaman muy propiamente los ángeles malos, sabio por su naturaleza sutilísima y malo por su gran culpa.

Canis, esto es, perro, le llama San Crisóstomo con agudo símil. Un perro que está al pie de la mesa cuando el hombre está comiendo, aguardando que le arroje de ella algo que roer, y si comienza a darle cosa que le agrada, se muestra muy alegre haciendo tales lisonjas que le induce a que prosiga. Pero si ve que es en vano asistir allí porque ningún provecho saca, como enfadado se aparta.

Carnifex, esto es, verdugo de Dios, con que acostumbra a castigar y azotar a los pecadores.

Corsario, ladrón de mar, le nombra San Gregorio Magno, pues cuando ve al hombre, que es una nave hermosa, cargada de riquezas espirituales, entonces como corsario traidor sale más armado a saquear el tesoro.

Cuervo es el demonio, dice el Doctor Máximo, figurado en aquel que salió del arca de Noé y no volvió con la embajada.

Diabolus se dice cualquier demonio, y tiene este nombre muchas significaciones.

Daemon ya es el nombre más usado para nombrar a los ángeles que cayeron del cielo y nos persiguen.

Draco Magnus se llama, porque traga a los negligentes, porque persigue a la Iglesia secretamente por medio de los herejes.

Genios se dicen los demonios que tenemos cada cual para impugnarnos desde el primer nacimiento.

Ladrón se dice el demonio, porque los ladrones entran a robar en las casas por las ventanas y los demonios también por las ventanas de los sentidos a saquear las almas.

León le dice la Divina Escritura, cuando hace violencia a la gente sin culpa y se embravece contra los mártires con rabia sangrienta de tragarnos.

Leviathan le llamó Dios por su profeta Isaías, porque tentando a nuestros primeros padres les prometió grandes mejoras de divinidad y tentando a todos cuando hace tropezar en un pecado, luego añade otro y otro.

Lucifer se dice el mayor de los ángeles, y cuando un demonio tienta de vanagloria se llama Lucifer, porque trae luz de gloria temporal.

Lluvia se llama al demonio, comentando aquellas palabras de Cristo: quien oye mis palabras y obrare conforme a ellas será semejante al varón sabio, que edifica su casa sobre piedra firme y cuando bajan lluvias y soplan fuertes vientos que la embisten no cae. Pero cuando sólo se oye mi doctrina y no se sigue es como edificar sobre arena, que un raudal de agua la lleva.

Malus dícese el demonio: malo, por excelencia, que es origen de nuestros males, y en sí es tan malo que nada tiene de bueno.

Mammona le llamó Cristo, que significa las riquezas, tienta el demonio a codicia y tiene en sus llamas abrasado el mundo.

Milleartifex le nombra San Buenaventura, porque tiene millares de artes y astucias para tentar y sacar nuevas invenciones con que ceba los gustos.

Mirmicoleón le llama San Gregorio, que significa león y tigre, por su fortaleza león y por la variedad de sus astucias tigre, el cual está vestido con muchas pinturas y colores.

Muerte se dice el demonio, como advierte San Gerónimo.

Mundo se llama también.

Perdiz dijo Jeremías al demonio, que canta en el mundo por medio de los príncipes de las herejías, con cuyos cantos junta gran número de gente engañada, sacándola del amparo y la luz del creador para echarla en la jaula del infierno.

Pestilencia tiene por nombre, porque es el autor de las pestilencias e infecciones que abrasan el mundo.

Príncipe del aire le dice la Escritura.

Reseph se dice Lucifer, serpiente que se anda arrastrando con el vientre.

Rey grande le llamó Salomón, y dícese grande no porque lo sea, sino porque lo presume.

Satanás y Satán, es nombre muy común del demonio, es hebreo y significa adversario.

Sol le llama Orígenes, porque se transfigura en ángel de luz. Él es tiniebla y se finge sol para deslumbrar a muchos, hiriéndose con sus rayos en las cabezas, que las enciende en soberbia y vanagloria.

Estrella, con ese epíteto le llama San Juan en sus revelaciones, porque cayó del cielo y por su gran poder, estrella ardiente por las llamas de envidia y malicia que tiene contra el hombre.

Dícese fácula o hacha pequeña de tea o cera porque arde en sí mismo y se abrasa de envidiosa rabia contra nosotros, como la tea, que no sólo quema a otros, sino que también se consume en sí y abrasa, así el demonio, con el fuego que enciende en su afecto para dañarnos, se atormenta y abrasa a sí mismo.

Struthio o avestruz, Struthio Camellia, porque tiene algo de ave y de camello, con alas y cuerpo pelado, una bestia muy cruel. Dícese que tiene alas por la sutileza de su naturaleza y cuerpo pelado por su grandísima malicia.

Tirano, que llena fuertes pechas y réditos pesadísimos. Pone terribles leyes a los que le siguen y tiene sujetos.

Tigre se llama porque el tigre es un animal velocísimo y muy cruel.

Viento abrasador se llama en las sagradas letras, porque abrasa los corazones de los hombres en amor de terrenos deseos, soplando con sus frecuentes tentaciones enciende en ambición, codicia, lujuria, gula.

Viento aquilonar se llama el enemigo del género humano, tan vehemente que todo lo atropella, embiste las flores de las virtudes y con su ejercicio hace que salga de ellas suave olor. Este es el viento que bate las florecillas de muchas niñas que hemos visto obsesas, y las anda atropellando como si fueran paja.

Vendimiador se dice también en las Sagradas Letras, porque coge y destruye los frutos de la viña del Señor. Así el demonio entrando en una alma todo lo bueno destruye y no queda cosa de provecho.

El diablo tiene todos los nombres, mas su nombre verdadero es Arruebo.

2

Lobios

Flora encontró a Selvita en la sala de la tele de la residencia, metida dentro de una bata rosa de franela, a pesar de que el aire de esa habitación caía encima como un mantón de pelo grueso. Estaba más delgada todavía y el nevus se le había extendido por el cuello, pero olía maravillosamente a rosas del cementerio.

—Selvita. —Flora se agachó delante de la anciana para que sus miradas se encontrasen en igualdad de condiciones—. Esta vez te escucho. Cuéntame qué pasó cuando nació el tercer hijo del conde Arruebo de Támega, el de las dos cabezas.

La anciana acercó su rostro, apresó la mano de Flora con sus articulaciones petrificadas y comenzó a narrar:

—Pues pasó que entonces la reina enfermó de dolor y se encerró en sus aposentos. No quería comer de la pena y no quería salir de la vergüenza. *Daquela*, el conde, desesperado, buscó la forma de salvar a su esposa y a su tercer hijo. Sin decir una palabra a nadie, salió del palacio y cabalgó y cabalgó hacia el norte hasta dejar atrás los confines de sus tierras. Llegó a un bosque tan *mesto* que no entraba la luz. Los árboles eran grises y el suelo estaba cubierto de *toxo*, pero había un *carreiriño* y por ahí cabalgó y cabalgó. La primera noche encontró un claro todo redondo de hierba muy verde, atravesado por un regato justo a la mitad, y se quedó a dormir ahí mismo. Con el *abrente*, el conde despertó y había dormido muy bien, pero estaba encima de la copa de un árbol, agarrado a una rama. El cuerpo lo tenía todo *rabuñado* y su ropa, que tan rica era, convertida en harapos. Ese día cabalgó y cabalgó hacia el norte, y el bosque no se terminaba nunca, así que, al llegar la *tardiña*, subió a dormir en la rama de un carballo, pensando que así ya no le *rabuñaría* nadie.

»Con el *abrente*, el conde despertó y había dormido aún mejor que la noche anterior, pero estaba en el suelo, entre los *toxos*, con la ropa todavía más destrozada, el cabello desgreñado y su caballo se había ido. Ese día caminó y caminó hacia el norte hasta que perdió el sendero, y el bosque no se terminaba nunca. Estaba agotado y creyó que iba a morir allí mismo de hambre y de sed, pero a la *noitiña* vio una luz entre los árboles y se acercó. Aunque era una choza de *merda*, el brillo que salía de las ventanas le pareció el de los ojos de la condesa cuando aún eran felices, que ya ni se recordaban. El señor llamó a la puerta y cuál fue su sorpresa al ver que se abría sola y que dentro la cabaña era mucho más grande de lo que se veía por fuera, y que había muchísimas riquezas en todas las habitaciones. Se tendió en una poltrona de azabache acolchada con *carriza* de plata y esperó a que llegase el dueño de todas esas maravillas, pero estaba tan cansado que enseguida se quedó dormido. Al despertar, tenía encima los ojos de una *moura* y se quedó espantado. Señora, soy el conde Arruebo de Támega, ya sé quién eres, estúpido conde, lo que importa aquí es quién soy yo. ¿Y quién eres tú? Yo soy la *moura* Balura, la señora del valle de Beria. El conde se echó a sus pies como un siervo y le pidió, a cambio de todo el oro de su señorío, que le ayudase a salvar a su último hijo. La *moura* se *esmendrellaba* de risa, sacando de la boca una lengua larga y afilada, que no era de carne, que era de cristal.

»—Si de nada te sirven esos ojos voy a hacer que te los arranquen los cuervos —dijo—. ¿No ves todo esto? Tengo tantas riquezas como puedo desear, y no me llegan las horas del día y de la noche para nombrar todo lo que poseo. Te ayudaré, conde, pero sólo porque quiero. Pero a cambio me tienes que dar en matrimonio a tu hijo menor, el Salvado.

»Al conde esto no le hizo ninguna gracia, cómo iba a estar unido el heredero de su nombre a una mujer tan desagradable y fea, que olía como la boca de una ballena muerta, pero se lo prometió igual, porque su desesperación no le dejaba ver qué sucedería al día siguiente.

»—Te aviso: la solución no es sencilla y no te va a gustar nada de nada. Esto es lo que harás: primero, tendrás que encontrar a las tres muchachas más hermosas de tu reino, que no hayan cumplido los catorce años. Sabrás que son ellas cuando, al decirles una palabra secreta que te revelaré, sus mejillas se vuelvan rojas como el ascua. Entonces te adorarán y harán todo lo que tú les ordenes, como *bonequiñas* de una caja de música.

»—¿Qué palabra debo decirles?

»—¡Todo a su momento, conde estúpido! Cuando encuentres a las tres *raparigas* debes invitarlas a tu palacio y ellas te seguirán sin temor. Las conducirás a los baños de la reina y las ungirás con los mejores aceites, frotando su piel con esponjas marinas de *Tombutú*. Luego debes tenderlas en los lechos más cómodos del castillo y, atándolas con correas nuevas, hechas con el cuero de un toro negro, tendrás que desollar su piel con cuidado de sacarla entera, como si fuese un traje. Con esos pellejos, el mejor sastre del señorío debe confeccionar una túnica hilvanada en hilo de oro. Después debes abrir la carne de las tres *mociñas* y rebanar toda su grasa, ten cuenta de que salga blanca y pura, sin mezclar, porque si no, se corrompería. Cuando les hayas sacado todo el unto, busca al mejor alquímico del señorío y ordénale que elabore un ungüento engordado con la enjundia de un alicorno. Y por último, debes recoger toda la sangre de las tres muchachas, ten cuenta de que no se derrame una sola gota, porque de lo contrario perderá su entereza. Con esa sangre, el mejor destilador del reino tiene que componer un licor mezclado con las hierbas del Xurés. Llama entonces a tu hijo menor, dale de beber el licor de la sangre, friégale todo el cuerpo con el ungüento de grasa, cúbrelo con el traje de piel y oro, en este orden. Por último, susúrrale al oído la palabra secreta y el hechizo desaparecerá. Se convertirá en un joven tan hermoso como eras tú en su tiempo.

—¿Cuál es esa palabra? —preguntó Flora.

—Ahora sí que quieres escuchar, *lerchana*. Pues la *moura* Balura sacó su lengua de cristal hasta tocar la nariz del conde, que estaba a sus buenos dos palmos de distancia, y en la carne aparecieron, borboteando, unas letras negras *moi feitiñas* que decían «semperredi».

—¿*Sempequé*?

—Cuídate de no pronunciar la palabra ante persona alguna, dijo la Balura, excepto las mozas de catorce años no cumplidos o tu propio hijo, porque, de lo contrario, tu señorío se convertirá en carbón quemado y en cuerno de cabra y se hundirá bajo los siete ríos, o Caldo, o Limia, o Támega, o Cea, o Azoreira, o Barxa e o Regosanguento.

»El conde regresó a sus dominios, y donde le parecía que no pasaran más de tres días, resulta que fueran catorce años enteros, y todos lo daban por muerto. El consejero volviera y llevaba mucho tiempo envenenando los oídos del reino, y cuando, ocho meses y siete días después de faltar su señor, ella parió a una niña sana y hermosa, rosada como la *mañanciña*, ese hombre ruin se llevó al bebé y embadurnó la boca de la madama con sangre de *porco*, y mandó a los pregoneros anunciar de oriente a poniente que la dama era una ogresa y que se comiera a su propia hija. Desde entonces, la *coitadiña* estaba presa en la torre más alta del pazo, y no hacía más que llorar. El consejero era tan malísimo que entregó a la niña al mismo porquerizo que le diera la sangre de animal y le ordenó: esta noche córtale el pescuezo de un tajo, como haces con tus cerdos, y a la mañana quiero ver sus tripas repartidas por todas las ferias del condado. Pero el muchacho no tenía pulso para matar a un bebé tan lindo, así que la abandonó en los confines del señorío, dentro de un bosque *mesto* en el que no entraba ni un pelo del sol. *Pos porcos xa vai*, pensaba. En cuanto al niño monstruo de las dos cabezas, el consejero mandó meterle ramas de *toxo* en los ojos y con ellas dentro le cosió las *pálpebras* usando los tendones de una oca, y lo tenía encadenado en las cavernas del palacio bajo siete candados. Todas las noches bajaba y le echaba vinagre y sal en los *buratos* atravesados de espinas, y al llorar *a besta* aún más daño se hacía.

»El conde Arruebo venía vestido como un *esmoleiro* y nadie lo reconoció, pero él silbó una llamada para su caballo favorito, que acudió en el *intre*, y juntos partieron al galope en busca de las tres *raparigas*. Encontró a la primera a la puerta de un molino, separando el grano bueno de la paja, y era tan *feitiña* que su piel devolvía el resplandor del sol multiplicado como en el oro, y lastimaba los ojos al mirarla. "*Semperredi*", dijo el conde, y el brillo cegador se tornó luz de granada, la moza dejó el cereal y lo siguió sin rechistar, como la bailarina de una caja de música. La segunda estaba en el camino real, cargando en la cabeza una cesta repleta de panes de trigo, que ella nunca probara. Y su tez era tan clara como la luna llena reflejada en un estanque, y la carne *fervía* en su presencia. "*Semperredi*", dijo el conde, y el brillo ardiente se hizo calor de brasas, la moza dejó la cesta en el sendero y lo siguió sin rechistar, como la bailarina de una caja de música. La tercera dormía junto a un río, y tenía las mejillas tan finas y blancas que aun en la noche cerrada iluminaba la hierba con un fuego que le crecía dentro y el corazón se asfixiaba de amor y ternura al verla. Esta tercera muchacha era en realidad la condesita, la hija del señor, que había sobrevivido en el bosque y estaba a punto de cumplir catorce años. "*Semperredi*", dijo el conde, y la luz se volvió destellos de un rubí inalcanzable. La *meniña* despertó y lo siguió sin rechistar, como la bailarina de una caja de música.

»Cuando el conde regresó a Viladormen, el pueblo estaba feliz pues parecía que nada malo podría pasar nunca más a ese rey, a esa reina y ese reino. El consejero se humilló y se arrastró delante de su señor, perdón, perdón, pero él le pisó la cabeza como una calabaza y de dentro salieron *piollos a moreas*. Saltó por encima de los despojos de ese malandro y metió a las rapazas en el palacio, y de allí nunca volvieron a salir.

»Llevó a la primera a los baños pequeños de la condesa, que estaban engastados en mármol, y la ungió con aceite de sésamo, frotando su piel con esponjas marinas que hizo traer desde *Tombutú*. Luego la tendió en un lecho de lino y, atándola con correas nuevas hechas con el cuero de un toro negro, desolló su blanca piel, rebanó toda su grasa y recogió toda su sangre. La pobre niña gritaba: "Si me dejas vivir, te daré regalos que nunca tal viste, que me los enseñó el molinero por la noche en el molino", le dijo, pero el conde le cortó los dedos pequeños de sus manitas, se tapó con ellos los oídos y no le hizo caso.

»Llevó a la segunda muchacha a los baños medianos de la condesa, que estaban engastados en plata, y la ungió con aceite de almendras, frotando su piel con esponjas marinas de *Tombutú*. Luego la tendió en un lecho de algodón y atándola con correas nuevas hechas con el cuero un toro negro, desolló su blanca piel, rebanó toda su grasa y recogió toda su sangre. La pobre niña gritaba: "Déjame libre y te entregaré delicias que nunca tal probaste, que me las enseñaron los camineros en el camino", pero el conde le cortó los dedos medios de sus manitas, se tapó con ellos los oídos y no le hizo caso.

»Llevó a la última, la más *bonitiña*, la que era su hija sin saberlo, a los baños favoritos de la condesa, que estaban forrados de oro, y la ungió con aceite de argán, frotando su piel con esponjas marinas de *Tombutú*. Luego la tendió en un lecho de seda y atándola con correas nuevas hechas con el cuero de un toro negro, desolló su blanca piel, rebanó toda su grasa y recogió toda su sangre. La pobre niña gritaba: "Piedad, mi señor conde, déjeme sólo despedirme de mis padres, y yo le regalo a usted la *floriña* de mi pureza". Y el conde *fodeu nela a noite toda*, aunque estaba *esfolada de vez* y después la dejó que muriera.

»Al día siguiente el bicho se bebió tres cántaras de licor, le refregaron todo el cuerpo con tres arrobas de unto y lo arroparon con tres veces tres varas de pellejo. La sangre le hizo voraz, la grasa le hizo fuerte, la piel le hizo resistente. Rompió las cadenas y las paredes de su habitación, se arrancó los párpados que aún llevaba cosidos con tendón de oca y subió al palacio como *demo esfameado* de trece inviernos. Mató a su padre el conde y se lo comió, mató a su madre la condesa y se la comió, mató a los pajes, mató a las doncellas, mató a los caballeros, mató a los frailes, mató a las monjas, mató a los comerciantes, mató a los taberneros, mató a los *labregos*, mató a la gente toda y a todos se los comió, sólo dejó a los animales. Barrió con el condado entero, y cuando terminó dijo, ahora que estoy lleno voy a buscar a mis hermanos.

»Andando y andando llegó a la casa de la *moura* Balura y mira tú que se casó con ella. Así se cumplía la promesa que hiciera el padre. Y eran tan poderosos y tan ricos que todos los súbditos de todos los viejos señores, reyes, condes, obispos y freiras ya sólo les obedecían a ellos. Juntos recorrieron el mundo buscando un lugar tan sucio y *cheirento* como ellos mismos, ¿y sabes dónde lo encontraron?, en las ruinas del señorío de Támega. Y dijeron: "Esta será la Vila de Ormen", y allí se quedaron para siempre jamás, que si no se han ido, aún estarán.

—¿Y qué fue de sus hermanos, los monstruos?

—Ellos nunca volvieron, pero debajo de las aguas púrpuras, sus voces aún están. ¿*Entendes, neniña*? Las voces aún están.

3

Lobios

Ha pensado: coger el quad, unas latas de Monster y una tienda de campaña y plantarla en el corazón de Aceredo, excavar cada casa, sacar los secretos a golpes de pala, porque allí tiene que haber alguna respuesta a lo que le ha pasado. Coger el quad y los seiscientos treinta y siete euros ahorrados y largarse de allí, desaparecer sin decir nada, alquilar una habitación en Arcos de Valdevez, buscar trabajo de pinche en algún bar. Coger el quad y volver a Guende, subir al *foxo do lobo* de noche para tenderse en la roca como una cabritilla y esperar al depredador, esta vez navaja en mano. Allí fue donde apareció su ropa, nada más que la ropa colocada con pudor, una piedra encima para que no se volase, como ella misma hacía cuando iba a la playa, limpia, aireada al viento de la sierra, recorrida por algún caracol que pasaba.

Cuando la vio se le cayó el corazón al estómago y casi admite que sí, que tuvo que haber sido ella misma quien se desvistió en la noche de la montaña, que nadie le hizo daño, que ha perdido el control. Entonces captó un detalle: esa forma de doblar la camiseta, primero longitudinalmente y después por la mitad, no era la suya. Ella empezaba siempre plegando las dos mangas hacia dentro. Entonces, a Mariña le dio por pensar en coger el quad y subirlo hasta la *cabaniña do curro*, emborracharse sola en el refugio de los pastores, tomarse cuatro o cinco de esas pastillas que le han recetado para causar menos espanto a la gente y acelerar para arrojarse por los desfiladeros del Xurés.

En cualquier momento aparece el miedo abrumador, la sensación de que una fatalidad inminente, un peligro que no sabe precisar, le va a soltar un zarpazo desde alguna esquina. Llega el sudor, las palpitaciones, el mareo. Cualquier objeto se le cae de las manos, así que ya no trabaja en la tienda. Pueden venir las lágrimas empujando con todo y derrumbarla en medio de una conversación, así que ya no quiere ver a nadie. Puede perder la noción de dónde está, desconectar de las patatas que crepitan en el aceite hirviendo y que la sartén prenda en llamas, así que ya no la dejan cocinar, más allá de calentarse algo en el micro bajo supervisión materna, no vayas a meter la cuchara en la taza otra vez, a ver, Mariniña, fíjate un poco en lo que haces, para ponerse bien hay que querer. Y después de un ataque de pánico está agotada y aturdida como un cachorro al que hubiesen dejado a su suerte en un aula de parvulitos, y ya no se mueve en varias horas.

Así lleva cinco días, desde que salió del hospital, y ya parece que nunca ha sido de otra manera. Su madre le confiscó las llaves del quad, y Mariña le gritó durante dos horas seguidas, es esto lo que vas a hacer, es así como vas a ayudarme, cerda, traidora, voy a subir como sea, voy a hablar con la abuela, y cuando lloró tanto que hasta se llevó por delante el *eyeliner* resistente al agua, cuando se quedó afónica, su madre le dijo, ahora vienes conmigo, y condujo más allá de las minas de wolframio, donde la montaña se asoma al valle glaciar, hasta Santa María do Xurés, y se quedó en el coche, con las ventanillas bajadas y la música de Poison a toda voz, desgarrando sin disimulo la inocencia calma de la aldea mientras Mariña entraba en el caserón de Preciosa. Anouk no estaba, le dijeron los chicos, los jueves baja al *feirón* de Celanova con la furgoneta de miel y cosmética natural. Mañana a Xinzo, pasado a Viana do Bolo, el domingo a Lobeira. Es su medio de vida y el de varias de las jóvenes de la aldea, ellas mismas recolectan los productos en la montaña, extraen los aceites esenciales y elaboran cremas hidratantes, champús, jabones, bálsamos labiales.

Mariña salió a los diez minutos, la cara roja y apretada, a punto de ebullición, las pestañas pegoteadas de haber llorado. Entró en el coche y cerró de un portazo.

—Mamá, ¿tú sabías que la abuela ya no habla? Pero no porque esté enferma, porque no quiere, como las monjas piradas. ¿Tú sabías que está metida en la cama, en plan Santa Liduvina y que a todos estos les parece muy bien y que hay que respetarlo? ¿No piensas hacer nada? ¿No piensas entrar y decirle algo?

—Mira, Mariña, ¿y tú sabes que te ibas a llamar Ana María Preciosa, como después se llamó tu hermana?

—Me iba a llamar María, la abuela estaba tan emocionada que se confundió en el juzgado.

—No, *neniña*. La abuela se pasó todo el embarazo rompiendo las pelotas con que te llamásemos Ana María Preciosa hasta que me convenció, que yo quería ponerte Jessica. Y cuando supo que naciste tan enferma, que los médicos creían que no salías adelante, se fue corriendo al registro civil y te inscribió como Mariña, no fuese a ser que su hermoso nombre lo llevase una niña muerta. Así es tu abuela. Tan hijaputa como su hijo. Y siempre fue una beata.

Mariña abrió la boca y la cerró. Miró las cortinas que la separaban de la imagen de Preciosa, podía atravesarlas, ver su dormitorio, su cama bajo el crucifijo labrado, sus manos suavizadas con masajes de cremas naturales. Miró a su madre con la intensidad de la corriente continua.

—Os odio a todos —dijo.

Se bajó del coche y corrió por los caminos del monte, enferma de rabia y desesperación, ¿es que no le importo a nadie?

Ese día, Mariña se convenció de que tendría que buscar ella sola sus propias respuestas. No volvió a hablar con su familia sobre la noche del *foxo do lobo*, fingió la poca normalidad que fue capaz y en secreto empezó a buscar a la señora vestida con mandilón y gorro de aguas que había prometido regresar para devolver sus moscas de pescar y nunca lo hizo. Aquellas palabras suyas, «devuelve la caja», ¿no habían sido un presagio?, ¿quizás un aviso? Creyó verla una tarde caminando por la carretera de la piscina, apoyando sus pasos rápidos en una vara larga de eucalipto. Cuando la mujer se volvió de pronto y se le acercó, me andas a buscar, dijo, porque se había dado cuenta de que la seguían, Mariña se quedó paralizada como un cristal y se meó encima.

No conseguía controlar el pánico, y eso que aquella no era la demente de las moscas, sino la viuda del manco, que la condujo a su garaje dándole breves toques en los hombros, como si fuese un globo lleno de aire. La metió en la ducha de abajo, le puso un albornoz y después un mandilón a cuadros para que pudiese llegar dignamente a casa. Mariña se encerró en su cuarto y buscó una cuchilla. Ha empezado a cortarse otra vez, para que le duela la barriga y no el vacío del recuerdo, el terror y la culpa. A veces se clava las uñas en las encías, delante del espejo. A veces siente dolor.

Esto no lo sabe nadie. Ni Héctor ni nadie. Sólo lo sabe su teléfono, porque cuando sangra se hace fotos y las guarda. A alguien va a tener que culpar.

Desde entonces, prefiere no salir de casa. Desde su habitación, busca. Busca a la persona que la contactó a través de la web de coleccionismo, pero ha borrado su rastro. Busca la máscara en tiendas de segunda mano, como medio para encontrar a quien le ha causado tanto dolor. Hoy, el rastreo la conduce al anuncio de una subasta extraordinaria de joyas, arte y antigüedades de la etnografía limiana que se celebra el 31 de octubre en Montalegre. Entre las imágenes de viejos atavíos de los caretos de Podence y de Ousilhão, destaca la ficha de un producto intrigante: máscara española, procedente del *entroido* tradicional gallego. Tallada a mano en madera. Siglo XIX. Ejemplar único. Fotografías no disponibles. Precio de salida: dos mil seiscientos euros.

4

Calvos de Randín

En gallego hay dos palabras para definir algo que se acaba. Puede ser el último, lo que significa que hasta la fecha no ha habido otro, o puede ser el *derradeiro*, que indica que ya nunca habrá más. En la residencia de mayores, la matriarca de los Fontes no parece estar muy lejos de su casa *derradeira*, la tumba. Y no sólo porque el cementerio quede justo enfrente, a veinte pasos, abra la ventana y contemple usted su futuro. Con la cabeza ladeada y la boca torcida, con el pelo recién rapado, huele maravillosamente a rosas de un jardín abandonado, que crecen salvajes y esparcen sus pétalos porque ya nadie las corta. Un ictus hace tres días, la noche de la anterior visita de Flora, la ha dejado sin habla. Flora hasta duda de que ahí dentro quede algún pensamiento rebotando en el vacío, aunque el cuidador de los tatuajes le asegura que sí, a veces reacciona, te mira y sonríe. Al salir, el nonagenario tostado que siempre toma el sol tumbado en la hierba del parterre delantero le relata los pormenores:

—El ataque le dio justo cuando se estaba afeitando el bigote, que seguía siendo una presumida, la Selvi, que me mangaba siempre las maquinillas, seguro que no te contaron eso. Toda esta parte —le dijo, tocándose el lado izquierdo del cráneo y del cuello—, la tenía llena de *carrachas*, ¿por qué te crees que le cortaron el pelo? Garrapatas como tomates, le chuparon el riego, le contagiaron el ictus, hazme caso, que te lo digo yo.

Flora se sienta junto al hombre, temblando de nervios y asombro.

—La vi hace tres días, delgada y triste, pero funcionando, con memoria. Me contó un cuento, el cuento del conde Arruebo, señor de Támega, que tuvo tres hijos monstruosos. ¿Conoce usted esa historia? ¿Ha oído hablar del conde Arruebo?

—En mi vida escuché tal cosa.

Y ahora qué. Dónde va a encontrar a alguien que le explique por qué en un cuento arraiano aparece un personaje con el mismo nombre con el que un cura aragonés del siglo XVII designa al diablo, en un escrito plagado de símbolos coincidentes, la figura, las piedras, con el asesinato de una mujer de la que no se sabía su existencia. Selvita ya ni sería consciente si un día Flora cumpliese su propósito de llevarle una chaqueta sin bolitas o unas zapatillas. Nunca se acordó de hacerlo, en cambio, sí se le ha ocurrido parar hoy en la gasolinera y comprar una caja de bombones de licor, su viejo truco para liberar la lengua de las señoras recatadas y abstemias. Eres un bicho, Flora. Por lo menos los dulces están ricos. Y cargados, que no son de guindas: el relleno es orujo y licor café.

Después de comerse trece, un ánimo febril le sube por la garganta, se siente audaz, las ideas conectan. Todos los días, Suso sigue tratando de convencerla para que entre en la casa de los Fontes, tú seguro que encuentras algo, las huellas de la brujería. Ella lo considera entre una y cinco veces y luego lo descarta. Ahora, Flora no duda. ¿Y si está Mingo? Le hablo, que nos diga la verdad: sólo nos tiene a nosotros. Se mete en el coche y una hora después lo aparcó oculto en una pista forestal, a cincuenta metros de la puerta de los Fontes. Allí nada ha cambiado, la furgoneta blanca ha echado raíces de nuevo, la misma sensación de abandono, adornada ahora con las guirnaldas de un precinto de la Guardia Civil. Llama al timbre, pero no suena. Da tres toques, los ojos contra el cristal, qué oscuro ahí dentro, la oreja en la puerta, no oye nada más que los huesecillos de su oído licuándose y cayendo a goterones hasta el suelo. Ha vuelto ese espantoso calor.

Ahora que sabe que hay una forma de entrar, es fácil encontrarla. El extremo de la malla metálica se desmaraña y se comba allí donde se junta con la pared de la casa. Tirando, es posible abrir un paso e ir introduciéndose, con suavidad y sigilo si eres un gato o el loco Fontes, o como una marsopa en un buzón si eres Flora. Lo consigue, está dentro. En medio del patio, la mesa de plástico con la misma damajuana de vino tinto bajo el sol. Colgando de una punta clavada en la entrada del corral está el mono de mecánico hecho harapos que llevaba Mingo el día que la amenazó con la hoz. Por qué no habré traído un palo. O un buen par de piedras. Por qué la puerta de atrás no tiene precinto. Por qué no me voy a mi casa y espabilo, que tengo mucho que espabilar.

Abre con un ligero empujón y el olor que sale a recibirla enciende una imagen tanto tiempo desconectada, décadas, olor a tienda vieja, serrín en el suelo, brandy en los vasos. Una superposición de jamón colgado, vino enmohecido y alubias en vaina puestas a secar. Era un bar tienda junto a un cementerio, en una curva de la carretera, donde había que ir si querían llamar por teléfono. Un loro verde medio desplumado comía pipas y gritaba «¡Arriba España!» cuando alguien entraba. ¿Dónde había sido eso? Sabía que en algún lugar de Galicia.

Durante muchos años, las imágenes de una casa extraña se le habían filtrado en la mente mientras hacía cualquier cosa, todos los días. Estaba preparándose un sándwich de queso y pepinillos, y detrás de los ojos se componía la escena de un dormitorio. Ella tumbada con la colcha hasta los ojos, gritos fuera, una sacudida en la puerta, sus pies al incorporarse encontrando en el suelo no la baldosa, sino un charco helado, porque había tirado el orinal. Las piezas se reunían desde las dobleces de la memoria como un puzle mágico. Brillaban un momento ocupando todo el espacio y parpadeaban antes de disiparse. No era capaz de sostenerlas, no era capaz de bloquearlas. Ahora, en el hogar triste de Belén Fontes, le sucede de nuevo.

Las entrañas de la casa se van perfilando a media luz. Las bombillas no encienden y todos los cristales están velados con persianas metálicas, venecianas, de un verde descolorido. Un pasillo estrecho forrado en madera conecta las dos entradas, delantera y trasera, y a ambos lados se abren puertas a estancias pequeñísimas, algunas sin ventana, algunas italianas a las que se entra por separadores que se pliegan como un acordeón. Ahí es donde Mingo encerraba a su hija, qué habrá hecho con su mujer, matarla y sepultarla bajo el cemento del patio. Echarla a la *lareira*. Meterla en la pared.

Los muebles son escasos y las pertenencias personales, humildes. En la cocina cuelga un calendario de las bodegas Veloso, Monterrei, con una fotografía en color de una *cachola* de cerdo y tres *cuncas* encima de un barril. Es de 1966, pero han tachado y reescrito varias veces otras cifras en los márgenes: 1983, 1994, 2011, 2022. Las baldosas, rombos grises sobre granate oscuro, antiquísimas, están gastadas en los lugares de paso, en el tránsito reincidente hacia los fogones, una pátina del tiempo ahuecada, a la inversa. Siete u ocho bombonas de butano oxidadas se amontonan bajo la ventana. En la mesa, continúa su evolución una media bolla de pan enmohecido y una masa con aspecto de *slime* suelta grandes pelos grises que se extienden sobre el hule, marcando el territorio donde una vez hubo alguna fruta.

Encuentra la escalera a la derecha de la entrada principal, encajonada entre dos paredes estrechas de madera, pintadas de azul. Al fondo, donde el ascenso gira en un recodo, han trazado dos círculos iguales que se cruzan, de manera que el centro de cada uno de ellos toca la circunferencia del otro, y ambos se conectan por una línea recta. Tantas veces lo han trazado y repasado, una sobre la anterior, quizás recorriéndolo con los dedos, que la pintura se ha desgastado y el símbolo forma un bajorrelieve. Un símbolo que es un ritual, como los dedos marcados en el Pórtico da Gloria.

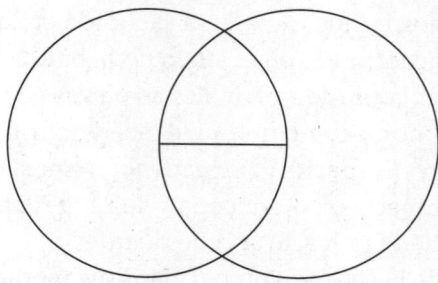

Flora sube un peldaño. Tiene más carcoma que madera y al pisar toda la estructura se agita y suelta un polvillo masticado. Nota un pinchazo en el tobillo. Sube otro, el picor asciende hasta las rodillas. Se detiene y se levanta la falda larga del vestido. Puntos oscuros se mueven en sus piernas. El patio, ¿dónde estaban los mastines? ¿Dónde estaban las gallinas? ¿Han muerto todos y dejaron a los bichos sin alimento? Se fija en el suelo: alrededor de sus pies hierve una marabunta de pulgas. Llegan desde la planta de arriba, desordenadas, histéricas, voraces, desbordan la escalera, le muerden el ombligo. Estaban dormidas, esperando a una presa, aromas de la carne y de la sangre que la piel no puede esconder. Salen por el escote y corren en busca de las venas del cuello. Flora baja cinco escalones de un salto, recorre a zancadas el pasillo quitándose el vestido negro salpicado de calaveritas amarillas y de bichos que las recorren, y lo deja atrás como una piel contaminada. Cruza la puerta abierta del patio, se echa al suelo y rueda por el barro, entre las berzas secas y el estiércol: los mordiscos son anzuelos de alambre que se enganchan de sus terminaciones nerviosas. Ve la damajuana abierta de la mesa y se vuelca el líquido por el cuerpo: el vino se ha transformado en vinagre.

Es el momento de irse de allí. Ahora. Ya. Antes de que esas alimañas sigan su rastro.

Hasta que llega al coche, cubierta de polvo, vinagre y pulgas muertas, no se da cuenta de que va casi desnuda. No va a dejar allí ese vestido tan bonito. Regresa al patio, y la puerta de la casa Fontes, abierta de par en par, es una boca de oscuridad, una boca sin dientes, poblada por parásitos. Una boca de aliento estancado, sapos, babosas, sanguijuelas. Una boca con una lengua como un dedo que llama, un índice que se enrosca y se estira. Se mira los brazos. Se mira la barriga: parece la superficie de un planeta atacado por erupciones violentas. Qué habrá sido de los perros, huirían, ya nadie custodia los signos secretos de los Fontes, los guardianes del templo de Selvita han abandonado. Tengo que volver a entrar.

Vacía el resto de la botella y se frota el vinagre sobre la piel, no sabe para qué. Coge la cinta americana de su caja de herramientas del coche. Coge el mono raído de Mingo, se lo pone y cierra herméticamente tobillos, muñecas y cuello. A ver si alguna de esas cosas que ha visto en el cine son aplicables a la vida real. Coge la bolsa de *O Tempo da Raia* y mete dentro una linterna, un destornillador, una llave inglesa, un tubo de pegamento instantáneo. Para darse ánimos, se bebe el último culo de vinagre de un trago y entra.

Ahora, además de todos los poros de la piel, también le pica la garganta.

La escalera remata en un dormitorio, desde allí se asomó Belén el día en que la conoció: es un humilde refugio con pósters viejos de *Interviú*, una cama deshecha, botas de trabajo, ropa anticuada de hombre, una foto de boda colgada en la pared. Comunica con una estancia igual de modesta: zapatillas deformadas con agujeros, zapatos ortopédicos, un calzador largo colgado del respaldo de una silla, medicinas caducadas en la mesilla, un armario donde sólo quedan un par de vestidos y algún sujetador bala color carne de los que todavía se encuentran en las ferias. Sobre la cama de Selvita reposa un animal huesudo de piel tirante, pelo y pluma, pico, zarpa y colmillo. Una quimera. Flora tarda unos instantes en darse cuenta de que no está contemplando a un monstruo, sino a uno de los mastines de la casa, enroscado alrededor de dos gallinas, transformados los tres en cuero curtido y repudiados hasta por las bacterias, en proceso de momificación. Vivos, se los comían las pulgas, y ahora el calor, el aire seco, la delgadez exangüe, la sed y la muerte les están otorgando esa nobleza más allá del tiempo por la que un mercader palermitano hubiese pagado la mitad de su fortuna hace cuatro siglos. Siente repulsión, pero no puede dejar de mirar a esos animales de expresión grotesca y desencajada. Aun muertos, aun sin ojos, siguen siendo los guardianes del templo de Selvita.

El dormitorio conduce a un breve pasillo muy estrecho, que tiene a la derecha un cuarto de baño. Flora se asoma y el hedor la echa fuera de un puñetazo. Al fondo, una última puerta, con un pasador por fuera, conduce a una habitación diferente a todas. Las ventanas están cubiertas por contras de madera claveteadas, imposibles de abrir. Sobre ellas, alguien ha fijado una vieja colección de fotos de paisajes y castillos europeos, y es en detalles como ese donde se ve cierto afecto puesto para que una persona pueda vivir allí con relativa comodidad. Tiene una entrada propia hacia el baño del corredor, y hay más mobiliario que en todo el resto de la casa: un sillón verde de orejas con tapetes de ganchillo protegiendo los brazos. Una cama pequeña, revuelta, con el cabecero pintado de amarillo. Estanterías llenas de revistas y libros juveniles, cómics de *Esther y Superhumor*, ejemplares de *Don Mickey* a trozos, sin las portadas. Un tocadiscos portátil antiguo, dentro de una maletita, y veinte o treinta singles desparramados por el suelo, alrededor del único calefactor que ha visto en toda la casa. La pared está cubierta de papel estampado que intenta transmitir alegría, un estallido de grandes flores, como las camisas de Suso.

Sobre la mesa camilla, Flora se fija en un objeto contemporáneo que resulta anacrónico en esa habitación de los ochenta: una bolsa de plástico de Randín Gourmet, la tienda de la gasolinera. Dentro hay tres chorizos atados en ristra y un paquete de salchichas abierto a desgarrones. Las huele: están frescas. Alguien les ha dado una dentellada a todas de una vez, llevándose parte del envoltorio de plástico, qué forma de hacer las cosas. Detrás de ella, la escalera cruje, como antes crujió bajo su peso, con la cadencia rítmica de unas piernas que suben.

Flora mira su propio reflejo en el espejo del armario. Entre las motas oxidadas y las fotografías de monumentos famosos, recortados de revistas amarilleadas vislumbra su situación. Está atrapada en la habitación más recóndita de la casa, sin posibilidad de salida. Debajo de la cama, dentro del armario, entre los faldones de la mesa camilla. Cómo le ha pasado esto, qué estúpida es.

El suelo de madera rechina en la habitación de Mingo. Flora se mete en el cuarto de baño, lo primero que hace uno al llegar a casa, y en este no hay ventana. Aun respirando por la boca percibe la peste de mierda en fermentación, le entra hasta la garganta. El lavabo está lleno de toallas engurruñadas. El váter sin tapa, cubierto con una tabla. La bañera, de un inusual color púrpura, mediada de agua. En la superficie flotan pétalos de flores, hierbas y hojas mustias, como pajaritos ahogados. El tono del esmalte le da un brillo irreal, violeta y nacarado.

Dentro del bidé hay una palangana con un grumo de excrementos recientes, deshechos. Envuelven el cuerpo de un cangrejo americano entero, expulsado sin digerir y tragado sin masticar. Del Támesis al Paraná, muchos animales acuáticos se comen los crustáceos de una pieza. Pero esto, Flora, no lo niegues, sabes lo que estás viendo, esta caca es de un humano. No hay salida, qué estúpida soy.

El sonido de algo moviéndose con rapidez, con intención, con una misión que cumplir, atraviesa el corredor, pasa sin detenerse por delante del baño, se pierde al fondo, hacia la habitación donde debió vivir Belén sus años de encierro. Ruido de bolsas de plástico. Música muy alta de tocadiscos. La voz de Bambino suena con un deje gastado, de vinilo que ha debido de girar tanto como ha girado la Tierra. Otra voz se superpone, más alta, más cercana, más aguda, proclamando con desespero que es un triste payaso.

Flora se agarra al borde del lavabo, su cerebro necesita oxígeno para entender qué es toda esa composición que la rodea, pero el aire pútrido del baño la marea. Piensa lento, se enreda en las dudas, entre correr, revelar el ruido de su presencia y tratar de conseguir ventaja para alcanzar la salida, o deslizarse al pasillo despacio, arrimándose a la pared, una travesía sigilosa que puede hacerse eterna y visible. Tantas veces ha tomado decisiones ruinosas sin preocuparse por el resultado, y ahora está atrapada en un dilema. Suelta la bolsa de *O Tempo da Raia* y se encoge en el suelo. Sin pretenderlo, su pie empuja los azulejos que forran la bañera. Uno de ellos se hunde y cae hacia adentro. Ha hecho muchísimo ruido.

«Y bajo el agua púrpura se oía su voz llamando».

La voz grita más alto, payaso canta, la actividad de la habitación contigua se traslada al pasillo, un caminar que suena como un baile se desarrolla delante de la puerta del baño.

Flora no se mueve. Espera.

La danza solitaria se diluye hacia la escalera, amortiguada por la música.

«Debajo de las aguas púrpuras, sus voces aún están. *¿Entendes, neniña?* Las voces aún están».

Flora se asoma al recorte cuadrangular que ha dejado el azulejo. Se abre a un hueco oscuro entre la bañera y la pared. Dentro hay algo. Muy despacio, comienza a retirar, uno a uno, los azulejos de la hilera inferior, procurando que no lleguen a caer. Están flojos, movidos, colocados a presión sin masilla. A tientas, mete el brazo en el agujero y toca filamentos, grumos de polvo, una caja de cartón. Tira de ella y detrás hay otra, y detrás otra. Tres cajas de cartón orilladas de moho y telarañas. Están llenas de cintas de magnetofón antiguo, grandes, de bobina abierta, y algunas casetes de los ochenta. Dobladas, deshechas, mojadas, habitadas por lepismas, «las voces aún están». El cuento de Selvita contiene claves, es un mapa, Flora va a gritar y se tapa la boca, calla y recuerda que eres mortal. Vacía en el suelo la bolsa que le dio Suso y la carga con tanto material como puede, no caben ni la mitad de los rollos. Ahora sí que es el momento de salir rogando que sus piernas sean ágiles, que sus pies sean rápidos, que su corazón esté siempre alegre, que a sus pulmones no les falte aire.

Recorre el pasillo pisando muy cerca de la pared y desciende a la planta baja despacio, procurando contener el peso de sus pasos. Hay un rastro acuoso en el suelo, huellas de animal mojado. Casi al pie de la escalera, a través de la puerta de la cocina, lo ve. Un hombre rapado, pequeño, muy pálido, con una mano enorme que sostiene un rollo de papel de periódico ardiendo para encender el calentador de agua, el rostro muy cerca del quemador. El último peldaño grita de alivio cuando Flora lo libera de la carga de su cuerpo. El hombre gira la cabeza y por un momento se cruzan sus miradas: un temblor en los labios y los ojos de ambos se achican con el fogonazo automático del desconcierto. Él aparta la vista de inmediato. Ella intuye que trata de alcanzar algún objeto a su alrededor.

Flora atraviesa la puerta principal como un bólido, desencajándola del marco, rompiendo el precinto de la Guardia Civil. La plegaria a sus diosas paganas le ha otorgado algo que no había pedido: la fuerza bruta de un cabestro.

5

Calvos de Randín

En la casa de los Fontes, Germinal tiene ahora cobijo, calor por la noche, camas en las que holgazanear todo el día mientras espera y busca, espera y busca. Pero esa mujer extraña lo ha visto, de arriba abajo. Se mete los restos de las salchichas en la boca, todas juntas, y las traga casi sin masticarlas. Tiene que irse. Un baño rápido de hierbas, como le enseñó la bisa, para calmar el dolor de esa piel tan dura, que ni las pulgas se le acercan, hermética como la de un reptil. Calienta una pota de agua en la cocina y la sube para templar la infusión que ha preparado en la bañera, las plantas que anoche recogió en el monte, *sambucus, aloysia, hypericum, Daphne gnidium*. Encuentra el suelo del cuarto de baño lleno de cosas, nada de eso es suyo, un lío de cajas y cintas de grabar. Cintas iguales a aquellas que la bisa guardaba en el trastero, etiquetadas con la misma letra pulcra y hermosa con la que clasificaba las fotografías en las que sonreía un hombre tan parecido a él, abrazado a Balbina.

Hay más objetos: un paquete de maíz frito sabor tex mex, una llave inglesa, muchos bolígrafos, una botella de agua, pegamento, pintura de uñas, un rollo de fotocopias, *O Tempo da Raia*. Germinal recorre la primera página y el rostro se le transforma: los orificios de la nariz, dos rajitas estrechas y casi pegadas, se le abren y el aire entra en chorro, necesita combustible para ese cuerpo en alerta. Sus ojos redondos se hacen irreconocibles rendijas de mirada fija y negra. Va a abrir la boca, aún no sabe si para gruñir, morder o aullar, y los labios no quieren despegarse de sus dientes.

En la hoja impresa, enmarcado en una profusión de recuadros publicitarios de bodegas, hay un titular: «Magia negra en el escenario del crimen del buey». Un subtítulo: «Belén Fontes murió en el transcurso de un sangriento ritual de brujería». Una fotografía: la fachada de una casa en la que, si mirase hacia dentro a través de los barrotes, se encontraría a sí mismo con la boca apretada escrutando una fotografía de la fachada de esa misma casa.

Qué hacer, descuajar el lavabo con sus manos enormes y arrojarlo por la ventana, qué hacer, qué hacer, correr hasta atrapar a la mujer, ¿quién era esa mujer?, agarrarle el cuello, ¿quién eres?, ¿qué son estas hojas?, ¿para qué viniste aquí?, ¿qué hacer?, ¿a dónde ir?, arrancarse esa piel que duele tanto, a dónde, a dónde, volver a casa, volver junto a las cenizas de la bisa, sacarlas de su nicho en Feáns, olvidarse de buscar quién es y empezar a ser otra cosa. ¿Qué hacer, Germinal, qué hacer? Piensa, Germinal, no eres tonto, se lo repite a menudo desde que vio aquellas palabras subrayadas en su diagnóstico: inteligencia límite. No eres tonto, es el teratoma. Las palabras que no escuchó decir a la doctora, porque pensaba en la bisa, en su casa, en el camino de regreso, tonto, porque entonces aún creía que no era capaz de afrontar el espacio abierto, teratoma, esas palabras de la doctora habían regresado poco a poco durante los últimos meses, palabras que había tenido que buscar, tomografía, teratoma, un embrión minúsculo, de apenas un centímetro, arropado en un lugar profundo de su cerebro. Su hermano gemelo. Se lo imaginaba como un muñequito de piedra, de ojos huecos y brazos largos, como los suyos. Fetus in fetu, te darán cita para la tomografía, le duele tanto la cabeza, quizás haya que operarte, no quiero. No tengo a nadie más. No quiero perderlo, no quiero.

Se mete en la bañera. El agua quema, es mejor así. Sumerge la cabeza y deja que sus oídos se colmen de líquido. Cuando lo hacía en el piso del Birloque, se escuchaban de pronto los ruidos de la vida en el bloque, las conversaciones de los vecinos de abajo, tan cerca, como si estuviesen a su lado, los labios pegados a su oreja. Aquí no hay nadie a quien escuchar. Belén, muerta. Mingo, desaparecido. La vieja, en el asilo, informaban las hojas de *O Tempo da Raia*. Sólo se oyen los restos de las voces pasadas, raspando la puerta, cuando él llegó a esa casa, sucio, mojado y con una peste a sábanas guardadas en el armario antes de haberse secado.

Mingo Fontes se había tomado la visita de Germinal como una agresión. Lo captó en la forma en la que los ojos le vibraron, como si le hubiesen partido la mirada de tres tortazos, olió cómo la saliva se le volvía amarga dentro de la boca, escuchó todos los pelos de su cuerpo, y eran muchos, estirarse y rozar la tela dura del mono de mecánico. Larga de aquí, le había dicho una y cien y mil veces, pero Germinal perseveró: eso era lo único que tenía. Fontes, Fontes de Randín. Se sentó en el escaño de la entrada, silbando. Fontes salió con una amenaza en la lengua y él no se movió. Salió con un martillo en la mano, y él no se movió. Salió una última vez, y se abrió la puerta, el sofá cama y la nevera. Eran gente leal. Lo supo en cuanto vio, marcado en la pared, el símbolo del círculo doble unido con una línea transversal, el símbolo que la bisa, cuando habló después de morir, le marcó a él en la cabeza, para que lo buscase, y él se lo grabó en un lugar donde no pudiera olvidarlo, en el brazo.

—¿Qué te contaron de mí? —preguntó Fontes.

—Que me vas a ayudar como si fuésemos familia. ¿Somos familia?

—Sólo somos parecidos. Saca ese calzado *cheo de merda*.

Germinal entró en la casa, se quitó las botas cargadas de barro y un hedor a agua estancada colmató el aire. ¡Qué *noxo*!, gritó la chica, y él, que hasta entonces no la había visto, ya no pudo dejar de verla. Veía su olor, al principio tenue, después más espeso, cuanto más la miraba. Era como él, tan pálida que centelleaba, los colmillos de una raposa, lo que muerden, te lo arrancan.

—Deja de mirarla —dijo Fontes—, ¿para qué has venido?

Y Germinal habló de Balbina, de sí mismo, de que no sabe quién es.

—¿Quién te va a contar? Todos los que saben están muertos. ¿Quieres hablar con los muertos? *Vai pos encoros*. Ahí están todos. En las casas, en los cementerios, metidos en armarios, que los mataron hace muchos años. ¿Quieres buscarnos la ruina? ¿No quieres? Pues marcha, marcha que nos buscas la ruina, que yo te vi en la tele.

Germinal aún tardó dos días más, temía la presencia amenazante de ese hombre que le hacía sentarse en una butaca de muelles huesudos, le ponía sobre los muslos un cuenco colmado de patatas viudas y se le plantaba delante, larga, *tes que marchar de aquí*. La vieja, aunque vivía con miedo, había sido mucho más acogedora. Le contaba historias, de la batalla de campo Raso, donde el apóstol Santiago luchó contra los *mouros* y la huella de su caballo quedó en una roca. Allí nunca crece la hierba por toda la sangre derramada, y justo debajo hay un tesoro: una *trabe de ouro*. Pero todos los que lo habían buscado dieron con la *trabe* de peste, y murieron de la peor manera. Lo miraba con ternura, le decía, tú eres *fazado*, pero de los buenos. Eres un *fazado de ouro*, los Fontes somos *fazados* de peste. Le hablaba de la casa *enramuxada*, hundida dentro de una *lagoa*, donde esperaban los monstruos durmientes. ¿Y qué esperan, Selvita?, preguntaba él. ¡Que les den un *biquiño*!, contestaba ella con su risa de fuelle cansado.

Germinal empezó a rastrear los pueblos que la falta de agua había hecho salir del fondo de los pantanos, pero por las noches, en secreto, regresaba a la casa de los Fontes. Era el momento en el que Mingo iba a la fuente. Su pozo se había secado. Entonces, Belén se escapaba y se encontraban en la cuadra, Germinal le mostraba los tatuajes, esto me lo marqué yo mismo, con un punzón y tinta de bolígrafo, hice hablar a mi bisabuela muerta. ¿Tú puedes hacer hablar a los muertos? Me volví loco, me encerraron en Oza, ya no me acuerdo de nada, sólo de que las voces me hablaban como cuando sumerjo la cabeza en la bañera de casa, todas las voces mezcladas, al mismo tiempo. Belén le entendía. También había vivido siempre encerrada. Germinal quiso hacer planes: no tengas miedo. Ella le contó: si salgo, me matan. ¿Quién, tu padre? No, me matan las Marías, y después, mi padre me remata.

Germinal sale de la bañera y todavía desnudo y mojado baja a la cuadra. El agua caliente y el vapor de las plantas calman su dolor y su impulso. Hace una semana, diez días quizás, regresó a la casa de los Fontes. Llevaba un mes sin ver a Belén, levantando el suelo duro en las aldeas de Aceredo, de Buscalque, de Lantemil, para qué, para nada. Llegó a la casa y él pensó simplemente que se habían ido, él es así, siempre se conforma con la explicación más sencilla. Todos nacemos con una misión, dice Germinal, aunque la mayoría de las personas nunca descubren cuál es la suya. Si la misión fracasa, no hay otra oportunidad, no hay misión nueva que dé significado a su piel de lagarto sarnoso, siempre hay horror en una conquista, siempre hay sangre en una redención. Dentro de la cuadra, nada se parece al calor cercano que componían él y Belén, con Atila de fondo. Hay un lío de maderas rotas, restos de carne, las pezuñas del buey marcadas en un grumo de sangre y polvo. Germinal se arrodilla y posa la palma de su mano sobre la huella.

Siente la carne de Belén en sus dedos, un tacto frío y blando, desolador. Germinal deshace la huella en el polvo, esparce la sangre seca, se despide de ella, esta no es mi misión. Tiene que hacer lo que tiene que hacer.

6

Calvos de Randín

Las cintas que Flora logró rescatar bajo la bañera de los Fontes, el peor lugar del mundo para conservar ese tipo de material, estaban llenas de telarañas, algunas habían criado hongos, en otras anidaban formas de vida de otras galaxias. Eran nueve rollos de bobina abierta, de las que usaban los antropólogos y folcloristas de los años cuarenta montadas en grabadoras Magnecord, excepto una, que es la típica casete de los ochenta. Flora necesitaba entender por qué habían ocultado todo eso en un lugar sugerido de forma demasiado sutil por una anciana que no parecía dada a las adivinanzas, custodiado por un hombre horrible que no era nadie de los Fontes conocidos, un hombre con rostro de crío y rasgos de salamandra.

Las explicaciones eran enrevesadas, Flora las iba construyendo y descartando, conectando y descoyuntando, mientras conducía hacia el apartamento. Lo que descubrió al llegar y examinar las cintas terminó de derrumbar cualquier lógica que hubiese pretendido armar. Cada bobina llevaba adherida una etiqueta amarillenta con un nombre y una fecha. Escrita a pluma con tinta negra, la letra era la misma que la de la fotografía en la que la niña Selvita observaba la mascarada perdida, la imagen que había atraído a Flora hasta este lugar que iba a ser su refugio.

Llamó a Luiz, el técnico que se encargaba de procesar los audios en el Museu da Máscara.

—He encontrado unas cintas viejas olvidadas en el archivo municipal. Necesito que me las digitalices cuanto antes. No tengo ni idea de qué contienen, pero quizás haya algo que nos sirva. ¿Cuánto tardas?

Luiz bufó.

—¿Cuántas son? Voy fatal con la edición del material de Zamora.

—Sólo nueve. Déjate de Zamoras, esto es prioridad absoluta.

El técnico soltó uno de sus clásicos gritos de sarcasmo, envuelto en risitas denigrantes.

—Por favor te lo pido. Quieren que las devuelva enseguida.

—Tráelas y ya veremos.

—No puedo ir hasta allí ahora. Te las envío.

—Freitas dice que el lunes te incorporas al equipo de transcripción.

—Que no puedo. Ya hablaré con él. Aquí hay algo importante. Estas cintas llevan décadas perdidas en una caja. Me han mencionado a un antropólogo americano que estuvo por la zona en los cuarenta —mintió Flora—. Imagínate. Alan Lomax. Margaret Mead. Marvin Harris. Estas son las cosas que le gustan a Freitas. Nos coronamos, Luiz. Tú y yo.

Un suspiro de *chá preto* y alquitrán vibró en el tímpano de Flora.

—Mándame dos. Y te las paso poco a poco, que tendré derecho a vivir.

Flora hizo un paquete con cinco bobinas, escribió una nota: «Empieza por la que se llama «Arruebo, 1946», y lo envió al museo, por mensajería urgente.

A los tres días recibió un mail con el asunto «Va la primera» y un archivo adjunto: «Arruebo.mp3».

Flora escucha la grabación en la cocina de su apartamento, mientras se unta la crema que Teresa le ha recomendado para curar las picaduras de pulga. Por aquí los bichos son muy bravos, le explicó la farmacéutica. Son unas lesiones insidiosas, que desaparecen con el medicamento para regresar de noche, latiendo, como pinchazos en un *poppet*, pensaba cuando no conseguía dormir. Pulsa el *play* y el sonido áspero, gastado, de una voz de mujer adulta llega desde el pasado:

«Nadie sabe de dónde salió ese Pedro Arruebo. Llegó como hacen las escolopendras, que aparecen debajo de las piedras, que es como si nacieran de la tierra misma. Fue un día de 1643, bien me acuerdo, que Arruebo vestía de negro, negra la ropilla sobre el jubón y los calzones largos, negras las medias y el ferreruelo, negro el sombrero de ala sobre las largas melenas negras, negros los ojos de cárabo, cuello de golilla, botas bruñidas, buenas prendas de hombre de fortuna, la cólera en la boca y en la mano. Así vestía, como un duque, pero quienes le arropaban eran un puñado de desuellacaras. Traían moneda, uniformes nuevos, armas que brillaban, promesas de ventura, visiones del triunfo en los mares del norte. En menos de un mes levantaron los cien hombres que necesitaban para completar el regimiento. Abrigaron a los reclutas, los pertrecharon y los mandaron a La Coruña. Allí debían embarcar rumbo a Flandes.

»A los ocho meses regresó Arruebo. Mandó prevenir trompetas, tambores, mosqueteros y arcabuceros y que una vez reunidos saliesen a las plazas, las calles y los grandes caminos, entre los dominios del conde de Monterrei y los de los monjes de Celanova, publicando a voz de pregonero que ahora todos pertenecían a un nuevo señor. Arruebo era conde de Támega, decían los documentos sellados con el lacre real. *A uns mórrenlles as vacas e a outros párenlles os bois*, decían los padres de los mozos que a Flandes partieron y de los que no se supo más.

»Levantó un pazo magnífico a orillas de un río que manaba agua caliente directamente a sus estancias. Hecho de sillares de granito, con almenas y torre como la de un castillo, pero semejante a un palacio de villa, rodeado de un muro alto y tan liso que hasta las hormigas se desalentaban al tratar de subirlo. Nunca se había visto algo así en estas tierras, del Támega al Limia. Cuando estuvo rematado, cuando se fueron los carromatos, se desmontaron las tiendas de los arquitectos, los canteros, los vidrieros y los carpinteros, llegaron las carrozas de las mujeres, los niños y los carros de los criados, los músicos, los jayones y las *jardúas*, los animales, los *xelfes*. Su convoyada de guardias y sus amigos, toda la mandilandinga: Juan de Larrat, cirujano y médico personal del señor. En realidad, decían todos, alquimista, astrólogo, embaucador, falsario y nigromántico. Su sastre personal, Miguel Guillén, que bebía más que hablaba y del que se acabó contando que sabía confeccionar vestidos de piel humana, que echaban a andar solos al soplarles arena en la boca bajo la luna llena. De dónde salió esa gente, nadie lo sabía y todos lo contaban. Por lo que después sucedió, podrían haber salido de una grieta del averno. Como las cucarachas, como las serpientes, como los hongos hediondos.

»Yo no sé cómo un hombre de fuera, por simplemente armar a cien hombres, pudo hacerse con esas tierras de realengo, pero desde aquel día hubo que llevar el grano a su panera y medirlo en la tega de piedra que él dispuso en el patio. Este pote es más grande que el Ávila, protestaban todos, y luego callaban. Por lo demás, al principio era un señor como cualquiera. Cambiar de señor y que la vida siga igual es lo habitual, tanto daba servir al rey que al Arruebo, aunque lo peor de este era tenerlo tan cerca.

»Siendo señor Arruebo, continuaron las levas. Ahora forzosas. Hombres para Flandes, para Cataluña, para Portugal, para las guerras del rey, al que nadie había visto nunca. Hombres que mandaban escribir una carta desde el presidio y nunca más regresaban, o, si regresaban, lo hacían sólo a medias, sin piernas ni brazos ni cordura y sin ser quienes eran. Alguno prosperó, pero de esos nunca más se supo.

»Y cuando nadie más quiso ir, ni por la fuerza ni por la voluntad, ¿sabes qué hizo el barbado? Comenzó a robar muchachos para llevarlos a la guerra. Lo veían salir al atardecer, armado, con una *manchea* de manjaferros montados en los mejores caballos. Lo sentían batir las montañas, se escuchaban disparos de arcabuz, ardían fuegos en la noche. Algunos pastores hallaron rastros de sangre en los caminos. Sandeces, decían los *mondruchos* en las tabernas, eso es que el señor triunfó en la caza, yo mismo lo vi tirándole a un enorme corzo que abatió él solo a flecha. Pero por qué cargaría un corzo dentro de un carro cerrado, por qué se escucharían lamentos desde el corazón de piedra del pazo, por qué…».

El testimonio se interrumpe con el sonido inequívoco de dos tramos de cinta diferentes que se han empalmado, y una nueva textura impregna varios segundos de silencio, hasta que una voz distinta, de mujer joven, empieza a hablar en una corriente de palabras, sin pausas, sin aliento.

«Esa cara no se olvida. Tenía la boca grande, amplia quijada de fuerte morcillo, labios llenos posados sobre la carne de una granada, grandes paletas separadas, blancas como leche de cabra salvaje, lengua ágil para desprender los frutos. Arruebo sabe ser delicado, aunque su mandíbula rompería la piedra. Le gusta que los huecos estén llenos y los dedos ocupados. No es señor de mano muerta.

»Llegó desde el sur, Extremadura, Granada, para completar la leva que le daría y quizás un puesto en un concejo. No fue por azar. Mucho se aprende en las prisiones y en las celdas, en las tabernas donde nunca brilla el sol, pero donde más se aprende es en gurapas. Allí están los hombres más sabios del mundo, decía siempre Arruebo, lo que pasa es que no sobrevive ninguno. Fue en galeras donde le contaron que en las tierras fronterizas está la gente dócil, muerta de hambre, con más agujeros que ropa. Muchos creían, en cambio, que de aquí no se sacaría ni un solo hombre más. Estaban agotados, envejecidos, resabiados, tiñosos, lisiados y muy lejos de la corte, demasiadas guerras todas al mismo tiempo, contra Francia, contra Cataluña, contra Portugal. Salían a la puerta de las chozas mazo en mano, abiertos a la pendencia. Ningún brazo logró cerrarle el paso.

»En la morada de la desgracias habita, escondida, la fortuna.

»Salía al alba y cabalgaba todo el día. Se apartaba de las vías viejas, del camino real. Buscaba a los desesperados, los que ya nada tenían que perder, y adelantaba una manta, hacía tanto frío dentro de esas casas ennegrecidas por la hoguera constante, un par de monedas, cosa que muchos nunca habían visto, una libra de sebo, un poco chocolate. Descubría entonces a los chicuelos escondidos, las madres asustadas, los mozos famélicos, y les hablaba del triunfo, el asedio de Haarlem, la batalla de Jemmingen y de la gloria que atesoraban las tierras del norte para quien supiese verla. Lucharás junto al rey Felipe, que él mismo te aguarda en el frente de Levante. Yo, contaba, era un simple labrador hasta hace unos días y el monarca en persona me ha recompensado con este anillo, y mostraba los rubíes que brillaban en su dedo corazón.

»No permitía un instante de duda. Tampoco alistaba santelmos. Cuando arrancaba el sí, se llevaba al muchacho en ese mismo momento, sobre su propio caballo, le daba tabaco y lo alojaba en una fonda. Lo mandaba afeitar, uniformar y armar. Prometía a la familia panecillos, carbón, cincuenta libras de nieve, cuarenta onzas de sebo, diez gallinas, treinta libras de carnero, diez de vaca u ocho de tocino. Siempre pagaba, pero tarde: algunos mozos morían antes de llegar al frente, otros huían antes de embarcar. A esos qué les tendría que pagar.

»Así fue como Arruebo consiguió completar la leva, pero encontró algo más. Algo que le unió a esta tierra y le procuró su título de conde de Támega.

»Una tarde, rastreando rapaces a los pies de la sierra de Larouco, llegó a una covacha, poco más que un agujero con una cortina a modo de umbral. Dentro se extendía un manto de murmullos, y de pronto un lamento agudo atravesaba el aire, como una aguja. Vio la oportunidad. Los momentos de duelo son fecundos. En la casa del pobre, si ha muerto el cabeza de familia, hay desesperación, no se ve salida. Un extraño apareciendo por la puerta puede ser la forja de otra vida. Arruebo apartó la tela y entró en una estancia excavada en la roca, iluminada sólo con un par de candiles, plagada de moscas engolosadas del aroma de la podredumbre. Una anciana y una trinca de críos velaban a una mujer tendida en el suelo, sobre un montón de paja y el harapo de una sábana. Piernas de tubérculo, la sangre todavía como una melena oscura extendida entre las piernas, sangre de varios días, negra. Era una mujer muy joven, muy morena, con la cara envuelta en un paño sucio. La barriga como un huevo roto, casi una niña.

»—Dios la tenga en su gloria —dijo Arruebo, santiguándose. Observó a los *cativos*, demasiado *esmagurriados* para la guerra, canijos, hambrones, el mayor tendría quizás seis años, pura morralla, que ni para mozos de soldado ni para mochileros podrían valer.

»—Era *inocentiña*, ninguna culpa tenía y la mataron —dijo la anciana.

»—¿Quién la mató?

»—La mató la criatura esa.

»—La inmundicia esa.

»—Trajo la desgracia.

»—¿Qué criatura?

»—Anda allá afuera.

»—La echamos a las pitas —dijo una niña.

»Arruebo salió de la espelunca y respiró una bocanada de aire limpio que dejó sin aliento a los árboles. En el cercado lo vio, cinco gallinas picaban el cuerpo de un recién nacido. La cabeza enorme, extraordinaria, tenía la forma y el tamaño de una cántara. Había reventado a la madre al salir. La piel como la de un armadillo, cubierta de medallones de carne gruesa. Las dos piernas estaban unidas como la cola de un reo y se agitaban con una blandura que hacía pensar que no había hueso dentro. Las aves escarbaban los ojos, los argamandijos, el cordoncillo, un agujero en la barriga por el que asomaban las tripas deslabonadas. Una gallina tiró del intestino y arrancó un *anaco*, y se alejó revoloteando con el trofeo arrastrando por el polvo.

»Arruebo apartó a las gallinas a manotazos. Estúpidos, serán siempre miserables, no ven la fortuna que tienen delante. Un cadáver de niño recién nacido es cosa valiosa. Hay quien pagaría sus buenos ducados por un cráneo, la sangre, las manos. Las ponzoñeras de Mondoñedo y los nigromantes de Toledo. Arruebo recogió el cuerpo, quizás aún le quedaba una gota de vida. Lo envolvió en su manto y lo metió en las alforjas.

»El cirujano Larrat era un listo capaz de encontrar un maravedí arrojado al curso de un río. Enseguida vio algo más en lo que Arruebo le entregó. Lavó y cosió las hechuras del monstruo, lo embalsamó y lo preparó dentro de un gran frasco de cristal, como aceituna en salmuera. No lo vendas a las ponzoñeras, dijo. Es un portento. Un ser extraordinario. Ha traído el horror a su familia, pero a ti te dará riqueza. En el gabinete de curiosidades del marqués del Balzo, cuando Larrat todavía era un caballero bien tratado, mucho antes de cruzarse con Arruebo al huir de Francia, había visto un recipiente tallado que contenía sangre de dragón. El esqueleto de un cordero vegetal. Una piedra bezoar nacida en el esófago de un caballo. Un bebé disecado que le pareció del todo normal, hasta que el marqués le dio la vuelta y vio que en la espalda le crecía un tercer brazo, y en la palma de la mano de ese brazo, tenía un ojo negro abierto. Era la pieza más preciada de su colección.

»—No sabes, amigo Pedro, que la corte de los Austrias está poblada por enanos, negrillos y locos, que proporciona con asiduidad el hospital zaragozano de Nuestra Señora de Gracia. El marqués de Eliche, el conde-duque y el duque de Medina de las Torres gustan también de las rarezas humanas. Adoran a los enanos, porque así ellos se ven más altos; adoran a los deformes, porque así ellos se ven más hermosos; adoran a los zafios, porque así ellos se ven más refinados; adoran a los frutos del bestialismo, porque les acercan al misterio del alma. Tienen engendros igual que tienen rizos en el pelo, como tienen monas, cotorras y perritos a los que visten con lujo para que posen en sus cuadros.

»Lo que Arruebo comenzó a extraer desde lo más profundo de la sierra de Larouco, nunca se supo el origen, no eran enanos, locos ni muchachas de Turquía. Eran monstruos más extraños que los que ilustran los pliegos de cordel, humanos y animales, falsos mendigos, curiosidades celestes. El cirujano Larrat miraba, palpaba, sajaba, comparaba y después anotaba sus descubrimientos, empeñado en componer la primera obra en español dedicada al estudio científico de los prodigios. El mismo día que Arruebo le mostró a la criatura de la cabeza descomunal y las carnes de armadillo, puso título a su libro: *De los monstruos vegetales, sensitivos y racionales, y sus causas verdaderas.*

»Con una muchacha viva, enana y gordísima, con pico en lugar de boca y las dos manos pegadas por las palmas una a la otra, piel que era como escamas, Arruebo y Larrat llegaron hasta el rey. Murió a los pocos días de nacer, y los cirujanos reales la embalsamaron. El monarca hizo pasear el frasco por las cortes de media Europa. El asombro, el desmayo, les gustan los caprichosos portentos de la naturaleza, vivos o muertos, porque así se maravillan y espantan, porque así ellos mismos se sienten más bellos, más elevados, tocados por la gracia, y de nuevo fluye sangre cálida por esos cuerpos marchitos que de todo tienen hastío. A cambio de un bebé con cinco cuernos de carnero, dedos semejantes a las garras de un ave de rapiña y pies de un color encarnado como centellas de fuego, Arruebo recibió de mano real la cesión de la justicia y jurisdicción civil y criminal, alto y bajo, mero y misto imperio en todo el territorio de su señorío.

»No vayas a creer que en las familias miserables hay orgullo por el engendro. La mujer que ha copulado con un demonio y pare a una niña encrespada, que camina como una araña, el costado surcado de crestas de hueso, necesita lavar el pecado y la culpa, o al menos alejarlo. Prométame que estará bien cuidada, suplica a Arruebo. Tendrá techo, cama y plato en un convento de Castilla, fabula Pedro, y entrega a la madre diez azumbres de vino, cinco de aceite, veinticuatro huevos, dieciséis varas de ruan, cuatro calzones, un baquero de terciopelo morado y amarillo, una basquiña del mismo terciopelo con tres randas. Todo aforrado en bocací. La beata que toda la vida ha visto, en los enroscados capiteles de la iglesia del pueblo, monstruos que tanto se parecen al ser que ha engendrado sabe que el monstruo viene para señalar su pecado y para predecir el desastre. Las que saliendo solas al monte han gozado suciamente con hombres salvajes. Esas no los muestran, antes los echarían al pozo. Y si hay alguna, por rara que sea, que no quiera entregar a su criatura, Arruebo sabe cómo arrebolarlas, que ya no piensen más que en su boca mojada, que siempre le digan sí.

»No faltaban las adversidades. Arruebo se hizo con la niña peluda, hija de mujer y lobo, a cambio de dos sombreros negros, una saya de gorguerán de pipiripao y un gabán de albornoz forrado en bayeta con bebederos de tafetán, dos calzas de paño colorado de Toledo, un jubón de raso pardo, una capa y una gorra de terciopelo negro. Para qué querría tanto encaje esa gente miserable. La educó, la vistió como a una dama, un conde castellano pagó buenos ducados de oro por ella, pero al cabo de unas semanas la devolvió: la criatura era salvaje, no permitía que le cubriesen la cabeza con una cofia. Aunque estaba destinada a ser la mascota de las hijas del conde, las mordía con sus dos incisivos largos y les arrancaba el pelo. Arruebo fue a buscarla a Valladolid y allí mismo, en presencia de las damitas ultrajadas, le rompió los dientes con el mango de marfil de su bastón, luego la entregó a un feriante que la paseó dentro de una jaula por los mercados de la Villa del Campo a Valdeorras, vean a la niña más fea del mundo. Todos los meses le pasó a Pedro una renta hasta que la bestia murió de parto, embrutecida y loca, a los trece años. Entonces, el feriante la mandó embalsamar junto al feto que él mismo había engendrado, construyó una caja de cristal a medida de ambas, madre sentada, hijo en brazos, y la mostraba por los pueblos, instalada sobre un carromato. En tres años, el negocio le dio para poner una venta en el Camino Real, muy cerca de Toledo. Arruebo se llevó su parte.

»Eso es lo que le ha hecho rico, por ese mérito es noble. En las ruedas de los carros y entre las briznas de la hierba, como las semillas aventadas, sisea la voz de que el conde, con un Ciprianillo que maneja, se ha hecho con un tesoro de mil barras y argollas de oro, que se lo arrebató a un gigante de Lobeira. Otros cuentan que caza hombres salvajes en los bosques espesos del Xurés, entre los árboles, entre los pinos, donde nunca brilla el sol. Pero es gracias a los engendros que hoy se le llama conde de Támega. El niño de cabeza de cántara fue su primer descubrimiento. Luego vinieron algunos más. Algo hay en estas montañas, en los poblados y caseríos aislados, que la hace tierra fecunda en portentos. ¿Y sabes qué es? Yo te...».

De nuevo, la cinta da un salto. La voz de mujer joven se corta y entra el sonido grueso de unas cuerdas vocales desgastadas, añejas, masculinas.

«... Acababa de despachar a sus hombres en Verín y subió él solo a la sierra. Durante tres días y noches la recorre palmo a palmo, apartándose de las veredas de los pastores, las vías de los comerciantes. La tercera noche duerme en una casota de piedra, hogar de los *mouros*, él no teme el toque de sus dedos fríos en la madrugada. Le despierta un aliento sobre los labios. Arruebo abre los ojos, algo camina dentro de su boca abierta, posado sobre el paladar. Escupe fuerte contra la piedra un *escornabois* rojo, brillante de orballo, la cornamenta un talismán. El aire de *escornabois* ha entrado en la garganta de don Pedro, un aire malo que podría derribar a un hombre si no sabe cómo conjurarlo. Tiene que aplastar la carne del bicho con la suya propia. Lanza un manotazo y su anillo de rubíes gira en el aire. La *vacaloura* revolotea alrededor de los destellos color grana, antes de desaparecer escabulléndose en el interior de una madriguera de zorra abierta al fondo de la casota, junto a las piedras hincadas en la tierra.

Pedro la persigue, se introduce en la madriguera, se enmaraña en una red de túneles oscuros, angostos, donde resuenan ecos de patas escarbando. Pierde el rastro, pierde la orientación, pierde el sentido de quién es y qué busca, pero no se sienta a aguardar la muerte. Saca el puñal y horada una salida hacia arriba. Cuando se le quiebra la hoja, cava con el mango. Cuando el mango se dobla, cava con sus uñas y después con sus dedos endurecidos. Abre un agujero y entra. Creyó que saldría a la superficie, pero cae. Arriba era abajo. Cae en una amplia cueva donde por fin puede respirar profundo y estirar los brazos. Arranca unas raíces y las prende con la yesca: una mano negra surge a un palmo de su rostro, frenando su impulso, cerrándole el paso en la tiniebla de la caverna.

»Arruebo ve esa mano ante él, diciéndole que no, y le lanza el puño cerrado, que se estrella contra la dura roca: la mano, como muchas otras a su alrededor, está pintada en la pared de la cueva. El ánimo regresa a sus piernas. Recorre las galerías enrevesadas, busca la salida. En esas montañas hay seres de una estirpe poderosa. Dos veces los halló. El primero fue un chiquillo abandonado por sus padres, cubierto de arañazos y moratones. Lo cuidaban los abuelos, y estaban aterrorizados: el muchacho no sentía dolor. Hacía una correría y el abuelo lo lanzaba de un tortazo contra la pared, él se levantaba de inmediato desafiante, sangrando, dispuesto a la revancha, no había cómo pararlo. No conocía la moral. Arruebo lo cambió por una acémila y se lo llevó encadenado al pazo. La piel como de una serpiente; la nariz, dos rasgaduras. Al examinarlo Larrat, le mordió el brazo hasta llegar al hueso y allí se destrozó los dientes de leche, nada le frenaba, siguió mordiendo con el hueso, hueso contra hueso, hasta que los guardias lo dejaron sin sentido de un garrotazo.

»La segunda fue la chica giganta. La encontró atada a un yugo, arrastrando sola un arado de hierro con las manos atadas a la espalda, cavando las tierras de un monasterio. Esta trajo la plaga, esta trajo la desgracia, decían los monjes. Arruebo se la llevó sin pedir permiso, y la muchacha logró escapar antes siquiera de llegar al pazo. A estos dos seres los llamó la raza de piedra, y desde que los encontró no ha dejado de buscar a sus semejantes. Muchos más de ellos viven en esas montañas, y Larrat hallará la forma de desentrañar sus cualidades, está convencido.

»Lo que Pedro Arruebo encuentra ahora en el hueco de la madriguera, bajo la casota de los *mouros*, le hace ver de nuevo a aquella muchacha giganta, y también al mozo inconmovible, y la forma en que se acercó al fuego de la *lareira*, primero aspirándolo con la boca, como besándolo, y después internándose todo él. Arruebo desea tener esa cualidad, el valor desafiante que procede del desconocimiento del dolor, no es necesario ser indestructible, sólo no saber cómo sufrir. Pero el chico se había incinerado y su cuerpo quedó inservible, todo lo que Larrat pudo encontrar en su interior estaba calcinado.

»Dos ojos huecos miran de frente al fondo de su alma oscura, esculpidos en la piedra. Un hombre plano, de gran cabeza ovalada, hombros anchos y curvados, brazos poderosos que casi alcanzan los pies. En una de sus manazas porta un martillo. En la otra, quizás un rayo. Su falo grueso como el muslo rebasa las rodillas. Arruebo miró al ser labrado en la roca, gigante, portento, y deseó estar frente a un espejo, luego comprendió que estaba viendo a un dios. Un rey al que los monstruos deben su calidad de prodigios. Cincelado quizás por ellos en la pared de la cueva, a sus pies corre un manantial de agua oscura. Arruebo extendió la palma de su mano sobre el pecho liso del ídolo y cayó de rodillas.

»A los pocos días, la piedra sagrada había sido arrancada del corazón de la roca y dormía en el pazo del señor de Támega, en una cámara subterránea excavada a pico en el jabre amarillo y rojo, bajo un paño de terciopelo negro que sólo Arruebo podía alzar. Nadie más debía mirar de frente los ojos huecos del señor de la montaña».

7

Lobios, noche de Todos los Santos

«Qué ironía, Mariña, que te pase esto justo cuando tienes tu propia historia de misterio que contar», piensa Héctor. Está preocupado, su amiga está todo el día conectada, pero no responde, muchas veces ni lee sus mensajes. Nadie sabe por dónde anda. A veces llega con la energía de una manada de búfalos y juntos trazan un plan perfecto para encontrar al monstruo que la atacó y hacerle confesar, no delante de un juez ni de la policía, hacerle decir delante de ellos dos lo que ella no consigue recordar: quién eres, qué has hecho, por qué a mí.

—Y dónde está la máscara, Michi. Me la puse y se veía otro mundo. Estuve a punto de verlo, pero me dio miedo. Ahora no tendría miedo.

Eso dice Mariña, que nunca había estado tan asustada como en estos días.

—Ni que te hubieran echado un *meigallo*.

—Me han marcado, Michi. Me han neutralizado. Como si tuviese un interruptor y una mano sádica estuviese todo el día jugando, *on-off-on-off*.

Héctor nunca sabe qué hacer para que Mariña relaje el ceño, pero hoy tiene un plan. Una aventura, como los proyectos que ambos escondían en las manos hace tan poco tiempo y que ahora parecen pertenecer a otras personas, tan lejos están ellos de lo que siempre han sido. Hace unas semanas que los canales subterráneos del Urbex en toda la península borbotean con algo que ha sucedido a poco más de doscientos kilómetros de Lobios, y Mariña ni se entera porque sólo piensa en perseguir ancianas, subir al *foxo*, encerrarse en casa o desaparecer por ahí.

Alguien hizo un agujero bajo un *cruceiro*, en los alrededores de una iglesia de Lugo. Si cavaban patata o si buscaban la *trabe de ouro*, eso Héctor no lo sabe, pero lo que se encontraron fueron los esqueletos de unos niños. Después fue la Guardia Civil y salieron más. Y más. Y más. Todavía no hay una explicación oficial. ¿Puede haber algo más emocionante que niños muertos al pie de una iglesia? Héctor sabe que no.

La zona está acordonada y probablemente vigilada, no importa, hoy, noche de Todos los Santos, Darko trasladará allí mismo su directo, y la tropa del misterio se está dando cita en el cementerio de Goiriz a las doce para encontrarse, retransmitir y contarse sus teorías sobre el *cruceiro* de los horrores. Algunos hablan de una masacre en la Guerra Civil. Otros lo relacionan con los nazis que levantaron las antenas de Cospeito, muy cerca de allí. Una secta infanticida que trae niños de otros lugares y los sacrifica. Ocultismo, tráfico de órganos, redes de pederastia, ¿qué pensará Mariña de esto? Quizás le disguste y se vaya. Ya nunca ando por ahí de noche, le contó a Héctor una vez que fue a buscarla a casa para ir a cenar al Luma. Alguien podría venir sigilosamente por la espalda y romperme el cuello, y no quiero tener que estar mirando para atrás todo el tiempo. A partir de ahora, voy a mirar siempre al frente. Por eso Héctor no le ha contado nada del plan. No va a darle la opción de inventarse una excusa. Solamente le ha dicho que pase a las seis por el Chispa, que no venga disfrazada, que traiga ropa de abrigo y toda la parafernalia de grabación. Ella ha respondido, vale, si tu hermana te presta el coche. Va a ser una noche memorable.

Mariña llega montada en el quad, ¿habrá trucado el encendido?, con la canción esa viejísima de Grimes que no para de escuchar, con una cara de mala hostia capaz de convertir el mojito en vinagre y el hielo en puñaladas: ni se ha abrigado ni trae las herramientas. Al menos no está disfrazada, aunque podría parecerlo. En esa terraza, ella y Héctor son los únicos que no se han caracterizado para la fiesta de Samaín, y llamarían la atención por eso si no fuese porque hoy es el día del año en el que menos destacan: ambos visten de negro, se prenden imperdibles de los hombros de las sudaderas, el chándal de Héctor lleva telarañas estampadas en las pantorrillas y el *eyeliner* de Mariña ha evolucionado hacia el estilo de Lily Munster en fin de año. Se apea y camina decidida hacia la mesa, sin mirar a nadie, abriéndose camino entre una niebla de castañas asadas y el sonido pegajoso de una sección de vientos indeterminada. La punzada de la máscara la ha cambiado. Héctor ve con la boca abierta que su amiga se ha puesto el *crop top* de «para cuando adelgace» que guardaba en el armario desde los dieciséis. En su barriga, los cortes viejos, que ya conoce, junto a otros nuevos que no, Mariña, qué has hecho.

—Vamos.

—Tía, qué te pasa.

—Que vengas. Hay que estar en Montalegre a las siete, hora portuguesa. ¿Dónde tienes el coche?

—¿No has traído nada de lo que te dije? —Mariña, como siempre últimamente, tiene sus propios planes.

La música empastada que se escuchaba a lo lejos comienza a concretarse: es una versión instrumental de la canción de *Los cazafantasmas*. Por la carretera viene la banda municipal tocando temas de películas de terror y, detrás de ellos, una Santa Compaña de niños recién salidos del taller de calabazas y velas, una procesión de fantasmas, brujas, superhéroes, zombis, se acerca desfilando. Padres y madres se han hecho con los mejores puestos de la terraza, el teléfono en una mano, el *RIP-tonic* en la otra.

—Pero siéntate, *ho*, que te acabo de pedir una *vampirinha*.

El resoplido de Mariña agita las copas casi desnudas de los álamos. Las últimas dos hojas que tapaban sus vergüenzas se desprenden y flotan en el aire aún caliente. Hay algo importante que hacer hoy en Tras-os-Montes. Detrás de la máscara a subasta sin fotografías disponibles está, no tiene duda, la persona que la atacó y la ha convertido en un despojo.

—Tienes que venir.

—Vete, hombre. Que la gorda tiene hambre —suelta, repantingada en los palés de la mesa de al lado, una bruja de las auténticas que oculta su carácter tras un maquillaje de catrina.

Mariña no es deportista. No es hábil, no es ágil, no tiene fuerza. No ha hecho taekwondo, ni atletismo, ni siquiera baile gallego. Así que esa patada voladora tiene que salirle del pozo más oscuro del alma y no de algún lugar de su cuerpo. Su bota rosa, al despegarse de la cara de Morelba, hace el ruido de una tira de cera fría y le deja un molde marcado, como si la hubiese pisado un camión. Desde el suelo, las piernas largas de la chica, dentro de unas medias de rejilla, asoman entre maderas desencajadas.

La banda para de tocar. La procesión de los monstruitos se detiene. Las familias de la terraza se tapan la boca con la mano. Otras manos se abalanzan hacia los teléfonos en las mesas y se quedan ahí suspendidas. La camarera no termina de posar el *Dry Muertini*, y eso que ella misma se ha encargado de rebautizar toda la carta de cócteles.

Mariña no deja pasar la oportunidad que le proporcionan esos tres segundos de estupor que paralizan a toda la clientela de la terraza. Un kick electrónico le retumba en el estómago, el sintetizador que porta en el corazón emite *open hi-hats* acelerados. Soy una Arpía Con Armadura Brillante, soy una Amazona Con Alma Brutal, al darse la vuelta, chasquean en su culo las letras A.C.A.B. de la sudadera de las bullas que lleva anudada a la cintura, destellos furiosos que pueden quemar, o eso cree ver Morelba. Salta al quad y lo hace estallar de ruido para alargar el hechizo que ha lanzado, el abrazo de Yogh Sothoth. Nos veremos en una noche oscura, dice. Ni siquiera Héctor ha conseguido moverse, y cuando por fin se despega de la silla, Mariña ya desaparece a lo lejos por la carretera de Farnadeiros, hacia los embalses, y más allá los bosques profundos, la montaña, el Couto Mixto que fue tierra sin rey ni amo, Portugal, Tras-os-Montes, y yo ¿cómo voy a alcanzarla con estos Nike del mercadillo?

Grita, Héctor. Grita. Darse instrucciones a sí mismo le funciona. Dentro de él hay alguien más rápido, más inteligente, más eficaz. Qué suerte tiene, que a veces le habla y le dice lo que debe hacer.

—¡Por ahí no, Mariña!

Pero si él ni siquiera la puede ver, ¿podrá ella oírle?

A los veinte minutos, la Guardia Civil intercepta a Mariña en el tradicional control del viernes noche en el cruce de As Conchas.

—Señorita, la documentación. ¿Qué pone en esa sudadera? Para empezar, va sin casco, por eso la he parado. Abra la caja del vehículo, por favor. ¿Para qué lleva una radial? Puede, pero esta navaja de catorce centímetros, no. ¿Esto es suyo? ¿Tiene la receta?

—Confirmado que es ella —dice el agente más joven desde el interior del coche patrulla.

—Nos tiene que acompañar a la jefatura un momento.

—¿Cuánto momento?

—Ahora se calla y entra en el coche.

La primera vez en un calabozo suele ser bastante traumática. Son tres días como máximo, pero la pérdida de la noción del tiempo, la incertidumbre y todo el lío que ha quedado fuera estiran los minutos hasta la angustia. Ya le pasó aquel 25 de *xullo* cuando la multaron por la sudadera de las bullas y se puso en plan chulo, se había negado a identificarse y exigía el número de placa a los policías, delante del BarTolo, donde los punkis de la vieja escuela la despidieron entre aplausos cuando la metieron en el coche patrulla. La tuvieron unas horas entre rejas, llamaron a mamá, su hija está detenida, y la soltaron. Regresó a la plaza de las crestas de colores contando que le habían dado un tortazo, ¡abuso policial!, y como recompensa los anarkopunkis la invitaron a calimocho toda la noche.

Ahora ya sabe cómo va eso. Cubículo, jergón, aislamiento, aburrimiento. Comida empaquetada apta para dietas halal y kosher. Hasta podría verlo como una oportunidad para machacar al agente de guardia con los detalles de su caso, que nadie había querido investigar, pistas abandonadas, evidencias ignoradas, un criminal suelto por los montes de la Raia Seca. ¿Sabes que me habéis obligado a buscarlo, yo, la víctima? Eso se llama revictimización. Pero conforme se va afianzando la convicción de va a estar ahí dentro algo más que «un momento», le están requisando sus pertenencias, va llegando el sudor, entrega los cordones de las Dr. Martens rosas y metalizadas, el dolor en el estómago, un anillo de calavera, dos de autodefensa —gatitos cuyas orejas son pinchos macizos—, temblor de manos, el llavero rosa con mil colgajos de peluche que incluye navajita camuflada como una llave, minimartillo rompecristal y cortacinturones, cinchas, cuerdas o abrazaderas; alarma linterna, pompón de peluche que dentro tiene un GPS y al apretar envía una señal de auxilio con localización; un dispositivo zero contacto, *kubotan, cam detector, scrunchie* de prevención para cubrir la boca de los vasos, cerrojo portátil; el móvil nuevo, que no para de sonar. Echa a la bandeja la cartera, tres horquillas y la última esperanza de llegar a tiempo a la subasta. Al cerrarse la puerta del calabozo comienzan las náuseas, por favor, que no me venga el susto aquí.

8

Calvos de Randín, noche de Todos los Santos

Es buen momento para pensar en la muerte: las fuentes se secan, los bosques se queman, las gaviotas caen enfermas de un mal desconocido que las paraliza y les impide alimentarse, unas raras setas con forma de pulpo extienden sus tentáculos rojos e impregnan el aire del dulce olor a carroña. Los días se hacen aún más cortos, la naturaleza quiere volverse gris y deshacerse en un crujido seco. Es 31 de octubre, se abre el tiempo de los difuntos.

—Selvita también habló de Arruebo, es una historia que tiene que ser conocida en esta zona —dijo Suso por la mañana, después de escuchar juntos por tercera vez la cinta—. Esta noche vamos a mezclarnos con la gente en el magosto. Alguien sabrá algo. Que dejen de considerarnos los inquisidores que no paran de preguntar y nos vean divirtiéndonos como vecinos. Y con vino nuevo en la mano. Es el mejor momento para conseguir respuestas.

A Flora le encantó la idea. El ritual que comienza hoy encaja sin rendijas en lo que ella entiende por diversión: un cordel trenzado conecta el mundo de los muertos y el de los vivos, y por unos días cualquiera podrá transitar de un extremo a otro, conversar con las ánimas atascadas en el purgatorio, ayudarlas y rogar por que alcancen la paz eterna. Cuando consigan liberarse de sus ataduras y asciendan al cielo, será el momento de pedirles que devuelvan el favor. Al oscurecer, las almas regresarán a sus viejos hogares vestidas con su apariencia humana o bajo el aspecto de luciérnagas, polillas, abejas, sombras, luces, ruidos, piedras, ramas. Todo puede ser un espíritu en busca de perdón, de redención o de venganza, por eso los *corpos abertos*, esas personas proclives a ser tomadas por los muertos para hablar por su boca, deben andar con sumo cuidado. Mejor no salir de casa.

Pero se sale. Con hábito negro, cirios y velones prendidos se marcha en procesión hasta la iglesia parroquial, misa de ánimas por los que se fueron pero todavía están. Después, centeno, maíz, castañas, patatas, hogazas, quesos de tetilla, ofrendas. Flores, flores para los muertos. Un beso a un puñado de tierra del cementerio para que descansen mejor, los que bien se han ido y los que no, murmullos, llantos y promesas. Lámparas de aceite sobre las lápidas guían a las almas en su camino, que se vayan yendo, que no se pierdan y que no se aparezcan más, que ya está bien de visitas no solicitadas.

Ahí termina la parte litúrgica y comienza la bacanal sagrada. Se enciende un gran leño para dar calor a los muertos regresados. El vino de la cosecha nueva llena las cuncas, las castañas calientan las manos: por cada una que se come un alma es librada. El cerdo ya está despiezado, las costillas sobre las brasas lanzan al cielo un sahumerio de gratitud. Con la sangre de la matanza, metida en una botella de Coca-Cola de dos litros, se preparan filloas oscuras que circulan de mano en mano en largas mesas, ¿no quieres?, ¡son de chocolate!, engañan a los foráneos. Al terminar el banquete, los restos se dejan sobre los manteles, migajas para saciar el hambre eterna de las ánimas: las castañas que ahí quedaron no deben tocarse al día siguiente, pues estarán *babadas dos defuntos*.

Vestir una túnica, saltar el fuego, tiznarse la cara, cantar y bailar. Ver, como ven los *corpos abertos*, a las ánimas del purgatorio muertas de frío, que se acercan a la lumbre de la hoguera, prohibido barrer las cenizas porque estarás expulsando a los espíritus, y con ellos a toda la fortuna que pudiera tener el hogar. Todo esto es lo que Flora espera encontrar en su primera fiesta del tiempo de Difuntos. Llega a la plaza envuelta en su hábito sepulcral, acaba de ennegrecerse la cara con un corcho quemado, mirándose en el retrovisor de un coche, y le ha quedado rústico y espontáneo. Ve a Suso disfrazado de algo que parece Doctor Strange de visita en el *feirón* de Chaves, con una capa de raso rojo brillante. Está barriendo las cenizas que se arremolinan alrededor de las brasas donde se asan las castañas, y las acaba de tirar al contenedor de inorgánicos.

—Cómo se te ocurre.

—¿Tienen que ir al verde?

—Las almas de tus antepasados, Suso.

Y todo va a peor. Bruja Escarlata, un dinosaurio, varios Ghostfaces y Jockers, un payaso asesino, monjas embrujadas, calaveras y diablitos. Los niños exigen golosinas a gritos, pisan y escupen las castañas, ¡tienen gusano!

—¿Dónde está la *foliada*?

—A las diez empieza la disco móvil —dice Suso—. ¿De qué vas disfrazada?

—Me dijiste que esta noche era especial. Me prometiste chuletón de vaca gorda y vieja, y esto son pizzas congeladas. Nunca te lo perdonaré.

—¿Pizza congelada el Samaín? *Ti toleas.* Es la mejor fiesta que tenemos por aquí, que me perdonen los patrones santos. Te va a encantar. —Suso no comprende cómo una antropóloga que tanto ha viajado puede tener esos prejuicios. ¿Qué espera? ¿Que venga la Santa Compaña?—. Además, no nos desviemos de nuestro objetivo. Hoy estamos aquí para mezclarnos con la gente, ver y escuchar.

Mezclarse es sencillo en ese ambiente disoluto. El suceso de los Fontes, aunque desgraciado y siniestro, no parece haber dejado marcas en la vida comunitaria: al fin y al cabo, nadie conocía a la muerta, era una familia marginal y los rumores maledicentes se reparten entre la Guardia Civil, que algo está tapando, y Mingo Fontes, que seguro que se metió de noche en la residencia de Lobios para dejar lela a la madre y que no abriese la boca más que para tragar la papilla, a ver si iba a largar. Aquí eso de la brujería no nos gusta nada, aquí *a xente é boa*, menos mal que estás tú, Suso, que nadie nos cuenta nada.

Es la primera vez que Flora ve la plaza de Calvos llena de gente. Fuego, parrillas y carbón, chorizo criollo, música de bote, pelucas brillantes, sangre empaquetada. En los jirones de conversaciones que vuelan como las *faíscas*, brillan en el aire y después se apagan, Suso va enganchando nombres, Arruebo, Belén, Mingo. ¿Mingo? Ese te anda *no monte*. En plan comando. Lleva semanas por ahí merodeando. Pregúntale al señor Ramón, que se le metió en su casa anoche.

—¡Mira! Se me llevó plátanos. Una bizcochada, cuatro barras de pan, cervezas, salchichas, tres chorizos, y dejó unos cachos de panceta *desta* que viene en el plástico, de la cara, de siete u ocho euros. Yo estaba durmiendo, oí unos ruidos, pero no hice caso. Pensé que era un potro que anda ahí fuera en la finca. Y por la mañana, cuando voy a desayunar, la nevera abierta y todo confiscado. ¿La nena encerrada? Esas cosas aquí no pasan.

—¿Que no pasan? ¿Que no pasan? ¿Entonces por qué pasó? ¡Negarlo es justificarlo! —Antía, disfrazada de Mia Wallace zombi, vaso mediado de *gin-tonic* de litro en la mano, está dispuesta a que su voz la escuchen hasta las calaveras. Su cara se acerca mucho a la de Suso y le habla muy alto—: ¿Por qué mataron a esa chica, por qué?

—No tengo ni idea, me encantaría saber qué teoría tienes tú.

—¿Por qué tuvo que vivir encerrada? ¿Por qué?

—A veces, la gente.

—Qué pueblo de *merda* somos. Sois, que yo me voy a ir pronto. Qué guapo eres, Suso. Te voy a dar un morreo, aviso.

—Anda *pacá*. —Mercedes, la madre de Antía, ha visto la escena desde la terraza de su bar y se planta en la plaza, mandil negro, cara pintada de blanco, brazos en jarras. Pasa *pa* casa, *questás* fatal.

—¿A casa, *pechadiña*?

—¿No te dije que hoy te quedases conmigo?

—A mí nadie me va a encerrar.

—Mucho feminismo y mucha parvada, y mira lo que le haces a tu madre.

—*Antía ceibe, poder copular*!

—Qué vergüenza. Anda pa casa.

—¡Libre, libre quiero ser!

Antía arranca a cantar con voz agitanada, unas estrofas ininteligibles que combina con movimientos de baile *Pulp Fiction*. El efecto es insólitamente armonioso, atrae ojos, palmas y pensamientos procaces a una escena que Mercedes parece estar sufriendo con afectación, con la humillación exagerada de una madre troyana en el segundo acto de la tragedia. Flora está a punto de decírselo, señora, tómese un vino, la chica sólo está un poco alegre. Siempre ha visto a Antía trabajando duro, hablando con todo el mundo, entrometida y lenguaraz, sí, pero ¿no es eso lo que alegra la vida de un bar?

—Pobre Merce, vaya cruz tiene con esa niña —dice Teresa, la farmacéutica, mientras remueve con un cucharón una enorme pota que se calienta sobre un fogón de butano. Antía ha cruzado la carretera corriendo y su madre ha ido detrás, parando los coches a base de aspavientos. Ahora, ambas discuten en la terraza del bar.

Es una noche estupenda para un magosto. El aire huele y sabe a aguardiente cálido, a mosto y a brasas de roble. Este año, las castañas han sido tempranas, mermadas por la plaga de tinta, por la *avispiña*, por la sed: si en un erizo crecían tres, ahora no se saca más que una, y gracias. Las bellotas, en cambio, han salido enormes, y por eso las aves de caza están bien gordas. El vino nuevo está listo, la última gota de orujo ha caído del alambique y en alguna casa se ha matado al cerdo antes del San Martiño, porque se están poniendo insoportables, andan todos *alporizados*, una cosa rarísima, dice Suso.

—Bueno, tan raro no es —dice Teresa—. Aquí tienen hecho cosas gordas los cerdos. Aún te acordarás de Marcelino, o Trabado, yo creo que murió por el 2000. Ese, cuando era un bebé, tres o cuatro meses tendría, sus padres salieron a trabajar al campo y la hermana lo puso encima de un colchón en el suelo, que ni camas tenían, y andaba dando de comer a los conejos, desplumando unas gallinas, *termando* de una pota al fuego, esos trabajitos de los niños en la aldea, y de pronto oye unos chillidos espantosos y se encuentra con que uno de los cerdos se le había metido dentro y tenía al Trabado en la boca, enganchado por los pies. Iba tirando, tirando, tirando y lo arrastraba a la cochiquera, con los otros cerdos, imagínate. La hermana grita y el animal, sin soltar al pobre Marcelino, la embiste como un buey loco. Le lanzó piedras, le lanzó pan, le lanzó la maldición de todos sus antepasados convertidos en chorizos criollos, y sólo cuando le largó un buen varazo, el cerdo por fin suelta al crío y se pone a lamerse la herida, ¡todo compungido! Espérate, que ahora viene lo mejor. La niña coge al hermanito, lo lleva al regato, le lava los pies, lo envuelve bien envuelvito en unos trapos, lo acuesta de nuevo, y aquí no ha pasado nada. Estaba muerta de miedo, a ver si le iba a caer una *malleira*. Llegan los padres del campo y el bebé no para de llorar y cuando la madre lo coge para darle de comer, resulta que grita más, y cuando lo levanta en el aire, *ay mi neniño lindo,* chilla como un *bacoriño* asado vivo. Lo desnuda y a la luz de una vela ve esos pies hinchados y renegridos. Los tenía enteros, pero al tocárselos notó que por dentro estaba todo deshecho, sonaba como una bolsa llena de canicas, estaban machacaditos. Hubo que amputárselos, y durante toda su vida el hombre anduvo con unas prótesis que se hizo él mismo con dos latas de aceite. Las rellenaba con cordeles y telas y se las ajustaba a los muñones. Tenías que verlo corriendo y montando en bici. Ya al final las cambió por dos envases de plástico de los del pesticida de la patata. Pero espera, decían que cuando se extendió el rumor del accidente, hubo gente de la parroquia que fue a buscar a la cerda, la sacó a golpes de la cuadra, la juzgó y la condenó a muerte. La ejecutaron, como a los asesinos, la trocearon y echaron los pedazos a los perros. Luego mataron a esos perros y se los dieron a los lobos. Y él hasta disculpaba al animal. Son cosas naturales, decía. O Trabado, o Comeito, o da Porca fue toda la vida, alguna cura le tengo hecha en la farmacia, y mi padre muchas más. Por eso, cuando la gente de por aquí ve que un cerdo se empieza a poner tonto, primero le enseña el cuchillo, y si sigue en las mismas, a la matanza.

La noche se enfría y Flora quiere probar el licor café tan legendario de esa tierra. Algo habrá que le ayude a ver ánimas esa noche, pero a Teresa le parece una elección terrible:

—No, corazón, que eso es veneno puro.

—Más bien es droga dura —dice Suso.

—Ni se te ocurra. No ves cómo lo traen, en bidones de cinco litros. Así venía el metílico. Te deja medio muerta y esta noche tenemos que estar todas bien despiertas.

—Por los espíritus cabreados —dice Flora.

—Por los vivos rabiosos —responde Teresa—. No te olvides del Rambo ese que anda por ahí en el monte. Según la versión oficial, es un preso de Pereiro que no volvió a la cárcel después de un permiso. Hay quien dice que es Mingo Fontes. Yo, si me lo encuentro esta noche al volver a casa, quiero estar espabilada y quizás con ese pellizco de valor que da un vasito de este brebaje que estoy preparando. Pruébalo. *Vinho quente*, muy ligerito. El vino nuevo, si no le echamos aderezos, no hay quien lo trague.

—Tú algo sabes —dice Suso—. En la farmacia se escucha de todo.

Teresa hace dos gestos leves con los ojos: primero los abre y a continuación le echa una mirada a una mesa de plástico que, apartada del centro de la plaza, es de las pocas que están libres, con cinco sillas desordenadas alrededor y cubierta de vasos vacíos y cáscaras de castaña. Suso comprende las indicaciones. Asiente de forma casi imperceptible con la cabeza, coge un cucurucho de castañas, le echa encima cuatro chorizos y agarra a Flora del brazo. Vamos, dice, y atraviesan a trompicones la marabunta de monstruos famélicos y sedientos, empachados y borrachos, que asedian las barras y bailan agarrados esquivando las *fochancas* de la plaza. Lejos del núcleo de la fiesta, van a sentarse en el lugar que les ha indicado la farmacéutica.

—Deja ese jarabe de discoteca de tarde y prueba esto. —Suso saca una botella de su *tote bag* color verde ácido con el logo de *O Tempo da Raia*—. Es jeropiga. La auténtica bebida del magosto fronterizo. No se te ocurra beber a morro.

Por fin solos, Flora puede hablar de lo que no puede dejar de pensar. La grabación de Arruebo. Hay varias cosas extrañas en ella, las voces amortiguadas, como con sordina, átonas, sin emoción, sin aliento. Pero sobre todo la forma de narrar, las palabras antiguas y el relato de algo que se refería a cuatro siglos atrás, y al mismo tiempo la descripción al detalle, como si el tiempo no hubiese transcurrido, como si los contadores conservasen y se limitasen a repetir los testimonios originales, sin añadir una nueva capa, esto nunca sucede así en las grabaciones de campo, ni en las leyendas ni en los cuentos. Son lenguas muertas, todos los que hablan han muerto ya, pues las cintas probablemente se grabaron en los años cuarenta, y emplean palabras que en su tiempo ya se habían extinguido, como si las leyesen, pero el tono deja claro que no, que están recordando; en realidad, suena como si repasasen puntada a puntada una historia fragmentada que les han legado, que se ha transmitido durante siglos.

—¿Y quién las grabó? —pregunta Suso.

—La misma persona que tomó mi fotografía de la mascarada perdida, otra lengua muerta. Alguien a quien conocieron los Fontes. ¿Los padres de Selvita? ¿Quién podía haber por aquí hace casi un siglo que manejase esa tecnología y que escribiese con letra tan cuidada?

—Un antropólogo, como tú.

—Entonces tendrá que haber un libro, una tesis o un archivo de su investigación. Lo que nunca he escuchado es una grabación de trabajo de campo en la que no se oiga la voz del entrevistador haciendo comentarios. Hay saltos, fue parando la cinta al preguntar, o quizás cortó esos fragmentos y después los empalmó. Y, además, la historia.

—Parece una versión del cuento que te contó Selvita.

—No creo. La cinta no es lo mismo que el cuento, aunque ambos mencionen a Arruebo. El cuento, como todos los cuentos, es una metáfora que tiene un significado. Las historias de ese estilo transmitían un orden social y enseñaban a la gente a gestionar los riesgos: exponiéndose a pequeñas dosis de miedo, se entrenaban para actuar en situaciones de peligro. Generaban defensas. Los cuentos funcionan como las vacunas, por inoculación. La cinta es diferente, es un fragmento de algo que pudo haber ocurrido de verdad. Porque Arruebo existió. Fue un labrador rico de Lartosa, en Huesca, un caserío que hoy está anegado bajo un pantano. El documento del cura de Sandiniés lo presenta como el diablo personificado. Un *endemoniador* de mujeres virtuosas, asesino de inquisidores, nigromante condenado a galeras por el Santo Oficio. Parece ser que entonces desapareció, no cumplió la condena. Y Selvita y sus grabaciones nos lo presentan unos años después como conde y *fuckabestia* en las tierras fronterizas de Galicia. Yo no tengo explicación.

Teresa aparece con tres vasos de *vinho quente*. Al ver la botella de jeropiga que Suso ha dejado en la mesa, arruga la nariz.

—Creí que ya no existía ese brebaje infame —dice.

—*Respect*, que a mí me gusta. Cuenta, qué cotilleos has escuchado en la farmacia.

—Ya ves cómo están los ánimos, la gente se ha convencido de que Mingo Fontes es el gran enemigo del mundo, aunque lo hayan soltado sin cargos. Yo no sé qué pensar. Pero, y esto cógelo con cautela porque no puedo garantizar la fiabilidad del que me lo contó, hay uno que dice haberlo visto acampado en Larouco, cerca del pozo *dos mouros*, en Cualedro, dentro de un *neveiro* sin señalizar. Se refugia en un vivac cubierto de lonas.

—El pozo *dos mouros* —repite Suso—. Ahí no entra un coche, y aún debe quedar alguna fuente con agua. Tiene lógica que se haya metido en un lugar así.

—Lo que no entiendo es por qué no está cómodamente repanchingado en su casa. —Flora acaba de terminar su vaso de *vinho quente* y se apropia del de Suso, que no lo ha tocado.

—Ese es el motivo por el que todo el pueblo sospecha de él. Mañana vamos a echar un vistazo, Flora. Seguimos las huellas, lo observamos de lejos y cuando parezca que está despistado, nos acercamos. Tenemos que hablar con él.

—¡Flora! —Un coche negro con matrícula portuguesa se detiene en la plaza, a pocos metros de ellos tres. Dentro, un hombre moreno, de grandes rizos negros, combina en su rostro expresiones de alivio, cansancio y cabreo, un caleidoscopio de emociones que no dejan de girar—. Por fin te encuentro. ¿Por qué no coges el teléfono?

Flora parece a punto de echarse a llorar o a correr.

—¿Por qué vienes sin avisar? —pregunta.

—Porque no coges el teléfono.

—Pues no vengas sin avisar.

—Pues coge el teléfono.

—Pues tú no me llames a no ser que te estés muriendo. O mamá.

—Lo que está muriendo día a día es tu estabilidad mental.
—Como tu hermosura.
—La tuya no puede morir porque nunca ha existido.

Flora abre la boca. La cierra, la vuelve a abrir. Le arroja a su interlocutor el contenido del vaso de *vinho quente* a la cara, se da media vuelta y desaparece entre una multitud de muertos revenidos y espíritus de la noche, donde los vivos no pueden seguirla.

—Está más estúpida que nunca —dice Salvador, bajando del coche. Acaba de hacerse más de seiscientos kilómetros de un tirón para ver a su hermana, bien merece unas costillas a la brasa y un buen vaso de vino.

9

Lobios, noche de Todos los Santos

—¿Me puedes decir la hora? —Mariña siente que ha pasado días dentro de ese calabozo. Tiene la ropa sucia y pegada a la piel, le duelen los ojos y los ejercicios de particularización, en los que va rotando cada coyuntura una a una, han desconectado su conciencia del tiempo. Al menos ha conseguido contener el pánico.

—Es la una.

—¿De la tarde? ¿Y de qué día?

—De la mañana, no llevas ni seis horas. Esto puede alargarse un poco, tuviste mala suerte con el festivo. Pero ya queda menos, es mejor si duermes.

—Me gustaría ver a tu nieta aquí encerrada, a ver si dormía.

—Pongo la radio y te entretienes un poco.

Benito do Carbeiral tiene la paciencia de un liquen. Es uno de los agentes históricos de Lobios, de los que nunca pedirá un traslado. Ha nacido allí, conoce a todos los vecinos, es parte del paisaje, flora y fauna extraña de ese territorio de frontera. Y hoy está realmente desconcertado.

—¿Por qué le pegaste a la chica, Mariña?

—Porque por fin me vi capaz. —Mariña habla en voz alta, rotunda, suelta la frase como una cuerda que se lanza y luego se recoge en silencio. La radio reemite un programa del pasado mediodía, llenando el espacio que la luz trifósforo no consigue templar:

—«Se va aclarando el macabro hallazgo que ha tenido en vilo a toda España durante las últimas semanas. Hablamos de los, por el momento, veintiocho esqueletos de bebés de entre cero y dos años que fueron encontrados en la parroquia de Goiriz, en Vilalba, enterrados en los alrededores de la iglesia parroquial. La alarma inicial se transforma ahora en misterio arqueológico, y para contárnoslo está hoy con nosotros Carmen Fandiño, doctora de la Unidad de Antropología

Forense del Imelga, en Verín, donde en estos días trabajan muy intensamente para ofrecer una aproximación a lo que pudo suceder en este lugar de la provincia de Lugo».

—Me acuerdo de aquella vez que nos llamó tu profesora del instituto, era por esta chica, ¿verdad? No quisiste ni contarnos lo que había sucedido.
—Nadie me hizo caso entonces, y mira. Como ahora. Luego os lamentaréis. Yo sin carrera os doy mil vueltas a todos. Porque no lo habéis pasado ni la mitad de mal que yo desde que era una niña de cuatro años hasta ahora con veinte, ni te lo imaginas. Pregúntate por qué soy así y tú mismo encontrarás respuestas.

—«Bienvenida, Carmen, muchas gracias por acompañarnos, que sabemos que no lo has tenido fácil para hacernos un hueco, porque, vaya días lleváis en el Imelga. ¿Qué habéis descubierto a través del análisis de los huesos de Goiriz?
»—Encantada de estar con vosotros y de contarle a la gente lo que podemos contar, que tampoco es mucho, porque la investigación está en marcha y seguro que tardaremos años en reunir todos los datos que nos pueden revelar estos huesos.
»—¿Años?
»—Años. Hay mucho trabajo fino que hacer, y lo que parecía una investigación policial ahora va a ser una investigación arqueológica. La Diputación de Lugo ya ha anunciado excavaciones en el yacimiento para el año que viene.
»—¿Qué sabemos en estos momentos?
»—Hemos analizado siete esqueletos, los que están en mejor estado de conservación».

—Entonces me callé por no amargar más a mi familia. Y como Mariña está loca, pues todas se las come, pero recuerda mis enseñanzas, te lo digo por si no nos volvemos a ver. Ni con pastillas ni con haloperidol ni con todas las drogas me voy a curar, lo que soy es lo que soy. ¿No os gusta? Pues ya os adelanté más de cien veces lo que iba a pasar.

Ahora cállate y déjame pensar en mis problemas, porque nadie más se ocupa de ellos.

—«Por la datación de los huesos y de los materiales que se hallaron junto a ellos, tenemos cintas, pedazos de papel, restos de prendas de ropa, vemos que corresponden a varios periodos diferentes, comprendidos entre los siglos XVIII y XIX.

»—¿Qué habéis averiguado sobre cómo pudieron fallecer esos niños y cómo llegaron hasta allí?

»—Hay una característica muy peculiar, y es que todos ellos murieron, aparentemente, debido a las graves enfermedades que padecían. Estamos hablando de malformaciones congénitas muy raras: acromegalia, síndrome de Proteus, dipygus, craniopagus parasiticus, diprosopia, fetus in fetu. Estos niños tienen una esperanza de vida muy corta, y más todavía en la época. Por ahora la hipótesis es muerte natural, y suponemos que fueron sus propias familias quienes los enterraron allí, como una forma de honrar su memoria. Además, hicieron algo muy curioso, y es que sepultaron todos los esqueletos dentro de cámaras construidas con tejas, cerámicas, azulejos… De esta forma, se les protegió de la acidez tan alta del suelo que tenemos en Galicia, que en poco tiempo hubiese degradado los huesos haciéndolos desaparecer por completo».

—Tú también crees que soy una yonqui que me he inventado todo lo que me hicieron en el *foxo do lobo*. No aceptáis que os equivocáis de persona, que no me lo hice yo, que me atacaron. Pero es igual, porque, al final, la loca se traga la culpa de todo. Y no te adelantes que te sigo superando, te falta leer más temario. Van a perder a un ser querido por creer a la muchedumbre, que yo tardo, pero lo que prometo lo cumplo.

—Te garantizo que hemos tirado de todos los hilos posibles. No hay más donde buscar. Tienes que cuidarte, Mariña, que sólo hay una vida, bien lo sabes.

—«Desde el punto de vista médico, tardaremos algo más en saber si los esqueletos comparten características familiares, la consanguinidad, e incluso se podría llegar a investigar la relación genética con los actuales vecinos de la zona. Respecto al significado cultural de este lugar y de sus ritos, serán los arqueólogos y antropólogos quienes aportarán sus hipótesis.

»—Has mencionado un montón de nombres de enfermedades raras, que yo no había escuchado en mi vida. ¿Puedes explicarnos qué significa eso de fetus in fetu, por ejemplo?

»—Estamos hablando de malformaciones congénitas sumamente extrañas. Lo extraordinario, me atrevería a decir que único en este yacimiento, es la gran cantidad de casos que tenemos, pues se trata de enfermedades de las que se dan una en cada diez millones de nacimientos. Y aquí hay decenas. Una prevalencia tan alta sólo se conoce entre individuos del Pleistoceno. Son niños con crecimiento muy anómalo, siameses unidos o incluso bebés que tenían un solo cuerpo y dos cabezas».

—¿Ha dicho dos cabezas?

—Qué cosa más espantosa.

—Tienes que sacarme de aquí. Me sacas o la monto. Me estallo la cabeza contra la puerta.

—Pero, nena...

—Al carallo. ¡Habeas corpus!

10

Calvos de Randín, noche de Todos los Santos

Flora no quiere volver al apartamento esta noche. A su hermano le encanta mangonear y se va haciendo peor con los años. Puso el grito en el cielo cuando se enteró de que, al final, no se iba a quedar en Albergaría ni iba a trabajar con él en la fábrica de aceite, que prefería venir a Galicia con una fotografía vieja y un contrato precario. Tú lo que quieres es que me vayan las cosas fatal porque así te sientes mejor con tu vida mediocre, le dijo ella. Ha conseguido darle esquinazo en la plaza, entre la muchedumbre y el ruido, algún bar abierto habrá en el pueblo, lejos de la marabunta prefabricada del Samaín, lejos de Salvador, en donde a nadie se le ocurra mirar. Esos locales que se ha ido encontrando en el viaje y que empieza a apreciar por su vino de barril que tiñe los labios de un bermellón que no hay quien borre. Los odiaba cuando venían los veranos a pasar sus dos meses en A Coruña y paraban en algún lugar entre Ribadeo y Betanzos, el olor a vinagre impregnado en las mesas y los insectos cayendo desde el matamoscas eléctrico a su taza de Cola-Cao.

Ahora, al encontrar una de esas tascas en un callejón desconocido del pueblo, es ella quien vuela atraída por la luz anaranjada que atraviesa un ventanuco de madera. Al entrar, el colgante de barritas metálicas suspendido sobre la puerta arroja una lluvia de campanillas y los tres hombres que colman el pequeño bar-tienda-establecimiento de sellado de quinielas con dos mesas, barra estrecha y vitrina de refrigerados, encajado todo entre altos anaqueles cargados de latas de conserva, estropajos y paquetes de legumbres, interrumpen su charla durante un segundo.

«No te aguanto más, u-u», teléfono en modo avión, sí-sí.

Bermuda estampada, camiseta negra de tirantes que embute la barriga, sandalias, tatuajes de brazaletes, pelo repeinado con coletita, bigote goteante, aros de oro en las orejas y los dedos, perro carlino roncando a sus pies, unos cincuenta y dos años, el tío más chulo de la *bisbarra*. Sentado con las piernas abiertas junto a una mesa de formica que los años de dominó han decapado, mira a Flora entrecerrando los ojos, quizás su vanidad le impide ponerse las gafas que contrarrestarían el efecto visual de unos globos oculares demasiado alargados.

—Ese parador de Monterrei hay que expropiarlo —dice.

—Si ya es público, *paspán* —suelta un tipo acodado, casi fundido sobre la madera gastada de la barra, sin levantar la vista del boleto de la Bonoloto que rellena con reflexión, haciendo cuentas mentales, quizás sumando las cifras de las fechas de nacimiento de los perros, la yegua, el hijo y la mujer, con más pelos que poros en los brazos, la piel un mar arrugado.

—¿Y tú has entrado alguna vez? —El del carlino da una palmada en la mesa—. Amigo, público será, pero no del pueblo. Es para los de fuera nada más, que pagan doscientos euros por cama y pesebre. Todo para los turistas. Hasta el magosto nos invaden. Arramplan con todo.

—*Fodechinchos* los llaman en Cangas, porque esquilman el *jurelo* —aporta el tercer hombre, un cincuentón que echa monedas en la tragaperras con un pitillo sin encender colgado de la boca.

—Aquí serán *fodecogordos*. Llevan las setas, llevan las castañas, llevan la uva. Pillo a uno en la viña y marcha con el *carallo* de pendiente —amenaza el del carlino.

—Todos somos los *fodechinchos* de alguien —dice Flora.

—No tengas miedo, nena, que estos sólo ladran —interviene una señora que aparece detrás de la barra, emergiendo entre la cortina de cuentas—. Tú eres periodista, como Veloso, ¿a que sí?

—A mí no me grabes, eh —suelta el de la tragaperras, girando su torso hacia Flora. En su camiseta blanca, las palabras «RUDE RULES» anuncian que la conversación con él será un deleite de salón de té.

—Pues no os vendría mal que esto saliese en los medios por un buen motivo, por una vez.

—¡Qué *malinidade*! —exclama el tipo echando una carcajada—. ¿No estarás grabando?

—Por favor, yo soy antropóloga. No somos como los periodistas. Tenemos un código ético. Y lo cumplimos. —Claro que estaba grabando. El teléfono sobre la barra con la pantalla hacia abajo, mostrando un billete de cinco euros y varios tickets de gastos por debajo de la funda.

—Y luego, ¿estás de vacaciones? —pregunta la señora.

—Mi familia es de por aquí —miente Flora, lanzando el arcano de la falsa descendiente. Su manejo mezclado de varios idiomas y tradiciones culturales, fruto de las encrucijadas que traza la emigración, suele resultar muy útil allá donde va.

—¿No serás de los Carqueixos? Mucha, ponle una cunca. —El hombre del carlino estira la hendidura de su entrecejo.

—Creo que hemos perdido el apodo. Mi abuela emigró muy joven. Me hablaba de los Fontes, que ya entonces eran gente rara.

—Eso son *lerias* —dice el hombre de la barra, que ahora coteja varios boletos con los resultados impresos en un ejemplar de *La Región*.

—Son historias todo, son cuentos. La *neniña* secreta de los Fontes, una desgracia que pasa —explica el del perro.

—¿Y los desaparecidos? —Flora aprovecha la oportunidad para indagar en aquello que Suso le contó alguna vez y que él relacionaba con el encierro de Belén.

—Cosas que se decían, como lo del *trasno* y de los custodios —precisa mister RUDE RULES, desasiéndose del hechizo de la tragaperras para regresar a su cunca de vino en la barra, junto a Flora—. ¿Tú sabes lo que eran los custodios? *Disque* vivían en la sierra, en Larouco, en las *fendas* que se abrían en los bolos de roca, que algunas llegaban hasta el alma del infierno. Eran malísimos y unos tacaños, y bastante torpes, porque al caminar se pisaban la barba y unas trenzas largas que llevaban, que nunca en la vida se cortaban el pelo. Lo guardaban todo. Cosa que los custodios encontraban, *pa* la cueva, todo lo que andaba fuera, aunque tuviese dueños, por ejemplo, una maceta que ponías en el balcón o un perro atado delante de casa o una revista que te olvidabas en la silla, todo lo cogen y dejan en su sitio como la baba de un caracol, eso no se puede tocar. Cogen, guardan, cogen, guardan, y esto desde hace siglísimos, por eso el suelo que tienen dentro de sus guaridas va para abajo, crece hacia abajo porque acumula las capas de todos los tiempos. Cuando se les llena la cueva hasta arriba, pisan fuerte, dan golpes con el pie, que se oyen retumbar las montañas como suenan los truenos, y mandan toda la *merdallada* para el fondo de la tierra, por el medio algún tesoro habría, y entonces vuelta a acumular, que ellos guardan una cosa de cada de todas las que se han hecho en este mundo.

—Como Noé —dice la tabernera.

—Pero en *porcallán* —añade el hombre del carlino.

Flora sale del bar un par de horas y seis cuncas de mencía más tarde, que le tiñen el razonamiento de un estridente color emocional. Piensa en, esta vez sí, probar quién podría haber sido si hubiese tomado otras decisiones. Regresar a Londres, limpiar la tumba de mi padre. Vestirme bien, teñirme las canas, comprar un maletín, volver a Albergaría, aceptar el trabajo de comercial del mejor aceite del Alentejo. Intentarlo otra vez, de otra manera. Quizás Salva me prestaría algún dinero para empezar.

A lo lejos se escucha la música de la disco móvil, sonidos estridentes que marcan el epicentro del magosto. Flora regresa a su apartamento evitando la carretera general. Bordea el centro del pueblo por las afueras, y la calle ancha con edificios adosados se transforma en una vía ondulada entre los prados secos como cepillos, árboles, alguna casa aislada, después un encadenamiento de caminos de tierra, pistas asfaltadas y pasadizos encajados entre los hórreos, que rodea Calvos como una circunvalación secreta. Nunca ese trayecto le había parecido tan largo, oscuro y desalentador. Hasta los grillos se han quedado quietos, su estridulación aguda calló de pronto, como si una hembra celosa y voraz les hubiese devorado las alas para que no atraigan a otras con su canto. Flora se detiene. Escucha. Avanza hacia la curva del sendero para ver qué hay un poco más adelante. La negrura, su miopía, el aire quieto, nada. Podría tener un foso de cien metros justo a sus pies, una trampa para cazar jabalíes, el nido de un dragón insomne. Elegir este trayecto ha sido otra mala decisión.

El tordo, cuyo canto inicia el amanecer, trina ahora en la noche, desordenado, histérico. Flora deshace el camino en dirección a la fiesta. Tiene la sensación de que cada paso aumenta la distancia que la separa de la plaza y de la gente. Mira sus pies: avanza, claro que avanza, deja atrás una grieta en el asfalto, pisa uno de esos cangrejos americanos que se han vuelto locos por la falta de agua y suben desde el Salas desesperados, el olor a brasa se siente más nítido. Mira hacia el frente: las luces de la fiesta están más lejos, las ve empastadas, irradiando un vapor luminoso y descentrado, aunque no hay niebla. La música se embrolla y retumba muy cerca de sus oídos, a jirones, como si el viento desgarrarse los acordes y le trajese sólo los restos deshilachados, hechos un lío. Los árboles se arrojan en caleidoscopio, los recortes de las ramas enrejando el cielo. Hay ojos que únicamente ven de noche, Flora ahora ve demasiado, los colores saturados, las farolas, que a cada paso parecen más distantes, pintan una flama que persiste en la retina. Su percepción está cambiada.

—Flora.

Su nombre suena con voz firme, átona, desadornada de emociones. Podría ser el habla sintética de una inteligencia artificial, podría ser el eco frío de una llamada rebotando en el tiempo. Podría no haber sonado. Flora se detiene. Los pájaros, los grillos, el sonido de la fiesta, todo se ha callado. Alrededor, duermen los mansos prados. Oye el vacío con una nitidez fuera de lo común.

—Flora.

Procede de una caseta de hormigón y uralita, situada en medio de un descampado, a la izquierda de la carretera.

—¿Salva?

Flora deja el asfalto y camina por la tierra hacia la construcción. En la pared distingue un ventanuco cerrado con una contra de madera y el hueco negro de una boca abierta. Desde allí llega la voz, despojada del aliento de la vida:

—Balura.

Esa palabra que conoce, que no deja un rastro etimológico que ella sepa seguir. Balura, el nombre de la vieja del bosque en el cuento de Selvita. Flora se acerca a la cabaña y se detiene ante la entrada. Escucha, con los sentidos afilados, orientando el oído hacia el interior. Nada. Se asoma a la abertura y recibe un olor ácido a alimentos podridos y un poso tosco de sudor. Ella misma está empapada, el aliento que exhala la caseta la rocía de un vapor pegajoso y graso.

—Larga de aquí.

No esperaba el empujón en la espalda, lo recibe con toda la vulnerabilidad con la que un pan de leche recibe el golpe de un cuchillo, desprevenida. La embestida la arroja dentro, la puerta se cierra. Fuera, un pasador oxidado encaja y un caminar se aleja hasta extinguirse. Oscuridad. Si se acercase un coche por la carretera, podría gritar lo suficientemente alto como para que la escuchasen. Se concentra en los sonidos. Y entonces oye lo que su miedo antes ahogaba. Ahí, junto a ella, hay alguien más, una respiración se abre paso a golpes en unos pulmones enfermos. Cuando su vista se afina, distingue la raya de la luna que entra por una grieta del techo y se refleja en una hilera de dientes grandes, afilados, bailan justo frente a sus ojos, o es ella la que se mueve, el suelo bascula como una balsa en un río: lo palpa, clava las uñas, lo agarra: es tierra firme.

Un toque húmedo en su mejilla. Un cilio largo, apuntado, como un tentáculo rasposo, le recorre la cara, dejando el rastro lento y mojado de una babosa.

«Tenía dos cabezas enormes, dos bocas de dientes afilados y treinta y dos pares de ojos que sólo con mirar mataban».

Las palabras del cuento de Selvita aparecen borboteando, letras negras sobre el cristal de la memoria, el cuento es un mapa, Flora lanza los puños hacia la negrura y se hunden en una carne blanda, amorfa, bajo la que cruje algo similar a un cartílago. La bestia grita, suena una amalgama de varias voces, chillidos de niños, berridos de monstruos. Su cuerpo indefinido llena el espacio. Al sacudirse, esparce una peste agresiva que marea y narcotiza. Flora se encoge contra la pared, encajada entre dos esquinas: ya no sabe dónde está la puerta, dónde está la bestia, y por dentro, esa caseta parece mucho más pequeña de lo que era por fuera.

11
Día de Difuntos

Despertó con la boca llena de cosas que se le clavaban en el paladar, duras, de sabor terroso. Escupió, y sobre el polvo cayeron hojas secas de carballo y agujas de pino mezcladas con saliva. Está muy atontada, amodorrada. El sol le da de pleno, no hay ni una mala sombra, sabe que se ha quedado dormida como se queda cuando se ha tomado varias cervezas y se fuma dos petas seguidos sin haber comido nada. Dormida sentada en el suelo, en la posición del loto, y con la cabeza volcada hacia el regazo. ¿Puede inflamarse el cerebro? Antía no sabe si puede, pero ella lo tiene inflamado.

Revisa su situación: está sentada sobre la tierra, al aire libre, pero dentro de un cercado redondo de tela metálica de unos tres metros de altura, quizás el doble de diámetro. El suelo está removido y pisoteado por diferentes botas de montaña, aunque ella va descalza. Fuera, un banco escalonado de madera, como el fragmento de una grada, se apoya en las paredes elevadas de una cantera de granito que circundan su jaula. Una pista de grava que se aleja. El cielo vacío. No puede ver más. Se mira a sí misma. Desnuda, lastimada, con el cuerpo cubierto de polvo rojizo, vareada. Y las uñas: le han arrancado sus uñas largas, cuidadas, que no son de gel, con lo que le cuesta mantenerlas así trabajando en el bar. Arrancadas, no cortadas, quizás a dentelladas, los dedos cubiertos de encajes de sangre seca. Qué me ha pasado. En un acto reflejo, se lleva la mano a la vulva. Se palpa y siente alivio: no le duele.

Las piedrecillas se le pegan a la piel morena, recubierta de un ungüento pastoso. Le parece vaselina, pero al olerlo y luego probarlo con la punta de la lengua en el dorso de la mano, revela una peste a insecticida, sabor picante de cítricos. Al momento, la boca le cosquillea y se le duerme. Ahora entiende por qué no siente las heridas, las magulladuras, arañazos, golpes, varazos, cortes, mordiscos, hinchazones. Sólo si los presiona fuerte percibe el dolor.

Intenta recordar dónde comenzó todo eso, cómo ha llegado allí. Prueba una técnica que le ha funcionado alguna vez que despertó en un coche, casa o taller de tuneo desconocido: ir anudando sus recuerdos hacia atrás. Primero, cómo ha acabado en el suelo. Después, cómo entró en el cercado. Luego, cómo se metió en esa cantera. Se concentra en las marcas de su carne para devolver a la memoria las acciones que las provocaron.

—¡Ca, bestia!

Varias mujeres la rodeaban dentro de la empalizada. Se acuerda de sus cuerpos, su ropa clásica de señora que compra en esas tiendas de Verín con letrero de «moda joven» o «novedades», pero sus rostros son un borrón, como cuando miras al sol y después encuentras una mancha roja en el centro de todo lo que ves, como carne sin rasgos. Una de ellas se le abalanza encima por la espalda, la derriba y se monta sobre su lomo. Antía se revuelve, se alza, cocea, relincha, el polvo se levanta, cada bocanada de aire es una asfixia de tierra, cada movimiento es un infierno de piedras y grava hincándose en su carne, no logra quitársela de encima: la agarradora la mantenía anclada al suelo, como un imán contra una plancha de hierro que ha apresado una hormiguita en el medio. Otra mujer la sujetó por las rodillas, ya está inmovilizada. La tercera, porque son tres, se le sentó en el cuello con las piernas abiertas, la mano llena de hojas de carballo y arumes de pino, se las mete por la fuerza en la boca, aprieta el puño dentro, le entran hasta la garganta, no puede gritar. La mujer, sobre el recuerdo de su rostro una mancha roja, sacaba unas tijeras del bolsillo del mandilón. Suelta te dejamos, impía te hiciste. Se oían vítores, aplausos, ecos en las paredes de piedra. Antía se lleva las manos a la cabeza: le han rapado su brillante melena negra.

Antes, las tres mujeres la perseguían por una pista, bajando, bajando, va, bestia, *lurpia*, descosida, *lercha*, va, *langrana*, va, *zalapastrana*. Coima, colipoterra. Antía corre, no se atreve a girar la cabeza. Trotalotodo, grofa, escalentada. Huye, todavía vestida, las sandalias se le escapan volando de los pies, cae y la alcanzan, le dan palmadas en los muslos: sus manos son ortigas, un ardor que atraviesa la fina tela de su vestido blanco de corazones negros. Trató de apartarse del camino, abalanzarse hacia las zarzas para perderse entre los castaños. Una de las mujeres se adelantó y le cerró el paso, *anda paló, porcallona, cona* renegrida, corre, que tanto corrías, culo de cabra vieja, serpiente herida, reina del infierno, sangre ilícita, que apestas a *sangue fazado*. Andas de *prosma, andas na noite,* y Antía salía al galope, y el camino empezaba a encajarse entre dos paredes cortadas: la entrada de la cantera. Ella descendiendo, el bosque queda arriba, resopla, se ahoga, mezclados los mocos y las babas, el pelo vuela, las paredes suben, la pista se estrecha y la conduce, allá adelante, hacia el círculo alambrado. Entonces comprendía que aquellas tres no la estaban persiguiendo: la estaban encerrando.

Y antes de eso, las tres la acosaban en el monte hasta acorralarla entre los peñascos con gritos guerreros, con movimientos grandes, una por detrás, dos a los lados, haciéndole creer que aquel camino que se abre a lo lejos podría ser su única vía de escape.

Y antes todavía la rodearon, corriendo las tres en círculos a su alrededor. Y antes aún, sólo un poco antes, Antía caminaba con su madre como cada festivo después de comer, subiendo hacia el castelo da Picoña, entre las enormes piedras hincadas. Se oyó un silbido breve, el toque del afilador. Una niña se asoma y la mira, Mercedes retrocede, una de las mujeres está de pie sobre una roca redonda. Antía ve su cara, es un caballo salvaje. Entrelaza sus manos delante del morro y suena una berrea grave. Aparecen de pronto, se escondían tras las rocas, la cercan y giran a su alrededor, dando palmadas al aire, la madre ya no la mira, le ha dado la espalda, ya no está.

—Mamá, *que fas? Axúdame, mamá!*

12

Calvos de Randín

Comenzaba noviembre con un frío helador que llegó de pronto, congelando la tierra y la hierba, y el cielo seguía sin querer soltar una gota. El grifo sólo se abría un par de horas al día, para dar paso a una corriente terrosa. En la ansiedad de la contrarreloj, muchos liberaban el caudal y llenaban bañeras, barreños, potas, palanganas, cubos y bidones. A menudo era más agua de la que necesitaban y acababan tirándola al terminar el día. Cómo hemos llegado a esto, se preguntaba la gente. Únicamente en alguna fuente muy sagrada, que bebía de arroyos secretos bajo la montaña, manantiales que muy pocos conocían, seguía vivo el chorro, y cuando Suso, sabiendo que era una imprudencia, un riesgo y una estupidez, publicó un mapa ubicando esos caños milagrosos de los que todos hablaban bajo cuerda, hubo atascos, hubo estampidas, hubo vendedoras de rosquillas. Abusos, gritos y hostias. El espectáculo se vio en las televisiones de toda España. Hasta una fuente se secó de la vergüenza que le dio todo eso.

Cómo se te ocurre. Estas cosas rompen las comunidades. Luego tardan cinco generaciones en volver a saludarse, si no se matan antes, le dijo Flora, y él le respondió como siempre que revelaba alguna información que era estopa en un taller de soldadura: mi trabajo es un servicio público. Aunque tampoco lo pensé mucho, admitió. No dejo de darle vueltas a nuestro tema. Ese chico raro que encontraste en casa de los Fontes es el mismo que llegó a Calvos preguntando por ellos, hace unos meses. ¿Qué hará allí? Si pudiese hablar con Mingo. Los que no se van a volver a hablar son tus vecinos, replicó Flora. La verdad, no entiendo que te importe tanto la convivencia en mi pueblo y te lleves tan mal con tu hermano, concluyó Suso.

Qué ganas tengo de ser mayor para no tener que hablarte, le había dicho Flora a Salvador hace mil años, jugando con otros chavales a beso, verdad y atrevimiento, el remix de *truth or dare* y *spin the bottle* que ambos habían conocido el verano anterior en A Coruña. Lo que parecía un enfado corriente entre ellos se convirtió después en profecía, quizás por haber sido pronunciadas esas palabras sentados ambos en círculo en el *roundabout* maldito de Trelick Tower.

Aquel día, tendrían trece y dieciséis años, Flora era la inmune en el grupo y dictaba los desafíos. Cuando Salva eligió atrevimiento, ella le retó a sumergirse en el Grand Union Canal y traer como trofeo un objeto del fondo. En Londres, los lodos de los canales y los ríos acumulan siglos de materiales tirados por las ventanas, lanzados por las bordas de los barcos, desechados en los sumideros, caídos al cauce en un descuido. La corriente del tiempo los arrastra y se depositan en las zonas reposadas, una estratigrafía emocional de la ciudad, sin orden cronológico, sumida en el barro y la porquería.

Algunos domingos de marea baja en el Támesis o cuando la barrera se cerraba para prevenir inundaciones, veían a los *mudlarks* revolviendo en las orillas, personajes dickensianos, herederos de los *grubbers* y de los *toshers*. Bajaban al limo con botas de pescador, guantes y riñonera, piquetas y palas, algunos incluso con detectores de metales. Miraban, se agachaban, volteaban las piedras y de entre las latas y los zapatos sacaban viejas monedas, botellas, pipas de arcilla, pedazos de cerámica. Hubo quien encontró una lucerna romana entera. Dientes de mamut lanudo. Juguetes de peltre que una vez estuvieron en las manos de niños arrebatados por la peste negra. Ladrillos rojos caídos a la corriente en los bombardeos de la Luftwaffe. Trozos de tejas ennegrecidas, de los tiempos del gran incendio. Anillos, cucharillas de plata, fragmentos de *sigillata*. Toda la historia y la prehistoria de Londres estaba ahí acumulada, mezclada y lavada, y cada día cambiaba de sitio.

Salvador se sumergió en el canal, agarró un puñado de barro del fondo y sacó a la superficie un grumo que resultó ser el cadáver reblandecido y putrefacto de un cachorrito. No se hablaron en tres semanas, y no fue la última vez. Él había sido supersticioso durante casi toda su vida; la idea de extraer algo muerto de su sepulcro, aunque fuese un canal colmado de lodos, le causaba pesadillas durante meses.

Flora lo consideraba cómplice de la Gran Traición. No por nada, aunque un poco por algo y en parte por todo, le contaba a Suso. Fue justo después de lo de mi padre. Era cocinero de barco mercante. Cuando enfermó de ciguatera, empezó a notar que de los mecheros salía un chorro frío y los helados de las tardes en Regent's Park le quemaban los labios, y fue a peor. Aquel verano desaparecía durante días, nos decían que lo veían caminar descalzo por las calles de Candem, con el porte digno de un faquir sobre una cama de clavos y los pies negros como un roñoso de Cardboard City, pero esto era todo cotilleo y maledicencia. Mi madre se hartó de buscarlo entre las multitudes y decidió que pasaríamos las vacaciones en Portugal sin él, los tres, en el pueblo del Alentejo donde ella había nacido. Fue un verano eterno de calor radical, caminos de tierra roja, olivos, baños prohibidos en el *barragem do* Alvito y un horror constante de mosquitos gordos, ovejas cargadas de garrapatas, perros sueltos, nada más. A finales de agosto mamá volvió a Londres antes que nosotros, «por unos papeleos». Se despidió llorando, qué trágica, le dije, si vamos en dos días.

Llegó el 1 de septiembre, empezó el curso, y allí nadie decía nada. A partir del 2, Salvador se pasaba el día fuera: aprendía a descorchar el alcornoque con los vecinos. El día 4 apareció por la casa de Albergaría una camioneta con todas nuestras cosas metidas en enormes cajas, habían viajado en barco desde Southampton hasta Lisboa. Mientras yo aullaba y estrellaba contra el suelo, una a una, las tacitas *country roses* favoritas de mamá, un regalo de bodas de mister Clegg, la casa que había limpiado durante años, la abuela venía hacia mí con los brazos abiertos, siempre descalza con sus pies morenos, y un trocito de porcelana se le clavó en la planta. Salvador ni nos miró, un azor digno sobrevolando nuestros gritos, y se dedicó a trasladar las cajas a su habitación para organizar el espacio de la vida que le habían asignado. Las mías estuvieron sin deshacer hasta noviembre. Aquello fue lo que empezó a separarnos.

Al poco tiempo, Salvador empezó a salir con Liany, una chica mestiza que pasaba los veranos en la Cuba portuguesa, muriéndose del asco y echando de menos São Paulo. Padre alentejano, madre angoleña, habían cruzado la vista una noche en la Baixa de Luanda, ninguno de los dos estaba haciendo nada bueno. Ella vivía en un *musseque*, él llegó de polizón desde Lisboa y dormía en el puerto. En el setenta y cinco empezó la guerra de independencia y en el caos vieron una oportunidad: tomaron un barco portugués y se hicieron a la mar con un grupo de negros y expatriados, ahora es que los esclavos vamos a conquistar Brasil, decía la madre, y el padre, con alma de explorador, emulaba a Bartolomeu Días, doblando, quinientos años después, el cabo de Buena Esperanza.

Por su abuela africana, Liany manejaba el ndoki y la magia urbana de Luanda. Por su vida en Brasil, la kimbanda, una forma oscura del palo mayombe cubano. Todo es lo mismo, decía ella, en todas partes, si preguntas a los muertos, ellos te responden, ya los llames con chamalongos o con sangre. Ponía los ojos en blanco, volteaba los párpados y simulaba un trance. Yo nací del fuego y moriré en la candela, decía con voz de sepulcro. Todo eso a mi hermano le fascinaba porque le aterrorizaba. No se había desprendido aún de la cáscara infantil de la superstición. Cuando se le clavó el trozo de tacita a la abuela, lo vio como una señal de que a partir de entonces el pasado sólo podría dañarnos. Teníamos que extirparlo, con dolor y firmeza, como él extrajo la lasca de porcelana de la carne. Lo cierto es que el incidente dio más problemas de los que habría parecido. Mi abuela era diabética y acabó arrastrando un leve renquear que le amargó los pocos años que le quedaban.

 Se lo cuenta a Suso mientras caminan hacia la caseta del monstruo. Han pasado dos días desde la fiesta de Todos los Santos, pero hasta ahora no ha empezado a recuperarse de la rara resaca. Electricidad en la punta de los dedos al estirar los brazos. Lagunas que envuelven una isla de sensaciones borrosas. Y, sobre todo, la sed, un raspazo astringente que permanece en su garganta, el sabor de un dátil que no llegó a madurar. Toda la noche del magosto estaba diluida. Recordaba los dientes afilados de un ser encerrado, el furor, los chillidos cuando golpeó aquel rostro cartilaginoso. Despertar muchas horas después, bajo el sol, con tierra dentro de la boca y las piernas doloridas, en medio de un campo de rastrojos, detrás del apartamento. Descubrirse tres garrapatas enganchadas en las venas de la muñeca derecha, las rodillas ensangrentadas y moratones en los muslos. Se veía o se imaginaba, no lo sabe bien, corriendo por la carretera, cayendo una vez y otra en el asfalto, incapaz de mantener firmes las articulaciones, pero no se acuerda de cómo había salido de la chabola. Esta vez Salvador no tiene perdón.

 —Es imposible que fuese él, estuvo conmigo al menos un par de horas después de que tú desaparecieras. Te buscamos en la fiesta y en tu apartamento. Está muy preocupado por ti.

 —Una casualidad asombrosa, entonces. ¿Seguro que se ha ido?

 —Tenía que volver enseguida. Le dije que estaría pendiente.

 —Ya ves cuánto le importa su pequeña y única hermana, que la deja al cuidado de un filimillas cualquiera al que acaba de conocer y se larga.

—Creo que le tranquilizó ver que estás con un amigo. Le llamé ayer y le dije que estás bien.

Flora da un breve parpadeo y se puso colorada. Ella no se atrevería a llamar amigo a Suso. No sabe si creérselo, pero suena bien. Siempre ha sido inconstante y obsesiva, vaya combinación de mierda, nadie te toma en serio así. No conserva las amistades durante más de dos o tres años. Al principio son explosiones de caramelo y entendimiento, y un día deja de llamar y no hay forma de hacer coincidir un plan. A Suso esa forma de ver la vida le parece bastante penosa.

La puerta del galpón está abierta. Antes de entrar, Flora quiso asegurarse de que el pasador no se deslizaría y se cerraría: está tan oxidado que es imposible moverlo un milímetro. Tiene el aspecto de llevar doscientos años ahí atascado, aunque al verlo recordó el sonido herrumbroso que había hecho aquella noche al atrancarle la salida. Coge una piedra y la asegura como una cuña bajo la jamba. Entran, y con la luz del día el lugar queda definido: es una cuadra. Está dividida en dos espacios por un murete de cemento a media altura, con una portezuela hecha con un palé. Sucia y desvencijada, tiene aspecto de haber alojado a algún animal hasta hace no mucho tiempo. Hay paja, una palangana de plástico con comida y moscas y, en una esquina, en el suelo, junto a una rejilla de desagüe cubierta con excrementos recientes, una pintada en temblequeantes caracteres de color rojo que anuncia: «*Por aquí se chega ó ceo*».

—Esto es una pocilga.

—Todo aclarado. Ahora voy a su casa y le saco el ombligo por la boca. —Flora, para sus afueras, no es capaz de cambiar de versión ni de acusado, pero para sus adentros admite que Salvador no ha tenido nada que ver con su encierro. Piensa en Mingo Fontes. ¿No le había dicho «larga de aquí» cuando la amenazó con la hoz? ¿No era un tipo agresivo capaz de una brutalidad como esa? ¿Lo haría porque se está acercando a algo que él no quiere que sepa? Las cintas en su casa, la conexión con la brujería de Arruebo. Aunque aquella voz impersonal que la había llamado por su nombre no parecía la de Fontes. No parecía la voz de nadie—. Dijeron «balura». Esa palabra, ¿sabes qué significa?

—No la había oído nunca hasta que me hablaste de la *moura* del cuento.

—Vamos al bar, que me muero de sed.

La resaca de Todos los Santos no es lo peor que le ha ocurrido a Flora estos días. Tampoco lo es que su jefe le haya puesto el ultimátum definitivo, esta vez sí, que los anteriores eran simulacros: Flora, dime la verdad, ¿hay informantes o no los hay? Claro que los hay, Freitas. Pues prepárame un encuentro con ellos, que voy el próximo lunes. En Verín, en Calvos, donde tú quieras, pero esto tiene que avanzar. Lo peor que le ha sucedido es que en su bar de siempre de los dos últimos dos meses ya nadie sabe preparar un *pingo* al estilo portugués. Que la jefa Mercedes, una mujer que echa aceite, patata y huevos en una sartén de hierro y le sale la alquimia de una tortilla de quince centímetros de grosor y cincuenta de diámetro que debería ser esculpida en bronce, no sea capaz de seguir las indicaciones de un cortado doble con una sola gota de leche es uno de los grandes misterios que hacen de la vida un lugar de paso más desagradable, más inhumano y mucho más raro, donde una chica como Antía puede largarse de un día para otro a trabajar a Chaves, llevándose consigo la receta de la pócima sagrada. Una desgracia.

—Tanta fiesta quería en Halloween para despedirse que se pasó con la bebida, y ya viste —dice Mercedes. Al reparar en los cafés todavía sin tocar, se pone colorada, desaparece y regresa con un platito colmado de sobaos duros.

Flora mira su teléfono, mira a Mercedes, aprieta el brazo de Suso. Luiz acaba de enviar un nuevo audio: «Así_nace_un_monstruo.mp3».

13

Así nace un monstruo

«Catarina es madre vieja, cuerona, *moura*, de más de treinta años ya, sin un diente entero. Vino tan tapada que nadie se dio cuenta, pero yo se lo veía en la cara, y ella lo negaba. Tuve que ponerle una trampa: después de que escuché que se levantaba de noche y soltaba su chorrito en el orinal, y luego se echaba y volvía a roncar, le saqué el cacharro y le hice la prueba sagrada: cogí su agua y la guardé cerrada en una taza. A los tres días colé el líquido a través de una tela muy fina, muy prieta, de lino, me la dio mi abuela, que ya ella lo hacía, lo hilaba para esto. Miré el paño al trasluz y ahí estaban, los gusanos amarillos, vivos, delgados como pestaña de gallina, lo menos siete docenas. Estás empreñada, le dije, no lo niegues, mira tu paño, mira los gusanos, y al ponérselo delante de la cara, los bichos se levantaban por el extremo negro hacia ella, porque eran suyos, haciendo remolinos, no me lo niegues, Catarina, que están aquí.

»Al final acabó diciéndomelo, me dijo, no traigo un hijo, Froilana, traigo molas, que tantas mujeres traen molas engañosas, las desdichadas, que ella lo sabía porque pasados ya más de cuatro meses nunca se había movido y, sin embargo, seguía medrando. Y eso o eran molas o era el diablo. Se ponía a trabajar más fuerte que ninguno, llevando sacas de centeno de casa al molino, cavando la huerta, desbravando las vacas nuevas, pero yo sabía que eran mentira las molas, porque ahí estaban los gusanos, y los gusanos son verídicos, son sagrados.

»No quise que cargase una brizna de hierba más. Reservé a Catarina consomé de capón, huevos frescos por la mañana, y Pascual le hizo un colchón bueno de *follato*. Si se cogían cinco truchas, tres eran para ella y nosotros nos apañábamos con las otras dos. Muchas madres transeúntes llegaban desde Tras-os-Montes o se iban para allá, huyendo de la deshonra o del pasado o de la ley. Yo las cuidaba, con la esperanza de que una, por fin, me dejase la prenda y huyese.

»Catarina había entrado por las puertas del pueblo el día de la Candelaria. Acababa de escampar de una tronada y ella venía calcando por el camino, chorreando, sin nada más que un hatillo colgando a la espalda. Paró en la fuente y se lavó las piernas, que traía embarradas. Venía atravesando a pie descalzo las montañas de Larouco, por el camino privilegiado, y ya entonces le olía el aliento como los cementerios después de una epidemia de peste. Traía la cara pálida de un sudario. ¿Puedes trabajar?, le dije. Como mula cumplida, respondió. Falta hacían esas manos para preparar los semilleros, abonar la tierra, sembrar la patata, podar los parrales y los frutales, recoger las últimas nabizas, así que le eché cuatro brazados de paja junto a los animales y dividimos la ración entre tres.

»No son molas, Catarina, mira los gusanos, mira cómo crece, y le entregué, para que se anudase alrededor del vientre, una cinta de tela de Nuestra Señora del Libramiento que me bendijeron años atrás en Lamosa. Yo misma la había frotado en las manos de la Divina Comadrona que protege los partos de las emperatrices, y la empapé con unas gotas del aceite santo de la lámpara de plata que puso allí la reina Isabel, ardiendo sin pausa día y noche. Catarina salió corriendo y volvió al rato con las manos moradas y ganchudas del frío, yo calenté vino, lo vertí en tres tazas, partí *brona* negra. Ella echó un pedazuelo a la cunca y, al abrirse la miga, allí dentro estaba una salamanquesa, muerta, con los ojos muy abiertos. Fue entonces cuando me vino el entendimiento. Yo, que nueve niños he malparido en trece años, no había querido ver que el aire cada vez más sucio que le salía por la boca y la blancura cada vez más azulada que teñía el rostro de Catarina era por los vapores podridos que tiene dentro, porque el niño lo lleva difunto, porque no se mueve, aunque crece tanto que mete *medo*, que hay que sacárselo ya.

»Sacar a los fetos muertos antes de tiempo es lo más complicado de las artes de comadre. Sucede a menudo y a veces se atrancan y no hay manera de quitarlos, y la ponzoña medra desde dentro hasta matar a las mujeres. Tantas veces pregunté a los caminantes que llegan desde Castilla y Portugal por las piedras famosas de imán, por las piedras de rayo, capaces de atraer al feto hacia fuera, si se colocan donde debe ser. Un buhonero me prometió una vez la piedra *ceraquiz*, si yo le metía la lengua entera en su sieso sucio y se lo sorbía, y lo hice detrás del castaño grande, pero nunca me la trajo. Así que le tuve que acomodar a Catarina unas tijeras en cruz debajo de la cama, para evitarle los dolores.

»Tapé todas las ventanas con trapos y tablas. Le puse a Catarina cataplasmas de artemisa, que provocan el parto y hacen escurrir las secundinas y el feto muerto. La unté con enjundia de gallina. Le di agua de *alforfa*, harina de ruda y vino con canela y *herba dos torneiros*, mucho mejor que la sarta de espinazo de la liebre, la ceniza de erizo, los polvos de ranas tostadas y los gusanillos de las hortalizas, composturas que usan otras amañadas, que no son tan caros, pero que no hacen nada, todo superstición. Apilé y doblé los colchones para que ella se sentase al borde, con la espalda descansando en ropas y colchas, y entre las piernas le coloqué un bacín de latón. Me empapé las manos —manos pequeñas, dedos largos de buena comadre, he nacido para esto— en aceite de almendras, templado con azucenas; dale, Catarina, que ya lo sueltas, floja, vaga, casquivana, dale y échalo ya. La cara sale del color de la ceniza vieja, vuelta hacia el cielo, los ojos cerrados, con hechura de nunca abiertos, arrugada como si le hubieran sorbido todo el jugo, nunca tal cosa viera yo, una criatura acecinada. Metí las manos, salen los brazos inertes, sale el torso, ya se acaba, Catarina, dale fuerte que ya sólo faltan los pies, pero lo que sale a continuación no son los pies. Sale otra cabeza, mirando al suelo; otros brazos vienen detrás, empujando a la primera criatura; otro torso, un amasijo de protuberancias, bulbos y extremidades cubiertas de coágulos y grumos de grasa y, al final, un solo par de piernas.

»Catarina se incorporó en su jergón de paja, empapado de sudor y sangre, estirando el cuello. Quería ver qué clase de criatura acababa de salir de su cuerpo, porque se me escapó una barbaridad por entre los dientes al recogerla y después la dejé caer en el bacín, sobre la placenta, entre las piernas de su madre, sin atreverme a tocarla. Fue un momento nada más, pero escuchamos sonidos de bestia donde debía haber un llanto limpio. Enseguida envolví a la criatura en unos trapos: era como un pulpo. Un portento. Un fenómeno. Un monstruo. Una criatura como las de las historias que contaban los ciegos en la feria. El pavor me endurecía los dedos, pero hice lo que sabía hacer: primero, corté el ombligo, solo uno, solo un cordón. Lo até con hilo de lana torcida y le puse un poco de aceite con algodón. Preparé una palangana con agua templada y lavé a la criatura. Le abrí los orificios: cuatro ojos, dos narices, cuatro orejas y un culo. Vi entonces que era una hembra, dos cabezas y dos torsos, pero una sola natura. Que el pecho de la seca, la de la cabeza sarmentosa, brotaba directamente de la barriga de su hermana, unidas por un muñón de carne.

»La fregué suavemente con aceite de sésamo, para que sean tiernas sus carnes, porque naturalmente las mujeres deben ser blandas. Recorté en tiras una sábana y la fajé. No tenía ropa preparada, no había rezado a San Ramón Nonato, no le había echado las suertes porque la creía muerta, y me entró el miedo y el remordimiento. Me desaté el cordel con un pedazo de coral rojo que llevaba al cuello y se lo anudé a la criatura alrededor de un tobillo, pues así beneficiaría a las dos cabezas.

»Llegó Pascual anunciando que la luna estaba enferma esa noche. Salió completa, pero empezó a menguar, dijo, y ahora ya no está en el cielo. Y cuando le mostré a la muchacha aseguró que no era una, sino dos, y que eran nacidas del horror. Que traían la desgracia lo sabíamos ambos, pero ¿qué podíamos hacer? Pascual creía que, si la arrojábamos fuera, sería capaz de maldecirnos. Decidimos: durante siete días daremos reposo a Catarina. Huevos, puchero y vino. Al séptimo día prepararemos una alforja con mantas, comida, un cuchillo. La mula y la moneda de dos reales de plata que escondemos en el hueco de la cocina. Ella aceptó: se iría con su monstrua.

»Es difícil dormir esa noche. Los terrores asoman a los sueños, ¿quién sabe qué soñarán esas niñas unidas? Si los sueños nacen de la cabeza, o si nacen del corazón, o si nacen de una parte que ellas comparten. Con el gallo, más que el amanecer, viene una luz que alumbra lo que no queremos ver. El monstruo era cierto y sigue allí, los cuerpos vendados, las seis extremidades, las dos cabezas, los ruidos sin llanto. En el pueblo hubiera alumbramientos de muchos *raparigos* con pequeñas extrañezas, seis dedos en las manos, labios partidos, una pierna más larga, orejas de cerdo, pies de pato. Esas cosas suceden, y las causas son claras. La cantidad excesiva de semen o su insuficiencia. La imaginación de las madres, que mirando estampas de animales se forman escenas en la mente que trasladan al molde de la carne. La estrechez de la matriz, que arma una cáscara defectuosa. El modo inadecuado de sentarse con los muslos cruzados y oprimidos contra el vientre. Caídas, accidentes, golpes, palizas.

»¡Mi pobre Catarina! Cuando Pascual marchó al campo, quiso confesar la causa del engendro. Dijo que ella siempre fue una mujer perdida, requemada por la entrepierna, que andaba por los caminos y gozaba al tiempo de varios carreteros, y que de la mezcla de simientes viene tal portento, pero yo pensaba que no. Que un portento como ese solo sucedía por los demonios y por la cólera de Dios. Tuve que sembrar las parias fuera de la aldea, lo más lejos y hondo que pude cavar, no fuera que se las comiera un animal y la criatura, para más desgracia, cogiera sus cualidades. Cuando regresé a casa, en el jergón de Catarina no quedaba ni el follato. Se había ido sigilosa, como culebra que entra de noche a mamar de la ubre de la vaca. Se nos llevó la mula, un saco de alubias, un jamón seco, dos camisas, y nos dejó a su engendro en la cama. Esa noche, otra vez sin dormir, bebiendo vino por ver si así se nos echaba encima el sueño, Pascual habló de ahogarla y yo llené de agua hirviente un caldero, pero ninguno fue capaz de más. Si no la matábamos, teníamos que encontrar la forma de darle de comer, y prometí a Pascual que al día siguiente se haría una cosa o la otra».

«Maldormí un par de horas, todo eran sueños que mostraban maneras increíbles de alimentar al engendro: lagartijas vivas, tierra del cementerio. Al despertar, le posé en los labios un bollo de trapo relleno de algodón, empapado en leche de cabra con un poco agua macela. No lo quiso. Le vi esos dientes afiladitos, iguales a los de los cachorros, y se me ocurrió cerrarle la garganta con la tela. La apreté fuerte contra la boca abierta de la *encecinada*, un destello feroz se encendió en los ojos de su hermana, mi mano perdió su valor y acarició esa cara de cera quemada. Mandé a Pascual a dar aviso a las tres amas de cría que en esos días ayudaban a las madres para que no se les quedasen requetechiquirriquiticos los críos por la leche mala que tienen los primeros días. Vino Ynés, y cuando vio a la criatura le dio un sofoco y dijo que no, que se le agriaría el alimento. Vino Elvira, y me gritó que ese monstruo le pasaría el mal a la teta y por ahí se extendería a los otros niños que amamanta, incluidos sus hijos. Vino Isabel, que me dio una bofetada y salió corriendo a avisar al cura de Randín: "Froilana ha traído un monstruo, Froilana ha parido un demonio".

»En esta casa no voy a ver morir a otro *cativo*, eso lo tenía claro. Me cargué a la criatura envuelta en paños, metí un frasquito en la faltriquera y salí por los caminos encubiertos que suben a la sierra, los que sólo frecuentan las sombras de las ánimas y de los contrabandistas. Subí hacia las piedras que antes fueron de carne, mujeres, cabeza de lobo, manada de corzos, que marcan la llegada de la primavera. Aún no sabía si tendría enjundia suficiente en el cuerpo para arrojar a la niña, para que no sufriese durante horas de frío, soledad y hambre, o si sería tan cobarde de abandonarla en la cumbre, en la Pena da Xabarila, donde el viento sopla fuerte, bate la lluvia y caen rayos, aunque abajo brille el sol sobre la aldea. Subí, y las ramas me enganchaban, querían retenerme, no vayas, mujer, las agujas de los pinos me entraban en los ojos, las púas de los *toxos* me agarraban de los pies, no vayas, Froilana, chillaban los jabatos en medio del sendero; si no me vais a ayudar a sacar adelante a esta criatura, apartaos. Haré lo que tengo que hacer. No voy a verla morir.

»En la cumbre, posé al ostento sobre la laja plana, con tres veces tres cazoletas grabadas, que hay bajo la Xabarila, piedra antigua de los *mouros*, una hembra que fue de carne y se hizo dura por una maldición. "Yo te bautizo en el nombre del Padre, y del Hijo y del Espíritu Santo", y vertí en cada cabeza unas gotas de agua verdadera de siete fuentes que nunca se secan, diciendo: te llamas Teodora, te llamas Dorotea. Una hilera de hormigas que subían por la roca se detuvo en seco. Me quedé paralizada y el frasquito cayó y se rompió en el suelo. Porque de las tetas esculpidas de la vieja Xabarila comenzaron a manar catorce chorros de leche amarilla de madre que pronto colmaron las cazuelas de piedra.

»Fue el primer milagro de Teodora Dorotea».

14

Tui

Construida en una colina junto al Miño, la catedral de Tui parece más un castillo que un templo. Una robusta mole de contrafuertes, torres y almenas, tantas veces asaltada, el románico eterno, austero y poderoso. Una fortaleza. La última cinta de los Fontes, tan extraña, enlaza con otro tipo de cintas, aquellas hechas de seda bordada que envolvían los sacos de los esqueletos enterrados en Goiriz, «A ti te lo entrego, Teodora Dorotea». Flora piensa en un culto rural olvidado, niños muertos sin bautizar dedicados como ofrenda, creencias que se extendieron, de alguna manera, desde A Limia a Terra Chá y que quizás quedaron fosilizadas en un estrato oculto hasta que algo las ha devuelto a la superficie, en forma de figurita de masa rellena de uñas humanas y cristales.

Las grabaciones, en lugar de aclarar las cosas, traen más incógnitas. Parecen producto de un trabajo de registro de testimonio oral sobre cultura popular, ella misma ha realizado miles de recogidas de ese tipo, pero Flora encuentra tres rarezas que las hacen diferentes. Primero, el método. ¿Dónde está el antropólogo? Faltan las preguntas, los comentarios sobre la marcha, el encauzamiento de la corriente del habla. Después, las voces. Todas las voces suenan secas y lejanas, empastadas, aunque podría deberse al magnetófono con que fueron grabadas. Por último, la narración, eso es lo más intrigante. Personas interpretando un relato de hace más de cuatro siglos, ella nunca había escuchado algo así.

Flora ha recogido las hebras deshilachadas de los nombres y lugares que aparecieron un momento y después se disolvieron. Sólo la palabra «balura», una especie de patronímico, le ha devuelto algo, por esa palabra está hoy aquí. La escasa información que ha encontrado sobre ese término lo relaciona con una tribu proscrita, condenas y excomuniones durante el siglo XVII en Tui, un lugar que entonces era, al mismo tiempo, provincia, villa y sede episcopal. Eso tenía que haber quedado escrito en algún documento. Que alguien hubiese empleado ese vocablo para nombrarla a ella antes de gastarle lo que quizás había sido una espantosa broma de Halloween, podría explicarse si la palabra hubiese adquirido connotaciones de insulto, cuántas veces ha escuchado a algunos diciendo gitano, portugués o gallego con ánimo de escarnio.

Flora se pinta los labios para protegerse de las influencias sectarias y entra en la Catedral. Encuentra el archivo en el antiguo vestuario del cabildo, tras un portón blanco que se abre a una gran estancia de techos elevados y ventanales que bañan el ambiente de luz natural. Hace frío ahí dentro, a pesar del radiador eléctrico colocado en el centro de la sala. Una larga mesa, cuatro cabezas inclinadas, bufandas, gafas, canas, lápiz en mano, pestañas derramadas sobre los viejos documentos.

—¿El archivero? —pregunta, y la mujer de los mitones de lana señala, sin levantar la mirada, un pasillo que se pierde al fondo de la estancia. Flora sigue el dedo y tras doblar un par de recodos encuentra una puerta de madera maciza, dura, firme, dolorosa y con pésima transmisión del sonido. Prepara sus nudillos para llamar, cuando una voz rígida que sale del interior la detiene.

—Ni quiero ni debo ni puedo. Además, está prohibido. Ustedes conocen tan bien como yo la carta del cardenal Hummes. Y si la desconocen, puedo proporcionarles una copia.

Otra voz masculina responde en tono almibarado, excesivamente amable, con acento anglosajón.

—Muchos compañeros suyos están reconsiderando el verdadero significado de esas palabras. Ahora que él ha fallecido quizás...

El volumen baja hasta hacerse inaudible. Flora pega el oído sobre la gruesa puerta y sólo escucha murmullos. De pronto, la primera voz vuelve a elevarse.

—Antes me hago rapero que permitir que bauticen a los muertos de esta diócesis. Y ahora tengo que irme a bendecir el agua, tenga muy buen día.

Las otras voces bisbisean, se oye un arrastrar de muebles, sillas muy pesadas, y la puerta se abre justo cuando Flora despega la oreja. Dos hombres rubios, altísimos, vestidos con idénticos trajes negros, camisa blanca, corbata rosa, salen del despacho y se pierden por el corredor.

—Señora, no se asombre. Para ser buen archivero en estos tiempos recios más vale la firmeza que la paciencia.
—¿Eran de la CIA?
—Peor, mormones.

La expresión de incredulidad de Flora anima al hombre, un sacerdote de unos setenta años, de ancha sonrisa y cejas muy pobladas y negras, a lo Scorsese.

—Andan por todo el mundo visitando archivos. Lo quieren todo, los padrones de población, las series genealógicas, los expedientes de quintas, los libros parroquiales, con sus bautismos y sus defunciones. Todo lo que dé los nombres de gente que vivió en este o ese territorio. Se ofrecen a digitalizarlos, y a cambio se llevan una copia. A Utah, a la biblioteca bajo la montaña.

—Suena a Erebor. Para qué querrán ellos esos datos.

—Reconstruir el árbol genealógico es una obligación sagrada para los mormones, es el núcleo de su doctrina. Nos han ofrecido un montón de dinero, pero no. ¿Sabe qué pretenden? Ellos le llaman la redención de los antepasados. Se trata de encontrar los nombres de sus ancestros y bautizarlos en la fe mormona. ¡Bautizar a los muertos! ¡A personas que en vida fueron buenos católicos! Eso no puede ser. Pero imagino que usted vendrá para otra cosa, y no para hablar de una secta, ¿verdad?

—En realidad, vengo a hablar de herejía.

Flora dio un par de rodeos, mencionó una investigación de la Universidad de Évora, una tesis, una beca doctoral. Al oír la palabra baluros, el archivero suelta una risita.

—Otra más con el tema —dice—. Cada tres o cuatro años, viene alguien preguntando por el famoso documento. Hubo otros en Ourense y en Mondoñedo, pero hoy en día sólo queda el nuestro. Imagino que por eso es tan reclamado. Por favor, lo consultará aquí, en mi despacho. Las personas que indagan sobre los baluros resultan tener las manos extraordinariamente largas y los dedos asombrosamente ágiles. Por eso ahora lo guardo en mi despacho. Este documento es el último que nos queda. Por favor, póngase los guantes. Y mejor no respire encima del papel, está muy delicado. ¿Le traigo una mascarilla? Vea, en 1665, esos hombres a los que llamaban baluros fueron sancionados por el obispo de esta diócesis, fray Juan de Villamar. Lo mencionan nuestras Constituciones Sinodales. —El archivero lee:

Deseando vivamente ocurrir a los gravísimos daños que en las almas sencillas generan los cuestores que el vulgo llama baluros, ya con su predicación de milagros, revelaciones, profecías, promesas e indulgencias fingidas, oraciones y exorcismos supersticiosos, ya con engaños, amenazas y las excomuniones que fulminan con motivo de desasosegar a los rústicos y sacarles su dinero y alhajas, mandamos que de aquí en adelante no sean acogidos los que no lleven nuestra propia firma.

—No sean acogidos, ¿quiénes?
—Quiénes no, qué. Los documentos. Los baluros falsificaban bulas papales, las amañaban. Vendían rezados inventados, escapularios contra el mal de ojo, robaban huesos de los cementerios. Incluso oficiaban falsas misas. Usurparon a los sacerdotes, y por eso fueron condenados. En Mondoñedo los desterraron, yo creo que así es como algunos de ellos, pocos, acabaron en Tui. Porque de aquí no eran. Eran de Terra Chá, pero andaban por todas partes, como ambulantes.
—Dijo que hubo más papeles.
—Se los fueron llevando. Pedían varios archivos, nos liaban la cabeza y al final cogían un trozo, después una hoja y luego el documento entero. Gente que sabía cómo hacerlo. De tanto servir esos archivos, hay uno que recuerdo casi al pie de la letra. «Que se hacen llamar baluros, habitantes de la Baluria en Terra Chá, hechiceros nefandos, culpables de la matanza de inocentes en Viladormen, año de 1655».
—¿Viladormen o Vila de Ormen? —pregunta Flora. Recuerda ese nombre, es el del reino del terror fundado por la *moura* Balura y su monstruo, en el cuento de Selvita.
—«Viladormen, año de 1655 —continúa relatando el archivero—, a quienes metieron en el horno comunal y con sus artes mágicas prendieron fuego que no cesaba ni con polvo ni con agua. Ocultos después bajo otros nombres en las tierras de la diócesis de Mondoñedo, fueron culpables de los partos monstruosos de criaturas y animales que provocaban soplando aires ponzoñosos en el rostro a las mujeres encintas. Graban en la tierra la marca de un ídolo abominable, que son dos círculos unidos por una línea recta».
—¿Dos círculos y una recta? —Flora piensa en el símbolo que había visto en la casa de los Fontes, cuando subía la escalera. Era exactamente así.

—Eso mismo —afirma el archivero—: «Y situándose de pie dentro de esos círculos dicen que ven las cosas que están distantes, viajan en el aire y nadie puede tocarlos. Ordenamos que sean excomulgados y expulsados a perpetuidad, ellos, sus hijos y los hijos de sus hijos, nacidos o por nacer. Sean borrados sus signos, cúbranse las cruces de la iglesia con velos negros, toquen campanas, reciten el salmo 108 en cada iglesia y capilla, de Támega a Támoga, y...».

—¿Y?

—Y no recuerdo más. Bastante me parece, con tanta interrupción. Lo importante, lo que significaba ese documento es que aquellas familias no se arrepintieron, porque en ese caso hubiesen sido perdonadas. Al contrario, insistieron en sus prácticas heréticas. ¿Sabe? Tenemos textos muy interesantes de otros temas que quizás quieran conocer en su universidad. ¿Ha oído hablar de la donación de doña Urraca?

—No, gracias. Dígame quiénes han venido antes que yo a consultar este documento.

—Señora, voy a tener que responderle como a los mormones. Sabe que no puedo revelar esos datos. ¿Le interesan los baluros? Lea usted a Murguía, que algo habla de estas gentes tan interesantes.

—No hay en la historia ninguna secta que haya desaparecido a base de persecución y expulsión. Resisten por cauces subterráneos. Algunas se hacen más fuertes. ¿De verdad cree que estas personas tan peligrosas para su Iglesia se esfumaron porque ustedes firmaron un papel? Seguro que encontraron un refugio y lo más probable es que quisiesen preservar sus prácticas. Tiene que haber más información.

—También existe la redención. Nunca es tarde. Si al final de todo se arrepintieron, sin duda fueron perdonados. Y sus pecados, olvidados. No hay más.

Flora sale del archivo. La sed, esa sensación de boca colmada de hojas secas que arrastraba desde la noche de Todos los Santos, ha regresado de pronto. Las viejas mordeduras de las pulgas comenzaron a latir. Recorriendo la nave del templo, su corta figura proyecta una larga sombra. Sombra de matanza, sombra de huesos robados, sombra de pactos que no se pueden decir, probablemente nada más que sombra de unos focos bien ubicados. Desde las alturas, las extrañas criaturas de los capiteles le lanzan miradas acusadoras. Rostros de dientes afilados, harpías, anfisbenas y bucráneos, las representaciones del demonio, de la muerte, de los pecados. En la capilla de San

Pedro, el retablo barroco brilla con sus dorados exaltados en las columnas retorcidas. En medio de una exageración de volutas, flores, frutas y guirnaldas, Flora repara en una talla extraña: a la izquierda del altar, a los pies de una escultura de San Sebastián, hay una figura de dos angelitos rosados, de gordos mofletes y rizos castaños enmarcando sus expresiones tristes, con los brazos extendidos en direcciones opuestas, como si quisiesen escapar el uno del otro. Pero no pueden separarse: los torsos de ambas criaturas confluyen en un solo vientre, un solo sexo cubierto con una hoja, dos únicas piernas. Son siameses, como los niños de Goiriz, como la criatura de Froilana, como el monstruo del cuento de Selvita, un monstruo duplicado. Dicephalus tetrabrachius dipus, ileotoracópagos, llamados también ipsiloides, porque su aspecto se asemeja a la letra griega ípsilon, cuántas cosas extrañas ha tenido que aprender Flora en estos días.

Si Teodora Dorotea existió y se creía en sus milagros, como contaban las voces de las cintas, quizás fue una sabia, una santa popular, protectora de los niños que nacían con terribles deformidades, aunque ninguna de las personas que están excavando ahora en el *cruceiro* se atrevan a aventurar qué causó tantos partos monstruosos a lo largo de dos siglos, en el mismo lugar de Terra Chá, y los Fontes, qué tipo de ser fue arrancado del cuerpo de Belén, y el símbolo de los baluros, qué podría representar si no dos cabezas unidas en un mismo cuerpo. El emblema de una religión hereje, del culto a Teodora Dorotea.

15

Verín / Cualedro

Al monte así no vuelves, le había dicho Ventu al aparecer por el hospital con una maletita verde, aquí traigo tus cosas. La maleta me la devuelves, que es de Marisa. Resígnate, no hay otra. Sí que hay, puedo morirme, le retó Armindo, y de verdad él lo había intentado, por eso se había arrancado los cables de la diálisis, por eso se había levantado de la camilla, para abrir la ventana y salir volando por el lado más bestia de la vida, pero fue poner un pie en el suelo y descalabrársele las articulaciones todas a una. En lugar de un vuelo infinito consiguió una cadera rota, una prótesis que se aflojó a las dos semanas y una silla de ruedas para el resto de sus, esperaba, breves días. Entonces sí que no le quedó otra alternativa. Tenía que irse al asilo con las monjitas, a las que aborrecía más aún que a la tortilla con cebolla.

No hay cosa más *putífera* que una monja amable, decía siempre la madre de Armindo cuando él era niño, pero tienen la piel estupenda, añadía después, como para rebajar la gordura del sacrilegio que había pronunciado. Eso es de no hacer nada en la vida entera, respondía su padre. Hacer, hacen: de sus plegarias atendidas viene la desgracia de todos nosotros, los pobres, llegó a pensar Armindo. Y ahora son las monjas quienes lo cuidan, le alimentan y le cuelan tortilla con cebolla en el menú tres días por semana. Por lo menos que lo lleven a ver un *camping*, lugar que no ha pisado en toda su larga vida. O una pizzería, que tampoco ha estado nunca. Pero lo han obligado, otra vez, a hacer lo que ellas quieren, porque resulta que uno, si es mayor y pobre, se transforma en un ser menguado. Le mangonean como a un crío.

Cuando descubrió las termitas ni le creyeron, terrores nocturnos de viejo arrepentido por pecados que ya no tenían arreglo ni perdón. Empezó escuchando ruidos de madrugada: dentro de las vigas del techo, bajo el suelo. Luego vio los túneles. Largos cordones de arcilla aparecían de un día para otro sobre las paredes, junto al cabecero de su cama. Armindo partió el más grueso y lo que había dentro le pareció una fantástica recreación en miniatura de la ruta de la seda: hacia arriba, las termitas obreras ascendían en busca de madera y, en sentido comentario, descendían sus compañeras con el cuerpo cargado de viandas para alimentar a la nobleza. Es como la vida misma, pensó, y enseguida unos ejemplares robustos, de mandíbula grande, se apostaron en los bordes rotos del túnel mientras las trabajadoras se afanaban para reparar el desastre. Entonces ya no lo pudieron negar, vinieron los de Sanidad, vinieron los de control de plagas, y eso sólo tenía una solución: cerrar unos días y fumigar la residencia. Organizaron la excursión a Fátima y no le permitieron quedarse en Verín ni traer esa maletita suya que cambia de sitio cada noche: detrás de la butaca, bajo la cama, dentro del armario y vuelta a empezar.

—Esta mierda te la llevas tú a tu casa. Aún tiene bichos —dijo Ventu cuando Tamara apareció por su despacho con la maleta verde llena de los objetos que ambos habían rescatado en el templo de Armindo: un atado de papelotes, un hueso deforme, un frasco *cheo de merda*. Ella sabía que se enfrentaba a una misión complicada: ese hombre ya había cerrado el expediente, su trabajo estaba hecho, no iba a volver atrás.

—No se fía de dejarla en la habitación, por los operarios del control de plagas. Si no se la guardas, se tira con la silla de ruedas por las escaleras del polideportivo nuevo durante la inauguración. Sólo son cuatro días.

Ventu resopló y la miró como miraría a una culebra con los labios pintados. Ella le respondió con el tono más cándido que pudo impostar:

—Tienes que meterla en un armario cerrado con llave o hará todo lo posible por caer justo encima de la *conselleira* de Política Social. Y matarla.

—Esto va directo al punto limpio —dijo Ventu, y salió muy decidido con la maleta por la puerta. De pronto se descubrió bajando al lugar donde nadie en el ayuntamiento quería entrar: el archivo del sótano 2, excavado en el seno hondo de la roca madre, una piscina de gas radón que ya había causado cáncer de pulmón a dos funcionarios municipales que sumaban entre ambos seis paquetes de Ducados diarios. El mejor lugar para ocultar ese lote de porquerías que el propio Ventu había rescatado al azar de aquel cubil de Diógenes.

16

Terra Chá, tres de la tarde

En la gasolinera de Outeiro de Rei, delante del espejo del servicio de caballeros, Germinal pensó por un momento en quitarse las gafas de cristales color naranja y mirarse muy fijamente a los ojos, bajo la luz de supernova de una hilera de tubos fluorescentes: podía verse las pecas, todas las manchas nuevas que cubren su rostro, esa piel que ya no parece suya porque ha cambiado de color y de consistencia, los poros abiertos colmados de roña, el polvo de los pantanos que ahora lleva dentro de su cuerpo. Pensó en arrancarse las orejas, «signo de nuestra estirpe, no mereces llevarlas», pero lo que hizo fue embadurnarse la cara con jabón de manos y frotar, frotar, frotar, a ver si salía ese tono tostado, a ver si podía volver a ser el que era, el chico pálido y tranquilo que nunca salía de casa y que rara vez se hacía preguntas, en su noveno piso del bloque uno del polígono de Birloque. Pisó la carretera, y en cuanto pudo se metió por las veredas, el Camino de Santiago está en todas partes y te lleva a donde quieras ir, aunque no vayas a Compostela.

Con el inicio de la tarde baja de algún pastizal una *manda* de vacas, de vuelta a la corte. Ger se sienta a un lado, sobre el muro de piedra seca que bordea el sendero, para observarlas, son *marelas*, como fue él, que tuvo el cabello del color regio que el sol, en su generosidad y poder, presta a todas las cosas justo antes de abandonarlas en los atardeceres de otoño como ese. «Quedó blanco del espanto», dijo la bisa cuando lo fue a buscar al instituto el día del olor. Aquella mañana él tenía trece años y dos cosas importantes cambiaron para siempre: mechones enteros de su melena se volvieron canos y su vida se envolvería de puertas adentro, en casa. Lo aceptó como le llegó, horrorizado y sin cuestionamiento.

Y ahora, mira tú, Germinal de mi vida, resulta que para hacer lo que debes tienes que viajar doscientos kilómetros, una barbaridad, y pedir ayuda a la gente desconocida. A ver si todo va a ser al revés de lo que te han contado, a ver si se confundieron, a ver si no tendrían mala fe. Libre, libre, quiero ser.

Las vacas avanzan por la *congostra* hacia Ribeiras de Lea, ese andar domesticado: si la primera se desmanda, las demás no encuentran el camino. Ger levanta sus gafas, elige a una, la que va más retrasada, y la observa con fijeza dentro del brillo de la retina. La vaca cae desplomada al suelo, inmóvil. Un títere al que le han cortado los hilos de un tajo. En su ojo, que se ha quedado prendido en la mirada funesta de Ger, no hay reproche ni dolor: sólo es membrana inerte y gelatina. Quizás prefiere estar muerta a esa vida que llevaba. ¿Tengo vista mala?, preguntaba a la bisa cuando aún era un adolescente y tuvo que habituarse a vivir con gafas de cristales oscuros. La tienes fuerte. Mala, no, respondía siempre Balbina.

Se acerca al animal, toca su morro húmedo y caliente, le clava la vista en el corazón, levántate, va. Piensa en una descarga eléctrica. Levanta, *marela*, ooooos, vaca, si tuviera el valor, se arrancaría los ojos, si tuviera la inteligencia, sabría cómo usarlos; si tuviera la calma, se habría quedado en casa al menos veinte años más.

Hasta la adolescencia salía, jugaba en las pistas del barrio, iba al instituto. A los trece le gustaba jugar al brilé con las chicas, pero siempre había alguna idiota que no lo quería en el equipo, que le llamaba mariquita, que decía «él no». Y ese día, el día del olor, la odiosa Gema le lanzó la pelota directamente a la cara, con brutalidad. Germinal, entonces Germi, rebotó en el suelo, todo su cráneo era un horno de dolor y miedo, todo su cuerpo, un pantano de vergüenza y venganza.

—¿Estás bien?

Ger levantó la cabeza y la miró con furia. La chica cayó fulminada al suelo. Sólo que no era la odiosa Gema, como él creía, sino la profesora de prácticas. Dijeron que fue muerte súbita, y súbita fue, pero él sabe que al mirarla había sentido la descarga de un filamento abrasador que se liberaba desde algún lugar muy al centro en su cabeza, un olor apestoso y acre que notó desde dentro, y que se le disparó hacia las pupilas, queriendo salir, y entonces había visto un clic en los ojos de la profe, más breve y aterrado que un guiño, y cómo las piernas se le doblaron de una forma en que nunca unas piernas deberían doblarse. Se puso unas gafas oscuras y se encerró en casa para siempre. La bisa le enseñaba todo, matemáticas, latín, las lenguas muertas, con métodos antiguos y términos en desuso, los quebrados, el complemento directo, pero nunca consiguió enseñarle a controlar del todo su vista fuerte y tanto lo intentaron. Germinal sólo quería que desapareciese, clavarse una aguja en el ojo y que destilase el material maligno que contenía, la bisa decía es un don, es un talento, tienes que agradecerlo y respetarlo, cuidarlo como cuidas los dientes, que tanto puedes usarlos para agredir como para defenderte, como para disfrutar del regaliz. Los dientes también duelen cuando te salen, y duelen más si no los cuidas. La bisa quería usar su vista fuerte.

17

Pozo *DOS MOUROS*,
Cualedro, cinco de la tarde

El plan, esta vez, no es nada razonable, Suso es perfectamente consciente. Lo ha trazado con la fuerza que le sale de las tripas. La idea de que es Mingo el Rambo que se esconde por los montes y desvalija las despensas le llegó la noche del magosto, y en lugar de disiparse a la mañana siguiente, como tantas otras ocurrencias que valora, racionaliza y desecha, se ha solidificado: las fechas coinciden, los lugares encajan. Y al hacer un listado de los vecinos que habían denunciado algún robo de comida o herramientas, se encontró con que eran aquellos a los que Fontes tenía aversión. Los conoce bien: todos los años, cuando su padre enumeraba posibles trabajadores para la vendimia, Mingo otorgaba su aprobación o su rechazo: Pernas, ladeaba la cabeza. Meneses, Iglesias, Pacios, chasquido de lengua. Blanco, gruñido. Os Lama, bufido sonoro. Os Pereira, se larga de la habitación. Y ahora entra justo en sus casas y deja un rastro que Suso recibe en forma de nota de prensa de la Guardia Civil. Me está diciendo que es él, que necesita mi ayuda, que lo encuentre. Sabe dónde vivo, podría venir, pero este tío es de ideas fijas y de promesas que son una losa, por estas que no vuelvo a pisar aquí, le dijo a papá la última vez, y lleva más de dos décadas cumpliéndolo.

Son las cinco de la tarde, quedan un par de horas de luz, Suso y Rohan recorren los montes de la sierra de Larouco, cumbres mansas claveteadas por hileras de aerogeneradores. Donde ahora se cosecha la fuerza del viento, durante la Pequeña Edad de Hielo los señores de Monterrei recogían y conservaban la nieve caída, una mina de oro frío que durante todo el año se exportaba en carro a la ciudad, bebidas heladas de limón, guinda, naranja, aurora, canela. Sorbete fino de fresa, mantecado imperial, café blanco y otras al gusto por tres reales, caballero, vaso de copa con su copete. Por allí han visto a Mingo estos días, dijo Teresa, la farmacéutica, y es un lugar razonable para esconderse: los monjes habían excavado grandes círculos en la tierra y los forraron de piedra, como cabañas *castrexas* inversas, las casas *da neve*. Ahí dentro Fontes puede resguardarse del viento, encender fuego, un plástico extendido por encima y tiene un vivac. Suso rastrea en los *neveiros* las huellas de una hoguera, la marca en la hierba seca del peso de un cuerpo dormido, el cordón de un chorizo, el carácter duro de Mingo cincelado en las rocas. Quiere ayudarle, pero lo que más quiere es preguntarle, qué hiciste con tu hija, por qué la encerraste, de qué la escondiste. Qué sabes, porque algo sabes, de esa gente desaparecida de la que a veces te hablaba mi padre a puerta cerrada, tú los buscaste con él, dime quiénes eran, dime qué pasó.

«*O neveiro* secreto», marca un punto que alguien ha señalizado hace una semana en Google Maps. «Restos de una típica construcción del siglo XVII para el almacenaje de nieve. Aunque está sin restaurar, es muy interesante». Suso conduce hasta los altos de Lucenza y deja el coche en un arcén. Sube a pie una pista estrecha, pedregosa, escarpada, que se asoma al abismo en la cara norte del monte. No hay duda de que este tipo sabe ocultarse, y en cuanto lo piensa, Rohan, que siempre va delante en los caminos, se detiene. Yergue la cabeza y orienta las orejas como un par de antenas satelitales. Suso ve su rabo estirado, la ballesta de sus músculos tensos a punto de soltarse, ha detectado algo.

Rohan, la bóxer que nunca ladra, suelta un gruñido y sale corriendo en estampida. El aire se colma de polvo mezclado con la voz.

—¡Rohan, ven, toma!

18

Calvos de Randín, seis de la tarde

En la sala del apartamento, Flora va por la tercera grabación de las nueve que ha logrado rescatar bajo la bañera de los Fontes. Las expectativas son limitadas: se trata de un modelo diferente, una cinta magnética de casete marca Maxell, de finales de los setenta, y su título es tan inconcreto como «miscelánea.mp3». Luiz se la envió con un mensaje descorazonador. «Es muy corta, *sorry*, me la enganchó el aparato y me engurruñó todo el final, lo dejé solo y cuando llegué esto era la fiesta de las serpentinas erizadas».

Tampoco parece que se haya perdido gran cosa. Por ahora, todo lo que Flora ha escuchado son conversaciones familiares, cantigas, fragmentos de leyendas y variaciones del cuento de Selvita, pero las voces suenan diferentes a las anteriores. Nítidas, sin las capas de lejanía, sin ese poso de ronquera que le raspaba los oídos y le hacía pensar que todos los informantes padecían una enfermedad que convertía el tono en algo inorgánico, similar a aquella voz que la llamó en la noche y dijo balura, y después, larga de aquí. A la mitad de archivo, el testimonio se vuelve más personal.

«Fui a apañar nabizas y, al alcanzar la *leira*, noté que había vapor vapor, no la *brétema*: vapor. Salía de unos grumos raros que no fui capaz de identificar hasta que estuve encima de ellos. Los veía, sabía lo que eran, pero no les daba sentido. Eso me pasaba mucho, lo de ver sin comprender, no poder reaccionar. Toqué uno de los bultos, resbalaba, estaba caliente. El dedo se me hundió dentro y me vino un olor a matanza. Eran tripas, corazones, pulmones, me pareció que tenía cristalitos todo dentro del cuerpo, y que querían salirme por la piel. Que las mataron, que las mataron. Y me agaché, eché las rodillas a la tierra y clavé las manos en la carne para juntar las vísceras, si pudiese recuperar a mamá, a la abuela, que las mataron. Se me escurrían como pescados que vuelven al mar. Y mira qué tonta era, que fue entonces cuando me di cuenta de que eran enormes cuajares, intestinos, los regatos de bilis, qué tonta era, cómo no lo había visto, la maraña de estómagos, eran inmensos. Humeaban hacia el cielo como cuando nos *afumábamos* para *esconjurar* el aire de difunto. ¿Qué hacía todo eso ahí?

»Salí corriendo hacia la *veiga* y allí las encontré a todas, a la Marela, la Pastora, la Roxa, todas acuchilladas de garganta a ubre, muertas sin desangrar, que ni siquiera la carne podía aprovecharse. No nos quedaba nada más que un par de gallinas viejas. A veces, y esto yo ya no sé si es un sueño o un recuerdo, me veo abonando la *leira* con la sangre cuajada de las vacas y a mi espalda van naciendo *abrochos* terribles, porque nada bueno podría salir ya de aquellos surcos, por mucho que mamá se empeñase en regarlos con el agua de la fuente encantada da Torre, que para encontrarla tenía que subir al monte pensando en ella, pues esa fuente aparece y desaparece. La primera vez que la vio, había tres juncos muy largos, *igualiños* los tres, que crecían dentro del agua. Mamá sabía que ese era el encanto y que, si elegía un junco y tiraba de él, podría salirle oro, plata o carne podre. Si hubiese sacado el de oro, ahora seríamos millonarísimas. Si hubiese sacado el de plata, por lo menos nos habríamos quedado como estábamos. Pero sacó el de carne podre y de ahí nos vinieron las amarguras todas.

»Entonces no pensabas en nada, no había televisión ni *arradio* como ahora, no pensabas en nada, mirabas *pa* las cabras. Yo, lo primero que oí en la *arradio* fue que murió Kennedy. Antes no pensabas, y por eso nos acordamos de todo. Yo me acuerdo bien de aquel día, cuando cerramos la puerta de la casa vieja por última vez y bajamos las tres muy calladas por la *congostriña* —delante la abuela, detrás mamá, en medio yo—, bajamos por las *canellas* evitando la carretera hasta que metí un pie en el barro y el tobillo se me dobló raro, como al revés. Mamá me tapó la boca con la mano que olía a gallina. Había matado a las dos últimas esa madrugada, y las llevaba enteras, envueltas en paños, dentro de una cesta, la abuela en la cabeza. Ni tiempo para desplumarlas *hubiera*. Yo ya no pude sacar el zapato de ahí, mi único par de zapatos. Llegué al coche de línea asustada, enfadada, con solo un pie calzado, pero en los brazos de mamá. Me tuvo en el *colo* todo el viaje hasta Ourense y luego para Zamora, y eso que ya tenía siete años, y no se enfadó cuando le vomité todo el pan con leche encima de las zapatillas. Cuando nosotras tres escapamos, ya éramos las últimas baluras allí. Pero mamá y la abuela toda la vida me contaron las historias de los *fazados*, los *teodoros*, que a esos no los echaban fuera, a esos era mucho peor».

Entonces entró otra voz de mujer mayor, más aguda y demorada, como un lamento.

«¿Quieres saber qué pasó? Nadie lo sabe entero, todos sabemos un *anaquiño*. A mi medio hermano dicen que lo encerraban, dicen, aún no era yo nacida. Era un *pechado, sangue fazado*. Tenía que estar *gardadiño na casa*, los *pechados* no podían salir, para que no se juntasen. Y como él escapaba, iba al baile, iba a la feria, un día desapareció, "que se fue, que se fue", pero no se fue, no. Se lo llevaron. Era un *levado*, que decían. Yo ya no lo conocí, pero por mamá siempre planté las flores que eran de los *fazados*, las de las dos cabezas, siempre, siempre, por mamá, eso era un secreto nuestro. En voz baja algunas vecinas, en la fuente, en los caminos, me contaban al oído, que lo cogieron las Mariaspurísimas. Se les caían las lágrimas diciéndolo, "Malasputísimas son". Se llevaban a muchos y por cobardes callamos todos. Si yo fuera hombre, te digo que no me callaba. Que los llevaban a Viladormen, *durmidiños* estarán. Esto que de aquí no salga, esto es un secreto, ¿qué más quieres saber, *neniña*? Eso no se puede decir en voz alta, estas están en todas partes, son *antaruxas*. Te dicen *semperredi* y se te aflojan los huesos. Se hicieron cosas horribles, aún se hacen y más que se harán, yo prefiero ni pensarlas, menos las voy a contar. *E logo, esa máquina que da voltas, qué é?*».

Por primera vez, Flora escucha la voz de la persona que maneja el magnetofón. La voz de una mujer joven con un deje caribeño, quizás de Cuba, responde:

«¿Este chisme? Para espantar las moscas».

19

TERRA CHÁ, SEIS Y MEDIA

Germinal entró al pueblo de Castro de Ribeiras de Lea por la carretera general, cruzó la plaza de enormes árboles, dejó atrás la fantasmagoría de un manicomio abandonado. Encontró la casa *enramuxada*, la casa que estaba en el medio de una *lagoa* seca, donde dormían los monstruos. Selvita se lo había contado, que estaba allí, igual que fabulaba con la historia de la *trabe de ouro* y la *trabe de peste* en Campo Raso y la situaba en Baltar, un cuento, una leyenda, no tenía más pistas que seguir. Pero la encontró. Alrededor de la casa se había levantado un seto de espinas que dejaba los muros completamente tapados, solamente se podría suponer que ahí abajo había una construcción porque las ramas la rodeaban perfectamente, replicando hacia fuera las fachadas, las rectas, los ángulos, y no hay ángulos rectos en la naturaleza, decía Germinal. Le parecía imposible atravesar ese enrejado vivo, era como si los pinchos se entrelazaran entre ellos agarrándose fuerte de las manos, de modo que algún pajarito, el esqueleto de un sapo, una garza real con las alas extendidas, como crucificada, se habían quedado prendidos al intentar entrar y habían muerto, ensartados.

Eso no me asusta, pensó Germinal. Yo quiero entrar y voy a entrar.

Más que paciencia, lo suyo es una extraordinaria capacidad para vegetar, abstraerse del paso del tiempo y simplemente estar, sin la consciencia de la lentitud. A las seis y media, Ger sigue delante de la casa *enramuxada*, ya ha conseguido derretir de amor o de aburrimiento la fría roca en la que se sienta con el calor de su carne, y sólo lo acusa en que tiene el culo insensible como una piedra: su culo y la roca han intercambiado sus cualidades. Ya la luz se empieza a escurrir entre los árboles y se aleja, filamentos anaranjados que se posan sobre las ramas, un momento de gloria antes de desaparecer. Esa luz que ya se va, con su sesgo y su sombra, le revela un hueco de madriguera que se abre con la noche.

Dentro de la casa *enramuxada*, Germinal se siente mareado: apenas entra el aire, las paredes de granito colonizadas por los brazos abiertos de la zarza parecen querer caérsele encima, el silencio. Busca el contacto con la tierra: a menudo consigue calmar sus impulsos agresivos. Tocarla y percibir la vibración de todos los seres animados que continúan sus vidas ahí dentro diluye su ira. Se apoya en la pared y se desliza hasta un recuadro de polvo justo bajo el dintel de la puerta, el único trozo de suelo entre esas cuatro paredes donde no crece la maleza. Posa las palmas en el humus, los antepasados, aquí abajo, las células indestructibles de la familia, los pelos y la piel, los cuerpos transmutados, el ADN sintetizado por las lombrices, fundido con las hojas, los excrementos y los cadáveres de los escarabajos, irreductible. Traza con un dedo la frontera entre la tierra y las zarzas: es un rectángulo perfecto. No hay ángulos rectos en la naturaleza, piensa de nuevo, hinca los dedos duros, busca una explicación: algo que impide a las plantas crecer, algo que hemos escondido. Cava con una herradura oxidada que alguien insertó entre dos bloques de granito junto a una ventana, hasta que escucha el sonido de una losa, y sobre esa losa, grabados, los encuentra.

Los nombres de los que llegaron de la montaña, la primera, Teodora Dorotea, y los pocos que vinieron después. Cincelados por distintas manos, durante siglos, las manos de los baluros, baluros como la bisa.

Germinal también sabe ser paciente, dedicado. Con la herradura oxidada, bajo los nombres de los que le precedieron, comienza a grabar sobre la piedra su propio nombre.

20

Sierra de Larouco, ocho y media

—¿Hay hamburguesas?
—No, pero tenemos perritos.

La primera vez que Suso entró en la hamburguesería Rufu, en el barrio de La Ventilla, muy cerca del piso donde vivió los primeros años en Madrid, nunca había pensado en tener un perro. Tampoco había pensado en meterse en ese lugar tan triste, con letrero de los años ochenta que parpadeaba haciendo ruido, hasta que esa madrugada llegó a casa muerto de hambre. Cuando vio a los cachorros al fondo del bar, tan pequeños, correteando dentro de la pota con restos de espagueti que le habían puesto a la agotada madre para que recobrase las hechuras, le salió automático:

—Ponme uno, con mucho tomate.

Al cabo de un mes tenía a Rohan en casa, la misma bóxer rayada con una línea blanca del hocico a la frente que había elegido aquella primera noche, y ya nunca se separaron. Ella era lo único estable que pudo mantener durante estos seis años, a pesar de todas las dificultades. Tantas veces le había obligado a levantarse de la cama, vestirse, bajar a la calle, hablar con la gente. Rohan le ha salvado. Es el único ser al que tiene que proteger en este mundo, y ahora no la encuentra.

A las veinte y veinte, la oscuridad es total en los caminos del monte y su linterna sólo es capaz de proyectar una línea corta, insuficiente, de luz que parpadea. Suso grita, corre, llama, calla, escucha, llora. El viento golpea sus oídos. Esta vez no tiene ningún plan.

Sólo seguir adelante.

Vete, vete.

No se va a ir. Prefiere despeñarse, romperse las piernas, estrellar su rostro delicado contra una aguja de roca. En el lugar que marca el *neveiro* secreto, Suso no es capaz de distinguir la estructura ovalada, los muros de piedra ni nada que haga pensar que allí se oculta un hombre. El *neveiro* no existe. Sólo es una loma cubierta por un entramado de *toxos*, zarzas y helechos de color gris, como recién ardidos. Allí el camino se bifurca.

Rohan es una rastreadora. Si le cae cerca una caja de cartón vacía, escapa como si viniese el diablo a buscarla para darle un baño, pero en el campo siempre es la primera en lanzarse a tantear el peligro y aguarda a Suso cuando se ha asegurado de que el paso es fiable. ¿Por qué esta vez no está ahí, esperándolo al recodo del sendero? Los lobos, las trampas, Mingo enfurecido, el Rambo, y si se ha equivocado y la ha conducido hacia la guarida de un criminal. Prefiere despeñarse. Prefiere sufrir él.

Vente, vente.

Le arde la garganta, de correr y no parar a respirar, de correr gritando, del aire polvoriento que entra a bocanadas y clava sus partículas cristalinas en los alvéolos, de ahogarse y tropezar en los giros abruptos de ese camino que no se termina nunca. El cuerpo arañado y su ropa, que tan rica era, convertida en harapos. Está agotado, dispuesto a morir allí mismo de la desesperación y la culpa antes que regresar sin Rohan, cuando un punto de luz se enciende más adelante, entre los árboles, ayuda, luciérnagas, fuego fatuo, espejismo. La senda remata en una de esas construcciones que le causan tanta inquietud: un bloque de ladrillo cementado con tejado de uralita, en medio de ningún lugar, la cabaña perdida en el bosque, donde un monstruo podría encerrar a nueve mujeres y arrancarles, enteras, las uñas de las manos, antes de echar sus cuerpos al desfiladero o de trocearlos y entregarlos a mamá raposa. El resplandor inconstante que sale por un ventanuco cubierto con plástico le recuerda a aquellas trampas eléctricas para insectos que veía en los colmados, cuando era pequeño. Desde dentro, como filtrado por una sordina, se escucha un largo lamento animal.

Vete, Suso. Vete.

21

Calvos de Randín, noche

Flora despierta con un aliento apestoso en la cara. Se ha quedado dormida escuchando la cinta tres, desportillada en el sofá de espaldas, un brazo doblado por debajo del cuerpo, el otro en el suelo, una pierna retorcida, la cabeza colgando por el borde del sofá, con el cuello arqueado de forma inverosímil, la coronilla rozando el suelo. Tiene una larga experiencia en despertares incómodos, vergonzantes, escandalosos, alguno incluso asqueroso, como aquella vez que se perdió en las fiestas de Alcáçovas, nadie se molestó en encontrarla y se echó a dormir debajo del escenario. El suelo era duro, frío y estaba un poco inclinado, pero ni lo notó. Por la mañana, la banda municipal arrancó con «Olé Liz» y ella despertó y salió de su guarida ante el público, cubierta de los orines de todos los que habían meado durante la noche en la espalda del palco.

Quiso incorporarse: no se puede mover. Como un maniquí de plomo en el fondo de una fosa abisal, toda la energía que proyecta para levantarse se encuentra con la oposición de un muro. Abre los ojos: frente a ella tijeretea un pico afilado, rojo, largo. Un cuello largo se le inclina sobre el rostro. La mira, una cigüeña casi enteramente negra, con una mirada de piedra negra.

Vete.

La palabra no consigue sonar en su boca.

Agente nervioso. Toxina botulínica. Tetradotoxina extraída de las vísceras de un pez globo. La ciguatera, que paraliza el rostro, que mató a su padre después de convertirlo en un alucinado. El haba de Calabar que sometió a Billy despierto y preso en su propio cuerpo mientras lo mutilaban. La cigüeña se sostiene sobre una sola pata que parece palo, que parece serpiente. Estira la extremidad encogida y toca el borde del vaso que Flora puso en el suelo, los cuatro dedos envolviendo la abertura. Ella misma lo había llenado con agua embotellada, que la del grifo no sale más que un par de horas y cuando lo hace está terrosa y caliente, hay que dejarla reposar, decantarla con objetos que ya no existen, filtrar con ese nuevo aparato milagroso que vende puerta a puerta una señora emprendedora de Chantada. De ese vaso bebió mientras escuchaba la grabación, las voces bajo los mares púrpuras, y ahora le ve al agua unos hilos de turbidez blanquecina, pieles arrancadas, algas albinas que ascienden desde el fondo, y ahí abajo, una maraña de uñas enteras. Qué estúpida, por qué no te fuiste con Salva al Alentejo, por qué aún estás aquí y no has regresado a casa, por qué no me puedo mover.

La cigüeña apoya su pata en el hombro de Flora para tomar impulso y subirse encima de su cuerpo. Se acuesta sobre su pecho, como haría al incubar unos huevos: es un animal de aspecto ligero, pero Flora siente cómo los pulmones se le encogen y se pliegan, y en ellos sólo entra un breve soplo, incapaz de alcanzar los alvéolos. Siente que se asfixia.

El ave levanta la cabeza y la orienta como un centinela, en alerta, hacia la puerta de la habitación. Oye algo que Flora no puede percibir. Los auriculares, aunque mudos, amortiguan lo que sea que esté sucediendo en casa. La cigüeña alarga el pico, que pasa rozando sobre la cara de Flora, lo desliza por su frente, recorre el cráneo, empuja la diadema de los auriculares hasta retirárselos de las orejas, cigüeña lista, Flora escucha ahora su crotorar. Y cuando calla, escucha algo más.

Ruidos de manos haciendo cosas ordenadas. Apartan sillas, vacían armarios, mueven cajas. Ruidos que caminan por el pasillo y abren puertas. Ruidos que entran en la habitación. Las campanas de la iglesia de Calvos, que nunca ha oído tañer, suenan once veces. Flora ve cómo se acercan los pasos de unas *wellies* verdes, extrañas botas para tiempos de sequía. Detrás hay otros pies, pies de niña, metidos en zapatitos de charol negro. Habría esperado morir de susto, de bala o de vicio, pero no así. Suena un soplo de aliento en una vela, olor a mecha que se apaga. Las botas se detienen junto a ella. La cigüeña abre sus alas y le cubre el rostro.

Parte IV

Lo Salvaje
Noviembre-diciembre

1

Albergaría dos Fusos, Portugal

Salvador apareció en el hospital de Ourense con una furgoneta y un plan de rescate. A Flora le desagradaba la idea de dejarse ayudar, deberle otro favor, regresar a casa de su madre una vez más sin haber completado ni lo que venía a hacer a Calvos ni lo que se encontró y no fue capaz de evitar, ya te dije que no fueras. Tiene que irse de la Raia. Alguien la persigue, la ataca, la asalta en su casa, quizás la misma persona que asesinó a una mujer tan inofensiva como Belén Fontes, quizás aquel hombre extraño, de aspecto lodoso, que vivía en su casa. No parecía un vagabundo ni un familiar establecido allí por derecho. Podría ser un fanático, un delincuente, un ser anfibio de las leyendas de la frontera. Es mejor no comprender a esa gente limiana, saber lo que representan con sus supersticiones, si resuelven sus tensiones rajando barrigas o si conjuran a los demonios con uñas de mujer muerta. El objeto de estudio está infectado, ya no es una ancianita con mala memoria, se ha convertido en un monstruo de dientes afilados, una tribu que no quiere ser contactada y que sale de caza por la noche, con los ojos encendidos y lanzas impregnadas en veneno. No era un juego, era fuego, y yo no voy a pagar la ruina de este incendio. La aventura finaliza aquí.

—Gracias por venir. Estaban a punto de encerrarme en el pabellón de los lunáticos. Bajo tierra, junto a la morgue. —Flora trataba de simular buen ánimo, aunque todavía no podía incorporarse del todo. La extraña rigidez de articulaciones que le diagnosticaron como radiculopatía sin hacerle demasiadas pruebas había mejorado muy poco en esos días de hospital, inmóvil y con el cerebro hiperestimulado por pesadillas que se mezclaban con recuerdos que se mezclaban con signos, señales, todo lo que ella sabe sobre el daño que puede causar una creencia. Apenas empezaba a girar el cuello y mover las manos, pero al menos tenía una baja y un motivo para eludir el encuentro con los supuestos informantes que Freitas le había exigido.

—*Shut up your mouth*. Para esto está la familia.

Salvador condujo hasta la casa de Calvos, se quejó todo el tiempo de la carretera, una cinta ondulada tendida a través de la montaña que a Flora le pareció más hermosa y dañina que nunca. Él sólo ve los agujeros del asfalto y el gasto en las ruedas. Entró en el apartamento y recogió todas las cosas mientras ella dormitaba en la furgoneta, despertaba, miraba el reloj y se volvía a aletargar. Por qué tardas tanto, le gritó, había pasado ya más de una hora, y él salió por la ventana de la cocina con un estropajo en la mano para anunciar que estaba fregando los cacharros, ya encontraría el momento de reprochárselo. Deja eso y vámonos de una vez, le dijo. Coge las cintas. Hay cuatro bobinas grandes de cinta magnetofónica. Están en una bolsa de tela, en la mesa de la cocina. Salvador tardó todavía una hora más, y regresó a la furgoneta en varios viajes cargado de mochilas y cajas.

—¿Cómo puedes acumular tantas cosas en un par de meses?
—Dame las cintas.
—No he visto nada de eso. Te traje la bolsa, pero estaba vacía, tirada en el suelo. La he llenado con tus calcetines. ¿Cómo es posible que no tengas un solo par completo?

Flora hizo todo el viaje recostada en los asientos de atrás, en silencio, mientras Salvador desplegaba su diagnóstico y toda la planificación para los días que vienen, qué largos van a ser. No puedes ir así tumbada sin el cinturón, Floris. Intenta sentarte, sólo un poquito, venga, que puedes. Eso va a ser de la espalda. Nunca hiciste los ejercicios que te mandó el médico, con todo lo que se preocupó mamá. Tienes que empezar a moverte para ir recuperando poco a poco. Aunque te duela. Está empeñado en convencerla de que lo que sufre es dolor, y no otra cosa, un anquilosamiento en las coyunturas, los tendones duros, soldados, incapaces. No se lo discutió: prefiere callar antes que contarle nada sobre las personas que entraron en su casa, el vaso, el agua turbia, la cigüeña, el ruido de sus patas y de sus alas abriéndose. Si todo esto se lo han hecho para quitarle las cintas, esas cuatro cintas que todavía no había enviado a Luiz, es que contenían algo muy importante que no llegó a escuchar. Algo verdaderamente valioso.

Salvador hablaba con cariño, pero conducía como cuando está de mal humor: despacio, masticando las curvas, la vista adherida al asfalto. Flora preferiría el genio brusco y rápido que se apodera de él cuando se siente alegre, porque necesita con urgencia el cambio del paisaje, atravesar el muro de las montañas, alejar su olor de presa, como el corzo que huye del fuego y cae en un cepo, que consigue escabullirse dejando atrás media pezuña y un rastro de sangre fresca, brillante, que revela sus pasos no sólo al cazador, sino a todos los depredadores que viven en el corazón oscuro del bosque, los que salen únicamente cuando la carne viva llama. El de las *wellies* verdes y el hombre de rasgos anfibios que vio en la casa de los Fontes tenían que ser la misma persona, seguramente él también fue quien la encerró en la cuadra con un cerdo monstruoso, ¿de verdad crees que era un cerdo, Flora?, ese hombre todavía puede olerla. Acelera, Salva. Sabía dónde vivía, la estuvo vigilando, y ella no había pensado en esconderse, había confiado. Su mano pegajosa encendiendo el calentador, la vio o se la imagina ahora. Viene tras ellos, por la autopista, serpentea por los cauces secos de los ricos, toca el aire con la lengua y dispersa la luz blanca, trae una oscuridad estanca de agua verde de pantano, un tipo que se traga un cangrejo americano sin masticarlo, quién puede hacer eso. Extiende sus dedos sobre los caminos, araña el territorio, asoma sus ojos globulosos al parabrisas, la va a alcanzar. Y Suso. Él tenía que saber que nos estábamos metiendo en algo muy peligroso, me lo ocultó, me puso en riesgo y ya me da igual por qué, olvidar todo esto como olvidé qué sucedió cuando la cigüeña me tapó los ojos, cómo es posible algo así. La vida es redonda, la vida es extraña, la vida es lo que pasa cuando andas. Corre, Salva, sácame de aquí.

    Flora durmió durante tres días. Despertó un martes por la tarde, ya anochecía, y no reconoció su habitación en la casa de Albergaría. Un relámpago de terror instantáneo la puso en pie y en el momento la desplomó como un ternero aturdido en el matadero. Son poderes terribles que he dejado entrar, reconoció, y se dejó hundir en la baldosa fría esperando que unos dedos de hueso la aplastasen contra el suelo o la arrojasen a través del ventanal sin abrir. Al cabo de unos segundos, notó un claveteo de agujas en el pie derecho. Era la sangre, que comenzaba a fluir. Llevaba casi una semana sin andar, su cuerpo era un despojo entumecido. Las piernas recuperaban el calor a estallidos, cristalitos que se clavan de dolor y gozo. Salió a la puerta apoyándose en las paredes: los planetas vespertinos ya colgaban sobre los olivos, en el momento de luz prestada que nos llega cuando el sol ya se ha ido. Ya pasó, ya curó. Qué lejos quedan todas las estúpidas decisiones que la involucraron en aquella pesadilla de muerte, mutilaciones, brujería y sadismo. Por fin está en casa.

La casa de su familia alentejana. El pan en una bolsa de tela colgada en la puerta. Por la mañana entra todo el sol, los pájaros, los gallos, los olivares ondulados por la ventana de la habitación. El techo altísimo, las paredes blancas, más puertas que ventanas. Una alberca gestionada por las ranas y los nenúfares, y después, un camino corre a buscar los alcornoques, las flores amarillas. Flora pasa casi todo el día sola, mientras Salvador dirige la recolección de la aceituna. Las olivas, recién cogidas del árbol, son horribles. Manchan las manos como la uva tinta. Poner a cocer un huevo y echar sal hasta que flote, ese es el punto de salmuera. Es un año complicado, de vecería imprevista, una cosecha enorme de frutos pequeños y secos, mucho trabajo y poca ganancia, que pronostica una próxima temporada de producción escasa, aunque de oliva grande. Un desastre que ni para pagar a los jornaleros llega.

Los primeros días, Flora no tenía ganas de salir de casa, aunque Salvador la animaba al llegar de noche, vamos a la taberna, donde los hombres cantaban su pena al ritmo de dos tablitas que se entrechocan en las manos. Francisco, el dueño, ofrece un vino que abriga el alma, Flora, tú lo sabes, y canta cuando se emborracha y se saca la pata de palo, porque le pesa y se le engancha cuando vuelve a casa montado en la moto, por la carretera como una cinta azul que se pinta de hojas amarillas que resultan ser ranitas, se hacen de nuevo hojas planas bajo las ruedas.

¿A dónde ha huido la Margarida para no tener que verme?, preguntó Flora cuando se encontró con buen humor, hambre y ganas de hablar. Como todos los noviembres desde hace décadas, su madre estaba tomando las aguas en Unhais da Serra, aunque ellos siempre sospecharon que aprovechaba el viaje para pasar por Fátima a rendir pleitesía a los pastorcillos y pedirles disculpas por cualquier suceso en la familia motivado por el azar, la venganza o la vergüenza.

Margarida entró por la puerta una semana después arrastrando dos maletas de ruedas y se encontró a Flora en el patio, haciendo los ejercicios que un médico le había aconsejado para paliar los dolores de su escoliosis dorsal, veinticinco años antes. Le dio un abrazo, táctica pensada para que la dispersión de sus aromas de almizcle blanco, un perfume para toda una vida, provoque una conexión inmediata con la ficción de un pasado más tierno. Luego, la miró de arriba abajo. Qué gorda estás. Tú lo que tienes que hacer es adelgazar. Ese peso es malísimo para la espalda. Cuando te salga joroba a mí no me vengas con quejas, que genético no es. Y cogió el teléfono para llamar al restaurante de la carretera general y encargar una *açorda* alentejana con pescado, llena de pan y aceite, y un cochinillo entero asado en horno de leña, la cena de esa noche. Flora la vio tan frágil como un puñado de arena que se agarra en la mano y se avienta para hacerlo desaparecer en el aire, y pensó en deshacerle de un tortazo esa magnífica sonrisa que le trae visiones de la infancia, cuando todo era tan fresco como un cielo azul luminoso. Quiso arrancarle ese pelo aún brillante que le recuerda al lugar cálido y seguro donde se escondía y rezaba para que los truenos la dejasen tranquila. Cómo se le pueden aparecer esas ideas en la mente, la culpa es la sombra del amor.

—No voy a permitir que vuelvas a ese balneario jamás. Te devuelven encogida y arrugada como una patata del año pasado —respondió, a modo de venganza.

Era un juego conocido. Después del lanzamiento mutuo de ofensas, la situación siempre se destensaba. Esa noche cenaron los tres juntos y, al terminar el cochinillo, Salvador bajó a la taberna y regresó con una botella de tequila envuelta en papel de periódico. Se la encajaron a morro los dos hermanos en el patio de casa, hacía años que no bebían juntos, hablando y viendo cómo el sol se ponía azul oscuro, naranja, violeta y negro con los manchones de los pueblos a lo lejos, entre el embalse y las montañas. Flora se quejó de Albergaría, de los paisanos y de los turistas que no había, de los retornados como ella. De los suicidios, campesinos colgados de los alcornoques como racimos fermentando al calor. De la extrañeza en los ojos rasgados de los niños que miran sin saber cómo saludar, porque hasta allí nunca llega nadie. De los perros con cencerro que ladran a las estrellas fugaces. Del camino entre los campos de olivos, hecho de piedras, tierra, un trozo de tela, cuerda, una concha, cerámica, el hueso de una aceituna, ladrillo, ramas, el polvo de los antepasados, vuelves a casa con una civilización extinta metida en la suela de las botas.

Salva se hizo el ofendido y contraatacó con un reguero de comentarios crueles sobre cosas al azar que había visto en las pocas horas que estuvo en Calvos de Randín. Ella no quería hablar de ese espantoso lugar, así que se vio obligada a cerrarse la boca de un trago cada vez que se le abría sin ella quererlo, dispuesta a replicar. Como consecuencia, la lengua se le soltaba un poco más. Una masa de músculos con un resorte y ella no conoce el mecanismo. Acabó contándole muy por encima el encierro con el monstruo-cerdo, al principio creí que habías sido tú, aunque dejó fuera todos los detalles que sonaban lisérgicos o desquiciados, la voz y las deformaciones del camino. Del episodio del apartamento, las botas verdes, los zapatitos de charol, el contenido de las grabaciones de lengua muerta, no dijo nada.

—Te dije que no fueras a ese lugar. Son salvajes.

La cercanía se disipó. Flora no dijo nada más, las pocas veces que hablaban sobre los veranos en Galicia, Salvador levantaba muros en la conversación: primitivos, atrasados, tierra degenerada. Flora despreciaba sus simplismos de terrateniente privilegiado y acababan discutiendo. Por debajo de cada palabra, veía el poso de control que Salva había pretendido ejercer durante toda su edad adulta. Eres mi hermanita pequeña, tengo que protegerte, decía él, pero Flora detectaba las puntadas apretadas del rol de cabeza de familia que él se había empeñado en asumir.

A Salvador se le terminó el tabaco, muy oportuno, así que encontró una disculpa para irse a dormir. Desertor, le dijo ella. Ven mañana a los olivos, se despidió él, y entró en la casa. Quedaba todavía un tercio de botella y dos troncos recién echados a la *churrasqueira* sin chicha que calentaba la noche esparciendo su aroma de sahumerio.

Al extinguirse la conversación, Flora oyó un ruidito leve, de un animal minúsculo que escarbase junto a las encinas. Se acercó a los árboles, el sonido se hacía allí más evidente, venía de dentro de la tierra. Un eco de las sensaciones amplificadas que había vivido la noche del magosto. Esta vez está en un lugar seguro y las *wellies* verdes han quedado muy lejos. No va a huir.

Se agacha y posa un oído sobre el suelo. Escucha miles de patas que avanzan, abriendo túneles a través del humus, hacia la superficie del planeta. Siente las vibraciones en la oreja, un país entero asciende y a cada milímetro ganado a fuerza de mandíbula le sucede una explosión de chillidos de esfuerzo, dolor y gloria. Se incorpora y aparta una fina capa de polvo seco y suelto. De inmediato, se abrieron en la tierra montones de cráteres diminutos, unos pegados a otros, y en cada uno de ellos se asomaron dos antenas, y detrás una cabeza blanquecina con dos enormes ojos redondos y rojos.

Flora reconoce a las ninfas de la cigarra, que pasan cinco años debajo de la tierra y de pronto, un verano, despiertan todas a una y salen a conquistar el mundo. La primera vez que las oyó, aquel espantoso mes de julio en el que la familia se había establecido en Albergaría y la abuela los recibió con un plato de sopa que tenía una piedra grande dentro, Flora pensó en algo que había visto en Londres, pero que resultaba absurdo ahí: los ahuyentadores por sonido que se instalaban en algunos monumentos para que los pájaros de la ciudad, sobre todo las palomas, los gorriones y los mirlos, no aposentasen sus sucias plumas y sus nidos cargados de ácaros. Cuando descubrió que se trataba de insectos los miró con aborrecimiento y después se acostumbró a su presencia chillona uno de cada cinco estíos. Qué habrá sucedido en este lugar para que salgan ahora, rozando ya el invierno, qué las habrá despertado, cómo creen que van a sobrevivir en el frío y las heladas, es imposible, qué les pasa a estos bichos, quizás lo que buscan es morir.

Miles de ninfas emergen de la tierra, haciendo crujir sus mandíbulas con un tono que suena como una celebración, un aplauso, un jaleo colectivo. Avanzan trepando sobre las viejas encinas que delimitan el patio. Sentada en el suelo, Flora las ve subir despacio, en orden, siseando incansables, hasta que cubren todo el tronco y los árboles adquieren la consistencia de enormes cascarones de ojos fijos que contemplan la última noche del mundo que han conocido. Entonces, todo queda en silencio.

Gira la tierra y las estrellas parecen viajar a través de la madrugada, nada más se mueve en ese lugar remoto. Las ninfas emiten un calor que mitiga la helada de la noche: dentro de ellas borbotea algo nuevo. De pronto, se oye un quejido repetido en miles de ecos minúsculos. Un coro de chasquidos que resuena en todo el valle, como ramitas que se pisan, y el torso duro de los insectos se raja en dos partes: una cabeza negra de ojos llameantes, seguida de un cuerpo poderoso emerge de cada uno de ellos, un *teneral* doliente, todavía blando, triunfante. Salir de un caparazón gastado y dejarlo atrás para cambiar de vida, todo parece posible, es la primera vez que Flora sonríe desde hace tres o cuatro siglos, aquel entusiasmo que yo tenía, dónde me lo dejé, y promete que va a marcar esta fecha, 16 de noviembre, un hito en su historia, igual que la antigua funda de la cigarra queda ahí colgando, vacía, unida al tronco de la encina, una máscara hueca de piel como homenaje a la vida condenada, insignificante y subterránea y a la noche en que por fin reunió el valor para salir, aun sin alas, aun sin canto, cargando con su propia estatua petrificada sobre su nuevo cuerpo.

Cuando parten en dos su envase de ninfa y salen, las cigarras todavía no son capaces de volar. Flora ve los dos muñones amarillos e inertes pegados a los costados de cada una de ellas y ya no despega la mirada: durante dos horas, los insectos bombean hemolinfa hacia las alas, infundiéndoles calor y ánimo para que se expandan, muy lentamente, en busca del sol de la mañana, que las cicatrice. Hay un dolor, hay una duda de la voluntad que es similar, supone, al de las agujas que se le clavaron a ella en los miembros entumecidos. Los primeros rayos tiñen las alas de un fulgor naranja encendido que hace centellear los troncos de las encinas. Entonces, la marabunta de chicharras chilla al unísono como una sola boca enorme que se despierta por el hambre y el furor. El canto de llamada retumba en las montañas, lanzando oleadas de deseo al amanecer, llamaradas sobre la tierra roja, cantan para creer en la vida y para vencer a la muerte.

2
Fátima

Armindo preferiría que lo hubiesen llevado a ver un *camping*, que nunca ha visto uno. Sólo alcanzaba a imaginarlos cuando rememoraba las historias que le narraban sus padres, cuentos sobre caravanas de mercaderes que se perdían en la estepa hasta que después de dos mil años un explorador las tomaba por las ruinas de una antigua ciudad abandonada, y luego descubriría a los hombres, petrificados por algún maleficio, un golpe de viento los deshacía en polvo. Relatos de beduinos nómadas, de gitanos, de mercheros, de circos ambulantes poblados por engendros, seres libres como él, sólo que en lugar de ese vínculo sagrado que Armindo mantenía con su cumbre, ellos debían lealtad a las ruedas de sus carromatos. Sea al diablo, sea al señor, siempre tendrás que servir a alguien. También había cuentos terribles de gente que pasaba sin ser vista, como el nordés, y se llevaba a las crías del ganado, a los cachorritos, a los bebés. Así le había sucedido a aquella pobre niña de Sobrado do Bispo que desapareció una mañana y luego la encontraron muerta en la montaña, sin un brazo, sin una pierna, sin una gota de sangre, que se la habían exprimido toda para curarle a un ricachón la tisis. En todas esas historias estaban las claves para interpretar el mundo.

Sus padres nunca quisieron que aprendiese a leer, tampoco ellos sabían, aunque todos los libros, hojas sueltas, pliegos cosidos que le habían entregado pasaban de una generación a otra y su cometido era protegerlos con devoción hacia esos cordones de tinta que se encadenaban hipnóticos página tras página. No era necesario que comprendiese para qué servían los objetos que sus padres y sus abuelos y todos los de antes fueron depositando en la cueva, ni cómo funcionaban. Podían mirarlos, tocarlos, tenían que reverenciarlos, pero no debían entenderlos, igual que un aljibe no tiene que entender la lluvia para cumplir con su cometido.

Cuando lo obligaron a ingresar en la residencia y empezó a ver la televisión en las tardes eternas de la sala común, para no tener que hablar con los demás, supo que la realidad de los *campings* no se parecía en nada a lo que él creía. Encontró piscinas resbalosas, niños gritando, karaoke por las noches, ¡colas para mear! Al principio se enfadó, después lo aceptó. Ojalá sus articulaciones estuviesen hechas de la misma pasta que su capacidad de aceptación, puesta a prueba y estirada sin dislocarse cada día en los dos últimos meses. Nunca, en toda su vida, ha estado tan lejos como ahora de sus cosas, de su cueva, y eso le inquieta. No acaba de confiar en ese asistente social, Senén Ventura, cuyo trabajo es husmear en las vidas y en las telarañas de la gente.

Cuando subió al bus esta maána, la angustia no le dejaba respirar y creyó que moriría, por fin, antes de alcanzar la frontera. Pero entonces sucede lo inesperado, cuanto más se aleja de Verín, de Cualedro, de la Pena da Muller, más ligero y despreocupado se siente, menos le pesa la maleta verde que ha dejado atrás.

—¿Cómo estarán mis tesoritos secretos? —pregunta a la chica.

—Luego le decimos a Ventu que nos mande una foto. —Tamara lleva dos semanas como técnica de animación sociocultural en la residencia, y eso a Armindo le alegra. Ella es la única persona que consigue empujar su silla de ruedas al ritmo constante, lento y firme que necesita para identificar las cosas que suceden a su alrededor y entenderlas, sin que le dé tiempo a hartarse de tanto verlas.

El bus frena levantando una polvareda en el descampado de Fátima, que es al mismo tiempo *parking* y pícnic, familias haciendo guardia en las mesas desde las seis de la mañana para comer un plato de ensaladilla en el escenario de la operación tormenta del desierto. Las monjas bajan a la gente, pasan lista, botella de agua, cada uno con su visera, prohibido quitársela. Y los de cada color, juntitos. El que quiera ir al baño, que lo diga ahora, que cuando empiece la misa no se mueve nadie.

—¿Quieres ver el árbol donde apareció la Virgen? La gente lo reverenciaba tanto que fueron llevándose ramitas y se secó. Lo mataron de amor. Este que hay ahora no es el verdadero. —Tamara se toma muy en serio su tarea de atender a Armindo. En esta excursión tiene siete ancianos a su cuidado, pero es el viejo ermitaño el que más depende de ella, el único que no puede andar por sí mismo. Además, ella lo encontró aquel día deambulando por la carretera, lo salvó, probablemente, de morir bajo las ruedas de un camión. Es más duro que la cara de un director de sucursal bancaria en un pueblo de emigrantes retornados, pero sabe que puede ablandarlo, sólo es necesario darle cariño y protegerlo para que se sienta seguro.

—Más verdadero que la Virgen es —gruñe Armindo, con un deje de retranca.

—Pues vamos a echar las ofrendas al fuego.

Tamara ha comprado exvotos de cera para quemarlos, con un deseo de buena salud, en las grandes parrillas que llamean junto a la capilla de las Apariciones. Es una estafa. Se funden y los vuelven a hacer, pensaba Armindo. Lo que cuenta es el humo. La cera se queda, pero el humo sube hasta al cielo, le explica ella.

—Entonces, tráeme uno para la próstata.

Tamara se pone roja desde las mejillas hasta los lunares de la espalda, pero lo busca. En la tienda del santuario hay dos pasillos enteros dedicados a las figuritas de cera, clasificados en cestas según la parte del cuerpo que representan: riñones, ojos, manos derecha e izquierda, piernas, tripas, vejigas, pies, pechos, gargantas, hígados y hasta orejas, pero eso no lo encuentra. Ni órganos sexuales ni corazones. Pues vaya vida nos espera si nos falta lo más importante, piensa, aunque tampoco hay exvotos para el alma, será que esas penas no hay dios que te las quite. Así que compra para Armindo un muñeco de cuerpo entero, que ya le cubriría todos los males conocidos y los que tenga por detectar.

—Vete tú a asar a los santitos y déjame a la sombra —le dice Armindo.

Está nervioso y fascinado. En su vida ha visto tanta gente junta, la explanada inmensa plagada de penitentes que se arrastran por el suelo con rodilleras puestas, vaya mierda de promesa, piensa. Entre tantas demostraciones —billetes, congoja, rosarios, lágrimas— él se siente un profeta. RIP Grandpa Pat Jack en las camisetas de una familia de americanos con siete niñas de trenzas rubias. Honrar la memoria, setenta y tantos años viviendo en una cueva, en silencio, sosteniendo la misión de la familia, la que le enseñó su madre, que nunca aprendió a leer o escribir, que su voz sonaba como la de una alondra de la pradera, pero su corazón era como un océano, de tan misterioso y oscuro. Siendo muy pequeño, ella lo condujo a la grieta, esa parte de la casa donde nunca le había permitido entrar y que él, con sus maneras simples, había respetado sin plantearse alternativas. Qué *guiadiño* es, decía su madre. Encendió un velón y la llama iluminó un palacio de bronce, hecho de todas las cosas humildes que alguna vez han existido, la madera, la tela, la piedra y el metal, que entonces plástico no había. Escoge tres, para que te acompañen siempre, le dijo. Y lo dejó ahí, revolviendo entre las capas y capas de materiales prensados, bajando hacia lo antiguo. Sacó una maletita de piel, sacó mecheros, botellas rotas, sacó un zueco de nogal, pasaron dos y tres días y seguía sacando, sacó una lámpara de aceite, sacó un plato de peltre, sacó una cuerna tallada, sacó un sello dorado grabado con la imagen de una dama que sostenía un halcón, su madre regresó y se lo encontró llorando, escarbando frenético, removiendo los estratos, sacó una larga trenza de pelo rojo, sacó una vértebra doble, engastada en plata y piedras, dentro de una urna de cristal, sacó un perfumero de vidrio azulado con grandes burbujas lleno de aceite fragante como el bosque tras la lluvia, sacó una insignia militar con una estrella roja, no podía elegir, no podía parar de buscar. Eres carne de buen custodio, le dijo su madre, ninguna cosa vale más que la otra, ninguna cosa es mejor que la otra. Todas son reliquias sagradas, guárdalas como si cupiesen en tu mano y no dejes de recolectar, porque el mundo está lleno de tesoros que la gente ha perdido, o que ha olvidado. Y él dijo sí. Nada más que sí. Fe es no preguntar y cumplir. Fe es dar sin pedir. Nada de lo que veo aquí es fe.

«*Chamas ardentes nas horas sombrias e inquietas, rogai por nós. Candeias que deus acendeu, rogai por nós*».

Y a pesar de su fe, hay un objeto al que ama más que a ningún otro, sin ningún motivo más que porque le parece hermoso. Un pliego de papeles viejos, escritos a mano, con grandes dibujos, que encontró hace mucho tiempo, todavía era un chaval, olvidado en un caserón en ruinas, bajo la nieve de las cumbres del Xurés.

La silla empieza a moverse, muy despacio.

—Ya era hora, llévame al baño, nena, que me meo en suelo santo.

La silla acelera. Describe un giro brusco para introducirse entre la capilla de las Apariciones y la *azinheira* grande, asciende con brío la rampa hacia los árboles que bordean la explanada y se interna en los jardines. Lejos de los baños, lejos de los santos, lejos de la muchedumbre.

—Que me meo, nena, a dónde vas.

—Armindo Custodio, ¿por qué no usas tu segundo nombre? —suena a su espalda una voz agria, incisiva, que quiere hacerle llorar.

Esa no es la voz de Tamariña.

3

Albergaría dos Fusos, Portugal

—No tienes nada, qué maniática eres.

Salvador le mira el interior de un oído alumbrándolo con la linterna del móvil. Desde aquel amanecer en el que eclosionaron las cigarras y empezaron a cantar, Flora nota un aleteo sobre los tímpanos, como cuando se lanzaba en bomba a la alberca de atrás y le entraba agua, después se pasaba días dando saltos y haciendo ventosa con la palma de mano en la oreja, pero eso no se iba hasta que alguna otra fuerza secreta tomaba la iniciativa. Está convencida de que un insecto entró en su canal auditivo y se ha quedado allí atrapado, enloqueciendo de hambre y oscuridad. Nunca está quieto.

—Pero ¿no lo oyes?

—Eso está en tu cabeza, Flora.

Y se da cuenta de que lo que dice Salvador puede ser cierto, que el ruido de las cigarras tal vez esté dentro de su cabeza, no en el oído. Sale al umbral para asegurarse de que no procede de la marabunta que días antes se posó en las encinas del patio. El zumbido que nunca cesa se vuelve más intenso al asomarse Flora a la puerta de atrás, entonces está fuera, piensa, pero ya no quedan bichos sobre los troncos. Se han ido, o se han muerto de frío, o quizás sólo se han movido un poco más abajo, saltando de árbol en árbol.

Camina hacia la carretera. A los dos metros, el ruido evoluciona en una vibración, insectos sacudiéndose dentro de su cráneo, buscando un escape. Un poco más allá, al tomar la carretera hacia la iglesia, se hace insoportable. Percibe las variaciones, según se aleja bordeando la ringlera de viviendas blancas, terreras, vacías la mayoría de ellas en ese pueblo desierto, el cricrí se va transformando. Ahora suena como el canto de alarma que emiten las cigarras si se ven presas, sin salida posible. Cuando alcanza la plaza ya es un coro de aguijones que rasgan la realidad y abren una imagen ante ella, partida en fogonazos: una vieja casona de portón verde, hecha de grandes piedras de cantería, completamente sumergida en un agua quieta, entre animales muertos y objetos suspendidos en el líquido espeso y opaco. Hay malignidad, dolor, muerte, olor a ciénaga, las bacterias aguardan por siglos a que caiga la carne muerta. Hay ecos de esos sonidos extraños que se escuchan a veces bajo el agua, cuando nada debiera oírse. Flora siente repugnancia y también desea con ansia abrir el portón de madera verde y entrar en esa casa, buscar un hueco resguardado en el que echarse y dormir. No hay descanso desde que el aleteo está en su cabeza.

Extiende su brazo y lo ve ante ella, la mano entre el agua, a punto de alcanzar el tirador de hierro, reticulada de destellos que la opacidad tamiza. Mira sus pies, los ve hundidos en un fango del que emanan minúsculas burbujas, algo que respira allá abajo. El agua comienza a moverse, lo percibe en la forma en que las ondas acarician sus ojos abiertos, en el mecer de su pelo. Algo se acerca.

Trata de desenterrarse del lodo, escarba, se sacude, consigue desplazar las piernas, pesan como si tuviesen más músculo que grasa, eso que siempre ha deseado. Se vuelve, dándole la espalda a la casa hundida y avanza entre el fango. Soy estúpida, tengo que nadar, se impulsa hacia adelante proyectando los brazos, un chillido punzante corta sus oídos. El ruido inesperado de todo su cuerpo cayendo plano contra la grava y el asfalto, delante de su casa. Sólo cuando entra y cierra tras de sí la puerta, el zumbido de las chicharras vuelve a ser nada más que un zumbido.

—Salvador, tienes razón. Están en mi cabeza, creo que son insectos, aleteando dentro del cerebro. Necesito que me ayudes a matarlos, porque sacarlos no vamos a poder. Al menos que se queden quietos —le dijo cuando él se la encontró delante del espejo, con el pelo recogido, la cabeza inclinada, un cono de papel metido en la oreja y en la mano el bote de concentrado de etofenprox potenciado con butóxido de piperonilo que empleaba para las plagas de prays.

Le dio un tortazo de fogueo y ella se lo devolvió de verdad. No se hablaron en tres días, pero Flora sabía que él la vigilaba y le escuchó desde su cama a través de la ventana. Salvador está en el patio, da vueltas al pie de la alberca, fuma un pitillo al anochecer. Habla por teléfono. Ya sabes cómo es. Siempre fue muy aprensiva, muy exagerada, muy obsesiva. Algo tendremos que hacer. Va a acabar haciéndose daño. Su voz se funde con el coro de grillos mansos que suena fuera, en la noche, lejos de las cigarras de su cabeza.

Flora empieza a pensar en irse de Albergaría. Nadie la ayuda, conspiran contra ella, no la quieren allí, pretenden llevarla a algún lugar horrible, quizás encerrarla. Algo tendremos que hacer, algo que están tramando, algo para librarse de ella por las malas, por qué no se lo dicen simplemente, vete, por qué siempre con secretos y ocultaciones, son ellos los que la obligan a obsesionarse, a mirar cada milímetro que recorre, a tocar sin marcar huellas, porque sus ojos la siguen todo el tiempo. Registran, juzgan, aprietan los labios, cruzan miradas, agitan la cabeza. No la dejan sola más que una hora, de doce a una, los sábados. Salva tomando vermú con sus amigos de toda la vida, Margarida en clase de gimnasia de mantenimiento en el centro cívico. Flora esperó durante días ese momento, preparó una mochila con las cosas imprescindibles y llamó a un taxi.

Al atravesar el umbral estallan cristales contra su cráneo. Pone los pies en la calle y regresan las visiones, tan nítidas que se tocan, borrando el mundo conocido: esta vez, la puerta verde está a su espalda. Flora se ve dentro del palacio de piedra, y ante ella se extiende un pasillo largo y amplio. Sorprendentemente, la casa hundida no está inundada, aunque todas las superficies muestran una textura de esponja viva, esponja de Tombuctú, piensa Flora, como si llevasen una larga temporada empapándose, creciendo, estrechándose: desde el techo hacia las paredes se escurren grandes manchas negras de humedad, rebosan y gotean sin emitir el sonido que debieran, un reloj por el que el tiempo no debe pasar. Toca el muro y su mano se hunde en un tapiz de musgo, hongos, líquenes, quizás algas.

Flora siente que se agota venciendo la resistencia de un aire que parece líquido en cada paso que logra concluir, marcando una huella acuosa y honda en la alfombra granate. El pasillo está oscuro, pero el papel de las paredes, hecho jirones, rezuma un verdín de fosforescencias leves, un brillo desalentado que transmite más pena que luz. Caminar dentro de esa casa es como avanzar a pie en el fondo del mar, y al hacerlo, Flora toma la consistencia de una polilla gorda y embotada que ha caído en un estanque abandonado, con las alas mojadas, pegadas al cuerpo, se asfixia. Sigue adelante, un resplandor tenue la llama desde el fondo, al borde de una escalera de piedra que desciende hacia un sótano. Asomada desde el primer peldaño, intuye una habitación llena de muebles extraños, bultos amorfos sin función clara. De ahí abajo procede un tufo desconocido, así es como huelen los cadáveres de los ahogados, no lo pensó, apareció en su mente. Achicando los ojos percibe movimiento en las formas que pueblan la estancia. No son muebles, Flora. Son personas, encogidas en el suelo, se balancean como algas ancladas a las rocas, que se mecen al paso de las olas. Vete de aquí, ven a vernos, lárgate, baja, ven aquí.

Saldría corriendo si no fuese tan torpe, si no hubiese caído ya, queriendo escapar, si la alfombra púrpura no la estuviese atrapando, empapada y profunda, una garganta mullida que añade gravedad a ese cuerpo suyo. Déjate ir, es más fácil, sumérgete, arrójate por la escalera, ven a ver los rostros oscuros. Cómo te liberaste la otra vez, lo hiciste a golpes, tuviste que nadar. Flora levanta un brazo y lo proyecta, clava las uñas en la alfombra, alza la otra mano, se arrastra apenas un palmo hacia la puerta verde, se hunde en los mares púrpuras, nadie me va a sacar de aquí. Logra deslizar los dedos y agarrarse al tejido con el dolor y el esfuerzo que le costaría ascender por una pared vertical, a ella, que no ha hecho jamás, que recuerde, nada con una inclinación mayor de diez grados.

Vete ahora, ven a vernos, lárgate, baja al sótano, ven aquí.

Vomitó un chorro de agua blanquecina. El taxista la había llevado dentro de casa, al sofá, y le estaba poniendo un trapo mojado en el cogote. Señora, se quedó parada, con la vista fija. Se encuentra mejor, quiere que la lleve al centro médico. Flora se mira las uñas. Rotas, astilladas, sangrando, todavía conservan hebras de color púrpura enganchadas en las aristas. No puedo irme de aquí.

Quien nunca ha estado atrapado no puede hablar de brujería. Ni siquiera puede entenderla. Ahora Flora lo ve claro. Ahora comprende. En sus investigaciones, todo el trabajo de campo que la llevó a recorrer arrabales, megalópolis, comunidades aisladas, había descrito apenas la cáscara, como una dibujante que captase todos los detalles de la concha de un mejillón, sin comprender el sistema biológico que protege dentro de sí. Dejarse afectar nunca había sido una opción. Hace muchos años, analizando la organización política enhebrada en los sistemas de creencias de Ilhéus, sus compañeros brasileños habían llegado a un punto muerto: sabían que algo no se les mostraba, y sin ese algo no podrían explicar el todo. Decidieron dar un paso más allá del método científico para comprender la experiencia de la comunidad. Se metieron en el candomblé. No desde la observación. Como partícipes, sin juicio, con audacia, dialogando dentro de las vivencias sobrenaturales de gente que, en la ortodoxia antropológica, debía ser estrictamente el objeto de estudio.

Fue en una habitación con cortinas brillantes. Un mareo de velas, humo y lamentos que son canciones. Un altar con flores, ofrendas de grano y fruta. Las personas que asistían al ritual vestían de blanco, excepto Flora, que se diferenciaba con su uniforme de observadora: vaqueros y camiseta negra. Sus compañeros se mezclaron con los iniciados y todos empezaron a moverse, con sincronía exacta, a un ritmo idéntico. A un ritmo que no seguía la cadencia de la percusión, sino de alguna otra música que Flora no era capaz de percibir. Escuchábamos los tambores de los muertos retumbando junto a los de los vivos, le dijeron después. ¿Y quién los tocaba? Personas que no pertenecen a este mundo. Por supuesto, en los vídeos que grabaron no se oyen esos tambores de muertos, pero al verlos es evidente que todos, menos ella, bailan al mismo compás, el de un sonido que no quedó registrado. Sus compañeros giraban sobre sí mismos, entraron en trance. Habían aceptado dejarse afectar por el candomblé y este les regalaba un conocimiento nuevo. Les reveló una capa de realidad que no quiere dejarse ver. Para Flora, ese trance no era más que vértigo postural paroxístico: el resultado del desplazamiento de los diminutos cristales del oído interno, motivado por los movimientos bruscos de la danza ritual. Desequilibrio, mareo, deformación de la información visual, pérdida de noción de la realidad. Flora menospreciaba el experimento, pero envidiaba la conexión que ellos habían alcanzado: una flama en los ojos, una efervescencia en la piel, el *orixá* vibrando en la punta de la lengua. De ahí salía un trabajo impecable, concreto y profundo. A eso lo llamaban *ser afetado* por el ritual.

Ella observa lo real, el hecho, el acto y el comportamiento. Así lo ha hecho siempre. Así lo hizo con el misterio de los Fontes, y de alguna manera inverosímil ha dejado entrar a la brujería. ¿Brujería?, pregunta quién acusa a quién, cómo se extienden las denuncias siguiendo patrones familiares y lo que eso nos cuenta sobre las jerarquías, las élites, la marginación. Eso es lo objetivo. Eso es en lo que Flora lleva creyendo toda la vida. Pero ahora, acaba de entrar en el otro lado y escucha los tambores de los muertos. No tiene ni idea de cómo se sale de ahí, pero ve su situación con más claridad. Se ha acercado demasiado a algo que no puede ser desvelado, que ni siquiera debe ser nombrado, y ya no van a permitir que se vaya de Albergaría. Cuando intenta atravesar la puerta, aparece dentro de la casa hundida, y cada vez es más difícil regresar. Y dónde están esas personas y quiénes son, qué encontraré si bajo al sótano, tengo que verlo, la próxima vez no voy a lograr salir.

Estoy atrapada, dijo a Salva y a Margarida mientras cenaban los tres en la cocina. Sabía que si contaba lo que le ocurría, iba a acrecentar la vigilancia, la amenaza, algo tendremos que hacer. Que lo hagan, que hagan algo, que consigan sacarme de aquí, aunque me encierren. Se levantó y el zumbido comenzó a hacerse más intenso y violento ya en ese momento.

Esta vez, las imágenes llegan de golpe, como una cuchillada en su mente, apenas al tocar el pomo de la puerta. Llevadme adentro, dice y ya no escucha su voz. Se encuentra de nuevo dentro de la casa hundida, al borde de la escalera. Mete la mano en el bolsillo, ahí está la linterna que cogió hace unos minutos, antes de sentarse a la mesa, en el armario de las herramientas. La enciende y la agita en el aire opaco. Abajo, las criaturas no reaccionan a la luz. Alumbra las cabezas, encogidas como si soportasen el peso de todo el edificio. Su balanceo, ahora lo ve, no es sincrónico. Desorden de hierbas al viento, no mecer de anémonas en el mar. Comienza a bajar los peldaños muy despacio, plantando los pies a plomo, como ha visto hacer tantas veces a los *mudlarks* del Támesis para sobrevivir al verdín sobre la piedra.

Al cabo de la escalera tiene la imagen completa del sótano. Grande, húmedo, la bóveda elevada, el suelo cubierto de barro, el agua corriendo por las paredes de piedra, el olor a cloaca. Treinta o cuarenta personas se amontonan desordenadamente, unas sentadas con la cabeza entre las rodillas, otras echadas de lado, silenciosas como caracoles, empapadas, el moho negro creciendo en su ropa. Su mecer rítmico le parece ahora un movimiento embotado y torpe. Flora se acerca a una mujer que apoya la espalda en la pared. Alumbra sus zapatos de punta abierta, por la que asoman unos pulgares gruesos, de uña larga y curvada, con el extremo pintado de color fucsia. Tiene las piernas moradas y demasiado anchas, con la textura de los grumos de harina, adornadas con encajes de líquenes o quizás arañas vasculares. Las costuras de su falda azul han reventado y dejan ver una combinación desvaída. Desde arriba, ve los brazos embutidos en una chaqueta de punto, sus manos hinchadas de venas oscuras que se aferran a un pequeño bolso de piel moteado con sedimentos blanquecinos, su coronilla calva y el cabello, liso y blanco hasta los hombros, teñido de negro y ondulado después hasta rozarle los codos.

Nada cambia en su cara de pez globo. La nariz queda hundida entre unos mofletes anormales, demasiado inflados. Tendrá quizás sesenta años, las arrugas se le han estirado, la piel tan tirante que podría rasgarse al toque, como reventaron los capilares, derramando sangre por las mejillas. El cuello ha desaparecido bajo una papada de bocio, y alrededor se le clava una cadenita de oro con una medalla de alguna virgen. Flora le habla, le toca el hombro con la linterna, le apunta con la luz en los ojos cerrados, tan abultados debajo de los párpados quietos. La boca abierta, el labio inferior colgando, da la impresión de haber quedado suspendida justo antes de un grito. Sólo la respiración y el balanceo demuestran que esa mujer sigue siendo un ser vivo.

«*Durmidiños estarán*», recuerda las palabras que sonaban en la cinta de los Fontes.

Por qué Salva no la trae de vuelta a casa, o es que esta vez ha llegado tan lejos que ya nunca podrá regresar. Flora rastrea la estancia con la mirada, no quiere adentrarse más, los pies se hunden, el aire se acaba. Al fondo, contra la pared de una esquina lúgubre, llama su atención una cabeza delicada de mujer con el cabello rapado, las manos tapando el rostro, las uñas destrozadas como una enterrada viva que hubiese arañado la tapa de su ataúd. Un enjambre de manchas le cubre el antebrazo, quizás moho, quizás un tatuaje. ¿Antía?, grita Flora, y sólo le responde su propio eco. La chica del bar llevaba mariposas desde los dedos hasta el codo, pero tenía una melena larga y negra.

Avanza unos pasos esquivando los cuerpos amodorrados a su alrededor, procura no mirarlos, pero aun sin quererlo choca con los rostros hinchados, los ojos ciegos, las bocas de grito callado. El aire sulfurado le raspa las fosas nasales. Una mano se clava en su pierna. Un hombre diferente a todos los que ha encontrado en la casa hundida la observa, desde abajo, y ella ve algo dentro de sus pupilas, ve la vibración de la vida en la naturalidad de sus arrugas, en la forma en que su pelo largo deshilacha sus dos trenzas amarillentas. Despierto, está percibiendo su presencia. ¿Dónde estamos?, pregunta Flora. Los labios del hombre se mueven, ella se agacha para poder escuchar su voz.

—*Isto é Viladormen*.

Flora se incorpora, observa a su alrededor, ilumina a la chica rapada. Ahora puede verla, mariposas en las manos, garras rotas en las uñas, la joven levanta la cabeza y muestra su rostro amoratado en el que dos labios quietos se abren a las tinieblas, los párpados inflamados y fijos. Es Antía. Flora ve como ese rostro reacciona a cosas que no se captan con los ojos, cosas que están allí delante y que son pavorosas y que ella no es capaz de ver. Cerca, junto a su oído, nota el golpe de un aliento, como cuando alguien sopla, para apagarla, una vela. Y la luz de su linterna se extingue, dejando un olor a cera derretida.

4

Albergaría dos Fusos, Portugal

Así funciona esto: no quieren que salga de la casa de mi madre. Si lo hago, terminaré atrapada en ese sótano, en ese pazo, debajo del agua, en Viladormen. Esta vez, le había costado días regresar, y ni siquiera sabía cómo había vuelto. Flora, abriste la puerta, te quedaste parada en el umbral y yo hice lo que me dijiste, tiré de ti para dentro, ¿no te acuerdas? Y te encerraste en tu habitación. Por la mañana quise llevarte al médico, pero no me lo permitiste. Te pusiste muy sentimental, que lamentabas mucho haberte alejado tantas veces, que a partir de ahora vas a estar siempre con nosotros, siempre aquí. Flora no entiende cómo pudo decir eso ella, que no lo piensa. Salva le contó que tenía los pies llenos de barro, estuve descalza en el patio, me explicaste, y Flora sabe que tampoco pudo decir eso ella, y la sed de aquellos días en Calvos de Randín le vuelve a golpes, una sed de todo el cuerpo, que al ver sobre la mesa de la cocina una olla grande donde se remojaban los *feijões*, se asomó como se asomaría a un lago negro sobre un fondo de guijarros y bebió de eso de la misma forma en que bebe un perro, un animal, tuvo suerte de que nadie la vio. Salva cree que tiene agorafobia, dice que algo le ha hecho esa gente bruta, y que ahora el exterior, con sus posibilidades imprevistas y sus encuentros, le produce pánico. Eso cree y algo trama.

Flora encontró un mensaje de Luiz: lo había enviado durante esos días del olvido y ella ni lo había abierto. «Esto está interesantísimo —decía—, te prometo que las próximas llegan antes. Aún me quedan unas cuantas, pero puedes ir enviando más». En adjunto iba el archivo «Froilana_balura.mp3».

«Esto a mí me lo contaron labios que antes fueron oídos de otros labios, y así hasta muy atrás. Esta historia nos la contamos las amañadas, por saber cómo cuidarnos, que Froilana Touza, que le decían la Balura, natural de Triabá, en tierras de Lugo, que vivía en los alrededores de la

Vila de Ormen entre las tierras de Randín y Xironda, pagos del señorío de Támega, fuera acusada de *ponzoñera* y de provocar enfermedades y la muerte de muchos vecinos. La cerraron en una celda y todos los días tres hombres la interrogaban: siendo partera, ¿sueles matar a las criaturas en los vientres de sus madres o has ayudado a parir para matarlas, rompiéndoles la matriz o las parias de suerte que hayan finado por lo que tú les hiciste, o por haberles sobado el vientre?

»¿Has hecho alguna cosa, cuando ayudas a parir, de manera que por ello mataras a la criatura o a la madre, porque te lo rogaron y pidieron otras personas?

»¿Has escupido en la sangre que cae en el suelo durante el parto, entre las piernas de la mujer, o has dado palos a la placenta luego de expulsada, para echar mal de ojo a la criatura que en ella tuvo lecho?

»¿Has dado bebedizos y ponzoñas a alguna mujer preñada, o la has aporreado para que malpara? ¿La has persuadido para que muera la criatura?

»¿Has aconsejado a la mujer preñada que cuando esté en el parto se siente sobre la criatura para que luego muera, o tú misma, al tiempo de nacer, le has apretado la boca y las narices para que se ahogue?

»Así le preguntaban, y Froilana, la Balura, respondía que jamás su escaso entendimiento pudiera siquiera imaginar tales pecados. Yo no soy más que una labradora, decía. Una pobre mujer rústica, y si es verdad que ayudo a mis vecinas a alumbrar, es porque me lo enseñó mi madre, y a ella su abuela, por el bien de los chiquillos.

»¿No te han muerto a ti misma nueve criaturas? ¿Has tomado para ello algún bebedizo, o comido algo, o has cargado alguna cosa de demasiado peso, o trabajado demasiadamente, o *luxuriado*, o te has apretado fuerte el vientre, o te has dado golpes en las caderas por mover o matar a las criaturas que traías dentro, o te has sangrado a ti misma con cuchillas o con *sambesugas*, todo por hacerte malparir?

»¿Has muerto a tus hijos por encubrir tu maldad o porque no lo sepa tu padre o madre, tu marido, el cura o cualquier otra persona a quien tengas miedo?

»¿Has ahogado a las criaturas en la cama, echándote encima o apretándolas con el pecho o con la ropa?

»¿Eran bautizadas cuando las mataste o asfixiaste a las criaturas cuando las parías, a sabiendas, o las estrangulaste luego en naciendo?

¿Has pisoteado tus propias parias con el pie siniestro descalzo, antes de enterrarlas en madriguera de raposa?

»Cómo cambia la vida, Froilana, sin tú tocarla, sin tú hacerle nada, pensaba la pobre desde el garlito. Serían las envidias, que desde que había bautizado a Teodora Dorotea en la cumbre del monte, la fortuna entró por la puerta de su casa y se arrastró por el suelo, miserable, ofreciéndosele como sirvienta. Aunque después el cura no le quiso confirmar aquel bautismo, ya no le importó. El engendro, esta vez, no venía de la ira, sino de la gloria de Dios, que algunas veces también puede ser causa de los monstruos.

Sucia, despojada, presa nadie sabe dónde, Froilana aguardaba un milagro de la criatura que derrumbase esas paredes. Cierto que algunas veces se le murió algún *cativo*, como a todas, que errando al calcular el momento de la preñez los hizo salir antes de tiempo, dando de tomar a la madre cornezuelo del centeno. Que hubo un tiempo en el que metía en la hendedura pesarios de infusión de ruda para deshacerles los entuertos a algunas amigas, a algunas gabasas. Se arrepentía, por ello ya había recibido su castigo negándole a ella su propia descendencia, y finalmente obtuvo recompensa por su piedad. Pero no gargantearía nunca, como ninguna de nosotras debemos confesar. Soportaremos azotes, cuerdas, tablillas, podemos extraernos del dolor. Froilana llevaba en su cuerpo, *enguedelladas* en el vello del pubis, unas bolitas de pasta que ella misma hiciera, rasgando de un tajo el bulbo de las adormideras, esperando hasta el atardecer las gotas de jugo blanco, que tornaron marrones al moldearlas con sus dedos. Aguantaría cualquier jarope, y si tuviese que rogar, antes que rezar a Dios rezará a su *santiña, filla da Xabarila*.

»Cuando esto sucedió, hacía siete años que la criatura había hecho manar leche de la piedra y ese había sido sólo el más humilde de sus milagros, pero también el más grande, pues fue el que le salvó la vida. Todos los días, siendo bebé, Froilana la subía a la Pena da Xabarila y la niña, *las niñas*, mamaban directamente de las tetas de granito, que rezumaban únicamente para ella: nadie más, ninguna bestia, crío u hombre posaba sus labios sobre el líquido derramado en las cazoletas desde que vieron a un gatito pardo acercarse, delgado como el estambre del jazmín, y en el mismo momento en el que su morro tocó la leche, la lengua se le cayó de entre los dientes y salió reptando, una lombriz gorda y rosa, y se la comió de un bocado un sapo que pasaba. Al sapo se le hinchó la barriga y, esto nadie lo vio, pero todos lo recordaban, reventó lanzando pequeñas larvas que escarbaron la tierra y enseguida se metieron muy adentro hacia las entrañas de la oscuridad: de cada hueco que cavaron salió tiempo después una hermosa flor roja, parecida a la azucena, con un solo tallo y dos corolas por cabezas.

»Froilana agarró por el cogote el gatito, con el morro echando sangre a chorros, y lo echó detrás de unas rocas. *O leite santo é só pra a santiña*, sentenció, y los demás callaron.

»Nada más sucedió en mucho tiempo.

»Teodora creció. Dorotea se quedó pasmada con sus rasgos de larva de *escornabois*. Sus brazos cortos, sus manitas encrespadas, su cabeza oscura salían directamente de la barriga de su hermana, como un ramillete en un colmo de pliegues y rugosidades, las miradas de ambas siempre encontrándose. Froilana la envolvía con paños contra el pecho de Teodora, para que pudiese caminar como si portase en brazos una criatura. A veces bajaban en la mula a la feria de Montalegre y Froilana adiestraba a Teodora: si te preguntan qué llevas ahí dentro, di que es un perrito que tienes enfermo, y a nadie se lo permitas ver. Dorotea iba enfajada, aprisionada. No hablaba. No masticaba, apenas chupaba trocitos blandos de queso, yema de huevo, fruta madura. Respiraba, resoplaba, gruñía, babeaba, a veces incluso se diría que reía. Sus ojos hinchados nunca se cerraban. Cuando las hermanas conectaban sus miradas, movían los labios y murmuraban muy bajito. Froilana estaba segura de que se hablaban, aunque Teodora siempre lo negaba. A los tres años, ya tenía secretos.

»Yo sé que quería jugar, que Froilana la dejase salir a la puerta, como salían en cuanto podían gatear todos los niños de la aldea, por qué iba a tener que saber ella que la canción que se colaba por los huecos de la casa, la monstrua, la monstrua, no era una oración para alejar las garras de la Mariamanta, la de los dientes verdes, por qué tendría que decirle que los golpes que sonaban en el tejado no eran pajaritos aleteando, que eran las piedras que sus vecinos les arrojaban.

»Habría cumplido ya los cuatro cuando le entró la gracia.

»Ese día, como cada día, a la puerta pasó Tomasa. Siempre traía un huevo hervido, partido en dos mitades, una para cada una. Dame, le dijo la criatura. A Tomasa se le caían las lágrimas hasta el suelo, ya no tengo, ya no tengo, anoche me entró el raposo en el corral y me mató a las gallinas. Se comió dos enteras, todos los pollitos, y la otra me la dejó *abiertiña*, destripada toda. Dame huevos, dijo la criatura, llorando. Eran tan pobres. El milagro de la leche se había secado hace mucho. Cuando tenían hambre, Teodora comía tierra, cáscaras, las barrigas gordas de los *escornabois*. La pasmada se mordía los dedos y hasta una vez la vieron que hincaba sus dientes enanos, que nunca le acabaron de salir, en el pecho a Teodora. Ay, *neniña*, si yo pudiera, dijo Tomasa. Y le acarició el pelo y se marchó mareada, que iba chocando las zocas por el camino.

Por la tarde regresó como una yegua al galope, Froilana, Froilana, venía con el delantal manchado de sangre y al pie de las niñas puso una cesta llena de huevos blancos, algunos pecosos, grandes como puños de cantero. En la faltriquera traía dos *pitiños amarelos*, toma, Teodora, toma, Dorotea, son vuestros, dijo. Que al llegar a casa escuché cacarear, dijo, y me encuentro el corral lleno de *polas*, *poliñas* blancas, no como las mías, que eran de color león. Unas montadas encima de otras, las tuve que apartar con la escoba. Y ahí estaba la raposa, tirada. Muerta, fría, estripada entera. Fueron las gallinas. Cogieron a la raposa, me la trajeron y picando, picando le abrieron la barriga hasta que soltó a los *pitiños* que se me había tragado. ¡Y cada una puso dos huevos! Razón no la sé, pero esto es un milagro de la nena.

»Froilana miró al trasluz los huevos que Tomasa le traía, contrastando las cáscaras delante del círculo del sol. Vio que todos traían dos yemas. Vio que todos estaban fecundados. Vio las *galeaduras*, algunas por encima, otras a un lado: catorce gallinas y cuatro gallos venían en esa cesta.

»—Ya te dije que era santa.

»—¿Una santa en Vila de Ormen?

»—Así son los milagros, siempre suceden en los lugares más miserables. Por eso son milagros.

»—Tiene que saberlo todo el mundo —dijo Tomasa.

»—De esto ni una palabra.

»Pero ya era tarde, Tomasa era mujer *rexoubeira* y contó por todas partes el milagro cativo de la criatura. La noticia voló en su boca y fue a posarse en otras bocas. Enseguida, a esa casa humilde empezaron a llegar gentes de fiera raza, sinvergüenzas, malandros, una garullada de rompepoyos y *quiracas*. Querían pedir a la *santiña*. Acudían en secreto, con una plegaria en los labios, un deseo en los ojos, una ofrenda en las manos. Froilana les abría la puerta, de pronto tenía morusa a puños, hasta monedas de plata que cambiaba en la feria por cerdos, paños de lino, encajes de Almagro, un poco de chocolate. Antes escondía a la criatura, luego le mandó hacer un vestido, que tanto le gustaban. Un vestido que no traía dengue en el pecho para ocultar a Dorotea, sino que también a ella la adornaba, con cuello y manguitas bordados. Eres una y eres dos, una rama y una flor.

»Generosa y caprichosa, sin duda hechuras de santa, que a unos otorga dones y a otros ignora. A Pascual lo dejó morir cuando enfermó de erisipela, pero ese mismo día a Froilana sanó una quemadura del pote en el dedo. Le llevaban a los niños famélicos, escuálidos, y los ponían a sus pies. La criatura ni los miraba. A una muchacha enamorada que no la dejaban casar, la escuchó con los ojos muy abiertos, tanto que le gustaban las historias de pasiones y tragedias. Pasaron ocho días y la rapaza regresó en secreto con un cesto grande que puso a los pies de Teodora Dorotea: eran tres liebres blancas y una panceta ahumada. Las vacas habían enloquecido y mataron a la madre, pisoteándola. Quedé liberada, quedé liberada, decía riendo. Froilana no le quiso coger la ofrenda, la muerte de una madre no podía ser milagro de santa, pero las niñas ya se habían encaprichado de las liebres y no hubo quien se las quitase. A mí me contaron que la muchacha aquella metió al mozo en casa y a los trece días apareció acuchillada dentro de la artesa, la harina mezclada con la sangre.

»También sucede que la suerte se revuelve y cornea con infinitas maulas. Un día, muy temprano al alba, antes de que se despertasen los peregrinos que se apostaban en la puerta de Froilana, sonaron tres golpes fuertes y ella abrió sin preguntar. Delante estaba un hombre, ella nunca viera un hombre así, cara de ángel caído, pelo negro de fiera libre, talla de corcel, labios oscuros de fruto del ciruelo, unas ropas que ni el nombre me lo sé yo. La miraba con tanta insolencia que la infeliz le dejó pasar y ya empezaba a subirse la camisa. El hombre alcanzó el lecho vacío aún caliente y Froilana lo siguió, pero él no se detuvo: avanzó por la casa a la manera de las cobras. Dónde está esa monstrua, dijo, y de un portazo entró una turba de macarros.

»La gente dice que hay muchas y distintas maneras en las que las brujas que son amañadas hacen males por solo quererlo. Dicen que de todos es sabido que las mujeres como nosotras, parteras y baluras, contra la naturaleza de todos los animales, tenemos el hábito de devorar a los niños pequeños. Que si no los matamos, les hacemos cosas peores. De mí sé que algunos rumorean que recién paridos los saco de la habitación de la madre, los llevo junto al fuego de la cocina, los levanto en el aire y los ofrezco al príncipe de los demonios. Que trepan entonces los niños por la cadena de la que cuelga el pote sobre la lumbre, sin quemarse. No saben que el infierno está vacío, que están en la tierra todos los diablos.

»A Froilana le preguntaban, ¿no es cierto que a una tabernera de Celanova, embarazada por su legítimo esposo, la importunaste para que te tomase como partera de su hijo? Y como ella no quisiera, porque tu mala reputación conocía, entraste en su habitación una noche, le soplaste tres veces en la cara, a menos de un palmo, y así dejaste sus miembros y lengua sin movimiento para que no pudiese defenderse. ¿No le dijiste, porque me ofendiste te pondré piedras en las entrañas y sufrirás grandes torturas, mientras tocabas su vientre con tus manos infectadas, que ella sintió como si le arrancaran las asaduras? ¿No es verdad que dos meses después, acercándose la hora de parir, ella experimentó en la barriga un dolor tan terrible que no podía dejar de alarmar a todos con sus gritos, día y noche, y que levantándose una mañana y ejecutando las acciones que nuestra naturaleza nos pide, le cayeron de su interior un sinfín de cosas impuras, la ponzoña que tú le pusieras, espinas de pescado tan largas como la palma de una mano, huesos quebrados de ave y hasta pedazos de madera? ¿No tuviste a una anciana preñada durante siete años seguidos por envidia o por venganza?

»Mucho preguntaban, pero no le decían ni una palabra de la niña santa. Los que llegaron arrastrándose, pidiendo un remedio que les fue concedido. Las mujeres a las que ayudó a parir, los niños que salvó, nadie acudió en su socorro. Son las envidias, si ven que subes, si la fortuna te abraza, ellas te fijan el ojo. Luego Froilana lo supo, no fueron sus vecinos. Fueron esas coimas *roesantos* del beaterio de Santa María quienes la habían denunciado, que mala viruela las retire, que mal gozo se vea de lo que más quieren en este mundo, que caminen como serpientes, arrastradas por el suelo. La entregaron, no al Santo Oficio, sino a la justicia del señor de Támega, y a esto no acababa de encontrarle una explicación. Él era el caballero que había entrado en su casa, Pedro Arruebo, lo recuerda cuando la sacan de la celda, le arrancan la camisa ante el hombre que la interroga y, mientras la torturan, cuando le abren las piernas en el potro, cuando la llaman lasciva, loca, *mundanaria*, bruja, diabla, puta, lasciva, Froilana se figura que es la puerta lo que se abre y que él, en lugar de pasar de largo, la empuja contra la pared. Quizás Arruebo era el diablo, y eso que Froilana imaginaba en los tormentos era la culpa que querían que cantase, quizás eso era copular con el diablo. Si hubiese tenido tiempo, podría haber hecho desaparecer su cañuto como saben las hechiceras, y lo tendría guardado en un saco de terciopelo. Cuando ella abriese la bolsa y diese dos palmadas, el miembro se hincharía y giraría en el aire, y entonces ese hombre no tendría más remedio que romper la puerta y arrastrarla haciendo un nudo con su melena. Lo tendría cautivo. Lasciva, loca, *mundanaria*, bruja, diabla, chupona, descosida, lechuza de medio ojo, goma pestífera, *sellenca*, escaldada. Qué más da, decía Froilana, si voy a morir aquí dentro. Si no voy a confesar. Si muerta tiene que estar mi niña doble, porque no me socorre.

»Froilana Touza, treinta y un años, que le decían la Balura, natural de Triabá, tras dos semanas presa, en el día 6 de enero de 1648 tuvo sentencia por la justicia ordinaria como *feiticeira* que por partera se daba. Ninguna muerte confesó, ninguna pudo ser probada. Cargó condena de privación del oficio por el resto de sus días, y tres mil maravedís que le requisaron. Ordenaron que fuera sacada a lomos de un asno, atados los pies y manos, y que a voz de pregonero que manifieste su delito fuese llevada por las calles de la villa hasta la picota pública. Que allí recibiese doscientos azotes a puño del verdugo y estuviese puesta a la vergüenza general hasta el día siguiente, en que quedó desterrada a dos leguas a la redonda de las tierras de los señores de Monterrei y de Támega. Nadie le dio señal de su niña santa. No era la muerte, pero bastante se le asemejaba.

»No pudo ni volver a su casa a enjuagarse las heridas. Salió y corrió al río Salas en busca de las viejas *lavandeiras*, que allí pasaban las noches. Froilana las había visto una vez de lejos, desde la encrucijada, ancianas arrugadas y encogidas, frotando paños blancos. El cuerpo entero se le había agarrotado como el de un cristo clavado en el altar de la iglesia. No podía moverse, tenía tanto miedo de llamar su atención con el sonido de una pisada, de un guijarro que se mueve, del roce de la falda. Sólo se las escuchaba a ellas, cuatro mujeres frotando, aclarando, golpeando con las palas unas sábanas raídas y sucias. Esta vez se aproximaría a las *lavandeiras*, vería de cerca sus manos hinchadas y moradas, los paños manchados de sangre que nunca se limpia, el agua teñida de culpa y pecado. Y cuando una de ellas, con su voz de graznido seco, le pidiera ayuda para escurrir los paños, diría que sí. Y cuando tomase un extremo de las sábanas, empapadas de sangre de niño y mujer malparida, tendría especial cuidado en retorcerlas no como debe hacerse, sino en el mismo sentido en el que retorciese la *lavandeira*. Así, se condenaría a añadir su pelo, sus ojos rojos, su voz de urraca, sus sabañones y sus callos a los de esas mujeres y se quedaría junto a ellas para siempre, en la fuente, frotando lo que no puede ser lavado».

5
Albergaría dos Fusos, Portugal

Abordó a su madre cuando la vio de peor humor. Regresaba de tomarse la copa de ginebra con un terrón de azúcar, juraba que un médico se la había recomendado para atajar sus problemas de estómago, y habría discutido con las señoras de la brisca, como sucedía tan a menudo. Si la incitaba un poco, tendría menos autocontrol sobre sus emociones y sobre la información que maneja. Sería más proclive a realizar revelaciones crueles. La idea era sacarla de sus casillas hasta inducir la explosión, la táctica ridícula que tan bien le funcionaba con ella desde los doce años. Ya me has hecho hablar y no quiero hablar. En realidad, no hablas, mamá, gritas. Como una vendedora de lonja grita a los arenques sordos para que salgan del mar.

Tampoco Flora estaba de buen humor. Ya no intentaba salir de casa: quería volver a sumergirse en el palacio hundido, ver más, qué hay en los pisos superiores, preguntar, quiénes son esas personas, son desaparecidos, son *pechados*, son *fazados*, son *levados*, qué son, pero, al acercarse a la puerta, un impulso eléctrico la retraía: se acordaba del dolor, se acordaba de que ni siquiera se acordaba de cómo regresó la última vez. El zumbido persistía dentro de su cabeza y no le permitía descansar, mucho menos dormir. De eso casi se alegraba, la casa hundida que ve en los trances de embrujamiento, con sus habitantes dormidos en el sueño del horror, es un lugar real, de eso estaba segura, pero sería capaz de estimular pesadillas tenebrosas.

Suso telefoneaba y ella no respondía. Le asignó el tono de llamada que antes tenía para Salva, mientras que su hermano entró en la amnistía del tono general, de fábrica. No tenía duda de que Suso sabía más de lo que le contó, si su padre rastreaba a los desaparecidos, si son *nosecuántas* generaciones de jueces del Couto Mixto, cómo no iba a estar advertido de los riesgos que corrían. Cierto que una vez había intentado apartarla y ella se empeñó en seguir, pero ni siquiera entonces había sido sincero, pensaba.

—Mamá, ¿te suena Triabá?

—¿A ti no?

—Pasé muy cerca cuando estuve en Galicia, y me di cuenta de que ya conocía ese lugar. ¿Qué es?

—No sé qué tenías que hacer tú por allí.

—¿Hay algún motivo por el que no debería ir?

—Ay, tú sabrás —dijo Margarida. Y siguió viendo en la televisión la reposición del festival del Maranho en Sertã, el verano pasado. Carne, jamón, arroz, menta, pimentón y perejil embuchados dentro de bolsitas hechas con callos de cabra. El récord estaba en cuarenta y tres metros.

—¿Yo sabré?

—Tienes peor memoria que la piedra de la sopa de Almeirim. ¿Tú no te acuerdas de la casa de la prima Ramonita? Cuando íbamos a Coruña en verano, tu padre siempre se empeñaba en que nos desviásemos a propósito para ir hasta allí. No eras tan pequeña.

Ramonita. Su imagen regresó sin una mota de polvo, a todo color, después de casi cuarenta años sin usarla. Una chica infantil, siempre sonriente, piel tan clara, expresión frágil. Chaquetita granate de punto, un collar de bolas de plástico, mandilón largo de flores, zapatillas a cuadros. Sentada en un sillón de orejas con grandes almohadones, tan delgada, tan cerca de la estufa, que ese cuerpo no era capaz de fabricar calor, un hombre prendiendo el quemador con un pedazo de papel de periódico y las llamas bailando en la rejilla, fuegos fatuos, el olor del butano impregnando el aire, tío Baldomero.

—Y tú nunca más nos llevaste allí, como nos sobra familia.

—Qué pesada eres. Dejamos de ir por tu culpa, que te daban miedo las vacas y no podías mear en la cuadra. Había que llevarte al bar, a cinco kilómetros. Porque en el orinal tampoco, que te parecía una humillación. Y el día que viste a Baldomero matar unos conejos en la piedra de la finca, ya no quisiste volver. Todavía te estoy agradecida, no soportaba ese sitio. —Margarida buscó el mando a distancia entre los cojines del sofá y subió el volumen: ahora los jueces probaban y valoraban la consistencia, apariencia y sabor de los *maranhos* a concurso.

Los conejos muertos, Baldomero —sólo veía su cuerpo, no era capaz de recordar sus rasgos— agarrándolos de las orejas, sacrificándolos a mano, conejos blancos y grises, contra una roca oscura cruzada por una veta blanca. Los morros ensangrentados, el pelo mojado, bolitas de caca cayendo en la hierba. Lo llamaban tío, pero en realidad era primo segundo de su padre.

—¿Y qué ha sido de Ramonita, de tío Baldomero? ¿Cómo están, siguen viviendo en Triabá? —Flora tuvo que gritar para que su voz adquiriese consistencia frente a la televisión, pero el tono le salió demasiado agresivo.

—Mira, yo nunca supe nada de la familia de tu padre, igual que a él no le interesaba saber nada de la mía. Así fue mucho mejor. Pregúntale a Salvador, que aún les escribió alguna carta.

—¿Y nunca me ha dicho nada?

—Busca en sus cajas. Ya sabes que es un sentimental y que lo guarda todo. De paso limpias un poco allá arriba, que eso debe de dar miedo. Y tráeme una tostada de mantequilla antes de subir, anda.

Flora resopló. No le gusta preparar comida para la gente, no le gusta limpiar trasteros y no le gustan las verdades a medias. Mientras preparaba la tostada para su madre, la *grelhó*, la untó, la partió en tres trozos y se la comió y empezó a preparar otra y se la comió también, trataba de ordenar las escenas caóticas que se representaron para ella en los últimos días. Visiones, sí, pero a las que su consciencia de afectada concedía el don de la veracidad. Antía no en Chaves, una *levada*, la habían arrastrado a ese sitio, Viladormen. Todas aquellas personas con ropa anticuada, cuánto tiempo retenidas, en un estado de suspensión, abotargadas, aquellos desaparecidos de los que hablaba Suso. Y el viejo, alguien diferente. Belén, una *pechada*. Encerrada en casa probablemente para protegerla de todo esto, Mingo tenía sus buenas razones para echar a Flora de sus dominios y ella, qué había hecho, yo la incité a salir y la expuse, ¿a quién? Nadie lo sabe entero, todos sabemos un *anaquiño*. Que lo cogieron las Mariaspurísimas, malasputísimas son. Están en todas partes, son *antaruxas*. Te dicen *semperredi* y se te aflojan los huesos. Se hicieron cosas horribles, aún se hacen y más que se harán, rememoró el contenido de la cinta tres, esa grabación diferente a las otras. Flora sentía un desgarro profundo que no dejaba de abrirse, hay un abracadabra para cada uno, eso es seguro, una pregunta, unas palabras que obligan a dar respuesta, qué debo decirles, qué me están diciendo, también ella quedará *pechada*, hundida en el barro. Eran verdades que su razón no reconocía, pero que no tenía más remedio que enfrentar. Ya vería si lo aceptaba o no.

—No se te puede dejar sola —le dijo Salva al sorprenderla sentada en el *faiado*, con cinco viejas cajas de recuerdos abiertas a su alrededor y todo el contenido extendido por el suelo, estornudando encima de los papeles como un caballo con la fiebre del heno.

—Me vas a decir qué es esto. —Flora abrió una cajita de plástico marrón imitando carey, de joyería de barrio de los años ochenta, que había apartado a un lado junto con algunas fotografías.

—Claro que te lo digo. Es una medalla.

—Este símbolo, mamalón. Este símbolo lo vi yo en una casa donde hubo un crimen. Y brujería. Gente originaria de Terra Chá, como papá.

Flora sacó de la caja un colgante ovalado, de metal ennegrecido. Gastado, casi borrado, sólo porque ya los conocía, había logrado intuir los surcos sucios que formaban la intersección de dos círculos, unidos por una línea. La marca de la pared de los Fontes que también mencionaban los documentos de Tui.

Salva cerró la puerta y terminó de liarse el pitillo antes de responder. Cuando hablaba de cosas serias, quería tener un cigarro en la boca. Así conseguía dominar las expresiones involuntarias de los labios, los temblores, las cosas que de verdad nos delatan cuando mentimos o nos emocionamos.

—Todo te iría mucho mejor, Floris, si en lugar de preguntar y hablar tanto, escuchases un poco más. Te dije que te olvidases de la familia de tu padre, que nunca hicieron nada por ti. Te dije que no estudiases esa carrera estúpida que no sirve para nada. Te dije que vinieses a trabajar conmigo. Te dije que no fueras a Galicia. Todo lo que te está pasando es por haber ido allí —le soltó con toda la calma.

—Por favor, íbamos todos los veranos. A Triabá. A ver a Ramonita. No me acordaba, pero mamá me lo ha contado todo.

—Visitas fugaces. Parecían un secreto. Ya viste cómo vivían, que no tenían ni baño. Escondíamos el coche y nos metíamos en aquella cocina, no se podía asomar la nariz fuera. ¿Te acuerdas de la última vez? Saliste con Ramonita, nadie se dio cuenta, y os fuisteis por la carretera. Te encontramos a varios kilómetros, dentro de una caseta donde guardaban cerdos. Estaba cerrada por fuera. Baldomero se puso como una fiera, ¿de verdad no lo recuerdas? Ese día papá me contó lo que pasaba con su familia, no la nuestra, nosotros somos diferentes, somos del palo de mamá. Él estaba convencido de que aquello de la cuadra no había sido una broma, sino un ataque. Dejamos de ir. Cuando quisimos regresar, tres años después, ya no pudimos ni acercarnos a Triabá. Cada vez que llegábamos a alguno de los cruces que llevaban a la casa, todas esas carreteras lineales, trazadas a cuadrícula entre los pantanos y prados idénticos, nos equivocábamos de camino. Nunca volvimos a encontrar la casa de Baldomero. ¿Tú has visto un emigrante que no vuelva para que lo entierren en su parroquia? Hasta muertos huimos de allí.

Flora agitó los rizos. No soportaba escuchar afirmaciones tan absurdas. Si ella estaba atravesando un camino oscuro, por lo menos el resto de las cosas deberían seguir siendo tan sencillas como lo fueron siempre. Huir de qué. De la pobreza, de la falta de oportunidades, de la dictadura. Lo que hicieron fue emigrar, como hacía todo el mundo.

Salvador se sentó en el suelo y acercó su cara a la de su hermana. Bajó la voz.

—No lo entiendes, Flora. —Las palabras salieron enhebradas en el humo de su boca—. Te estoy diciendo que escuches. Piensa en los nombres. Baltasar se llamaba nuestro padre, Asdrúbal nuestro abuelo. El bisabuelo, Aníbal. ¿Y el tatarabuelo?

—No me acuerdo.

—Teobaldo.

—No me había fijado en la coincidencia.

—Ninguna coincidencia. Bal, bal, bal, siempre en los nombres de nuestra familia. Baldomero, a qué te suena.

—A madurito, feo y sin dinero.

—A Baal, Flora. Y de Baal, Belcebú. Mientras vivieron en Galicia, los miembros de nuestra familia seguían una religión bastante tenebrosa. Les llamaban baluros.

La explicación vino a confirmar algo en lo que Flora se había negado a pensar. Por eso me dijeron balura, aquella noche, antes de empujarme dentro de la cuadra, un espejo del recuerdo de Triabá que no conservaba. Sin embargo, no entendía la palabra. Una palabra que nunca había escuchado hasta que Selvita le habló de la *moura* en un cuento infantil un poco depravado, y que regresó después en las grabaciones antiguas, Froilana la Balura, una curandera de Terra Chá perseguida por la justicia en A Limia. Probablemente ella inspiró el personaje de la *moura* del cuento.

—El archivero de Tui me contó que los excomulgaron a todos en el siglo XVII.

—Ahí lo tienes. El motivo por el que ni siquiera nosotros fuimos bautizados, por mucho que a mamá le haya supuesto un disgusto

toda su vida. La pobre no pierde la esperanza de que yo, algún día...
De ti ya no espera nada.

—¿Por qué no me contaste nada de esto?

—De estas cosas es mejor no saber. Lo primero que harías es ir allí corriendo para demostrar que me lo invento. Hablar con todo el mundo, preguntar aquí y allá, remover el pantano, sacar a los viejos monstruos familiares y exhibirlos en la feria. Llevamos tantas generaciones intentando alejarnos de lo que significa ser baluro, emigrando aquí y allá, y no conseguimos librarnos de la mancha. Allí hay gente que nos sigue odiando, sabes que los rencores que se guardan durante siglos no desaparecen. Se acrecientan.

—No entiendo ese odio. Nuestro padre ya no tenía nada que ver con eso.

—Yo tampoco conozco los detalles, pero me lo puedo imaginar. La gente tenía a los baluros por raza maldita. Tiene que ver con su culto a Baal y con el diablo. No sé si eran brujos o, como no quieres creer en brujería, piensa en un grupo de personas con conocimientos avanzados, quizás de ciencia, química, botánica, que no sólo no los compartieron fuera de su círculo, sino que los utilizaron para amedrentar a sus vecinos. Para controlarlos, tal vez para agredirlos. ¿Cómo dices tú? Persuasión y sugestión. Hicieran lo que hicieran, fue lo bastante grave como para cabrear mucho a todos y hacer que la comunidad se uniese en contra de ellos.

Flora abrió la boca y cogió aire, preparándose para soltar una objeción, una interpretación, algo. Pero la verdad es que no tenía nada que decir.

—¿Qué sabes del tatarabuelo Teobaldo? —preguntó Salva.

—Casi nada. Ni me acordaba de que se llamaba así —dijo Flora. Qué vergüenza propia y qué arrepentimiento no haber prestado atención a la memoria familiar, dedicarse toda la vida a indagar y conservar la cultura de otros sin preocuparse por conocer lo mínimo de la propia, cómo se puede ser tan ignorante. Revolvió las fotos que había apartado, buscando alguna respuesta. En todo el mundo existen las estirpes de brujos, respetadas, señaladas, marginadas, eso ya depende del lugar. Si bal era la marca de la raza maldita de Terra Chá, ellos estaban libres. Quizás, al elegir aquellos nombres para ellos dos, Salvador y Flora, su padre era consciente de que estaba inaugurando una nueva era, en la que la gente odiada podría salvarse y hasta florecer.

—Pero sí sabes que fue el fundador de la rama de los Luido en la diáspora, el primero en emigrar. Sabes que, a finales del siglo XIX, Teobaldo se fue de Triabá y llegó a Argentina, que sus descendientes recorrieron Europa. Lo que no sabes es por qué se fue. Es fácil, la historia está en los periódicos de la época. No emigró por pobreza, no. La madre de Teobaldo era una ricachona. Casas, tierras, de todo. Se llamaba Baldovina y era una cabrona arrogante dueña de media parroquia. Un día, desapareció, se esfumó con su mejor yegua y un vestidazo de veinte metros de tela. Sus vecinos, que andaban a hostias por cada marco, por cada riego, se pusieron todos de acuerdo en esto: uno la engañó para atraerla hacia un pinar, otro puso una cuerda para derribar al caballo, otro la cubrió con un saco, otro la golpeó con un palo, otro le ató la manos, otros pusieron la leña, otro encendió el fuego, otros la metieron dentro del horno comunal, otro cerró la puerta, todos se quedaron a ver cómo ardía, para asegurarse de que se moría de verdad.

—Como la matanza de inocentes en el horno de Viladormen —recordó Flora—. La replicaron.

—Que Baldovina fuese una inocente está por ver. De ella no quedó más que un residuo de grasa y esta medalla, que tiraron al río Támoga. En el juicio dijeron que era una mujer mala, mala como una bruja, porque de alguna manera que ellos no podían comprender había ido apropiándose de todo lo que poseían. No se arrepintieron. A toda esa gente le quedó para siempre el apodo Queimavellas, pero nuestra familia tuvo que cambiar de apellido. Teobaldo se marchó de Triabá y se puso a sí mismo y a sus hijos el apodo de la vergüenza: de Luido, del huido. Nuestro apellido, hasta ese día, era Touza.

—Touza, como Froilana, la Balura desterrada de Calvos de Randín en el siglo XVII. Es muy probable que regresase a Triabá, era su tierra. Encontré unas cintas que hablan de ella. Las grabó la misma persona que hizo la fotografía de la mascarada perdida que tenía papá entre sus cosas. Siempre creí que la habría comprado en el rastro de María Pita.

Salvador se levantó y regresó con una caja de cartón. En un lado, las palabras «His Stuff» escritas con rotulador. Las cosas de él. Cuando Baltasar se había transformado en un ser huraño y déspota y se fue, en casa lo empezaron a llamar no por su nombre o papá o padre. Le llamaban él.

—Al final, fui a buscarlo a la marabunta de Cardboard City. Era verdad lo que decían, andaba como un vagabundo, la boca quemada, se había puesto a tragar fuego con unos piesnegros para conseguir unas libras y él, por la enfermedad, lo sentía frío. Allí me dio la medalla, aún la llevaba puesta. Sabía que me estaba entregando todo su legado. ¿La quieres? Quédatela. Tampoco es que dé suerte. Lo mío ha sido todo trabajo. Mientras tú montabas cristos y rompías las tacitas *country roses* de mamá, yo observaba, y eso que tú eres la lista. —Salvador ofreció a Flora una libreta de alambre de pasta roja, con el rótulo «Guisos especiales» escrito a mano—. Mira en la última página —dijo. Allí, la letra nefasta de su padre hablaba en mayúsculas:

BALUROS
-SOBREIRA: MISERABLES, TACAÑOS.
-SAAVEDRA: LA GENTE MÁS RUIN DE TODA GALICIA.
-MURGUÍA: RAZA MALDITA.

Buscaba definiciones. Buscaba su identidad. Él tampoco llegó a saber mucho sobre los baluros, pensó Flora. Hizo más un cocinero emigrante por conocer su memoria familiar de lo que he hecho yo en toda la vida.

—La memoria se perdió en la diáspora, y en Galicia, que yo sepa, ya sólo quedaban Baldomero y su hija Ramonita, y una señora muy vieja en Coruña que vivía en un bloque a las afueras. ¿Te acuerdas de cuando íbamos a Coruña? Vosotras bajabais a la playa y algunas veces papá me llevaba a ver a esa señora, Balmina, Balduina, Balbina, algo así. Subíamos a un noveno piso, le llevábamos unas tabletas de Cadbury's Whole Nuts, siempre lo mismo. Nos sentábamos en un sofá cama de cuadros rojos y negros y ellos dos hablaban en español, la señora tenía acento latino, me recordaba a los chavales de Elephant and Castle. Yo sólo entendía cosas sueltas, temas generales. Era muy mayor, estará muerta ya. No queda nadie, porque en esa tierra fuimos proscritos, malditos, expulsados. Nuestros antepasados hicieron algo horrible en Terra Chá, y todavía vive gente que busca hacer justicia. Todo es muy sencillo, basta con no revolver la memoria y no regresar por allí.

Flora quiso soltar una carcajada, chasquear la lengua, mirar al techo con hartazgo, decir: no hay memoria que dure tanto, lo que habría hecho sólo unos días antes cuando todavía era la persona con la que se identifica. Pero no encontró en la mujer que es hoy el poder de la risa, que disipa los miedos, que rebaja el abismo. *Semperredi, Semper reddit*, siempre vuelve, esta historia no terminó con la expulsión. Todavía puede haber baluros, tal vez viven aislados, muertos de miedo.

—¿No te preocupa qué le haya podido pasar a Ramonita? Conocí a una chica que tenía el símbolo de esta medalla en una pared de su casa y apareció destrozada por un buey, con la barriga rajada de arriba abajo.

—No tengo ni idea de lo que significa. Yo hago aceite. Lo de investigar es cosa tuya. Eres tú la que tanto estudió. Yo tuve que ponerme a trabajar.

—Pues habrá que hablar con Baldomero.

—Eran los últimos, y de ellos hace mucho que no se sabe ya. Por el amor de Dios, a mamá ni una palabra. De esto no sabe nada. En serio te lo pido. Olvídate del tema. No puedes volver crudo lo que ya has cocinado.

A Flora no le extrañaba que los rencores se mantuviesen a través de los siglos. Hay identidades culturales que se basan en eso, en la marginación, en la oposición a otros, en la negación de su existencia. ¿No es eso lo que se ha hecho desde hace milenios con los gitanos? Hay muchas formas de maldecir, si te expulsan y despojan de todos tus bienes, probablemente terminarás derrotado. Pueden dañar tu cuerpo sin tocarte, si te hacen ordeñar vacas enfermas de brucelosis, o si te hacen de casa de noche, en invierno, y meterte en el río helado. Y también la brujería, no podía seguir negándolo. Hubiera dicho sugestión, pero la vida triste de Baldomero, de Ramonita y de los Fontes no merecía ese nombre. Todavía recibían el castigo por un mal que no se puede pagar, ni con la vida propia ni con la de los hijos por nacer. Ella no se iba a librar. Esa mentalidad impregnó la cultura familiar, moverse, evitar, correr, lleva toda la vida huyendo y esa maldición la ha alcanzado igual.

—Pues dime dónde puedo encontrar a Liany —preguntó.

—Tú estás loca —gruñó Salvador, haciendo temblar las vigas de *sobreira* centenaria.

6

Los milagros oscuros

Esta vez, Luiz llamó por teléfono. Ya tengo otra, te dije que no iba a tardar. Quería hablar contigo. Estas grabaciones son muy raras. A estas alturas los dos sabemos que no tienen nada que ver. Con el proyecto, digo. Pero, oye. Yo creo que esto es mejor. Con esto se puede hacer algo. Por qué no vienes al museo. Y hablamos. A Flora le salió una risa resignada que él se tomó por donde no era. Bueno, mujer. No, perdona. Es que ahora no me puedo mover de aquí. Sabes que estoy enferma. ¿Dónde estás? En casa. ¿Y eso dónde es? Envíame los audios que faltan, es urgente. Y en dos minutos, Flora recibió un mensaje con el asunto: «En serio, tenemos que ver qué hacemos con esto». Y el adjunto «milagros_oscuros.mp3».

«¡A Flandes que se lleven a tu monstrua, no a mis hijos!

»Eso me dijeron que gritó Jácome Carneiro, hidalgo de bragueta, siete varones nacidos uno tras otro, hombre duro de frontera, mientras apedreaba el carruaje del señor de Támega a su paso por el camino de los romanos. Yo no lo vi, pero me lo contaron labios de ley, que la indignación guio su mano de forma precisa, y el canto, recién recogido en el lecho del Limia, entró por el vano, fue a estrellarse contra el sombrerito de Teodora y cayó sobre el rostro de Dorotea, la bicha. Arruebo, sentado junto a ella, se rio a boca llena, ¡ánima de jumento!, gritó, la criatura lloriqueaba, el cochero maldijo, Jácome Carneiro, ultrajado, corrió tras el coche con el corazón llameando de dolor y vergüenza: la noche anterior su hijo más joven había desertado.

»Jácome no era un hombre supersticioso: las evidencias estaban ahí, desde que llegó la monstrua nada menos que tres guerras. Si ella traía el caso o simplemente lo anunciaba, eso no es de mi incumbencia, pero los hijos de los demás no tenían por qué pagar con sangre.

»Cierto que el primogénito de Jácome era un perdido. Vagabundo y holgazán, *grimiente*, cochino, pendenciero e inútil, el cabildo lo había prendido en una cacería que comenzó con una patada en la puerta de un burdel de Ourense, se extendió a las tabernas vecinas y remató en la casa de juego: la ciudad se libró del peso muerto de cincuenta y dos maleantes y los tercios de Flandes se cargaron de carne de cañón, válidos sólo para ocupar un espacio en el horizonte del gatillo. Por lo que Jácome decía, a su primer hijo lo habían despedazado en un barco que navegaba hacia el frente, durante un motín que empezó con unos dados trucados y acabó a dentelladas.

»Los dos siguientes se habían alistado por voluntad propia. El portugués atacaba nuestras tierras, quemaba las casas y se lo llevaba todo. Marcharon para defender su casa de los saqueos y extorsiones del enemigo, esa línea marcada por regatos, piedras y ondulaciones que les separaba de los vecinos, y en lugar de enviarlos a proteger la frontera, los mandaron mucho más lejos, al norte de África, a librar guerras que aquí nadie conocía. Jácome Carneiro se enfureció. Como de nada sirviera, protestó por los trastornos que le causaba alojar y alimentar en su casa a los soldados del rey. Entonces Arruebo se llevó a los tres siguientes.

»Todo ese dolor y esa vergüenza eran más livianos que un cabello que cae sobre lana recién esquilada en comparación con la vida condenada de su último hijo».

El sonido abrupto de cinta cortada y empalmada dio paso a una voz diferente, voz arrastrada y rasposa de hombre dado al tabaco sin filtro. Hablaba muy despacio, dejando grandes silencios entre las frases. Flora pensó que ahí había unos pulmones defectuosos, incapaces de acumular más de una hebra de aire, esforzándose por hilvanar un relato continuo:

»Si pudo hacer eso, podrá hacer mucho más, eso pensaba el *gastapotras* de Juan de Larrat. Pronto empezó a cansarse de los caprichos de la criatura. Le maravillaban los milagros simples que hiciera, que ya se contaban como leyendas en las aldeas, como romances en las ferias: la vaca que paría seis becerros, la lluvia que caía sólo sobre las tierras del más piadoso, yo ni siquiera creo que fuesen ciertos, pero para él eran insuficientes. Le parecía como si el escultor del *Juicio final* de Bourges se dedicase no a cincelar, sino a amontonar piedrecitas del camino, una encima de otra. La criatura se enfadaba y chillaba cuando le pedían más: que cambiase el curso de la guerra en Flandes. Que descifrase las enseñanzas ocultas en la Clavícula de Salomón. Que revelase a quién servía, que bien sabían que no era a Cristo. Quién es el Dios verdadero, qué hay arriba en el cielo, existe el infierno. Desde que Pedro la trajo, el cirujano la interroga a diario, qué conocimientos trae de lo eterno y se resiste a compartir. Arruebo quiere que la abra, que la mire por dentro. Que hable con el señor de la montaña. Que hable. Larrat, como respuesta, le contó una fábula de Esopo. Pues si fabrica huevos de oro, dijo Arruebo, que cante cómo se hacen. No voy a esperar a que le apetezca echarlos.

»Desde que cruzó el Pirineo, de taberna en taberna, arrastrado por los bajos fondos, Larrat ha sido barbero, sacamuelas, mozo de cuadra, *rachabodegas*, rompenecios, sollastre. Todo cambió cuando conoció a Arruebo en un tabanco de Jaca, entonces nada más que un aventajado labrador en las tierras de Lartosa. Fue Pedro quien le mostró la verdad del *Libro de conjuros* de Honorio, y delante de él hizo aparecer un diablillo. Larrat supo que ese era su camino: se inició en la alquimia, la espagiria, la demonología, la ciencia de las fuerzas ocultas que rigen los cuerpos, las almas y todas las cosas animadas e inanimadas. Dentro de su vientre también ardía la llama del mismo deseo: ábrela. El conocimiento de lo oculto sólo se alcanza desnudando las capas.

»A veces, Teodora Dorotea olvidaba que era una monstrua. Desde que comenzó a vivir como una condesita, que ya no calentaba la cama con un trozo de plato roto, sino que hasta disponía de brasero propio, ni siquiera pensaba en aquella balura *arraparraposa* que la había cuidado hasta entonces. Larrat se desesperaba, decía que la culpa era de Froilana y su vida vulgar. Tenían un portento que había vivido en una choza, poco menos que una cuadra. Que creaba prodigios a cambio de unas gallinas o un trozo de tocino. Eso impedía la manifestación de la maravilla. Sencillamente, no había aprendido de lo que era capaz y había que mostrárselo, esperaba que no fuese demasiado tarde, la rama torcida o se corrige joven o ya no hay quien la enderece. El tiempo pasa, Teodora Dorotea tiene ya diez años y sigue sin traer prodigios nuevos al pazo de Viladormen.

»¿Quién es este dios, cómo debo llamarle, qué debo rezarle? Arruebo preguntaba a Teodora Dorotea, y ella nada contestaba. A punto estuvo de hacer correr su sangre, un sacrificio al señor de la montaña, pero Larrat lo frenó, quizás sea su profeta, quizás sea su sibila. Tres meses, pidió. Sácale algo o la abres, dijo Arruebo. La disecas y se la vendo al rey. No se molestó en decirlo lejos de los oídos de la criatura. Si hace milagros, por qué cada día llega una mala noticia. Lo último, traidores entre sus propios vasallos, que conspiran contra el conde de Monterrei y el marqués de Tarazona. Acababan de interceptar sus mensajes, encriptados, portando el sello del lirio, símbolo de la unión entre los vecinos a ambos lados de las montañas. Arruebo necesitaba, más que nunca, un milagro».

De nuevo se produjo un salto de textura y regresó la voz de que abría la grabación:

«¡A Flandes que se lleven a tu monstrua, no a mis hijos!, eso fue lo que gritó al pasar el carro con la bicha dentro. El séptimo vástago de Jácome, el que le hizo hidalgo de braguetra, el que, decían, sería saludador, dieciséis años recién cumplidos, había sido arrebañado a la fuerza por la garra de Arruebo, como se arrancaría del racimo aún prendido a la viña la más pequeña uva, la más joven, colmada con su promesa de jugo nuevo. Encerrado junto a ciento trece mozuelos en el castillo de Santa Catalina desde hacía más de un año. A pan y agua, sarnoso, en carnes, durmiendo en el suelo, destinado a portar la mochila de algún mandamás. El chico no aguantó más y desertó, que mejor era estar en el infierno. Nada se sabía de él desde entonces.

»A través del ojo hueco que se abre entre la mampostería, en el muro exterior del pazo de Viladormen, Teodora lo ve, es el hombre que la llamó monstrua, la brecha que causó su piedra todavía no se ha cerrado del todo en la frente de Dorotea. Vestido en tonos pardos, sin capa, observa la pared, esa maldita pared. Se acerca. Se oye el sonido crujiente de sus botas tratando de trepar, el fracaso deslizándose. Un muro muy alto, muy liso, perfectamente ensamblado, que en todo su perímetro solamente tiene un minúsculo defecto por el que asoma su ojo Teodora para ver cómo es el mundo fuera y contárselo a Dorotea.

El hombre rueda por el suelo, se sacude la tierra y contempla de nuevo la pared, esa maldita pared.

»—Conozco un lugar por donde podría entrar —dice la bicha, del otro lado.

»—¿Quién eres? —pregunta Jácome, buscando el origen de esa voz.

»—Nadie, una criada de cocina. ¿Va usted a matar a don Pedro? Yo quisiera matarlo también.

»Jácome posa su oreja sobre el muro.

»—Habla. ¿Es posible entrar sin ser visto?

»—Sígame y se lo muestro.

»Caminando a lo largo del muro, lejos de la casa, Teodora va dando golpecitos para orientar al hombre. Se detiene junto a una reja en el suelo, al pie del muro, por donde desaguan las tierras del pazo los días de lluvia. Desatranca los dos cerrojos. De ese lado hay una salida, dice, en el suelo. Jácome retrocede, ve la apertura rectangular de una alcantarilla. No cree que sea posible entrar ahí, mete la cabeza y en la oscuridad siente las hojas, el barro y las cosas que estuvieron vivas y ahora tienen la consistencia de las vísceras. Mete un brazo y después otro, empuja la masa húmeda hincando las puntas de las botas en la tierra. Mete el torso, cómo es posible que su espalda quepa en ese agujero, y las piernas entran casi deslizándose. Del otro lado, unas manos infantiles despejan la abertura y la luz le inunda los ojos. Saca la cabeza y, al verla, el cuerpo se le encoge dentro del túnel, todavía más pequeño. Ya está dentro.

»—El señor duerme en su cámara. Entre por la cocina y arriba, la habitación con un banco en la puerta —dice la bicha, que se agacha y recoge entre la hierba una flor azul brillante, con pétalos como lenguas derramadas, surcados por un nervio amarillo—. Le dará buena suerte.

»Sin mirarla siquiera, Jácome Carneiro aprieta la flor en el puño y la guarda en su faltriquera.

»—No sé qué es esto que haces, pero sea lo que fuere, es brujería, y lo haces para tu propio beneficio —dice.

»A Pedro Arruebo, cuando se levantaba descansado, después de días de batida por los montes en busca de monstruos, se le despertaba la colambre. Lo primero que le gustaba hacer era beber un pellejo de vino y comer carne con legumbres. Bajar a la cocina desnudo, hacerse servir el pote directamente sobre la mesa de piedra, junto al fuego, tres hogazas de pan y la mejor manteca. Ya las criadas sabían que cuando duerme dos días seguidos deben preparar cabrito de la montaña con pan de *brona*, en caldero de barro, guisado sobre la brasa de leña durante una noche entera, y un buen puchero de garbanzos. Así se lo encontró Jácome, rodeado de cocineras y de viandas, vestido solamente con los vapores de los calderos. Hombre, Carneiro, vienes a ofrecerte tú ahora que ya no te quedan vástagos, o es que acudes al *brodio*. Arruebo arrancaba con los dientes un gran trozo de carne ensartado en un cuchillo de hoja ancha. Ponle un plato, Eufemia. Y tú, ven, siéntate.

»Jácome se acercó, mano en puñal, puño cerrado en torno al mango, brazo tensionado. Esa bicha nauseabunda le ha engañado. Evaluó las posibilidades de ataque. En presencia de Pedro, su valor se empaña, se da cuenta de su debilidad, los meses de hambruna, el dolor moral que le derrumba las fuerzas, qué voy a conseguir matándolo, le suplicaré, que socorra a mi hijo menor, que restaure su nombre, que lo encuentre y me lo devuelva.

»—Sírvete tú mismo, que a cada uno le place a su manera el compango.

»Jácome agarró una escudilla de la mesa y la acercó a la boca del puchero. Al hundir el cucharón en el caldo espeso, ascendieron espirales de humo que entraron en su nariz, llenándole la garganta de un bolo de pánico, desprecio y unto grueso. Un filo se apretó contra su costado.

»—Te metes en mi casa, te sientas en mi banco, te comes mi comida, ¿qué más pretenderá el señor Carneiro? ¿Meterme el dos de bastos para sacarme el as de oros? —Arruebo seguía sentado, no necesitaba levantarse para infundir terror, la mirada feroz, el brazo hincando el cuchillo pegado de hebras de carne. Al mínimo movimiento le abriría las entrañas, como el lobo al cabritillo, maldito el arrojo que lo llevó hasta el pazo, maldita la monstrua que le hizo entrar, maldito él por perder su valor y aflojar la mano.

»Esa misma tarde, sonaron tres golpes en la puerta del verdugo, sonaron sin querer sonar, a hurtadillas. Él los oyó porque era improbable no escuchar cualquier ruido exterior en esa morada de una sola habitación, más huecos que pared. Tienes trabajo, le dijeron, pero no le mostraron el auto de tormento. Coge sus pertrechos: cuerdas, mazo, trapos, clavos. Se cubre cuerpo y rostro, capa y capucha, monta en la mula, cabeza gacha, mano firme, y sale al camino, donde los hombres de siempre a caballo aguardan. A su paso huyen los críos y las tabernas cierran el pico. Hoy dará suplicio. ¿No vamos a la cárcel?, preguntó al ver que el camino que toman no es el acostumbrado. Nada responden, y los tres montan en silencio, bajo una lluvia que se queda prendida del aire, hasta llegar al pazo del señor de Támega.

»Arruebo tenía a Jácome Carneiro por un rústico mentecato. Conocía sus malas intenciones antes de llegar a cruzar las miradas en la cocina, pero en el mismo vistazo supo determinar que no tenía ingenio ni arrojo para llevarlas a cabo. De todas formas, merecía un castigo de puño del juez, un joven hidalgo leal y astuto que le había resuelto un par de intereses en los días más tenebrosos de la leva en Extremadura. Buen acuerdo había hecho cambiando un monstruo hermafrodita por su derecho señorial a nombrar juez, a tener picota y cárcel, a recaudar las penas de cámara que bien completaban las rentas. La guardia registró las pertenencias de Carneiro: como sospechaban, iba armado. En su cinturón, un puñal de hoja ancha y corta, mellada, que antes mataría de infección que de tajo. De sus bolsillos sacaron un vellón casi borrado, un cordel de esparto con nueve nudos y una flor desanimada, pero todavía fresca: un lirio del Jurés, señal y signo de los conspiradores. Monterrei, Tarazona y Támega, pensó Arruebo, el triángulo de la sedición se cerraba con él. Mandó detenerse a los caballeros que galopaban en busca del juez. Las palabras que Jácome guarda en la boca sólo a él interesan y sabe cómo sacarlas. Arruebo quiere nombres.

»Hizo conducir a Jácome a la bodega, excavada a pico en jabre amarillo y rojo, la morada subterránea del señor de la montaña. Sabía que la visión de ese dios viril y brutal aflojaría el poco valor que le quedase al Carneiro. Él mismo dirige el interrogatorio, es el privilegio secreto que ha obtenido de sus acuerdos personales con el juez. No te inquietes, amigo, que aquel al que yo interrogue no tendrá oportunidad de quejarse después. Arruebo conoce los procedimientos para descubrir el delito, conoce los libros del juez Quevedo y Hoyos, conoce los métodos del tormento. Él seleccionará la técnica, el instrumental y la intensidad. El verdugo, como herramienta que es, los aplicará. Ojalá fuese posible torturar sin esa mano que ve y oye y que tiene lengua dentro de la boca. Allí abajo, muchos metros por debajo de la verde hierba, sólo los dos guardas más leales y Larrat presencian el injusto proceso. Se prendieron las candelas y el mochal inmovilizó a Carneiro en el potro. Ansia, dijo Arruebo, y el verdugo tapó la cara del infeliz con una toca delgada, metiendo un extremo en su boca. Vertió a continuación sobre el rostro siete cuartillos de agua, muy lentamente, demorándose tras cada pregunta del conde.

»—¿Quiénes sois los conjurados? ¿Dónde os reunís? ¿Qué armas tenéis? ¿Quién os las proporciona? ¿Cuál es vuestro plan? Canta, Carneiro. ¿Quiénes sois los conjurados?

»—Dicen que quien canta una vez, llora toda la vida —respondió el infeliz.

»—Dale garrucha.

»El ejecutor ata los brazos de Jácome Carneiro tras la espalda y lo iza de una soga enganchada en el techo de la bodega.

»—¿Cómo has entrado? ¿Qué pretendías hacer? Grita, Carneiro, que te enveso hasta que el mondongo te asome por la espalda.

»—Sólo quería un poco de pan, un puñado de grano.

»El verdugo cuelga de los pies de Jácome dos pesos de hierro, veinticinco libras cada uno.

»—¿Cuántos sois? ¿Quién os comanda? ¿Dónde os guarecéis?

»De los labios de Carneiro sale un quejido largo. El bederre lo hace subir hasta tocar el techo con la coronilla y lo arroja repentinamente, sin que sus pies alcancen el suelo, una y otra vez.

»Arruebo querría coger un moscón gordo y rebelde, encerrarlo en una jaula de varillas posada directamente sobre el ombligo de Carneiro, que el bicho enloquezca de hambre y horade las tripas del traidor. Querría atarlo a una viga y darle ladrillo y sueño, pero no tiene un día y una noche para dedicarle. Darle tablillas y dejar sus dedos estirados como láminas desemejantes, pero no tiene paciencia. Traer una cabra *esfameada* de tres días sin comer, untar de manteca y sal los pies del bellaco y hacer que el animal los friegue con su lengua larga y áspera, hasta romperlos y despedazarlos, hasta sacarle la sangre y el ánima. No hay tiempo.

»Si fueses hidalgo de sangre, Jácome, nada de esto podría hacerte. Pero la bragueta no hace la honra, dice Arruebo, y pide tenazas. Jácome cierra los ojos y reza, sus susurros no alcanzan la gracia de que el eco los esparza. Ahí, bajo la tierra, extraído del hogar y de las normas que la ley y la costumbre obligan, sin juez ni justicia, es menos que una lombriz. ¿Cómo has entrado?, pregunta Arruebo, y el verdugo aprieta las tenazas en torno al pezón de Jácome y lo retuerce.

»—Qué más te da quién entre, Arruebo, si ya tienes el demonio dentro.

»—Es la primera verdad que dice, el desperjurado.

»—¿Crees que hablo de ti? Tú no eres más que su sirviente, al demonio lo tienes entre estas paredes. ¿Quieres saber quién me dejó entrar?

»Entonces se oyó un sonido, el ruido de un aliento soplando la llama de una vela, y todas las candelas se apagaron. En la oscuridad, el rostro del verdugo parecía una estatua de bronce. Su enorme mano pinzó las mandíbulas de Jácome. Acercó las tenazas a su boca y con un giro mecánico le arrancó la lengua. El propio Arruebo agarró el látigo y azotó seis veces al ejecutor, que cayó arrodillado en el suelo, mirándose las manos, preguntándoles qué es lo que acaban de hacer. Maldita sea la misa que dejes, le escupió a la espalda Arruebo antes de subir las escaleras.

»Carneiro quedó sin sentido, su cabeza colgando sobre el pecho, es la imagen del Santo Cristo de la catedral de Auriense, reencarnado sólo para revivir la pasión. Mudo, de nada sirve. En la soledad que siempre llega tras un suplicio, cuando todos se han ido y sólo quedan el atormentado y el médico, Larrat prendió una candela y la acercó al rostro inerte de Jácome. A la luz, la raíz de su lengua se retrajo en la negrura de la boca. La llama del candil se reflejó en dos puntitos que escintilaban tras la piedra del rey de la montaña. Un cómplice, una sabandija, un demonio liberado. El cirujano alzó la lumbre y lo que vio, ojos, piel, carne, intención, no sabe si eso tiene nombre, aunque vista de catalufa de la China verde y plata.

»—¿Eres tú, criaturita? —preguntó, porque apenas la reconocía».

7

Albergaría dos Fusos, Portugal

Siempre se habían llevado muy bien, a pesar de que cuando se conocieron ella tenía cuatro años más que Flora, y eso a los quince se notaba mucho. Liany era gamberra, misteriosa, transgresora, una compañía extravagante y divertida, a menudo un exceso. Una vez la había acompañado a Évora. En aquellos días Liany acababa de abandonar la carrera de Arquitectura y estaba empezando Farmacia. Había regresado de un viaje a Brasil obsesionada con indagar en las tradiciones de la sanación tradicional angolana, a pesar de que nunca había puesto un pie en el país de sus raíces. Cuando la visitó en su piso de estudiante, Liany abrió una botella Malibú y le contó sus planes: quería experimentar con una panela de kimbanda. Antes se usaba sólo para adivinar, le explicó de camino al mercado, pero ahora los nuevos con eso saben curar casi cualquier cosa. Compró cuchillas de afeitar, un metro de paño crudo, botellas de vino y de gaseosa, velas. Luego le enseñó la panela, Flora había pensado en algo dulce, pero era un cacharro de barro con un orificio en un costado tapado con tela. Ella misma lo había moldeado y cocido y el resultado era grotesco. En el fondo tenía líneas negras, blancas, rojas, trazadas quizás con algún significado que no quiso contar. Hay que echarle caña de azúcar, dijo, y palos Ndite, Ndua, Dibori, Bilubilo. Un puñado de plumas. Uñas de gallina, seccionadas de las patas directamente sobre la boca de la vasija para derramar dentro la sangre del ave. Cabellos. Está todo listo y me falta lo más importante. Por eso te he invitado. Liany apagó las luces y encendió unas velas, una llama hace mucha compañía, repetía siempre. A Flora la sacudió un desmayo fugaz. Sería posible que esa mujer, la novia de su hermano, su amiga, la chica a la que admiraba, le abriese las venas y le cortase el cuello o le arrancase sus hermosos rizos en la cocina de ese precario piso de estudiante.

—Necesito una calavera humana —dijo Liany, mirándola con sus enormes ojos que a Flora siempre le hacían sentir que una inteligencia delicada, superior, la escrutaba hasta el roñoso fondo de sus miserias.

Habría una droga en el Sumol de naranja con chorro de Malibú que se había bebido de un trago. ¿No era esta gente la misma que había matado al pobre niño Billy en Londres, desangrado vivo, cortado en trozos, lanzado al canal?—. Y vas a venir a robarla conmigo.

—Oh, Liany, qué estúpida soy.

Fueron juntas a la iglesia de São Francisco. Liany llevaba un cesto de paja amplio. Es aquí dentro, dijo señalando un umbral en el interior del templo. «*Nós ossos que aqui estamos pelos vossos esperamos*», anunciaba el dintel. Tú vigila. Atravesaron la puerta. Dentro, toda la capilla estaba forrada con huesos humanos, amarilleados de viejos, formando arcos, columnas, frisos y volutas, la pesadilla de un Brueghel insomne. Hay cinco mil esqueletos, una cabeza de menos no la van a notar, añadió. Era el ingrediente supremo de la panela sanadora.

Esta vez, Salvador no quiere ayudarla a localizar a Liany, pero a Flora le resulta muy sencillo: es *mãe de santo* en un *terreiro de umbanda*, una persona importante en la vida espiritual de los brasileiros en Lisboa y de las segundas generaciones inmigrantes, esa forma de llamar a las camadas que, como Flora, han nacido en el país de acogida de sus padres. ¿Inmigrante? Pero si nunca me he movido de aquí, pensaba ella. Luego, cuando se trasladó a Portugal, comprobó que en realidad era una inmigrante allí donde fuese e incluso aunque no se moviese jamás, que no era de ningún sitio, que en Londres era la española; la portuguesa, en Galicia y en Albergaría, la inglesa, y en su cabeza y en su identidad, un lío. Eso fue hace tiempo. Ahora, desde que es adulta, Flora no cree que necesite una identidad.

No le extraña encontrar a Liany en ese papel. No es que haya nacido para eso, es que le fue transmitido, por eso comenzó a experimentar con la panela hace ya más de veinticinco años. Se lo contó ella misma cuando regresó, con los ojos transformados y hasta parecía que aún más alta, de aquel viaje a Brasil. Había ido a su país natal solamente para enterrar a su abuela, y cuando entró en la casa, en el oscuro dormitorio de la madre de su madre, le sorprendió la muchedumbre y la reverencia. Nadie decía una palabra. Un chaval mestizo, de ojos rasgados, le tiró del brazo y le dijo al oído: aún no cayó. Liany había posado su mano en la mejilla dura de la abuela y en ese momento una gota de sangre manó de la nariz de la anciana muerta: la primera lágrima la había estado esperando. Un hombre pequeño, vestido con camisa de chorreras, recogió la sangre con un algodón y lo envolvió en un trocito de tela negra. Lo prendió en una tira larga de tejido y se lo ofreció a Liany. Ella no supo qué hacer, y el niño la tomó del brazo y la acercó a las manos del hombre. La tira teñida de sangre le fue ceñida a la muñeca izquierda, como una pulsera. Así le traspasaron a ella el espíritu de su abuela y, además del espíritu, toda su fuerza, todo el poder que atesoró durante su vida, y ella lo aceptó. Guardaría ese espíritu dentro de su cabeza y le permitiría seguir viviendo, por todo lo que hiciste por mí, abuela.

Liany es un *aparelho*. En estado de trance, el *exú* la posee y habla a través de ella. Puede desatar nudos, desmanchar trabajos, puede convocar el terror y la maravilla. Macumbera, chanta, hereje, la han llamado toda la vida. Y también señora, madre, reina. A través del auricular, su voz suena igual que siempre, sin extrañeza ni distancia, como si hubiesen hablado anteayer.

—*Coé, menina,* hará veinte años.
—Bien. *Muito bem.*
—No. Tú bien no andas. Cuelgo, que quiero verte los ojos.

Dos lágrimas gordas le cayeron a Flora por los mofletes morenos.
—Es que es en la cabeza, Li —le dijo.
—Es en el espíritu, y eso se ve en los ojos.

Liany corta e inmediatamente contacta de nuevo a través de una videollamada. Su rostro anguloso y su cráneo majestuoso, el pelo muy corto teñido de amarillo, llenan la pantalla.

—A ver, acércate. No parpadees. ¿Cómo está Salva?
—Viejo. Lo intenta disimular dejándose barba y rapándose la calva. No le queda mal. Espero que puedas ayudarme con esto. Puedes ayudarme, ¿verdad?

Liany hace que reprime una risita, pero en realidad quiere que se le note. Es un placer sabroso ver a aquella mocosa que hace tanto tiempo cuestionaba sus creencias volver ahora con la cabeza baja y pidiendo auxilio mágico. Está satisfecha. Flora acerca su rostro a la cámara del ordenador y Liany se muerde el labio, castigándolo por aquella estúpida carcajada, esto es peligroso, es duro, cómo se te ocurre reírte.

—Liany, estoy muy mal. Tengo que irme de aquí, y esto no me deja.

—Y va a ir a peor. Tú sola no te lo quitas. ¿Estás en casa de él? Si por la cara de amargura ya se te nota. Dile que voy a ir.

Flora siente la obligación de replicar, su descreimiento tratando de salir de la tumba reciente, de tierra todavía blanda, pero es pura inercia. Ya ha aceptado el espacio que le han asignado. No comprende nada de lo que le está sucediendo, pero sabe que su lugar es el de víctima, el de atacada, el de afectada.

—No tardes.

—Flora. Sabes que te adoro.

—Por favor.

—*Benzinho*. Estoy en São Paulo.

Flora aprieta los labios para contener dentro de sí las ganas de llorar y suplicar.

—Dame una semana. Cinco días. Tres. Haré lo que pueda. Mientras, Flora, escúchame, no intentes salir de casa. No pienses más en esto. Duerme, duerme todo lo que puedas.

8

SANTIAGO DE RUBIÁS

Mariña está muerta de miedo. Fue ella quien se empeñó en que tenían que verse en persona porque no pensaba enviarle ninguna fotografía ni contarle nada más por teléfono y menos por mail, y el tipo, con una desgana que le pareció impropia de un periodista, «un periodista de sucesos, además», le dijo que bueno, pero que él no iba a moverse de su territorio. Será que no es vocacional. O estará amargado. Había visto clips de sus apariciones en magazines de televisión donde se le veía muy divertido, explicando el secreto del mejor pilpil, que está en la mano que menea la emulsión, o muy compungido, relatando el horroroso caso del hombre alto que vigila en los parques infantiles. Aunque no era mayor, a Mariña le pareció que se comportaba como una vieja gloria que observaba el mundo, mudo y rencoroso como una oruga sin patas, desde las alturas del Larouco. Al menos había escuchado. De acuerdo, puedo echarle un ojo al tema, acabó diciendo, pero en mi casa. Así que o me mandas esas fotos o me cuentas por teléfono o vienes. Una oclusión dolorosa ascendió por la garganta de Mariña, y durante unos segundos no pudo hablar. ¿Me oyes? ¿Vienes o no? Tragó saliva y respondió: Sí. ¿Sí, qué? ¿Me oyes o vienes? Sí las dos, había dicho ella, y eso es lo que la aterra.

Nunca había pisado Santiago de Rubiás. Eran apenas cuarenta kilómetros desde su casa, pero con el quad no podía subir de sesenta, así que el viaje se convirtió en una peripecia a través de carreteras comarcales, pistas de monte y algún atajo que no debió coger. En Mugueimes la vía estaba cortada por varios incendios forestales. La niebla y el humo se superponían en capas de frío y ceniza, sin mezclarse, y el olor a hoguera se le pegó a la ropa y al pelo, como aquellas mañanas de San Juan regresando a casa después de pasar toda la noche bailando en torno al fuego, lavarse la cara con el agua de las siete hierbas, *xesta, fento,* malva, *herba luísa, fiuncho, romeu, herba de San Xoán,* dejar al raso un vaso con agua y huevo para leer el futuro, la vida que tenía hace apenas seis meses y que ahora es la de otra persona: pendiente de juicio por la agresión a Morelba, neurótica e insoportable, esto no se lo predijo la clara de huevo.

Cuando salió esa mañana de las montañas del Xurés, la helada cubría la carretera y los campos. Ahora le daba el sol de pleno, más de veinte grados a finales de noviembre, debía haberlo previsto tal y como está el tiempo. Iba demasiado abrigada y tenía sed, así que se detuvo en Calvos. Recordaba que había un bar justo en la parada del bus, pero, aunque estaba abierto, tres carteles de diferentes colores y tipografías anunciaban «SE TRASPASA». Eso le causó una sensación funesta, nunca entraba en establecimientos condenados. Tuvo que seguir adelante. Pasada la aldea de Randín, tomó la carretera hacia Santiago de Rubiás. En una tienda con pegatinas de Mirinda y Avidesa en el cristal de la puerta cogió un café refrigerado, allí nunca han oído hablar del Monster, y un euro de chuches congeladas, justo antes de desviarse por una pista mal asfaltada y sin pintar. Para más horror, el lugar donde vive el tipo este está al final de una carretera perdida, en un *rueiro* llamado Baldomar, que en las fotografías de satélite parece abandonado. Si es que de verdad vive allí.

Paró y revisó su equipamiento de autodefensa. Había tenido que reponer varias de las piezas después de aquellas noches en el calabozo, donde descubrió la noticia sobre los niños enterrados en Goiriz. Eso la había conducido al tal Suso Veloso, dos cabezas, máscara doble. Sabe que la conexión no es consistente, pero no tiene nada más. Por lo menos, el periodista la ha escuchado. Si consigue que publique algo sobre lo que le hicieron, tendrá al menos una oportunidad, una oportunidad raquítica, pero una, de que surja alguna pista, que alguien haya visto algo.

La noche de Todos los Santos, la Guardia Civil le había requisado el espray, la navaja, los anillos puntiagudos que después empezó a elaborar ella misma con resina epoxi, y las orejitas de los gatos son más afiladas, más largas y agresivas que ninguna que encuentres en el mercado de la autodefensa femenina. También consiguió unas botas militares con tachuelas de pinchos incrustadas en la punta. Se ven muy *rockeras*, pero en realidad son una herramienta asesina.

Mariña no le ha dicho nada a Héctor. Hace casi un mes que no se hablan de verdad, desde la noche de la patada, porque él no entiende, porque él no escucha y porque le habla de tirar para adelante cuando eso para ella es impensable mientras no esté segura de qué es lo que tiene detrás. Héctor ha cambiado. Ya no es Michiwichi, ahora va de floreciente. Jerséis de girasoles y zapatillas deportivas en tonos chillones. Insiste en hacerse el encontradizo todo lo que puede y nunca, lo sabe, ha tenido otro amigo más que él, el único chico negro del pueblo, la persona más leal e incansable, lo echa tanto de menos. Cuando se vio en el camino de tierra que se introducía en el caserío asolado, le envió su ubicación. Controla, le escribió. Y avanzó entre las ruinas hacia la última casa, donde terminaba la senda.

—¿Eres María? —La voz sonó detrás de ella. El periodista asomaba la cara somnolienta entre unas mantas, desde un chinchorro colgado entre dos *bidueiros*. En el suelo, sobre el césped seco, había una bandeja de plástico con una taza de peltre recorrida por surcos de café negro y un bocadillo al que apenas habían dado un mordisco. Dos hileras de hormigas gordas, una de ida y otra de vuelta, celebraban su particular fiesta de la mortadela.

—Mariña —repuso, sin acercarse. El hombre tampoco se movió de su refugio a la sombra del emparrado de kiwis, del que colgaban unos frutos canijos, secos y arrugados que habían quedado sin recoger. No le gustó, era como una alimaña agazapada que asomase la cabeza desde la madriguera, sin mostrar el cuerpo: podía ser enorme, llevar un cuchillo o estar desnudo haciéndose una paja.

—Mariña, como la de Allariz.

—¿Quién? No.

—Santa Mariña de Augas Santas. —Suso se incorporó y se sentó como lo haría en un columpio. Estaba vestido y no era un gigante. Puso las manos a la vista, entrelazados los dedos, y no parecía llevar ningún arma. Mariña llenó los pulmones y el aire se topó con espacios cerrados, llenos de angustia—. Era una chica cristiana, muy devota, que vivía en el castro de Armeá, cerca de Allariz, en los tiempos de los romanos. Cuando tenía quince años quiso la mala suerte que el gobernador Olibrio la viese pastoreando las ovejas. Se encaprichó con ella y se puso a perseguirla. Tenía que ser suya. Ella que no, que no y que no, pero dime tú en qué lugar del mundo una pastorcilla hace frente a un gobernador romano y sale victoriosa. El tipo dijo: por las buenas o por las malas. Mandó prender a Mariña y la encerró en sus mazmorras. Ella siguió negándose. La ató a un poste en el patio de su villa y la azotó de su propia mano con un flagelo de cadenas y ganchos, de los que se incrustan en la carne. Le clavó un rastrillo de hierro por la espalda, a los tres días ella tenía la piel de un bebé. La envolvió en telas ardiendo y sanó inmediatamente: olía a churrasco, pero estaba fresca como un melocotón. La hundió entonces en un estanque, atada a una piedra y al poco ella salió por su propio pie. La metió en un horno de piedra, cerró la tapa y le prendió fuego, también se escabulló. Viendo que la tortura no la persuadía, Olibrio optó por la venganza y la denunció por cristiana: si no renuncias a tu religión, morirás decapitada. Por supuesto, ella se atrincheró en su fe, así que le pusieron el cuello en un toro de carballo y a golpe de hacha rebanaron esa hermosa cabeza. Salió rodando y rebotó tres veces. En cada punto donde el cráneo tocó el suelo, nació un manantial de aguas santas que curan las enfermedades y alejan a los malos espíritus. Es una leyenda muy famosa, seguro que te pusieron el nombre por ella.

—Te he dicho que no. —Mariña no quería perder el tiempo con temas que no tenían nada que ver con su misión, además, era otra estúpida historia de virtud y castidad, pero la verdad es que el periplo de la santa se parecía al suyo. Aunque aquella mujer, pensó, tuvo más suerte que ella: al menos su tormento terminó con la muerte, y seguro que después fue recompensada o por lo menos la dejaron descansar. Pensó también que era muy raro que este tipo le contase algo así, con lo que ella podía sentirse identificada. La hizo desconfiar. Sabrá algo de lo que me ha sucedido.

Suso dio un sorbo al café y escupió una hormiga con despreocupación, que se le fue a pegar sobre el bolsillo de su camiseta gastadísima de Pelegrín, Xacobeo 93. Por teléfono, la chica le había parecido una trastornada, el tipo de narcisista que llama a todos los medios locales y nacionales para contar que ha hecho un descubrimiento asombroso, que resulta ser que su bisabuelo le limpió las botas una vez a Cary Grant, o que hay unos vecinos que echan lejía en el lavadero comunitario, y mira cómo me han estragado toda la ropa. La verdad, creía haberse librado de ella con la disculpa de que tenía que ir hasta allí.

—A ver, cuál es esa historia maravillosa que me va a hacer ganar el Ondas —soltó. El cinismo no era habitual en él, pero había cambiado mucho en poco tiempo. Ya no le quedaba ánimo para afrontar las noticias. Ni siquiera se había movido cuando le llamó Teresa para rogarle que publicase algo sobre los lobos. Bajaban de la montaña y mordían a las vacas. Tendrán hambre, decía Suso. No es normal, replicaba Teresa. El ganado está enfermando. Y la explicación que alguna gente da es que tiene el *lobado*, por comer hierba contaminada con la saliva del depredador. Van en procesión a Ormeche, mira qué ignorancia, a la casa de una mujer que guarda la tráquea de un lobo, que le hace pasar agua a través, y dando a beber a las vacas esa agua dicen que se curan, pero esto es algo grave. Es algo bacteriano, transmisible, y vamos a tener un problema veterinario importante. Tienes que informar y contarlo bien, tú tienes influencia. Es tu deber. No me apetece, contestó Suso, sin más, y se podía escuchar la estupefacción en el silencio de la farmacéutica al otro lado del teléfono. Ahora hago las cosas de otra forma, dijo como despedida. Ahora pide las fotografías y escribe desde casa sin mucho interés, y se nota. Lo más audaz que ha conseguido terminar en el último mes ha sido lavarse la cabeza y el bigote con el champú de Rohan, para oler a su olor. Hasta Mariña, que no lo conocía, lo encontró muy diferente a las imágenes de internet, con esa ropa tan vieja y esa mueca de descreído. Parecía el gemelo malo de una película de sobremesa predecible y aburrida.

Mariña sacó la tablet de la mochila y se acercó.

—Es por eso de los niños de dos cabezas que descubriste, quería que vieses estas fotos.

El contraste de la pantalla era tan malo bajo la luz del mediodía que Suso apenas podía distinguir lo que la chica le estaba enseñando.

—Unos muñecos —dijo. Mariña resopló—. No se ve nada. Pásamelas y las abrimos en mi ordenador.

—No quiero copias de esto circulando por ahí.

Típico comentario de loca megalómana, pensó Suso: «Que no salgan de aquí las importantísimas fotos de las cabezas de los muñecos sucios de mi abuelita, que luego acaban en las manos del CNI y habrá represalias contra toda mi familia». Conspiración, ojos que nos observan, micrófonos microscópicos flotando en el aire, como el polen de unas flores mecánicas y perversas.

—Pues vamos adentro —dijo, y de un salto se incorporó del chinchorro y comenzó a caminar por un sendero precario, marcado sobre la hierba seca a base de huellas repetidas.

Mariña se aferró a su llavero y siguió al periodista a cierta distancia, midiendo cada paso. Las edificaciones en ruinas al borde de la carretera la habían puesto en alerta, pero la calmó un poco ver que la casa de Suso, la última al final del camino, era una típica vivienda de granito de Larouco con balconada de madera, casa grande de pequeño hidalgo, con un escudo de armas casi borrado, y que había sido restaurada con amor a lo antiguo. Entró tras él y se quedó de pie cerca de la puerta: rígida como las tablas, endurecida como el pomo, encontraba en esa puerta algo afín a su propia cualidad. Aunque no lo podía negar, esa casa transmitía una agradable sensación de cercanía, de cosas bien hechas, cuidadas, desde hacía mucho tiempo. La entrada daba directamente a una gran sala decorada con ese estilo rústico pop que tanto triunfa en las casas de turismo rural: muebles antiguos y mecedoras combinaban con elementos *kitsch*, una placa de Mirinda, un enorme retrato de un perro bóxer, hecho a carboncillo, sobre la chimenea. Le dio la impresión de que todavía se guardaba espacio para el futuro en esa estancia abigarrada, con aspecto de haber sido habitada por muchas vidas pasadas.

—Pero siéntate, mujer —le dijo él, y desapareció por un pasillo. Al cabo de un par de minutos, Mariña escuchó el ruido de una puerta cerrándose, y a través de la ventana lo vio pasar, alejándose de la casa. Llevaba algo en la mano, algo como unas tijeras enormes. Pasó muchísimo tiempo.

Mariña está muerta de miedo. Nota unos dedos fríos que se hunden en su barriga y le retuercen el estómago, o quizás otra víscera cercana. Nunca le ha interesado la anatomía, pero conoce esa sensación. La corriente de frío descendiendo por la espalda. Los puntitos negros huyendo justo antes de que se le nuble la vista. Cierra los puños y susurra a los gatitos que pueblan sus dedos que se preparen para hacer aquello para lo que han sido diseñados: clavarse en la carne ajena. Escucha de nuevo la puerta de atrás abriendo y cerrándose. Ruidos en la habitación contigua: herramientas metálicas que entrechocan, quizás esas tijeras, quizás cuchillos, tal vez machetes. Lleva semanas previendo este momento, planificando una posible defensa y lucha, y ahora sólo puede temblar. Está paralizada. Se ha quedado sin aliento, las rodillas se le doblan y se derrumba en el sofá.

Suso llegó por el pasillo y le plantó delante una bandeja, sobre una mesita baja hecha con una puerta antigua de carballo. Había un plato de queso con *marmelo*, un cuenco con fruta y una servilleta verde de tela, ribeteada en encaje de crochet.

—Qué pálida. Como Santa Mariña cuando le rebanaron la cabeza. Te traigo kakis recién cortados, es lo único que he conseguido sacarles a los frutales este año. Pruébalos, el azúcar te sentará bien.

Mariña lo miró con los ojos brillantes de angustia.

—Perdona —dijo en un susurro. Los labios le temblaban y en el mentón se le formaron oquedades y masas arrugadas que antes no tenía. Empezó a llorar como una niña, a golpes de hipo.

Suso, que siempre tiene una historia que contar, que siempre tiene una pregunta preparada, nunca sabe qué hacer cuando alguien, sobre todo alguien desconocido, se pone a llorar delante de él, y eso es algo que a un periodista le sucede con frecuencia. Se queda en blanco y siente el impulso de abrazar, no por cariño —aunque un poco por compasión—, sino porque si ve a alguien llorar, le dan ganas de llorar a él también, y sobre todo por cambiar la dinámica del momento. Así que abrazó a Mariña y ella no sintió miedo, sino la presión y cercanía justa para poder aflojar su propia rigidez y descansar. Además, Suso olía maravillosamente, como si hubiese dormido en el regazo fresco de la mañana. ¿Tendría el chinchorro lleno de hojas de hierbaluisa? Porque así es justo como él olía. Hierbaluisa, jazmines y gominolas de plátano.

Cuando se separaron se encontró en calma, como hacía mucho tiempo, como si acabase de tomar un té reconfortante, como si hubiese respirado unos vahos de eucalipto, y el malestar en el estómago había pasado, incluso sentía algo de hambre. Hacía mucho tiempo que no se acercaba tanto a otro ser humano.

Se comió el queso con membrillo y dejó los kakis con vergüenza. No los soportaba: la única vez que los había probado no estaban lo suficientemente maduros y un rastro astringente se le pegó al paladar durante días. Después, le contó toda su historia sin una sola pausa, casi sin tomar aliento, dónde había encontrado la máscara, lo extraña que era y cómo se la habían arrebatado, ahora busca y rastrea, no es capaz de hacer otra cosa, y los ataques de pánico que la paralizan y la han convertido en una incapacitada a ojos del mundo. Al escucharla, Suso sintió un desgarro en la herida de la ausencia de Rohan. ¿Cómo quieren que no cambie si ya no puedo ser de la forma en que era con ella?

Vamos a ver bien esas fotos, le dijo Suso, y las abrió en la enorme pantalla de su ordenador. Tengo un software para analizar las imágenes, añadió. Automáticamente, Mariña avivó los rescoldos de la desconfianza. Cree que mis fotos están manipuladas, pensó. Pero tiene otras herramientas y usos interesantes, explicó Suso al momento. Conocía la ansiedad que se crea en las fuentes ante un comentario así, una pregunta demasiado incisiva, es que duda de mis palabras. Aplicó capas, colorines y funciones a las imágenes. Fíjate, dijo, los dos rostros de la máscara son más diferentes de lo que pensabas.

Uno de ellos mostraba restos de pigmento rosado mientras que el otro era más oscuro, en algún momento había estado pintado de un tono negruzco. En este último los rasgos habían sido tallados de forma más angulosa, y leves surcos hechos a mano recorrían las mejillas y la frente. Pero lo más sorprendente no estaba en los rostros, sino al dorso. Al verlo, Suso se puso de pie de un salto, miró a Mariña, dio dos vueltas rápidas por la habitación y volvió a sentarse.

—¿Tienes un pitillo?

—¿Me dices qué es lo que pasa?

—Mariña, me das un poco de miedo, y creo que serías capaz de clavarme esas botas de pinchos en mi hermosa carita de elfo si dijese una palabra fuera de su sitio, pero me alegro tantísimo de que hayas venido. Mira, ¿ves esto? No, no lo ves, porque es imperceptible, pero fíjate ahora cuando le subo el contraste. ¿Lo ves?

Estaba muy borroso, pero, sí, lo veía. En el interior de la máscara quedaba una sombra de lo que un día fueron dos grandes letras, una hacia cada extremo, pintadas sobre la madera en una caligrafía que parecía muy antigua, de color grana. En la parte derecha, que correspondía a lo que en la cara externa de la talla era el rostro más redondo y rosado, había una T. En la izquierda, detrás de la mueca negruzca, una D.

Suso supo en el momento que eso, justo eso, formaba parte de la mascarada perdida, y que la desgracia de Mariña unía, de alguna manera, la investigación que había traído a Flora hasta Calvos, las vidas breves de los niños enterrados en Goiriz y la desventura de los Fontes. Cogió el teléfono para llamar a Flora y lo soltó. Esa chica tan perspicaz necesitaba antes una explicación.

—Hay una historia de una niña nacida en la sierra de Larouco que se llamaba Teodora Dorotea, una niña con dos cabezas, como los esqueletos de Goiriz. Esos huesos fueron enterrados dentro de sacos cerrados con cintas bordadas, y una frase que parece una especie de ofrenda: «A ti te lo entrego, Teodora Dorotea». ¿Qué te dice tu abuela de esta máscara?

—Ella no sabe nada. —Mariña no quería contarle a un desconocido, por muy bien que oliese, que su abuela era una asceta con voto de silencio que vivía encamada en la cumbre de una montaña: ese hombre probablemente pensaría que la locura va tallada en las hélices del ADN, que toda la historia que quiere contarle se ha cocinado al fuego incontrolable de unas neuronas enfermas.

—Escucha, Mariña. Lo que te ha ocurrido no es una casualidad. Nos están atacando a todas las personas que hemos descubierto algo sobre Teodora Dorotea. Unas grabaciones, una máscara, los esqueletos dobles. Lo que te han hecho a ti, a Belén Fontes, a mi amiga Flora, lo que me han hecho a mí, ahora no tengo dudas.

—¿A ti qué te ha pasado? —Mariña estaba emocionada. Él es la primera persona que la ha creído de verdad, la ha escuchado, se ha molestado en seguir la pista que le ha traído y ahora tiene algo, un reguero de migas de pan que seguir. Están pisadas, arrastradas por el barro, pero ahí hay un tenue rastro.

Suso no respondió. Un encierro en una cuadra, el robo de una máscara son cosas realistas. Extrañas, pero perfectamente creíbles. Y si fuesen falsas, lo peor que podría suceder es que seas un mentiroso, un egocéntrico y fantasioso de más. Lo suyo era otra cosa. Absolutamente cierta, no había sido capaz de explicarlo porque ni siquiera sabía cómo transformar lo que le pasó en frases inteligibles.

—Vamos, yo te lo he contado todo —rogó Mariña.

Tenía razón. Ella también merecía una historia, aunque fuese tan extraña como la suya. Para salir con fluidez, todas esas palabras y ese dolor necesitaban un vaso o dos de jeropiga.

Puso la botella en la mesa, con dos vasitos verdes de cristal tallado, y empezó por el crimen de Belén, la brujería, continuó con la búsqueda de Mingo en el *neveiro* y así llegó ante la cabaña perdida en el bosque, con su resplandor de trampa para insectos parpadeando en la ventana, el quejido largo de animal filtrándose. Vete, Suso. Vete. Vete. Vete. Vete.

—No quería entrar, pero entré. Llamé, la puerta estaba floja y se abrió. Había muy poca luz, sólo una lámpara de *camping* que colgaba de una punta en el techo, con el gas en las últimas. Parecía un refugio de cazadores, muy sencillo, una salamandra contra la pared, una mesa con una cocinilla, una mochila. Y alguien. Encima de un colchón en el suelo, dentro de un saco, una mujer joven, quizás extranjera, con la piel muy blanca y el pelo dorado. Parecía haberse quedado dormida mientras amamantaba al bebé que descansaba sobre su pecho. Con la boca abierta, era ella quien emitía los ruidos que me habían parecido tan semejantes a los quejidos de Rohan cuando algo la inquietaba o sentía dolor. El mismo sonido. No quise molestar, una hippie, una aventurera, una mujer pobre, estaba ya dándome la vuelta, te lo juro, cuando sí, paré y le miré la teta antes de irme. Y entonces vi que tenía una cobra enganchada al pezón, mamando ansiosa. Agitaba la cabeza como en pequeños espasmos, y de las comisuras se le escapaban largas gotas de leche que mojaban el saco. Sonaba como un desagüe viejo al desatascarse. Mientras tragaba, la serpiente le metía la cola al bebé en la boca, para que no llorase, para que no despertase a la madre, pensé. El niño chupaba con los ojos cerrados. Sentí tanto horror y repugnancia que salí de allí corriendo, ni siquiera cerré la puerta. Ya sé que está fatal. Lo supe en ese momento y cada paso que di alejándome de allí me dolió como un clavo dentro de una uña. Pero volví. Llegué al coche, cogí la llave inglesa y regresé por donde había venido. En mi vida he matado a una serpiente ni a nada más grande que un mosquito. Había marcado el recorrido en la app de senderismo precisamente porque temía perderme, pero ya no encontré la caseta. Ni el *neveiro*, ni a Rohan, ni nada. Di vueltas toda la noche, no podía irme a casa sin la perra. A la mañana siguiente, unos operarios del parque eólico me indicaron la ubicación del refugio de cazadores. Esta vez sí lo encontré. La puerta estaba abierta de par en par, ahí dentro quedaba el colchón, la salamandra, la mesa, nada más. Lo que sí había, y esto te juro que no estaba la noche anterior, era una enorme mierda seca en el medio de la estancia. Mierda de Rohan, no tengo dudas. ¿Cómo lo sé? Pues, primero, porque conozco la mierda de mi perra, y segundo, antes de que pienses que soy un chiflado, porque tenía trocitos de goma azul, de la pelota nueva que esa perra tontorrona había destrozado el día anterior, justo antes de irnos en busca de Mingo. A Rohan se la llevaron. Todos los días la busco, y nadie la ha vuelto a ver. A mí me hicieron tener alucinaciones. Fue un ataque, porque hemos encontrado algo que debería permanecer bajo la tierra y bajo el agua: los huesos, tu máscara, la historia de la niña doble. Imagino que no es fácil creer lo que te acabo de contar, pero es tal cual lo que sucedió.

Mariña pensó en la imagen del mundo diluyéndose que empezó a ver a través de los ojos de la máscara, aquella tarde en el baño de la tienda. Cómo se la quitó de un tirón y la madera quería pegársele a la cara. Por supuesto que creía en damas de cabello dorado que aparecían en la noche amamantando a las serpientes.

—¿Por qué no publicas lo que me hicieron?

—Podría. Me encantaría. ¿Estás segura? Es como encender un faro delante de la cara de los enemigos.

—Es lo que quiero. Mientras sigan ocultos no los podré encontrar.

9

TODO LO QUE ES RARO ES HERMOSO

Esta vez, la grabación llegó sin mensaje, sin asunto, sin saludo. Solamente un archivo titulado «todo_lo_que_es_raro.mp3». Flora la escuchó de noche en su habitación. A pesar del consejo de Liany, no conseguía dormir.

«Es un cuento, pero no para que se lo cuentes a los niños, eso no, es un cuento para que te acuerdes de lo que aquí sucedió, que estuvo escrito y se ha perdido y que lo aprendimos de memoria, una palabra llamando a la otra, para que nunca más pueda perderse, ni puedan quemarlo, cerrarlo con candados o hacerlo desaparecer. Como me lo contaron a mí te lo cuento a ti, que Arruebo llamó al juez Manzano para que dictase sentencia, y que el juez Manzano dijo: "Se hará justicia de este traidor penándolo en cada uno de los miembros con los que conspiró". En la campa ante el pazo de Viladormen, ataron a Jácome Carneiro en la picota y le cortaron la mano con la que agarró el puñal. Le cortaron los pies con los que entró en la casa del señor de Támega y le sacaron los ojos con los que lo vio sentado en la cocina. Le atenazaron el pecho y las piernas y le extirparon la nariz y una tetilla. Lo colgaron en el finibusterre y el verdugo se subió sobre sus hombros, las piernas alrededor del cuello. Aún vivía cuando le arrancaron por la espalda el corazón con el que pensó el crimen. Después, desataron su cuerpo y lo devolvieron al pueblo de Viladormen. Dos muchachos desdentados fueron los primeros en apedrearlo, esto nadie lo cuenta, pero muchos lo vieron.

»Fue un espectáculo contemplado por cincuenta personas bebiendo vino, apilando leña, encendiendo la hoguera donde quemaron los despojos del infortunado Carneiro. Echaron sus cenizas allá donde enterraban la carroña de los animales muertos por la rabia. Arruebo mandó sacrificar tres carneros y se asó cabrito hasta que se hizo de noche. Corrió el aguardiente, se cantaron canciones, algunos se durmieron. Nadie echó de menos a Larrat, y, sin embargo, era muy extraño que no estuviese allí: le gustaba presenciar las ejecuciones, rogando al verdugo que hiciese a los cuerpos poco destrozo, para poder usarlos después en sus lecciones de anatomía. Si para esto los empleaba, o si hacían trajes de muerto para convocar a demonios, eso nadie lo sabía y todos lo contaban.

»Mil veces lo escuché, que sólo dos pedazos de Jácome Carneiro se libraron de la quema. Que Arruebo mandó hincar un poste en la encrucijada del Camino Real, y que en él clavó la mano traidora y el corazón. Allí estuvieron durante seis meses. Se decía que el corazón, en lugar de secarse, aún latía, y por las noches el viento llevaba el tamborileo desde Bande hasta Calvos. Por la mañana, un reguero de sangre aparecía sobre la tierra.

»Dirán que no puedo saberlo si ocurrió a puerta cerrada, y yo digo que todo se sabe si se hace la pregunta acertada.

»Nada de esto interesaba a Larrat, a quien no se volvió a ver por el pueblo desde la tarde del tormento, cuando Arruebo ya había abandonado la bodega y él descubrió a la criatura escondida detrás de la piedra del señor de la montaña. Lo que vio le arrebató la cordura por un momento: pensó en pisotearla, en asfixiarla con sus manos. Expulsó a los guardias y al verdugo y cerró la puerta.

»—Sal, niña —dijo.

»La bicha observaba, dos de sus manos cubriendo sus dos bocas. Seguro que en su pecho golpeaba un furioso toque de campanas, seguro que se agitaba de terror y gozo, porque ella había querido ver la carne de Jácome abrirse, como su frente se abrió por la piedra de su mano. El pellejo de la criatura estaba tenso, demasiado estrecho, le apretaba el cuerpo, las venas, los nervios, ella creyó que iba a rasgársele. Dicen que durante el tormento se vio a sí misma con la carne arrancada, el castigo de Arruebo sobre ambas por haber dejado entrar a Carneiro. Que vio sus órganos desde dentro, o quizás estaban derramados y por eso podía verlos, desacompasados los latidos lentos, la sangre muy fría y quieta, una y otra mirándose a sí mismas en el ojo de la hermana. Que por primera vez sintió miedo, y entonces obsesionó con una imagen la mente del verdugo. Porque eso era lo que ella hacía: si la veías, mejor no mirarla. Si la mirabas, sus ideas te roían la cabeza.

»Dirán que no puedo saberlo si ocurrió a puerta cerrada, y yo digo que todo se sabe si se hace la pregunta acertada.

»Larrat entendía de monstruos. Muchos años llevaba fabricándolos para venderlos Arruebo, porque los prodigios naturales ya menudeaban en las montañas. De todos es creído que hay monstruos que proceden de la imaginación de sus madres, que estando encintas miran intensamente o desean cosas que no tienen a su alcance. Famosa es en toda Europa la niña que nació con todos sus miembros quebrantados, y lejos de recoyuntársele al crecer, la pobre vivió toda su existencia arrastrándose, pues su madre había cumplido el capricho de contemplar la ejecución de un reo que habría sufrido el tormento de la rueda. A mí mismo me contó una mujer que, antojada de beber vino, no lo pidió por vergüenza. Su hijo salió con una mancha en el párpado con el tamaño y color de una pieza de dos reales de vellón, que era el precio del vino que no se había consentido. Y, sin embargo, nada de esto es verdad. Cuando Arruebo trajo tres mujeres preñadas que había capturado entre las gentes salvajes del Jurés, Larrat puso gran diligencia en hacerlas presenciar escenas que impresionarían hasta a los galeotes: pinturas, ilustraciones de seres deformes en el tratado de Paré, copias de los cuadros de Durero. Animales salvajes, destripados ante sus ojos. Torturas de desertores y asaltadores de caminos. Con los párpados abiertos y la obligación de mirarlos días y noches enteros. Ningún resultado hubo: una perdió lo esperado y las otras dos dieron a luz a criaturas normales.

»¿Y los monstruos fruto del bestialismo? Una ilusión que todavía defienden incluso los hombres más sabios, llamando a juzgar de feo crimen a las mujeres que paren engendros brutos. Pero tampoco, es cierto, la mezcla de humano y animal no produce prodigios ni cosa alguna: obligando Larrat a un criadito a mezclarse con una yegua, y guardándola a esta de otros machos, nunca se la vio preñada. De igual manera, forzando a las mozas que Arruebo traía a mezclarse nefariamente con perro, ninguna criatura se hizo, ni bestia ni hombre ni mistura de ambos.

»Sólo de una forma fabricó Larrat monstruos, y fue a golpes con hembras encintas para propiciar la tortuosidad y desigualdad del seno, chocando durezas contra sus vientres, o fajándolas con fuertes paños, colocando dentro piedras, o atándolas con sogas o haciéndolas cocear por mulas y caballos. Aunque las criaturas así generadas a menudo nacían muertas, con todas mercadearon, enteras o en trozos, convenientemente embalsamadas.

»Dirán que no puedo saberlo si ocurrió a puerta cerrada, y yo digo que todo se sabe si se hace la pregunta acertada.

»De la criatura Teodora Dorotea, Larrat siempre afirmó que era producto de la desigualdad, del desorden, de la indocilidad de la materia, sin más misterios, como aquel monstruo horrendo hallado cerca de Cataluña por las tropas de don Juan de Austria: de sus siete cabezas solo una, la que se ofrecía en medio, era perfecta, aunque no tenía más que un ojo en el centro de la frente y orejas de cabra. O aquel del que escribió Jorge Buchanano, un engendro de dos cabezas y cuatro manos, pero partes inferiores comunes, como es Teodora Dorotea. A este mandó criar y educar diligentemente el rey, en música, artes y varias lenguas. Llegaron a vivir veintiocho años, y cuando murió el primero, el otro le sobrevivió largamente hasta que la corrupción del difunto le alcanzó y arruinó el cuerpo entero.

»—Sal, niña —llamó Larrat aquel día en la bodega.

»La criatura no se movió. El cirujano acercó la candela: su piel había cambiado. Tenía el aspecto resbaloso, húmedo, blando al tacto, que tienen las medusas, los estómagos de oveja o las lombrices muertas, hinchadas bajo la lluvia. Sus ojos, mirándose con fijeza la una a la otra, eran rendijas por las que asomaban duras gemas negras. Los labios escondidos le parecieron los de un pez antiguo, las feroces serpientes dobles que guardaban el puente de Misarela. Olía a agua vieja que corre siempre por el mismo cauce, que de tanto correr entre las piedras ya es más de roca que de río. Por primera vez las veía realmente como una sola, iguales, hechas de la misma materia, Larrat creyó que se estaban comunicando. Que Dorotea, esa correa de cuero a la que no tenía por más que por un apéndice, hablaba a su hermana entre dientes, temblando la carne de su boca sin labios. Fue sólo un momento, suficiente para que el cirujano le pusiese nombre: eso que estaba contemplando era un milagro oscuro.

»Dirán que no puedo saberlo si ocurrió a puerta cerrada, y yo digo que todo se sabe si se hace la pregunta acertada.

»Larrat quiso establecer la cadena de los hechos. Primero, la criatura había presenciado una espantosa tortura, sin duda una vivencia extremada para su corta edad. Después, un chorro de sangre salpicó la piedra del dios. Las velas se apagaron, el aire cambió. El verdugo, un hombre que trabajaba con el rigor y la obediencia de una jaca, había sido tomado por un impulso ajeno. Se ejecutó una venganza sin necesidad de juicio. Y en algún momento, antes o después de todo eso, Teodora Dorotea se había transformado en algo diferente. Por fin se le había otorgado el don de contemplar un milagro, aunque un milagro inútil, y el empeño de su vida se dedicaría ahora a desentrañar la forma de controlar el mecanismo. Encontraría el idioma para hablar con el rey de la montaña.

»Todo lo que es raro es hermoso, le decía cada día Juan de Larrat, cuando tomaba de la mano a Teodora, Dorotea dormitaba como casi siempre, y juntos descendían a la bodega donde aguardaba el rey de la montaña. Empezó preguntando. Cómo lo hiciste, dominaste tú al verdugo, qué te decía Dorotea, hablaste con el dios, con el gigante en la piedra. Ella balbuceaba que no se acordaba siquiera de aquel día, y él le creía.

»Vertió sangre de vaca en la piedra y no sucedió nada. Vertió sangre de moza blanca en la piedra y no sucedió nada. Vertió su propia sangre y destiló unas gotas sobre las dos cabezas de la criatura, y no sucedió nada, más allá de que Teodora lloriqueó y Dorotea echaba babas como un caracol enjabonado. El caos es un orden que aún no entendemos, se convenció Larrat, fraguando su propio ánimo.

»Dirán que no puedo saberlo si ocurrió a puerta cerrada, y yo digo que todo se sabe si se hace la pregunta acertada.

»Hay monstruos que nacen por el influjo de los astros celestes, pues sus fuerzas alteran el temperamento que sigila las partes en la simiente, las revoluciona, las desordena y deprava sus jugos. Por la luna en tiempo medio o en cuarto menguante nacen deformes, torpes y necios, no en vano las mujeres del Bearne abortaban frecuentemente a estos engendros lunares. Por los eclipses, por la conjunción de Saturno y Marte, por caer en los ángulos sin familiaridad en el horóscopo. Quizás sea esta la causa de tantos portentos que Pedro trae de las montañas, pero Teodora Dorotea no venía de los astros.

»Hay monstruos que son creados por las causas superiores de la disposición divina, unas veces en merecido castigo por la impiedad de los padres o por malicioso desentrenamiento cometido en la unión. Otras por querer Dios significar, a través de seres nocivos, las nuevas desgracias que están por venir. Traen letras, cruces, estigmas grabados en la carne, o muestran misturas imposibles como aquel famoso engendro de Rávena que ilustra Pareto y que pronosticaba la guerra en Francia. Y en Cracovia, hace apenas medio siglo, un prodigio espantoso de apariencia nació diciendo *"Vigilate, Dominus Deus, noster adventat"*. Tantos de estos han sido estrangulados, echados en un saco al pozo, despeñados. Pero Teodora Dorotea no venía de ese dios al que se reza en las catedrales.

»Algunos dicen también que hay monstruos causados por los ángeles malignos, por los caídos, con las mismas artes con las que se fabrican los íncubos y los súcubos. Pero Teodora Dorotea, aunque al principio así lo pensaron todos, no venía del diablo. Ni de la imaginación vino, mas que de la imaginación del señor gris de la montaña. No vino de la anunciación del caos, sino de la llama de una edad nueva. No vino del error en la copia, sino de una perfección que todavía no sabíamos interpretar.

»Larrat le decía: eres portento, porque anuncias lo que llega. Ostento, porque manifiestas la voluntad de un dios. Monstruo porque muestras el camino. Prodigio, porque predicas el mundo futuro. Eres el orden de la naturaleza, hecha por la voluntad del rey de piedra. Háblale y sé su oráculo. Teodora, Dorotea, todo lo que es raro es hermoso, necesario para la armonía del universo. No quiero abrirte, eres un receptáculo mágico, transmisor de la llama, cegador de la mente, eres como los añejos perfumeros que aparecen entre las ruinas de los antiguos, completos, perfectos, colmados de esencia, que al abrirse se transforma en polvos o en aire por algún hechizo encapsulado. Muchacha, dame el secreto o tendré que sajarte para encontrarlo dentro.

»Todo lo que es raro es hermoso, le explicaba cada día cuando bajaban a la bodega. La sentaba en una silla alta, tapizada en terciopelo rojo, sus pies colgando, y la instruía con el libro de San Cipriano, con la *Steganographia* de Tritemio, le explicaba cómo llamar a los espíritus, cómo embotellar a los demonios familiares, cómo atraer el rayo. Le hablaba en idiomas extraños, revélame el nombre del señor de la montaña.

»Dorotea es quien lo sabe.

»Que te lo diga.

»Sólo me escucha cuando tiene miedo.

»Dirán que no puedo saberlo si sucedió a puerta cerrada, y yo digo que todo se sabe si...»

Un salto en la grabación dio paso a una voz nueva, andrógina, indefinida, con el poso de un gorgoteo, voz de agua:

«Cuando las beatas le pidieron ayuda, Arruebo salió de caza. Los monstruos bicípites, sean vivos, sean muertos, tienen ancho mercado. Un ejemplar que sobreviviera a los peores años de la infancia bien podría ser adiestrado y recorrer las cortes de toda Europa, como hicieron los hermanos Colloredo. Protección, influencia, ascenso. Aquella mañana en la que entró a la casa de Froilana y encontró a Teodora Dorotea en la parte de atrás, sentada entre las gallinas, ella no tuvo miedo. Lo miró a los ojos, se levantó con arrogancia, le dio la mano y se fue con él sin mirar atrás, sin decir una palabra. Arruebo la montó delante de él en su caballo, evaluando el precio de aquellas carnes, calibrando su expresión de insecto hueco. En ese momento no fue capaz de ver que Teodora Dorotea no era un monstruo más, que pertenecía a esa raza de piedra que él tanto había buscado. Hasta que alguien la reconoció como santa salvaje, otro dijo que hablaba con las ánimas que viven en las aguas desde antes de que cayese la primera lluvia en la tierra, que los *mouros* de las piedras le daban regalos, que la escondían como un secreto. Eso las beatas se lo habían callado, Arruebo enseguida entendió su estrategia.

»Y entonces, ya era tarde. Arruebo había expulsado a la partera Touza sin interrogarla sobre su criatura, cuál era su don, ni preguntándoselo ni observándola lograban averiguarlo. Sus guardias intimidaron a los campesinos, nadie quería decir nada. Una vergüenza y un orgullo, se habían bañado en las aguas sucias de la brujería y no estaban dispuestos a reconocerlo, menos ante la ley.

»Él sabe conseguir lo que quiere. Encuentra los medios, encadena unos con otros y tiende un puente ancho para que su ambición pase cómodamente. Y quiere saber de dónde viene esa santa salvaje. Si de donde vino una hubiera otros, mejor vivos que muertos. Qué cosas sabe hacer, y cómo las hace. Mandó llamar a Froilana, la desterrada, nadie sabía dónde moraba. Mandó llamar a sus vecinas, a Tomasa, a Ana, a Basilisa. A las amas de cría que no habían consentido alimentar a la monstrua recién nacida. No le costó más que pellizcarles las mejillas que le hablasen de Catarina: llegó con su andar de mula por el camino privilegiado y por ese mismo se fue, dijeron, después de descargar la panza en manos de la balura.

»Arruebo se vistió de negro, negra capa, sombrero de ala, jubón y botas. Aguardó en el camino a María Bendaña, maestra del beaterio del Penedo, allá arriba en el Xurés, y le salió al paso en la montaña, buena dicha la mía encontrar semejante garza en este lugar desierto, ven, que tengo algo para ti, dijo sacando del pantalón, creyó ver María que de la entrepierna, un pañuelo encarnado de encaje que guardaba dentro un pedazo de pan de higo. Come, le dijo, y ella no aceptó, que era viernes y guardaba ayuno. Ofreció entonces Arruebo una redomita de vino blanco, que el beber no quebranta la continencia. Por segunda vez lo rechazó ella, y Arruebo vio que tendría que ser más persuasivo. La agarró fuerte del brazo y acercó sus labios a la oreja de la maestra: tres demonios tengo, le dijo, uno en el jubón, otro en el sombrero y el otro que te va a entrar dentro. Después de arrastrarla por la hierba, abrirle las rodillas, tirarle del pelo, apretarle el cuello, la mujer habló. Claro que habló, estaba convencida de que tenía delante al mismo diablo encarnado en un íncubo.

»La criatura era capaz de obsesionar a las bestias, dijo María. A base de ilusiones, revestía a los animales con un disfraz de intención y voluntad, y las obligaba a invertir el orden de la creación. En su mano, las gallinas se comían a las raposas. Arruebo corre, baja a la bodega y de un gesto hace salir a Larrat. Nunca interrumpe las sesiones, pero su paciencia se está desgastando, un montoncito de sal debajo de la lluvia. Huele el peligro en las nubes bajas que aprietan el aire contra su cráneo, las personas de su pasado comienzan a acercarse, vuelan describiendo círculos estrechos alrededor de la nueva vida que ha conformado, y ya no es posible alejarlos con la fuerza, sino solamente con la magia del olvido o de la desgracia. La criatura puede hacer que la suerte cambie, pero la ingrata no quiere.

»—Llama al señor de la montaña —dice.

»—Llama tú a Bartolomé Guijarro, a ver si sale del fondo de su tumba —responde la insolente.

»Arruebo lanzó su puño contra la cara de Teodora, y la criatura salió despedida de la silla para estrellarse contra el señor de piedra. Sacó un estilete. Cómo podía saber ese nombre la muy coruja, cómo podía conocer al inquisidor que lo había perseguido en el valle del Tena, el amigo del barbullista Lanuza, que todos dijeron que había sido Arruebo quien lo hizo morir con ayuda de sus demonios embotellados. La compostura de sus dedos, de su muñeca y de su brazo eran inequívocas: iba a rajarla desde el ombligo hasta el cuello. Teodora apoyó las manos en el suelo para incorporarse, y en ese momento se escuchó un sonido, el ruido de un aliento soplando la llama de una vela, y todas las candelas se apagaron. Arruebo percibió el cambio en la textura del aire, en la estrechez de las paredes, en el sonido con el que el eco replicaba sus movimientos. De pie, la criatura se transformaba. Teodora se contagiaba de la cualidad de Dorotea. Le pareció tan hermoso ver su piel fina volverse grana, tensarse, hacerse flexible y brillante, tajos estrechos donde hubiera clisos, por fin las dos parecían idénticas, la transformación es el poder de Proteo. Los ojos de ambas encendidos con una cualidad amarilla en las pupilas, ojos de poder, no como la vista venenosa que emponzoña el aire y a quien aquel aire recibe por atracción respiratoria. No como la vista infecciosa de las mujeres menstruosas, que, catando en los espejos, les dejan señales como nubes sanguíneas y coloradas, y cuando otros se contemplan en esos espejos, les entra la mácula en el ojo propio. No como los ojos del lobo, tantas veces encontrados en la noche, que arranca la voz de las gargantas por la sequedad de su mirada. No como la vista del bizco, que cuando uno cata en ella le duele la suya. Encontrándose tantas veces con tales ponzoñas, Arruebo había aprendido a cerrar sus poros y a detener su abundosa sangre. Y, sin embargo, los ojos arrendijados de esa criatura lo turbaron.

»Sintió fascinación, piedad, reverencia, cayó de rodillas y por encima de los hombros llegó arrolladora una capa, un murmullo dentro de su cabeza, un gorgoteo de sonidos viscosos, el idioma en el que se hablan el áspid y la morena, de noche, cuando juntan sus cabezas y conspiran para envenenar a un hombre. Apretó el estilete en el puño y levantó a la criatura en brazos. Entre la obsesión que emanaba la bicípite, un barro espeso que comenzaba a empantanar su sentido, abrió camino a una idea suya, propia: una imagen, Arruebo muerto; su guardia, desaparecida; las puertas del pazo, abiertas. Una turba entraba con antorchas prendidas, despellejaba a Teodora Dorotea. Me protegerás siempre porque de mí depende tu vida, dijo. Entonces, todo paró.

»Arruebo entendió que el mecanismo se ponía en funcionamiento con la obstinación de Teodora Dorotea por seguir viva. Dios es la persistencia, el ansia de perdurar, no hay nada más sagrado que la voluntad de permanecer. Lo vio como en una revelación: el gigante en la piedra de su montaña era Bael, primer rey del infierno, más antiguo que el sol y que la voz de Cristo. Todavía no se atrevía a hablarle. Tendría que recorrer toda su corte, de Buer a Orobas, de Paimon a Marbas. A los pies de la piedra del gigante, Arruebo llama a los demonios que él conoce, nombrados en el libro de San Cipriano, en *De praestigiis daemonum*, en *La llave menor de Salomón*. La gente creía que era por ellos que Arruebo conseguía matar a inquisidores, obsesionar a mujeres por cientos, sanar su cuerpo deshecho en galeras. Pero lo cierto es que nunca, ni uno de ellos habían acudido a su llamada. Los que Arruebo ha visto a través de Teodora Dorotea no son esos demonios, son mucho más antiguos, su culto no está escrito. Sólo los hombres que vivieron dentro de la montaña sabían llamarlos, y sus palabras y sus bocas y sus alientos desaparecieron hace mucho tiempo. Algunos todavía no tienen nombre, yo se lo daré y me deberán obediencia, decía. Por primera vez, en la piel de bronce del verdugo había visto Arruebo la consistencia verdadera de un hombre tomado por un diablo. Su señor es Bael, y Bael es el señor de la montaña. Enséñame a nombrarlo. Muéstrame su signo. Y le traía a un balandrón, a un macarro, a una *mundanaria*, que si algo sabe Arruebo de demonios y de señores, es que ambos quieren carne. Mal termina la vida de todos aquellos cuya voluntad es arrebatada por el rey de la raza de piedra.

»Con estos materiales, carne, hueso, sangre, humores, deseos, pecados, el señor de la montaña esculpe, Teodora Dorotea es su cincel, formuló Larrat. Cuando la criatura obsesiona a esa mulatesca, puede suceder cualquier cosa, todo es imprevisible. Un llevatrapos del señor de Monterrei, sin ningún motivo, prendió fuego al granero colmado de centeno, trigo, linaza, todas las reservas del año y el impuesto de lanzas sin pagar. Tuvo que vender muchos de sus predios a Arruebo, por menos de la mitad de la cuarta parte de lo que en verdad valían. En esto vio el de Támega su ventaja: tensa la cuerda, crea conflicto, cambia las reglas.

»Hacen falta muchos cuerpos para que la criatura aprenda a insuflar en el corazón de cada uno la idea que Arruebo necesita, y eso requerirá más carne, sangre y dolor. Teodora Dorotea, notó Larrat, solamente lanza aguijones predecibles a los hombres cuando se trata de proteger su propia vida. No hay más dios que el ansia de permanecer, descubría Arruebo, entendiendo que lo único sagrado es aquello que perdura con el solo fin de perdurar.

»Gente hay de sobra, las ciudades están llenas de emigrantes pobres, indianos ricos, soldados, desertores, maleantes, rufianes, fulleros, valentones que se alquilan, intermediarios, delincuentes, tahúres, dobles, muñidores, taberneros y fogoneros, gariteros con enganchador o coimes con apuntadores, maulones y donilleros, grimientes, gruñidores, murcigleros, nocherniegos, matones, grumetes, sátiros, mariones, putos y arisméticos en numeroso enjambre, respetos, tributos, yeguas y vacas, coimas, mancebas, carne de paletoque, trongas, marcas, daifas, piltracas, bujarrones, arriendos y mozos de mulas, agrofas coimeras, caldereros, buhoneros, pringones, traficantes, juaneros, maltrapillos, ganapanes y esportilleros. Los caminos plagados de pordioseros, gitanos, sisadores, tenazadoras, titiriteros, malsines, picañuelos, esquilmones, tripicallos, xambrinos, descamisados, músicos ambulantes, prestidigitadores y demás calaña de zupia, gente que nadie echa en falta. Y pajes, lacayos, mozos de cámara, cocheros, pinches de cocina, criados tengo a manos llenas.

»Lo que escasea son los portentos. De eso, cada día hay menos».

10

Lisboa

—Cojo el tren de las siete a Évora. Venid a buscarme a la estación.

Después de diez horas de vuelo, Liany aterrizó en el aeropuerto Humberto Delgado y telefoneó a Flora. Subió a un taxi y proporcionó al conductor unas señas: Talho Darul Lahm, rúa do Benformoso 202. Na Mouraría. Siempre necesita proteína para aguantar estas sesiones.

Ya en casa, reboza en pan rallado los trozos de hígado de cordero que acaba de comprar y los echa en la sartén. Mientras se tuestan dentro del aceite, verde aceite del Alentejo, prepara una mochila con algo de ropa, el maquillaje imprescindible y un par de plátanos. Arma una maleta rígida, con doble candado, para las cosas delicadas que va a necesitar para lo que va a hacer. No le gusta trabajar fuera del *terreiro*, es despistada, a menudo olvida algún elemento, y seguro que al llegar a Évora ya no hay ningún sitio abierto en el que comprar. Empaqueta con cuidado, envolviéndolas en paños de terciopelo, varias figuras de *exús* y *pomba-giras*, un sombrero negro de ala ancha, una campanilla dorada, un saquito de tela con los buzios de adivinar, por si acaso, una botella entera de *bourbon*, cuatro puros habanos. Al *exú*, como a ella, le gusta el buen beber y el buen fumar.

Baja andando desde su callejón de la Mouraría hasta Santa Apolonia, con la maleta saltando y los tacones encajándose entre los adoquines, más de una década en esa ciudad y todavía no sabe cómo caminarla.

Le sucedió desde el primer día que la pisó, un invierno a inicios de los años ochenta. Tenía cinco años, y ya entonces el poso polvoriento y viejo de los edificios, las cicatrices del terremoto en las paredes, capturaron su emoción tan dada a la tragedia. Delante de la estación del Rossio, vio a un hombre que pedía limosna: no tenía ojos, nariz, frente, su cara estaba compuesta por bulbos de carne informes que caían por la gravedad, lenguas inertes, casi tentáculos. Se quedó mirándolo sin el mínimo disimulo y por eso metió el pie entre dos adoquines y cayó al suelo, delante de él. Sus mandíbulas entrechocaron y el primer diente de leche, un incisivo, salió volando para perderse en las grietas del empedrado blanco y negro. Su madre estaba tan avergonzada de la indiscreción de Liany que, antes de levantarla, le dio al hombre un billete de *meio conto* y después la cogió en brazos y se la llevó corriendo de allí, con el abriguito blanco para conocer a los abuelos paternos sucio de barro y sangre. Esa tarde regresaron, Liany se había obsesionado con recuperar su diente, sentía la mala suerte enraizando en sus encías. Registraron la cuadrícula irregular, pero no apareció, así que fueron a tomar un pastel de Belem. La gloria de las natas le hizo olvidar el diente, pero el monstruo regresó.

Liany, de niña, no tenía buena salud. Un soplo al corazón la bloqueaba largas temporadas en cama, dormía mucho, no le gustaba estar despierta, no le gustaba estar de pie, no le gustaba saltar, cosa más rara de cría. Cuando su madre le deseaba dulces sueños, o que sueñes con los angelitos, Liany no sabía qué era eso. Son las historias que te ocurren por las noches. Por eso te leo cuentos bonitos antes de dormir, para que sueñes con ellos y tengas grandes aventuras, le decía su padre. De noche viene el mar de las olas de barro, me cierran los ojos y después ya es por la mañana, dijo la pequeña Lili. Liany no soñaba, o no era capaz de recordarlo.

Cuando llegó a Lisboa, aquel breve primer viaje para conocer a la familia portuguesa, comenzó a soñar. La primera noche, en una pensión del Bairro Alto, soñó con el hombre pulpo del Rossio. Después empezó a soñar con «personas», así se refería ella a los muertos. Rostros cincelados en el aire, inexpresivos, no le daban miedo: cuando se sentía mal, le decían lo que tenía que hacer para recuperar el ánimo. A veces le contaban lo que iba a suceder, qué accidente iba a tener su padre, qué enfermedad mataría a su abuela. La llevaron a un psicólogo, porque eso sólo podía significar que no estaba bien de la cabeza, qué desgracia, la niña.

A los nueve años ya la daban por muerta. Cuando los padres hablaban de soplo, ella pensaba en un espíritu, uno de los que la visitaban de noche, insuflándole aire e hinchando su corazón como un globo, que cualquier día lo haría explotar. Un soplo es un síntoma de que tu sangre fluye demasiado rápido, le decía su madre, pero las palabras son palabras: pintan una imagen indeleble en tu mente, que otras palabras no son capaces de borrar. Su abuela, a escondidas, la llevó a una sabia de su barrio de Bom Retiro en São Paulo. Ella lo vio enseguida: esta niña es un *aparelho*, y como no sabe manejar, le vienen los muertos todos en tropel pidiendo ofrendas, tienen hambre y le agotan toda la energía, que ella otra cosa no puede darles. Hay que aprontarla temprano. Que aprenda a manejar porque se muere.

Ya no había vuelta atrás. A los once años estaba lista para pasar el aprontamiento. Los padres, al escuchar eso, pasaban de la carcajada a la amenaza: nada de brujería, nada de espíritus, nada de macumba. Una mañana, la abuela la despertó y le dijo: ¿quieres o no quieres? Tienes que decidirlo tú. Quiero, contestó Liany, lo que la abuela le ofrecía era más especial que lo que le daban sus padres: una niña con un soplo, se te pasará con la edad. La vistió de blanco, la cogió de la mano y caminaron hasta la Terminal Tietê. Allí se subieron a un ómnibus y desaparecieron. La inició y la devolvió. Sus caras se hicieron famosas en todo Brasil: niña secuestrada para vudú, decían los titulares. Pero no era eso, y ella nunca había pasado miedo —hambre sí— recorriendo, de la mano de la abuela, los *terreiros* más recónditos, en las aldeas de Mato Grosso.

Se inició en candomblé, Ochún resultó ser su *orisha*. Después, palo monte, vudú, abakuá, santería, Ifá, todo se mezcla, todo tiene verdad, el muerto está arriba de todo y habla de muchas maneras. Ahora, cuando un caso se presenta especialmente complicado, usa kimbanda. Los *exús* más poderosos y oscuros, los que abren y cierran los caminos, los que viven en el cementerio y la encrucijada, la cabalgan y hablan por su boca. Limpian, protegen, unen y desatan. Y Flora va a necesitarlos. Va a tener que pagar por anticipado el favor que les suplica.

Dendé, farinha de mandioca, cachaça, vela vermelha, fava olho de boi, para que exú afaste toda praga e persecução.

Liany sube al vagón. Ya le está empezando a doler la cabeza, y eso es pronóstico de complicaciones: a ningún *exú* le apetece montarse en un caballo dolorido. Se sienta en un grupo de cuatro butacas con mesa en el medio y ocupa los tres asientos sobrantes con el abrigo, mochila y maleta, extiende el portátil en la mesa y abre la fiambrera. Antes de partir el tren, come dos o tres trozos de hígado con un *bolo* de pan y después un plátano. El hambre que pasó durante las iniciaciones. Añade un chorro de *bourbon* al vaso de café de máquina, se quita los pendientes y pone *Enter One* en bucle, dos horas de viaje atravesando los montes y valles del Alentejo, suficiente para hacer la digestión, dormir un poco y espabilar con tiempo, tiene un despertador interno, para repasar el maquillaje antes de apearse en Évora. Salvador, *vai ficar louco*.

—Oye.
—Chica.
—Despierta.
—Ya hemos llegado.
—No se entera.
—Chica.
—Oye.

Liany despierta con un soplido justo sobre los ojos, como si alguien estuviese apagando una vela delante su cara.

—Lo siento, ya no sabía qué hacer —dice el adolescente de pie frente a ella—, no quería tocarte por si te asustabas.

—¿Y me soplas?

—Con mis perros funciona —explica, y se marcha sonriendo.

Liany se siente como si hubiese dormido durante tres días después de una juerga de siete semanas: tiene las lentillas pegadas a los ojos, los párpados hinchados, las articulaciones soldadas, el estómago encogido, ¿dónde han quedado aquellos trozos de hígado halal? Se pone los pendientes, baja al andén, el olor del aire la alerta. Su figura vestida de negro y rojo se queda inmóvil, de pie, recortada contra el túnel de la estación. ¿Un túnel? La masificación, el ruido, los carteles, las volutas de las paredes, el reloj, el tacto de los viajeros al pasar. Esa no es la estación de Évora. El vagón encarnado del que acaba de apearse no encaja con el tren plateado al que se subió hace horas. Tampoco son las nueve de la noche. Son las diez y media y está en São Bento. Está en Porto.

11

A Coruña

«Agreden brutalmente a una joven de Lobios para robarle una máscara de *entroido* única. El ataque tuvo lugar el pasado mes de octubre, y todavía no se ha identificado a los responsables», lee Ventu en la web de *O Tempo da Raia*. Le gustan los reportajes de ese chico, Suso Veloso, pero madrecita del amor hermoso, qué barbaridades pasan en este mundo, ya no en este mundo, en esta tierra, en un pueblo al lado de casa donde, que él recuerde, lo más grave que ha sucedido en las últimas décadas fueron aquellas nueve vacas que murieron por comer estramonio, las pobres. Aún se divertirían un poco antes de palmarla.

Pero el mundo ha cambiado y hasta el cambio ha cambiado. Antes, cuando el mundo cambiaba, los filamentos pegajosos de la novedad no alcanzaban a esos pueblos duros de la montaña, fronterizos, pasaba de un lado a otro sin detenerse: no alteraban la vida. En unos meses, de todo: los jabalíes rabiosos, el Rambo que se escapó de la cárcel y andaba en las montañas, la chica esa de la barriga abierta, que cerraron el caso sin averiguar nadita. Esta gente se olvida de todo, mira lo que pasó *pallá*, *pa* los Infantes, mataron al cura y se llevaron la Virgen de Cristal, y nunca más se supo. Y Armindo, desaparecido, que todos ya lo dan por muerto.

Eso no se lo saca de la cabeza. Las monjas son estúpidas, pero Tamara, Tamariña, por Dios santo, que vas recomendada por Senén Ventura, no me falles. Y va y lo deja solo en medio de un millón de beatos, que fíate tú y no corras. Armindo se asusta, se marcha y se pierde en los bosques. Ahí seguirá, momificado dentro de un árbol hueco y cubierto de caracoles. O se lo llevaron, que estos sancristianos luego te son los peores, yo no sé qué iba a querer hacer nadie con el viejo ermitaño, porque ni para tráfico de órganos daría, pero estas cosas pasan.

—Grábatelo en el alma, Tamara. Y si no tienes de eso, coges una navajita y te lo rajas en la frente: «Yo he matado a un hombre». Porque Armindo ya no aparece. Y lo has matado tú, si es que no le ha pasado algo peor.

Esto se lo dijo con saña, porque sabe bien que con la culpa se vive. Con la duda, no. No volvió a hablar con ella. Merecía en su carne todo lo que le habían hecho a esta pobre chica de Lobios sin tener culpa de nada, mira la foto, con esa cara de bollo trigo. La drogan, la suben al Xurés y la abandonan dentro del *foxo do lobo, e ló*, serán portugueses, digo yo. Gente rara siempre te hubo en el otro lado. Mucho le dan al Pedramol. Aquel sepulturero de Boticas que también era el encargado de enterrar las botellas de vino y acabó muriendo de una borrachera. Dicen que allá abajo coge sabor el vino, y aún te lo ponen de la botella llena de tierra, *vinho dos mortos*, qué quieres que te diga, a mí eso no me va.

Ventu espera a Marisa en un restaurante de Monte Alto. La ha seguido hasta A Coruña, ella pasa unos días con su hermana, y yo, pues mira, me doy un paseo y veo el mar. Como siempre, llega tarde. Es la primera vez en muchos meses que consigue convencerla para verse y ha elegido la escena con delicadeza: fin de semana especial de vísceras en Casa Matilde, lugar recomendadísimo por sus contactos secretos. Tripas cocidas y a la parrilla, chinchulines, mollejas y riñones de ternera. De postre, montonicos de Vilariño de Conso. ¿Y eso qué *cona* es? ¿No hay nada más? *Follados, ¿qu'es follados?* Espera, a ver qué dice la Marisiquitiquitiquitiña.

Que elija ella, piensa Ventura, que entre ellos dos, el abismo se abre por cualquier tontería. Durante los últimos meses, rememorando tantas veces la deriva de su vida, buscando el inicio del fin, sentado delante del armario abierto, medio vacío, de su dormitorio, vio una hormiga cabalaria, gorda y cobriza, salir de una junta del zócalo de madera y avanzar vacilando, dos pasos hacia un lado, tres hacia otro, el ánimo de la primera exploradora. Las hormigas vuelven a su casa cada año, como vuelven a millones, volando en una nube negra, cada 15 de agosto a la *ermida* de Portas Abertas para morir a los pies de la Virgen de Florderrei. Le puso el índice delante hasta hacerla subir sobre su uña, y entonces creyó encontrar el punto de no retorno con Marisa. Fue hace dos *entroidos*, lo recuerda porque se ve a sí mismo esos días vestido de *mázcara*, y antes la invasión de hormigas siempre era en invierno. Viven anidadas dentro de las paredes, y en la época de más frío, con la nieve y la lluvia, entran en las habitaciones por todos los huecos invisibles y organizan sus colas del hambre hacia el azucarero, la ristra de chorizos que cuelga en la cocina, una miga de *queique* que cayó al pie del sofá, que parece aquello el banco de alimentos en Navidad. No hay otra forma de librarse de ellas más que aguantar dos o tres semanas y luego se largan por iniciativa propia, probablemente cuando la nieve se retira y otro tipo de viandas salen a la superficie. Aquel año, Marisa regresó de la ferretería con unos chismes prodigiosos: aparentemente no eran más que unos rectángulos de plástico rellenos de un gel de color azul, parecidos a cápsulas de lavavajillas. Pero ahí dentro había magia, dijo ella. Las hormigas creen que este cebo es comida, se lo llevan al hormiguero y allí envenena a todo el nido: a la reina, a las obreras, a las cabronas recién nacidas. A Ventu esa imagen mental le causó un rechazo que no supo explicar. Echar insecticida, matar a unas cuantas, desbaratar la fila con el dedo, bueno. La idea de convertir a esas leales hormigas obreras, tan trabajadoras, en traidoras asesinas de todo su pueblo, no sabía por qué, no podía aceptarla. Sólo sabía que no quería hacerlo. Pero, Marisiña, ¿qué tontería es esa? ¿Para qué queremos cargarnos todo el hormiguero si en dos días ya cogen el tren? La estúpida pregunta de Ventu ni siquiera mereció una respuesta, pero abrió un abismo de incompatibilidades que acabó como acabó.

Ahora, Ventu sabe que va a salir el tema de la pintada en el baño del teleclub, y no le preocupa. Se ha repetido tantas veces su versión que se la ha acabado creyendo. Él es una víctima de la maledicencia de Vicente. No entiendo, Marisa, qué haces tú con un tipo así. Tú vales mucho más, *amoriño*. Imagínate, celos de mí, de este pobre hombre abandonado. Hay que aprovechar la oportunidad: las cosas les deben ir francamente mal a esos dos para que ella haya aceptado la invitación. A Ventu, lo que de verdad le preocupa es su aspecto. Ha engordado en estos meses, su pelo tiene una textura estropajosa y a las verrugas de su cuello les ha dado por formar una familia numerosa. La semana pasada se compró una faja, no es una faja, es un bóxer de control, y se ve estupendo con él puesto, pero nunca pudo imaginar que eso daba tanto calor, y, además, qué va a hacer si van juntos para el hotel donde él se aloja, cómo se lo va a quitar sin que se vea. Está empezando a ponerse muy nervioso.

Hay algo malo en los montes de Larouco. Siempre se han oído historias, leyendas, la piedra mala de la iglesia de Vilar de Perdizes, que la tienen que esconder detrás de una trampilla porque en ella hay grabado un gigante de ojos huecos, con un pollón hasta el suelo, que con mirarlo ya te viola. Mete *medo*. Siempre se habló de los monstruos de las montañas, de dioses terribles anteriores a los caminos de los romanos. Y cuando él llegó a esas tierras y descubrió las celdas domésticas, se encontró con que los monstruos eran esa gente desgraciada que vivía encerrada por su familia, porque nadie les ayudaba y porque ir a un manicomio era mucho peor que vivir en una cuadra, como la niña Socorro, a esa niña la maté yo. Luego Armindo desapareció y él buscó por todas partes y ya no sabía qué hacer. Registró la maleta mugrienta del viejo, sus tesoros, que todavía guardaba en el almacén del radón. Abrió ese pliego de hojas medio deshechas de las que no era capaz de desenredar una sola letra, tan antiguo que era, y encontró dibujos de seres espantosos, cuál era el secreto de Armindo, ahora está seguro de que no era un simple anacoreta, y hasta parece que su segundo nombre, Custodio, algo tendrá que ver con los raros objetos que guardaba en su cueva.

Para, Senén.

Que existen los monstruos, no hay duda. Pero no son los pobres loquitos a los que sus familias encierran en casa, eh. Los locos, pobres, ellos son las víctimas de los monstruos.

Piensa en lo importante.

Ni siquiera las familias que los encierran son los monstruos.

Va a llegar Marisa.

Los monstruos, los verdaderos monstruos, son las instituciones que abandonan a la gente.

Concéntrate. Lee el periódico. Pobre chiquita esta de Lobios.

> La joven, de diecinueve años, puso a la venta por internet una antigua máscara de *entroido*. Similar a las que hoy en día utilizan los *cigarróns* y los *peliqueiros*, esta tiene una particularidad que la hace única: es una máscara doble, como puede verse en la imagen. La pieza podría estar relacionada con el hallazgo, el pasado mes de octubre, de una necrópolis infantil en Terra Chá.

Ay, este periodismo de condicionales. De los podría, los sería y los tendría.

La máscara de la fotografía es inquietante, a Ventu le resulta casi repulsiva, dos muecas unidas con expresión cínica, cómo se le puede dar a la madera, con una talla tan tosca, semejante vivacidad despectiva. Pero eso no es lo que le hace coger el teléfono, grabar un audio, decir: «Mira, Marisiña, yo me voy», y enviarlo.

No. Lo que le mueve a salir corriendo de Casa Matilde con la ración de chinchulines sin empezar y arrancar directo a casa, doscientos kilómetros, es que eso que está viendo en la fotografía de *O Tempo da Raia* es exactamente igual a la última ilustración que aparece en el misterioso pliego ilustrado de Armindo, el desaparecido.

Hay mejores cosas que hacer que esperarte.

12

Porto

Espabílate, Lili, hay muy pocas casualidades en el mundo, y los errores se deben a la debilidad, la avaricia o la pereza. Nada que tú tengas, *garina*. Liany sabe que no se equivocó de tren. Ha pasado otra cosa, alguien se lo ha hecho. Sale con parsimonia de la estación de São Bento, fijándose en los detalles. Podría estar viviendo una ensoñación, estar dislocada, qué va a pasar ahora, se levantará el decorado y me encontraré en casa, o quizás he muerto y debo encontrar a mis ancestros. Cuando su mente se obturaba con imágenes que ya no viven en esta realidad, siempre hallaba el enganche de vuelta mirando las caras de la gente que pasa: como sucede con los rostros digitales creados de forma automática por una inteligencia artificial, las personas de sus ensoñaciones eran perfectas de lejos y en general, pero al acercarse a los detalles, encontraba que los límites de una melena aparecían empastados, una oreja chorreaba hasta fundirse con el hombro, una mano tenía siete dedos o un borrón aparecía donde debiera haber el pliegue de una carne viva. Esta vez todo parece en su sitio, hasta los paneles de *azuleijos* que cubren de suelo a techo el vestíbulo de São Bento, complejas escenas de la conquista de Ceuta, la batalla de Valdevez, la entrada de Juan I y Felipa de Lancaster en la ciudad. Delante de la estación, las hechuras de los turistas, de los vendedores de plantillas o de castañas asadas con sal, de los limosneros, aun en una noche tan oscura, se ven tan enteras que tienes ganas de abrazarlas, gracias por ser de verdad.

Está a cuatrocientos kilómetros de Flora, va a necesitar mucha energía para llegar hasta ella.

Rastrea mentalmente los espacios sagrados de la Baixa, todo ha cambiado tanto. Sabe que podrá encontrarse con *exús* y *pomba-giras* a la puerta de cualquier templo, en los cementerios, en los cruces de caminos, en los escenarios de la muerte y el dolor: muy cerca de la estación estuvo el teatro Baquet, donde ciento veinte personas ardieron en una hecatombe. El problema con esos lugares es que son el hogar de los *kiumbas*, *obsessores* endurecidos, espíritus del mal. Si por error incorporase a un *kiumba* impostor, quizás nunca pudiese salir. El *kiumba* tomaría su carne, aplastaría su mente y recorrería el mundo sembrando horrores a su paso. Horrores de *kiumba*, como un viejo cable de alta tensión arrojado al agua donde se bañan, en verano, un puñado de niños que nunca antes habían visto el mar.

La muchedumbre desciende hacia los bares de la Ribeira, y Liany se deja arrastrar a lo largo de Mouzinho da Silva, hasta meterse en las callejuelas que desembocan en el Douro. Se abre camino entre el torrente de turistas, pandillas de jóvenes con ganas de vino y juerga, parejas maduras que corren tras el humo de las sardinas, a lo largo del cais da Ribeira. Justo bajo la rúa de Cima do Muro, junto al arco que conecta con a Lada, encuentra algo. Las Alminhas da Ponte. Un lugar con gran poder. Empotrado en el muro de piedra, hay un altar que recuerda a todas las personas, muchas, que murieron huyendo de las tropas napoleónicas, un funesto 29 de marzo de 1809. Intentaron escapar hacia Gaia, pero el puente, que se sostenía sobre barquitas, era demasiado endeble para una aglomeración tan grande. Se hundió. Toda esa gente fue arrastrada por una corriente furiosa, y durante mucho tiempo, cada día, la gente valerosa de las orillas del Douro amanecía con varios cadáveres arrojados por el río. Allá donde iba, Liany defendía la jugada maestra de los *tripeiros* al inventar un engendro de sándwich de huevo frito y salchicha, pan reblandecido en salsa, encumbrarlo al trono de comida típica y bautizarlo como *francesinha*. Una venganza que se toma tan caliente que pela el paladar, y con mucho tabasco.

En las Alminhas da Ponte, las velas y los cirios no se apagan nunca, todos los días hay quien deja flores frescas y una oración, aunque hayan pasado más de doscientos años y la ciudad tenga tragedias más recientes de las que rendir cuentas. Las pobres almas se acercan a las candelas, seguro, para secar sus pulmones inundados, para calentar sus pliegues ateridos, para recordar cómo era la vida en la Ribeira. Liany se santigua. Es un lugar solemne, pero no lo recordaba así: cercado por mesas y sillas de plástico donde los turistas terminan sus cenas de *bacalhau com natas, alheiras, vinho verde*, entre un remolino de humo y gritos. No, ese no es el lugar que necesita.

Se asoma desde el muelle. El río pasa bajo, lento, descubriendo en sus márgenes un poso de lodos, cantos rodados y botellas de plástico.

Recorre el *cais* y rebasa el puente de hierro, busca una forma de descender hasta la orilla. Camina por la avenida Gustave Eiffel, dejando atrás el bullicio de los bares. Por fin, ve unas escaleras de piedra cubiertas de verdín, algas, líquenes, la vida resbalosa que aparece allí donde hay agua. Baja los peldaños arrastrando su equipaje, como una turista borracha que se ha perdido de sus amigas y está decidida a dormir en la cubierta de un *rabelo* o a dejarse llevar por la corriente. Regresa hacia la Ribeira caminando bajo el muelle, junto al río, los tacones encajándose en el lodo, las ruedas de la maleta recogiendo a su paso un muestrario de algas, papeles y colillas. Justo bajo el enrejado del puente Don Luís se abre en la pared una boca negra, a un metro del suelo, era imposible verlo desde arriba. Un enorme y viejo desagüe que algún día dio servicio a la ciudad y del que ahora apenas se destila un hilo negruzco de humedad, escurriéndose hasta las piedras de la orilla. Ese es el lugar. Liany levanta la maleta y la introduce en el hueco. Después, se iza apoyándose sobre las manos y entra.

El túnel está oscuro, poblado por un eco de coches y gritos, de risas y sonidos empastados que lanzan una imagen gruesa de lo que está sucediendo unos metros más arriba, a pie de calle en el cais da Ribeira. De entre las grandes piedras que forman la bóveda caen gotas que resuenan en las losas, como tamboriles de ritmo desacompasado. Liany se arrodilla en el suelo. La cinta brillante de Vila Nova de Gaia, al otro lado del río, entra como una postal redonda en ese lugar frío, húmedo, pegajoso. Huele a azufre y una leve corriente de aire le toca la espalda, sopla desde algún extremo de la gran cloaca. Sobre la maleta extiende un paño de terciopelo rojo, y encima coloca su teléfono, la campanilla, tres velas rojas, la figura de *exú* Encruzilhada, la *pomba-gira* Rosinha Caveira, con su rostro mitad seductor mitad hueso muerto. Prepara una ofrenda de *bourbon*, puros y flores. Antes de cerrar los ojos, echa un vistazo a la captura que le tomó a Flora durante su conversación, abre una hornacina para ella en su memoria. Deja caer los párpados y aprieta la imagen contra sus ojos, que no se le escape.

—*Meu exú rei das sete encruzilhadas.* De rodillas a tus pies te ruego que me escuches en el soplo de los siete vientos. Mi poderoso señor de todos los caminos. Con la fuerza de tu tridente y con el poder de tu cruz te pido que atiendas a mis plegarias. *Sete encruzilhadas exú dos sete caminhos, senhor rei das sete encruzilhadas de fe, sepulte nas sete catacumbas os nossos problemas e tristezas.*

»Te ruego que atiendas a Flora. Guárdala, cuídala, límpiala, abre sus caminos. *Lindo homem de cabelos negros e olhos de cristal, perfuma a súa vida com o perfume das sete rosas vermelhas. Sete encruzilhadas* coloca bajo tu pie izquierdo el nombre de sus enemigos, líbrala de las envidias, de las calumnias, de los males. *Rei dos sete mistérios*, que cargas con las siete llaves del destino, aleja a sus enemigos, tuérceles el pie, agarrótales los intestinos, disipa su poder, confunde sus ocupaciones. *Saravá Santo Antônio de Pemba! Saravá à força do sete! Saravá à todos os exús! Saravá sete encruzilhadas! Laroyê exú!*

La corriente de aire se detiene y un olor a agua estancada inunda el espacio. Unos brazos gruesos, pesados, flácidos, se posan sobre los hombros de Liany, la rodean desde la espalda, la inmovilizan. No. No. Sólo es una ofrenda, una petición. No quiere incorporar al espíritu, el extraño viaje la ha dejado cansada y débil, pero alguien ha venido a por ella. No. Un *exú* al que no conoce, denso, pesado, que le hace encogerse. No. No. El suelo atrae su carne y ella se inclina sobre las rodillas. Nota en su piel el golpeteo de una lloviznia espesa. No. En el último instante, cuando sabe que está a punto de abandonar su conciencia propia y entregar su cuerpo a la voluntad del *exú*, toca la pantalla del teléfono y marca el número de Flora.

—No habrás cambiado de opinión. —Flora suena desesperada, aunque en ese momento piensa que debía haberlo previsto. Quién se va a mover ni un metro para hacerle un favor así, a quién ha hecho ella cualquier clase de favor en los últimos diez años—. Aún puedes venir. Si pudieses venir. Por favor.

Del otro lado suena un gorgoteo. Una voz masculina, cavernosa, aire comprimido que empuja para salir al exterior en una catacumba mil años cerrada.

—Nueve días en agua de ciénaga, el cabello de mujer se torna serpiente.

—¿Quién eres? —Flora corta esa voz horrible, de monstruo, le tiembla todo el cuerpo. Del otro lado sigue manando un sonido globuloso, de labios hechos de barro, una lengua como una sanguijuela negra, chasqueando.

—Tus escaras no se pueden ver, todos las reconocen...

—¡Liany!

—Gira en tu cabeza, es una estrella negra, hay otros pasadizos, para qué los quieres abrir...

Flora entiende que ese gorgoteo no es humano, es el sonido de algo que se arrastra en un agua demasiado densa, sucia, entre pájaros caídos, algas y peces asfixiados.

—Por favor, dime qué hago. Cómo salgo de aquí.

—Corta, corta, corta. En la ventana de la casa hundida vive todavía; si alguna vez se te ocurre venir, te mastico tu puta cara.

Y colgó. Flora se queda mirando el teléfono: la pantalla está cubierta de gotitas de agua, como una vaporización, como si hubiese estado fuera mientras caía la llovizna.

Liany abrió los ojos. Sintió que le arrancaban todos los cabellos de un tirón, comenzando por la frente: el *exú* se le despegaba de la cabeza. Se dio cuenta de que estaba encorvada sobre las rodillas, la cara rozando ese suelo apestoso, y al enderezar la espalda le pareció que cada vértebra se expandía, como si hubiese estado metida dentro de una caja demasiado pequeña. Había sido distinto a cualquier otra vez, quién era ese espíritu que la había cabalgado, que le dejó el cuerpo anquilosado y agotado, y un olor a tierra viva plagada de insectos, a agua estancada y al limo que forman ambos al mezclarse. Las velas estaban apagadas y en la contraluz de la boca del túnel distinguió la figura negra del *exú*, que regresaba a su mundo.

—*Saravá, meu senhor. Obrigada.*

Sabía que debía bajar la vista, pero no lo hizo. La figura se giró hacia ella y escupió algo sólido que saltó en el suelo con un tintineo, antes de deslizarse fuera del túnel como si no tuviese huesos, un cuerpo hinchado y blando, muy pesado, que hubiese pasado semanas hundido en un pantano, y caminaba encogido, haciendo ruidos de chapoteos. Liany palpó el suelo y tocó una pieza pequeña, fría y suave. Se la acercó a la cara: era un diente de leche, un incisivo. Salió a la apertura del desagüe, ansiosa.

En el barro del río la silueta serpenteaba hacia el agua, recorrida lleva la piel por rastros de serpúlidos, mezcla de tierra y agua, la historia de cuando el río era otro río, mortal y dadivoso, un laberinto blanco que cuenta la vida de los antepasados. Antes de sumergirse en

la corriente, se volvió hacia Liany, y las luces naranjas de las farolas iluminaron su rostro bulboso y brillante: era el rostro del hombre del Rossio.
—Saravá, rei da encruza, laroie exú do lodo, laroie exú e a mojambá.

Delante del espejo del baño, Flora se tocó la cabeza. El bicho, o lo que tuviese dentro, había enloquecido, giraba, palpitaba, mordía. Gritaba dentro de su cráneo.
«Tus escaras no se pueden ver».
Buscó una cicatriz, palpándose el cuero cabelludo. Tras la oreja derecha notó líneas abultadas que, al tacto, parecían converger. Como un asterisco, como una estrella.
Para, Flora.
Corta, corta, corta.
Qué vas a hacer.
Es una estrella negra.
No lo hagas. Es sugestión.
Su mano se movió rápida con la cuchilla entre los dedos, y de dos tajos cruzados abrió la cicatriz. El lavabo se cubrió de sangre. Con las uñas separó trozos de piel y tejido, ahí dentro había algo. Un filamento. Removió y pellizcó hasta atraparlo entre el pulgar y el índice y tiró. Un cabello largo, grueso, liso, de la consistencia del alambre, canoso en la raíz, negro en la punta, un cabello que no se parecía en nada a los suyos salió desde dentro de la carne. Tiró y tiró, porque no terminaba de salir entero, como si se agarrase a la piel, empapado de coágulos y líquido sérico. Medía por lo menos cincuenta centímetros. Los cabellos de las mujeres, después de nueve días en agua, se convierten en serpientes. El zumbido calló. El miedo y la repulsión le aflojaron los dedos, el cabello se deslizó al suelo y salió por la puerta del baño hasta desaparecer debajo de su cama, reptando, serpenteando. No fue capaz de encontrarlo.
Lo demás lo hizo como sonámbula. Buscó la caja de puros habanos de Salva y sacó dos para ofrecerlos en un platito, delante de un vaso de ron del bueno. Gracias. No sé quién eres, pero gracias. Flora, que nunca había confiado en la amabilidad de los extraños, se bebió un trago a morro y después durmió profundamente por primera vez desde aquella noche en la que las cigarras la persiguieron hasta ahogarla en la casa hundida.

13

MI *BONITIÑA*

—¿No piensas contestar?
—Contestar, ¿qué?
—¿Has escuchado la grabación?
—¿Cuál?
—No sé para qué pierdo el tiempo con esto.
—Oye, Luiz. ¿Cuántas cintas quedan?
—Que la escuches. Y luego hablamos.

La voz de mujer joven, sin ánimo ni ánima, que había contado las desventuras de Froilana en la celda de su tormento, regresa en el archivo mibonitiña.mp3, que llevaba tres días sin abrir en el correo de Flora.

«Froilana no encontró a las *lavandeiras* aquella noche en la que la azotaron, le quitaron todo cuanto tenía y la expulsaron fuera de Viladormen. Durante cuatro años se la veía vagar por las veredas fronterizas, por las aldeas portuguesas, comiendo polvo, hinchándose de rencor. Eran días de guerra y peligro, una oportunidad para muñidores, pordioseros, inválidos, vagabundos, expósitos, mendigos con llagas fingidas, celestinas, adivinos, echadores de cartas, mahometanos, hechiceras y margaritonas. Ella es diferente, lo que le sucede es diferente. Recorriendo el límite de su destierro, aguarda a Teodora Dorotea. Tamiza los rumores en el aire y las conversaciones en la tabernas, porque ahí llegarán primero, seguro, las noticias de sus dones. El tiempo pasó y de la criatura nada se supo, Froilana tuvo que convencerse de que estaba muerta, me la mataron porque era santa, me la despeñaron como a Santa Eufemia, me la cortaron por la mitad y una fue al agua, la otra a la brasa. Se había quedado sin su única posibilidad de escapar de esa vida miserable que llevaba. Y entonces, llegaron las murmuraciones. Palabras sueltas, la monstrua, las dos demonias, el horror de Viladormen. Cuando las escuchaba, era como si una boca enorme le insuflase un pesado soplo dentro del cuerpo y un latigazo nuevo la recorría, no como el del verdugo, este latigazo no la dejaba desnuda y herida, este abría una grieta por donde se filtraba la esperanza. No podía dejar de pensar en su *santiña*. Lo que la gente sabe queda en los huesos. Lo que la gente quiere se mete en la médula. No hay quien lo saque, que ahí se queda.

»Andaba mendigando por las veredas de Padroso, dolorida por acabar de despertarse en un agujero hecho en la tierra, cuando dos jinetes la arrebataron. Estaba tan huesuda que cabía perfectamente en un saco, y aún le quedaba espacio para estirarse. Debieron amarrarla a la grupa de un caballo, porque el camino se agitaba bajo el galope. Aun así, el viaje fue más cómodo que el lugar en el que durmió anoche. Nadie dijo nada, y ella tampoco abrió la boca. Cuando desataron el saco, vio que estaba en la estancia amplia de un edificio de piedra, quizás un palacio. Pero eso no era lo más raro, más raro era ver que delante de ella, sentado con las piernas abiertas, con un gesto ceñudo que haría caer muertos a los ángeles del cielo, estaba el hombre que la había asaltado en su casa, el señor de Támega. Y eso tampoco era lo más raro, lo más raro de todo era que junto a él, en una auténtica cama de madera buena, de las que no se ven más que en la imaginación cuando te cuentan historias de reinas desgraciadas, ahí echada entre sábanas blancas estaba su criatura, Teodora y Dorotea. Habían cambiado. Echada la parásita sobre el pecho de su hermana, ahora ambas se asemejaban más que nunca: la misma piel grisácea y brillante, los ojos redondos y naranjas como los de una paloma. Los labios huidos, boca de lamprea, que su mordisco mata, que su aliento es veneno, ¿nunca te mordió una lamprea?

»—Se mueren —dijo Froilana.

»—Eso de ti depende —respondió Arruebo. La criatura llevaba semanas enferma. Agotada, seca, sorbida. Ya no podía obsesionar ni a una lombriz. Así no servía para nada—. Sálvala, como hiciste otras veces, y podrás quedarte aquí, junto a ella. Todo lo que podía hacerse por la ciencia humana ya se ha hecho.

»—¿Y por la del diablo?

»—Ese no quiere ni verla.

»Froilana apartó las sábanas. Ahora eran tan iguales: dos figuras hinchadas, las cabezas ladeadas como pajaritos muertos. Tocó las cuatro palmas de sus manos: estaban heladas, pero al instante se inflamaron con un súbito calor que no duró más que unos latidos, y después regresó el frío.

»—¿Me conseguirás lo que pida? —preguntó a Arruebo.

»Froilana desnudó a la criatura y pensó, intentó recordar las formas que había para hacer averiguaciones sobre los males del cuerpo y los otros. Le puso en la frente un paño mojado y cuando se secó, lo inspeccionó para encontrar las máculas que revelarían la naturaleza de la enfermedad, pero el paño quedó blanco como el lirio de agua. Hizo traer una piedra del carduro, que se encuentra en el estómago de los osos que mueren sin haber visto a hombre alguno, y la puso sobre el pecho de la criatura, pero no vinieron lágrimas a los ojos de Teodora Dorotea. Volteó los párpados de ambas y frotó con sus dedos la cara interior, llevándoselos después a la boca para catar el gusto salado, amargo o ácido, pero los ojos estaban tan secos que a nada sabían. Abrió ambas bocas y restregó las lenguas con la mano, tratando de rescatar un residuo de saliva que, puesto sobre el filo de un cuchillo y secado al fuego, revelase por su color la naturaleza de la desgracia.

»Si no hay forma de saber cuál es el mal, habrá que probar todos los remedios, pensó Froilana, y le lavó el pie derecho con agua de lluvia que dio a beber a una gallina que aún no había puesto, pero el ave no quiso probarla. Le puso hojas de albahaca en las orejas y mandó traer uñas de cabra montesa del Xurés, verga de lobo, colmillo de jabalí. Le posó lana de conejo en la mano y después le cerró los puños: la lana se puso dura como madera. Colgó corales a los cuellos, regó la habitación con jugo de hiedra, tiraba de sus piernas todos los días, pidió enjundia de hombre, y Arruebo le procuró lo que pedía.

»Teodora y Dorotea ahora piensan como una sola. Está tumbada en una cama dura, siente su cuerpo pesado, grasiento. Se revuelve.

»—Santiña, es grasa humana, para reblandecer tus carnes y extraerte el mal. Se la han sacado a un buhonero que capturó el señor, por ver si así te salvas tú.

»Quiere hablar, pero el ronquido que le sale del pecho no es suficiente para que suene su voz. Se oyen, a coro, dos hilos de aire saliendo por diferentes conductos. Se mira las manos, sus cuatro manos: ramificaciones rojas recorren su piel. Las percibe en sus órganos y sobre todo en los pulmones: allí crecen, explosionan, sueltan esporas y se reproducen. Circulan en su cerebro, le dicen lo que debe pensar, dos pensamientos que se piensan al mismo tiempo, solapados: te vas a morir, eres inmortal. Froilana la toma de la muñeca, has despertado. Mira al espejo que hay al fondo del cuarto: se ve huesuda, arrugada, abrazando a su hermana como un bebé en su regazo, se suelta y se incorpora, yergue el torso, anclado al cuerpo de Teodora. El color que nunca Dorotea tuvo asciende hasta su boca.

»—Nos abandonaste.

»—Dios me destruya, me desterraron.

»—Hueles fatal, ¿cuánto hace que no sales de aquí?

»—Tenía que cuidarte, mi *bonitiña*.

»—Y yo qué te importo.

»—Me importas porque vuelves a ser para mí.

»Teodora, cuál era cuál ahora, tosió y de sus pulmones salió un hilillo rojo, como los de los pies de las setas que se hunden en la tierra, formando mesta red. Froilana lo tomó entre las yemas de sus dedos y tiró despacio. Detrás del hilo vino unida una lengua roja que parecía madera, apenas la longitud de una uña. La envolvió en un pañuelo. Dorotea estaba más viva que nunca, apresada en el cuerpo quieto de su hermana.

»Arruebo entró en la habitación, ya está hecho, Froilana creyó que por fin venía a por ella. Y venía, para agarrarla y sacarla del pazo a golpes, esta vez no se molestaron en meterla en un saco, la echaron en un carro y la abandonaron en una encrucijada, entre los campos de trigo del beaterio de Santa María.

»Lo hizo sin pensar. Si hubiera pensado, se arañaría la cara, se tiraría del pelo. Fue una idea que se abrió paso entre sus manos, sacar el pañuelo de su faltriquera, coger la lengua roja que salió de Teodora y lanzarla entre el cereal. Ahí quedaba la suerte de la niña infame. Y ella, Froilana, no tuvo otra opción más que regresar a su tierra de Triabá, de la que había salido jurando no volver».

14

HACIA LA FRONTERA

Algo le habría hecho él para obligarla a olvidar. Mentiras, una poción, un golpe en la cabeza, cómo podría acordarse. Nunca hubiera pensado algo así de su padre, pero ahora le parece la explicación más razonable. Preferiría creer en cualquiera de esas hipótesis antes de reconocer que lo ha borrado, que sucesos tan emotivos pudieron escapar de su cerebro sin dejar una huella. La idea de su familia, nunca demasiado unida, nunca normativa, pero enlazada de forma lógica, se desvanece. Aun en las extrañezas, en las deslealtades, en la separación, había unos caminos trazados, tortuosos, pedregosos. Ahora esos caminos se han desdibujado, eran de mentira. Tras ella hay un páramo desconocido y lo que Salvador ha contado, como desplegando cartas amarilleadas, goterones borrados por las lágrimas que caían al escribirlas, le abre delante un abismo.
Es cierto: ella era pequeña cuando iban a Triabá, pero ya entonces era una persona curiosa y observadora, con interés en conocer las causas de todas las cosas. Pensó en su prima Carla, la de Leiría, que suprimió el recuerdo de cuando su padre le había roto el rostro a su madre de una paliza, la piel abierta por varias aristas, cuando ella misma la había acompañado al hospital temblando, asustadísima, a sus apenas cinco años. Cuando Flora la volvió a encontrar, ya tenía treinta y siete, y le preguntó por el cabrón aquel, ella no recordaba nada. Se enfadó con ella primero y después consigo misma y así, treinta y dos años después, Carla fue a casa de su padre, lo encontró sentado en el váter, agarró la balda de cristal del lavabo y se la destrozó en la cara. Después cogió el secador del pelo y se lo clavó en un ojo. Encendido y con la temperatura al máximo.

—¿Por qué, por qué? —suplicaba él.

—Calla, que te rompo los dientes a patadas.

Flora la admiró, aunque según la versión oficial de la familia, había que decir que estaba loca.

Desde que dejaron Londres y se establecieron en Albergaría, Flora había intentado construir su vida aparte, una vida distinta. Estudiar fuera, desatender los problemas, para eso estaba Salvador haciendo honor a su nombre, buscar un trabajo itinerante que la llevase lejos. En ese proceso se le había escapado una gran parte del pasado, sus vivencias y toda la historia familiar que nunca le quisieron transmitir. La desaparición de la memoria, está convencida, siempre es el resultado de una represión extraordinariamente intensa.

Ramonita, la prima de la aldea de la que se reían a escondidas, debería conservar esa memoria, si es que no le han hecho algo para borrársela. Tío Baldomero estará muerto o tendrá la edad de una roca de granito. Por supuesto, Salvador le ha puesto todas las objeciones imaginables, y algunas más, para intentar convencerla de que se quede en Albergaría, o de que al menos vaya a Londres a limpiar la tumba de su padre, a buenas horas, o a cualquier otro sitio en el mundo menos Galicia. ¿No puedes investigar por internet? Flora, piensa en tu madre, no se te ocurrirá pisar Triabá. Y menos, sola. Pues ven conmigo, soltó ella en plan farol, pero con una chispa secreta de deseo. Yo allí no vuelvo, ni vivo ni muerto. Cuando eres de varios sitios, tienes que escoger uno o no serás de ninguno. Hace mucho que he elegido esto, es lo mejor que tenemos. Que no tenga que ir a buscarte. Claro, Salva, con mi escudo o sobre él. No vayas. No voy, y esa misma tarde, cuando su hermano se marchó a los olivos, Flora se llevó una mochila con cuatro cosas, mil doscientos euros del cajón del dinero y la vieja *pickup* Toyota Hilux, eterna, indestructible, color naranja bombona de butano, que Salvador conservaba en el patio como un recuerdo de sus orígenes: una ranchera desvencijada y un puñado de árboles, ahora son más de dos mil.

A los veinte kilómetros tuvo que volver, se había olvidado lo más importante: la medalla que reunía su propio pasado con el destino de los Fontes, el signo de Teodora Dorotea al que, está convencida, los baluros rendían su culto oscuro. A cambio, sólo dejó una nota. «Mamá, gracias por impedirme ponerme el *piercing* en la ceja». Se había empeñado a los dieciséis, y ahora se daba cuenta: te pones un *piercing* en la ceja y de ahí vas cuesta abajo. Otra vez escapando, qué cobarde soy.

Esa noche paró en Ponte de Lima, una pequeña ciudad interior al norte de Portugal que afirma ser la más antigua del país. Un viento del sur, arenoso y cálido, barría las calles y dejaba gestos de inquietud en los rostros: esta temperatura no es normal, se decían los vecinos al encontrarse en la calle, algo no anda bien. Flora cenó bajo la protección de las viejas murallas, cubiertas con banderitas de colores que se agitaban, casi asomándose al cauce del río Limia, que nace como un regato en las alturas ourensanas de monte Talariño, cruza la frontera por Lindoso y va a desembocar al Atlántico en Viana do Castelo. El mítico río Lethes, el río del Olvido que aterrorizó a las huestes romanas de Décimo Junio Bruto, está hoy tan bajo que puede cruzarse a pie, sin mojarse, saltando entre los cantos del fondo del cauce. La sed mata los mitos. A lo lejos, hacia las montañas del norte, un resplandor naranja encendía la noche, como las luces de una megalópolis reflejadas en el cielo. ¿Qué es eso?, preguntó al camarero. Los incendios que vienen desde Galicia. Con este vendaval no hay forma de pararlos. Principios de diciembre y el monte ardiendo. Esto no se ha visto nunca. ¿Y qué pasa con el río? Ya ves, se ha muerto todo. No quedan ni las ranas.

Sin ranas no es que no haya príncipe y luego rey, es que no hay cuento. Cuando una tormenta pasa y destruye los cultivos, siempre quedan algunas espigas erguidas que han resistido, entre la maleza, al abrigo de un árbol, junto al camino. El tiempo corre y esas espigas continúan creciendo, aisladas, una aquí y otra más allá. Se desarrollan bajo el sol, se alimentan con la lluvia y quizás nadie repare en ellas: así pueden llegar a la plenitud de su madurez. Entonces, decían los Grimm, unas manos pobres y piadosas irán a buscarlas, en la roca, en el árbol al borde del camino, y las segarán una a una.

Quizás, de la memoria de los baluros, algunas panículas hayan resistido en los lugares más sombríos, y sea mía la mano destinada a recogerlas, reunirlas en un montón y atarlas, desgranar la semilla para la cosecha venidera de la historia. Perseguidos, señalados y proscritos, expulsados de Terra Chá, la tierra de su padre. La tierra de Ramonita y la tierra de Goiriz donde hallaron los enterramientos bajo el *cruceiro*: la tierra de Gloria, madre de Belén Fontes. Lástima saber tan poco de sus raíces. ¿Qué les ha sucedido a los baluros para perder su narrativa propia, nos hemos ido todos como me fui yo? Al final, son las personas las que se les van muriendo a las historias, y no las historias las que se les mueren a las personas.

Pensó en conseguir un amuleto de protección, quizás comprar una figa de azabache, Flora, ¿qué haces tú considerando esas cosas? Lo que necesitas es ser más discreta. Estar preparada. Planificar cada paso, porque el desasosiego irrumpe sin avisar, arranca el velo suave que cubría todas las cosas cercanas y lo que hay debajo es desconocido, puede ser feroz, no sabe interpretarlo. El corte en la cabeza le palpitaba. Durante el día se cerraba y quería comenzar a cicatrizar, pero latía de noche y volvía a abrirse. Flora despertaba con una gota de sangre sobre la almohada, sangre demasiado oscura, gota de aristas de estrella, temblor de su mente. Esa noche, en la habitación de una *pensão*, tapono las rendijas de puertas y ventanas con cinta de pintor. Temía que algo entrase de nuevo en su cabeza a través de la herida. Se sentía estúpida: primero, por dejarse afectar, segundo, porque la brujería tiene otras formas de meterse en su habitación. ¿Por dónde puede entrar, Liany?, le preguntó a través del teléfono. Entrará agarrada a tus ideas, así que corta. Corta el pensamiento. Corta, corta, corta. Ve tranquila, *exú* de lodo te protege. Cuando vio la imagen del tal *exú* en la foto de una figurita de resina, le dio la risa y enseguida cerró la boca, idiota, seguro que te está viendo, ¿no había hablado de masticarle la cara?

Al día siguiente puso rumbo a la frontera. Durante toda la mañana condujo con la sensación de un rastro frío en la nuca: la lengua del ser resbaloso, las manos que la empujaron, el aliento del monstruo, el pico de la cigüeña. Viajaría por las grandes carreteras, autovías, autopistas. No pararía y no hablaría con nadie. Si tuviese que repostar o comer, lo haría en lugares con muchedumbres, como Suso le enseñó. En las estaciones de servicio llenas de excursionistas de autobús, en las parrilladas con veinte tráileres aparcados en el descampado de enfrente. Enseguida se traicionó. El olor a madera quemada en el paisaje, una evocación de cocina de leña cubierta de castañas puestas a asar, el sillón de Ramonita, *cuncas* de sopa caliente para calentar las manos heladas, con la imagen regresó el zumbido y Flora olvidó su propósito, la lógica de autoprotección, y salió de la autopista. Vio entonces el hidroavión, volando tan bajo hacia el río, el ruido de los motores y en el cielo, entrecruzadas, las estelas de los vuelos, sólo era eso. El zumbido, esta vez, está fuera de ella. Entró en España cruzando el Miño por el viejo puente de hierro en Tui, hacia la Terra da Baluria, nunca más voy a llamarla Terra Chá. El nombre no es lo único que ha sido borrado, pensaba. Toda la historia de mis antepasados, su derecho a dejar moldes en el ADN de la cultura. Y yo he participado, hice lo que hicieron los obispos de Tui, Mondoñedo y Ourense, lo que hicieron los Queimavellas de Triabá, encender una hoguera en la que fui echando todo lo que me vinculaba a una familia que se pasó siglos escapando.

15

TRIABÁ

Flora, igual que Froilana, regresa a Triabá, al encuentro de algo que ni siquiera ahora comprende, aunque esté claramente codificado en todas sus células. Tiene varios hilos para acercarse al centro de la madeja, quiénes son las personas que nos persiguen, qué les hicieron los baluros, cómo podemos zanjar todo esto, pero son hilos tan finos y quebradizos que al mínimo tirón pueden deshacerse y ella no es precisamente delicada. Debe buscar en los códigos de la transmisión oral, en la memoria de la gente, levantar la tierra y separar los estratos. Igual que en los cuentos hay unas palabras mágicas que la hermanita buena debe descubrir para devolver al príncipe hechizado su forma humana, en esta historia tiene que haber voces, nombres y relatos que sirvan a los baluros para recuperar el pasado, la tierra, los mitos. ¿Dónde están esas palabras? Seguro que no conseguirían curarnos, pero le darían calidad a nuestro sufrimiento. Hemos enterrado las herramientas que podrían ayudarnos a comprender las heridas del pasado, pero el daño sigue bajo la piel, infecta la sangre, y no sabemos dónde se esconde. No hay escritos, no hay conjuros, canciones o cuentos. Los baluros hicieron algo terrible y fueron suprimidos del derecho a permanecer en la historia. Pero qué.

Hizo una parada en una estación de servicio más allá de Santiago, dos buses fuera, buen lugar para pasar inadvertida, y mientras tomaba un cortado doble con una gota de leche y una tapa de tortilla hecha con huevos de juguete, trazaba en su libreta dos círculos unidos por una línea horizontal. Lo dibujó decenas de veces, hasta que consiguió que le saliese de una forma tan fluida, personal e íntima como su propia rúbrica. Froilana regresó a Triabá, es lo último que sabe de ella. Es posible que allí, para sobrevivir, se dedicase a amedrentar a sus vecinos con sus mañas de bruja. Durante siglos nacieron niños dobles, bicípites, deformes. *Sangue fazada*, quizás, pues *fazado*, en gallego, significa sucio, *mouro*, manchado. Para muchos, eran monstruos que traían la desgracia. Entregados como ofrenda, tal vez para contentar la memoria de aquella santa salvaje que con sus milagros oscuros podía cambiar la suerte de un señorío. Y Froilana, y después de ella el resto de los Touza, regaron la tierra con el vinagre del miedo hasta llegar a la madre de Teobaldo, asesinada por la venganza de los Queimavellas. Son posibilidades que Flora desenreda y luego abandona. Qué le sucedería a Teodora Dorotea, qué hicieron las Mariaspurísimas, cómo limpiaban la sangre *fazada* y qué papel tuvieron los baluros en todo eso. Si quieres desembrujarnos, tendrás que pasar mil años sin hablar, ese hechizo de cuento clásico es la metáfora de lo que le pasó a la familia de Flora, y a ella misma. Existe la maldición, decía el exorcista de Belvís, quizás debería ir a verle.

Al mirar a su alrededor, vio que la excursión de *idosos* portugueses que llenaba la cafetería de la estación de servicio ya se había marchado, y el local había quedado en silencio. En su libreta, el símbolo de los baluros recorrido una y otra vez a punta de bolígrafo había traspasado las hojas y se hundía hasta la pasta de cartón. Le recordó a la casa de los Fontes, la forma en la que esa marca grabada en la pared de la escalera había recorrido años de diferentes pinturas, los dedos implicados en un ritual, no sabe si de daño o de protección. Son ya las cuatro de la tarde, el sol se pondrá en dos horas y, pase lo que pase, no debe permitir que le llegue la noche en esa ranchera llena de agujeros y óxido por donde se cuela el frío, con una puerta que no cierra y la larga historia del odio atravesando la llanura uniforme de la Terra Chá, con sus mil ríos secos y sus pantanos muertos de sed.

Sin molestarse en hacer memoria, su madre le ha proporcionado unas señas inconcretas, como son las de la gente que habita los sitios aislados: sin calle, sin portal, sólo un nombre de lugar que no figura en los mapas: Baldancos, la casa de Baldomero y Ramonita. Flora no tiene idea de cómo va a encontrarlo. En Ribeiras de Lea únicamente ve a un adolescente que lanza un balón contra un edificio acristalado en la *carballeira* del pueblo, que es también la gran plaza central, donde permanece el residuo desanimado de una feria que debió celebrarse esa mañana. Las lunas del recinto braman con cada balonazo, pero no hay nadie para recriminárselo, y el chaval parece frustrado por ello. Su desafío no encuentra respuesta. Cuando ve a Flora, multiplica el ímpetu de sus patadas y simula no escucharla, pero acaba acercándose, ¡rompo con todo!, con un bamboleo chulito, *¡e non pagho nada!*, grita, y su risita se transforma en decepción al escuchar lo que esa señora canija tiene que decirle: que si sabe por dónde se va a Baldancos.

La indicación es inequívoca: una roca grande atravesada por una veta de cuarzo blanco, se ve bien desde la carretera. *Non hai fallo.* No hay muchas rocas chantadas en el medio de los prados por aquí, de hecho, es la única, y justo detrás tiene un carballo grande, casi tan grande como los de esta plaza, dice el chaval. De ahí para allá es todo Baldancos, hasta Matodoso. Flora se acuerda entonces de aquella piedra grande que emergía en un prado y el roble plantado justo detrás, y de las extrañas azucenas rojas que florecían alrededor, dos saliendo de un mismo tallo, como dos cabezas de un solo cuerpo. Junto a esa piedra estaba la casa de Baldomero, paredes y tejado hechos de pizarra, puertas azules. Una casa tan humilde, en la planta de arriba el suelo inclinado por el peso de los años, que cuando un objeto caía, rodaba siempre hacia la misma esquina.

Ahí sigue la roca, pero la casa ya no está. Ahora hay una construcción moderna, que no parece tener más de dos o tres años: dos naves de color verde cubiertas con paneles solares. Un cartel indica: «Jugositos, granja de caracoles». Lo único que le cuenta la chica con acento latino que sale a averiguar qué hace esa señora dando vueltas alrededor del edificio y tratando de trepar a las ventanas es que esa finca pertenece a un venezolano muy rico que vive en Fuerteventura, y que a los antiguos dueños nadie los conoce ya. Que aun hace una semana vino otro, un chaval, preguntando por el mismo Baldomero. ¿Dijo algo más? No dijo nada, sólo preguntaba. ¿Cómo era? Así arrecho, raro, un poco choreto.

Flora se ve a sí misma y a Salvador subidos a la roca de la veta blanca, empujándose, tirándose a rolos con las rodillas sangrando, colgándose de las ramas del carballo, juntos siempre, siempre sin Ramonita. ¿Nunca salía de la casa? Se recordó conspirando, riéndose, el miedo y la vergüenza que sentía entonces por su prima, Ramonita mongolita, Ramonita tontolita, no se ríe uno de los subnormales, les recriminaba su madre cuando iban en el coche, y ya antes de entrar en Galicia empezaban con la cantinela, Ramonita, mongolita. Se dio cuenta de que la había apartado y aún peor, la había abandonado. Recordó a aquel chaval de su clase en Londres, Volker, del que todos se reían, por tonto, por su ropa de abuelo embalsamado, ese pantalón gris de tergal planchadito con la raya y chaleco a juego, por su carácter absurdo, por lo duro que era de entendederas, por aburrido. Cuando le llamaban Volkerwanker se le encendía la cara y perdía el control: podía lanzar los libros, tirar la mesa, gritar no aguanto más, me voy de aquí, llorar dando alaridos, salir pegando un portazo que abría en las paredes las grietas de su dolor en carne viva. Por eso les divertía llamárselo a todas horas, Volkerwanker, Flora también lo hacía, ¿no se había inventado ella el mote?, y le tiraba de la silla desde atrás cuando se estaba sentando, para que todos tuviesen su momento de carcajada explosiva y ella pudiese sentirse tan bien, la artífice que había desatado esa energía. Qué poco duraba aquella sensación, qué espanto y qué vergüenza aquellos chicos peleándose por no sentarse con ella en clase. Qué habrá sido de Volker, nada bueno. Si algo le han hecho a Ramonita, si la encerraron, si se la llevaron, también es culpa tuya, estúpida.

Se hace de noche en las carreteras de Triabá, cruces perfectos en ángulo recto, una planicie de prados secos, pinares y posos de barro en el fondo de los pantanos, de qué poco ha servido venir. Pasan tractores mansos, mamíferos de otro mundo que regresan a un hogar de bombillas naranjas y olor a tortilla francesa. Obreros de mono azul que cierran caminos con vallas amarillas, los caminos que la sacarían de allí, señora, esto está recién asfaltado, por aquí no puede pasar, ancianos que caminan por el arcén vestidos con chaleco reflectante y apoyados en un paraguas, aunque hace meses que no ven llover. Al cruzarse con la ranchera color bombona de butano, se quedan quietos y la miran, como si fuese el último ejemplar de un animal ruidoso que se dirige obediente al lugar que le han preparado para que se extinga en silencio. Tiene que seguir avanzando, parar y preguntar, alguien sabe las respuestas, aunque si las escucha, aparecerá su marca, es una estrella negra, todos pueden verla.

Recorre despacio O Matodoso, los poblados de colonización, casas bajas todas iguales, con silos dobles, los canales de riego, el intento de industrializar la agricultura de esa tierra alejada de todo. Muchas de las familias desplazadas aquí en los sesenta procedían de aldeas desaparecidas bajo los embalses del franquismo, las trajeron a un lugar que se inunda cada año cuando el Miño se desborda. Se inundaba, se corrige. Iglesias de campanarios altísimos, la plaza con la placa del Generalísimo, la escuela, el centro vecinal y el bar. Todo de un blanco abandonado, despellejado.

Flora encuentra un local de ventanas empañadas que tamizan un halo de luz naranja, como de bombilla de filamento. El único bar de todo Triabá, situado en la plaza central del poblado. Aparca y empuja la puerta, hace un frío cortante y al abrir la saluda el calor embolsado de una estufa de butano, expandiendo ese olor similar al de la trufa, que se mezcla con algo parecido a panceta frita y pelo quemado. Los dos vejestorios que juegan al dominó en una mesa levantan la cabeza. La chica de rastas y el chico de la perilla de chivo que beben cerveza en dos taburetes altos se giran y sonríen. El hombre de la cara roja, sentado al fondo, sostiene su mirada de piedra colgada sobre las profundidades de un vaso de vino. El árbol de Navidad, un pino auténtico plantado en un tiesto, guiña sus luces led. Las botellas de licor Peninsular lanzan un destello de bienvenida y la mujer sentada con un niño en la única mesa cuadrada, cubierta de libros, libretas y grandes tazones, arrastra la silla hacia atrás y se mete en la barra sin parar de hablarle al crío.

—No te doy más oportunidades, José Manuel, estás mirando los coches que pasan por la carretera, te vas adentro, al comedor. Hola, chiqui, ¿qué te pongo? José Manuel diez más dos, ¿cuánto es?

Flora se detiene en medio del bar. Duda. ¿Por qué ha entrado allí? Sólo porque vio una luz. No le quitan el ojo de encima. Se sienta en una banqueta en la barra y en el reflejo de los espejos ve a los jugadores regresar a su partida y a José Manuel, echar miradas furtivas a la tele. Cuando la mujer le planta delante un plato de cortezas de cerdo, recobra el ánimo. Pregunta, por abrir conversación, qué distancia hay a Goiriz. Veinte kilómetros, poco más, dice la chica de las rastas. Flora recoge la oportunidad que percibe en su voz amable, en sus hoyuelos salpicados de pecas. ¿Y qué pasó con aquellos niños que aparecieron debajo del cruceiro?, dice.

—Tenían que volver a meterlos dentro —suelta alguien a su espalda.

—Cosas de baluros.

—¿Baluros? —repite Flora, como si fuese la primera vez que escucha tal cosa—. ¿Eso qué es?

—Antes era una palabra prohibida. El que decía baluro, lo decía así, en voz baja. *Quediño, quediño,* no fuera a ser *o demo.* —Las carcajadas de los dos jugadores se desparraman sobre la mesa como las fichas del dominó.

—Como el que hablaba mal de Franco.

—De eso mejor no contar.

—Cálculo mental, diez más dos, ¿cuánto es? —La madre de José Manuel impone su voz sobre la cháchara de los clientes.

—Eran maleantes que andaban a pedir.

—De aquí a Villalba.

—Una *limosniña*, un poco pan. —El hombre del dominó lo dice con voz burlona, imitando la cadencia lastimera de un pedigüeño de posguerra.

—Pero eran malos, malos.

—Sin los dedos, José Manuel. Cálculo mental, ¿diez más dos?

—Unos *porcallones*.

—Eran tan *porcañentos* que antes de que pusiesen un pie en Castro de Rei ya todos cerraban las ventanas porque el tufo venía andando muchos kilómetros por delante de ellos.

—Traían las enfermedades.

—Cuando se marchaban dejaban todo lleno de pulgas, de *carrachas*, de piojos.

—No, no porque te lo estoy diciendo, ¿lo estás entendiendo? Deja de mirar los coches, José Manuel.

—Pero de eso ya no te hay, rapaza.

—No hay nada que contar.

—Mejor no quieras saber.

—José Manuel, ¿cuántas unidades tiene una decena?

—Mejor no hablar.

—Gente de esa ya no te hay.

—Eran maleantes.

—Una decena tiene diez unidades, ¿se te va a quedar grabado eso?

—*Porcos*.

—*Eran o demo.*

—¿Diez más diez cuánto es? ¿Me estás escuchando?

—Ramiro, cuéntale la leyenda. —El chico de la barra, barba de chivo y dilataciones en las orejas, se dirige a uno de los jugadores de dominó. Flora, con un gesto, indica a la camarera que sirva otra ronda.

—¿Qué leyenda? —pregunta Ramiro. La mano derecha se le agita, incontrolable, y va colocando las fichas con parsimonia.

—Aquello de la *lagoa* que me contaste cuando fuimos a ver las garzas.

—¿Eso? Eso fue allá cerca del manicomio. Hace mucho tiempo.

—Ya, hombre. Pero era algo de los baluros, ¿no? —insiste el chico.

—Allí había una casa de piedra de la fuerte, no de pizarra. Y decían que vivía una balura que era la cosa más *porca* que ha parido madre.

Flora se acerca a su mesa y se queda de pie junto a los dos hombres, que por un momento pierden el interés por la partida de dominó. Enciende la grabadora del teléfono sin que nadie lo note.

—*Senta, ho* —dice Ramiro—. Esa historia la contaba mi madre, sí. Era que un día la Virgen María pasaba por estas tierras camino de Santiago, y le cayó encima la gran *treboada*. Como no encontraba donde refugiarse y descansar un poco, acabó llamando a la puerta de una casa y resulta que era la de la *porca* balura. Ella abrió y al ver a la Virgen, le dijo: «*Largha de aquí, lercha*». Por el amor de Dios, le dijo la Virgen, y la balura contestó: no hay más dios que este. Y cogió una figura de oro que era un buey con dos cabezas y le dio con ella en la cara a la Virgen, un trompazo tremendo, que le abrió la frente. Y no creas que la Virgen le puso la otra mejilla, no. Le dijo: «*Agora vas a ver ti, cacho lurpia*». Y empezó a sangrar tanto por la herida que su sangre cubrió la casa, los animales, la huerta y hasta a la misma *porca* balura. Todo quedó inundado y se hundió, y así se formó la *lagoa* de Caque.

Flora se acuerda perfectamente de ese nombre. Tantas veces ha escuchado la grabación del cuento de Selvita que lo conoce de inicio a fin. «Tuvieron que mandar al gigante muy lejos y encadenarlo dentro de una casa *enramuxada*, debajo del barro, al fondo de la *lagoa* de Caque que tenía el agua púrpura y brillante», había dicho la matriarca de los Fontes cuando todavía podía hablar. Nota cómo pierde el dominio sobre su propia voz, que le sale demasiado alta y temblorosa.

—¿Esa *lagoa* existe?

—No va a existir. Está ahí, en Castro, donde el manicomio. Yo aún me acuerdo de crío de cuando venían *rosmando* los baluros, con unas marcas feas en la cara, llenos de cicatrices que te las ponían en los morros, para dar pena, venían pidiendo *cartiños* y decían: «*Señooooora, señooooore, unha limosniña porfavooooore, pas once mil virxes con medio corpo na auga e medio fóooooora, que cantan de noite e calan de día na lagoa de Caaaaaque*».

—Esa casa estaba ahí, a veces se veía debajo del agua, la casa *enrabuxada* —añade el compañero de juego de Ramiro, con una voz baja y átona, tamizada por un bigote espeso que el tabaco ha teñido de marrón.

—*Enramuxada*. Se cubrió toda de *ramallo*.

—*Enrabuxada*, de rabiosa. Esa casa estaba rabiosa y allí vivió una balura antigua, la más mala de todos, y como hizo ese pecado fue castigada con barro y sangre.

—Pero es una historia, eso ya no fue verdad. Que los baluros eran *porcos*, sí.

—¿No se decía que tenían un rabo rizado? —pregunta desde la barra, la chica de las rastas.

—No, *home*, no. Eso era en Porcarizas —replica Ramiro.

—Era en Lobeira, para la Baixa Limia. —Por primera vez, el hombre que miraba el vino levanta la cabeza y habla. Su vaso está vacío—. *Disque* antiguamente vivía *pallá* una familia que tenían todos un rabito rizado, como los cerdos. Estaban leprosos y *entarangañados*. Eran ruines, en eso sí se parecerían a los baluros. Que fuera un baluro que se fue para allá, no sé. *Seica* hacían mucho mal, y una noche se juntaron todos los vecinos y los quemaron en su casa. Plantaron fuego y allí se chamuscaron todos.

—*Bo churrasco farían*.

—Aquí decían que el Fuco *tiña* rabo de lagartijo.

—*Eu nunca llo vin*.

—¿Y tú se lo viste, *rapaza*?

Todos se carcajean, armando de forma espontánea una comunidad en la que Flora es ajena. Se sintió como Volkerwanker, se puso roja, quiso gritarles en sus caras amoratadas de vino barato: no aguanto más, me voy, y lanzar las sillas contra las paredes, pero controla su ánimo, paga la ronda pendiente, se despide y se dirige a la puerta del bar. Todas las preguntas que tiene pueden esperar, la casa *enramuxada* es un lugar real, probablemente la *lagoa* esté seca y se pueda ver qué hay dentro, el encierro de unos monstruos despiadados, la casa de una *porca balura*. Son más de las ocho y fuera la noche es oscura y fría, los cristales están empañados con el calor de la estufa de butano. Gira la manilla. La puerta parece cerrada con llave. Flora sintió que acababa de caer en una trampa, que la oscuridad no está fuera, sino dentro de ese bar caldeado, que huele a frito, a butano y a barril de Barrantes.

—¿No abre? —La dueña del bar parece extrañada. Se acerca a la puerta y forcejea con el pomo, a lo bruto—. Cosa más rara —dice.

—Ya me parecía a mí que la señora esta —suelta Ramiro, señalando a Flora con todos los dedos de su mano temblorosa.

—¿Qué?
—Que yo a ti te conozco.
—No.
—Sí, sí. Yo me acuerdo de verte de nena, tú cerrabas las puertas. Como ahora. Me cerraste la puerta del hórreo y la tuve que tirar abajo, que nunca más abrió. Cuarenta años hará.

¿Cómo que cerrar puertas?, piensa Flora. ¿Qué saben estos desconocidos de la mala maña que ella tiene con las llaves, los pomos y la vida en general? ¿Qué pueden decir de cuando, sin ella quererlo, enclaustró a su madre en el piso de Trellick Tower y eso inició una reacción en cadena que terminó con su padre atrapado en la ciguatera? ¿Cómo pueden ver que se ha quedado presa recurrentemente dentro de cientos de aseos, coches, ascensores, muy habitualmente cuando algo importante la aguardaba fuera? La oportunidad sólo pasa una vez y nunca estuvo dispuesta a esperar a que una mujer torpe y ansiosa consiga encontrar una rendija por la que quepan sus muslámenes. ¿Qué pueden conocer de todas las puertas tangibles y metafóricas que se ha ido cerrando a lo largo de su vida, hasta dejarla arrinconada en un sótano sin escalera? Es que se lo han visto en la cara. Es que saben algo más.

—¿Esta es la de Luido? —pregunta el hombre del bigote alquitranado, mirándola de arriba abajo—. Tú me *trancaste* un día en casa y tuve que salir por la ventana, no abría la cerradura ni *pa* dios. Erais unos *remexedores*. Tú y tu hermano, los dos.

—¿De Luido? No. Ni siquiera he estado antes por aquí —miente, pero su convicción hecha de papelitos de servilleta se desmorona. ¿Qué habré hecho en este lugar, que lo he borrado?, se pregunta. Su cuerpo tiembla de duda y vergüenza, una sensación como la que tenía tres veces a la semana en su época terrible, cuando bebía tanto y al despertar a media tarde sabía que algo malo había hecho, que algo había dicho, que había abierto abismos sin vuelta atrás, pero no se acordaba de nada. Como no quería reconocer el vacío de su memoria y tampoco pedir perdón sin saber por qué, siempre la tomaban por una arrogante estúpida. Ahora se siente igual, ¿cómo debe hablarle a esta gente?, no les va a preguntar, no lo va a reconocer.

—De Luido, sí. De Luido —dice el hombre, la voz ahora alta y cortante, saliendo alterada de su garganta, vibrando—. No me voy a acordar. Aquí nos acordamos de todo.

—Aún seguimos llamando Queimavellas a los tataranietos de unos que mataron a una balura hace doscientos años, añade Ramiro.

—De aquella vino tu padre a abrirme que no sé yo cómo, pero hasta sangre se hizo en la mano. Ahora nos *pechas* a todos aquí.

Ramiro se incorpora, apoyándose en la mesa y se acerca al lugar donde la camarera sigue luchando con la cerradura.

—Yani, *vas ter que rachar ca porta*, que eso no te vuelve a funcionar.

—Yo no la he tocado —se defiende Flora.

—Ay, no. ¿Y cómo entraste? Aún me debes quinientas pesetas del hórreo. Ahora será mucho más. Haz la cuenta.

—Ya la he hecho, el resultado es un *piece of shit* sin puerta y sin dinero.

—Aquí no me montes follón, ¿eh? —dice Yani, la camarera.

—Woof, woof, pelea de perros —ladra José Manuel.

—Mejor te vas —le dice a Flora la chica de las rastas, que se ha acercado a la puerta y trata de ayudar a Yani. Su expresión de doble filo, los ojos tan rasgados, los labios tan rojos, bascula entre el consejo de amiga y la amenaza.

—Au, auuuuu —aúlla José Manuel.

—De aquí no sale sin pagarme la puerta del hórreo. Antón, vente *pa ca*, que a ti la cerradura también te la debe.

—Por supuesto que me voy, no aguanto más, me voy de aquí. —Flora coge una silla por el respaldo y la agarra fuerte con las dos manos.

—Eeee, domadora. Cuidado. A ver si además de la puerta vas a tener que pagarte una nariz nueva.

—¡Nariz nueva! ¡Es que me putoflipa! —chilla el crío saltando.

—José Manuel, esa boca, que te la friego con el estropajo del baño.

—Que te vayas —dice la chica de las rastas.

—De aquí no sale —objeta Ramiro.

En algún lugar de su cabeza, fuese sugestión o intuición, palpita su marca, «es una estrella negra, todos la pueden ver». Flora levanta la silla y la arroja contra la puerta de cristal, un cristal fino, de mentira. Se disgrega en pedacitos irreconciliables, trapecios afilados, por un momento saltan y reflejan las lucecitas navideñas antes de precipitarse en el barro de la acera. No hay paciencia ni fortaleza en el mundo capaz de reunirlos. Si una persona piadosa estuviese mirando esa escena, barrería los fragmentos pensando en proteger a la buena gente que podría pasar, no en el agujero vulnerable que se abre en el pecho de Flora, por donde vuelve a entrar toda la sed, los mordiscos de las pulgas, el abandono y la soledad.

—Yani, agárrala.

—Que no se vaya, Yani.

—Soy yo y le rompo la silla en la cabeza.

—Llama a la Guardia Civil.

—Putollama a la putoguardiaputocivil.

Pero nadie se movió. Ni siquiera Flora cree lo que acaba de hacer. Atraviesa el pórtico de cristal, la frescura de la noche helada toca su piel. Claro que me voy, *redneck dicks,* dice. Y salta dentro del coche, en busca de la *lagoa* de Caque y su casa *enramuxada*. Detrás, las maldiciones de Yani, los insultos de Ramiro y los ladridos de José Manuel la persiguen hasta desaparecer por la carretera.

16

Lagoa de Caque

Llegó a trompicones. Le temblaban las piernas y la ranchera se caló cuatro o cinco veces, otras tantas la detuvo en el arcén para dejar pasar a un coche que venía detrás, demasiado cerca.

La *lagoa* de Caque es un espacio protegido, sin camino que lo circunde, donde algún día las aves, anfibios, reptiles encontraron un humedal cálido, verde y mullido en el que vivir, dormir, comer y ser comidos. Ya no queda nada de eso. En el centro de la laguna seca, la casa rabiosa emergía solitaria, *enramuxada*, cubierta por un seto de espinas imposible de atravesar. Sólo al colar Flora la luz de su linterna entre el muro entramado de ramas, vio al fondo la pared de piedra, sillares de granito colonizados por el barro y los matorrales secos. Rodeó la construcción en busca de una entrada, una ventana. Se sentó en la tierra y escuchó el silencio absoluto, dentro de sus oídos rebotaban todavía las voces, tú cerrabas puertas, agárrala, erais unos *remexedores*, le rompo la silla en la cabeza, ¿la habrán seguido hasta aquí?

Era imposible entrar ahí. Habría que regresar con machetes, motosierras, amigos, Flora no tiene ninguna de esas cosas, quizás Suso las pudiese reunir. Podría llamarlo, ¿querrá hablar con ella?

Dos brazos largos, de manos enormes, reptaron en la oscuridad, agarraron sus piernas y la arrastraron hacia la casa. Flora no encontró a qué agarrarse, la fuerza del tirón la atrajo a través del seto de espinas, de un dintel de piedra, estaba dentro. Fuera quedó su linterna, su teléfono, su bolsa. En la negrura de la estancia, escuchó una puerta de madera que se cerraba, rechinando. Un pasador metálico. Movimientos ligeros y ágiles a su alrededor, una respiración agitada, profunda como un océano en cuyo fondo se preparan corrientes invisibles capaces de arrasar las ciudades de la costa. Un olor al agua estancada en la que crecen los renacuajos. Se deslizó hasta dar con una pared y allí permaneció inmóvil, la espalda a cubierto, escuchando. Era imposible que aquellos hombres del bar hubiesen llegado tan rápido, pensó, aunque podían conocer un atajo, haberla engañado, extender a su alrededor una representación. De su pecho salió un quejido inevitable que no pasaba por sus cuerdas vocales. Percibía algo delante de ella, muy cerca, pero no se atrevía a tantear la oscuridad. No quería tocarlo. Me han traído aquí, estúpida, saben quién soy, todos pueden verlo, gente orgullosa de llamarse Queimavellas porque hace dos siglos hicieron arder a una como ella, hicieron huir a sus hijos y condenaron a sus nietos, los de Luido. Oyó el frote de una cerilla contra un raspador.

La luz de una vela iluminó una mano grande, un brazo largo, un rostro medio cubierto por la capucha de una sudadera llena de tierra. Flora lo identificó al momento: el hombre de la casa de los Fontes, con esas orejas demasiado bajas, los labios tan finos, la piel escamosa como una psoriasis húmeda, un poco más morena que aquella vez. Por la forma en que sus ojos se achicaron durante un instante, Flora supo que él también la había reconocido.

—Siempre andas revolviendo en las casas —dijo él.

Ahora que lo ve de cerca, se da cuenta de que es muy joven. Un chico extraño, musculoso, de piernas demasiado cortas, que incluso en esa penumbra se cubre los ojos con gafas de cristales tostados.

—Sí, me suelen llamar *remexedora*. Se ve que tenemos las mismas aficiones.

Estaba asustada, pero intentaba que no se le notase. Trató de entender su situación. La casa era un recinto de una sola habitación. Las vigas que habían sostenido el piso de arriba estaban deshechas en el suelo, donde había un plástico extendido con un saco de dormir y una mochila. Papeles y envoltorios. El chico rebuscó entre sus cosas hasta encontrar un rollo de cinta americana. Flora se incorporó. Espera, dijo. Con la mirada, rastreó las paredes. Intentaba localizar una ventana, una salida, algo. A la luz rasante de la vela, un signo tembló en la piedra. Y otro. Los grabados emergieron de arriba abajo, en los cuatro muros, sombras que titilan según les dicta la llama. Agrupaciones de puntos, espirales, letras aglutinadas en un solo signo. Un latigazo suena dentro de su mente y le azota el estómago, una contracción de las vísceras, el chasquido de la memoria. Ella detrás de esa puerta y algo peligroso acechando fuera.

—Yo ya he estado aquí.

Germinal apartó la mochila de un manotazo y se acercó a Flora, la mandíbula prognata por delante del resto del cuerpo, un destornillador en la mano.

—¿Quién eres tú? ¿Cuándo has estado aquí?

—No lo sé. Hace mucho tiempo.

—Esto lleva siglos sumergido, imbécil.

—No, yo estuve aquí.

Estaba segura. El olor, al principio le había parecido de agua estancada, pero eso era el tufo del chico, ahora percibía el olor de la casa, tierra, pis y sudor y culpa, ese olor le hacía sentir culpable, culpable sin reparación, no puedes volver crudo lo que ya has cocinado, aquella imagen de su tío desnucando unos conejos en la roca de la veta blanca, ella pidiéndoles que volviesen a vivir. Alguien había preguntado por Baldomero en la granja de caracoles, recordó, un chico así arrecho, raro, un poco choreto.

—¿Por qué buscas a Baldomero? —dijo. Quería ganar tiempo. El rostro del chico cambió, sus pupilas se estrecharon como rendijas, como si concentrase en esas pequeñas ranuras la enorme fuerza de dos rayos.

—¿De qué conoces tú a Baldomero? —respondió Germinal.

—Yo también quiero encontrarlo.

—¿Por qué? ¿Por qué estabas en casa de Belén? Al suelo y habla, que te mastico tu puta cara.

¿*Exú* de lodo? No podía haber dicho eso. Empezaba a desvariar, no podía fiarse de nadie, ¿tampoco de sí misma? No de sus propios sentidos, quizás todavía, un poco, de su pensamiento. Se arrodilló en la tierra, con los brazos en alto, por inercia, por verlo en las películas. Al darse cuenta de la imagen aterrada que estaba transmitiendo, los bajó y apoyó las manos en las caderas.

—Quería hablar con Mingo —dijo.

—Vacíate los bolsillos, rápido.

Flora sacó varios *tickets*, la cartera, las llaves del coche, algunas monedas. Las llaves y la cartera, aquí, masculló el hombre, y ella impulsó los objetos a ras de suelo para que llegasen hasta esas manazas sin un atisbo de amenaza hacia la criatura que la perturba, como nos perturba esa porción de piel que se separa de la carne del talón por culpa de un zapato nuevo, que al rozarnos la sentimos como algo nuestro que está fuera de nosotros.

—¿Qué es este lugar?

Germinal no respondió. Vació la cartera tirando el contenido alrededor de sus pies, billetes, tarjetas, notas. Esos ojos tan extraños, de un verde que a través de los cristales anaranjados parecía fosforescer, en un momento pudieron volverse dorados. Abrió la boca, a punto de decir algo, y miró a su alrededor. La cerró y la volvió a abrir. Tenía en la mano la fotografía de la niña Selvita en la mascarada perdida. Con la cara positivada vuelta hacia Flora, clavaba los ojos en el envés. «Randín, 1949», rememoró ella.

—¿De dónde has sacado esta foto?
—Es mía. Estaba en mi casa.

Germinal leyó de nuevo las letras escritas a pluma en tinta azul. «Randín, 1949».

—Conoces a Balbina —dijo él al cabo de un rato. Pronunció esa sílaba, bal, y tres *badaladas* sonaron desde una iglesia lejana. Bal-bal-bal. Su voz había cambiado, se metió el destornillador en el bolsillo marsupial de la sudadera, sin soltarlo.

—¿Es su letra? ¿Es una balura?
—Me cuidó toda la vida.

Flora vio los ojos del chico humedecerse tras los cristales. Era una fiera, pero una balura lo había protegido, y ese recuerdo le movía de la brutalidad hacia otras emociones que lo hacían más vulnerable, más cercano. Se descolgó la medalla que llevaba al cuello y la hizo brillar ante el rostro de Germinal.

—Baldomero es mi tío. Supongo que soy balura. ¿Tú también lo eres?
—Ya no quedan baluros.
—Y tampoco quedan *fazados*, ¿no?

Ambos se quedaron en silencio, Flora arrellanada contra la pared. Germinal de pie, delante de la puerta, los labios replegados, los dientes amarillos asomando, sin brillo. Pensaba en Balbina, en cómo estos últimos meses le habían ayudado a comprenderla. Ni siquiera era su bisabuela, igual que Ramonita no era hija de Baldomero. Ella manejaba el conocimiento para controlar todo el daño que soy capaz de hacer. Era una maestra. Pasé diez años encerrado con ella en A Coruña creyendo que me sucedería algo espantoso si salía a la calle. Qué relación perversa tienen los hombres con sus dioses. Los idolatran, los protegen, les temen, los derrumban, les exigen, les ruegan, se aprovechan de ellos. Germinal se subió la manga deshilachada de su jersey. En su antebrazo izquierdo, el símbolo de los dos círculos unidos tatuado a mano torpe, pero determinada.

—Dos cabezas, un solo cuerpo. El signo que los baluros usan para representar a aquellos a quienes sirven. Es la marca de los *fazados* como yo.

—Pero tú no tienes dos cabezas.
—Bueno.
—¿Vienes de Larouco, como el señor de la montaña?
—No hay ningún señor de la montaña.
—Y Balbina, ¿de dónde vino?
—De Cuba. Volvió a Galicia con veinte años y conoció a un hombre, un hombre muy parecido a mí. Recorrían las aldeas juntos, hacían fotos y grababan a la gente que quería contarles cosas. Esto de Randín lo escribió ella, es su letra.

La mujer anciana de A Coruña, Flora recordó lo que Salva le había contado sobre aquellas visitas en verano. Balbina le había entregado la fotografía a su padre, no era por azar que había llegado a sus manos, nada era azar en toda su vida de puertas cerradas, éxodo constante, huida y desmemoria. Todo había ocurrido tal y como tenía que ser.

—Estaban reconstruyendo la memoria de los *fazados* y de los baluros. Los destinos de unos y otros han estado unidos siempre. Yo encontré algunas de esas cintas en la casa de los Fontes —dijo.

—Y eso que buscabas a Mingo.

—Seguro que Balbina te contó algo. Son unas grabaciones muy raras. Personas que relatan desgracias que sucedieron hace cuatro siglos, como si las estuviesen viviendo ahora mismo.

A Germinal eso no le extrañaba. Podría ese hombre, el amor de la bisa, tan semejante a él en sus rasgos, poseer la facultad que él acaba de descubrir en sí mismo, podría ese hombre haber conversado con los muertos antiguos, de siglos, incluso con los esqueletos, que eso él no sabe cómo hacerlo, y preguntarles por el origen de la historia.

—Hay más cosas de las que se ven con los ojos. Hay quien sabe hacer que los muertos hablen —dijo.

—Nadie puede hacer eso.

—Todo se puede hacer en la vida, pero con método.

—¿Tú sabes cómo?

Germinal no respondió.

—¿Tú sabes qué le pasó a Belén Fontes?

Germinal gruñó. Odiaba oír ese nombre salir de labios desconocidos, no tenían derecho, ni aunque fuesen labios baluros.

—Cállate.

—¿Era *fazada*?

Cerró la mano y acercó lentamente su puño a la sien de Flora, la presionó con fuerza. Ella sintió que el oxígeno dejaba de alimentar una parte de su cerebro, la sangre vieja se empantanaba, las venas de la cabeza empezaron a arder. Tomó la muñeca del chico.

—Lo hizo una Mariapurísima —dijo.

Germinal apartó el puño. Sus dedos, al separarse de pronto, arrancaron varios cabellos de la melena de Flora.

—Sólo la vi. Una señora mayor. Le dio un gatito.

—Siempre fueron tres mujeres, tres Marías, generación tras generación. Viven para que nada se mueva. Por señalarnos a nosotros.

Flora tenía una sensación de urgencia. La sangre oxigenada llenaba de nuevo los lóbulos de su cerebro y las ideas llegaban a borbotones, calientes, a punto de ebullición. Con Belén había fracasado, con este chico no iba suceder otra vez.

—Podemos buscarlas juntos —dijo.

—Yo no necesito a los baluros.

Germinal pensó en cómo había llegado a odiar a la bisa, a la que quería tanto, porque lo tuvo encerrado, porque le ocultó su historia siempre, porque a veces se le ocurría que sólo quería aprovecharse de lo que él podía hacer. Agarró con dos dedos la patilla de sus gafas y las empezó a levantar, sin quitar la mirada de los ojos de Flora. Percibió el filamento de un olor acre, cortante, que empezaba a filtrarse desde lo más primitivo de su cerebro.

Ella se puso de pie. Se acercó tanto que con la boca abierta recogía el aire usado que salía por los orificios nasales del chico. No quiere dejarlo, no quiere que lo maten. Flora y Germinal, balura y *fazado*, nuestros nombres y nuestros destinos están encadenados.

—Podemos hacerlo juntos —dijo, y dos lágrimas que no terminaban de caer enrojecieron sus ojos.

Germinal soltó las gafas y las encajó de nuevo sobre su nariz. En la determinación de esa mujer percibía los ecos de la voz de la bisa, cómo había llegado a odiarla, cuánto la quería aún. Negó con la cabeza. Un sollozo contenido inflamaba su pecho, pero no lo dejó salir.

—Tienes que apartarte. Esto es algo que tengo que hacer yo.

—He visto el lugar en el que encierran a la gente como tú. Se llama Viladormen. Puedo ayudarte a encontrarlo.

—Apártate. Vete a tu casa, escribe nuestra historia, eso es lo mejor que puedes hacer por nosotros —dijo Germinal. Entre sus dedos se enroscaba todavía un cabello de Flora. Se llevó la mano a la boca y lo capturó entre los labios, se lo tragó. Como una serpiente de agua, se escabulló entre las raíces de la casa *enramuxada*, con la fotografía en la mano. La vela se apagó, dejando a Flora en la oscuridad dura de una losa que cerraba cuatro siglos de silencio.

17

María, alumbrada

Luiz había enviado la última grabación esa tarde, pero Flora no lo supo hasta la madrugada. Y cuando lo supo, no se decidía a escucharla. Sola y con el corazón apretado, en la habitación de un hostal en Lugo al que llegó embarrada, arañada de espinas, con las uñas negras de tierra, porque había tenido que abrirse paso con el destornillador de Germinal a través del enrejado vegetal que cerraba la casa *enramuxada*. Se derrumbó en la cama y dio vueltas durante horas hasta que se convenció. Reprodujo el archivo maria_alumbrada.mp3 sin auriculares, el volumen muy bajo. Le aterraba pensar, aun sin querer creerlo, que los sonidos que salían través de los altavoces y llenaban el aire que ella introducía en su cuerpo podrían ser voces de gente que ya no estaba viva cuando hablaba, por eso la atonía, el lenguaje arcaico, la falta de aliento, nada de eso es posible y es la única explicación que puede haber.

«Después de casi tres años desaparecida, María Bendaña regresó al beaterio de Santa María y la acogimos con piedad. Hinchada, amoratada, pinzoneada, irreconocible, creímos que era otra, y que esa otra estaba muriendo. El cuerpo quebrantado, invadido de calentura, la sangre brotando repentinamente por la boca, privada de sentido durante horas. Luego se desinflamó y vimos quién era, la maestra que nos había abandonado, pero no la echamos, pues su lecho ya tenía asomos de sepulcro.

»Viene a traernos algún daño, dijo Quiteria, que durante la ausencia de Bendaña había ocupado su puesto. Menos daño que el roce de una hierba nos podría causar tal y como se encuentra, dijo Beatriz, y le sangró los tobillos y le aplicó unturas molificantes, harina de habas de altramuces con aguardiente, polvos de manzanilla, estiércol de cabra, azufre y sal, aceites de azucenas y manzanillas. De pronto se ahogaba. Por su garganta no pasaba el pan, ni la hostia, ni siquiera pasaba el aire.

Abriéndole la boca con unas tenazas halló Beatriz un cuerpo extraño bajo el nacimiento de la lengua. Era tal cual otra lengua, de color púrpura, de un tamaño que causaba horror al verlo. Beatriz sajó la carne dos veces al día durante varias jornadas, hasta que el apéndice se vació de sangre. Al abrirlo, salieron materias extrañas y un cuerpo cartilaginoso que era parte hueso, parte membrana, parte pluma de ave blanca.

»—Eso es del diablo —dijo entonces María Bendaña, recobrando el sentido y hablando por primera vez.

»Beatriz le puso un paño en la frente.

»—Fuera de esta casa —dijo Quiteria.

»—Anoche el conde de Támega entró por la ventana, sus pies no tocaban el suelo —dijo María Bendaña—. Me levantó la camisa y escupió en mi ombligo. Desde entonces, cientos de uñas se me clavan desde dentro de los ojos.

»Nos miramos en silencio. Sabíamos que Arruebo era el demonio o, al menos, su amigo cercano. Que estando solas en el campo, pellizcaba a las rapazas en el brazo con malos ánimos, y ellas ya no podían parar de temblar, apesadumbradas como los pajaritos caídos del nido. Que el rumor que se contaba sobre Bendaña, lo que rumiaban los pastores, es que el señor de Támega la había acorralado en la montaña, que le dijo: "Ven conmigo", y sin ella quererlo sus pies lo siguieron hasta la casota de los *mouros*. Allí dentro, Arruebo había convocado a tres demonios que se presentaron en traje portugués y se sentaron a la izquierda de la maestra, por lo que ella empezó a verse acometida por fortísimas tentaciones de sensualidad. Había caído, por eso nunca regresó a nuestra casa santa.

»—Ese día pedí protección a mi ángel. Arruebo no me derribó, y por eso me castigó con dolores terribles, hasta que el ánima se me fue del cuerpo durante tanto tiempo que no recuerdo dónde estuve ni quién fui —nos contó Bendaña.

»—Fuera de esta casa —volvió a ordenar Quiteria, pero ninguna de las ocho beatas movimos un dedo más que para acomodar a María entre almohadones frescos y hacerle beber el aguardiente bueno.

»—Es una alumbrada —dije yo desde el principio, porque lo que en ella veía lo había leído en los escritos de Santa Teresa.

»María Bendaña quiso saber qué había ocurrido abajo, en Viladormen, durante el tiempo que duró su ausencia. Todo le contamos. Que en el pazo la monstrua engendraba nuevas bestias, que salían de su cuerpo por cualquier orificio. Que cuando eso sucedía, el agua de los ríos, de los pozos y de los manantiales se retiraba como absorbida a través de una caña, para luego regresar cargada de ponzoñas. Que cuando el agua envenenada inundaba los campos, era imposible levantar las cosechas. Sólo crecían inmundicias. Hierbas minúsculas y hongos casi invisibles que se arrastraban al segar. El ganado que los comía caía desplomado, y por el morro les salían gusanos amarillos. Que nuestro trigo estaba infectado, en cada espiga crecían horribles lenguas rojas que arruinaban el grano. Solo verlas causaba pavor. Que la tierra estaba podrida. Y el hambre, lo peor era el hambre. Que en las aldeas de la sierra ya no quedaban aves ni bestias salvajes. Que algunos comían carne humana. Que arrancaban de la tierra los cuerpos de los muertos para aplacar el hambre. Que capturaban a los viajeros en el camino de los romanos, descuartizaban sus miembros, los cocían al fuego y los devoraban. Que atraían a los niños a lugares apartados, mostrándoles una fruta o un huevo. Que llovían piedras sobre nuestro tejado.

»—Mi crucifijo comenzó a deshacerse en lágrimas la otra noche —le conté—, y entonces sonó la campana de nuestra capilla, fuera de hora. Fuimos corriendo, y era un lobo, que había entrado en el templo y tiraba de la cuerda con sus dientes negros. El mundo ha vuelto al caos. La gente necia de Viladormen se inclina a las supercherías embusteras, se vuelve hacia herejías y cultos terribles que niegan la cruz.

»—¿No veis, ingenuas, que todo eso anunciaba la llegada de esta mujer corrompida? —decía Quiteria.

»Pero ya no la escuchábamos a ella, porque había regresado la verdadera maestra y de su boca salían anunciaciones:

»—No cesarán los males mientras la criatura, que todo lo que toca abrasa, siga viva —dijo María Bendaña, y a través de la piel de su pecho, del espacio cóncavo de la su clavícula, salió un pedacito de papel arrugado con letras manuscritas, un trozo arrancado de la página de un libro, que ninguna marca dejó de su paso por la carne. Lo vi con esos ojos que tuve y que ya hace mucho que se fueron.

»María andaba muerta, consumida y loca. Sin juicio y sin figura de mujer. El diablo, tomando la forma de Pedro de Arruebo, la acometía cada noche: era prueba de su virtud. ¿El diablo o la lubricidad?, inquiría Quiteria, treinta y un años, hija de arriero, amancebada con su confesor, don Jonás, prior de Junquera de Ambía. Como respuesta, la

Bendaña lanzaba mil gemidos, su carne dada al tormento, le corrían hormigas bajo el pellejo. Después de la oración su piel ardía y la lengua se encendía al rojo vivo. Su boca, llena de ampollas, rechazaba el pan sagrado, pero una mañana la descubrí comiendo, enteros y crudos, los granos que nosotras no tocábamos, masticando las espigas de trigo infectadas por lenguas rojas, que ninguna nos atrevíamos siquiera a mirar. El demonio la maltrata porque ella es la perfección, por ser tan santa la apalea, dijo María Dominga. Tiene el mal bueno, ella es el cuerpo elegido por el Espíritu Santo, compañera y esposa de Cristo.

»En esa casa vivíamos las nobles y las plebeyas, algunas visionarias, otras extáticas, algunas sensuales, otras iluminadas, ascetas, milagreras, apocalípticas y hechiceras, pero cuando María caía en arrobamiento y su celda se llenaba de mística luz, no había diferencias: todas veíamos que de su cuerpo salían cinco rayos de fuego. Todas, menos Quiteria. Sospechaba que los trances eran fingidos. Mandó llamar al prior, su confesor, y lo hizo pasar a la celda de María con un cuchillo, vinagre, plumas y agraces. Le arrojó agua a la cara, María ni siquiera parpadeó, los ojos fijos en el techo, absorta y quieta por horas. Le hizo cosquillas, la pinchó con alfileres, la cortó, no soltó ni un suspiro. Posesión y tormento son prueba de virtud. Merecía corona de martirio: es alumbrada, es endemoniada, es santa. Cada mañana, después de terribles noches luchando contra el demonio Arruebo, de su clavícula caía otro pedazo de papel escrito, sin otra mácula que la tinta, que yo recogía y juntaba con los anteriores: son trozos de un mismo libro, cuyas páginas amorosamente fui uniendo con polvo de cáscara de huevo mezclado con su clara.

»El día de los Santos Inocentes, María amaneció sin un ojo. No como si lo hubiese perdido, sino como si nunca lo hubiese tenido, o como si su cráneo lo hubiese absorbido. No despertaba. Al día sexto, regresó del sueño, abrió su único ojo y se puso en pie sobre su cama como alzada por sogas invisibles, los brazos abiertos, las piernas cruzadas, la mirada al cielo. Mandó llamarme a mí, por ser yo la escribana. El libro está terminado, me dijo, y me entregó el último pedazo. Lee tú, María Dominga, amiga, dijo a una compañera que no distinguiría una letra de una hormiga, y daremos con la manera de librar a esta tierra de las plagas que la afligen. Y Dominga leyó:

Pan de *lume*, para que los monstruos Arruebo y Teodora Dorotea caminen hacia el suplicio. Pan de *lume*, para que la llama justiciera acabe de consumir a esos desdichados y los reduzca incontinente a cenizas. *Lume*, para que el culto de la venerable fe católica, una vez extirpada la locura de estos detestables insensatos, revista por toda la tierra un resplandor más vivo.

»María Bendaña salió al trigal y yo corrí detrás. Rasaba el sol, y ella resplandecía en el campo dorado. Las espigas centelleaban, espigas infectadas por hongos rojos como lenguas de fuego. Todas comeréis, estáis muertas de hambre. La esperanza en sus propias manos, tan ajadas de frotar paños, de bruñir cazuelas, de arrancar raíces, de agarrarse a los peñascos para sobrevivir esos años fuera del beaterio, como una mendiga. Con la dulzura de una hoz siega las cañas. Estás loca, eso es una plaga, le grita Quiteria, palabras escupidas en su único ojo, es la "pústula nociva en la espiga del grano". Entre todas sujetamos a Quiteria, la encerramos en su celda, te enterraremos viva si no te callas. Entre todas molemos el grano en nuestro molino, harina rosada del color de las cinco llagas. La amasaremos, le daremos forma de amorosa hogaza, de maneras redondeadas y suaves. María Bendaña, con su cuchillo, les hará dos tajos. Nos convidará y comeremos, y seguiremos amasando, para entregar el pan de *lume* a la gente perdida de Viladormen. Comerán, están muertos de hambre.

»María Bendaña es fuerte, cualquier palabra que asome por su boca es ley. Lleva el estigma de las llagas sagradas, sus cabellos son reliquias, oye un susurro en su frente, labios que se mueven sobre su piel: el odio agita multitudes. La llamamos María, Santa Maestra. La seguimos bailando descalzas, bajamos al mercado de Viladormen, repartimos las hogazas sagradas. Ella les habla, prende sus antorchas, les alimenta. El pan de *lume* les otorga forma de animal, valor de mártir. Muchos han perdido el seso, pero los mueve una furia bendita».

18

Calvos de Randín

Ni siquiera ahora, bajo la luz tan blanca, dulce y exagerada de la pastelería en la que espera, ni siquiera con dos *bolos de natas* y un salero colmado de canela en polvo delante de su cara, se le afloja a Flora la sensación de angustia, de no estar a salvo. Analiza en su teléfono las imágenes que le ha enviado Suso. Es evidente que el objeto que encontró aquella chica de Lobios, por el cual la habían agredido de una forma tan brutal, es la misma máscara que aparecía a medias, un trozo fuera de plano, en su fotografía, una fotografía tomada por un *fazado*, en algún lugar cercano en el que, al menos hasta 1949, se celebraba algún tipo de ritual. Probablemente en honor a Teodora Dorotea, probablemente con su ración generosa de brujería. Por eso todas las personas que hemos indagado este tema terminamos muy mal.

Suso, que normalmente es tan puntual, no quiso evitar llegar tarde. La llamada de Flora había sido escueta y demasiado intensa, tenía muchas ganas de verla, pero le inquietaba su tono, la voz ronca que parecía salir del fondo de un pantano. Y las palabras que dijo: «Esto siempre vuelve». Desde fuera de la pastelería, un lugar que ha elegido por ser tan luminoso, blandito, en el que todas las conversaciones se cubren de glaseado y fideos de colores antes de rematarlas con un lacito, la ve abstraída, mirando algo que sostiene en la mano, como un mono hipnotizado delante de una bolsa de caramelos. Sería muy fácil lanzarle una bola de papel a la frente, pegarle en la espalda un cartel con un mensaje tonto, ponerle un apodo cruel y extenderlo por todo el pueblo. Le parece tan vulnerable. Se abrazan con vergüenza, pero sin querer soltarse, como hacen las personas que están desesperadas y necesitan ayuda, pero que quizás son responsables de algo tan espantoso que no se sienten con derecho a pedirla. Suso, estás guapísimo, dice ella. Qué manía tiene la gente de insistir en lo bien que se le ve cuando algún trauma le hace adelgazar un poco, cuando se queda blanco del pasmo y cuando el terror que le causa el mundo le hace moverse con parsimonia, como flotando por encima de las cabezas. Flora, que estoy fatal.

Suso retira el café y los pasteles de la mesa y devuelve todo a la barra. Mira la hora en el reloj de la pared, son las doce del mediodía, y pide dos cervezas.

—Cerveza no tenemos.

—Pues dos botellas de agua. Muy fría. Deja, que ya las abro yo.

—¿Me citas en un sitio en el que crees que nos van a envenenar? Lo tuyo es amor verdadero.

—No se te vuelva a ocurrir pedir café ni nada parecido. A la chica de la que te hablé la drogaron. Está fatal. Viste las fotos, he encontrado tu mascarada perdida. Estaba relacionada con Teodora Dorotea, esa niña existió de verdad.

—Claro que existió. Todo esto empezó con ella hace cuatro siglos y ahora continúa. Por eso hay personas que desaparecen. A algunas se las llevan y a otras las encierran para evitar que se las lleven. O que les hagan algo peor, como a Belén Fontes.

—Ya te dije que aquí la gente desaparece desde hace mucho tiempo.

—No se trata de personas al azar. Hay algo que las relaciona, ¿has oído hablar de *sangue fazado*?

—*Fazado* significa sucio. No es una palabra muy común. Si encontrase aquella libreta de mi padre...

—Antía, la chica del bar, no está en Chaves. No se ha ido, se la han llevado a Viladormen. No sé dónde está ese lugar. Viladormen, Vila de Ormen, Vila do Home. No encuentro nada, el topónimo se ha perdido. Lo han borrado. Esta historia está deshecha en miles de fragmentos, alguien habrá que conserve los trozos que encajan con lo que tenemos.

—Me parece rarísimo lo de Antía. ¿Le preguntamos a su hermano? —dice Suso, señalando la espalda de un adolescente que comía un milhojas sentado en un taburete en la barra. Flora ve cómo el chico le esquiva la mirada en el espejo que cubre la pared, la cara embadurnada de azúcar glas.

—Qué estúpido eres, Suso —bufa—. Oye, tú, del milhojas, ¿cómo te llamas? ¿Dónde está tu hermana, zampabollos? —grita desde la mesa.

El chico suelta el pastel y niega con la cabeza, rojo como el tabasco. Cuando los labios le empiezan a temblar, corre a esconderse en el baño.

Flora sale a la calle gruñendo, Suso va detrás, la pastelería queda inmersa en su bullicio relleno de crema y chocolate.

—¿Y ahora qué he hecho?

—Pues que ellos mienten. Tienen algo que ver con las desapariciones.

—Flora, los conozco de toda la vida, son buena gente. Dejaste al pobre llorando.

Sentado en el váter, el chico se muerde los pellejos y las uñas hasta hacerse sangrar. Lleva tiritas en casi todos los dedos. Coge el teléfono, que había posado sobre el lavabo, y busca un contacto. Lo deja de nuevo donde estaba. Se chupa la sangre que corre desde el jirón que acaba de abrirse en el pulgar y lo envuelve con un trozo de papel higiénico. Toma de nuevo el móvil, aprieta los ojos hasta que le duelen y llama:

—Está aquí —dice.

Parte V

El ruido del fuego
Diciembre-enero

1

Santa María do Penedo, serra do Xurés

—La balura ha vuelto —dijo Teresa—. Está en Calvos. La ha visto el hermano de la camarera. Cree que vamos a soltarla, es tonto o no quiere entender. Siempre han tenido cabeza de pedernal en esa familia.

Al otro lado del teléfono, Sinda se estremeció. Le había enviado a la balura un nudo fuerte, complicado. Uno como los de antes, trenzado en carne, hierro y dolor, con todas sus fuerzas. O eso creía, empezaba a dudar de su memoria, bien podría haber olvidado cerrar la fórmula, atada con los tendones de la chica yonqui. Quizás ese fue el error, cómo había sido tan estúpida, cómo creyó que la voluntad de mierda de una adicta sujetaría la embestida de un baluro.

—Está bien —dijo Sinda—. Tú sigue adelante. Yo se lo cuento a Preciosa.

Teresa es mujer de líneas rectas y destino fijo, pero acaba de frenar en seco, en plena carretera de A Rúa, pasada A Gudiña. Los altavoces del coche propagan todavía el tono intermitente de la llamada telefónica. La vía está desierta desde que dejó atrás el pueblo. A ambos lados, el matorral extenso, crujiente, tiembla con el viento rolón, todo parece inmóvil pero todo se agita, la hierba amarilla, las ramas, las flechas que indican cada curva, la gravilla sobre el asfalto, las torres de alta tensión subidas a las cumbres, como gigantes. Dentro de los cables, la electricidad también vibra, solo ella se ha detenido, te das cuenta, Teresa, sólo tú estás quieta, para que las cosas cambien hay que hacerlas cambiar. Entonces borra la imagen de su destino, A Veiga, las aldeas sumergidas del embalse de Prada, el rastro del *fazado* peligroso que remueve los pantanos, y da la vuelta en la explanada de «Matadero Os Curmáns. Sala de despiece».

Ha captado un temblor indeciso en la voz de Sinda. Es el momento de hacer que las cosas cambien sin posibilidad de retorno. Teresa no quiere seguir sosteniendo un orden tan débil, la obediencia, expulsar a los baluros, controlar a los *fazados*, abotargar a los pocos que tienen el coraje de no aceptar su lugar, una purificación selectiva y ejemplificante muy de vez en cuando, para someter los casos extremos, esto es lo que os pasará a todos si. Cuatrocientos años, lo que antes funcionaba ahora no es suficiente, todo cambia, excepto nosotras, y Teresa quiere cambiar también, conducir el cambio, apaciguar esa tierra que se agita de desorden, larvas que explotan y gusanos blancos abren sus caminos por debajo de la carne, las plagas, las pieles cubiertas de alergias, el cuerpo se ataca a sí mismo. Doce ovejas incapaces de salirse de su vereda, asediadas por la sed, bebieron de la corriente contaminada que siempre habían ignorado. Eso es lo que sucede en la parálisis, todo se degrada, si no nos movemos, estamos muertas.

Tiene que ser ella quien se lo cuente a María Preciosa. Tiene que hablar con la Maestra antes de que la lengua ondulada de Sinda trace laberintos alrededor de su visión. La balura ha vuelto, ha conseguido regresar a pesar de todo lo que intentamos para mantenerla lejos, es cuestión de tiempo que se encuentren ella y el *fazado* de los pantanos. Qué hacen los baluros con los *fazados*, Teresa nunca lo ha sabido de forma concreta, y eso también le fastidia. Lo primero que hará cuando cambie el orden es leer todos los textos de las Marías anteriores, que ahora solo la Maestra puede ver. La noticia es desesperanzadora, pero Teresa sabe que por debajo late una esperanza: es la posibilidad de cambiarlo todo, arrancar de raíz a todos los seres dañinos y empezar otra vez, como hicieron las primeras. Hace falta valor. Ha. Ce. Faltavalor.

El Xurés siempre fue tierra dura, impenitente, hay lugares que son así, un reto constante, y es en esos lugares donde se moldean las voluntades más valiosas, eso Teresa lo sabe. La fuerza de Santa Eufemia, capturada en las montañas por los paganos, su cuerpo pequeño de pies gastados atado a un banco. Con una barra de hierro por mano del verdugo desarmadas todas las coyunturas, excepto el cuello, porque viva la querían, su figura derramada sobre la rueda de un carro, agitada como las ramas en el viento, pues las articulaciones estaban sueltas. Como no moría, acabaron arrojándola al abismo. Ella misma es oscura, de aristas serradas, como las montañas de Larouco, y su mente sabe aparentar que toma la forma del cauce mientras en secreto lo va horadando y transformando, como el Limia, como el Támega.

En Santa María do Penedo, al borde del abismo donde Santa Eufemia fue martirizada por evangelizar la Baixa Limia, hay una casa santa. Sobre una cama santa, María Preciosa, la más santa de las tres herederas de las primeras beatas, por ser ella fruto y rama de la Maestra Bendaña, se diría que duerme, pero no duerme. Se diría que está muerta, que es un cuerpo incorrupto, pero no está muerta. Se diría que tiene cien años, pero no se sabe cuántos ha vivido. Se diría, y se dice, que lleva tres décadas sin comer, Santa María inedia, ayunadora, viviendo gracias al agua, a los aromas de una hostia sagrada con la que comulgó en 1997 y a la gracia de Dios. Se diría que es una visión, translúcida como la pena de un espectro, pero es la fortaleza hecha del suspiro, que sin sustancia es capaz de socavar las voluntades. Vivir en silencio desde hace tres años hace que sus órdenes sean más sólidas, más respetadas. Antes, Teresa le pedía consejo o ayuda, ahora ya sólo le pide permiso.

En su santuario en la cima del Xurés, guarecida bajo una cumbre rocosa que replica la majestad del palacio del cielo, Preciosa guarda el contacto estrecho con las primeras. Sobre las ruinas del beaterio, custodia las reliquias y las escrituras, y su nieta Ana María sostiene a Preciosa para que Preciosa pueda sostener la carga. Ha reunido a dos decenas de jóvenes sin mancha, de vista clara, que han sabido entender que algo pasa, algo está pasando. La pandemia fue sólo el primer susurro, ahora nos lo grita la naturaleza a coro con todas sus voces. Lo dice el manantial con su silencio. Lo dice la raposa que entró anoche a morir en el altar de la capilla. En su ojo sin brillo, Anouk percibió un bulto que se movía, unas pinzas dentadas atravesaron desde dentro el iris moteado, y detrás de ellas salió, rasgando la bolsa de sangre y vítreo, las patas, el tórax, el cuerpo entero de un *escornabois* encarnado, que corrió a meterse en la sombra del retablo que cobija las reliquias de María Bendaña. Algo está pasando.

Sentada junto a la cama, Anouk lee en una tablet la copia del primer manuscrito de las Marías fundadoras. Pronuncia cada palabra como si comiese una cereza, apresando el jugo de las letras entre sus labios oscuros y soltándolo de pronto, un chorro dulce que deja manchas indelebles. Escrito por la cronista María Freire hace ya casi cuatrocientos años sin ella haberlo escrito, expulsado de forma milagrosa a través de la clavícula de María Bendaña y leído en voz alta por María Dominga, tres Marías, las originales. El trazo es firme y seguro, así es como fueron las cosas. De la tierra nació la espiga y de la espiga surgió la lengua. Con la lengua se hizo el pan y el pan alimentó a los hombres famélicos de lo que más carecían: una luz en el camino hacia el enemigo y valor para hacerle frente. El don de las Marías vino del cielo, cayó suave sobre los campos de trigo y purificó esta tierra cuando más podrida estaba. Abrió una nueva era.

Teresa es mujer de líneas rectas y destino fijo, pero cuando decidió detenerse, describir una curva acelerada en la explanada del matadero, en esos momentos su media melena lisa, perfecta, un poco más rubia cada año, perdió su cualidad calmante. La capa superior del cabello se le cargó de electricidad, y cuando llega a Santa María do Penedo, brilla como el pelo sintético de una muñeca maltratada con un peine de plástico. Ha sido rápida, pero Sinda se le ha adelantado. Tiene tomada la mano de Preciosa y en los ojos cerrados de la Maestra, Teresa lee el relato que Sinda le transmite, como golpes de letras en el rodillo de una máquina de escribir. Ninguna vacilación en su método. Ninguna sombra del olvido que cada día ocupa más espacio en las horas de sus días. No va a reconocer ningún error.

—¿Cómo es posible que haya vuelto la balura? ¿Qué está fallando? —pregunta Anouk.

Sinda abre los ojos y mira a la chica con expresión cansada. Los baluros pueden hacer muchas cosas, cariño, dice. No son poderosos, como los *fazados*, pero saben esconderse. Llevan haciéndolo cuatrocientos años, desde que Froilana salió de estas montañas y se refugió en los pantanos de Terra Chá. Al principio, tampoco las Marías primeras pudieron verlo, cómo atrajo a los *fazados* que nacieron en las cumbres de Larouco el castigo de Teodora Dorotea, y reorganizaron juntos el culto a Baal. Cuánto mal nos hicieron.

—Pero lo vieron a tiempo —dice Teresa—. Nosotras vigilamos estas montañas con cientos de ojos, y no vemos nada. Los baluros vuelven a pesar de los nudos que Sinda les ata. Aparece un *fazado* que puede ser tan dañino como Teodora Dorotea. Una bestia que no somos capaces de ver, que remueve los pantanos y engendra nuevos monstruos. Ni siquiera sabíamos que ese Fontes tenía una hija. La sangre *fazada* está oculta en el corazón de las comunidades, se disfraza, nos esquiva, se burla y salta de un cuerpo a otro. Con una balura cerca, acabarán saliendo. No pasará mucho tiempo antes de que los veamos subir por esa carretera.

—Eso es una leyenda, María Teresa.

—Yo he visto brotar la sangre sobre la piel de un *fazado* moribundo, gota a gota atravesar la piel sin herida o rasguño, flotar vibrando en el aire como el mercurio y entrar en otro cuerpo de igual manera. Así es como crecen, en la sombra, en las ranuras donde se acumula la suciedad. Hay que pararlos. No pueden juntarse baluros y *fazados* otra vez.

Sinda resopla. Es que nunca va a poder descansar, piensa, es que va a tener que luchar hasta que se le extingan los recuerdos. Ojalá nuestro enemigo fuese simplemente la herejía o el paganismo, el paganismo se asimila. Ojalá fuese nada más que el diablo. El diablo es necesario, pues sin él no existe el peligro ni la tentación.

—Tú creías que la de Luido no se enteraba de nada. Decías que ni siquiera sabía quién es. Rompió tu nudo, está ahora mismo ahí abajo, y si no fuese porque tengo amedrentado al chiquillo del bar, ni siquiera lo sabríamos. Nadie nos ayuda ya. Nos han dejado solas.

La piel traslúcida de María Preciosa resplandece sin edad. No hay emociones que alteren los latidos en sus venas azules: es lo que debe ser. Teresa sabe que por encima de purificar la tierra de baluros y monstruos, más aún desearía castigar a quienes lo permiten, las familias que esconden a los que no debieron haber nacido, los vecinos que lo saben y callan, los que reiteradamente infringen las normas, los que no delatan a los *fazados*. Nos han dejado solas.

—Muchos son fieles, Teresa —dice Anouk. Ella confía en los jóvenes.

—Algunos construirán el nuevo mundo —le concede Teresa. Sí, todavía hay fieles en muchas parroquias de Támega a Támoga. Están los listos que han sabido prosperar dando uso a las propiedades de los *fazados*, la gente como Sinda. Viene de la sangre de María Dominga, pero tiene ese olor oportunista, que se activa con la desgracia ajena. Algunos han llegado a ser alcaldes, concejales de urbanismo, son hábiles, buscan la forma de vivir bien. Personas como Ruperto, que sabe dónde debe estar. También quedan todavía algunos ayudantes, siempre curiosos y diligentes, serán recompensados con un pedazo de nuestro conocimiento. Así eran los Veloso, aunque ya el padre de Suso fue un descastado, se apartó. Nunca quiso colaborar, pero al menos no estaba siempre en medio, como está su hijo, más molesto que las migas en la cama. Aún quedan algunas familias puras, hermosísimas, altivas, como aquella belleza de Lobios que le arruinó la adolescencia a la nieta sobrante de Preciosa; algunos clanes aislados, vueltos hacia la endogamia, salvajes, como habían sido los de Marcelino, O Toco. Por supuesto, están también los que se sientan a la derecha, los fanáticos que quieren estar más cerca de la divinidad, toda esa corte de jóvenes excéntricos que Anouk ha reunido en torno a su abuela. Y los simplemente temerosos, esos son muchos y siempre colaboran, aunque sea con su silencio, como Sara, como toda esa caterva de viejos del asilo, las que chismorrean en el lavadero, los que deciden ponerte el combustible equivocado.

—La mayoría nos han dejado solas en esta lucha —repite Teresa.

Sinda asoma la punta de la lengua entre los labios. Desde que tenía siete años, ha hecho tantas cosas que no quería hacer para alcanzar lo que tiene, lo que sabe, lo que ha aprendido a manejar. Sabiduría es identificar y usar los recursos que están a tu alcance, cualquiera que sea su origen. Le estoy enseñando a mi nieta cómo usar la grasa de los muertos, por el amor de Dios.

—Vuelven las señales del milenario —continúa Teresa. El silencio de Sinda le abre una ventaja. Preciosa no hablará, pero las escucha y evalúa las posibilidades—. La sequía, el hambre, las plagas. Todo se está descontrolando otra vez. Son muchos, nos asedian, quieren invadir nuestra calma, quitarnos lo nuestro, cambiar las costumbres, abusan de nuestra generosidad. ¿Os acordáis de cómo era antes, qué rica era esta tierra, cómo se ayudaba la gente? Todo va mal por su culpa. Ese *fazado* de los pantanos acabará juntándose con la balura, acabarán encontrándonos.

—No olvidéis que recuperé la máscara —dice Anouk—. Tantos años perdida, cómo no pensamos que alguna de las anteriores la había escondido en su propia casa, cuando dejó de ser necesaria.

Cállate, niñata, piensa Teresa. Tú sí que vas a dejar de ser necesaria. Vuelve con tu pobre madre, que está sola, y ayúdala con esa hermana loca que tienes, quiere decirle, acentuando cada palabra, pero sonríe y dice, claro, cielo. Lo hiciste muy bien. Es una reliquia, es muy importante. Espero que Preciosa te haya encomendado a ti y solo a ti cuidar de la máscara y guardarla. No podemos permitir que siga deteriorándose.

—Guardarla no. Debemos usarla. —Sinda eleva la voz, tomada ahora por el fuelle de autoridad que sigue sosteniendo sus huesos en pie, unidos entre sí por unos ligamentos que ya sólo son cuero agrietado, hecho hilachas—. Hace demasiados años que no se oficia el *enfornado*, desde el cuarenta y nueve. Probablemente, ese es el motivo de todo el desorden que estamos sufriendo. Fue el *enfornado* lo que durante siglos pacificó esta tierra y mostró a cada uno el lugar que debía ocupar. La gente aprende por el ejemplo. Tenemos que usar la máscara de nuevo. Con el *fazado* y con la balura.

Teresa no va a permitir que sus labios le den forma a las ideas que se materializan en su mente. Que de su boca salga un aliento con el molde justo de su opinión: que ese ritual del *enfornado* es estúpido, qué pérdida de tiempo, qué falta de eficacia. Tanto esfuerzo para una ceremonia que no transforma nada. Una simple representación. Ella preferiría abordar el problema de otra manera. Una manera rotunda y definitiva, algo que Sinda no va a aceptar. Porque hace falta valor. Ha. Ce. Faltavalor. Y Sinda no lo tiene, Anouk es una cría y Preciosa, quién sabe lo que desea Preciosa.

Lo que le pasa a Teresa, sospecha Sinda, es que quiere inventar un atajo que termine de pronto con toda la infección, borrar a los abotargados, desangrar a los *fazados*, como si no existiese placer en sostener un poco de pus en la herida, en arrancarse una postilla sólo para ver cómo la herida se abre de nuevo y sentir que la carne sana está viva y, al pinchar con un alfiler el punto de daño, sentir el gozo en toda la extensión de la piel que no duele. Ahora, los abotargados están desconectados del mundo superficial, no pueden hacer mal. Ella es su pastora. Los cuida, sostiene su sueño, ¿por qué tendría que despertarlos en pos de un milagro que quizás nunca suceda? Eso es la fe y tal vez ya no le quede. Ellos, Teresa, nos hacen crecer. Sin ellos, Teresa, no hay fe. Quiere decirle todo eso, pero no se lo dice. Únicamente la mira con el rictus inexpresivo que ha aprendido a imitar de los cuerpos que procesa.

—Estás vieja, Sinda, no creas que lo disimulas. Se te va la energía y la memoria. Sí que necesitas un milagro. Necesitas descansar.

En eso, María Teresa tiene razón. Por eso Sinda quiere pasarle la carga a la niña, pero no renunciar a su influencia, todo lo ha conseguido sacrificándose. Ni siquiera habría tenido hijos si no fuese porque tenía que aportar una descendiente. Ella misma estaba destinada a morir hace mucho tiempo, si resiste es gracias al uso que sabe dar a la materia de los difuntos que esquilma en sus tanatorios, pero no puede extenderlo mucho más. ¿Has pensado en qué harás cuando desaparezcan todos los *fazados?*, pregunta.

—Venceremos esta santa guerra por los siglos de los siglos y podremos sentarnos a descansar a la derecha de la divinidad, contemplando la vida como era antes, ordenada, limpia y sencilla como es la vida en un hormiguero —dice Teresa—. Y nos revelará al oído todo el conocimiento que aún no tenemos y nos dará la vida que vivieron las Marías fundadoras, ciento cuarenta y cinco años de gloria y justicia.

—Atención. Va a hablar —dice Anouk agitando los brazos con nerviosismo.

Preciosa mueve las manos muy despacio y forma el signo sagrado de las Marías, tres dedos extendidos de la mano derecha, el índice, el corazón y el anular, las tres juntas, las tres como una sola. Entonces vuelve su rostro hacia Anouk, la mira como hace siempre que quiere que sea ella la que anuncie. Por fin, cierra los ojos y sus labios vibran sin emitir sonido.

Anouk respira hondo, abre la boca y permanece así casi un minuto. Tiene el mensaje, pero le encanta exasperar a esas dos viejas que no reconocen sus méritos. Cuando le parece que están a punto de lanzársele encima y arrancarle las tetas a mordiscos, habla:

—Poned las *vixigas* a curar.

Teresa mira al techo. Sinda asiente. Por ahora, ha ganado. En la única cámara frigorífica que cierra con candado en el tanatorio de Verín, entre otros materiales, guarda diez o doce vejigas. Descongelarlas, inflarlas, atarlas, encender el fuego, iniciar el curado, volver a inflar, seguir curando. Podría aprovechar y preparar una *vincha* para la niña, rellenando la vejiga con pan, huevos, azúcar y manteca. Pasas, un toque de anís, tres horas de cocción al baño maría, una *vincha* tiene el poder de cambiar el ánimo, infundir valor. Quien se traga una vincha como esa, nunca más se arredra, no se arrodilla, ni siquiera ante una culebra como Teresa.

La farmacéutica sale del beaterio con un mareo extraño y el zumbido de un tortazo en sus oídos: es la decepción. Es posible que Sinda no quiera actuar, más allá de un toquecito, el pellizco de una monja, que alecciona sin que nada cambie, cuando la piel recupera su tono el infractor retoma su hábito. Organizar el *enfornado* y extenderse la vida un poco más. Es posible que le haya infiltrado alguna idea para convencerla a ella también. Siempre han trabajado unidas las tres. Cada una a su manera, han mantenido el mal a raya, cada persona donde debe estar, han preservado los santuarios, las parroquias libres de *sangue fazado*. No han permitido que ninguno de los monstruos que a veces bajan de las montañas, como salidos de la tierra, llegase a crecer lo suficiente como para desarrollar su capacidad para pudrir lo sano. Sólo aquella vez, hará veinte años ya, llegaron noticias de un niño muy pequeño, pálido y orejudo. Decían que lo veían bebiendo el rocío en la punta de la hierba, frotándose la espalda en las rocas, y al pestañear, ya no estaba allí. El hijo de dos *fazados* que nunca deberían haberse juntado. Los encontraron, vivían miserablemente en una *covada* de las Minas das Sombras. Los interrogaron, los condujeron por el camino del ensueño, pero la criatura no apareció. Durante un tiempo lo buscaron, después se convencieron de que había muerto. Congelado en la nieve, ahogado en el embalse, destrozado en los peñascos, su cuerpo aprovechado por los lobos para crear vida ordenada. Hace diez años, Preciosa reveló: era un espectro. Una imagen, un aparecido, regresaría periódicamente para recordarnos que ese período de paz sólo era apariencia. Y claro que había regresado. Teresa está segura, el hombre que ahora anda por los pantanos, desenterrando a los muertos, no es ningún espectro.

Juntas, ellas tres han expulsado a los díscolos, han recompensado a los obedientes, han apresado a los rebeldes más incontrolables, han sometido el desorden. No es fácil, no pueden simplemente secuestrar a una persona y atarle las manos con unas bridas. Muscaria, cantáridas, *psylocibe*, nabo de diablo, *phalloides*, estramonio, *dedaleira*, cicuta, tejo, cornezuelo, *salvia divinorum*. Tenían que introducirla poco a poco en el mundo sumergido de Viladormen, una ensoñación, una casa que está, pero no está. Atraer a los desviados, algunos con culpa, otros sin ella, por un camino hasta que al dar un paso abandonaban la senda y caminaban por el ensueño, presas del hechizo. Es un tránsito al núcleo, al corazón del sueño, Hypnos cerca de Tánatos, lo han contado Sandman, Lorca, Camarón, pero el principio está aquí arriba, en las ruinas del beaterio. De aquí parte, de una roca grabada con una espiral que no es como las otras. Tus ojos giran siguiendo los surcos, desde fuera hacia adentro, y llegan al centro, pero cuando quieren deshacer el camino, ya no encuentran la salida. No hay vuelta atrás. El camino por el que entraste ya no está. Se lo mostró el diablo Arruebo a la Maestra arriba en el monte, cogiendo su mano y guiándola por los surcos de piedra.

Ellas tres han usado la magia de Dios, la de Santa Comba, la de Deméter, la de Hécate, Ramnusia, Circe y Medea, y también la del diablo, por qué no iban a hacerlo. Pedro Muñiz era obispo y al tiempo nigromante. Era un mal menor. Era el mal bueno. *Deus é bo, mais o demo non é malo*, por eso pongo la mano en el fuego. El señor de la montaña es más poderoso que el infierno y ellas, siempre tres Marías, han mantenido el equilibrio, tan frágil, en una tierra que bulle de monstruos en su interior. Monstruos quizás más antiguos que Dios, aunque pensar esto sea herejía. Quizás fueron los monstruos quienes crearon a Dios, y sea Dios un monstruo rebelde, un reverso de la historia del ángel caído. Teresa sólo quiere descansar de la carga, regresar al viejo beaterio y soltar el peso, ser una santa, y Sinda, ahora se da cuenta, desea seguir gobernando, siempre hambrienta, siempre voraz, y ¿por qué no, por qué hemos luchado tanto?, quizás para seguir luchando, no para vivir en paz.

2

Aldea *asolagada* de Baños, encoro das Conchas

Cuando el encoro das Conchas está lleno, un gran mar irrumpe en el valle del río Limia, recubre las huellas de los pasos que recorrieron la vía XVIII hasta las minas de oro de las Médulas, anega el campamento de Aquis Querquennis con sus seiscientos soldados, toda la cohorte III de la Legio VII Gémina. Sumerge los puentes de Pontepedriña, Poldrado, a Ponte Nova, Cabanas, como un nieto déspota ridiculizaría el saber de sus abuelos. Ahora, casi seco el embalse, a Germinal le recuerda al vacío que dejaría una serpiente enorme y gorda, arrancada de un molde de barro. Y al fondo del desfiladero, yace muerta una culebrilla verde de cianobacterias tóxicas. Es un lugar agreste, polvoriento, y en la noche que ya avanza, peligroso. El descenso del nivel del agua ha marcado aterrazamientos en los márgenes del cauce. Entre grandes piedras sueltas, los lodos y las ramas muertas, Germinal busca los restos de un lugar señalado de familias desterradas, la aldea sumergida de Baños, que desapareció en 1949.

Rebasa las caldas humeantes que suavizaban el cuerpo de los soldados romanos, agua que emerge del suelo a casi cincuenta grados, una toalla arrugada y sucia de lodo por la que se pasea un *escornabois* grande y rojizo. Todavía es capaz de ver en la noche, igual que veían en la noche las gentes de hace cien años, aunque ahora ya nadie sabe hacerlo. Las bombillas les han quemado los ojos. A él le basta con un reflejo de la luna en un pellizco de mica para descubrir la línea que dejaron los esqueletos de las viviendas al margen del embalse. Le sobra con una arista de dos milímetros en la pared de una roca para enganchar sus dedos de salamandra y bajar casi en vertical por el muro, como cuando trepaba por las paredes del gimnasio del colegio y cada dedo encontraba un asidero, cada pelo de su hocico atrapaba el rastro del asco en el sudor de sus compañeros. Araña, le decían. Araña asquerosa, insecto salido del buche de una rata, cara de rana, orejas de simio, abracadabra, eslabón perdido. Él entonces era un iluso y un patán: todavía pensaba que solamente era feo. Luego entendió que para los otros chicos era un chiste, para las chicas era un huevo podrido, para la bisa era una mascota, un intento fallido, peor aún, un dios en el que ya nadie cree, las sobras de algo que había brillado y se oxidó hace mucho, broche horrible y viejo heredado que alguien guardaba por si alguna vez llegara a tener algún valor, quién conoce las demencias que obsesionarán a los coleccionistas del futuro, pero que terminó por oxidarse. Después supo del valor que atesora.

Ningún vivo te lo va a decir. Ninguno que pueda morir te va a hablar de las tres Marías: quiénes son, dónde encontrarlas. Pero tú encontrarás la boca precisa. No eres tonto, Germinal. Vale que no tienes ni la ESO, pero las ideas las conectas. Tiene que repetírselo a menudo, desde que leyó esas palabras en el informe médico del Hospital de Oza: inteligencia límite. A veces le cuesta entender las cosas que le explican y lo que lee, a veces se queda pasmado, pero no por tonto, es el teratoma. Su hermano de piedra que siempre lo mira desde dentro, le duele tanto la cabeza, no tengo a nadie más. No me lo van a sacar. No quiero perderlo, no quiero.

No eres tonto, Ger, eres un portento. Tu mente, un diamante. Tus manos, amuletos. Ningún vivo va a nombrar a las tres Marías, pero él sabe hacer hablar a los muertos. No es tonto y la foto de la balura se lo ha dicho, el año de la foto, 1949. Cajas y cajas de imágenes que guardaba la bisa, apiladas en «la habitación de los armarios», donde no se podía entrar porque, decía ella, estaban llenos de carcoma y le podían caer encima. Pero él entraba. Cuando la bisa salía a la compra, a la peluquería, a tomar café, él entraba y revolvía y miraba en esas cajas. Colmadas de bobinas de cinta vieja que no podía escuchar porque no tenían magnetofón. Y las fotos, todas esas fotos del hombre que tanto se parecía a él, de la bisa con sus vestidos de vuelo, de las romerías alrededor de la iglesia, todos los niños del pueblo subidos al Pontiac, retratos de gente muy pobre en casas oscuras, con un fuego ardiendo al fondo, la bisa grabando sus voces, un micrófono en la mano, las caras con los ojos redondos, de color claro, muy abiertos, asustados. Era ese hombre, el amor de la bisa, quien hacía las fotos. Seguro que también se encargó de hacer hablar a los muertos para guardar su memoria en las cintas que encontró la balura. Germinal quiere encontrarlo. Preguntarle quiénes somos, qué eres tú, por qué desapareciste, por qué nos parecemos tanto. 1949, todas las imágenes que había en las cajas de su casa tenían fechas anteriores. Esta puede ser la última fotografía que tomó el amor de la bisa, de quien no sabe ni el nombre. 1949, el año en el que el embalse das Conchas se llenó y cubrió las aldeas. Ese es el lugar. El antiguo pueblo de Baños, aplastado por una serpiente gorda y perezosa de barro y agua estancada, la voluntad de las tres Marías de hacer desaparecer la verdad. Hasta ahora.

Antes, muchos siglos atrás, la gente creía que se podía saber quién había matado a una persona simplemente exponiendo su cadáver y haciendo pasar a los sospechosos por delante. Pensaban que en presencia del asesino, el cuerpo de la víctima empezaría a lanzar chorros de sangre a través de las heridas, los ojos, la nariz. Germinal tiene otra forma de averiguar quién se llevó al amor de la bisa. Con Belén no pudo hacerlo, la quemaron. La redujeron a polvo mudo.

Era tan sencillo, era lo que Fontes le había dicho desde el principio, las Marías ocultaron todo en los *encoros,* yo prefiero no saber, ahí dentro de las casas, los muertos, los huesos de los castigados, las palabras que puestas todas las letras en una sola invocan a los dioses de ojos cerrados que duermen en el barro y en el polvo, que sueñan en el agua estancada. ¿Cuándo se lo llevaron, bisa? No me acuerdo. ¿Dónde estabais, bisa? En una aldea, *pallá pa* la montaña, cómo se llamaba ya no lo sé. ¿Qué estabais haciendo, bisa? Era una fiestita, era. Era para unos, para otros un dolor. ¿Qué veías, bisa, qué tienes en los ojos adentro? Me lanzó la cámara suya, para que la salvase, dijo ¡vete!, la agarré de la correa de cuero, escapé, esa correa aún la tengo yo clavada, porque a él nunca lo volví a ver. Por qué corrí, por qué no me quedé con él. ¿Qué puedo hacer yo, bisa? Busca sus huesos y ponlos junto a los míos. Busca sus cabellos y mézclalos con los míos, enrédalos, quémalos, crea polvo indestructible. Desmenúzalos, cómelos: compón nuevas células tuyas hechas de nuestra mistura. Tú sí que eras tonta, bisa. Dura y aristada como la veta de Seixo Branco, pero una tonta, si crees que voy a llegar hasta aquí y regresar a casa cargando una mochila de huesos, cuando ahora sé hablar con los muertos. Te lo llevaré, bisa bonita, dormiréis juntos de nuevo, pero antes me va a decir quiénes son las tres serpientes que aniquilan a los nuestros. Me va a decir de dónde vengo.

Germinal excava con sus propias manos, agarrando puñados de tierra, un gesto de piedad, la comunión de la pura carne en la tierra, sin herramienta. Tiene dedos duros como el hueso, de extremos afilados, acostumbrados a hacer agujeros en la tierra, pero no son suficientes para horadar ese barro, un hormigón de lodos depositados y apisonados durante décadas, ahora secos. Emplea el pico que encontró en la casa de los Fontes. Hay mucho trabajo que hacer, quizás dure toda la noche. Él es resistente. Como el tiempo, que no tiene imagen, que no tiene voz, que no tiene cuerpo, deshace la roca en agua. Dónde se esconden las que mataron a Belén, ese es el mayor secreto de esta tierra, pero hay mucha gente que lo sabe, Belén podría habérselo contado si no la hubiesen incinerado, se lo diría su propio hijo muerto, si no fuese porque los fetos no saben hablar.

A medio metro bajo el barro, en la tercera esquina de la tercera habitación de la tercera casa del pueblo sumergido de Baños, tres veces tres, el pico encuentra el vértice de una caja de madera, un ataúd, un sepulcro sagrado. Germinal bordea el canto de la estructura para revelar su forma. Demasiado ancha para acoger un cuerpo normal, sintió una idea como un aguijonazo: puede ser un cuerpo distinto a todos. Puede ser un hombre de las montañas, piensa. Despeja el sedimento hasta alcanzar la esquina opuesta y ahí aparecen cuatro patas, una en cada extremo. No es un ataúd, tonto, encéfalo de cacahuete. Lo que haya enterrado, si algo hay, estará dentro de ese mueble, un armario de castaño tumbado de espaldas, con las puertas hacia abajo. Podría destrozarlo con el pico, llegaría hasta las Marías con los dientes, las mataría con mis manos desnudas si fuese libre.

En lugar de acelerarlo, la emoción reduce su latido a un golpecito lejano, tente, corazón, tente, aliento, espera, suena callado, aunque así duelas más y no sepa si sigues vivo. Se ha vuelto cauto, sabe que a él también lo perseguirán para exterminarlo, que han tejido a su alrededor una finísima tela de araña que vibraría con sólo un suspiro profundo o un pulso apresurado. Ha aprendido a contenerse, detener la sangre, enfriar la piel. Y, sin embargo, cuando desentierra el armario de su lecho de barro, cuando logra voltearlo empujando con sus manos enormes, pesa como un baúl cargado de vestidos de hierro, y tira de la puerta y la abre y ve lo que encierra, se le escapa un grito como un vendaval de furia o de espanto. Sabe que ahora la tela se ha agitado a su alrededor, hasta desgarrarse.

Por qué gritas, gurruño de puré de patata. Sólo es un muñeco.

Un muñeco hecho de cera grasienta, metido en un viejo armario lleno de agua negra y tierra. Representa una figura humana, quizás un hombre, de tamaño real. El material amarillento, con aspecto de cirio, se descompone en un derrame oscuro que traza cercos pegajosos y tristes alrededor de sus rasgos, como las lágrimas de los perros que viven encadenados. Qué es esto, piensa.

No, Germinal. Pensar nunca da buen resultado. Confía en tu espanto. Deja que el miedo te guíe. Posa la yema del índice sobre el ojo de la estatua. Aparentemente sólido, al tocarlo se hunde y arrastra consigo la capa de tejido que forma los párpados y la ceja, como una cuchara al entrar en una taza de chocolate reposado. Por debajo, aparece un arco blanquecino. Es hueso, el arco supraorbital, es un cráneo, es un cadáver. Alguien con quien hablar.

Ahora sabe cómo hacerlo. Abre la boca y cubre con sus labios los labios del hombre. Sopla hasta que su pecho muerto se hincha, los pulmones llenos de gas. Coloca las dos manos a la altura del diafragma y presiona, hacia adentro y hacia arriba, ascendiendo sus palmas muy lentamente por el tejido blando y grasiento que se deshace en sus dedos. Como hizo con la bisa, como si tocase un instrumento desconocido, un fuelle, el *fol* de una gaita. Debe encontrar el punto en el que la voz comienza a salir, voz de lengua muerta, átona, sin aliento, sólo aire inanimado silbando a través de conductos podridos, vibrando en unas cuerdas deshilachadas, voz desacompasada en una garganta en descomposición, magma que abre nuevos huecos al cuerpo, sus manos embadurnadas de esa grasa, hundiéndose entre pedazos de barriga y pecho, vocales largas y oscuras, cuéntame qué pasó. Quién eres, qué vieron tus últimos ojos.

—Me llamo Manuel Antonio.
   —¿Conocías a Balbina?
   —A Balbina la quiero tanto.
   —¿Eres el que hacía las fotos?
   —Soy.
   —¿Qué vieron tus últimos ojos?
   —A María Virtudes, que era tan pura.

—¿Fue ella la que te llevó?
—Fue. Ella y otras dos. Porque soy un monstruo y todo lo mancho.
—¿Quiénes eran las otras?
—Dos que no decían nada.
—¿A dónde te llevaron?
—A la fábrica de los ataúdes.
—¿Y luego?
—Salí muerto de allí.
—¿Dónde estaba esa fábrica?
—Al cabo del puente, en Verín.
—¿Qué buscabais tú y Balbina?
—Balbina. A Balbina nunca más la vi.

Y como los difuntos no pueden llorar, desde las cuencas vacías de Manuel Antonio resbalaron por su cara negra dos pedazos de cera, que quizás eran los últimos restos de su cerebro estancado.

3

Carretera OU-1110,
solsticio de invierno

Cuando Suso publicó la historia de Mariña hubo algún correo inconcreto, la mayoría quejándose del horror de estos tiempos, antes, en cambio, la gente en las aldeas vivía en paz, todos se conocían, los vecinos se ayudaban, estas cosas espantosas no sucedían, decían desde Vigo, Madrid, Berna o Buenos Aires.

Hubo comentarios en las redes, muchos, pobre niña, ¿esta no es la de Agrolimia?, en Samaín iba tan borracha que le pateó la cara a mi amiga por celos, a esa quién la va a secuestrar, como no se la lleven cuatro mulas.

Y hubo una llamada desde un número oficial del ayuntamiento de Cualedro, un municipio fronterizo muy cerca de Calvos de Randín. Chaval, ¿no me conoces? Vaya periodista. Pues en la Limia me conoce todo el mundo. Soy Senén Ventura, el trabajad... El jefe de Servicios Sociales. Esa *neniña*, por el amor de Dios, mira esa cara de pan de *brona*. Me cayó bien con ver la foto nada más, esa cara no puede decir mentira. Y la máscara, yo te puedo contar algo de esa máscara, cosa más espantosa, porque yo la tengo vista también, la vi en unos papeles. Unos papeles muy antiguos. Y al ermitaño que los guardaba lo hicieron desaparecer en Portugal, se lo llevaron. A nadie le importa ya, porque un viejo loco se habrá perdido en el monte, ya se lo comieron los lobos y además te deja una plaza libre en la residencia, mira tú qué bien, pero yo a ese viejo lo busco. Y lo voy a seguir buscando, porque no se perdió, porque no está muerto, en algún sitio lo tienen. Sácamelo en la tele. A ver qué coño pasa que los medios a estas cosas sólo atendéis el primer día y, si es un viejo, ni eso. Sácame la cara de Armindo en la tele, que alguien tendrá que haberlo visto, y yo te enseño los papeles, que son muy extraordinarios, que por ahí algo vas a encontrar. Esa niña, qué culpa puede tener.

Esa noche, cuando Suso le mostró a Flora el cartel de SOS Desaparecidos con una fotografía del hombre perdido en Portugal, una imagen reciente que le acababan de hacer para tramitar el primer DNI de su vida, Flora reconoció al anciano despierto de la casa hundida que aparecía en sus visiones cuando estaba atrapada en Albergaría, el de las trenzas de Willie Nelson, *isto é Viladormen*.

—Vamos.
—Flora, no son horas.
—¿Qué horas son horas para ti?
—De diez en adelante.
—Pues vamos a las siete.

Así que ahora, tan temprano que aún no amanece, circulan por la OU-1110 rumbo al despacho de Senén Ventura, jefe de Servicios Sociales del Ayuntamiento de Cualedro, los tres, porque Suso se ha empeñado en traer a la chica, que va sentada atrás, con sus auriculares rosas de peluche, tragando bebidas energéticas sin despegar la vista del móvil, comprobando que siguen el itinerario que debe ser, mordiéndose los pellejos de sus labios carnosos, que se le han puesto tan rojos, no será sangre, a Suso le da asco verlo y más vergüenza le da que Flora lo vea, de verdad es esta tu informante clave, una fan de Hello Kitty crecida y autófaga. Pero Flora parece no fijarse en eso. Conduce en silencio y busca irregularidades, pliegues en la consistencia del paisaje, como si pudiese transformarse en un momento delante de sus ojos. No lo dice, pero Suso lo percibe. Ha regresado distinta, él también ha cambiado, es una afortunada coincidencia que estas dos personas desconfiadas que son ahora todavía tengan ánimo para apoyarse mutuamente, o quizás sólo sea la necesidad y la soledad.

La carretera que enlaza Calvos de Randín con Cualedro corre a la sombra de la serra do Larouco. A veces se cruza un camión o un tractor, arrimándose hacia el arcén para hacer sitio. Los tres van en silencio, como enfadados, tal vez sólo sea porque están asustados. Al atravesar un estrecho puente sobre un lecho seco, vieron un pequeño pájaro gris posado sobre el pretil, parecía dormido. Cuando pasaron, empezó a gritar como un niño que se queja de hambre y abandono. Es la noitébrega, dijo Mariña, un pájaro que es hijo de un lagarto y una polilla. Se *laia* como una persona, y en sus ojos de piedra negra puede verse el pasado. Y contó aquello que le había sucedido al más alegre de sus tíos abuelos, Facundo, que se despertaba cada noche sacudido por un grito estridente sonando sobre su cabeza. Luego era incapaz de volver a dormirse, y le daba por pensar en las malas decisiones de su vida, todas las estupideces que ya no podía reparar. Se le agriaba el carácter de un día para otro, como leche olvidada en un cazo. Una mañana subió al *faiado* y allí descubrió un nido con tres polluelos de noitébrega, que son todo bocas abiertas de carne roja, porque no tienen pico apenas, sólo unas aberturas enormes, unos bichos que *meten medo*. Facundo cogió los polluelos, los llevó a la cocina, los metió en un saco y tía Esther le dijo, Facundo, *devolve os pitiños, Facundo, onde os levas, Facundo, non os leves*, pero él no hizo ni caso. Caminó hasta ese puente que acabamos de pasar, echó dentro del saco unos *coios*, lo ató con una cuerda y lo lanzó al río. Esa noche, Facundo volvió a escuchar el grito de la noitébrega, pero sonaba diferente. Sonaba a dolor de madre, a muerte y venganza. Por la mañana, al despertar, mi tía se encontró en la cama a su Facundo tieso como un pájaro muerto, las piernas encogidas, el cuello doblado, la cabeza hacia un lado. Y la boca tan abierta como un polluelo de noitébrega.

Le gusta contar historias, pensó Flora. Es algo que les une a los tres. Flora habló sobre cómo las mismas historias se repiten, en distintos tiempos, en distintos lugares del mundo. Las historias de las ciudades inundadas por sus pecados, la historias de los monstruos proféticos. ¿Son mitos errantes, que recorren el territorio y echan raíces donde hay buen sustrato, y los narradores los van adornando con nuevos nombres y lugares, o son historias diferentes, que son la misma porque la experiencia humana es idéntica, en todas partes? Las leyendas siempre tienen su origen en algo que sucedió de verdad, dijo Mariña. A veces son leyendas nada más, aunque acaben haciéndose realidad, dijo Suso. Las llamó profecías autocumplidas. Hablar les dio calor, ánimo, valor, porque las historias tienen el poder de confortarnos cuando las escuchamos, y también cuando las contamos.

Acaban de pasar las casitas bajas de San Paio cuando el sol bajo de diciembre queda velado tras una niebla gruesa. La luz tamizada convierte todo en cobre a su toque: los matorrales secos, el perfil de las montañas. El olor espeso de una chimenea se cuela por las rendijas del coche. El primer día de invierno y ya empiezan los incendios, dice Flora; no se terminaron nunca, dice Suso; el Xurés arde todos los días, dice Mariña. Avanzan muy despacio, porque el viento sopla fuerte y voluble, en rachas, arrastrando remolinos de humo y niebla. Pronto, los faros no consiguen penetrar más allá de un metro. Flora se aferra al volante. Le duelen los brazos, pero siente que, si afloja, algo —el viento, la niebla, camiones que les adelantan a toda prisa, casi rozando, con un bocinazo— tomará el control del vehículo y se los llevará hacia un agujero que les espera ahí delante, el abismo que todavía no pueden ver.

—¡Para!

Delante del coche, casi dentro ya del parabrisas, dos enormes ojos quietos les observan sobre un surco de gruesas lágrimas negras: un ternero de pelo rojo erguido ha emergido en medio del carril, envuelto en el tejido agitado del aire. Tras el animal se mueven sombras a paso manso, suenan mugidos lastimosos como a través de una sordina. Por un momento, una ráfaga de viento despeja la atmósfera y desvela la silueta de algo grande, cuadrado, ¿una casa en medio del carril? ¿Nos hemos salido de la carretera? No, por favor, este es el peor sitio para quedarnos parados, dice Mariña, clavando en el hombro de Flora sus duras uñas de gel, que lastiman el doble, pues provienen de un corazón astillado. Está angustiada. Suso se desabrocha el cinturón y sale del coche. El aire entra como un soplo helado y revuelve todo, melenas, papeles, voluntades, libretas. Detrás del olor a madera quemada, un poso extraño, quizás neumáticos, quizás pelo ardiendo, trae un coro de cenizas y crujidos que se quejan. Suso avanza por el asfalto hacia la estructura cuadrada. Pierde el equilibrio, quizás ha pisado algo, cae al suelo. Enseguida se incorpora, mira hacia abajo con extrañeza, las mira a ellas sin esperanza y se hunde en el manto de la niebla. Mariña cierra los ojos y bebe un trago largo de Monster Punch.

—No vuelve.

Flora llama a Suso a gritos, toca el claxon, espera. Este idiota se ha dejado el teléfono en el asiento. Ya empezamos, ya empezamos a tomar las decisiones que nos van a arrojar al desastre.

—¿Por qué no vuelve?
—Voy a salir.
—Por favor, no.
—Silencio. ¿Oyes algo?
—Sólo el viento y los terneros.
—Han pasado cinco minutos. Voy a salir.
—Espera, por favor, un poquito nada más.
—¡No podemos seguir! —El grito de Suso llega suelto, desmembrado del cuerpo, hasta que su figura larga aparece entre la niebla. Su

pantalón de chándal color crema está empapado en sangre muy espesa, muy oscura—. Es un camión volcado. Hay montones de animales muertos.

—¡Entra de una vez!

—¿Y el conductor? —pregunta Mariña.

—¿El conductor?

—¿No miraste si estaba bien?

Suso abre la puerta del coche, pero no entra. Levanta la cabeza, tratando de capturar algún sonido difuso que llega prendido en el aire. Se gira y dirige la vista hacia el arcén, y más allá, hacia el talud de tierra y los *toxos* enmarañados y los árboles que se espesan en el monte. Rohan, dice, y desaparece entre unos flecos de niebla que, al enredársele al cuerpo, parecieron querer llevárselo con mucha prisa, hacia las montañas del Larouco.

4

Larouco, solsticio de invierno

Flora se asomó por la ventanilla. Suso y su chaqueta roja se habían disuelto en la niebla, en el humo, en el paisaje decolorado que ya se había tragado las montañas, y más cerca, los pastos secos, los árboles, la maraña de matorrales. No vayas, pidió Mariña, pero ella salió del coche y caminó por la carretera, hacia el margen. Al respirar, el olor raro del aire ascendía hasta su cerebro, como un taladro, como el wasabi, le parecía que sus ojos se licuaban: si no los cerraba fuerte, se le derramarían por las mejillas y el jersey. Ese olor le recordaba a la noche de Todos los Santos, al encierro y a toda la sed que pasó después, a los mordiscos por todo su cuerpo, a los bichos en su cerebro, hasta que Liany la salvó. Estiró los brazos hacia delante mientras avanzaba muy despacio y acabó tocando un talud de tierra. Ahí terminaba la carretera y empezaba el bosque.

Al regresar, el coche estaba demasiado lejos, mucho más lejos de donde lo había dejado. Le costó encontrarlo entre las olas de niebla y humo que borraban los contornos del mundo. Al menos a Mariña se le había ocurrido tocar el claxon como si fuese la bocina de un faro frente a un petrolero ciego. A ver cómo la convencía de que esta vez deben tomar decisiones emocionales, fuera de la razón. De que saliese, que hay que moverse, que Suso es un imbécil, pero ahora está en peligro y tienen que ir tras él.

—¿Por qué tardas tanto? —Mariña soltó un reguero de voces acristaladas, de tan agudas, de tanta angustia que le quiebra la garganta—. ¿Quieres que me dé un ataque?

—Y tú quieres que me apisone un camión. ¿Por qué mueves el coche?

—Ni siquiera tengo las llaves. —Era verdad. Flora se las había metido en el bolsillo, pero el coche estaba bastante más lejos que antes—. Me has dejado sola muchísimo tiempo, creí que ya no volvías.

—Han sido dos minutos, Mariña.

La chica miró su reloj y después a Flora, la frente arrugada, los ojos brillantes.

—Has estado fuera casi media hora. ¿No te has dado cuenta?
—Sal. Suso se ha metido en el bosque.
—Llámalo al móvil.
—Te he dicho que lo ha dejado aquí. Vamos a ir buscarlo.
—¿Ahí? —Mariña no se movió del asiento.
—Espabila. Te dejo aquí sola.
—¿Por qué te pones así?
—No me pongo nada. Sal.
—¿Por qué me haces esto?
—No te hago nada. Venga.

Se oyó el zumbido de un vehículo grande que pasa veloz, ¿cómo lo hacen? Algunos terneros se echaron en la carretera, desangrándose entre lamentos, otros deambulaban en secreto, aparecían de pronto con una ráfaga de vaho en las ventanillas, acercando sus ojos lastimados en los que centelleaban dos monedas de cobre, la ofrenda a ese sol velado que acababa de salir y ya no era capaz de producir sombras. Mariña pataleaba con los párpados apretados contra los puños.

—No podemos —suplicó.

Flora comprendió que las amenazas obstruían la mente herida de la chica. También ella estaba demasiado impresionable. Durante unos segundos sintió el dolor de Mariña como si fuese el de su propia familia, escondido durante siglos, una postilla que se vuelve a levantar y revela debajo una infección olvidada que no ha dejado de extenderse.

—Aquí nos van a arrollar. Vamos, por favor —le pidió—, le va a pasar algo muy malo si se pierde ahí dentro él solo. Él vino por ti. Porque quería ayudarte.

Flora acercó el coche muy lentamente al arcén, puso las luces de emergencia, cogió la linterna de la guantera y salió a la carretera en dirección al monte.

—¿No ves que es una trampa? —le gritó Mariña, saliendo detrás de ella. Su voz se había transformado en un graznido ansioso, y cada dos palabras tomaba aire a bocanadas. Respiraba a golpes. Flora trepó el talud agarrándose a las raíces que asomaban entre los estratos. Mariña la miraba con los ojos llorosos. Estaba paralizada. Sube, chilló Flora extendiendo sus manos para ayudarla. Ahí arriba el aire se aligeraba, y vieron la extensión de pasto, interrumpida por rocas y árboles bajos, y al fondo, las cumbres de la serra do Larouco. Caminaron hacia las montañas, dejando atrás la carretera.

Sus primeros pasos son penosos. Parece que unas manos nudosas salen de la tierra para agarrarles los tobillos, zarzas secas, helechos, ramas que se entrecruzan en el suelo irregular. Tantean con el pie, aplastando la maleza, y avanzan abriendo camino, despacio. Llaman a Suso a gritos roncos, voces defectuosas que no consiguen rasgar la membrana gris, voluble. El viento les sopla directamente en los oídos, rolando. Ya no saben dónde está la carretera. Otra vez una decisión fatal, piensa, Flora, aún puedes cambiarlo, da la vuelta.

En el corazón del monte el humo se disipa.

Han llegado a una zona carbonizada. El suelo todavía está caliente, cubierto de una capa espesa de cenizas. Avanzar sin ver a dónde iban les había dado un objetivo, un ánimo absurdo. Ahora no saben qué hacer. Flora se ha quedado quieta mirando a su alrededor, trata de encontrar una referencia, el indicio de un sendero, algo que le diga por dónde tirar, el camino para retomar las decisiones correctas. Mariña anda en círculos con un palo en la mano, observa el suelo y remueve las cenizas, parece una cría jugando con la tierra en el parque, son los nervios, piensa Flora, desesperación, angustia, miedo. No cree que pueda cargar con ella, tan dispersa, tan asustada y embobada con sus propios problemas. Encontrar a Suso y cuidar a Mariña, esquivar el fuego que se extiende en algún lugar del bosque mientras un enemigo desconocido, de garras poderosas, otea en lo alto, yo sola no puedo con todo esto, Suso, dónde estás.

—Mira —dice Mariña. Señala algo en la tierra con el palo, sin tocarlo, qué habrá encontrado ahora, un animal muerto, un grumo de carroña—. ¿Te parecen suyas?

Son las huellas recientes de unos pies calzados con zapatillas deportivas, pasos distanciados, la punta mucho más profunda que el talón. Las marcas se adentran entre los árboles ennegrecidos describiendo una línea errática, una persona que corrió ansiosa y con poca capacidad de anticipación. Quizás perseguida, quizás aterrorizada. Sin hablar, ambas acompañan ese andar del pasado, una a cada lado de las pisadas, dejando en el medio el hueco que alguien moldeó en el espacio, dos escoltas que han llegado demasiado tarde. Los pasos serpentean manteniendo una dirección. Conducen a una construcción de ladrillo cementado con tejado de uralita a donde no llega ningún camino, en medio de ningún lugar, la cabaña perdida en el bosque, donde un monstruo podría capturar a un joven periodista para usarlo de cebo. Las huellas desaparecen en la entrada. Suso, llaman, Suso, sal. Un ligero toque en la puerta es suficiente para abrirla, cuelga de los goznes como una página medio arrancada en una vieja guía telefónica. Es un refugio de cazadores, dice Mariña. El lugar está vacío, salvo por una salamandra de hierro destartalada y una gran caca petrificada, con intrusiones de goma azul, justo en el medio de la estancia. Los pasos de unas Converse han dejado calcos de ceniza en el suelo. Atraviesan el espacio en línea recta y terminan al borde de la pared opuesta a la puerta. Ahí se cortan. No dan la vuelta, no hay una abertura por la que salir.

—Vámonos. Vámonos ahora.

—¿Por dónde habrá salido? —dice Mariña mirando a la pared. Trata de meter sus dedos absurdos en el ángulo que forma con el suelo, un ángulo sellado, hecho del mismo material que compone toda la caseta, como si fuese razonable que ese muro de hormigón tuviese un resorte para abrir una puerta secreta. Flora la coge del brazo. El viento empuja corrientes de humo dentro de la estancia, giran y se concentran, borran los colores y los límites, apagan la realidad. Vuelve el olor a harina quemada, una sucia panadería ardiendo, pan duro carbonizándose muy despacio, sin llama, como se consume el hongo yesquero que guarda el fuego durante días. Olor a levadura, eso era, el olor de las setas del bosque chillando antes de callar. Ahora las oye.

—Tenemos que irnos.

En el umbral, un velo ceniciento cierra la visión de lo que aguarda fuera, mancha las vísceras, la garganta, el pensamiento. Vamos a salir, nos quedamos sin oxígeno, ¿me oyes? La chica no responde. Mariña, ¿lo entiendes? Nos vamos. De pie ante el vano de la puerta, con los pulmones cargados de tóxicos, Mariña ve el telón de humo abrirse como se abrió aquel día en el que se puso la máscara, y detrás aparece su propio reflejo sobre el espejo moteado del baño de la tienda. Entre las manchas de óxido está ella misma, inmóvil dentro del *foxo de lobo* en Guende, sentada en la roca, un cabritillo asustado que se clava el mentón en las rodillas y se cubre el cuerpo con los brazos, porque está desnuda y sólo siente frío, ni siquiera tiene miedo. Su piel está untuosa, cubierta con algún aceite, y brilla anaranjada a la luz de aquel atardecer. Ve su ropa, doblada, con una piedra encima para que no vuele, hace tanto viento, y junto a las prendas, su mochila. La mochila en la que llevaba la máscara.

Un cuerpo calzado con botas de montaña y envuelto en un pantalón de nieve se acerca y coge la bolsa con ansia, de un zarpazo.

—Qué pena me da, la pobre. No se morirá. A ver si se va a despeñar o algo.

—Ella puede con todo. —Mariña conoce tanto esa voz, ella puede con todo, mira hacia arriba, su hermana Ana María, Anouk, su hermanita pequeña, se ha cargado la mochila—. Esto te va a transformar la vida —dice, y le da un beso en la frente. Enseguida se separa y buscando sus ojos sopla fuerte y breve, como cuando apagaba las velas en la tarta de coco y zanahoria, el día de su cumpleaños, y las dos se abrazaban o se pegaban. En el espejo las manchas de óxido crecen y se expanden, se amalgaman haciendo un sonido pegajoso, la oscuridad de una gran boca, déjame entrar.

—¡Mariña, vamos!

Un brazo emerge entre la niebla, le agarra el pecho de la chaqueta y de un tirón la saca de la caseta llena de humo y noche. A trompicones, Mariña se deja guiar por ese mundo desierto, arrastrando los pies en la ceniza, Anouk, fue un recuerdo o un sueño o una alucinación, la textura del suelo cambia y el crujir de las hojas secas le aclara la mente, la ayuda a regresar, ve los pinos verdes y los robles de ramas desnudas, escucha sus copas rozándose con el fuerte viento, ve los helechos, las *xestas*, los colores de un bosque vivo, y la espalda de Flora delante, cubierta de tizne. Han salido de la zona muerta. Mariña intenta vaciar sus pulmones, pero dentro permanece una masa de partículas carbonizadas que le suman peso a su cuerpo y la hacen respirar a golpes, sin continuidad. El oxígeno nuevo la despeja, hay que seguir, dice. Y Flora asiente con la cabeza, apoyada en un carballo, el aliento un cordón deshilachado que se quiere hacer pasar por el ojo de una aguja, hay que seguir, encontrar un camino, porque el bosque crepita y arde a escondidas, quizás por debajo de la tierra fluyan brasas subterráneas, Mariña piensa en Anouk, en salir de allí para encontrarla, preguntarle: ¿Tú me hiciste eso? ¿Te lo dijeron tus amigos? ¿Fue la abuela, porque me llevé su máscara? ¿Por qué, Ana? ¿Por qué no me la pediste, por qué es tan importante? ¿Por qué me odias así? ¿Por qué la abuela no quiere verme y a ti sí? ¿Por qué yo no me llamo María? Porque sois parte de la sombra mala que crece en estas montañas, la que se lleva a la gente, ¿dónde está la perra, dónde está el viejo, dónde está Suso, dónde estoy yo?

Mariña observa el bosque apretado, ondulado, y atrás, la sierra. Algún año ha acompañado a las brigadas, cuando el fuego era demasiado feroz y los vecinos tenían que poner cubos, agua y manos para defender el ganado y las casas, abandonados en las alturas del Xurés. Ha hecho cortafuegos, ha ayudado a evacuar a ancianos. Se arranca uno de sus finísimos cabellos largos y lo sostiene al aire, un extremo entre los dedos. El pelo marca la dirección del viento, la dirección que no deben seguir. Traza mentalmente una línea transversal. Vamos hacia allí, dice, y le sorprende lo robusta que sale su voz, que hasta hace poco sonaba a trocitos afilados de algo muy frágil que se ha roto.

Flora se lleva el índice a los labios.

Crujidos de ramas y hojas, alguien se mueve en algún lugar por delante de ellas.

—¡Estamos aquí! —Mariña silba con los dedos en la boca.

Flora la hace callar. El sonido se acerca muy rápido, pesado, en tropel. Contra ellas. Cambian de dirección, retroceden, pierden la referencia transversal del viento. El aire llega cálido, cargado de olor a carne quemada y fragor de fuego, está cerca, aunque no lo vean. Sobre sus cabezas, en la copa de un árbol, suena un estallido. Un enorme nido de velutinas arde destrozado, las avispas huyen con las alas en llamas, pavesas vivas que caen al suelo transmitiendo el desastre, las llamas imprevisibles, revolotean moribundas sobre los arbustos de flores rosas, que a su toque se inflaman como si emanaran gas. Es la fraxinela, cálices colmados de argón que prende con una chispa y explota. Suenan tracas de *carqueixa* seca, y ellas corren, lloran, se agotan. El humo envenena sus pulmones. Las cenizas flotan. Delante de sus ojos, la línea de fuego viene a su encuentro.

Entre los árboles, una estampida de animales aterrados les cierra el paso, no hay vuelta atrás. Largas hileras de jabalíes siguen los arroyos secos, zorros pardos con las colas ardiendo, corren tras las serpientes, pequeñas culebras, cobras, víboras, la única salida es hacia abajo, insiste Mariña. Cruzar el fuego, meterse en la tierra quemada, salir del aire caliente y alcanzar la carretera.

—Tú deliras.

—Hay gente que se ha salvado así.

—Mucha más habrá muerto.

—Si seguimos subiendo nos acorralarán las llamas.

—Si bajamos nos vamos a quemar.
—Antes nos asfixiaremos.

El aire ha adquirido la textura de la ceniza, o quizás ya no quede aire y sólo tragan y respiran los restos muertos de la serra do Larouco. Las lenguas secas, las lentillas pegadas a la córnea, el ruido terrible del fuego, el rugido de una bestia libre que lucha antes de morir, los ojos cerrados y las lágrimas calientes, Mariña tiene una determinación. Quiere ver a su madre, besar su mejilla fría, estos meses espantosos que le ha hecho pasar. Tengo miedo, tengo sueño, tengo hambre, tengo sed. Todo por una mierda de trozo de madera, o sería porque Anouk se llama María, porque nació sana y fuerte como una dama de la montaña, y esa máscara con su corriente de horror sólo puede pertenecer a las chicas como ella. Si pudiera volver con mamá, abrazarla y llorar juntas. Está tan cansada de llorar sola. Se gira bruscamente y avanza hacia las llamas, en línea recta. Mariña, ¿a dónde vas? Mariña, por favor, no.

Flora se encoge entre las cenizas como un pájaro cubierto de chapapote. Ya no puede caminar, apenas respira. Se deja caer al suelo, la cabeza buscando la última bolsa de aire, dentro de un círculo de brujas, un anillo de amanitas muscaria que han quedado momificadas en ese otoño extraño que hoy da paso al invierno. Escucha un alarido desquiciado y ve la silueta de Mariña desaparecer dentro de las llamas. Una tras otra, las setas se contagian de fuegos bailadores, rojos, azules, como velas que prenden por cercanía. El olor a panadería abandonada, los gritos siseantes, gusanos ardiendo vivos, los hongos no son animales, no son plantas, son seres diferentes, quizás se quejen y lloren al ver sus torres arder. El bosque gruñe como un animal despertando de la hibernación. Todo es combustible, incluso ella. Piensa en cavar una zanja y cubrirse con tierra, piensa en que pronto el aire alcanzará la temperatura suficiente como para fulminarla sin dolor en cuanto entre en sus pulmones, piensa que eso era lo mejor que puede pasarle, y luego dejó de pensar.

Un estertor la sacude.

Flora despega los párpados, derretidos en lágrimas. Muy cerca, agazapado entre el humo, espera un animal oscuro, quizás un zorro, quizás un lobo, quizás un corzo, las orejas levantadas, un pobre animal que se ha acercado para no morir solo. Para dejarse arder juntos, echarse al fuego como se echaban las obsesas de Tramacastilla cuando Lanuza quiso salvarlas quemando en una hoguera las figuritas que las hechizaron.

El animal se yergue sobre dos patas con la talla de un hombre, cuerpo negro y dos destellos de llama, suena el chasquido de una lengua, o un pájaro, o una ardilla o una brasa que crepita y la criatura se vuelve, muestra el lomo y comienza caminar, alejándose. Sabe a dónde ir, piensa Flora. Llena sus pulmones hasta que le duele el pecho, a lo lejos suena música, el viento acerca a sus oídos jirones de una melodía, «tienes que moverte, niña, tienes que moverte», se pone en pie y sigue el rastro de la figura que se pierde en el humo.

5

Serra do Larouco, solsticio de invierno

Flora llega al pueblo por un camino enlosado que hace eses a través de un *rueiro* de casitas tradicionales, levantadas con sillares de piedra y balconadas de madera. Ha seguido al animal que caminaba erguido, o tal vez era él quien la había guiado hasta una vereda, sin mirarla, desde la distancia. Un hombre cubierto con una máscara. Creyó ver a otros como él en el bosque, serpenteando entre las llamas, sabían evitarlas, o pudieran ser árboles, sombras, soplos de humo. Desde que cayó en el círculo de muscarias sabe que no puede confiar en su mente, tampoco en sus sentidos. Reconoce la sensación del enteógeno abriéndole las pupilas, demasiada luz, la estela que dejan los colores y las distancias que se balancean. Por eso el coche le había parecido tan lejano y el tiempo tan corto, las dimensiones en movimiento, el humo de amanita en sus pulmones, las dimensiones se dilatan y se contraen, el tiempo es una gota de agua.

Las casas intermitentes se transforman en dos hileras de granito viejo que descienden hacia una plaza empedrada, a la puerta de una capilla románica austera, arropada por las ramas extendidas de un magnolio. Una retícula pintada de blanco en el suelo, cada recuadro con un número, indica que el lugar es el *campo da feira*. Aun sin ver a nadie, Flora siente el ánimo de la presencia humana. Se da cuenta ahora de que tiene sed, calor y hambre, de que está dolorida y agotada, el color después de atravesar un mundo ceniciento. La vida después de haberse hundido en la muerte.

Se acerca a la iglesia, busca el refugio sagrado, fresco, que proporciona la penumbra de los templos. De las ramas más bajas del magnolio, al alcance de su mano, penden cientos de pañuelos de tela, algunos están húmedos, otros cubiertos de moho, teñidos por el polen gastado de las flores. Pétalos marrones, ya sin aroma, flotan en una pequeña fuente de sillares de granito pálido. Dentro crecen tres largos juncos. Sumerge la cabeza y abre los ojos debajo del agua helada. Cómo puede ser tan desgraciada y egoísta, cómo puede sentirse reconfortada, con lo que acaba de pasar, con lo que todavía está pasando. Con lo que puede haber pasado. En el fondo de la fuente ve diminutas flores de color morado. Un tritón asoma entre la lenteja de agua.

Alguien toca la pierna de Flora, tirándole del pantalón, haciéndola salir del tiempo suspendido de la inmersión, sin olor, sin sonido ni gravedad. Es un niño con la cara tiznada y sonrisa de tortuga, que la mira asomando la lengua por el hueco que le han dejado los incisivos de leche. ¡Señora! No debería beber de eso, chilla con un repugnante tono de maestro autoritario, y arroja a la cara de Flora un puñado de polvo fino que le entra en los ojos y la nariz. Cuando es capaz de reaccionar ya el crío se iba corriendo, envuelto en un remolino de tela de saco y cintas de colores. Se llevaba su mochila.

Flora corre detrás de él, estúpido, mequetrefe, sinvergüenza, lo persigue por un callejón estrecho, de tierra, bordeado por casas de piedra. No lo ve. Detrás de una puerta o en un paso estrecho entre las casas, el ladrón se ha escabullido. La calle se dobla en un recodo, pasa por delante de un lavadero seco y desciende en una empinada cuesta. Allá adelante destacan dos figuras vestidas de negro. Una mujer que avanza justo por el medio del camino, apresurada, sin desviarse. Se queda mirando las ventanas, y entonces la niña que la acompaña se acerca a una puerta, saca algo de su cesta y lo deja sobre el peldaño. Flora corre para alcanzarlas, la imagen se desenfoca, siente que su resistencia, siempre ridícula, ha menguado a la mitad. La distancia que las separa aumenta. Es el ojo de la muscaria, cuánto tiempo se quedó dormida dentro del círculo de brujas, respirando humo de amanita, son esas dos personas reales o son árboles, alambres, hebras que ondean en el viento. De pronto, ya no las ve. Están muy lejos o se han perdido o nunca han estado allí.

La cara hinchada, los ojos llenos de ceniza, la garganta seca, la voluntad que se escurre a sus pies, hacia la alcantarilla. Suso en el bosque, Mariña dentro del fuego. Espabila.

Flora aporrea las puertas. No hay timbres, alguna aldaba, otra aldea casi abandonada, quizás sólo queden un puñado de vecinos, quizás la gente sólo viene en verano y en las fiestas, quién me va a ayudar. Romper una ventana, encontrar un teléfono, gritar. Al pie de un umbral reposa el objeto que la niña entregaba. Ovalado, con dos cortes abiertos, parece la reproducción de una hogaza de pan hecha con barro cocido, en el centro la marca de un sello redondo. Tumulto de gritos, una marabunta de niños salta calle arriba, haciendo girar en el aire unas tablillas de madera atadas a un cordel, las caras cubiertas con bolsas de arpillera agujereadas en los ojos, orejas de liebre cosidas, grandes bocas pintadas de lado a lado. Persiguen algo, un zorrito gris que corre delante de ellos, errático. Le han atado al rabo un recipiente de latón y el ruido le aterroriza, le empuja a la huida. Cuanto más corre, mayor es el estruendo. ¡A comer!, anuncian vociferando hacia las ventanas. ¡A comer el pan de *lume*!

Pan de *lume*, con eso María Bendaña, la beata endemoniada, la primera purificadora, alimentó al pueblo hambriento de Viladormen. El pan hecho con trigo infectado por un hongo, que ella misma había comido. Flora lo relacionaba con el mal de los ardientes, la espantosa enfermedad que transmitía el grano infestado con cornezuelo de centeno. Quizás las lenguas de fuego eran una variante endémica de aquel hongo, roja, poderosa, cuyos síntomas alucinógenos pudieran ser interpretados como marca del diablo, María, la santa endemoniada, el éxtasis, el arrobamiento, la obsesión, y qué podían saber estos criajos de lo que hizo una fanática drogada hace cuatrocientos años, del fuego de San Antonio que azotaba a los campesinos del feudalismo, qué podían saber ellos del pan de *lume*.

Las puertas de todas las casas se entreabren fugazmente. Primero se libera el olor, una corriente espesa, estanca y húmeda. Al instante se asoman los brazos, unos arrugados, otros hinchados, otros pequeños y tiernos, y arrebatan los panes de barro. Los niños pasan corriendo, envueltos en carcajadas y gritos que suenan amortiguados por debajo de la tela, ¡a comer el pan de *lume*, señora!, y envuelven a Flora con su volantería de cintas de colores y su olor a mantas guardadas durante mucho tiempo antes de desaparecer saltando detrás del zorro, que se pierde en algún pasadizo oscuro entre dos edificios.

—¡Esperad!

Todas las puertas se han cerrado de nuevo y ahora el lugar parece abandonado otra vez. Debería golpear la madera, llamar a gritos, pedir ayuda, debería seguir a los críos, Suso, Mariña. Buscar una tienda, un bar abierto, las posibilidades se superponen y se mezclan, se disipan antes de que su voluntad le señale un camino, qué debo hacer. Escucha una melodía, alguien silba con habilidad, imitando a un coro de pajaritos con deje burlón. Desde el cabo de la calle, se aproxima la silueta de un hombre enorme, montado en una mula grandullona. Flora agita los brazos para llamar su atención y el hombre aminora la marcha. Su máscara de madera, enmarcada en una melena negra, representa a una especie de sátiro de la boca desmesurada abierta, por la que asoma un lazo largo de raso rojo rematado en dos puntas como lengua, los ojos redondos y dos cuernecillos enroscados en las sienes. Viste la parodia de una casaca militar antigua, flecos, galones y borlas doradas. Entre las piernas lleva un *vergallo* de medio metro, pintado de rojo en la punta. Flora conoce ese elemento del antiguo *entroido* limián. Es el falo cortado de un buey, puesto a secar al aire y estirado con un peso colgado de un extremo, después enroscado sobre sí mismo. Se empleaba como una fusta, para repartir *vergallazos* entre los indómitos y los aburridos.

Al pasar a su lado, el enmascarado chasca la lengua y le pellizca el brazo, girando los dedos. Tres diablos tengo, dice, ven que te los enseño. El pan de las beatas, el diablo Arruebo. Es 21 de diciembre, solsticio de invierno, y Flora está presenciando la mascarada perdida que rememora una y otra vez los sucesos extraordinarios del pueblo de Viladormen. La representación creada por una sociedad de mitos para repetir un ciclo de acontecimientos que les dejó heridas en la memoria. Flora es todo el público presente en la función, pero no por eso los personajes están dispuestos a alterar su papel, aunque corra tras ellos, los llame, les suplique, Arruebo, espera, Arruebo, escucha. La mula desaparece cuesta abajo, trotando a una velocidad impensable.

Juan de Larrat le sale al paso desde un alpendre. Vestido de blanco, manchas de sangre a brochazo grueso, grandes tenazas para sacar muelas o clavos de las herraduras. La antigua imagen del cirujano, con una sonrisa de dientes enormes pintada en la bolsa de arpillera que le cubre el rostro, una cornamenta bovina sobre la cabeza. Necesito ayuda, suplica Flora. Hay gente en peligro. Esa herida, qué mala pinta tiene esa herida, dice el hombre. Extiende el brazo con delicadeza, como si fuese a acariciarle la mejilla. Flora aparta la cara, pero él consigue tocarla, haciendo un giro de escapista. Un dolor largo y profundo, el hombre ondea las manos, centellean ante sus ojos los filos de varias hojas de afeitar que lleva apretadas entre los dedos, escondidas. Le ha rajado la cara, mala herida, mala herida.

Flora se tambalea. La sangre, el dolor, el brillo de las cuchillas, los dedos de ese hombre, el miedo, si se desmayase ahí, qué podría sucederle. Palos, hormigas rabiosas, bosta en la cara, ruido de vejigas, cuernos de toro, berridos, mofas, trapos impregnados en barro, lluvias de vino picado, pellizcos de tenazas, baños de harina mojada, hasta *vergallazos*, de todo ha padecido ella en las mascaradas que ha conocido pero nunca ha visto que se le raje la cara a la gente. Esto tiene otras normas, no es una celebración del sol que empieza a vencer a la oscuridad, los ciclos vegetativos, la fertilidad y la fortuna. Esta mascarada tiene un significado único y siniestro. Se apoya en la pared, sin fuerzas, hasta caer al suelo. Necesita un refugio.

—Mala herida, *vas morrer* —va diciendo el doctor, corriendo calle abajo.

Flora ve la boca abierta de una cuadra oscura, olor animal, una guarida de tierra y paja por debajo del nivel de la calle, dos ovejas al fondo. Se desliza dentro, el cuello se le dobla, la cabeza le pesa demasiado, Suso y Mariña en el bosque, Suso y Mariña en el fuego, atrapados. Se arrastra polvo y estiércol, su boca y sus uñas. Fuera, las paredes tiemblan con un bramido largo, salido al unísono de varias bocas, la amenaza de una bestia de muchas cabezas vibra en la calle, levantando la grava. Las piedrecitas brillan un momento, destellos de cuarzo suspendidos en el aire, y vuelven al suelo. Fiereza de cencerros, palos golpeando las puertas. La visión fugaz de una figura blanca que camina como una araña. Flora se encoge detrás de las ovejas. Piedras y cristales rotos, patadas de madera en las paredes. Alguien se asoma al umbral de la cuadra.

A contraluz, sólo distingue una silueta negra. Flora la ve a través de la rendija temblorosa que se abre entre el perfil de los dos borregos. Cuerpo de hombre, máscara animal, resuello de bestia, rescoldos en los ojos que la miran. La ha encontrado. Él la guio desde el fuego del bosque. Suena el chasquido de una lengua. Los borregos, atemorizados, se aprietan al fondo de la cuadra. Flora está aprisionada entre la pared, el calor húmedo y el sabor acre de la lana sucia.

Ruido de *chocas* y de botas agitándose, goznes oxidados: fuera, las ventanas se abren.

—Tienes que venir —dice el hombre, y sale del encuadre, corriendo calle abajo.

Pasos apurados en la madera del primer piso, chirriar de vigas, polvo de carcoma cayendo en su pelo.

—¡Escapa, *mostro*!

—*A cona que che pariu!*
—Te aplasto, bicho.

Algunas de esas voces proceden del edificio en el que Flora se refugia. En la calle suenan gritos de dolor impostado, lamentos, aullidos al cielo. Entre las patas de las ovejas, Flora ve a tres figuras enmascaradas que pasan fugaces, vestidas de malla blanca y jirones de pellejo. Huyen de la lluvia de huevos, naranjas, carozos de col, ollas de barro, clavos, herraduras, botellas de cristal que han comenzado a caer desde las ventanas.

—Eh, tú. —La voz se cuela entre las rendijas del techo de la cuadra.
—Rapaza.

El cuerpo al suelo.

—Tú, la de ahí abajo.

Cierra los ojos.

—*Bule, balura. Que imos por ti.*

Y Flora corrió. Corrió porque un coro de cerrojos oxidados empezó a girar, muy despacio. Corrió delante de las puertas que abrieron una turba de gritos y golpes de tambor, marabunta de cencerros. Corrió porque eran muchos, porque traían palos y apoyándose en ellos se proyectaban en el aire, dando saltos imposibles, como si volaran. Corrió, porque escuchó golpes muy cerca y eran ellos, que hacían chocar las *vejigas* hinchadas que llevaban en las manos. Porque no eran las grandes vexigas de vaca del *entroido* de Xinzo que Flora conocía estas, eran grises, redondas, del tamaño de un pomelo. Corrió porque, al mirar atrás, reconoció a los hombres con los que había compartido *cuncas* de vino la noche de todos los santos en Calvos de Randín, justo antes de que la encerrasen. Corrió porque aquellas no eran las únicas caras que ya había visto antes. Corrió, aunque sabía que no tenía ninguna oportunidad de escapar.

La pendiente remata en un giro brusco y Flora frena en seco. La calle de tierra se transforma en una vía de carros, grandes losas de piedra ensambladas sin fisuras, que asciende entre la hierba y los campos de trigo en plenitud, trigo en invierno, todo está cambiando. El camino remata a lo lejos en una muralla que protege un pazo enorme y sólido: reconoce la casa hundida de sus visiones. A lo largo de todo el recorrido, quizás doscientos metros, una sucesión de tablas elevadas sobre caballetes forman una mesa comunal extendida y estrecha, sobre la que esperan cientos de platos de madera dispuestos uno a uno, en hilera. Al margen del camino, muy cerca de Flora, hay una pequeña capilla con grandes contrafuertes, sin ventanas, muy sencilla, cubierta por un tejado a dos aguas hecho de largas losas. Una chimenea se yergue en el vértice, donde debiera estar la cruz. Es iglesia de refugio, las palabras que Flora leyó en Goiriz le parecen ahora el único asidero a su alcance. Los personajes de las mascaradas nunca franquean el umbral del templo. Representan lo profano, la carne frente al alma, el mal frente al bien, la naturaleza salvaje frente al espíritu sagrado. Deben quedarse fuera.

Rodea la construcción buscando una entrada y la encuentra desubicada en un lateral. Un armazón de hierro con forma de arco hace las veces de pórtico: está adornado con botellas de licores como fustes de columna, jamones, billetes de cien y doscientos euros, volutas hechas de bollas de pan y naranjas, cadenitas de oro, guirnaldas de ristras de chorizo, cacholas de cerdo, un collar de perlas muy largo, todo coronado por un gran bizcocho, la arquitectura efímera de un ofrenda, reconoce Flora.

Debajo del arco hay una puerta metálica pintada de rojo brillante, con un pasador de forja. Todo el conjunto es muy antiguo, pero se conserva de forma extraordinaria. La visión de ese pasador, sólido y grueso, le trae a la memoria otro cerrojo, el que marcó el inicio de su descenso hacia el desastre, la noche de Todos los Santos, su captura y encierro con un cerdo o con algún monstruo que la razón no permite soñar. En aquel momento fue ella la que decidió, podría haber seguido su camino, buscar a Salva, ponerse a salvo. Ahora no tiene otra opción. Ni siquiera puede pintarse los labios para protegerse de las influencias sectarias, pues el crío se ha llevado la mochila con todas sus cosas. Eso la incomoda. Tira de la barra de hierro del cerrojo, que se desliza con suavidad, empuja la puerta metálica y entra.

Es un lugar muy extraño para ser una iglesia, enteramente de granito. Justo en el centro, bajo los arcos que soportan la bóveda, ennegrecidos como si hubiesen resistido a un incendio, hay un velón prendido. Flora creía que podría ocultarse ahí dentro, pero faltan los muebles, el altar o cualquier ornato, salvo un banco de piedra que recorre todo el muro, donde se apoya un meco gigante hecho de rastrojos cuya cabeza roza el techo. Tiene una larga lengua bífida de lazo rojo y un falo que casi toca la pared opuesta. El diablo Arruebo. Enfrente se desmoronan dos peleles de paja. Uno porta el capuchón de saco y pelo que llevaba el cirujano Larrat. El otro, la máscara de madera con aspecto animal con la que la atrajeron hasta ahí. El hombre enmascarado viene del otro mundo, es el único que es libre, porque no está sujeto a nuestras normas. Ponle una máscara a un hombre y te dirá la verdad, repite Flora, todas esas frases que ha leído estos meses para al final llegar de esta manera a lo que estaba buscando. ¿Cuál será el final de la representación? ¿Dónde está Teodora Dorotea? ¿Qué sucedió después del pan de *lume*? Al fondo de la estancia, Flora ve una boca cuadrada y negra que se abre en el muro de piedra. Entonces entiende que eso no es una iglesia, no es un refugio.

Por eso no había cruz en la cumbrera, había una chimenea.

Por eso no había ventanas.

Por eso todo es de piedra, incluso el tejado.

Porque es un horno.

Un horno muy grande, el horno comunal.

La puerta se abre.

Una mujer mayor y una niña atraviesan el umbral. Flora reconoce a aquellas dos que repartían los panes de barro. A ver esa herida, dice la mujer, acercándose. Su pelo blanco de reflejos violetas huele a laca, sus manos a productos desinfectantes. Manipula entre los dedos un emplasto de masa grasienta y la pega en la mejilla abierta de Flora, demorando sobre la piel su mano caliente hasta que el ungüento se derrite. El brazo de Flora se desplaza muy despacio, no logra interceptar el movimiento. Se siente anquilosada. Esto te va a aliviar, dice la señora, sus labios un círculo brillante de color fucsia, el pigmento asciende en hilitos llenándole las arrugas verticales desde el borde del bermellón. Una sensación líquida y ardiente entra a través de los cortes y el dolor se retrae. Flora nota el agarrotamiento en la boca, el paladar, la saliva, la lengua, la garganta, se extiende hacia la sangre, sus músculos se ralentizan, llegan tarde a la huida y a la lucha.

Está rígida, de pie, la cabeza le cae al pecho, los párpados inmóviles, ahora puede ver de cerca a esas dos, sus piernas, reconoce las *wellies* verdes y los zapatitos de charol, manchados de paja y barro. Mariaspurísimas, purificadoras, se llevaban a muchos y por cobardes callamos todos. Eso no se puede decir en voz alta, estas están en todas partes, son *antaruxas*. Te dicen *semperredi* y se te aflojan los huesos, las palabras escuchadas en aquella cinta diferente, plagada de los sollozos de la vida.

—¿Qué... —Las cuerdas vocales desafinadas, secas, apenas con capaces de articular las palabras necesarias—. Es...

—Escucha: *o pan non ten fame, a auga non ten sede, o lume non ten frío.*

—Este...

—El fuego no tiene frío, el agua no tiene sed, el aire no tiene calor, el pan no tiene hambre, el paño es del árbol y el árbol es de la rama. El fuego no tiene frío, el agua no tiene sed, el aire no tiene calor, el pan no tiene hambre.

—Lugar?

—Es Milamorme —dice la cría, en voz muy baja.

—El lugar donde tienes que estar —añade la señora. Sus labios apergaminados soplan suavemente sobre los ojos de Flora, la vista se le nubla. Abre el cuerpo en un abrazo y con una presión en los hombros la hace sentarse en el banco de piedra. Flora siente el terror de habitar un cuerpo que ya no le pertenece, como los peleles de paja que tiene a su lado.

—El fuego no tiene frío, el agua no tiene sed, el aire no tiene calor, el pan no tiene hambre, el paño es del árbol y el árbol es de la rama, si cortas la rama, el árbol sangra. El orden sobre lo deforme, el fin de la plaga. Ahora tú, María.

La niña da unos pasos para situarse delante de Flora, mirándola a los ojos, y comienza a recitar de carrerilla una lección aprendida:

> *Córtote, monstro,*
> *quéimote, lurpia,*
> *que veña o fogo*
> *do lume novo,*
> *nunca ti crezas*
> *nin vaias pra riba,*
> *pola graza de Dios*
> *e das tres Marías.*

—¿Y qué más? —pregunta Sinda, la sal del orgullo en la punta de la lengua.

—Un padrenuestro y un avemaría. ¡Amén!

La señora sale del ángulo de visión menguado que las pupilas fijas de Flora pueden sostener, reaparece enseguida, porta un objeto pesado en las manos. Lo alza temblando, sus articulaciones han perdido los poderes de este mundo, y lo coloca sobre el rostro de Flora, la máscara de Teodora Dorotea. En ese ritual, ella representa al peor de los monstruos, el destino de la criatura será el suyo propio. Por un instante siente en la cara el tacto familiar de la madera y de pronto eso cambia. El material se adhiere a su piel, una corriente eléctrica, un golpe en un tambor de pellejo tenso, calor y hormigueo, agujas que conectan la máscara y la carne de una forma nueva. Sus sentidos se desordenan, las pupilas reciben la llama de la vela como un caudal, un cometa de estela infinita, una candela encendida en Viladormen, en el centro de todo.

—Te toca, María.

—¿Y si me quemo?

—No seas tonta. Haz como te enseñé.

La niña recoge el velón del suelo. Al moverlo, unas gotas de cera caen sobre la piedra, soltando un olor insidioso a unto rancio. Acerca la llama a los pies del meco Arruebo y tras tres o cuatro intentos logra que prendan con viveza. Después, muy rápido, hace lo mismo con los otros muñecos. El fuego entra en oleadas por el hueco negro de los ojos abiertos de la máscara, chirría al colarse hasta la retina de Flora, penetra en el cerebro y quizás son las ramitas de sus neuronas lo que crepita con ruido de paja, una chispa antes de derrumbarse hechas ceniza.

Ahora lo ve, sabe cómo termina el ritual. Cómo terminan siempre los monstruos que encarnan el vicio y el mal. No importa que ella no pertenezca a los *fazados*, que no sea como Belén Fontes, como Germinal: le han impuesto la máscara, ahora es lo que representa. Los baluros no ejecutaron la matanza de inocentes en el horno de Viladormen, fueron las beatas, manipularon el relato, crearon acontecimientos falsos que se hicieron ciertos en las creencias y en los documentos oficiales. Lo sabe, aletea en sus oídos, el murmullo y el calor, la boca fucsia de la mujer, negros como satanás, rostros demacrados, labios hinchados, dientes de perro, espaldas gibosas, estirpe infernal, monstruo, trajiste la peste, trajiste la plaga, la invasión de las serpientes, que el daño que hiciste vuelva hacia ti su mirar de fuego, que entre y te purifique, que las llamas te limpien, aventaremos tus cenizas donde el río se hunde en la montaña, allí nacerá un árbol y criará frutos de carne roja que nadie deberá comer. *Semper reddit. Semper reddit. Semper reddit.*

Siempre vuelve, resuena la propia voz de Flora encogida hacia adentro de su cuerpo, siempre vuelve, reverberando, atrapada dentro de cada hueso, siempre vuelve.

Los pasos se alejan, la puerta del horno se cierra. La máscara pesa sobre los hombros, la carga la inmoviliza. La visión que tiene delante —las llamas creciendo, la paja que se desmorona y cae a sus pies, la sonrisa de la máscara de Arruebo torcida de dolor y derrota— se abre como un telón y qué hay detrás.

Su identidad. Lo que es y lo que no. Lo que podría haber sido, lo que afirma ser. Una mancha que se expande con el ruido pegajoso de la gelatina. La oscuridad se abre, déjame entrar. Una celda se revela a la luz de un candil que alguien prende. Flora se encoge dentro de un cuerpo ajeno, pequeño, pesado, rígido. Se esconde en un arcón, pero su respiración la delata. Son cinco hombres, unos empuñan cuchillos, otros hoces, azadas o palos, le acercan el fuego a los ojos. Sus caras rojas de repugnancia y risa, de fascinación y espanto, ¿tú crees que arderá? Que no os dé pena, dice una mujer que parece flotar en la gloria de una túnica inmaculada, que no os dé pena, el diablo está rodeado de llamas y no arde. Flora, la criatura que es ahora, se incorpora y le muerde la cara, los hombres la agarran del pelo y la arrastran fuera de la habitación, entonces puede verse entera, son dos, una está completa y la otra sólo a medias, un pegote, una parásita chupando el jugo de la hermana completa, parece muerta, las dos juntas son la peste. Está enferma, ya no sirve. Los señores, Arruebo, Larrat, salieron hace tres noches y la abandonaron en el pazo, junto a un puñado de criados y cuatro o cinco engendros que no valían nada, encadenados en el sótano. La echan en un carro y sobre ella vuelcan otros cuerpos. Todo lo que puede ver está dentro de sus ojos cerrados.

La oscuridad se rompe, una lumbre arde en las manos de la mujer de la túnica, la llaman Maestra, María Maestra. Alza la luz y enmarca un umbral de piedra, su sombra es un gigante que crece, sus ojos, discos negros cerrados a la piedad. Dentro de la estancia, se iluminan fugazmente varios cuerpos abandonados, el legado de Arruebo en Viladormen. También el suyo, Flora encarnada en un cuerpo doble, estrecho, la paja que lo cubre vibra y se estremece. María arroja la lámpara, colmada de aceite. Fuego, dice, para que los monstruos caminen hacia el suplicio. Fuego, para que la llama justiciera los consuma y los reduzca incontinente a cenizas. Fuego, para que el culto de la venerable fe revista por toda la Tierra el resplandor más vivo. Cierra la puerta. Golpean, muerden, arañan. Son fuertes, son seres portentosos, ella misma era capaz de inocular ideas en la mente de un rey, pero nada puede incidir en esas mentes desquiciadas por el hongo y el fanatismo.

Los gritos de Flora salen de una boca que no es suya, se disipan a través de la chimenea. Sálvame, María, sálvame, señora santa. Sálvate tú, como te salvaste aquel día en la Pedra da Xabarila. Le quema respirar, le quema pensar, al tocar la puerta de hierro, la piel de sus manos sisea y se arruga. Su voz se hace ronquido y el ronquido un hilito hasta que ya solamente es humo y silencio en esa noche salvaje. Cuando el fuego se apaga llega el olor de la muerte y una sed que arde en la garganta. María Bendaña abre la puerta, pisa el polvo de sus huesos. Con trapos que vierte en un cubo de madera, recoge su manteca licuada en las rendijas del suelo, mezclada con la grasa de otros cuerpos. Al tocar el unto los dedos de la Maestra Flora percibe el pensamiento, con esta materia arderá siempre una candela en Viladormen, en el centro de todo, porque el que no ve, olvida. El que olvida, reitera.

Enteros quedaron sus dos frontales, uno por cada cráneo. La mujer los toma y los acerca a su rostro. Teodora, Dorotea, por fin separadas. Al tocar los huesos la frente de la Maestra, Flora percibe la intención, con esta materia se encarnará la monstrua una vez cada año, porque el que olvida, reitera. Y el que reitera, se condena.

La misma vela en el centro del mismo suelo y otra carne intermitente, Flora siente sus manos arder, manos de niña y de anciano, cuerpos *fazados* portando la máscara, uno por cada solsticio de invierno, todo el daño revivido, dónde estaban los baluros entonces, por qué no hicimos nada. Manos de mujer, manos nudosas, manos hinchadas, manos de muchacho. Es joven, es robusto, pero las piernas se le doblan al avanzar por un sendero. Camina hacia el horno, al borde del desmayo: algo va a ocurrir. Desde una ventana, tratando de no ser visto, un desconocido le hace un retrato con una Leica. Gritos a su espalda, tiene que correr. Mira alrededor, busca un refugio. En la penumbra de una puerta, la niña está tan asustada que no tiene aire para llorar, vete de aquí, le dice él sin hablar, se lo dice Flora a Selvita, la Selvita niña, su mandilón de flores, «Randín, 1949». Está viendo la escena de su fotografía a través de los ojos del muchacho que aparecía en primer plano. Algo sucede detrás de la ventana, el fotógrafo se retira de manera brusca, como si hubiesen tirado de él. Una mujer joven sale corriendo de esa casa, su vestido de vuelo como un paracaídas inútil, mero lastre, Balbina, la cámara ahora en su mano, girando en el aire la correa. Entonces, un brazo grueso apresa su cuello de hombre enmascarado, lo inmoviliza por la espalda. Dos golpes de maza en el hueco de las rodillas, el dolor inconcebible de las astillas, lo arrastran calle abajo. La niña Selvita se oculta en la penumbra del umbral, se muerde la mano por no gritar, todo el dolor que siente el muchacho es por ella. Tan asustada, tan desvalida, su hija más pequeña.

Un tirón saca a Flora fuera de las visiones, levantando todo su cuerpo en el aire. *Sae daí, solta*, dice una voz entre toses. Muchos dedos se cuelan por los bordes de la máscara, un cuchillo, un filo, *solta, sae daí*. La madera se separa de su rostro como llevándose algo suyo. Es entonces cuando siente la asfixia, el humo en los pulmones, el calor abrasador dentro del horno. El telón se cierra, las llamas ondulan recorriendo la bóveda, los monstruos de paja desmoronados en el suelo, ha regresado. Delante de ella Mingo, Mingo Fontes, enrojecido por las arañas vasculares, dañado, su mirada muy lejos de aquel lugar en el que hablaron, hace sólo unos meses. Le falta una de aquellas enormes orejas. ¿Tú qué haces aquí?, ladra, y no hay amenaza en su voz, hay determinación, *vai pa fora*, es una orden y también un ruego, *cólleas e péchaas*. Por mi niña, *péchaas*. Por mi madre, *por teu pai*. Larga de aquí, yo voy por ti, ya no te van a buscar. *Marcha e cólleas e pecha a porta*, dice Mingo, y lentamente coloca la máscara sobre su propio rostro. Al tocar su piel, al asomar sus pupilas a través de los agujeros, los dos ojos pintados, uno en cada extremo, se abren, mostrando dos almendras coloreadas de blanco, y en el centro dos discos negros. Mingo extiende sus brazos, camina hacia atrás, entra en el fuego. Flora lo ve arder, la risa doble de la máscara distorsionada en una mueca feroz, ¿quiénes son, Mingo?, ¿cómo las encuentro?, suplica, pero no hay respuesta. Cuando las cuerdas vocales se queman dejan de vibrar. Solamente suena el chirrido de los tejidos consumiéndose, el estampido de los ojos al liberar el vítreo, las crepitaciones de los cartílagos al endurecerse antes de fragmentarse.

6
Calvos de Randín

Lo más sorprendente, si alguien bajase las escaleras de la rebotica, lo que más le golpearía si entrase en la bodega subterránea de la farmacia de Calvos de Randín, no son las plantas extrañas, las flores raras de colores explosivos, los bidones de plástico llenos de fertilizantes químicos, las bolas de arcilla expandida que siempre terminan desparramadas por el suelo, aplastadas bajo los tacones, las raíces extensas que cuelgan como melenas de muerto hasta el agua, los cactus, las setas colonizando tocones de madera muerta, la mancha ciega de los focos que persiste en la mirada, el murmullo de los extractores, los sistemas hidropónicos, el jugueteo del agua en los tanques que sustituye al bramido de un diluvio, las estufas. Lo más sorprendente es que ya antes de ver todo eso le saldría al paso un abrazo de aire húmedo y selvático, allí, en un sótano de encofrado de hormigón, en plena sequía, un aire de puro vegetal que pesa como una manta de hojas desintegrándose en el suelo de una *carballeira*.

Teresa abre una cortina plástica. Una luz de mediodía en el desierto alimenta un terrario plagado de cactus y suculentas. El peyote, el sampedro, la antorcha, la *euphorbia*. Lo mejor de la magia es que cualquiera puede hacerla, piensa. La hacen las plantas, los hongos, los animales, la hacían ellos mucho antes que las personas.

Las cosas se aclaran, se encaminan, pero cuánto cuesta hacerlas enraizar cuando otra vez nos asomamos a un abismo. El primer caballo salvaje que se despeñó queriendo morir, enloquecido, perseguido por unos perros. Los animales mezclados que venían vadeando la corriente de los ríos, el cerdolí, el hipotauro, el jumart, la cabreja, el burdégano, el lubicán. Llegaron las plagas, el cangrejo americano, la perca, el visón, el mapache. Las pestes que atacan los sedientos cultivos que han logrado resistir a la sequía, la tinta del castaño, la varroa que mata a las abejas, el virus que aniquila a las ranas. Ellas tres no captaron las señales, y cuando las bestias comenzaron a atacar a la gente, ya no supieron qué hacer: las avispas, los jabalíes, las orcas. Ahora los animales se suicidan, un pez que salta fuera del acuario, un cachorro de border collie que mete su cabeza en una bolsa del ultramarinos, señales de la sangre *fazada* infectando todo. Si trabajas en una farmacia, esas cosas las ves como al microscopio. La calidad del esperma, las pestes en los cultivos, los animales enfermos. Y las personas. Todo lo que Teresa sabe de ellas, lo que les descubre cada día: las adicciones, las hipocondrías, las enfermedades mentales, los males autoinmunes, el cáncer, la piel plagada de herpes. Nos hemos cargado al dios de la selección natural, terrible y adorado, que sólo permitía vivir al más apto, al más brutal, al más taimado o al que se arrodillaba. Hemos perpetuado a los tarados, a los portadores de plagas, a los envidiosos, esto es lo que tenemos.

A Teresa le gusta hacer las cosas bien. Su laboratorio es un entorno estéril. Se pone una mascarilla, gorro de plástico, guantes de látex, desinfecta la mesa y el instrumental, las cubetas metálicas, por mera impaciencia: sabe que tendrá que descontaminar de nuevo, cuando el *enfornado* fracase y Preciosa dicte: tenías razón, hay que soltar a los abotargados, pero esta anticipación le transmite un deleite: es posible limpiar lo sucio, y más allá de eso, hacerlo puro. En su laboratorio de cultivo, Teresa cosecha, conserva y selecciona los ejemplares más perfectos de las hermosas flores moradas del acónito, cuyas raíces, usadas en una sopa, rompen el corazón en un puzle imposible de recomponer. Las bayas de dulcamara, que enmudecen a quienes nunca deberían haber hablado. El polen delicioso de la trompeta del ángel, que al caer inocente desde la altura de sus flores dentro de una taza de té provoca terrores que sólo la automutilación puede calmar. El aro, que mezclado en el agua entre las hierbas de San Juan hace que el rostro arda. Las hojas cristalinas de la galatea, que inflaman las cuerdas vocales y cierran el aliento. El eléboro, que con olerlo incendia la respiración. La delicada neguilla que prospera entre el trigo y paraliza el sistema respiratorio hasta la asfixia. El jugo de la candelaria, que induce una sed insaciable, bajo cuyo influjo ha visto a personas fuertes beber disolvente. El árbol de las manzanas de la muerte, a cuyo abrigo se resguardan de la lluvia únicamente los insensatos, pues saldrán ciegos y despellejados. Su fruto dulce, delicadísimo, cierra la garganta hasta la muerte. La nuez del árbol del suicidio, que desmenuzada y cocinada mata a los dos días y no es posible detectar su rastro. La belladona, que enloquece al que camina descalzo sobre sus hojas, que sus dulces bayas arruinan el cuerpo de quien las come, para que alimente a sus semillas. Un narciso floreciente como agasajo en el dormitorio del huésped nublará su cabeza e inducirá sueños extraños. El azafrán bastardo, el jacinto de los bosques, el lauroceraso cargado de cianuro. Con el saúco, Teresa sabe componer un cadáver de arcilla: toma la tierra de una tumba reciente, toma una costilla de muerto y una araña negra, toma la médula del saúco y arma una figura. Clávale agujas o colócala en un curso de agua corriente, y el agua empezará a deshacer la figura, eso mismo le sucederá a la persona. Mezcla el vino con agua y beleño, el ojo se transforma en un disco negro, la puerta de la muerte. La nuez vómica provoca convulsiones tan violentas que los músculos se separan de los huesos y el cuerpo se contorsiona en posturas imposibles, se quiebran las articulaciones. La adormidera, el tejo, la mandrágora, ramas de adelfa lanzadas a la hoguera para purificarse del aire de difunto, el diablo conoce cada una de las plantas de la tierra.

Teresa sabe que cada ser vivo encierra en sí la capacidad de la perfección infinita. Cuando quiere cultivar una especie, viaja a su territorio originario y selecciona los ejemplares más sanos. Registra la altitud, el tipo de suelo y el clima en cada recogida. Extrae los principios activos de la planta y los analiza. Determina su humedad, volatilidad, solubilidad, investiga extractos, infusiones y cenizas, y precisa qué individuos poseen la química más interesante para cumplir con los fines que ella desea. De estos, selecciona los más vigorosos y les saca esquejes, reproduce vegetativamente su genotipo. Entonces, cultiva los clones de forma experimental, unos bajo las condiciones de su territorio original, otros en circunstancias extremas o más suaves, hasta descubrir la fórmula magistral de nutrientes, suelo, temperatura, luz y humedad que hace que uno de ellos supere el poder de la madre. Ese es el genotipo perfecto. El que merece ser conservado siempre vivo, sus semillas custodiadas. Es lo que hizo con cada uno de los ejemplares que cultiva en su selva subterránea, y también puede hacerse con las personas, por qué seguir arrastrando la desgracia de la sangre *fazada* que inevitablemente se extiende.

No es fácil, pero ahora se enfrenta a un reto mucho más complejo. Necesita convencer a sus compañeras de que esta tierra, igual que las especies que ella logra mejorar, es capaz de frenar su decadencia y avanzar, o tal vez regresar, a un estadio puro, que bajo sus cuidados podría incluso tomar un nuevo camino evolutivo, hasta lograr su genotipo perfecto. Pero para eso es necesario hacer algo audaz. Hace falta valor.

Sinda cree que no es piadoso matar a los *fazados*, que no es nuestra potestad. Nacieron con esa condición, no pueden ser de otra manera. Los baluros, en cambio, son así porque quieren, ellos no merecen ninguna compasión. En estado de abotargamiento, los *fazados* resisten muchos años. Su materia apenas se desgasta, es un embalsamamiento en vida. Algunos de los que hoy custodian en Viladormen les fueron legados por la generación anterior, María Mercedes, María, María de la O. Alguno quizás tenga doscientos años, aunque no pueda decirse así: un abotargado no «cumple» años. Les crecen el pelo y las uñas, la piel se escama, pero no están vivos, no están muertos, están donde deben estar, o eso dice Sinda.

Cuando Teresa tomó la carga de su abuela, lo que encontró en Viladormen encendió su furia de juventud. Los abotargados se deshacían, su carne se corrompía siguiendo ellos vivos. Si alguno conseguía regresar por el camino del ensueño, porque había sido conducido con vacilación o porque un baluro lograba arrancárselo, despertaba entre terribles dolores, la materia de su cuerpo necrosado desprendiéndose a trozos. Las predecesoras conocían los saberes secretos, pero nunca se habían acercado a la ciencia. ¿Y vosotras creéis que esto es piadoso?, Teresa retó a sus compañeras. Es mejor dejarlos morir. Acababa de llegar y su mente científica quería cambiarlo todo. Juntas, ella y Sinda encontraron la solución: fluidos petrificadores para el cuerpo, tetradoxina para inducir un estado cercano a la muerte, *Datura stramonium* para el control mental, la pérdida de voluntad y la amnesia. Las palabras de Preciosa y su mano guiando el paso por la espiral en la montaña.

Sinda cree que los necesitamos vivos, que es la mejor forma de mantener el control sobre los que se quedan en casa, pero qué mayor control puede haber que la amenaza de la muerte. Alelopatía se dice cuando unas plantas envenenan a otras para eliminar la competencia por el suelo: el upas, el eucalipto. Lo hacen con ácidos, con aceites que limitan el crecimiento de las raíces, inyectando compuestos que impiden a las otras plantas metabolizar los nutrientes, matándolas de hambre. Nosotras empleamos baños, infusiones, linimentos, lociones, cataplasmas, compresas, tisanas, extractos, rociaduras, gargarismos, inyecciones, jarabes, maceraciones, polvos, pomadas, ungüentos, vinos, vapores y destilados.

Sinda, Preciosa se consideran santas, pero somos del palo de Locusta, Canidia y Martina, Hécate, Circe y Medea. No somos santas, somos sagradas, como son sagradas las abejas que chupan el néctar de la adelfa, del rododendro, de la azalea, lo mastican y lo digieren para transformarlo en dulce miel con neurotoxinas mortales. Tener que respetar a la mayoría, cuando la mayoría está tan achacosa, es algo que Teresa no asumía al principio, y menos ahora, que las otras dos se van hundiendo en sus últimos días. Esta debilidad la ven los *fazados*, los baluros lo saben. Esperan en la sombra de sus madrigueras y cuando el paso nos tiemble veremos el destello de sus dientes. Podemos terminar con los *fazados* y vivir en paz, nosotras somos la mano, los abotargados son la espada, cuánto tiempo hace que no hacemos cosas normales, es que ni me acuerdo de la última vez que tuve una amiga.

Teresa coge el teléfono y marca el número de Sinda. Tiene que llamar tres veces, estúpida gallina amnésica, hasta que su compañera contesta. En su voz se desprenden los hilos de la fatiga. Ha cumplido con el *enfornado*.

—¿Y la balura?

—La balura ardió. Tengo el polvo de sus huesos.

—Aviéntalo, eso no sirve para nada. ¿Y el de los pantanos?

—Teresa.

—¿Lo cogisteis?

—Teresa.

—Sigue suelto.

—Escucha.

—No hemos terminado.

—Teresa. Vamos a pensarlo.

—Tenemos que soltar a los abotargados.

—Teresa, no lo vamos a hacer.

—Espérame ahí, llego enseguida.

—No. Sigue buscando en los embalses.

7

Verín

Se lo dijo el amor de la bisa, enterrado dentro de un armario, dentro de una casa, la tercera esquina de la tercera habitación de la tercera casa, en el pueblo de Baños, sumergido desde 1949. Le dijo tú y yo somos lo mismo. Cuando quiere, el señor de la montaña hace brotar a sus crías a la sombra del Larouco. No hay un motivo, no hay un propósito, lo hace porque puede hacerlo. Únicamente nosotros sabemos hablar con él, tal vez se siente solo, porque nadie más recuerda su idioma. Para unos somos santos salvajes, para otros, demonios cautivos. No somos nada.

Yo nunca he hablado con el señor de la montaña, dijo Germinal. Lo has hecho, hablas con los muertos, qué más sabes hacer, preguntó el amor de la bisa. Él pensó en su mirada funesta y el olor que se desplegaba desde dentro, que nunca había permitido que se abriese totalmente, salvo aquel día en el instituto. Dime cómo empezó todo esto, y Manuel Antonio le habló soplo a soplo, durante toda la noche, hasta que su cuerpo transformado en cera se deshizo por completo. ¿De dónde vengo yo, quiénes son mis padres? Las últimas preguntas cayeron al barro, ese hombre no tenía la respuesta y él siguió preguntando para no olvidar, para volver a anudarse a su pasado, que era su destino.

Fue fácil encontrar la fábrica de ataúdes de Verín. Un negocio centenario que después se transformó en funeraria y ahora es la principal cadena de tanatorios del sur de Galicia. Eso le ha traído aquí. A la cocina de una casa donde una apacible mujer de pelo blanco teñido con reflejos violeta y labios pintados de fucsia, vestida con ropa buena, de diseño ourensano, que protege bajo un delantal rojo, fríe rosquillas mientras una niña pequeña, su nieta, hace los deberes sobre el mantel de hule, junto a un frutero colmado que esparce el olor de los plátanos maduros. Sólo suena el chisporroteo del aceite hirviendo en la sartén y los segundos que marca un reloj en la pared: «Funerarias Luz Divina».

Germinal ha hecho cosas mucho más graves, pero no le gusta nada esto que ahora tiene que emprender.

8
Santa María do Penedo

Su madre apareció por el mercado de Nadal de Xinzo. Cruzó el coche justo delante de la furgoneta de cosmética natural, productos elaborados con mimo a base de hierbas y miel del Xurés, y no le importó que en ese momento Anouk estuviese decorando con flores secas una gran cesta de regalo, a punto de completar la mejor venta del día. Se plantó ante el mostrador, fumando, y eso que lo dejó hace quince años, mira, Anamari, tu hermana ha desaparecido, le soltó, su ropa apareció quemada en el monte. Esta vez tienes que ayudar.

Llevaban meses sin verse.

Anouk deseó detener la circulación de sus neuronas. Debería ser capaz de hacerlo. Autoconocimiento, meditación, suspensión del ego y, por supuesto, todo lo que ella, heredera de Preciosa, ha descubierto que sabe hacer. Las tres viejas dicen que es el don de Santa María, ella le llama energía. Quería bloquear las conexiones, que la cadena eterna de la lógica, causa, efecto, causa, efecto, no se completase dentro de sus ideas. Por supuesto, no pudo, su madre no se callaba, un dato tras otro —Mariña iba en un coche con dos personas que yo no conozco, un camión volcado en la carretera, en Calvos, después de San Paio—, y los eslabones se anudaban sin que Anouk pudiese evitarlo, causa, efecto.

Se habían separado en los últimos años. Ella tiene una misión que la hace evolucionar, aprender, crecer, ir pasando etapas, y Mariña se quedó enquistada en la tienda y en el pueblo. Eso a Anouk le parecía demasiado infantil, la eterna niña de la familia. Eran tan distintas. Y cuando le encomendaron recuperar la máscara, aceptó porque debía hacerlo, no podía decir que no, pero también porque quería hacer algo más. Quería sacar a su hermana de su estado de parálisis: abre los ojos y vive. Como los adictos pertinaces que a nada reaccionan se transforman con el rito de la ayahuasca. Teresa preparó la mezcla y le explicó la dosis, Anouk la administró. Una gota por cada diez kilos de peso. ¿Cuánto podía pesar Mariña? Anouk siempre fue la delgada, la alta, cuando se enfadaban de crías le decía elefante, pesas doscientos kilos, y Mariña le chillaba: palillo chupado por viejo asqueroso. Al encontrarse ante ella fue más benevolente, serán ciento treinta, y un par de gotas más porque seguro que ya ha probado de estas cosas antes, rebañando bolsas y medias pastillas en los *entroidos* de Verín y Xinzo. Quince gotas en un tarro de aceite corporal a la miel del Xurés. Primero le sopló en los ojos, Mariña se tambaleó e inició un giro que terminó en el suelo, qué fácil había resultado, qué impresionable es mi hermanita. Entonces la desnudó y le untó el aceite. Hizo lo que se hace para iniciar a los chamanes: dejarla sola en la casa del lobo, en Guende, en compañía de los seres elementales, de las piedras, la hierba y la luna. Esto te va a cambiar la vida, dijo. Le estaba abriendo las puertas de un nuevo mundo, más libre, más consciente.

Al cabo de unas horas, Anouk regresó con té caliente: su hermana ya no estaba en el *foxo do lobo*. Mariña, ahora se lo confirma su madre, pesa ochenta y cinco kilos. Le había doblado la dosis y ella pasó de la psicosis al pánico y del pánico a la obsesión. Buscaba una máscara de nosequé mierdas que ni creo que exista, dejó a sus amigos, andaba con personas extrañas, se metería en drogas, así acabó dentro de ese incendio. Anouk siente arder su cara. Nota que en sus mejillas emergían dos señales, dos cruces de carne abierta, eso lo hice yo, se gira y hace que coloca unos tarros, mira de reojo el espejo: no hay marcas, pero sus labios tiemblan anunciando un estallido de llanto.

—Lloriqueando no arreglas nada. ¿No tienes tantos amigos? Que te ayuden a buscarla. Ah, que sólo son amigos para la juerga.

¿A buscarla? lo más probable es que esté muerta, Anouk lo sabe. Yo ayudé a preparar ese fuego, el fuego para la balura, para capturarla en San Paio, atraerla a la sierra, humo de muscaria, llevarla hacia la ensoñación, encarnarla en la máscara, *enfornarla*. ¿Qué hacía Mariña en ese coche con la balura? Ardió, se asfixió, corrió enloquecida hacia los riscos. Las imágenes de su hermana, sus gritos que se extinguían en una garganta obturada por la ceniza, su mente en la medianoche, las manos derritiéndose como la mantequilla, se dejaría morir en la calma del humo santo, sus pulmones colapsando y Anouk, lejana y ruin, no le había prestado los suyos. Aliento tomaré y aliento te daré, una promesa de hermanas, vuelve, que te quiero tanto.

—Mamá, tranquila, seguro que está bien. Ella es fuerte. Puede con todo.

—Tú eres imbécil integral. Ardió todo el monte. La última vez que la vieron se metía dentro de las llamas. Si hubieras estado cuando tenías que estar.

—Tú no, Ana María.

Cuando se encuentran ellas dos solas, en el dormitorio, a puerta cerrada, la abuela Preciosa come. Un recorte de oblea bañada en agua bendita, una partícula consagrada. Lo mastica y lo expulsa. Pero hablar, no. Ese voto sí que lo sostiene. Y ahora, después de tantos años, la abuela Preciosa abre la boca y habla. Después de estar todo el día diciéndole Anouk, abuela, algo ha pasado con Mariña, es increíble, pero iba con la balura, no aparece, y si entró en Viladormen, y si está allí atrapada, déjame ir a buscarla, déjame entrar, abuela, y la traigo de vuelta, después de negárselo Preciosa con los ojos, con las manos, con la cabeza y con la rabia de sus encías ya sin dientes, la abuela se sienta en la cama y lo dice, tú no, Ana María, con una voz que suena como los grifos que se abren después de una sequía, a golpes.

Anouk lo ve. Lo ve en los trozos de silencio que quedan entre esa voz de su abuela y el aire que respira. Tú ya lo sabías. Tú sabes dónde está. Preciosa es inflexible; o, en realidad, es justa. Si Mariña hizo algo que pusiese en peligro el orden, si transgredió unas normas que seguramente no conocía, sería llevada a donde no pudiera causar daño. En eso es implacable, la misma ley rige para todos.

—Suéltala, yo hablaré con ella. La convenceré para que se aleje de todo esto. Que se vaya a Vigo, que trabaje en un bar. Te prometo que no se va a entrometer más.

Preciosa se acomoda las gafas nasales, abre el oxígeno, cierra su boca, sus ojos y sus oídos y se duerme.

Anouk no es como su abuela. Creía que sí, que cuando llegase el momento tendría la misma cualidad rígida para el don y el castigo. Y ahora, ante el primer obstáculo, se le derrumban todas las certezas. La magia del orden se desvanece, no existe, el orden no es más que caos interpretado. En su habitación, austera como la de una dama de la montaña, intensa como la de un hada del bosque, tiene el impulso de echarse en la cama, encender la pipa de marihuana, llorar por el dolor de su privilegio y después de las lágrimas, lo sabe, vendrá el bostezo, el sueño, se encontrará mejor, será más pura, agradecerá su destino, como si en el llanto se diluyese toda la duda y lo sucio que se acumula en los recodos de su cuerpo, lo que aún no ha conseguido limpiar. En qué más me habrán mentido, piensa. Coge la mochila y mete el móvil, el cargador, la cartera. No encuentra la llave de la sacristía, donde está el archivo de los documentos que siempre quiso leer, pero que ha respetado. De todos los escritos de las Marías fundadoras, y de las que vinieron después, tantas generaciones de mujeres que dedicaron sus vidas, facultades y conocimiento a proteger el orden en esas montañas amenazadas por la desgracia, Anouk solamente ha leído uno, el primero, tal y como corresponde a su fase de iniciación: María Bendaña, maestra original, entra en éxtasis alumbrada por Cristo y guía a su pueblo hacia la liberación. De lo que sucedió después, sólo sabe lo que las otras le han contado. Quizás, ahora lo piensa, sólo sepa mentiras.

La furgoneta no está. La aparcó esa tarde en la plaza, bajo los tres chopos. A veces, alguien se la lleva para hacer un recado en Lobios o en Caldas do Gerês, pero siempre la avisan. Any, ¿me llevo la furgo? A veces, alguien la mueve de su sitio, y también se lo dicen, Any, la pongo en el carrerito. La explanada está tranquila, casi desierta a esa hora. Anouk se aproxima a dos chicas que trabajan desmontando los caños de la fuente. El manantial del *penedo* había resistido todo el verano. En otoño, el caudal comenzó a bajar, pero todavía mantuvo un hilo plateado hasta que el día del solsticio se agotó completamente. Las Marías lo solucionarían, nadie lo dudaba, pero mientras ellas harían su parte: cambiar por fin esos grifos oxidados.

—¿Y la furgoneta? —pregunta Anouk.

Carla, la chica lisboeta que hacía el camino Miñoto Ribeiro hacia Santiago y se quedó prendida de asombro y gratitud en las agujas del Xurés, se encoge de hombros, negando con la cabeza.

—¿A dónde vas? —pregunta Dandara, experta en constelaciones familiares, embajadora para la paz y facilitadora de procesos de cambio con programación neurolingüística, que llegó hace poco más de un año tras un revés del que no se veía capaz de levantarse: la primera edición de *Tú eres tu camino de triunfo*, su libro autopublicado que enseña cómo encontrar el éxito y la felicidad y en el que invirtió los pequeños ahorros de su vida, diez mil ejemplares, seiscientas páginas con fotos a todo color, papel estucado, tapa dura, merchan de regalo, se pudría metida en cajas, en un almacén de Antofagasta.

Anouk la ignora. Son séquito, son paja de relleno, bolas de periódico viejo. Se dirige a una mujer de mediana edad que lee un libro electrónico, sentada en las escalinatas de la casa del reloj, que en su día fue lugar de mercado y cambio de moneda en esa aldea de frontera.

—Elisa, atiende. Es muy importante.

—¿Qué hace falta, jefa? —Elisa se incorpora, todo su cuerpo volcado hacia los labios de Anouk, escuchando.

—¿Me dejas tu bici?

—¿Qué te pasa? —Martín, el que dejó la ciudad en pleno confinamiento, cierre perimetral, toque de queda, y apareció en la aldea de noche, llamando a gritos por las damas de la montaña, se une a las tres mujeres que envuelven a Anouk como un gran músculo de empatía y compañerismo, así lo describen siempre, juntas somos un solo músculo.

—Tengo que bajar. Voy a buscar a mi hermana.

—¿La chica aquella que vino con tu madre?

—La chica de la máscara —explica Elisa.

—Creo que la han llevado a Viladormen. Quién ha cogido la furgo.

—A Viladormen, angelito.

—Qué dolor, perder a una hermana.

—Lo siento mucho, Anoukini.

—Déjame la bici, Elisa.

—Si está allí, es por algo.

—Tu abuela siempre hace lo que tiene que hacer.

—Ya lo sé, pero Mariña estaba mal. Estaba muy asustada. Lo que hicimos en el *foxo do lobo*.

—Lo hiciste tú, Anouk.

—Hiciste lo necesario.

—Lo que había que hacer.

—No podemos dudar ante lo necesario.

—Voy a bajar a pie si no me ayudáis.

—En Viladormen, *durmidiña* estará.

—Angelito.

—No hay camino de vuelta.

—Te acompaño dentro, lloramos juntas por Mariña.

—¿Dentro? No. Yo me voy.

—Estarás destrozada.

—Te abrazo, hermana.

—Tu lágrima es mi lágrima.

—Lloro contigo, te hago más fuerte.

—Aparta, saco de mierda. —Anouk retira los ojos de las miradas compasivas de su tribu, estúpida morralla. Eleva la cabeza buscando un indicio de la furgoneta, el coche de Martín, las bicicletas que siempre están tiradas por cualquier esquina, dónde las han metido. Dos docenas de compañeros han llegado a la plaza. La escuchan, la arropan, la tocan, ciñen el círculo, le cierran el paso. Está rodeada.

9
Verín

—Si a tu abuela le pasa algo, me llamas. No a papá ni a mamá, ¿tú quieres que se asusten? ¿Quieres que cojan el coche y vengan a toda prisa y tengan un accidente? Pues me llamas a mí, a Teresa. No llames a mamá, nunca. —Eso le había dicho Teresa a María, la nieta de Sinda. Sólo una vez, y la niña obedeció. Hay que ser estúpida para ser tan obediente a esta edad. A obedecer se aprende con el tiempo, si eres así a los cinco años, cómo serás a los treinta.

No le había entendido una palabra cuando llamó, la niña sólo lloraba, suficiente para saber que algo grave había sucedido, justo en el momento más oportuno. Ella le cantó al teléfono una canción cuyas estrofas no tenían significado, pero eran las paredes de un laberinto en el que el llanto de la pequeña se perdió y, con él, su conciencia del momento.

—Siéntate ahí y espérame. No llames a nadie más. Yo llego enseguida. Ponte a ver la tele. O come algo. ¿Tienes algo para comer?
—Rosquillas.
—Pues cómete una rosquilla. Vamos. Ahora mismo. A comer.

Y cuando Teresa llegó a la casa de Sinda y entró en la cocina, vio los dedos y los labios rojos y pelados de la niña, había cogido la rosquilla directamente del aceite caliente, se había rendido a la canción, un truco simplón de prestidigitadora de feria. Esta niña no tiene mimbres para aguantar la carga, qué va a ser de ella.

Sinda estaba sentada en el sofá de la sala. La mirada perdida, la boca contraída en una mueca entre la sonrisa y el espanto. Indefensa. Teresa lleva mucho tiempo sospechando que su compañera pierde la memoria, se disipa, se desconecta. Lo ve en su ansia por instruir tan temprano a la niña, es demasiado pequeña, ¿qué tiene?, ¿cinco?, y lo confirmó indagando en el historial farmacológico de su amiga. Irá a más, no tiene vuelta atrás.

—María, cómete otra rosquilla —dijo, y cerró la puerta de la sala, dejando a la cría en medio del pasillo—. Ya no es necesario que finjas,

Sindiña. Ya nos toca descansar, vieja tonta. Dosinda, estás ciega y nunca viste nada, que todo lo que tenemos lo tenemos por el fuego y por la sombra del fuego.

En el cuerpo de Teresa no cabe la pena, y eso es lo correcto, porque la pena envilece a quien la sufre y a quien la provoca. Prefiero el camino que se estrecha al que se ensancha, pensaba, por eso hago esto. Hemos protegido tanto a la gente que no tienen suficiente miedo, nunca han visto la amenaza cara a cara. Mira cómo estamos, que hasta las camareras se nos rebelan. El *fazado* de los pantanos nos esquiva y nos engaña, como engaña la zorra a los perros que la persiguen, meando en el camino para que nos detengamos a olfatear mientras la alimaña escapa. ¿Quién nos ayuda? La gente ha perdido la fe. Necesitan redención y amor, un milagro hecho por la fuerza del pánico, porque sin pánico no hay fe. Voy a traer de vuelta a los abotargados, voy a despertarlos. En sus mentes casi vacías ya sólo reverberan sus secretos familiares, les introduciré la idea, los liberaré. Que encuentren al de los pantanos, que busquen a todos los *pechados*. Una caza, como hicieron las originales, para que puedan redimirse estos desgraciados, que limpien para que nosotras podamos crear un nuevo comienzo. Lo que siempre dijimos. Lo que tenemos que hacer.

De su bolso extrajo dos viales y una jeringuilla. Acomodó a Sinda entre los cojines y le tomó la mano izquierda, moteada de pecas enrojecidas. En un pliegue de la piel clavó una aguja finísima, primero el sedante, después el pentobarbital, un batido de fresa y vainilla, los productos que se emplean para sacrificar a los perros enfermos, y se sentó en el sofá, junto a ella, sin soltarle la mano, mirando dentro de sus ojos, qué refleja un espejo cuando nadie lo mira, todo o nada, hasta que las pupilas se abrieron y al asomarse dentro ya sólo había vacío.

Después volvió a la cocina, preparó unos Nesquiks y la niña le habló de un tipo extraño como un pegote de slime, con gafas de cristales anaranjados, que llamó a la puerta, entró y le gritaba a la abuela, yo sé quién eres, sé bien quién eres, ¿te recuerdas de Belén?, ¿te recuerdas de muchos nombres?, ¿y dónde están mis padres?, también los matasteis, ¿y dónde están los demás?, yo te voy a purificar a ti.

—Será te acuerdas —corrigió Teresa.

—No, decía te recuerdas. Y la empujó hasta la sala y la empujó en el sofá, y me quedé en el pasillo, deja a la abuela, deja a la abuela.

El miedo y la ansiedad, identificó Teresa, las situaciones de gran angustia desencadenan episodios agudos a las personas que, como Sinda, padecen demencia.

—Tu abuela está muerta, María. ¿Qué le hizo ese tipo?

—No sé. —La niña lloriqueaba con los mocos entrándole en la boca y el cacao saliéndole por la nariz. Qué asquerosidad, pensaba Teresa—. La empujó, verdad. ¿Por qué decías tú «deja a la abuela»?

—Me daba miedo.

—Tú lo viste, le hizo daño. La empujó y la tiró al sofá.

—Se sacó las gafas y le juntó los ojos mucho.

—A la abuela.

—La abuela dijo algo.

—Qué dijo.

—No lo sé.

—Esfuérzate, es importante. Algo entenderías.

—Hablaba muy bajito y se quedó quieta.

—Y después.

—En Milamorme, están en Milamorme.

—Sería Viladormen.

—Dijo Milamorme.

—¿Y qué hizo él?

—Se fue.

—¿Y qué pasó cuando se fue?

—No sé.

—Y la abuela estaba mal.

—Sí.

—Estaba en el sofá y no reaccionaba.

—No.

—Le hablaste.

—Sí.

—Estaba como muerta.

—Sí.

—Porque estaba muerta, nenita. Pobre Sinda. La mató esa bestia. Ahora te voy a llevar con tu mamá, pero antes vamos arriba, a la habitación de la abuela. Tú sabes dónde guarda sus potingues, ¿verdad, bonita?

10

Santiago de Rubiás

La encontró un grupo de bomberos forestales, cubierta de barro y ceniza, destrozándose los tobillos en las rocas, perdida en las cumbres de Larouco. Estaba empapada, probablemente por las corrientes sucias que se formaron con el agua vertida por los hidroaviones portugueses. Las suelas de goma se le habían pegado a la planta de los pies al caminar sobre brasas. Las dos manos quemadas, con una lesión cauterizada, como si hubiese tocado una plancha caliente. También, y para esto no encontraban explicación, tenía la piel de la cara erosionada, moteada de puntitos de sangre que se asomaban desde las capas profundas de la piel. Tres cortes limpios y profundos en la mejilla, paralelos, hechos con un filo finísimo, como de cuchilla de afeitar. La marca evidente de dos dedos, un pellizco retorcido en su brazo derecho. Sus pulmones quedarían negros para siempre.

De Suso nada se sabía, salvo que su chaqueta roja apareció quemada, la reconoció por aquella cremallera de metal tan característica. De Mariña no encontraron ni eso, nada más que restos de una bota y trozos de tejido de algodón, que no la identificaban de forma inequívoca. Por ahora ambos son desaparecidos, desaparecidos en un incendio voraz que comenzó de pronto en ocho puntos diferentes y distantes entre Lucenza, A Xironda y San Paio, una desgracia, a quién se le ocurría parar el coche en unas circunstancias como esas, salir y meterse en un bosque ardiendo.

Flora decidió no contarle a nadie lo que le sucedió después a ella, los personajes enmascarados, la persecución, la representación del prendimiento y muerte de los monstruos, la aldea del horno que tenía una candela encendida, en el centro de todo, una vela hecha con los residuos grasientos de la quema de Teodora Dorotea, la máscara doble creada con los restos de sus cráneos. Rastreó en los mapas satelitales: ese lugar no aparecía. Ahora que su propia historia se empieza a desenmarañar, está más perdida que nunca.

Cuando terminaron las curas, las preguntas y las miradas desasosegantes, recuperó la ranchera y se fue a Baldomar. Entró con las llaves que Suso había dejado en el asiento del copiloto, las apretó en el puño como si de esa manera pudiese conjurar una maldición. Cerró la puerta con tres cerrojos, bajó todas las persianas y encendió la *lareira*. Miraba el fuego como si pudiese darle una explicación. ¿Qué voy a hacer ahora? En la casa había una buena provisión de conservas vegetales, salsa de tomate, pimientos, calabacines, grelos, envasadas al vacío y con etiquetas escritas con una caligrafía adornada de posguerra, no era la letra de Suso, jeroglíficos rápidos de periodista. El arcón congelador del alpendre estaba lleno de carne de caza: gamo, venado, perdiz, ciervo, jabalí. Despiezado y etiquetado, la fecha de hace tres años. Varias botellas de orujo. Todo eso, pensó, era parte de la memoria que Suso conservaba de sus padres. Está mal comerse un recuerdo, pero a veces de recuerdos se vive.

Lorena la llamó un par de veces al móvil, quería saber, algo sospechaba, le hacía una pregunta tras otra, y Flora le contó que había vuelto Portugal, a Albergaría dos Fusos, con su familia. No se fiaba de ella, como no se fiaba de nadie. A veces sonaba el teléfono de la casa y lo dejaba extinguirse entre el remordimiento y el miedo. Una mañana, ya en Navidad, alguien aporreó la puerta. Flora estuvo a punto de meterse en un armario. Se quedó inmóvil, casi sin respirar, y al cabo de un par de horas vio a través de la mirilla un paquete de una empresa de mensajería, sobre el peldaño de piedra. Ahí lo dejó, como prueba evidente de que nadie vivía ya en Baldomar.

De noche, muy tarde, a veces se atreve a salir a la puerta y se sienta en la escalera, se arranca los pellejos de los dedos como cuando tenía diez años y escruta su memoria, identificando los detalles de la casa hundida de Viladormen. Hay una forma de llegar, ella recorrió ese camino dos veces, una en sus visiones, otra con todo su cuerpo. Está segura de que allí se han llevado a Suso y a Mariña, *durmidiños* estarán. Paralizada como un trozo de roca, cargando un saco de horror y culpa, su piel se ha vuelto rígida: aunque las intenciones bullan dentro, no pueden romper el molde.

Ni siquiera habló con Liany, cualquier contacto que pueda destilar alguna información hacia Salvador es una mala idea. Porque no va a irse de allí, no va a permitir que intenten rescatarla. Mirando hacia atrás, se ve atrapada en un bucle, como si a lo largo de su vida se representase una y otra vez la escena del delito de sus antepasados y el castigo merecido, por haber protegido la sangre *fazada*. Siempre había creído que era ella quien rechazaba a los demás, ahora empieza a interpretar que esa es la narrativa que se ha repetido durante toda su vida cuando las puertas se le cerraban, para no sentirse expulsada.

Luiz escribe un día, cómo va todo en el asunto, nada en el cuerpo del mail, un breve clip de audio, «mehabiaolvidadodeesto.mp3», en el adjunto. Es un fragmento suelto, interrumpido, apenas dos minutos de grabación con voz inánime de lengua muerta.

«Tomasa, su vieja amiga Tomasa, apareció un día por la Terra da Baluria, la barriga hinchada, los labios lívidos, la piel violeta. A la fuerza de la bombilla, Froilana le abrió el vientre treinta y tres veces. Dentro llevaba la última monstruosidad que se engendra. Froilana bien lo sabía, que en la creación del nuevo ser quiere la naturaleza imitar las formas del padre, y si por fuerza insuficiente no lo consigue, copia las maneras de un hombre cualquiera. Si para esto también es insuficiente o defectuosa la materia, tratará de crear un animal, un simio, una rana o un conejo. La forma petrificada es el último de los engendros y el más fallido, y eso es lo que Froilana consiguió arrancarle a Tomasa, tan agarrada, con raíz tan fuerte, gruesa como brazo de jornalero. Al extirparla, dos cabezas en un solo cuerpo duro, inacabadas, envueltas en pelos, venas y grumos de grasa, Tomasa dijo: esto es lo que traemos todas las mujeres de Viladormen que comimos el pan de *lume*.

Después comenzaron a llegar los monstruos vivos, algunos aún no nacidos, otros en brazos de sus madres. Huían de las beatas de Santa María: a todos nos condenaban. Por *fazados*, porque decían que la sangre sucia de Teodora Dorotea había salido sin herida de entre sus clavículas para entrar por los poros de las mujeres, y muchos afirmaron haberlo visto. A todas las que llegaron, Froilana albergó entre sus cuatro paredes recubiertas de marcas, una casa bruja que era como una templo. También a mí me refugió. No por piedad, buscaba una nueva *santiña*. A ella se unieron otros, si hubo una, seguro que vendrán más, pensaban: se hicieron llamar baluros, como la propia Froilana, y vivían ávidos de milagros. A mí me protegieron siempre, no permitieron que las Marías me agarrasen, eso es verdad. Pero querían sacarme algo que no tengo y, para encontrarlo, me arrastraron a sus tinieblas, los dioses de piedra y lodo. Nunca se lo pude dar, aunque hay quien sí puede, y tampoco pasó mucho tiempo antes de que la mano de las beatas alcanzase también este lugar olvidado. Mientras las Marías ascendían peldaños en la escalera de la fortuna, nos hundían en la oscuridad de los silos, en los hórreos, en las bodegas, en los hornos. Allí dentro no éramos marginados, y los baluros eran sacerdotes, protectores, sabios, hechiceros. Aprendieron a hablar el idioma de los seres que viven en el lodo, trazaron nuestros signos y así sobrevivimos».

El eterno retorno de la la historia. Mujeres alimentadas con pan infectado por un hongo teratógeno, que provoca abortos y deformidades fatales. Una nueva generación de monstruos sucedió a la muerte de Teodora Dorotea, prodigios artificiales que no procedían de la montaña, la fórmula que Larrat tanto buscó para crear engendros. Persiguiéndolos, las tres Marías construyeron una nueva fe. Protegiéndose en la casa *enramuxada*, los baluros instituyeron un viejo culto. No eran muy diferentes unas de otros, ambos buscaban su propio beneficio en la condena o en la gloria de Teodora Dorotea.

En el fuego de la *lareira*, Flora vio de nuevo los rostros antiguos que la máscara le reveló de pronto tan cercanos, los mártires del ritual, reiterado cada invierno para construir el mito, para afianzar las normas compartidas. Y aquellas ofrendas en la puerta del horno, la larga mesa del camino, así se construye el sentido de comunidad, redistribuyendo bienes, compartiendo un plato y una culpa. «Nuestros antepasados hicieron algo horrible en Terra Chá, y todavía vive gente que busca hacer justicia», decía Salvador, pero en realidad eso sólo mostraba cómo el relato de las Marías había penetrado en sus víctimas, incluso en los baluros, de igual manera que Selvita contaba un cuento cuyos vericuetos y símbolos habían sido hábilmente deformados para determinar quién era el enemigo, a quién debemos temer, quién merece nuestro apoyo.

Y entre esa trama, aparecían unos hilos trenzados de materia dura. Intangibles, teñían todo el tejido de oscuridad, la brujería. Flora llevaba su marca, es una estrella negra, escaras que todos pueden ver. La mujer del horno, la gente que quiere hacerla arder, las personas que nunca ha visto, ellos la reconocen. ¿Por qué no te vas?, larga de aquí, esas cosas no se cuentan, vuelve con tu familia, olvida todo esto,

¿para qué quieres saber?, de eso es mejor no decir nada, *péchaas, cólleas e péchaas*. Por mi niña, por mi madre, *por teu pai*.

Las imágenes de la mascarada eran cápsulas sensoriales y, al rememorarlas, el sabor de la muscaria regresaba desde sus pulmones hasta la lengua, una saliva pastosa que traía detrás un vómito oscuro y aguado, como tinta de calamar. Eso no venía de su estómago, eran escamas sucias de su garganta, las palabras que nunca dijo, las ideas que se le atragantaron, las mentiras que se zampó. Gruesas, pegajosas, cenicientas, cargadas de partículas negras, escorias, tierra, minúsculas mosquitas de alas deshechas. El ahogo, la expulsión, y después no el alivio, sino una abrasión que perduraba en la boca y nunca se apagaba.

Si al menos tuviese a alguien. Llamó a Prudencio, el exorcista de Belvís, y él la escuchó con calma, le aconsejó reposo, una charla con el párroco del Corpiño y, en caso de no mejorar, una visita a una clínica de salud mental muy recomendable, muy profesional, comodísima. Revolvió dos habitaciones de la casa buscando aquella libreta de los desaparecidos de la que tanto había hablado Suso; pronto abandonó. No conseguía terminar nada, lo hacía todo a medias y de mala manera. Trató de encontrar algún dato sobre el hombre con el que se iban a entrevistar el día del incendio, sólo recordaba que se llamaba Ventura, las horas previas al *enfornado* habían sido absorbidas por un agujero negro de tóxicos y horror. Esta vez estaba sola de verdad, encerrada con ese animal triste y herido que guardaba en el sótano. A oscuras, cara a cara, le puso nombre. Un animal heredado que no había sabido cuidar y no era capaz de sacrificar.

La noche de fin de año encontró la botella de jeropiga y bebió un trago largo a morro, recordó aquella otra noche de fuego, el magosto, Todos los Santos, lo difícil que ella veía su vida entonces y en realidad toda la gente que tenía alrededor. Salvador apareciendo sin avisar, su sonrisa calma, sabiendo lo que sabía, cómo había podido. Suso obsesionado con Mingo, Mingo ahora quemado y muerto por salvarla, a ella, un hombre marcado con una lealtad dura, proteger a Belén. Belén, fue ella quien la hizo salir de su refugio, por eso la encontraron, se lo debe a Mingo, tiene que cumplir sus mandatos. Teresa y la historia del Comeito, los rumores sobre Fontes, Antía, Teresa. Teresa. La boticaria María Teresa.

Casi no la conoce, apenas recuerda un par de conversaciones cercanas, aunque, pensándolo, han coincidido a menudo, en el bar, en la residencia, en las fiestas. Desde el principio le pareció una persona afable e inteligente, y sentía verdadero cariño por Suso, se conocían de toda la vida, seguro que querría ayudar. Al menos podría contarle una parte de lo que le está pasando. Por su trabajo, conoce las sustancias y cómo operan en la mente, no la va a juzgar, incluso puede saber qué tipo de personas en Calvos sabrían manejar drogas y venenos. La propietaria de la única farmacia de un pueblo siempre tiene contactos y recursos. Puede pedirle que venga a Baldomar. Quizás juntas se les ocurra algo.

11

CUALEDRO

Senén Ventura siente esta tarde, por primera vez en mucho tiempo, algo similar a la paz, la alegría de ser quien es. Hasta se le ocurre que podría enviar un mensaje a la chavala, Tamariña, por Dios bendito, eres más inútil que un bozal para pulpos, pero te perdono. Lo malo de la paz inducida por el vino de Monterrei es que trae una satisfacción pasajera, volátil como el perfume de supermercado. Enseguida se escapa, se extingue, desaparece, nunca estuvo. Ventu es carne de *entroido*, pero este año no sabe si encontrará el ánimo, aunque falte casi un mes para el Domingo Fareleiro. Comienza enero, ya andan los *cigarróns* entrenando por las calles y las tascas de Verín, a cara descubierta. Para San Antón se pondrán las máscaras y anunciarán en la romería que el tiempo de darle la vuelta a todo ha llegado. Pronto empezarán a salir los primeros *fulións*: cada pueblo manifiesta su poder portando el trueno de los bombos, tambores y cencerros. La sangre en los nudillos es dolor y es fortaleza.

Si este fuese un año como todos, el Domingo Fareleiro Ventu se vestiría con ropa vieja y se plantaría en Xinzo, invocando la animalidad que trata de reprimir todo el año en una batalla salvaje de *fariña*, ceniza y *farelo*. Regresaría una semana después, el Domingo Oleiro, vestido con chaqueta de punto, pantalón de pana y boina, se haría sitio en el círculo de la plaza Mayor y lanzaría vasijas de barro con todo el ímpetu destructor que nunca permite que se le salga fuera. El jueves siguiente, disfraz colectivo con los compañeros del ayuntamiento. Es el Xoves de Compadres, y en Verín los hombres juzgan y queman al maragato. El Xoves de Comadres se ataviaría de chica guapa. Domingo de Entroido, el día más emocionante de todo el año, no sé si daré, que ando medio raro.

No. De Marisa ya ni me acuerdo, tampoco era tanta cosa esa *muller*, le cuenta al Roxo de Rebordondo sentado en su cocina, con la bilbaína encendida, un chupito de xastré en la mano y media filloa de sangre en la boca, apoyada en la mesa, sobre periódicos viejos, la pesada *caruta* que el Roxo le acaba de reparar, junto a la botella mediada del secreto licor verde de la comarca de Verín. Pero al Ermitaño no me lo saco de la cabeza, dice. Y ahora, los chavales estos. La nena de Lobios, el periodista. Desaparecidos en el incendio forestal de San Paio, el peor en toda la península desde 2017, que aquel año también hubiera la sequía padre, pero esta, esta te digo yo que es mucho peor. Esto por aquí nunca se viera. Desaparecidos desde hace ya dos semanas, cuando iban camino a Cualedro, esto no lo dice, pero es lo que en realidad le inquieta y le arranca con las uñas ese tenue calor de paz que le dio el licor. Iban con alguien más, la tercera persona que no ha hablado en ningún medio y de la que no se mencionaba ni el nombre, solo que era una mujer, y que la habían rescatado del incendio en estado de shock, «con quemaduras y lesiones de diversa índole». Esto le asusta y sobre todo le cabrea, a ver si va a ser culpa suya también, porque estos tres le iban a visitar a él, porque fue él quien les hizo aspavientos en la oscuridad, venid, venid, mirad estos papelorios *noxentos* que tengo en mi maleta verde.

Por eso está nervioso y no puede jurar que el Domingo de Entroido le queden fuerzas suficientes para salir vestido de *zarramoncalleiro*, recorrer una a una todas las casas de Cualedro, animar a cada vecino, visitar a los enfermos, dejarse agasajar y, de vuelta en la calle, correr para levantar la fiesta. No es fácil. Cinturón con siete *chocas* de medio kilo cada una. Medias y *calzóns* de borlas blancas, pompones, fajín y chaquetilla rojas, hilo de oro, toneladas de pasamanería. Látigo para *zoupar* al que se le meta en medio. El Roxo acaba de repintarle la máscara de madera y está preciosa. En la mitra amarilla lleva pintada su flor favorita, el lirio do Xurés. Ahora tiene que empezar a pensar en encontrar a quien le ensanche un poco el traje. Por si al final se anima.

—*Marcho, que teño que marchar.*

Sábado en Navidad, una helada noche de un enero sin nieve en Cualedro, Ventu sale a la calle ya desierta, varios chupitos de xastré en el bandullo, las estrellas mirándole desde el pasado, algún gato ha salido de caza, los grillos cantan, cosa más rara, en invierno y con este frío. Abre la verja de casa, la luz de fuera apagada, de este mes no pasa lo del sensor. Un ruido agita el arbusto de las hortensias, junto a la puerta, *mi madriña*, que no sea un jabalí. Una mano, un garra inesperada, le apresa el tobillo. Hay un desorden de monedas en sus bolsillos que presagia lo que va a suceder: Ventu pierde el equilibrio y su nariz se va a estrellar contra la maceta de los geranios. El sabor de la sangre le llega a la boca a través de las vías respiratorias. Un resuello furioso, de bestia, se le lanza encima, arrastrándose sobre el mosaico de cantos rodados. Pesado, fuerte, incontrolable, tiene manos, manos con dedos, tiene boca humana, boca que se abre y desgarra no con dientes, quizás con el hueso de la mandíbula, le hunde las encías húmedas en la cara y tira de su mejilla, de su labio, mamá rasgando de un tirón la tela de una sábana para hacer paños, el mordisco del burro *fariñeiro* en la mano. ¿Vicente? Gruñidos de animal. Su pómulo, ¿sigue entero? La máscara de *zarramoncalleiro*. Cinco kilos de madera y hojalata, nariz angulosa, filos cortantes, una reliquia familiar tan venerada. Un golpe con ella y la bestia cae lanzando el filamento de un quejido largo y agudo. Gracias, ancestros míos, por esta herencia. Ventu se incorpora, busca en el bolsillo, se proyecta con el brazo extendido hacia la puerta, la fortuna o la clarividencia hacen que, en la oscuridad total, la llave entre certera en la cerradura, gira, está dentro.

Sólo cuando ya ha llamado a la Guardia Civil y comprueba que su mejilla sigue en su cara y no en el estómago de esa alimaña, Ventu enciende la luz de fuera y atisba entre las cortinas de la sala. En el jardín, un hombre se retuerce en el suelo con aspecto de araña pisoteada. Sus largas trenzas de pelo blanco son gusanos enredados, las crines de Armindo. Un tipo de doscientos años largos que ya no se tenía en pie, con la cadera destrozada, más hueso que nervio y más nervio que músculo. Armindo, el que manejaba a voluntad sus propias funciones vitales, *cousas veredes*. Qué sabrás tú de los poderes secretos de Armindo, estúpido Senén Ventura.

Cuatro días después, Armindo Custodio muere en el hospital de Verín. Ni con sus mejores contactos ni con sus peores blasfemias ha logrado Ventu que le permitan verlo en su agonía. Ni siquiera van a decirle qué le ha matado, tranquilo, Senén, que no has sido tú. Eso sí que se lo aclaran. No fue el golpe con la máscara de *zarramoncalleiro*. Pero a ver quién le aclara el tinglado que tienen montado con su cuerpo. Por qué el cadáver del ermitaño ha terminado aquí, y no en una fosa común o en la tumba de las monjitas, qué *carallo*, aquí, a donde traen a los muertecitos dolientes, las chiquillas que han tirado al pozo, los niños deshechos en cal viva, los asesinados que aparecen tan podridos que no los reconoce ni el gusano que se los comió, esto no tiene sentido ninguno, mira, Carmiña, esto me lo tienes que explicar.

En su despacho de la Unidad de Antropología Forense del Imelga, la doctora Carmen Fandiño afianza su rictus, aunque por dentro su intención es más benévola. Aprecia a Senén Ventura. A lo largo de los años, ha aprendido a escarbar debajo de las capas más evidentes, debajo de esa mueca de rumiador, y eso que a la edad de Ventu uno ya tiene la cara que se merece. Debajo de esa entonación abrasiva, a veces autoritaria, la voz que tienen los tipos habituados a que su interlocutor les dé la razón por no discutir. Debajo incluso de la arrogancia sin fundamento que desprende su presencia, como si fuese un olor propio, que perdura cuando ya se ha ido. Es un imbécil, sí, pero lo aprecia. Sabe cuántos esfuerzos puso, desde hace tantos años, por que el ermitaño tuviese cubiertas sus necesidades básicas. Por si acaso no se acordase, Ventu le planta en la mesa una carpetilla verde del ayuntamiento de Cualedro, llena de folios y asegurada con cien elásticos de caucho. Gruesa como un milhojas de merengue y crema, mucho más, como un tomo de la Enciclopedia Universal Espasa.

—El expediente del viejo —dice—, fue mi usuario durante veinte años. Mío, que allá arriba no subía nadie más.

—No es necesario. Tienes derecho a saberlo. La causa de la muerte fue una parálisis respiratoria. En su sangre encontramos altísimas concentraciones de ergolina y algunas sustancias que todavía no hemos conseguido identificar.

—A mí, ergolina me suena a gominola. Concreta.

—Es un alucinógeno que se encuentra de forma natural en algunos hongos. ¿Sabes lo que es el cornezuelo del centeno?

Carmen abre una fotografía en su ordenador y aparecen tres espigas de cereal deformes, parasitadas. Varios de los granos han sido sustituidos por lenguas de color morado. La imagen resulta tenebrosa, una perversión de lo más sagrado, la cosecha, la harina, el alimento, piensa Ventu. Algo demasiado sucio para ser visto en ese despacho tan luminoso, esterilizado, santificado por los dibujos coloridos de las hijas de Carmen, pegados en la pared frente a los ojos de Ventu, mamá doctora, mami miamor, eres supermegaguapa. Corazón, corazón, corazón.

—Durante el feudalismo, el cornezuelo causó epidemias espantosas por esta zona, la gente enfermaba al comer pan hecho con cereal infestado. Contiene alcaloides y micotoxinas que provocan alucinaciones muy potentes, yo creo que podría explicar por qué te atacó con tanta agresividad. Estaba en pleno delirio.

Se lo llevaron y lo envenenaron. Vino a mí porque no tenía a nadie más. Enloqueció, ya no estaba muy cuerdo. Lo empujaron a la muerte. Las ideas aparecen en el pensamiento de Ventu, se atropellan unas a otras. De pronto, tiene la boca muy seca, como le sucedía cuando tenía que hablar en público, que no había agua *dabondo* en el embalse das Portas. Se bebía un par de botellines de golpe, subía al palco y la lengua seguía igual de empastada, los labios se le pegaban. Encima, en medio del discurso, le entraban las ganas de mear. Esta vez no bebe, se queda callado, mirando la imagen de las espigas.

—Quiero que lo veas —dice Carmen. Y acompaña a Ventu hasta el ascensor, bajan juntos un número de plantas que no cuenta, va en silencio, tratando de entender quién era en realidad Armindo, cómo un hombre libre pudo haber terminado así. En el fondo de su mente aparece la sombra de una idea que no quiere ver: tú lo mandaste a la residencia. Tú lo llevaste con las monjitas. Tú lo entregaste, otra vez.

Recorren pasillos inmaculados, Carmen hablaba, pasan por puertas cerradas, hemos llegado a un acuerdo temporal, decía, doblan recodos, las niñas se quedan en casa y nosotros nos turnamos, suben una leve rampa, quince días yo, otros quince Ernesto, se llama anidamiento. Aquí es, la cámara frigorífica.

Lo que Ventu ve sobre la bandeja metálica del túmulo poco tiene que ver con el Armindo que él recordaba. Parece un muñeco de cera, hinchado, amarillo y grasiento. Los dedos y la nariz están ennegrecidos y carcomidos. La boca abierta de forma exagerada, mostrando unas encías corroídas por las que asoma el hueso, casi me arrancas la cara con eso, cabrón.

—¿Por qué parece que se ha alimentado de carne de cirio toda su vida? Este hombre no era así —dice.

—Eso es por la saponificación.

—Sí que se ve como un sapo, es asqueroso.

—Como jabón, Ventu. Es un proceso químico bastante raro que se da bajo unas circunstancias muy concretas. La grasa del cuerpo se transforma en algo similar a la cera.

—Ya le diré a Tamariña que se lo lleve a Fátima de vuelta. A quemarlo con los exvotos. —Ventu se gira hacia la puerta con fastidio.

Bastante le atormenta ya la imagen de Armindo mordiéndole como una bestia para tener que añadir este cromo nuevo al álbum.

—Ventu, el cadáver de este hombre es el caso más extraño con el que me he encontrado en mi vida.

—¿Cómo?

—La saponificación se produce únicamente en cuerpos que permanecen sumergidos durante meses, desde el mismo momento de la muerte. Esto que ves ha sucedido en unas horas, delante de mis ojos. Químicamente es imposible. Y no es el único. Tengo otros dos. Una chica de Calvos de Randín y una anciana en Castro de Rei. La vieja, lo habrás visto en las noticias, faltaba de su domicilio desde hacía más de tres décadas, dejó una pota de callos haciéndose al fuego y desapareció. Pues hace una semana regresó a su casa, entró por donde nadie pudo verla y encontró a su bisnieto de dos años que jugaba dentro de un parque de bebé. Se sentó encima de él. Se metió en el parque y le plantó su inmenso culo encima, lo asfixió. Le rompió medio esqueleto. Así la encontró la hija, sentada encima del crío muerto, echando pedos como un cadáver, que no había quien la moviese. Los tres murieron intoxicados por una mezcla de alcaloides y otras sustancias que todavía no he logrado identificar, y los tres se saponificaron en sólo dos días. Dos días, Ventu, es que es imposible. No hay otro caso en el mundo, más me vale encontrar una explicación.

—¿Quiénes son las otras dos?

—Ventu, con este aún, pero las mujeres muertas, no puedo.

—Pues dame el nombre de una viva. Estuvo ingresada en este hospital hace unos días.

—Para qué. Pídeselo a la Guardia Civil.

—Te lo pido a ti, que eres más amable. Y mil veces más guapa, dónde va a parar.

12

SANTIAGO DE RUBIÁS

Una mano tocó en la puerta, y antes de que sonase el tercer golpe ya Flora la había abierto. Estaba dando vueltas por la sala, arrancándose los pellejos con los dientes, el ardor de los dedos en carne viva. Esperaba encontrar la cara conocida de Teresa como un salvavidas lanzado desde el mundo lógico, científico y seguro que ella maneja, pero no es la farmacéutica quien está de espaldas en el umbral. Por un instante no fue capaz de identificar ese cuerpo que tenía delante. Una mujer fuerte que se giró rápidamente y avanzó sin aguardar a ser invitada, haciéndose sitio para entrar. Flora tardó unos segundos en reaccionar: le costó reconocer a Lorena sin su uniforme.

—Sé que no me has dicho la verdad —dijo, mirándola a los ojos con tal severidad que los labios de Flora comenzaron a temblar, de forma incontrolable.

—Estoy haciendo café —respondió con voz desesperada.

Flora quería desaparecer, salir del influjo de aquellos ojos. Dejó a Lorena en la sala y desapareció por la puerta del pasillo. Sus poderes se han resquebrajado: ya no sabe sostener la mirada sin revelar sus pensamientos, ya no es capaz de contener la tensión de la boca, se ha vuelto transparente y débil, como un frasco de cristal al borde de una mesa, siempre a punto de caer y hacerse añicos. Las palabras de Lorena la han acercado un poco más al extremo. Cómo puede saber nada, le ha contado una versión lógica, lo más razonable que se podría decir sobre los sucesos irracionales que ha tenido que afrontar.

Lorena la siguió hasta la cocina y se sentó. Con voz calmada comenzó a relatar los detalles sobre el caso de la carretera OU-1110: un incendio forestal en la serra do Larouco, a la altura de San Paio, con ocho focos simultáneos, indudablemente intencionado, aunque no han aparecido los artefactos incendiarios. Un accidente múltiple en ambos sentidos, causado por el humo y la niebla, veintisiete vehículos implicados, incluido un camión de transporte de ganado. Cuarenta y tres terneros muertos, dos personas desaparecidas, trece heridos. Todos, niños incluidos, han dado positivo en muscarina.

—Estabais intoxicados, probablemente a través de la humareda. Aunque no hay tanta seta en ese monte. ¿Quieres parar con las uñas? Eso ya sucedió otra vez, hace más de cien años, es una historia que se cuenta, que el pueblo de Randín ardió entero. Los vecinos deambulaban por las calles, como borrachos, perdían el equilibrio, no pudieron escapar. Flora, me preocupa mucho Suso. Antes éramos amigos, fuimos juntos al colegio. Después nos distanciamos, como cualquiera. Es cierto que, cuando me montasteis la trampa el día que comí con Sara, me enfadé mucho. Prácticamente no volví a hablar con él. ¿Tú sabes lo que ha ocurrido con Antía?

Flora escuchó a Lorena con el corazón apretado en un pecho que se le iba estrechando. Le costaba respirar. Estaba segura de que algo malo le sucedería a Antía, como a todas las personas a las que había visto en aquel sótano de sus alucinaciones en Albergaría dos Fusos.

—Hace unos días fui a buscarla a Vilariño, allá arriba a la montaña, donde está el calvario. —Explicó Lorena—. El Zé, un tipo que a los cinco años despertó de madrugada con el estruendo de un avión de los aliados explotando junto a su casa, que mientras todos se escondían en el armario, él salió corriendo a ver qué era. Que cuando vio una torre de fuego en medio del campo se sentó en una roca a esperar y por la mañana, sin haber dormido, regresó al pueblo arrastrando las chapas calientes del fuselaje para cubrir el alpendre. Que con lo que sobró de aquello se hizo una caja y un bombo, para animar las romerías; el Zé, ese hombre, me llamó aterrorizado por lo que estaba viendo desde su ventana. Sube, Loreniña, y yo subí. Me encontré a Antía de espaldas en lo alto de la escalera de una casa en ruinas. Golpeaba la puerta, despacio, constantemente. Pum-pum-pum. ¿Antía?, le dije. Como si no me hubiese oído. Al acercarme le vi la mano, el puño destrozado, los dedos colgando, la muñeca rota, deshecha, la puerta pringada, un cerco de sangre, y ella seguía, pum-pum-pum. Tuvieron que subir Ruperto y Felipe, que yo no fui capaz de moverla de allí, estaba clavada. Esa casa llevaba abandonada mucho tiempo, pero era de su familia. Imagino que Suso te hablaría de su teoría de los desaparecidos, aquellas leyendas que investigaba su padre. Antía llevaba casi dos meses en paradero desconocido. Su familia creía que estaba trabajando en Chaves, o ellos mismos ocultaron que faltaba, aún no lo tengo claro. Pero hacía mucho que nadie la veía, y no hay quien sepa dónde estuvo durante ese tiempo.

—Tengo que hablar con ella.
—Flora.
—¿En qué hospital está?
—Antía ha muerto.

Flora se levantó y se metió en el cuarto de baño. Lorena pensó que iba a vomitar, ¿no es eso lo que hace la gente en las películas cuando escuchan una noticia impactante? La verdad, nunca, de las miles de veces que ha tenido que comunicar una desgracia, se ha encontrado con ese tipo de reacción. Palidez, parálisis, golpes en la pared, autolesiones, bueno, pero nunca vómitos. Escuchó el grifo abrirse y cerrarse varias veces. Un lamento ahogado. Después de diez minutos, se acercó a la puerta con la intención de llamar con los nudillos. Tuvo la lucidez de detener la mano a medio camino: oír golpes de puño sobre madera, después de lo que le acabo de contar, es lo último que le conviene a esta pobre mujer, pensó. Entonces Flora abrió la puerta. Tenía el pelo empapado, la cara teñida de ese color entre rojo y amoratado que le queda a la piel después de sumergirse en el agua muy fría, y en su expresión ahora compartían espacio el miedo y la determinación.

—¿Estás bien?
—No ha muerto. La han matado. Es lo mismo que le van a hacer a Suso.

Flora querría seguir hablando, pero se detuvo ahí. Necesita una aliada como Lorena y más aún, ahora mismo necesita una amiga. No puede sonar como una tarada. Entró en la cocina y se sirvió un café solo, frío y sin azúcar, que se bebió de un trago. Entonces volvió a hablar. De manera ordenada, empezando por el asesinato de Belén Fontes y terminando por el suyo propio en la mascarada de Viladormen, que había quedado en grado de tentativa. Ni siquiera omitió la brujería.

—Puedes pensar que son las sustancias con las que nos intoxicaron, o una mezcla de persuasión y sugestión —dijo—, yo también lo quiero pensar a veces. Pero esto fue lo que sucedió.

—Suso contaba que la gente llevaba años desapareciendo, y tenía razón. Su padre tenía una libreta —dijo Lorena.

—La he buscado por toda la casa. No está aquí.

—Porque la tengo yo. Cuando el doctor Jesús, Suso padre, se puso enfermo, nos la hizo llegar al cuartel con una nota. Supongo que vio que no iba a pasar de esa y debió de considerar que Suso nunca se pondría a investigar un tema así, y menos en Calvos en Randín. Aún estaba en Madrid, y bueno. Tengo la libreta. Al principio no le di credibilidad, me había olvidado de ella, pero ahora con lo de Suso, lo de Antía. Lo de Belén. Las cosas que han ocurrido coinciden con lo que allí aparece. Hay nombres de miembros de la familia Fontes y muchos otros. No de los Veloso. Yo voy a ayudarte, Flora, por qué no os habré escuchado antes. Necesito ver todo lo que tengas, necesito esas grabaciones. Cógelo todo y ven conmigo a Calvos. Este lugar no es seguro. Está demasiado aislado.

Flora no quiso ni considerarlo. Creía que Suso podría regresar en cualquier momento, ¿no había vuelto Antía a la casa de sus antepasados?

—Tengo que quedarme.

—Si yo supuse que estarías en Baldomar, cualquier otra persona lo puede deducir. Flora, aquí hay alguien que ha sido capaz de hacer desaparecer a personas de las mismas familias durante tantos años, sin que nadie las delate y sin dejar pistas, está claro que se trata de gente poderosa. Gente respetada en la comunidad, y no está sola —insistió Lorena, pero fue imposible convencerla.

Se despidieron con un abrazo. No te acerques a nadie, no salgas, no dejes que te vean. Yo volveré mañana temprano, traeré la libreta. Vamos a rastrear la sierra tú y yo hasta que encontremos la aldea del horno, dijo Lorena ya en la puerta, y salió a la noche helada.

Flora se arrepintió al momento. De pronto la casa ya no le parecía un refugio, donde su presencia era indetectable simplemente porque había aparcado la ranchera un poco más abajo y había bajado todas las persianas. Si hasta encendía la *lareira* todas las noches, cómo no había reparado en el rastro del humo. Salió corriendo detrás de Lorena y ya no la vio en el camino, avanzó entre las ruinas del caserío y divisó su silueta allá adelante, muy cerca de carretera. Un coche llegó muy despacio y se detuvo en el arcén. De él se apeó una mujer, su rostro inaccesible bajo el ala de un sombrero fedora.

—Qué tonta eres, Lorena —dijo—. Vas a terminar llorando.

Flora se quedó al margen del camino, observando la escena detrás de los laureles. La luna llena iluminaba el perfil de Lorena, el rostro crispado en el momento en el que empujó a la mujer e hizo ademán de coger algún objeto en su bolsillo. La desconocida le dio un tortazo que le giró la cara. Debía de tener una fuerza extraordinaria. Flora se asomó al sendero. La mujer levantó la cabeza hacia la luna, revelando sus rasgos. Teresa. Dibujó un signo con el dedo sobre la frente de Lorena y sacó la lengua, tan roja, sopló en sus ojos, el aliento salió cálido dibujando volutas en el aire helado, rozó los párpados y Lorena cayó al suelo como un trapo, haciendo el ruido de una tela con apresto. Teresa la cogió de un extremo, como quien levanta una sábana, como si Lorena hubiese perdido de pronto toda su pulpa y sus jugos, víctima de una succión instantánea, y la dobló, sí, la plegó por la mitad una vez y luego otra, Flora ya no puede hacer nada por ella. Se ocultó entre los laureles y se quedó quieta, o eso pretendía, porque en realidad estaba temblando y seguramente agitaba las hojas y hasta las ramas como un gato gordo detrás de un gorrión.

Se oía un chascar quebrado, como una lámina de mica que se parte con los dedos, el ruido inefable del cuerpo de Lorena al doblarse, ramitas que se quiebran, y el aliento de Teresa saliendo agotado, esforzado. Después la puerta del coche se abrió y se volvió a cerrar. Enseguida comenzaron a crujir los pasos por el camino de grava, avanzando hacia la casa.

13

CUALEDRO

Salió de Baldomar sólo con las llaves y unas monedas sueltas en el bolsillo. Alcanzó la ranchera naranja y condujo toda la noche por las carreteras de la Raia, cruzando de un lado a otro. Llegó de madrugada a Cambedo, en Portugal, pueblo de malandros, se dijo durante años, bombardeado por la Guardia Civil por haber refugiado a un puñado de *fuxidos* gallegos del maquis. «*En lembranza do voso sufrimiento, 1946-1996*», leyó en una placa, hay guerras que nunca terminan.

Se hubiera quedado allí. Cerca de la frontera se sentía más indetectable, como si la larga historia de contrabando y secretos circulando por las montañas funcionase como una capa de ocultación. Sin embargo, Cambedo dormía. Volvió a cruzar a España. En Verín metió el coche en un parking subterráneo y consiguió que le abriesen la puerta de una pensión. Por la mañana, la niebla la esperaba y la acompañó por las calles, escondiéndola dentro de sus brazos helados. Compró un teléfono, y en cuanto insertó la tarjeta duplicada, de nuevo entre las paredes de su habitación, comenzaron a llegar los mensajes.

> Te escribe Senén Ventura.
> El de los papeles
> De la máscara esa que le robaron a la nena de Lobios.
> ¿Vas a venir o qué?

> Voy ahora mismo
> Quedamos en un bar.
> O en una estación de servicio.

> No voy a llevar toda esta trangallada a un bar.

> Tú dirás

> Vienes al ayuntamiento
> y hablamos en mi despacho.
> Mañana. A ver.
> Que tengo citas a moreas,
> pero para esto hago un hueco.

> De acuerdo. Que nadie
> más vea esos papeles.

> Tranquila, rapaza,
> que está todo a buen
> recaudo. Mira, cancelo
> toda la mañana y te lo
> miras con calma.

> ¿Tengo que llevar algo?
> No sé en qué habías
> quedado con Suso.

> Trae churros.
> Pero comprados
> aquí, no me vengas
> con esos churros de
> Calvos todos resesos.

Calvos. Calvos ha quedado muy lejos y Flora no pensaba volver. En la praza da Mercede, delante de un convento, encontró un puesto de churros muy madrugador. A las siete de la mañana, el churrero encendió las luces, puso el aceite a chisporrotear y se metió en el bar de enfrente a tomar chupitos de licor café. Hacía tanto frío.

Flora deseaba cumplir el deseo de Ventu, ahora sí que no tenía a nadie más, pero cuando llegó al ayuntamiento de Cualedro, el cucurucho se había transformado en un gurruño de papel aceitoso, y los churros estaban mustios y blandos. Déjalos ahí, dijo Ventu con cara de asco, señalando la papelera, y de un cajón sacó un grueso montón de pliegos viejísimos.

Casi deshechos, comidos por los bichos, colonizados por el moho. Algunas páginas intencionadamente embadurnadas de tinta negra que cubría los caracteres, otras rescatadas del fuego, corroídas. Ilegibles la mayoría. Hace mucho tiempo que Flora no practica paleografía y tienen que pasar dos horas largas para que sus ojos se amolden y comiencen a aparecer letras donde sólo veía garabatos. Ventu miraba fascinado esa cabeza que oscilaba de lado a lado, descifrando los símbolos abigarrados de los que él no había sido capaz de entender ni la o.

Los documentos estaban escritos por mano ágrafa que empezaba a aprender a escribir, y continuados después por otras muchas manos, otras muchas letras, diferentes papeles, romances de ciego, coplillas, oraciones, cuentos, adivinanzas y maldiciones, letras creadas para ser anudadas en la memoria, una palabra detrás de la otra, y después narradas de boca en boca, en voz muy baja. Un cancionero de vidas desgarradas, caballos rápidos, niños huyendo, muchachas que se levantan en el aire y se disipan, trenes que se van, encuentros con el diablo, astucia y pobreza, como las estrofas de los blues del delta. Letras que deberían haber sido sólo pensamiento, a veces voz, y nunca tinta, pues hablaban de cosas que es mejor no contar. Todas juntas eran una crónica de la desgracia de la sangre *fazada*.

—No se te ocurra enseñarle estos papeles a nadie más —dijo Flora—. En realidad, debería llevármelos. Este despacho no parece un lugar muy discreto.

—Pero, *muller*, los guardo abajo —explicó Ventu—. En el sótano del radón. Ahí no te entran ni los ratones. Yo, con lo que fumo, pues ya me da igual.

—En el sótano del radón —repitió Flora—. Son documentos muy antiguos, hay que conservarlos con cuidado.

—Pues Armindo los tenía en una cueva llena de mierda, una montaña de basura, pero basura antigua: todas las cosas inútiles del mundo, ahí amontonadas. En esa familia, el testamento era: te dejo mi chabola y mi síndrome de Diógenes.

Flora levantó la mirada de los pliegos.

—Era un custodio —dijo.

—Se llamaba Custodio, sí. Un nombre de tradición familiar.

—Me hablaron de ellos como quien habla de los *mouros* o de las lamias. Personajes que recogen todas las cosas perdidas, reúnen los saberes antiguos. Parecía una leyenda.

—Pues deben tener un millón de mecheros míos.

—Quizás su familia guardaba todo esto desde hace siglos. Armindo ni siquiera sabría lo que tenía.

Ventu la miraba expectante, con los ojos iluminados. Creía que en esos papeles encontraría una respuesta concreta. Una firma, un nombre, una casa hidalga, de las que todavía conservan el apellido, implicada en una conspiración secular. Alguien a quien responsabilizar, por Armindo, por la chica de la cara pan de *brona*, por el periodista. Pero no.

Páginas y páginas relataban el horror de los perseguidos, de forma fragmentaria, sin método, con grandes lagunas y reiteraciones. Lo contaban entre líneas, alterando los códigos milenarios de la tradición oral para situar marcas secretas, empleando los personajes arquetípicos de los cuentos, variando los relatos. La violencia evidente y la simbólica, entregar las vacas más gordas porque siempre ha sido así, encerrar al tullido porque es lo natural, porque el espíritu de una fortaleza es el puente levadizo. Flora le explicó que se trataba de hojas sueltas, fragmentos, una selección caótica que requeriría meses de estudio para entender al menos por dónde empezar a interpretar.

—Y no tenemos tiempo. ¿Dónde está el documento de la máscara?

—Ese lo tengo a buen recaudo —contestó Ventu.

Y entonces se empeñó en que fuesen a su casa. Por el camino, le contó la historia de Armindo, desde la fecha de la primera acogida, la primera de verdad, no la que le puso Tamariña, hasta su imposible proceso de saponificación.

—Lo cogieron en Fátima y lo envenenaron, ya me dirás tú por qué, un ermitaño que no hacía mal a nadie. En Calvos también apareció una chiquita que *morreu*. Hay que ser bestia asesina.

Flora supo que esa chica tenía que ser Antía, que su cuerpo se había transformado en cera y jabón porque estuvo meses encerrada en la casa hundida de sus visiones, y que su infeliz destino aguardaba también a Suso y a Mariña, quizás a Ramonita, qué había sido de ella. A Germinal, que se había marchado solo en busca de las tres Marías.

—Son tres mujeres —dijo—. Conozco a una de ellas, es una farmacéutica muy elegante, muy cordial, muy bien considerada. Por eso saben utilizar sustancias que alteran el comportamiento.

—Las farmacéuticas son las peores, después de las monjas. —Ventu abrió la puerta de su casa. A ambos lados del camino, hecho con cantos rodados que formaban cruces y espirales, quedaban los rastrojos de grandes macizos de hortensias. Los había cortado al día siguiente del ataque de Armindo, después de instalar sensores para las luces del jardín, que reaccionan ahora día y noche hasta con el arrastrar de una hoja seca.

—Hay un orden subterráneo que obliga a mantener aisladas a algunas familias. Estas tres hacen desaparecer a las personas que lo desafían, las rebeldes, las bocazas, las que molestan. Las llaman *levadas*, por algún motivo ahora las están soltando.

—No. Las están matando. Con ración doble de cornezuelo. A ver si aquí encuentras algo. —Del interior de una olla a presión nunca usada, Ventu extrajo una hoja grande, antigua, plegada en cuatro partes, una de ellas ha sido arrancada y cubierta con caracteres en tinta negra, una caligrafía infernal y, sin embargo, buena mano para el dibujo. Era una descripción precisa de un ritual que se llamaba *o enfornado*.

Cada 21 de diciembre, las personas respetables de ambos lados de A Raia regresan a Viladormen y escenifican la pasión y muerte de Teodora Dorotea. Los puros, los prometidos, los ayudantes. Un *fazado* que haya sido especialmente díscolo porta la máscara hecha con las antirreliquias de la criatura, y revivirá su tormento mientras se deshace en las llamas. Después, los fieles, los que han colaborado, comparten comida en una mesa larguísima como una tabla extendida a lo largo del camino, desde el pazo hasta el horno, el camino que siguió la monstrua en su calvario. Celebran la victoria del día, del bien, de la luz. El fin de la plaga, el regreso de la prosperidad. Entonces, el pueblo entrega el ramo a las tres Marías, guardianas del equilibrio. Se llama ramo, pero es un monumento. Un armazón cubierto con todos los bienes que se les han arrebatado a los *fazados* durante ese año: gallinas desplumadas, lamprea seca, manzanas de sidra, monedas de oro, quesos, frascos de miel. Las mujeres aceptan la ofrenda, solo para repartirla generosamente entre los comensales. Un *potlach* oscuro, reconoce Flora, organizado con el objetivo de generar estatus para ellas y para los afines. La ceremonia debe ser un secreto porque reafirma un sistema de dominación que sólo funciona por medio de la vergüenza, el miedo y la culpa. Es un instrumento para insertar un relato falso. Para borrar los horrores que trajo el pan de *lume* y crear una nueva versión de la historia, que Arruebo fue prendido, que Larrat ardió, que después de la monstrua todo fue orden y prosperidad. Que la vida puede regresar al caos en cualquier momento.

Dentro de un recuadrito, al margen del pliego de papel, Flora identificó una lista de nombres escritos en letra muy clara, hecha para ser comprendida, hecha para perdurar. Eran los nombres de veintiséis personas quemadas en el *enfornado* de Viladormen mucho tiempo atrás, gente de *sangue fazado*. Conforme los leía en voz alta, haciendo una pequeña pausa tras cada uno, la cara de Ventu iba pasando del blanco al rojo y del asombro al espanto. Salgado, Palomanes, Fontes, Pía. Dobaño.

—Pero, vamos a ver, ¿eso hace cuánto tiempo? —preguntó.

—Finales del XVIII. La última anotación es de enero de 1809. La guerra de la Independencia.

Ventu barrió con las manos las partículas de papel desprendidas, roció la mesa del teletrabajo con desinfectante y se limpió con una toallita, a conciencia, frotando entre cada dedo y en cada pliegue, con suma parsimonia. Sacó de un lapicero un manojo de llaves, cada una con su plaquita de plástico de un color diferente. Eligió la verde, es porque nunca pierdo la esperanza, dijo, y abrió el cajón inferior, el de los casos desesperados. Plantó delante de Flora un montón de carpetillas del ayuntamiento agrupadas con elásticos, dejándolas caer con la intención de crear un efecto dramático. Flora estornudó seis veces.

—Son casos de celdas domésticas por toda la comarca. Hace treinta años que los recopilo, mira, tengo desde el treinta y seis los más antiguos, que me los fue contando la gente. Hasta hay romances que se cantaban en las ferias. Sabes lo que son las celdas domésticas. No sabes, no. Mira, Palomanes. Mira, Salgado; mira, Pía. Eran los niñitos deformes, o los que nacían taraditos, la familia los cerraba en casa, en una habitación. De este Jacinto me acuerdo yo. Y mira, la nena, Socorro Dobaño, esto a mí me rompió el alma. Monstruo la llamaba el padre, su madre sólo decía que era una maldición. Y voy yo y la mato, *a cona que me fixo*. Los mismos apellidos. Todos. Les llevaban a los hijos. Por eso los escondían.

—¿Es todo lo que tienes? —preguntó Flora.

—Qué más quieres, quieres más —responde Ventu canturreando.

—Esta hoja está rota. ¿Qué fue del trozo que falta?

—Ay, el papelito. Dónde está aquel papelito suelto. Andaba por ahí ciscado, ciscado no, que yo todo lo guardo con un orden, aún se me fue a quedar en la maleta.

—Trae la maleta.
—Eso va a ser más complicado que pelar alcachofas con guantes. Vamos. A casa de la Marimarichús. Tú te vienes conmigo, que a mí no me abre la puerta.
—¿Ni en Navidad?
—En Navidad, menos. Que es cuando más bebo.

Marisa, la Marimarichús, resultó ser una señora encantadora que recibía a las visitas con el mensaje «hoy es un buen día para ser feliz» estampado en el felpudo, pero a Ventu lo dejó que fuese feliz en el rellano. Custodiaba el fragmento perdido del pliego, yo soy de las que lo guardan todo, dentro de un ejemplar de la revista *Patrones* especial vestidos de verano, y lo devolvió más planchado y perfumado que el mismo día en que se escribió. Flora le entregó los bombones que Ventu se había empeñado en llevar para lijar las aristas de los muchos rencores que aún se tenían y logró escapar antes de que empezase a detallar los méritos de su sobrino, que es muy listo, que lo tengo en Estados Unidos desde los veinte años. Lo leyeron sentados en la escalera, impacientes, en el descansillo entre el tercero y el cuarto.

> A través del camino del ensueño conducen a los *fazados* a la Vila de Ormen, donde arde una candela encendida, en el centro de todo, y nadie puede entrar si no es llevado por ellas, las tres culebras del Xurés, pues es y no es la misma aldea de Vila de Ormen que una vez existió entre A Rousía y Vilarello, pueblo maldito que fue sumergido para lavar su vergüenza bajo las aguas del Regosanguento, aunque igual se llame e idéntica apariencia tenga.

—A Rousía y Vilarello eran los nombres de dos aldeas en la serra do Larouco, llevan siglos abandonadas —explicó Ventu—. Se aprende mucha toponimia tramitando prestaciones. Y mediando en las disputas de las fincas, ya no te cuento. Lo que he rastreado yo en el registro de la propiedad, rapaza, no lo haces tú en tu vida.
—¿Conoces la ubicación exacta de esas aldeas?
—Para qué quieres ir, allí no va a quedar nada.
—Armindo estuvo retenido en ese lugar. La gente de tus casos desesperados, Ventu, sigue en Viladormen. No sólo se trata solamen-

te de personas encerradas en sus casas. A tus vecinos se los llevaron. Y a Suso, y a Mariña. No sé cómo llegar, pero voy a ir. Explícame dónde están esas dos aldeas.

—Ni borracho del vino del cura. Yo voy contigo.

A Flora se le escapó una mirada que irradiaba incredulidad involuntaria. Hubiera pensado que se trataba de un funcionario acomodado, preocupado por los vulnerables, es verdad, por el bienestar de la comunidad, para que nada se salga de las líneas marcadas en su cuaderno de doble pauta, pero ahora que Ventu se incorporaba con crujir de rodillas, decía, vamos, nena, y bajaba las escaleras de dos en dos, la incredulidad se transformó en sorpresa y después en agradecimiento: fuese lo que fuese que se encontrase en Viladormen, era reconfortante afrontarlo con alguien. Quizás debía haber confiado más en la bondad de los desconocidos.

—Pues vamos.

Son las cinco de la tarde, en una hora se pondrá el sol. No es inteligente emprender esa misión de noche, pero ninguno de los dos considera la posibilidad de esperar al día siguiente. Quizás para muchos no haya día siguiente si ellos esperan. La amenaza de Viladormen es real, es mortal, y no intuyen por dónde puede llegar, aunque Flora está segura de que utilizarán a los abotargados contra ella: verá a Suso llegar transformado, como vio Senén Ventura a Armindo, como vio Lorena a Antía, con una obsesión grabada en la mente. No sabría pararlo, no se ve capaz de partir la bonita cara del periodista a golpes, como hizo el trabajador social con el ermitaño alucinado, empleando una máscara de *zarramoncalleiro*. Cuando se lo contó no podía creerlo, qué tipo.

Tampoco se preguntan mutuamente qué van a hacer si encuentran Viladormen, eso ya se verá. Salen de Cualedro en el coche de Ventu, siempre ascendiendo hacia las montañas rosadas de Larouco, donde todo comenzó, hace tanto tiempo. Pasan Lucenza y tras rebasar el cementerio de A Pedrosa, se internan en carreteras muy estrechas, saltando de *fochanca* en *fochanca*, matojos de hierba seca asomando entre las grietas del asfalto. Las pequeñas parroquias, *ruelas* con iglesia en el centro, dan paso a casas aisladas, a ruinas que se espacian hasta que los restos de la presencia humana se extinguen. La montaña inamovible, la luna, las aves rapaces girando en el cielo. Avanzan en un atardecer helado, corriendo hacia el sol que ya se pone, tratando de ganarle unos instantes de luz, hasta que Ventu frena de forma abrupta.

Se han detenido en un punto en el que el asfalto da paso a la reliquia de un antiguo trillo, marcado todavía en el suelo por dos líneas profundas y paralelas que al pasar sobre las rocas se transforman en *rodeiras*, carriles que las ruedas de los carros trazaron durante siglos.

—¿Dónde está la carretera? —pregunta Flora.

—A donde vamos no necesitamos carreteras —dice Ventu, riendo.

Es sorprendente que este hombre no pierda el ánimo. A Flora le había parecido un imbécil, pero cuánto agradece ahora que la acompañe, porque tiene miedo y él le infunde coraje.

—Esto es A Rousía. A partir de aquí tenemos que seguir a pie, por las viejas *corredoiras* del contrabando. Alguna *leira* habrá que cruzar también.

Ventu baja del coche y se acerca a una hilera de piedras cubiertas de liquen. Entonces Flora comienza a ver. Donde le pareció que había aglomeraciones de maleza enredada, distinguió paredes derrumbadas, una herradura insertada entre dos cantos, la panza de una olla quemada, hecha añicos a sus pies. Flora echa a andar por el camino, que se introduce, encajándose, entre dos líneas de muro seco.

—Cuidado, nena, déjame ir delante que te puedes caer. En Londres no hay *carreiros* de estos. —Es decirlo y meter el pie entero y media pantorrilla en un *burato de raposa* y caerse de morros justo a los talones de Flora—. Tranquila, no es nada. Estoy bien, estoy bien.

No permitió que ella le ayudase a levantarse. Se incorporó por fases, trabajosamente, resoplando, y la rebasó cojeando. A los diez metros se apoya en un árbol, frotándose el tobillo hinchado.

—Ay, nena. ¿Qué vamos a hacer ahora? —se lamenta. Es evidente que no puede seguir.

—¿A ti la Guardia Civil te hace caso? —pregunta Flora.

—No me van a hacer.

—¿Aunque les cuentes que hay doscientas personas embrujadas dentro de un sótano, en un pueblo que no existe?

—Tú avísame y hasta un helicóptero te traigo.

—Te enviaré mi ubicación cada minuto. Tú me dices si voy bien.

—Tienes que seguir el camino, termina allá adelante junto a un regato, sigues todo seguidito andando *canda o regato*. Ay, que estará seco, no sé cómo lo vas a ver.

—Lo veré. Si había un regato, ahora hay un sendero.

—¿Y qué vas a hacer si encuentras ese sitio? —pregunta Ventu.

—Si lo encuentro, voy a necesitar ese helicóptero que te hizo famoso. Espérame aquí, no sueltes el teléfono. Si te necesito, silbo.

—Ay, no. *Quen asubía na noite está a chamar polo Demo.* —Ventu le toma la mano y la retiene unos segundos. En ese gesto Flora cree percibir el temblor que precede al momento en el que todas las convicciones se derrumban.

—Vuelvo pronto, espero —dice ella, como despedida.

—Nena.

Flora se gira. Ventu alargaba el brazo hacia ella y le tendía una cajetilla de tabaco.

—¿Tú fumas?

—Ya no —contesta Flora, cogiendo un pitillo.

—Lleva el paquete todo, que te va a hacer más compañía que a mí. Y toma el mechero, que eso de las piedras que hacían los prehistóricos no funciona.

Ventu sigue a Flora con la mirada, mientras ella entra en el bosque, *taloguiño*, le grita. En el momento en el que la silueta negra se funde en la masa vegetal, comienza a sonar un extraño ruido, golpecitos fríos tocan desacompasados su cráneo pelado. ¿Qué es eso? Hace tanto tiempo que no lo identifica de inmediato. Piensa en pájaros picoteando migas de pan, en los toques sobre el techo de un coche, aquella historia de campamento sobre asesinos fugados de la penitenciaría. Piensa en guijarros arrojados a un tejado de uralita, qué mierda es eso, piensa en el gato de monte que sorprendió una vez en su jardín, masticando un *escornabois* enorme, y en cómo lo transformaba en una mezcla de cuernos, tripas y trozos negros que al principio crujía, hasta que le desbordaba la boca y el grumo hacía un ruido húmedo contra el suelo, piensa en todo eso antes de darse cuenta de que lo que escucha es la lluvia que ha empezado a caer.

14

Viladormen

El camino brilla en la noche, aparece nítido de pronto, el lecho de un río como si la tierra fuese polvo de cuarzo mojado, la luna se ha ocultado detrás de las nubes. Apenas hay inclinación y el agua comienza a formar charcos, quién podía esperar hoy la lluvia, una lluvia que perfora el aire con intención, se estampa en su frente y entra en los ojos, le empapa las pestañas. Sus pasos son demasiado ruidosos, crujientes, no hay forma de evitarlo, y si la hay, tampoco Flora tiene oídos para esos detalles. Por no tener, no tiene ni siquiera un plan, más allá de encontrar Viladormen, encontrar a Suso, a Mariña. ¿Y todos los demás?

Tras caminar casi media hora por el cauce seco, tropieza con una pared derruida, grandes sillares de granito esparcidos hacia el interior, como si una fuerza extraordinaria los hubiese derribado. Sólo la hilada inferior, bien hincada en la tierra, se mantiene en su sitio. Es un muro enorme y robusto que algún día protegió las tierras de un señorío, y, más allá, los restos del pazo que encarnó su poder. Aunque está oscuro y el agua le encharca los ojos, Flora reconoce en las ruinas la casa sumergida que en sus visiones aparecía cerrada con un portón verde, intacta. La luz de la linterna le muestra señales que lo confirman: las ve en las huellas de raíces que estuvieron fijadas sobre la piedra, en el molde de las cañas y plantas acuáticas impreso en el barro, momias de ranas y peces, en el lodo cuarteado que va colmándose de lluvia y suelta un olor viejo: ese lugar estuvo hundido y ha emergido.

Flora sigue la imagen satelital de una aplicación de senderismo, fotografías diacrónicas que la guiaron a través del trazado del río y que ahora le revelan que esas ruinas se encuentran en medio de lo que hasta hace al menos un año fue un pantano natural, los humedales del Regosanguento, afluente del Limia. Busca una entrada, el hueco sin puerta se abre a los vestigios de un pasillo en el que nunca ha estado, aunque lo recorrió una y otra vez.

Teresa empuja el portón verde del pazo, y pasa al vestíbulo húmedo, con esa agitación de esponja viva que absorbe y bombea agua desde el suelo hasta el techo. Este lugar siempre la ha perturbado, pero hoy lo palpa con otras manos, el moho de las paredes, los vertidos negros que evolucionan con el aspecto de vulvas dentadas. Recorre el pasillo sintiendo que flota, la gravedad es una ilusión de otro mundo, sus pasos no dejan huella en la alfombra púrpura. Ojalá sea la última vez. Desde el borde de la escalera, Teresa se asoma a la boca negra de la bodega donde una vez Arruebo llamó al señor de la montaña. Todo lo que se hizo para apartarlo, para esconder su piedra en suelo sagrado, y para qué ha servido, si los monstruos siempre vuelven. Sinda necesitaba esa amenaza, yo sé que nos debilita. Tenemos tanto que reconstruir, los lazos del intercambio recíproco, la emoción primera, volver a compartir sin la arrogancia de esperar un agradecimiento o un perdón. Hoy, este lugar de sufrimiento es un escenario en transformación. Es el futuro.

Flora deja atrás los restos del corredor, una sucesión de losas desgastadas entre dos hileras de paredes derrumbadas. Al fondo, un hueco oscuro se asoma al sótano. Esta vez no va a huir, va a mirarlos a todos, ojo a ojo, hasta encontrar a Suso, a Mariña, va a tirar de ellos fuerte y, si es necesario, los cargará a hombros y seguirá avanzando, aunque le hinquen garras en las piernas. Desciende los escalones muy despacio, alumbrando con la precaria luz de la linterna. El agua de la lluvia corre en finos regueros escalera abajo. La bodega es la única parte de la casa que se mantiene en pie, entera, soportada por una sucesión de arcos como el costillar de un gigante petrificado que duerme en la hierba. Está segura, es el lugar en el que vio a los abotargados, pero no lo encuentra como lo recordaba. Tras bajar cinco peldaños, pisa un fondo de tierra dura, cuarteada. El suelo se ha elevado, debe haber unos tres metros de barro sedimentado. Su cabeza roza el techo, la sensación es asfixiante. Sin embargo, el espacio está vacío, y parece llevar así mucho tiempo. Flora palpa las paredes, recorre los cuatro ángulos, nadie, cómo es posible que huela tanto a ese perfume de hierbaluisa en el que se embadurna Suso cinco veces al día. Toca la piedra cerrada, inamovible, sólida. Cómo es posible que note en el aire la vibración de un aliento junto a ella.

Teresa arrastra su mano por la pared mojada, plagada de ese moho fosforescente que sólo crece allí en el sótano de Arruebo, la única compañía que se les permite a las tristes almas de los abotargados. No necesitan más. A sus pies, el periodista al fin se ha calmado. Ha tardado mucho, pero, como todos, acabó entrando paso a paso en el ensueño, ha borrado sus propias huellas. Le revolvió el cabello con lástima. Ya su padre era un pesado, un cotilla y un metomentodo y todo eso lo heredó él, bien podría haber heredado la estupidez insulsa de su madre, que además de tener un pelazo y unas manos preciosas, nunca se metía en nada que no fuesen los fornicios de todo el pueblo. Esto ya no tiene regreso, Susiño, ¿por qué no te quedaste en las fiestas de los *rixóns*?, ¿qué ibas a ganar tú aquí?, ¿cómo no viste cuál es la verdadera noticia? Que no hay más que viejos. Qué *peniña*, Suso. Tantos viejos que dicen que murieron, ¿no murieron tus padres? Pero no hay más que viejos, se acaba la gente, se rompe la comunidad, la sangre *fazada* intoxicándolo todo. Teresa mira a Suso con lástima. Es difícil identificar sus rasgos delicados en ese rostro ahora hinchado, un enramado verde cubre sus mejillas abultadas, tan leves los toques de la sangre, el flujo casi detenido. Se le ha bajado la cremallera del pantalón, resulta incómodo verlo así. Teresa tira del cierre hacia arriba, si hasta le tiene aprecio al chico, y comienza a subir la larga escalera, parando en cada peldaño para mirar hacia atrás, adiós, Suso, adiós, Paquita, adiós, Alicia, adiós Nieves, adiós, Carlitos, así hasta completar los veintisiete escalones y los ciento doce nombres, adiós, Alejandro, que no tengamos que volver a esto.

Se los han llevado. Flora sube la escalera en tres saltos, una desgarradura de terror se le abre desde la tráquea al estómago. Corre por el pasillo inundado, sus pies se hunden en el agua negra, la lluvia trae una corriente de espectros secos de ranas y lagartos, ¿a dónde los han llevado? Sabe la respuesta. Al horno. Los han llevado al horno, con la mujer de negro, la niña pirómana, con Teresa, otra vez la misma historia, cómo romper la espiral, cómo detener el giro perpetuo, los *enfornaron*. Sale de las ruinas del pazo y busca el camino donde vio, extendida, aquella extraña mesa del *potlach* oscuro, el día en el que pretendieron quemarla viva. Entonces le había parecido una buena vía de carros, grandes losas de piedra ensambladas sin fisuras, pero ahora sólo quedan fragmentos rotos y hundidos en el suelo. Flora desciende por el terreno ondulado, atravesando el páramo que se extiende hacia el horno comunal. El aliento de la vida ha abandonado ese lugar. Al pasar junto al brocal derrumbado de un viejo pozo, recuerda aquella historia que contó Suso, las palabras de todos los muertos de la ciudad de Antioquía, los cuentos siempre son mapas. Tal vez dentro floten los restos de voces conocidas en los labios de los desaparecidos. Se asoma al pozo derruido. Está completamente ciego, colmado de tierra.

Teresa no quiere perder el tiempo. Apresura su andar corto en la senda hecha de losas perfectamente ensambladas, el proceso tiene unos pasos y cada paso tiene un momento, si uno se alarga, el otro se retrasa y el encaje se desmonta. No quiere perder el tiempo, pero se detiene ante el pozo en su camino hacia el horno. Apoya sus manos en el pretil y se asoma al ojo profundo: allí guarda a alguien que le resulta especialmente odioso. Mariña, la niña sobrante. La tiene despierta. No quiere tocarla, no va a hacerle daño. Aunque no vale nada, es sangre de la María Maestra. La chica percibe un cambio en la boca del pozo, en el fondo de sus párpados hinchados de llorar durante días: te voy a aplastar, piensa, una piedra en la mano cerrada. Sácame, por favor, échame una cuerda, no volverás a verme, dice su boca sucia. Teresa siente la tentación de soltarla, a ver hasta dónde llega. No merece la pena. Atraviesa los campos cultivados donde crecen gruesas espigas de cereal. Las toca con la palma de la mano, tiemblan bajo la luna llena. En la Antigüedad, proporcionaron furor, valor, clarividencia. Las beatas supieron ver a los monstruos, aunque estaban ocultos, igual que ahora ella despertará a los abotargados para que encuentren a la balura y a todos los *fazados* que aún se esconden en las aldeas, de Támega a Támoga. El miedo nos ha paralizado durante muchos años, ahora necesitamos esperanza.

El horno de su desdicha está en pie, los muros de granito sin una sola ventana, el tejado de losas, la chimenea y, más allá, las ruinas de la aldea. No crece ni una hierba en la desolación de los lugares que han estado inundados. Flora percibe un aliento que la acompaña, un aliento que está ahí. La sigue. Es el aliento de Viladormen, que no exhala ninguna boca, sube desde la tierra y cae con la lluvia. El agua comienza a formar corrientes que confluyen para reconstruir el río, el regreso del Regosanguento. La puerta del horno ha perdido su color rojo brillante y el pestillo de hierro se ve avejentado, oxidado, incompleto sin su barra de cierre. Empuja la hoja entornada y entra en un hueco oscuro. El aire apresado dentro huele a la ruina de la piedra, a la respiración de unos pulmones que ya son de polvo. Vacío, el horno está vacío, salvo algunas hebras de paja y rayas de ceniza alineadas por el suelo, el patrón dejado por las pasadas de una escoba. Alguien había barrido los restos del *enfornado*, quizás creyendo que eran de ella, así es como estaba destinada a terminar, cepillada, desechada, aventaremos tus cenizas donde el río se hunde en la montaña, allí nacerá un árbol y criará frutos de carne roja que nadie deberá comer. *Semper reddit*. Así hubiera sido de no ser por Mingo Fontes, fue su ceniza la que aventaron, fue su grasa la que se filtró entre las rendijas, el vapor de su sangre condensada el que permanece posado sobre las lajas que forman el techo. En el centro de la cámara hay una vela, fijada a las losas del suelo con un pegote de cera. Con esa vela, aquella niña prendió su hoguera. Hoy está apagada.

Una llama hace mucha compañía, proclamaba a menudo Liany en su piso de estudiante, cuando mataba las lámparas, encendía los cirios y ponía kuduro bien alto. Lleva el mechero, le dijo Ventu, y por eso lo aceptó, por sentirse acompañada en esa noche mientras se rompía el único hilo que sostenía la esperanza de remendar los daños. Al final era cierto, los baluros convocamos la mala suerte y se la impregnamos a quienes nos rodean. A Suso, a Mariña, a Belén. A Ramonita. Flora gira la rueda del Clipper con el pulgar y la piedra suelta su chispa y el olor a ferrocerio. Se encoge junto a la vela y la prende. Una llama hace mucha compañía, el rostro de Teresa aparece frente a ella, su mano sostiene una cerilla, su cuerpo al pie de la candela. Tan cerca que sus respiraciones se mezclan.

Lo primero que nota es el olor: al encender la vela, se activa un olor químico, con aquel fondo de agua estancada, terroso y putrefacto, que la había horrorizado en sus encuentros con los abotargados del sótano. La textura del aire se vuelve acuosa y cálida como en una selva, impregnada de rastros vegetales. Dentro del círculo de luz, la llama lanza filamentos que transforman el espacio: es el horno, pero está distinto, le falta la pátina del tiempo. Apoyada sobre el banco corrido, la máscara doble de Teodora Dorotea observa con sus dos ojos huecos, sueña con sus dos ojos cerrados. Fuera del círculo, todo es oscuridad. Flora arranca la candela del suelo y la alza. Teresa se incorpora, alta y solemne como un crucificado en un altar, el traje de chaqueta beis, la medallita de oro por fuera del cuello alto de su jersey. Su sombra crece y se proyecta hasta el techo.

—Me has estropeado la sorpresa —dice—. Pensaba mandar a Baldomero a buscarte.

—Sois asquerosas.

—Qué tonta eres. Te crees cualquier cosa. A Baldomero ya no hay quien lo levante de la tierra. Tu hermano y tú sois los últimos baluros y os extinguís por vuestra propia sangre. Gracias, de corazón.

Flora no quiere apartar la mirada de ella, pero por el borde de su ojo, al fondo de la estancia, intuye algo que se mueve. Desvía la vista fugazmente y de un barrido capta la boca del horno, dentro hay llamas. Y delante de las llamas, algo más. Algo que no le da tiempo a identificar, porque Teresa se acerca mucho, hasta puede oler el hueco de su boca, un poco a ginebra, un poco a laurel.

—Mi abuela murió demasiado joven, y yo ya estoy muy harta de todo esto —dice.

Flora ve la lengua de Teresa palpitando al hablar, asomando entre los dientes. Oye sus chasquidos, sonidos líquidos de carne jugosa que se junta y se separa. No va a responderle. Esa lengua pegajosa, si la sigues, te enreda, te lleva hacia adentro. Lo supo, no hables con ella, se taparía los oídos si no necesitase las manos. Cierra tu cerebro, piensa en otra cosa. ¿En qué cosa? En cualquier cosa, habla, distráela, Flora.

—No te doy más oportunidades, José Manuel, estás mirando los coches que pasan por la carretera, diez más dos, ¿cuánto es? —le sale de carrerilla, como un conjuro. Eso Teresa no se lo esperaba. En los pliegues de su frente percibe Flora un instante de incredulidad, de risa, de duda. Lo ilógico sacude sus certezas.

—Cálculo mental, diez más dos, ¿cuánto es? —Flora sube el volumen de su voz, entonándola como una madre hastiada, mientras retrocede para salir del influjo de las manos de Teresa. Echa la vista sobre el bulto globuloso que reposa en el suelo, ante la boca del horno, se detiene sobre él por un segundo y regresa a las llamas que se reflejan en los ojos de la farmacéutica. Qué es eso, qué es, quién.

—Qué hipócrita eres —dice Teresa desde arriba. Ha crecido, o es que Flora está encogida bajo su mirada y no se ha dado cuenta—. Nos juzgas, como si tú hubieses hecho algo amable en tu vida. No tuviste generosidad ni para llevarle unas zapatillas a la pobre Selvita.

Esa frase activa un resorte. Va a replicar, y tú, ¿qué le llevaste?, perfume de rosas y unas tijeras clavadas en la barriga de su nieta. Para, no respondas. —Sin los dedos, José Manuel. Cálculo mental, ¿diez más dos? No, no porque te lo estoy diciendo, ¿lo estás entendiendo? Deja de mirar los coches, José Manuel—. Lanza un barrido fugaz sobre la silueta gruesa e hinchada que se recorta frente a las llamas del hogar. Parece una figura tumbada, dormida, muerta quizás.

—Todo lo que yo hago lo has hecho tú también. Tú también has humillado, marginado y expulsado. —Las palabras de Teresa insertan imágenes en la mente de Flora. Volkerwanker, mi familia, mucha gente, ya lo sé. Yo nunca he sido así, tiene que decirlo.

—José Manuel, ¿cuántas unidades tiene una decena? Una decena tiene diez unidades, ¿se te va a quedar grabado eso? ¿Diez más diez cuánto es? ¿Me estás escuchando? —Sabe que debe avanzar hacia la puerta, pero se mueve, muy despacio hacia el fondo del horno, hacia el fuego. La figura tendida en el suelo atrae su mirada y sus pasos. Es una persona abotargada, inmóvil, Suso, Mariña, quién, a punto quizás de recibir su dosis letal de cornezuelo.

—Abre, Flori —dice Teresa, impostando un tono de burla, la voz aguda de una niña pequeña.

Flora siente un mareo, un recuerdo irrumpe en su cuerpo con una descarga de sensaciones que había borrado: ella, una cría muerta de miedo dentro de una casa vacía, sillares de granito cubiertos de grabados, signos que recorre con los dedos. La casa *enramuxada*.

—Déjame entrar, Flori. —Teresa se golpea el pecho con el puño, tres veces, toc-toc-toc, y su carne suena como la madera.

Las imágenes entran en ráfaga. En la casa *enramuxada*, toc-toc-toc, tres impactos sacuden la puerta. Fuera está Ramonita, y detrás de Ramonita está la amenaza. Son niñas, se han escapado para jugar en el bosque, a pesar de que la prima tiene prohibido poner un pie fuera de casa sin su padre. Flora la persuadió y ahora algo que ha salido de los pantanos las ha seguido hasta allí. Buscaron un refugio, Ramonita se pincha con los *toxos*, Ramonita es lenta, Ramonita no sabe correr.

La lengua de Teresa describe círculos en el aire, la ha atrapado, abre, Flori. Flora tiene cinco años, empuja la puerta de la casa *enramuxada* con todo su cuerpo, aunque ya está cerrada, irremediablemente cerrada, tú cerrabas puertas, me cerraste la puerta del hórreo. Las paredes cinceladas con grabados, letras agrupadas, la casa de Froilana, la casa de refugio, ábreme, suplica Ramonita, abre y vuelves a cerrar. La Flora niña está paralizada, meada, es un muro de carne detrás del muro de piedra hasta que la voz de Ramonita se aleja y se apaga. Lo que sea que haya salido de las tierras raras de Triabá se la ha llevado. Por eso nunca regresamos allí.

—Ayúdame, Flori —aúlla Teresa, y su voz contamina el aire, Flora abre la boca, aspira el aliento que impregna su garganta de desdicha, amargura, repulsión. Camina hacia atrás, tiene que desenredarse de esa lengua sinuosa. Sus pies trastabillan, ha pisado la masa blandengue que reposa en el suelo, pierde el equilibrio y cae sentada sobre los muslos del abotargado. Le mira la cara. Es una mujer, una chica joven. Chaquetita granate de punto, mandilón largo de flores. Las bolas de plástico del collar han perdido sus colores, rojas, rosas, amarillas, y se le clavan en la papada, hinchada como el buche de una gallina. La deformidad provocada por casi cuarenta años de abotargamiento no le impide reconocerla, porque su edad quedó detenida aquel día en el que Flora la hizo salir, igual que hizo salir a Belén, se la llevó por el camino hasta los pantanos de Triabá y después cerró la puerta de la casa *enramuxada*, la casa que era refugio para los *fazados* como Ramonita.

De pie encima de ella, Teresa ha adquirido la talla de un árbol de ramas frondosas, hojas curvadas de filo de hoz. Flora ya sólo ve su lengua y las volutas de aliento que se enroscan en el aire, laberintos, *semperredi*. Deslizándose sobre los muslos hinchados de Ramonita, su mano encuentra la vela, todavía prendida, la cera vertiéndose en el suelo. Una vela encendida hace mucha compañía, decía Liany, y Flora ahora necesita soledad, organizar ese ataque de recuerdos que la ha dejado noqueada, con más agujeros que carne. Sopla la mecha y el horno vuelve a ser un hueco oscuro y vacío, el fuego apagado, está sola. Se incorpora, mete la vela en el bolsillo de la chaqueta. Un estruendo de *treboada* hace temblar las losas del tejado. El agua que baja a raudales desde la montaña entra en corriente por la puerta entreabierta, empapa su ropa.

Se la llevaron. Ese fue el día en que Ramonita desapareció. Se la llevaron las Marías, porque yo no la ayudé. Me escondí, escapé. ¿Y ahora qué? No puedes volver crudo lo que ya has cocinado, como siempre, las palabras aparentemente vacías de Salva terminaban resultando premonitorias. Mejor no hablar, mejor no saber, mejor regresar por el cauce del Regosanguento mientras sea posible, regresar a casa, teñirse las canas, comprar un maletín. Mejor cerrar la puerta.

Flora enciende la mecha y dentro del haz de luz aparece el horno seco, las llamas que lanzan destellos naranjas sobre la piel tensa y blanca de Ramonita acompañando su respiración leve. Posa sus dedos en los párpados, percibe el movimiento de sus ojos, un latido lejano. ¿Dónde está Teresa? Alza la vela y la mueve por el espacio, busca en los ángulos oscuros, disipa la sombra de los contrafuertes. Se ha ido. Flora sale a la puerta con la candela en la mano. Fuera, en el círculo de luz que abre la llama, crecen las cañas de trigo entre las losas, y más allá cubren el páramo yermo que recorrió hace un momento, apretadas y gruesas, hasta perderse fuera de su campo de visión. Arranca una espiga y la desgrana en la mano, el cereal se entremezcla con lenguas de color púrpura, el hongo parásito. Avanza unos pasos por el camino deshecho que acaba de recorrer, ahora es una calzada firme. Es Viladormen tal y como lo conoció el día de la mascarada. El sótano, piensa. Están en el sótano.

Algo roza su espalda. Al volverse, Teresa está muy cerca, delante de la puerta del horno. Dentro de la luz de la vela, parece que la han forjado ayer. No tiene rastro de óxido, la pintura bermeja brilla. La farmacéutica abre la boca y toma aire, parece crecer, expandirse, Flora mira el cerrojo ahora completo, la barra de hierro del cerrojo, podría perforar un ojo, quizás partir un cráneo, apretarse en el puño para golpear y multiplicar el daño.

Dónde está Suso, dónde están todos los habitantes de la casa hundida, a dónde los has llevado, dice, sólo para distraerla, y mientras lo dice extiende sinuosa el brazo hacia el pasador. No lo alcanza, Teresa le clava en la muñeca sus largas uñas de nácar. Toma aire y junta sus labios finos, labios como los de la mujer de negro, que le soplaron en los ojos y le volaron la cabeza. Los mismos labios que, al exhalar, arrancaron los jugos de la vida en el cuerpo fuerte de Lorena. Ve el aliento salir de esa boca seca, el mismo aliento que convirtió a Lorena en un retal viejo. Levanta la vela, la llama se interpone entre ambas y el soplo de Teresa toca la llama antes de alcanzar a Flora. La mecha se apaga.

Bajo el diluvio, a oscuras, el Regosanguento regresa a su cauce y fluye violento hacia el Limia cargado de agua negra, barro, ramas, remordimientos. Flora tiene que agarrarse a la puerta para que la corriente no la haga perder el equilibrio, pero no puede evitar que la vela se moje. Qué voy a hacer ahora.

—Abres y vuelves a cerrar, Flora. Abres y vuelves a cerrar. —La voz de Ramonita, cristales en todo su cuerpo, cuánto duele el filo de la culpa y la vergüenza. De un mordisco, parte la punta trasera de la vela que tiene en la mano y la escupe, liberando un trozo de mecha seca. La introduce en el bolsillo delantero del pantalón, el extremo asomando, y la protege de la lluvia con la chaqueta, una mano en el cerrojo, otra en el mechero, enciende.

Teresa está muy cerca, sus narices casi se tocan. Le aprisiona la cara entre las manos, la atrae hacia el umbral. De su boca negra sale una lengua seca, parece de basalto, lengua muerta que suelta palabras que nublan la vista. Flora palpa la puerta, su cuerpo se va secando, como si la sangre dejase de correr, espesándose hasta hacerse una trama sólida. Mamá, papá, Salvador, Ramonita. Sus dedos rígidos tocan el cerrojo, agarran como una pinza la barra de hierro y tiran hasta extraerla de las guías. Teresa dice: escucha. Y su voz abre un laberinto en el que las intenciones de Flora pierden la orientación, la mano que se dirigía segura hacia el ojo derecho de la farmacéutica se frena, a dónde iba, qué quería hacer. El pasador se desliza entre sus dedos y tintinea en el suelo.

Flora se deja caer, de rodillas. Por un instante, Teresa afloja la tensión sobre su brazo, ya está hecho, ya eres trama y urdimbre, dice. Las hebras de su cuerpo se compactan, se aprietan las venas, los tendones, su piel adquiere la textura de un trapo. Las manos desmayadas tocan la tierra, una espiga pisoteada, la barra del cerrojo. Sus dedos se endurecen en torno al hierro. Abres y vuelves a cerrar, Flora. Abres y vuelves a cerrar. Con el último soplo de fuerza, Flora se incorpora de un salto, su cabeza dura de fracasada reincidente enfila directa hacia el rostro de la farmacéutica. Dentro de su cráneo percibe el golpe, el tabique nasal fracturándose, las astillas se le clavan en el cuero cabelludo, el pómulo como una copa redonda que recibe el impacto de una bola de billar. Un calor le asciende desde el estómago, extiende sus músculos secos como se extienden las alas nuevas de las chicharras. Empuja a Teresa dentro del horno y apaga la llama de una palmada.

—Lo que se expulsa siempre vuelve, Teresa. Esto lo sabes tanto como yo.
En la oscuridad, bajo la lluvia, el pasador bruñido entra en el cerrojo oxidado con resistencia, a trompicones, y encaja en un agujero labrado en el marco de piedra. La entrada al horno está sellada, la herrumbre funde las piezas, clausurada a perpetuidad como las tumbas olvidadas en los cementerios parroquiales de los pueblos abandonados. La puerta que yo cierro nunca vuelve a abrirse.

El agua corre en un torrente veloz y peligroso, quizás hay compuertas río arriba y en el curso alto se preparen las olas, la inundación. Flora se derrumba, pierde el agarre, los dedos enroscados en la curva de una herradura insertada en el umbral, está a punto de soltarse. No he conseguido nada, están perdidos, no hay salida, yo los encerré. No voy a regresar. La mano se abre, suelta la herradura, ahora su cuerpo es de la corriente.

Bajo el agua, algo apresa sus piernas. Brazos, tentáculos, tenazas, mandíbulas, una fuerza extraordinaria que la sostiene a flote, la acerca a la pared del horno y la impulsa hacia arriba hasta que logra encaramarse al tejado, a salvo. Entonces, la suelta, y Flora, agotada, se arrastra sobre las lajas de granito, alcanza la chimenea, se aferra al saliente de piedra. Una silueta negra y brillante, acuosa como un pantano, largos brazos, manos enormes, se aleja sumergiéndose entre los remolinos del Regosanguento. Con el último aliento de su teléfono empapado, Flora envía su localización.

15

SANTIAGO DE RUBIÁS

Flora regresó a Baldomar, es una intrusa en una casa ajena, pero nadie se preocupa por eso. Subió por fin a las habitaciones de arriba, que antes evitaba por pudor, y se instaló en el cuarto abuhardillado que ocupa toda la última planta, un dormitorio de madera con el techo entramado sostenido por gruesas vigas pintadas en negro unas, de oro otras. Parecía llevar mucho tiempo cerrado, y lo habían llenado de cajas con periódicos amarillentos, alfombras enrolladas y colecciones de cómics. Probablemente era un cuarto de invitados sin uso en el que se fueron acumulando los trastos. Ahora recuperaba su propósito original. Ha elegido esa habitación porque se oye el repiqueteo del aguacero. El día que pare de llover, lo sabrá de inmediato.

Desde la ventana, justo bajo el vértice del tejado, se ve el camino entre las casas viejas, los primeros brotes en las ramas de los carballos, la carretera. Flora guardó el cabo de la vela de Viladormen dentro del vasito de cristal de un yogur, en el cajón de una mesilla, junto a la cama. Apenas quedaban tres dedos de cera ambarina y grasienta, el cuerpo de Teodora Dorotea, y la mecha se hundía hasta casi desaparecer. Cuando la encendió, sentada en el suelo con la luz apagada en una noche en la que se sentía muy desesperanzada, vio a su alrededor las cajas, la cama, el temblor del fuego brillando en la viga de oro, la lluvia continuó tamborileando, nada cambió. El umbral que esa llama abre no está en esa habitación. Sopló, su aliento devolvió la negrura y despejó el polvo encima de las palabras. A oscuras, oyó la voz antes que las letras, ya puedes quedarte. Ha vivido toda su vida con espanto, como si quisieran lastimarla, como si la persiguiese alguien sin rostro que sabe cómo abrir los bordes de una herida que ella misma no puede ubicar, la señal de un trauma heredado. La de Luido, la del huido, siempre vuelve. Si quieres que una persona huya, enciérrala, si quieres que una persona vuelva, déjala fuera.

Apenas sale de la casa, espera oír unas pisadas en los escalones del umbral y que entre Suso, indemne, protegido por la sombra de las montañas, alimentado por los animales. Que suene el teléfono y, al descolgar, Mariña le cuente que detrás de las llamas había un camino, que el camino llevaba a una cabaña, que en la cabaña encontró una cama, un plato y un cuchillo. Que Ramonita le perdone. Una tarde escuchó tres golpes en la puerta. En la puerta, porque el timbre está estropeado. Desde la habitación, Flora capturó las voces: ¿no está?, claro que está, mira el humo de la chimenea, quizás duerme, es que no quiere abrir, ¿lo ves? No ha cambiado nada. Salva y Liany volvieron muchas veces, dejaron notas, trataron de entrar por una ventana, llevaron a un cerrajero. Flora nunca respondió, lo que tiene que hacer necesita tiempo, necesita que deje de llover.

Cuando el diluvio se apaciguó y pasó a ser un orballo delicado y constante, condujo hasta Calvos y recorrió las calles despacio, caracoles y lombrices subían por la carretera, luchando contra la corriente de agua que bajaba a llenar el Salas. El pueblo está distinto. Vive en el pasmo de una sucesión de traumas, con la sensación paralizante de que una amenaza que no le es propia ha encontrado refugio en un pliegue dentro de su ombligo, donde se acumulan y prosperan las partículas dañinas. Y, sin embargo, este lugar es hoy más seguro de lo que fue en los últimos tres o cuatro siglos. Se han librado de su monstruo, aunque quizás no lo sepan.

Buscan a Suso, buscan a Lorena y, sobre todo, buscan a Teresa, la buena María Teresa, la hija del boticario, que les aconsejó y sanó tantas veces. La que les cuidaba. En las paredes, en los postes de la luz, en cada puerta de madera, hay quien renueva todas las semanas los carteles con grandes fotos que ruegan cualquier información sobre el paradero de tres de sus vecinos más queridos, porque el papel se moja y el color se licua, las grapas permanecen clavadas, atestiguando la insistencia, no vamos a dejar de buscaros. Un mediodía de domingo, a la hora de la misa, Flora vio en la plaza de Santiago de Rubiás a una vieja que se cubría la cabeza con una bolsa de plástico y arrancaba los carteles impresos con el retrato de la farmacéutica, solo esos, chorreando tinta bajo la lluvia, mirando a su alrededor como si estuviese transgrediendo el orden que guía a los planetas para que no se precipiten unos contra otros.

En el bar de Antía nadie ha aprendido a hacer un buen café, y las bolsas que cuelgan bajo los ojos de Mercedes acumulan cada día medio kilo más de culpa, rencor y desaliento. Pronto le pesarán tanto que arrastrarán por el suelo, y Mercedes ya no podrá salir de casa para abrir el negocio cada mañana; por eso, Flora, cuando tiene que ir a Calvos, entra y pide un *pingo galego*, porque sabe que eso no va a durar mucho, y que ella es capaz de echar de menos las cosas que nunca había apreciado. Allí escuchó a dos vecinas anunciar que la primera nieta de la boticaria acababa de nacer. Se llama María Teresa.

Ventu llama a menudo, aparece por Baldomar sin avisar. Toca el claxon desde el borde de la carretera, una contraseña pactada, y llega a la puerta empapado, hablando muy alto, con los zapatos embarrados. A veces trae a su amiga Tamariña. Ha pasado un mes y ya no esperan el regreso de los abotargados, esos ya no te vuelven solos, esos como no vayamos a buscarlos. Son otros los que regresan, para sobresalto de los servicios sociales de Calvos, Cualedro, Baltar, Verín, Lobios, Oímbra, Muíños. Vuelven los que vivían ocultos, gente que estaba «guardada en casa», dice Ventu. Los *fazados* a los que sus familias protegían de una forma defectuosa, pero eficiente, como hizo Mingo con Belén hasta que llegó Flora. Vuelven los escapados. Así, como si el tiempo fuese una cuerda que se corta y se anuda, un día Emilio entra por la puerta de la taberna y se sienta en la misma mesa donde jugaba al mus hace treinta años. Aparece gente que no se sabía que existía, los que nacieron en celdas domésticas, frágiles y perturbadores como Belén Fontes. Regresan los huidos, los que ante la amenaza de las Marías prefirieron emigrar que vivir bajo llave. Pero aquellos que caminaron por el ensueño *durmidiños* estarán bajo el río del olvido. Así es la vida, unos faltan y otros vuelven, y ninguno cuenta por qué. Nadie habla del encierro. Dice que porque sí, dice que porque quiso, dice que no tenía ganas de aguantar a nadie, dice que tenía *fastío*, escribe Ventu en sus expedientes, un tratado de las flores curiosas del Xurés y el Larouco. No cuentan nada, pero hay una corriente subterránea de información, podéis venir, se avisan entre ellos.

Ya hablarán, dice Flora. Hay verdades que entran por el cuerpo y hay verdades que elabora la mente. Tantas palabras agolpadas detrás de la lengua abrirán una grieta, como una infección o como una riada, y de ahí saldrán cuentos, reproches o maldiciones. La necesidad de contar la propia historia vencerá al miedo. En la mesa de la sala, cubierta con los informes de Ventu, las hojas sueltas de la libreta del padre de Suso que Sara encontró en casa de Lorena, con fechas y nombres, la relación de las familias *fazadas* de los documentos de Armindo,

Flora va trazando las líneas que unen las ramas del árbol de los que fueron. Los *fazados*, los baluros, las Marías. Ya hablarán, todos tienen un abracadabra, si sabes a quién debes preguntar. Acaba de empezar el *entroido* y sigue lloviendo constantemente, todos los días. Los niños nunca habían visto algo así, los mayores recuerdan su infancia, los embalses se cubren, las aldeas se hunden de nuevo y la tragedia se revive, como la primera vez, lágrimas al pantano desde lo alto de la presa, flores de dos cabezas flotando en el agua quieta, ya hablarán, primero regresan los gestos y algún día volverán las palabras.

Flora quiso retornar a las ruinas de Viladormen. Metió el trozo de vela donde todo había empezado, en el bote de leche Molico colocado en una estantería, entre latas retro de tabaco y de polvos desinfectantes. Buscó el horno, el pueblo y el pazo, pero todo Viladormen estaba cubierto por las aguas oscuras y profundas del Regosanguento, rápidos tramposos que iban a mezclarse abajo con la corriente del Limia, el río del olvido. Bajo esas aguas, encadenados al ensueño como los monstruos de la *lagoa* de Caque, imaginó a Suso, a Ramonita, a Mariña, cuántos más. Las casas se caen y quedan enterradas, las murallas se derrumban. ¿Qué es toda esa tierra que traes en las botas? Los muertos, mami. Todos los muertos del tiempo que pisamos.

Las inundaciones, los desbordamientos, las crecidas, agua turbia cargada de ramas y cantos corre por el suelo desnudo, arrastrando cenizas del monte quemado, desborda las escorrentías y los cauces, asfixia los pozos, los manantiales, los embalses y las rías, las charcas y las lagunas. Una manta negra de pelotas de madera, cenizas y tierra, las reliquias de todo lo que ardió en los fuegos de Larouco cubren los pueblos viejos de los embalses, fósiles de las cosas vivas que se perdieron. A veces piensa que es allí donde están Suso y Mariña, que se hicieron ceniza y duermen ahora en el fondo de Aceredo, en Baños, en Buscalque. Germinal está cerca, soy balura y lo sé. Aunque no puede verlo, lo huele en el relente, en las gotas de lluvia cuando entran por sus fosas nasales hasta el cerebro, allí está Germinal, quieto, silencioso, la sangre inmóvil hasta que pare de llover. Entonces, Flora irá a buscarlo.

Hubo una vez una cobra inmensa que vivía en el Támega. Una *serpe* con alas de plumas centelleantes, del mismo color del bronce. Cuando una muchacha de Oímbra quiso cruzar el río por un *pontello*, le sopló arena en los ojos y la *quiobra* se convirtió en piedra. Se partió en tres trozos que cayeron en la serra do Larouco: la Pena da Muller, la Pena da Loba, la Pena da Xabarila. Hubo una tribu de *escornabois* rojos, de enormes cuernos sagrados, que bajaban de la montaña cuando los *morogos* estaban maduros. Dos niños de Mugueimes los capturaron para uncirlos a sus carritos de juguete, como si fuesen vacas. Los insectos se olvidaron de que fueron reyes y alguno empezó a dar leche. Hubo mujeres transparentes que esperaban a los salmones en los ríos de Terra Chá, donde nace el Miño, cien mil vírgenes que cantaban en la *lagoa* de Caque, hombres gigantes que guardaban cabras doradas en el corazón de los montes de Lobosandaus, y cuando bailaban los montes retumbaban, aunque la gente prefería creer que eran truenos.

Hubo todo eso y hay mucho más, pero la serpiente inmensa del Támega resultó ser una lamprea vieja, los ojos cegados por un velo blanco, los orificios repicados de las branquias obstruidos por la ceniza. Una chupona de edad incalculable, más larga y gruesa que un siluro del Danubio, ¿dónde había estado ese animal durante los meses de sequía? En su boca de círculos dentados persistía un signo antiguo que ha sobrevivido desligado de sus referencias. El idioma sin escritura que hablan los hermanos del mismo óvulo, una llamada dentro de un agujero sordo excavado en la tierra.

En la casa de Baldomar, Flora, la balura, espera la sequía.

Nota de la autora

Dos grandes obras transitan por las páginas de este libro. Una, los cuentos de los Hermanos Grimm, en su versión original, descarnada y a menudo cruel, que conserva la magia palpitante de la oralidad. Otra, el álbum *Blackstar* de mi adorado David Bowie, y en especial el tema que le da nombre, que funciona casi como un estribillo que reaparece recurrentemente en la novela.

Muchas otras creaciones han contribuido a aportar colores vibrantes a *Los santos salvajes*. Comenzando por la trama ambientada en el XVII, el discurso de las beatas está inspirado en los idearios milenaristas, y especialmente en la obra de Rodolfus Glaber, monje e historiador que relató con viveza los horrores de una época en la que las señales del fin del mundo parecían cercanas y tangibles. En cuanto a Arruebo y Larrat, ambos existieron y tuvieron un papel protagonista en las supuestas epidemias de endemoniadas acaecidas en Aragón a mediados del siglo XVII, hasta que desaparecieron misteriosamente. Los extractos de *Patrocinio de ángeles y combate de demonios*, escrito por Francisco de Blasco Lanuza y publicado en 1652, han sido modificados levemente para adaptar el lenguaje e introducir algún detalle importante para la historia, como es la identificación de Arruebo con el diablo.

La figura de Teodora Dorotea se inspira en los hermanos Colloredo, célebres gemelos parásitos italianos que se exhibieron por las cortes de media Europa. Para construir la caracterización en torno a los seres extraordinarios, me resultaron de gran ayuda dos obras pioneras en el campo de la teratología, como son *Monstruos y prodigios*, de Ambroise Paré, y *Desvíos de la naturaleza o Tratado del origen de los monstruos*, de José de Rivilla Bonet y Pueyo. La recreación del mundo alrededor de Froilana, sus habilidades de sanación y la persecución que sufre debe mucho al *Tratado de la Fascinación*, de Enrique de Villena, a la obra de Pérez Bocanegra y al mítico *Malleus Maleficarum* de Kramer y Sprenger. En cuanto a los baluros, auténtica estirpe maldita afincada en A Terra Cha, apenas se conserva documentación original más allá del texto que aparece en este libro, extraído de las Constituciones Sinodales de la Catedral de Tui del año 1665.

Las investigaciones etnográficas de Lisón Tolosana, el Padre Lourenço Fontes (sí, existe, y es el custodio de un misterioso dios de piedra hallado en las montañas de Larouco) y José Rodríguez Cruz han resultado una valiosísima fuente de información. La leyenda de la maldición de la sangre, el martirio de Santa Mariña, las *lavandeiras* o las historias sobre cobras que maman de mujeres o de vacas son parte del acervo cultural gallego, al igual que las creencias en torno al mal de ojo y la brujería. Muchos de los testimonios sobre estos temas están recogidos y someramente adaptados de las palabras reales de tantas mujeres del rural que a lo largo de los últimos años tuvieron la amabilidad de compartir conmigo la cosmovisión tradicional en las aldeas gallegas.

Hay mucha más música, historia y literatura que colman estas páginas del amor por crear, conservar y transmitir historias. Pero es necesario mantener un poco de misterio y que seas tú quien descubra las referencias. Ojalá algún día nos encontremos para conversar sobre ello.

Agradecimientos

Todo esto empezó el 17 de junio de 2021, con un mensaje de mi querida editora, Miryam Galaz. Ese mensaje produjo una reacción en cadena que sigue añadiendo eslabones cada vez que una persona como tú lee este libro. Gracias, Miryam, por tu apoyo y valiosos consejos, y gracias también al equipo editorial de Espasa, que me han hecho importantes sugerencias y me han acompañado

Aunque, si de verdad quiero ir al origen, debería decir que todo empezó mucho antes, en aquel piso de A Coruña en el que mi madre, con un pequeño bloc cuadriculado y un bolígrafo rojo me enseñó a leer. Yo tenía entonces cuatro años. Gracias, mamá.

Hay muchas otras personas que, voluntariamente o no, tienen su pizca de participación en estas páginas y a las que quiero agradecer.

A Mark, por su asesoría británica, por los libros, las conversaciones y los viajes a muchos de los lugares que aparecen en este libro. A Fernanda, Gracinda y Eliseo, por tantas sobremesas recordando sus vivencias en las aldeas gallegas y portuguesas.

A Mariana, por el «barbecho infernal», y a Roxana, Nieves, Alejandro y Manuel.

A Paco y a Íker. Algunas de las mejores historias que hemos descubierto juntos en *Cuarto Milenio* aparecen, de muchas maneras, en este libro.

A Víctor y Ana, de Casa Matilde, cuyos alimentos siempre calientan el espíritu.

Al equipo de la ONG Ecos do Sur, por todo lo que me han enseñado sobre los mecanismos que generan y perpetúan la exclusión, y especialmente a Alicia, por aquel viaje al Alentejo.

A Fátima, admirada compañera del terror coruñés.

A todas las personas que con sus testimonios me han ayudado a transmitir la cosmovisión en el rural. A los desconocidos a quienes robé una frase, un rasgo, un atuendo, para dar color y carácter a estas páginas. A los incontables periodistas locales que han documentado los efectos de la sequía en las aldeas gallegas, los conflictos por los lindes, las vivencias de los habitantes de los pueblos *asolagados*.

Y gracias, también, a David Bowie y a Eliseo Parra.

Glosario

A uns mórrenlles as vacas e a outros párenlles os bois	(refrán) Literalmente: a unos las vacas les mueren y a otros les paren los bueyes
Abrente	Amanecer
Acabestrado	Asilvestrado, asalvajado
Afumarse	Hacer sahumerios para alejar el aire de difunto
Alicorno	Amuleto hecho con diente de jabalí o cuerno de *vacaloura*, unicornio
alporizados	Agitados
Anaco	Pedazo
Ánima soila	Alma en pena que se aparece en solitario
Anxiño	Angelito
Arrepío	Escalofrío
Arrimadallo	Amante
Arume	Aguja del pino
Asolagado	Sumergido
Asubiar	Silbar
Axiña, volvo axiña	Enseguida, vuelvo enseguida
Azinheira	Encina
Bacoriño	Cochinillo, lechón
Barragem	Embalse
Bica	Tipo de bizcocho
Bisbarra	Comarca
Bocoi	Barril
Bonequiñas	Muñequitas
Boteiros	Personaje del Entroido en Viana do Bolo y Vilariño de Conso
Brétema	Niebla
Brona	Pan de harina de maíz
Bule	Corre, apura
Burato	Agujero

Cadaleito	Ataúd
Calexa	Callejón
Canda o regato	Junto al riachuelo
Carantoño	Personaje del Entroido de Lobeira
Carballo, carballeira	Roble, robledal
Carracha	Garrapata
Carreiro	Camino de tierra
Caruta	Máscara de entroido
Casoupa	Chabola
Cativo	Pequeño, niño
Chamalongos	Pedazos de coco empleados para adivinar en el palo mayombe
Chegar e encher	Literalmente, «llegar y llenar». Tener suerte
Cheirar	Oler
Chocas	Cencerros
Chorima	Flor del tojo
Cigarrón	Personaje del Entroido de Verín
Co bandullo cheo o chan é o ceo	Literalmente, «con la barriga llena el suelo es el cielo». Cualquier lugar es bueno si se ha comido
Cocho	Cerdo
Colchón de follato	Colchón hecho con hojas de maíz
Comer a Deus polos pés	Figurado, comer mucho
Cortello	Cuadra
Cousas veredes	(expresión) ¡Lo que hay que ver!
Coven	Aquelarre
Cruceiro	Monumento consistente en un fuste rematado en una cruz
Cunca	Taza en la que se toma el vino
Dabondo	Suficiente
Daquela	Entonces
Dedaleira	Planta de digitalis
Deixa	Deja
Deus é bo, mais o demo non é malo,	Dios es bueno, pero el Diablo no es malo
E lo	¿Entonces?
Encoro	Embalse

Enfornado	Algo que se introduce dentro de un horno
Enguedellado	Enredado
Entarangañados	Raquitismo, mal del aire
Entroido	Mascarada de invierno que comparte algún rasgo con el Carnaval
Enxebre	Típico, tradicional gallego
Escornabois	Ciervo volante
Esfameado	Hambriento
Esfolada de vez	Completamente pelada
Esmoleiro	Limosnero
Estar onda algo alguien	Estar cerca o en el mismo lugar
Estralotes	Planta digitalis
Estriga	Porción de lino sin hilar
Estrume	Estiércol
Eu pa o outro día que nacín xa fun nas vacas	Fui a las vacas al día siguiente de nacer
Faiado	Desván
Faíscas	Chispas
Fariña milla	Harina de maíz
Fastío	Hartazgo
Fazada	Sucia
Fedellar	Revolver
Feitiña	Bonita, bien hecha
Feitizeira	Hechicera
Felo	Personaje del Entroido de Maceda
Fenda	Grieta
Festa do polbo	Fiesta del pulpo
Fillo	Hijo
Fochanca	Bache
Fodechinchos	Turista de zonas masificadas
Fol	Fuelle
Foliada	Fiesta tradicional con música y baile
Follados	Hojaldres
Follateiros	Personaje del Entroido de Lobios
Fouciño	Hoz
Fraxinela	Arbusto ardiente, dictamnus albus
Fumeira	Chimenea

Furancho	Local casero en el que se vende el vino sobrante de la cosecha
Fuxidos	Huidos
Ghuiadiño	Obediente
Grubbers, toshers	Traperos, personas que buscan objetos en las alcantarillas
Ho	Interjección, ¡hombre!
Idosos	Personas mayores
Intre	Momento
Jinn	Espíritus en la tradición árabe premusulmana
Kala jadu	Magia negra en India y Pakistán
Kimbanda	Religión afrobrasileña
Kindoki	Sistema de hechicería proceden del Congo
Laiarse	Quejarse
Langrana	Vaga
Larapeteira	Bocazas
Lareira	Chimenea
Latar	Faltar a clase
Leira	Huerta
Lembranza	Recuerdo
Levados	Llevados
Lobo da xente	Hombre lobo
London slang	Argot callejero de los barrios populares de Londres
Lume	Fuego
Lurpia	Mujer perversa
Malandro	Mala persona
Malfeitiño	Mal hecho,
Malindeiro	Persona que causa problema con los límites de las fincas
Malleira	Paliza

Mallou nela coma en centeo verde.	La golpeó como al centeno verde
Mámoa	Dólmenes con la cubierta de tierra
Mancarse	Hacerse daño
Manchea	Puñado
Mañá	Mañana
Marcha e cólleas e pecha a porta	Vete y cógelas y cierra la puerta
Marela	Vaca pelirroja
Mázcara	Personaje del Entroido de A Xironda (Cualedro)
Meigallo	Hechizo, maldición
Meniña galiña	Niñita gallina
Mesto	Espeso
Mestra	Maestra
Millo	Maíz
Miña nai	Mi madre
Molete	Bollo de pan
Montar unha desfeita	Provocar un desastre
Morogo	Fresa salvaje
Morrer	Morir
Mouros	Habitantes míticos de los castros gallegos
Mudlarck	Persona que busca objetos depositados en el lodo de los ríos
Musseque	Asentamientos informales y desfavorecidos de Luanda
Muxir la vaca	Ordeñar
Na casa do pobre todo son pingueiras	Literalmente, «en la casa del pobre todo son goteras»
Ndoki	Forma de brujería de las zonas urbanas de Angola
Netiña	Nietecita
Newarke	Forma en que los gallegos residentes en Nueva Jersey designaban a la ciudad de Newark
Noitébrega	Chotacabras
Non hai fallo	(expresión) No hay problema
Non quero saber de máis ninguén	No quiero saber de nadie más

Non soilo o lobo come carne crúa	Literalmente, «no sólo el lobo come carne cruda»
Nós ossos que aqui estamos pelos vossos esperamos»	Los huesos que aquí estamos por los vuestros esperamos
Noxo, noxento	Asco, asqueroso
Obeah	Sistema de creencias tradicional de la población africana en las islas del Caribe británico
Oldies but goodies	Viejos pero buenos
Pai fillo nai	Juego de tres en raya
Palo mayombe	Religión afroamericana
Pálpebra	Párpado
Pan do diaño	Setas
Pantalla	Personaje del Entroido de Xinzo
Parvallona, parva	Tonta
Pasmona	Atontada
Pechado	Cerrado
Pedreiros	Marcas de piedra divisorias de las fincas
Peliqueiro	Personaje del entroido de Laza
Penedo	Peñasco
Peteirar	Picotear
Pitos, pitas	Pollos, gallinas
Polos cartiños	Por el dinero
Poppet	Muñeco empleado en magia simpática
Por aquí se chega ó ceo	Por aquí se llega al cielo
Pos porcos xa vai	(expresión) En sentido figurado: todos vamos a morir
Potlach	Ceremonia de redistribución de la riqueza propio de las sociedades indígenas de Norteamérica
Prosma	Torpe, pesado
Quediño	En voz baja
Queimavellas	Quemaviejas
Quen co demo traballa, os bois se lle desmandan	(refrán) A quien trabaja con el diablo se le desmandan los bueyes
Quiobra	Cobre

Rabuda	Con mal genio
Rabuñado	Arañado
Ramallo	Rama
Ramo cativo	Mal de ojo, embrujamiento
Rapaza	Niña, chica
Raposa	Zorra
Raqueiro	Persona que provoca desde tierra el naufragio de una embarcación para asaltarla
Rauto	Arrebato
Rechumido	Arrugado
Recuncho	Rincón
Remexedor	Persona que revuelve, se entromete o desordena
Repunantiño	Persona maniática
Rexoubeira	Cotilla
Rillar	Roer
Rixón	Chicharrón
Rosmar	Murmurar, gruñir
Rueiro	Caserío, conjunto de viviendas separado de la aldea
Sabia, vedoira	Mujer con conocimientos sobrenaturales, adivina
Sacho	Azada
Sae daí, solta	Sal de ahí, suelta
Sambesugueiro	Vendedor de sanguijuelas
Sangue fazado	Sangre sucia
São ovos nascidos de vaca	Son huevos nacidos de vaca
Seica	Quizás
Sen xeito	Sin lógica, de mala manera
Shut up and dig	Cállate y cava
Shut up your mouth	Cállate
Sigillata	Tipo de cerámica romana
Solpor	Atardecer
Stuffing	Relleno
Take only pictures, leave only footprints	Llévate únicamente fotografías, deja únicamente huellas
Talho	Carnicería
Taloguiño	Hasta luego

Téñena ghardadiña	La tienen guardadita
Ter mozo	Tener novio
Termar	Aguantar
Tinkers	Designación despectiva de los nómadas irlandeses
Tolo	Loco
Trabe	Viga
Tramparileiro	Persona que hace trampas
Trapallada	Tontería
Treboada	Tormenta
Tripeiros	Habitantes de la ciudad de Porto
Troteiro	Personaje del Entroido de Bande
Vacaloura	Ciervo volante
Veiga	Orilla
Vexiga/vixiga	Vejiga, normalmente de vaca, que hinchada se emplea en el entroido para hacer ruido
Wellies	Botas verdes de goma
Xabarila	Jabalí hembra
Xesta, fento, malva, herba luísa, fiuncho, romeu, herba de San Xoán,	Hierba de San Juan
Xogas unha	Juegas una
You must be joking	Estás de broma
Zalapastrana	Sucia, de aspecto descuidado
Zarramoncalleiro	Personaje del Entroido de Cualedro

Índice

A Coruña, mayo 13

Parte I
El calor: Finales de septiembre-octubre

1. Vilar, Calvos de Randín 25
2. Cualedro 35
3. Serra do Larouco, Calvos de Randín 42
4. Lobios 54
5. Calvos de Randín 63
6. Lobios 72
7. Montalegre, Portugal 80
8. Frontera Galicia-Portugal 87
9. Lobios 94
10. Frontera Galicia-Portugal 104
11. Pueblo viejo de Aceredo 110
12. Santiago de Compostela 116
13. San Martín Pinario, Santiago de Compostela 128

Parte II
La sequía: Octubre

1. Lobios 137
2. Calvos de Randín 141
3. Residencia Virxe do Xurés, Lobios 146
4. Santiago de Rubiás, Calvos de Randín 152
5. Cualedro 156
6. Guende, Lobios 164
7. Lobios-Ourense-Muíños 169
8. Ourense 180
9. Verín 187

10. Santiago de Rubiás 194
11. Paradela, Calvos de Randín 206
12. Calvos de Randín 209
13. Pena da Muller, Cualedro 215
14. Goiriz, Vilalba 222

Parte III
La sed: Octubre-noviembre

1. Calvos de Randín, octubre 233
2. Lobios 239
3. Lobios 245
4. Calvos de Randín 249
5. Calvos de Randín 257
6. Calvos de Randín 261
7. Lobios, noche de Todos los Santos 272
8. Calvos de Randín, noche de Todos los Santos 277
9. Lobios, noche de Todos los Santos 286
10. Calvos de Randín, noche de Todos los Santos 290
11. Día de Difuntos 296
12. Calvos de Randín 299
13. Así nace un monstruo 305
14. Tui 311
15. Verín - Cualedro 317
16. Terra Chá, tres de la tarde 319
17. Pozo *dos mouros*, Cualedro, cinco de la tarde 322
18. Calvos de Randín, seis de la tarde 324
19. Terra Chá, seis y media 327
20. Sierra de Larouco, ocho y media 329
21. Calvos de Randín, noche 331

Parte IV
Lo salvaje: Noviembre-diciembre

1. Albergaría dos Fusos, Portugal 335
2. Fátima 343
3. Albergaría dos Fusos, Portugal 347

4. Albergaría dos Fusos, Portugal 355
5. Albergaría dos Fusos, Portugal 364
6. Los milagros oscuros 373
7. Albergaría dos Fusos, Portugal 382
8. Santiago de Rubiás 386
9. Todo lo que es raro es hermoso 397
10. Lisboa 408
11. A Coruña 412
12. Porto 417
13. Mi *bonitiña* 423
14. Hacia la frontera 427
15. Triabá 431
16. *Lagoa* de Caque 442
17. María, alumbrada 449
18. Calvos de Randín 454

Parte V
El ruido del fuego: Diciembre-enero

1. Santa María do Penedo, serra do Xurés 459
2. Aldea *asolagada* de Baños, encoro das Conchas 469
3. Carretera OU-1110, solsticio de invierno 475
4. Larouco, solsticio de invierno 480
5. Serra do Larouco, solsticio de invierno 488
6. Calvos de Randín 502
7. Verín 507
8. Santa María do Penedo 508
9. Verín 514
10. Santiago de Rubiás 517
11. Cualedro 523
12. Santiago de Rubiás 529
13. Cualedro 534
14. Viladormen 544
15. Santiago de Rubiás 555

Nota de la autora 561
Agradecimientos 563
Glosario 564